U0116013

聚訟詩話詞話

（增訂本）

陳一琴　選輯
孫紹振　評說

總序

　　閩水泱泱，閩學悠永。百年老校福建師範大學之文學院，發祥於前清帝師陳寶琛創辦的福建優級師範學堂國文科，後又匯聚福建協和大學、華南女子文理學院等校的學術資源，可謂源遠流長，底蘊博厚。葉聖陶、郭紹虞、董作賓、章靳以、胡山源、嚴叔夏、黃壽祺、俞元桂等往賢，曾相繼執教我院，為學科創立與發展作出突出貢獻，留下彌足珍貴的學術傳統，潤澤和激勵一代又一代學人茁壯成長。時至今日，我院備具中國語言文學、戲劇與影視學兩個一級學科博士學位授權點及博士後科研流動站，中國現當代文學國家重點學科，中國語言文學國家文科基礎學科人才培養和科學研究基地，擁有上百名專任教師，三十多位教授和博士生指導教師，兩千餘名本科生和碩士博士研究生，實已發展為大陸文史研究與教育的重鎮。

　　閩臺隔海相望，地緣相近，血緣相親，文緣相承，近年兩岸關係和平發展進程中緣情淳深，學術文化交流益顯大有作為。正是順應這一時代潮流，我院和臺灣高校交往密切，同仁間互動頻繁，時常合作舉辦專題研討及訪學活動，茲今我院不但新招臺籍博士研究生四十多人，尚與相關大學聯合培養文化產業管理專業本科生。學術者，天下之公器也。適惟我院學術成果豐厚，就中歷久彌新者頗多，因與臺北萬卷樓圖書股份有限公司總經理梁錦興先生協力策畫，隆重推出《福建師範大學文學院百年學術論叢》（第一輯），以饗讀者，以見兩岸人文交流之暉光。

　　茲編所收十種專著，撰者年輩不一，領域有別，然其術業皆有專

攻，悉屬學術史上富有開拓性的研究成果。如一代易學宗師黃壽祺先生及其高足張善文教授的《周易譯注》，集今注、語譯和論析於一體，考辨精審，義理弘深，公認為當今易學研究之經典名著。俞元桂先生主編的《中國現代散文史》，被譽為現代散文史的奠基之作，北京大學王瑤先生曾稱「此書體大思精，論述謹嚴，足見用力之勤，其有助於文化積累，蓋可斷言」。穆克宏先生的《六朝文學研究》，專注於《昭明文選》及《文心雕龍》之索隱抉微，頗得乾嘉樸學之精髓。陳一琴、孫紹振二位先生合撰的《聚訟詩話詞話》，圍繞主題，或爬梳剔抉而評騭舊學，或推陳出新以會通今古，堪稱珠聯璧合，相得益彰。《月迷津渡》一書，孫先生從個案入手，以微觀分析古典詩詞，在文本闡釋上獨具匠心，無論審美、審醜與審智，悉左右逢源，自成機杼。姚春樹先生的《中國近現代雜文史》，系統梳理當時雜文的歷史淵源、發展脈絡和演變規律，深入闡發雜文藝術的特性與功能，給予後來者良多啟迪。齊裕焜先生的《中國古代小說演變史》，突破原有小說史論的體例，揭示不同類型小說自身的發展規律及其與社會生活的種種關聯，給人耳目一新之感。陳慶元先生的《福建文學發展史》，從中國文學史的大背景出發，拓展和發掘出八閩文學乃至閩臺文學源流的豐厚蘊藏。南帆先生的《後革命的轉移》，以話語分析透視文學的演變，熔作家、作品辨析與文學史論為一爐，極顯當代文學理論之穿透力。馬重奇先生的《漢語音韻與方言史論集》，則彙集作者在漢語音韻學、閩南方言及閩臺方言比較研究中的代表論說，以見兩岸語緣之深廣。

可以說，此番在臺北重刊學術精品十種，既是我院文史研究實績的初次展示，又是兩岸學人同心戮力的學術創舉。各書作者對原著細謹修訂，責任編輯對書稿精心核校，均體現敬文崇學的專業理念，以及為促進兩岸學術文化交流的誠篤精神！對此我感佩於心，謹向作者、編輯和萬卷樓圖書公司致以崇高敬意和誠摯謝忱！並企盼讀者同

仁對我院學術成果予以客觀檢視和批評指正。我深信，兩岸的中華文
化傳人，以其同種同文的民族自尊心、自信心和傳承文化的責任心，
必將進一步交流互動，昭發德音，化成人文，為促進中華文化復興繁
榮而共同努力！

　　　　　　　　　　　　　　　　　　　　　　　汪文頂
　　　　　　　　　　　　　　　　　　　　謹撰於福州倉山
　　　　　　　　　　　　　　　　　二○一四年十二月二十七日

目次

中編

下編

代前言
聚訟詩話詞話和中國詩學建構

老友陳一琴君潛心古典詩話詞話，積學儲寶，凡數十年不倦，輯有《聚訟詩話詞話》書稿。然以樸學為務，述而不作，輯而不評，邀余於每題後評說以貫通古今中外，余惶然應命。值此清樣付梓之際，又托余為前言，情誼難卻，乃勉力為之。

從文學批評的形式，或者文體來說，中國古典詩話和詞話，與西方相比，可能是獨一無二的。沒有一個民族會像中國人這樣的著迷於詩歌的具體語言，為其詞（「望南山」，還是「見南山」，「推」字佳，還是「敲」字佳）、句（「回看天際下中流，岩上無心雲相逐」，是否多餘）、篇（崔顥的〈黃鶴樓〉還是李白〈鳳凰臺〉更好）的品評、源流、意蘊，不惜耗費百年甚至千年，不懈地爭辯，其心態如此執著，其體式又如此自由，堪稱一大世界非物質文化遺產。

一

歷代之詩話詞話，皆興之所至，僅取一端，「予奪可否，次第高下」，「平章風雅，推敲字句」，[1]往往開門見山，兔起鶻落，戛然而止。即使稍長如詩品、詩式、詩格、詩法，似有多方概括，大抵出於率爾直覺靈感，往往疏於外延之系統分類與內涵之嚴密界定。然此等

---

[1] 〔清〕吳琇：〈龍性堂詩話序〉，收入《清詩話續編》（上海市：上海古籍出版社，1983年），第二冊，頁931。

寫法，自北宋以來，竟成文體。錄入《四庫全書》者，自歐陽修《六一詩話》以下，即二十餘家。郭紹虞先生總結：「至清代而登峰造極。清人詩話約有三四百種，不特數量遠較前代繁富，而評述之精當亦超越前人。」[2]朱光潛先生以為：「中國向來只有詩話而無詩學，……詩話大半是偶感隨筆，信手拈來，片言中肯，簡練親切，是其所長；但是它的短處在零亂瑣碎，不成系統，有時偏重主觀，有時過信傳統，缺乏科學的精神和方法。」[3]朱先生批評詩話「零亂瑣碎，不成系統」頗有道理，但是，說它「缺乏科學的精神和方法」卻並不中肯。朱先生顯然以為西方的詩論「具有科學的精神和方法」。但是，至今西方文學理論，不管是古典的柏拉圖、亞里斯多德、康德、黑格爾，還是當代的伊格爾頓、喬納森·卡勒，乃至福柯、羅蘭·巴特，從觀念到方法，還沒有哪一家是稱得上「科學」的。「走向科學的美學」至今仍然是尚未實現的理想。即如朱先生所信奉的心理學（如移情、潛意識等）至今還缺乏系統的、周密的實證，因而分析文學作品中的心理，為追求「科學」「客觀」的美國新批評所不屑。

西方詩論以「系統」演繹為模式，其優越在於，概念嚴密界定，邏輯條貫有序，論題內涵統一，有利於學術成果之有效積累。而中國古典文論（情、志、道、氣、意境等）的概念缺乏定義，內涵每每錯位，研究成果難以有效積澱，詩話詞話尤其如此，在宏觀上不可能產生康德那樣真善美三種價值的分化的宏大體系，所以五四先驅才連王國維式的詞話形式也加以廢棄，採用了西方文論的以定義、演繹為主的範式。但是，像一切範式的優越性不可避免與局限相聯繫一樣，西方文論的範式並非十全十美，其局限也甚顯然。從實踐效果來看，森嚴的體系並沒有保證其對文本有效闡釋。早在上個世紀中葉韋勒克和

2　〈清詩話續編序〉，收入《清詩話續編》，第一冊，頁1。

3　朱光潛：〈詩論抗戰版序〉，收入《朱光潛美學文集》（上海市：上海文藝出版社，1982年），第二卷，頁3。

沃倫在他們著名的《文學理論》中就宣告：「多數學者在遇到要對文學
作品作實際分析和評價時，便會陷入一種令人吃驚的、一籌莫展的境
地。」[4]此後五十年，西方文論走馬燈似的更新，形勢並未改觀，以至
李歐梵先生在「全球文藝理論二十一世紀論壇」的演講中坦率地提
出：西方文論流派紛紜，本為攻打文本城堡而來，旗號紛飛，各擅其
勝：結構主義、解構主義、現象學、讀者反應，更有新馬克思主義、
新批評、新歷史主義、女性主義等等不一而足，各路人馬「在城堡前
混戰起來，各露其招，互相殘殺，人仰馬翻」，「待塵埃落定後，眾英
雄（雌）不禁大失驚，文本城堡竟然屹立無恙，理論破而城堡在。」[5]

　　李先生只提出了嚴峻的問題，並未分析造成此等後果的原因。在
我看來，原因首先在於西方文學理論旨在追求普遍性，以哲學化為宗
旨，往形而上學方面昇華，實際上變成了哲學的附庸。哲學以高度概
括為務，在不同中求同，而文學文本卻以個案的特殊性、唯一性、獨
一無二性為生命，解讀文本旨在同中求不同。文學理論的高度概括
性、抽象性和普遍性，以犧牲特殊性為必要代價，故其普遍性原理中
並不包含文本的特殊性。以之作為大前提，不可能演繹出文本的特殊
性、唯一性。其次，當代西方前衛文論，著迷於意識型態，追求文
學、文化和歷史等的共同性，而不是把文學的審美特性作為探索的目
標。就是比較強調文學「內部」特殊性的韋勒克、沃倫的《文學理

4　〔美〕韋勒克、沃倫，劉象愚等譯：《文學理論》（南京市：江蘇教育出版社，2005
　　年），頁155-156。

5　《世紀末的反思》（杭州市：浙江人民出版社，2002年），頁274-275。其實，李先生
　　此言，似有偏激之處，西方大師也有致力於經典文本分析者。德里達論喬伊絲的
　　《尤利西斯》、卡夫卡的《在法的門前》，羅蘭·巴特論《追憶似水年華》、《薩拉
　　辛》，德·曼論盧梭的《懺悔錄》，米勒評《德伯家的苔絲》，布魯姆評博爾赫斯等
　　等，但他們微觀的細讀往往指向宏觀演繹出理論。德里達用二萬多字的篇幅論卡夫
　　卡僅有八百來字的《在法的門前》，解讀象徵寓言的同時從文類、文學與法律等宏
　　觀方面做了超驗的演繹，進行後結構主義的延異書寫。其主旨在其文化哲學的普遍
　　性，而不在審美價值的唯一性。

論》和蘇珊・朗格的《情感與形式》也囿於西方學術傳統，熱衷於往
形而上學方面發展。而文學文本的有效解讀，則需要向形而下方面還
原。文學理論與審美閱讀經驗為敵，遂為頑症。再次，西方文學理論
家，長期以來，沒有意識到文學理論的哲學化，很難不與文學形象發
生矛盾，這主要是哲學在思維結構上，在範疇上與文學有差異。傳統
哲學不管什麼流派，都不外是主觀與客觀、自由與必然、道與器等等
的二元對立統一的線性思維。當代文化哲學與傳統文學理論相反，否
定文學的存在，持另一種極端，仍然屬於二極思維。而文學形象則是
主觀、客觀和形式（規範形式）的三維結構。哲學思維是沒有形式範
疇的，而文學的形象的三維結構，其功能大於三者相加。文學形式是
規範形式，與一般的原生形式不同，一般形式隨生隨滅，與內容不可
分離，無限多樣，而文學形式是有限的，在千百年的反覆運用中已成
為審美積澱的範式，有些（如律詩、絕句，詞）甚至形式化了，與內
容是可以分離的。最後，它不是被內容決定的，而是可以征服、預
期、衍生，甚至如席勒所言是可能「消滅」內容的，[6]審美經驗在反
覆運用中進化積累，因而成為主觀和客觀統一的載體。缺少了規範形
式，哲學化的文學理論就不可能在形式範疇以下，概括出風格對普遍
形式的衝擊，流派對形式規範的豐富、發展和突破，乃至顛覆。即使
有布封那樣的著名的命題「風格就是人」（或譯「風格才是人本
身」），也只能是以文學批評的作家論代替文本分析。[7]一個作家有很
多文本，文本與文本之間共同性，只是文本分析的一個側面，而另一
個更重要的側面則是文本的特殊性，唯一性和不可重複性。

　　中國詩話詞話與西方文論理論形態相比，雖有局限，亦頗有西方
所不及的優長。首先，就是對文學的規範形式的重視，以詩與散文，

6　席勒的原話是：「藝術大師的獨特藝術秘密就是在於，他要通過形式消滅素材」。見
　　《美育書簡》（北京市：中國文聯出版公司，1984年），頁114。
7　〔法〕布封：〈論文章風格的演說〉，見《譯文》，1957年6月號。

詩與詞等的形式規範為綱領，並不著意形而上的昇華，而是執著於形而下的還原，重在對詩歌形象作個案的具體闡釋。提出問題，不像西方文論從概念、定義出發，而是從具體作品、具體語言出發。當然，其中免不了有些問題，不僅如朱光潛先生所言「零亂瑣碎」，而且相當迂腐，如議論白居易夜會琵琶女是否有失體統之類，但是，這並不排除大量表面上「零亂瑣碎」，實質上隱含著追求詩的普遍規律性的問題意識。如對「千里鶯啼」、「千里綠映紅」誰人可見得、誰人可聽得的爭議，[8]又如「黃河遠上白雲間」還是「黃沙直上白雲間」的版本之爭，[9]杜甫詩中「霜皮溜雨四十圍，黛色參天二千尺」是否合乎比例，[10]「晨鐘」於「雲外」為何可「濕」，[11]其他如李賀詩「黑雲壓城城欲摧，甲光向日金鱗開」與氣象是否矛盾，長江之浪怎麼可能濺及金山寺之佛身，[12]等等不一而足。此等問題，涉及詩學的根本規律，那就是真實和假定的矛盾在想像中的轉化。西方文論綿延不斷的主客二元對立之爭綿延兩千多年：從柏拉圖的模仿理念和亞里斯多德的模仿自然，直到十八世紀華滋華斯「強烈感情的自然流瀉」、十九世紀

8　〔明〕楊慎《升庵詩話》卷八：「杜牧之〈江南春〉云『十里鶯啼綠映紅』，今本誤作『千里』。若依俗本，『千里鶯啼』，誰人聽得？『千里綠映紅』，誰人見得？若作十里，則鶯啼綠紅之景，村郭樓臺，僧寺酒旗，皆在其中矣。」清何文煥《歷代詩話考索》：「余謂即作十里，亦未必盡聽得著，看得見。題云『江南春』，江南方廣千里，千里之中，鶯啼而綠映焉。水村山郭，無處無酒旗，四百八十寺，樓臺多在煙雨中也。此詩之意既廣，不得專指一處，故總而命曰『江南春』。詩家善立題者也。」

9　〔清〕吳喬《圍爐詩話》卷三：「《唐詩紀事》王之渙〈涼州詞〉是『黃沙直上白雲間』，坊本作『黃河遠上白雲間』。黃河去涼州千里，何得為景？且河豈可言『直上白雲』耶？此類殊不少，何從取證而盡改之。」

10　〔宋〕沈括《夢溪筆談》卷二十三：「杜甫〈武侯廟柏〉詩云：『霜皮溜雨四十圍，黛色參天二千尺。』四十圍乃是徑七尺，無乃太細長乎？……此亦文章之病也。」

11　〔明〕鍾惺、譚元春《唐詩歸》鍾惺批語：「言『濕』，又言『雲外』，作何解？」

12　〔宋〕胡仔《苕溪漁隱叢話後集》卷十八，認為孫魴詠金山寺詩「有疵病」，「如『驚濤濺佛身』之句，則金山寺何其低而且小哉？」

車爾尼雪夫斯基「美是生活」，亦即反映論和表現論的爭議。純用西方的範式，以嚴密的概念定義演繹，眾說紛紜，漠視了詩的形式規範，脫離了詩的特殊性，至今並未根本解決文本解讀的任務。

在中國詩話中，同樣有性質類似的曠日持久的爭論，許多彌足珍貴的思想資源，不僅是西方文論所缺乏的，而且在範疇的建構上，也有比西方獨到、深邃之處。當然，中國古典詩話詞話在理論上往往有陷於客觀真實感（所謂「物理」「事理」）的拘泥，完全無視其與情感真誠的矛盾。連王夫之也不能免俗，以親眼所見為「鐵門檻」。（王夫之《薑齋詩話》卷下）但是，也有從詩的規範形式的特殊想像性出發的獨創之見。黃生（1622-1696？）在《一木堂詩麈》卷一中提出「以無為有，以虛為實，以假為真」，[13]建構了有無、虛實、賓主等對立統一的形式範疇，明確地提出了真實和假定的對立統一和轉化的條件，是十七世紀的西方詩論所望塵莫及的。

中國詩話詞話不耽於概念的細微辨析，因而也就避免了陷入西方詩論繁瑣的經院哲學的概念迷宮。中國詩學更重詩詞的實踐性和操作性，把根本目標確定在詩歌的創作和閱讀的有效性上。梁章鉅《退庵隨筆》把「教人作詩之言」[14]作為詩話和詞話的理想。西方文論超越創作經驗，其極致乃在超驗的美學，而中國詩論更在意於實踐中解決問題。不但表現在普遍形式上，而且對亞形式規範的特殊性都辨析毫釐。在詩話詞話中，各種體式均有多家種種闡釋。對樂府、歌行、古詩、騷體、五七古、絕句、五律、七律、排律等等體式，都毫無例外地先有體制流變，次有各體比較，最有特色的是，均有「作法」之細緻的概括。具體到微觀文本，往往為一聯詩的修改追根溯源，前仆後繼，數百年不懈。最突出的例子莫過於宋林和靖的著名詩句「疏影橫

---

13 〔清〕黃生：《一木堂詩麈》（福州市：福建師大圖書館藏手抄本），卷一。

14 〔清〕梁章鉅：《退庵隨筆》（揚州市：江蘇廣陵古籍刻印社重刊《筆記小說大觀》，1983年），第十九冊，卷二十一，頁227。

斜水清淺，暗香浮動月黃昏」，詩話家考證出自五代江為的「竹影橫斜水清淺，桂香浮動月黃昏」，[15]僅二字之改動，化竹與桂二體為梅之一體，點金成鐵，不但客體統一，而且主體之風韻盡在其中。對於陶淵明「悠然見南山」之妙，不但以另一版本之「悠然望南山」相比，指出「無意」之妙，還與韋應物〈答長安丞裴說〉中之「采菊露未晞，舉頭望秋山」相比，顯示有心之拙。[16]

　　這就顯示出中國古典詩論與西方之根本差異，在於其基礎為創作論。這是因為中國詩話詞話家，不像西方理論家缺乏創作實踐驗，幾乎百分之百皆是詩人，出於創作實踐的真切體驗，從整體的意境到局部語詞鈎鎖關聯，都有深切的體悟。大詩人往往能夠以詩論詩。李白有「自從建安來，綺麗不足珍」[17]；杜甫有「清新庾開府，俊逸鮑參軍」，[18]又有「王楊盧駱當時體，輕薄為文哂未休。爾曹身與名俱滅，不廢江河萬古流」。[19]蘇軾有「論畫以形似，見與兒童鄰。賦詩必此詩，定非知詩人」[20]之說。至於元好問則有成套的絕句論詩。在如此豐厚的感性基礎上，中國古典詩話其說感興，具體到「附會即景」，「牽合詠物」，其論語言，每每深入到「精思」、「煉字」。創作甘苦之言，滲透其間。雖然諸家所持有異，然皆深諳獨創之難，故強調繼承，轉

---

15 〔清〕顧嗣立《寒廳詩話》轉引明李日華《紫桃軒雜綴》：「江為詩：『竹影橫斜水清淺，桂香浮動月黃昏。』林君復改二字為『疏影』、『暗香』以詠梅，遂成千古絕調。」

16 〔宋〕蘇軾《東坡志林》卷五：「陶潛詩：『采菊東籬下，悠然見南山。』采菊之次，偶然見之，初不用意，而境與意會，故可喜也。今皆作『望南山』。（下文接評改杜詩一字，略）……二詩改此二字，便覺一篇神氣索然也。」（據《稗海》本）

17 李白：〈古風五十九首〉其一，收入《李太白全集》（北京市：中華書局，1977年9月），卷二，頁87。

18 杜甫：《杜詩詳注》（北京市：中華書局，1979年10月），卷一，〈春日憶李白〉，頁52。

19 杜甫：《杜詩詳注》，卷十一，〈戲為六絕句〉之二，頁899。

20 蘇軾：《蘇軾詩集》（北京市：中華書局，1982年2月），卷二十九，〈書鄢陵王主簿所畫折枝二首〉，頁1525。

益多師，如論杜甫之成就：「掩顏謝之孤高，雜徐庾之流麗」[21]；具體到操作，甚至總結出「作詩機杼法式」；從正面說可以「祖述、暗合」，從反面說，嚴防「蹈襲」，關鍵是「翻新」，翻新之法莫如「奪胎換骨」。這固然難免作繭自縛之弊，東施效顰，造成詩風的腐敗。但不可否認，在語言藝術的提煉上，也有某種後來居上的積累效果。宋王楙《野客叢書》卷十七引吳曾《能改齋漫錄》說白居易〈長恨歌〉「回眸一笑百媚生」，來自李白〈清平詞〉「一笑皆生百媚」，他認為李白之語，又來自江總「回身轉佩百媚生，插花照鏡千嬌出」。[22]其實李白的「百媚生」是抽象概念，白居易不但將之轉化為可感的形象，還把江總的「回身」轉化為「回眸」，又將其效果強化到楊貴妃回眸一笑，唐明皇的感覺就發生了變異：六宮粉黛，三千佳麗，就一個個臉色蒼白。以眼神的效果來寫美人之美，比之從美本身來寫美，要雄辯得多，如《詩經》〈碩人〉「巧笑倩兮」比之「齒如瓠犀」效果就更好。江總之失，就失在脫離了視覺主體的感情效果，在「百媚」後面加上「千嬌」，又添出華麗的裝束來，意象蕪雜，情趣低下，格調甚卑。這種藝術形象上隔代積累的現象，充分顯示了中國詩學創作論的特色。

　　中國古典詩話詞話另一特點，是把創作論建立在解讀論的基礎上。既有高度概括的「詩無達詁」，詩的「可解」、「不可解」、「不必解」之說，又把最大的熱情放在解讀正誤的爭辯之上。在解讀之際，在內涵上，既有從表層到深層意蘊的深化之求，又有防止穿鑿附會之戒。在想像和聯想上，特別關注詩的和日常實用價值的重大區別，如竹香、雪香、夢魂香之釋。[23]解讀細到語句，有詩歌與非詩句法之別

---

21 元稹《元稹集》（北京市：中華書局，1982年8月），卷五十六，〈唐故檢校工部員外郎杜君墓系銘並序〉，頁601。

22 《野客叢書》（上海市：上海古籍出版社，1991年5月），頁252。

23 〔宋〕葛立方《韻語陽秋》卷四：「竹未嘗香也，而杜子美詩云：『雨洗娟娟靜，風吹細細香。』雪未嘗香也，而李太白詩云：『瑤臺雪花數千點，片片吹落春風香。』」

（如「香稻啄餘鸚鵡粒」之辯），又有用事用典之疏密、成敗之說。爭執往往在一句一詞，但是，又並不拘泥，而是重在關鍵字，提出「詩眼」、「詞眼」的範疇。品評藝術水準之高下成為傳統，爭訟往往在同類中進行。如，同寫岳陽樓，杜甫、孟浩然之優劣，同為近體詩，李白的絕句為何高於杜甫。至於唐詩七律何者為「壓卷」，凡此等等，均以個案的唯一性，不可重複性為鵠的，以藝術的獨一無二性為準則。創作論和文本解讀論乃成中國詩話詞話的兩大支柱。

二

　　但是，這並不是說，中國古典詩話，僅僅閉鎖於實踐性之操作，所長僅僅如朱光潛先生所言「片言中肯，簡練親切」，全無與西方詩論可以比美的理論創造。西方文學理論在哲學唯理論的基礎上，建構起宏大的文學理論體系。而中國詩論重實踐理性，在深厚的經驗論基礎上，在創作論和海量的文本解讀中，在跨時空的對話過程中，從直接經驗向理性昇華，建構諸多理論範疇。當然，這不等於說，古典詩話詞話家，沒有哲學性的方法論的自覺。他們往往表現出易經、老子式的思辨，善於把經驗放在對立統一和轉化的條件中建構基本範疇。

　　詩話詞話家們面臨的是，在漢語構詞中，真和實是天然的聯繫，而虛則和假緊密相關。但是，詩家在進行學術思辨時，自發地運用中國傳統的辯證法，強調真時，聯繫到假，強調實時，聯繫到虛。問題在於如何轉化，避免由虛而假，達到由虛而真。元好問（1190-1257）曾經提出，虛得誠乃是根本。「何謂本？誠是也。……故由心而誠，由誠而言，由言而詩也。」[24]「由心而誠」，這樣從概念到概念

24　《元好問詩話》，收入吳文治主編：《遼金元詩話全編》（南京市：鳳凰出版社，2006年12月），頁323。

的推演，在中國詩論家看來是不夠到位的。這就有了喬億（1702-1788）的「句中有我在」的理性突破。這個突破的特點，還在於其創作論的操作性。把問題回歸到創作過程的矛盾中去：「景物萬狀，前人鉤致無遺，稱詩於今日大難。」喬億從難度的克服來展開論述，提出「同題而異趣」，也就是同景而異趣。「節序同，景物同」，以景之真為準，則千人一面，以權威、流行之誠為準，則於人為真誠，於我為虛偽。真誠不是公共的，因為「人心故自不同」，自我是私有的。人心不同，各如其面，找到自我就是找與他人之心的不同，「以不同接所同，斯同亦不同，而詩文之用無窮焉」。[25]只要找到我心與人心之「不同」，即使面對節序景物之「同」，則矛盾就能轉化，「斯同亦不同」，才有無窮的創造空間。

　　中國詩論範疇，大都從其內部矛盾來展開。除了人與我的關係以外，就是景與趣的關係。蘇軾（1037-1101）提出以「反常合道為奇趣」[26]，趣產生於反常與合道的對立而統一。這裡的「反常」，可以理解為知覺超越常規的「變異」。俄國形式主義把它叫做「陌生化」（остранение，英語譯成 Defamiliarization），意思是反熟悉化。從表面上看，和蘇軾的「反常」異曲同工，都是以新異的話語給讀者感覺以衝擊。但，「陌生化」是片面的。並不是一切「陌生化」的感知和詞語都是富有詩意的。二月春風似剪刀之陌生化是詩，二月春風似菜刀，則是笑話。似剪刀，因為「剪」字前面有「誰裁出」的「裁」作鋪墊，裁剪為漢語之固定聯想。故陌生以熟悉為基礎才有詩意。清李漁《窺詞管見》第七則說：「若紅杏之在枝頭，忽然加一『鬧』字，此語殊難著解。爭鬥有聲之謂『鬧』，桃李『爭春』則有之，紅杏

25 《劍溪說詩》，收入郭紹虞編選：《清詩話續編》（上海市：上海古籍出版社，1983年12月），第二冊，卷下，頁1097。

26 〔宋〕釋惠洪：《冷齋夜話》，收入《宋元筆記小說大觀》（上海市：上海古籍出版社，2001年12月），第二冊，卷五，頁2195。

『鬧春』，予實未之見也。『鬧』字可用，則『吵』字、『鬥』字、『打』字皆可用矣。……予謂『鬧』字極粗極俗，且聽不入耳，非但不可加於此句，並不當見之詩詞。」[27]顯然，李漁這種抬槓是缺乏語感根據的。在漢語詞語裡，存在著一種千百年來積累下來的潛在、自動化的、非常穩定的聯想機制。枝頭紅杏，作為色彩本來是無聲的，但漢語裡「紅」和「火」自然地聯繫在一起，如「紅火」；「火」又可以和「熱」聯繫在一起，如「火熱」；這樣，從「熱」就自然聯想到了「熱鬧」。所以「紅杏枝頭春意鬧」之「鬧」字，取「熱鬧」之意，既是一種自由的、陌生的（新穎的）突破，又是對漢語潛在規範的發現。也就是「反常」而「合道」的，「陌生」而「熟悉」的。而「紅杏枝頭春意『打』」，則是反藝術的。因為只有「陌生」，只有「反常」，沒有「熟悉」，沒有「合道」。

　　從實踐經驗直接昇華，使得中國詩論往往有西方詩論所不及的發明，到了十七世紀，在西方浪漫主義詩潮之前，中國詩論至少在兩個方面具有領先的優勢。[28]

　　第一、提出了「無理而妙」命題。

　　長期以來，情與理的矛盾是中國詩論的核心命題，理與情，理與趣，史家論贊與詩家詠史之別，一直是中國古典詩論的焦點，在曠日持久的探索中，缺乏抽象演繹的興趣的詩話詞話家們，往往從個案的解讀中，提升出觀念，從南宋嚴羽的「非關理也」[29]到清沈德潛（1673-1769）的「議論須帶情韻以行」，[30]總是脫不了感性色彩。十

27　唐圭璋編：《詞話叢編》（北京市：中華書局，1986年1月），第一冊，頁553。

28　這裡，西方暫且把中國詩學的「意境」說放在一邊。因為這方面的研究成果甚多，且多從概念到概念，突破甚少。

29　〔宋〕嚴羽，郭紹虞校釋：《滄浪詩話》（北京市：人民文學出版社，1983年），〈詩辨〉，頁26。

30　《說詩晬語》，收入丁福保編《清詩話》（上海市：上海古籍出版社，1978年9月），下冊，卷下，頁553。

七世紀，中國古典詩話終於在理論上取得突破。清初文學家賀貽孫《詩筏》提出「妙在荒唐無理」，[31]賀裳（一六八一年前後在世）和吳喬（1611-1695）提出「無理而妙」、「癡而入妙」。[32]方貞觀在《輟鍛錄》亦持此說。沈雄（一六八八年前後在世）在《古今詞話》〈詞評下卷〉又指出：「詞家所謂無理而入妙，非深於情者不辨。」[33]從無理轉化為妙詩的條件就是情感，比之陸機《文賦》中所謂「詩緣情而綺靡」[34]嚴羽「詩有別趣，非關理也」的陳說是一個大大的飛躍。吳喬《圍爐詩話》在引賀裳語時還發揮說：「其無理而妙者……但是於理多一曲折耳。」[35]「於理多一曲折」，就是從理性轉換為情感層次，就把理性邏輯與情感邏輯的矛盾及其轉化的條件提了出來。當然，這還是形式上的。

　　至於對情的內涵，王夫之（1619-1692）的《古詩評選》卷四作出更深入的分析，在中國詩話史上第一次對理提出了「詩人之理」與「名言之理」、[36]「經生之理」的矛盾。[37]王夫之並沒有意識到要正面確定其內涵，僅僅從反面說，「經生之理」不是詩理，但否定性的闡釋，不能夠充分成為定義形態。把這個問題從正面分析得比較透澈的是葉燮（1627-1703），他在《原詩》〈內篇下〉中把理分為「可執之理」也就是「可言之理」，與「名言所絕之理」「不可言之理」，認定後二者才是詩家之理。從世俗眼光來看，是「不通」的。然而，這種

31　郭紹虞編選：《清詩話續編》（上海市：上海古籍出版社，1983年12月），第一冊，頁191。

32　〔清〕賀裳：《載酒園詩話》，收入郭紹虞編選：《清詩話續編》，第一冊，卷一，頁209、225；吳喬：《圍爐詩話》，收入郭紹虞編選：《清詩話續編》，卷一，頁477-478。

33　唐圭璋編：《詞話叢編》（北京市：中華書局，1986年1月），頁1044。

34　張少康：《文賦集釋》（上海市：上海古籍出版社，1984年1月），頁71。

35　張少康：《文賦集釋》，頁478。

36　《古詩評選》，收入《船山全書》（岳麓書社），第十四冊，卷四，頁687。

37　《古詩評選》，第十四冊，卷五，頁753。

不合世俗之理，恰恰是「妙於事理」的。這種不通之「理」之所以動人，因為是「情至之語」。中國古典詩話論情與理的矛盾，在葉燮這裡有了比較系統的闡釋。第一，無理的，不通的，之所以妙於事理的，就是因為「情至」，也就感情極端。「情得然後理真，情理交至」。他和嚴羽等僅限於情與理的二元對立不同，在情與理的矛盾中，引進了一個新範疇，那就是「真」。這個「理真」是由「情得」來決定的，因為「情得」，不通之理轉化為「妙」理。第二是，詩歌中往往表達某種「不可名言之理，不可施見之事，不可逕達之情」。從不可言到可言，從不施見到可見，從不可逕達到撼人心魄，條件是什麼呢？他的答案是：「幽渺以為理，想像以為事，惝恍以為情，方為理至事至情至之語。」[38]他在詩學上提出三分法，一是理，二是事，三是情。三者是分離的，唯一可以將之統一起來的，是一個新的範疇「想像」，正是這種「想像」的「事」把「幽渺」「惝恍」的（朦朧的），不可感知「情」變得生動。情與事的矛盾，情與理的矛盾，是要通過「想像」的途徑來解決的，「想像」能把事情理三者結合起來。葉燮不像一般詩話作者那樣，拘泥於描述性的事理，舉些依附於景物似乎是不真的形象，叫做不合事理。他的魄力表現在舉出直接抒情的詩句，其想像境界與現實境界有著比較大的距離。這種距離不是情與事的差異，而是情感與理性在邏輯上的距離。

　　文學理論中的真與假，情與理，是一個世界性的課題。一百多年後，德國啟蒙主義者萊辛（1729-1781）在漢堡劇評中才提出「逼真的幻覺」。十八世紀西方浪漫主義詩論家赫斯列特等提出了「想像」（下文詳說）。

　　關於情與理也是西方浪漫主義詩人思考話題，英國浪漫主義詩人華滋華斯這樣說：「詩是一切文章中最富哲學意味的。詩的目的是在

真理，不是個別的和局部的真理，而是普遍的和有效的真理。」[39]這
和我國嚴羽的「詩有別趣，非關理也」可以說針鋒相對。華滋華斯又
強調一切的好詩都是「強烈感情的自然流瀉」。對於情與理的矛盾，
他說，強烈的情感是從寧靜中聚集（凝神）的（it takes its origin from
emotion recollected in tranquility），是在「審思」（contemplation）中
產生，又是在「審思」中消退（disappears）下去，其結果是「in
good sense」，用曹葆華的譯法就是「合情全理」。[40]曹葆華這個翻譯，
似乎並不太準確，原文本是有良好的感受力的意思。康德（1724-
1804）《判斷力批判》在十八世紀末（1790）中提出審美的「非邏輯
性」，相比起來，還是中國的古典詩話在這個問題上說得比較早、而
且豐富，具有某種操作性。在西方直到二十世紀初，和無理而妙相似
的觀念，才由新批評的理論家正面提出。理查茲提到了「邏輯的非關
聯性」[41]，布魯克則歸結為「非邏輯性」[42]，只要向前邁出一步就不
難發現，情感邏輯與抒情邏輯的不同。但由於新批評對抒情的厭惡，
始終不能直面情感邏輯和理性邏輯的矛盾，都只限於理性在詩中的

---

39 〔英〕華滋華斯，曹葆華譯：〈抒情歌謠集序言〉，收入《古典文藝理論譯叢》（北
　　京市：人民文學出版社，1961年），第一冊，頁11。原文見William Wordsworth
　　Preface to Lyrical Ballads (1800). Famous Prefaces. The Harvard Classics. 1909-1914。

40 原文是這樣的：「I have said that poetry is the spontaneous overflow of powerful
　　feelings: it takes its origin from emotion recollected in tranquility: the emotion is
　　contemplated till by a species of reaction the tranquility gradually disappears, and an
　　emotion, kindred to that which was before the subject of contemplation, is gradually
　　produced, and does itself actually exist in the mind.」。自然流露中的自然，原文有點自
　　發（spontaneous）的意味。〔英〕華滋華斯，曹葆華譯：〈抒情歌謠集序言〉，頁11。
　　原文見William Wordsworth *Preface to Lyrical Ballads (1800). Famous Prefaces.*, The
　　Harvard Classics.1909-1914。

41 參見蘭色姆，王臘寶等譯：《新批評》（南京市：江蘇教育出版社，2006年），頁8。

42 布魯克斯說：「鄧恩在運用『邏輯』的地方，常常是用來證明其不合邏輯的立場。
　　他運用邏輯的目的是要推翻一種傳統的立場，或者『證實』一種基本上不合邏輯的
　　立場。」《精緻的甕》（上海市：上海人民出版社，2008年），頁196。

「悖論」，與抒情無關。在他們看來，抒情是危險的。艾略特說得很清楚：「詩不是放縱感情而是逃避感情，不是表現個性而是逃避個性。」[43]蘭色姆則更是直率地宣稱：「藝術是一種高度思想性或認知性的活動，說藝術如何有效地表現某種情感，根本就是張冠李戴。」[44]西方文論在抒情與理性的矛盾上，一直沒有實質性的進展，原因是，他們的流派更迭過速，強調「強烈感情的自然流瀉」的浪漫主義還沒有來得及把這個命題充分展開，反抒情的意象派和現代派已經搶先登場了。

中國詩話在這個時期對世界詩論的第二貢獻，乃是詩酒文飯之說。

這種學說，從哲學方法論上，則表現為文體間的矛盾對立和轉化。

西方詩論對於詩歌的研究，從古希臘亞里斯多德的《詩學》開始，都把詩與哲學、歷史進行比較：歷史是個別的人事，而詩是概括的，故詩更接近於哲學。他們的比較似乎總在異類中進行，如關於詩與畫的矛盾，萊辛寫過《拉奧孔》，闡釋了詩與畫的不同規律。[45]在這方面，我們似乎覺悟得更早。先是蘇東坡在〈書摩詰〈藍田煙雨圖〉〉中說：「味摩詰之詩，詩中有畫。觀摩詰之畫，畫中有詩。詩曰：『藍溪白石出，玉川紅葉稀。山路元無雨，空翠濕人衣。』」[46]強調了詩與畫的共同性。但是，張岱（1597-1679）提出異議說：「若以有詩句之畫作畫，畫不能佳；以有畫意之詩為詩，詩必不妙。如李青蓮〈靜夜思〉：『舉頭望明月，低頭思故鄉』，有何可畫？王摩詰〈山

---

43 艾略特這個說法是很極端的。其中包含著兩層意思，一是反對浪漫主義的濫情主義，二是詩人的個性其實並不是獨異的，而是整個文化傳統所塑造的。因而，個性和感情只是作品的形式：「我的意思是詩人沒有什麼個性可以表現，只有一個特殊的工具，那只是工具，不是個性。」見 *T．S．Eliot slected essays, p8, 1933*。

44 蘭色姆，王臘寶等譯：《新批評》，頁11。

45 參閱萊辛，朱光潛譯：《拉奧孔》（北京市：人民文學出版社，1979年），頁22。

46 〔宋〕蘇軾：《蘇軾全集》（上海市：上海古籍出版社，2000年），文集卷七十，下冊，頁2189。

路〉詩：『藍田白石出，玉川紅葉稀』，尚可入畫；『山路原無雨，空翠濕人衣』，則如何入畫？」。[47]我國的詩話詞話，似乎更長於在同類的語言藝術中進行比較，詩與散文的比較，是詩話詞話的一個傳統話題。西方不把詩放在文學範疇中的散文進行同類比較。根源可能還在於，他們那裡散文並不是一個獨立的文體。他們的散文在古希臘羅馬時期是演講和對話，後來則是隨筆（essay），大體都是主智的，和我們今天的心目中審美抒情散文不屬同類。在英語國家的百科全書中，有詩的條目，卻沒有單獨的散文（prose）條目，只有和 prose 有關的文體，例如：alliterative prose（押頭韻的散文）、prose poem（散文詩）、nonfictional prose（非小說類/非虛構寫實散文）、heroic prose（史詩散文）、polyphonic prose（自由韻律散文）。在他們心目中，散文並不是一個特殊的文體，而是一種表達的手段，許多文體都可以用。而中國詩論則不然，詩言志，文載道，從來就是對立面。詩與散文的二分法，一直延續到清代。經過明莊元臣和清鄒祇謨的努力，得出了二者「情理並至」（統一）的結論，不管是在詩中還是文中，情與理並不是絕對分裂的，而是情理互滲，如經緯之交織，詩情中往往有理，文理中也不乏情致。只是在文中，理為主導，在詩中，情為主導。這在哲學上叫做矛盾的主導方面，決定了事物的性質。當然，畢竟還僅僅是推理，還缺乏文本的實感。真正有理論意義上的突破，則是吳喬。他在《圍爐詩話》中這樣寫：

　　問曰：「詩文之界如何？」答曰：「意豈有二？意同而所以用之者不同，是以詩文體制有異耳。文之詞達，詩之詞婉。書以道政事，故宜詞達；詩以道性情，故宜詞婉。意喻之米，飯與酒所同出。文喻之炊而為飯，詩喻之釀而為酒。文之措詞必副乎

意，猶飯之不變米形，噉之則飽也。詩之措詞不必副乎意，猶酒之變盡米形，飲之則醉也。文為人事之實用，詔敕、書疏、案牘、記載、辨解，皆實用也。實用則安可措詞不達，如飯之實用以養生盡年，不可矯揉而為糟也。詩為人事之虛用，永言、播樂，皆虛用也。……詩若直陳，〈凱風〉、〈小弁〉大詬父母矣。」[48]

這可以說，比較系統地深入到文體的核心了。散文與詩的區別是，第一，在內涵上，文的「道政事」，而詩則「道性情」。第二，一個說理，一個抒情。第三，由於內涵的不同，導致了形式上巨大的差異：「文喻之炊而為飯，詩喻之釀而為酒。文之措詞必副乎意，猶飯之不變米形，噉之則飽也。詩之措詞不必副乎意，猶酒之變盡米形，飲之則醉也。」這個詩酒文飯的說法，在〈答萬季野詩問〉時說得更徹底，不但是形態變了，而且性質也變了（「酒形質盡變」）。[49]第四，這裡還連帶提示在價值上，文是「實用」的，而詩是「虛用」的。這個說法相當系統，對千年的詩文之辨是一大突破。在這裡最關鍵的是變形變質，涉及到抒情的詩歌形象在想像的假定的境界中變異的規律。這在創作實踐中，本來近乎常識：「一日不見，如三秋兮」，「誰謂荼苦，其甘如薺」，「露從今夜白，月是故鄉明」，「回眸一笑百媚生，六宮粉黛無顏色」，都是以感知變異的結果提示著情感的強烈的原因。

　　創作實踐走在理論前面，理論落伍的規律使得我國古典詩論往往拘泥於《詩》〈大序〉的「在心為志，發言為詩。情動於中而形於言」[50]的陳說，好像情感直接等於語言，有感情的語言就一定是詩，情感和

48　郭紹虞編選：《清詩話續編》（上海市：上海古籍出版社，1999年），上冊，頁479。

49　〔近代〕丁福保編：《清詩話》（上海市：上海古籍出版社，1978年），上冊，頁27。

50　《毛詩正義》，收入《十三經注疏》（北京市：中華書局，1980年），上冊，頁269-270。

語言、語言和詩之間沒有任何矛盾似的。其實，從情感到語言之間橫著一條相當複雜的迷途，心中所有往往筆下所無。言不稱意，筆不稱言，言不成詩，手中之竹背叛胸中之竹，是普遍規律，正是因為這樣，詩歌創作才需要才華。司空圖似乎意識到了「遺形得似」的現象，只是天才猜測，限於簡單論斷未有必要的闡釋。

吳喬的貢獻首先是，明確地把詩歌形象的變異作為一種普遍規律提上理論前沿，突破了中國古典文論中形與神對立統一的思路，提出了形與形、形與質對立統一的範疇。其次是，「文為人事之實用」，「詩為人事之虛用」。「實用」，在實質上，就是王夫之所說的「經生之理」和「名言之理」，而「虛用」，乃是王夫之所說的「詩人之理」。「實用」「虛用」的命名，說明他和王夫之一樣，已經意識到詩的審美價值是不實用的。這和一百年後康德在《判斷力批判》中所言審美的「非實用」要早上一百年。當然，吳喬沒有康德那樣的思辨能力，也沒有西方建構宏大體系的演繹能力。他的見解具有相當的深邃性，但是，其表述卻滿足於感性，這不僅僅吳喬的局限，而且是詩話詞話體裁的局限，也是我國傳統民族文化的局限。但是，這並不妨礙他的理論具有超前的性質。

以理性思維見長的西方，直到差不多一個世紀以後，才有雪萊的總結，「詩使它能觸及的一切變形」。[51] 英國浪漫主義詩歌理論家赫斯列特在《泛論詩歌》中說：「想像是這樣一種機能，它不按事物的本相表現事物，而是按照其他的思想情緒把事物揉成無窮的不同的形態和力量的綜合來表現它們。」「『我們的眼睛』被其他的官能『所愚弄』，這是想像的普遍規律。」[52] 其實這個觀念並非赫氏的原創，而是來自莎士比亞《仲夏夜之夢》第五幕第一場，「瘋子情人和詩人都是

---

51 〔英〕雪萊：《為詩辯護》，收入《十九世紀英國詩人論詩》（北京市：人民文學出版社，1984年），頁150。

52 《古典文藝理論譯叢》（北京市：人民文學出版社，1961年），第一冊，頁60-61。

猜想的產兒」（the lunatic, the lover, and the poet are of imagination all compact）到了西歐浪漫主義詩歌衰亡之後，馬拉美提出了「詩是舞蹈，散文是散步」的說法，與吳喬的詩酒文飯之說，有異曲同工之妙。

　　中國詩論在十七世紀之所以取得這樣的成就，應該說與中國詩論比之西方對詩的形式規範有更大的關注有關。這種關注，並不限於詩與散文之區別，更有特色的是，同為詩，對於其亞形式也是曲盡其妙。如七言古詩和五言古詩的區別：「五言古以不盡為妙，七言古則不嫌於盡。」[53]至於律詩與絕句之別，則有更多的鑽研，金聖歎把七律的每一聯用起承轉合的格式加以歸納，如，第一聯起得「勃鬱」，則第二聯必然「條暢」，到第三聯則應該「轉發」，第四聯「不得意盡，不得另添」，總之起要「直貫到尾」結要「直透到頂」，（《貫華堂選批唐才子詩》〈聖歎尺牘〉）而元人楊載分析絕句同樣用了起承轉合範式，其《詩法家數》〈絕句〉說到詩的起承轉的「轉」：「絕句之法，……句絕而意不絕，多以第三句為主，而第四句發之。……承接之間，開與合相關，反與正相依，順與逆相應……大抵起承二句固難，然不過平直敘起為佳，從容承之為是。至如宛轉變化工夫，全在第三句，若於此轉變得好，則第四句如順流之舟矣。」[54]從某種意義上說，中國古典詩論比俄國形式主義更具「形式主義」特色，不過中國古典詩話詞話，沒有像俄國形式者那樣天真，也沒有像美國新批評那樣武斷，企圖用粗糙的「陌生化」、「反諷」之類作為一元化的綱領闡釋全部文學，而是相當切實地深入到形式內部的結構之中去直接歸納。對於形式規範的過分執著，固然有束縛思想，付出了藝術形式蛻變為僵化模式的代價，但是，也有在形式範疇上逼近藝術特徵，避免了西方詩論陷於經院哲學繁瑣空論的弊端。固然西方並不否定形式，但是，由於所言往往是內容決定形式，而形式乃原生的生活形式，就

53　〔清〕賀貽孫：《詩筏》，收入郭紹虞編選：《清詩話續編》，第一冊，頁138。
54　〔清〕何文煥：《歷代詩話》（北京市：中華書局，1981年），下冊，頁732。

是克羅齊，非常強調形式的心靈性質，他在《美學綱要》中說「形式是常駐不變的，也就是心靈的活動」。心靈的活動恰恰不是「常駐不變的」，而是像絕句的傑作所表現的那樣，是瞬息萬變的。而形式也不是「常駐不變的」，而是隨歷史的發展而變化的。因而，他所說的形式，其實是心靈自發的原生形式，而非文學的規範形式。[55]

　　從美學上來說，原生形式和藝術的不形式，在性質上是不同的。原生形式是自發的、無限的，不可重複的，與內容不可分離的；而藝術的規範形式則是人造的、有限的（在文學中數量不超過十種），與內容可以分離的，是千百年不斷重複的。以詩歌而言，正是由於重複，才能從草創，經過積累達到成熟。不論是西方的十四行詩，還是中國的近體詩都有一個形式化規格化的過程。中國古典詩歌，從古謠諺的二言，到詩經的四言，再到騷體的雜言，在走向近體格律的過程中，經歷了統一（定言，建句，定篇）結合變化的結構：在節奏上，行內平仄交替，行間平仄相對；在語義上，對仗與不對仗交織。沈約在《宋書》〈謝靈運傳〉中說：「夫五色相宣，八音協暢，由於玄黃律呂，各適物宜。」說的是追求內在節奏和外在節奏的統一性，但是光有統一性是不夠的，沈約還特別強調「欲使宮羽相變，低昂互節，若前有浮聲，後須切響」[56]。這裡的「宮」是指平聲，「羽」指仄聲；「低」是仄聲的特點，「昂」是平聲的特點；「浮聲」，也是平而上浮，切響是仄聲。目的就是要使統一的節奏中盡可能避免單調，格律保證著結構有規律地變化，統一而豐富。從沈約經營平仄，建構近體詩歌形式到盛唐形式化、規範化的成熟階段，攀登到盛唐氣象的藝術高峰，凡四百年。在人類審美超越實用理性的經驗積澱進化的過程

---

55 例如，他說「史詩和抒情詩的分別，戲劇和抒情詩的分別，都是繁瑣派學者強為之說，分其所不可分。凡是藝術都是抒情的，都是情感的史詩或劇詩。」轉引自《朱光潛美學文集》（上海市：上海文藝出版社，1982年），第二卷，頁54-55。又見朱光潛：《談美》（北京市：金城出版社，2006年），頁117。

56 《宋書》（北京市：中華書局，1974年），第六冊，頁1779。

中，規範形式範疇是對於藝術形象的品質的提高是如此關鍵。缺乏藝術的規範形式範疇，耽溺於哲學化的思辨，就不能不在審美積澱的內涵上，一味滿足於從概念到概念的演繹，脫離創作和閱讀經驗，失去直接概括的基礎，正是西方文論解讀文本無效和低效，與審美閱讀經驗為敵，最後乾脆否定文學的存在的根源。

孫紹振
二〇一一年十一月六至十九日完稿
二〇一二年一月七日再改

—— 本文原刊於《文學遺產》2012 年第 5 期

凡例

一、本書係有關詩歌審美特徵的爭論選輯，論爭無論或明或隱，統稱
　　之「聚訟詩話詞話」。全書分三編，約八十題：上編側重於理論
　　上的爭辯，中編是諸多案例的歧解，下編為若干有關問題的討
　　論。為提供學者研究時比較參酌，所選輯資料，除後者完全複述
　　不再重見外，一般從寬予以收錄。

二、每題入選論著大體按作者時代先後排列，以便瞭解爭論的歷史及
　　演變。作者生平未詳者，依據其在世活動時間、同時期交往人物
　　或成書刊行時間等酌情編次。若以上皆無從查考，則附於題末。

三、本書引錄著述包括詩話、詞話、筆記資料及詩詞批語、解釋五百
　　餘種。所引論著，往往版本諸多，卷次、文字各有差異；作者之
　　間互引，彼此更時有異文、訛誤或增刪；即使今人點校本，從文
　　字到標點，也難免略有不同。本書選輯，除極少數參酌不同版本，
　　或有明顯錯字和標點外，概按原著摘錄，不予改動，不作校勘。
　　讀者如欲轉引，請查檢原著。本書後附主要引用書目，亦非皆為
　　佳槧，僅供參考。

四、選輯資料文中時有夾注小號文字，均為原著所有。凡圓括號之內
　　文字，則為選輯者所加按語或人名字號等說明。選輯論述或點評
　　所涉詩詞作品，為省讀者翻檢之勞，編者視需要全篇或部分加以
　　引注。如前文各題已引錄者，後文則一般不重引。

五、在紛紜聚訟甚至針鋒相對的爭論之中，讀者有時可以得到比正面
　　論述更為深刻的啟迪。但部分讀者也可能因歧解迭出而感到茫
　　然，莫衷一是。為此，本書於每題後特設「孫評」欄目，將就此
　　題聚訟予以評說，或梳理提示，或比較剖析，或廣為引證，或發
　　揮己見，希望能引起讀者對此爭論的興趣和思考，對批判地傳承
　　古代詩話詞話豐碩成果有所幫助。

上 編

詩文之辨──酒飯妙喻

　　詩者，其文章之蘊耶！義得而言喪，故微而難能；境生於象外，故精而寡和。

（唐）劉禹錫〈董氏武陵集紀〉

　　故僕志在兼濟，行在獨善，奉而始終之則為道，言而發明之則為詩。

（唐）白居易〈與元九書〉

　　在心為志，發口為言。言之美者為文，文之美者為詩。

（宋）司馬光〈趙朝議文稿集序〉

　　文章之精者，盡在於詩。觀人文者，觀其詩，斯知其才之遠近矣。

又〈馮亞詩集序〉

　　杜（唐杜甫）之詩法，韓（唐韓愈）之文法也。詩文各有體，韓以文為詩，杜以詩為文，故不工爾。

（宋）黃庭堅語，轉引自宋陳師道《後山詩話》

　　韓以文為詩，杜以詩為文，世傳以為戲。然文中要自有詩，詩中要自有文，亦相生法也。文中有詩，則句語精確；詩中有文，則詞調流暢。謝玄暉（南朝謝朓字）曰：「好詩圓美流轉如彈丸。」此所謂詩中有文也。唐子西（宋唐庚字）曰：「古人雖不用偶儷，而散句之中，暗有聲調；步

驟馳騁，亦有節奏。」此所謂文中有詩也。前代作者皆知此法，吾謂無出韓杜。⋯⋯世之議者，遂謂子美（杜甫字）無韻語殆不堪讀，而以退之（韓愈字）之詩但為押韻之文者，是故足以為韓杜病乎？文中有詩，詩中有文，知者領予此語。

（宋）陳善《捫虱新話》上集

詩非文比也，必詩人為之；如攻玉者必得玉工焉，使攻金之工代之琢，則窳矣。而或者挾其深博之學，雄雋之文，於是檃栝其偉辭以為詩，五七其句讀，而平上其音節，夫豈非詩哉？

（宋）楊萬里《楊萬里詩話》〈輯錄〉

詩與文，特言語之別稱耳。有所記述之謂文，吟詠情性之謂詩，其為言語則一也。

（金）元好問《元好問詩話》〈輯錄〉

散文不宜用詩家語，詩句不宜用散文言。

（金）劉祁《歸潛志》卷十二

文之精者為詩，詩之精者為律。

（元）方回〈瀛奎律髓序〉

詩文本出於一源，詩則領在樂官，故必定之以五聲，若其辭則未始有異也。如《易》、《書》之協韻者，非文之詩乎？《詩》之〈周頌〉，多無韻者，非詩之文乎？何嘗歧而二之！沿及後世，其道愈降，至有儒者、詩人之分。自此說一行，仁義道德之辭，遂為詩家大禁。而風花煙鳥之章，留連於海內矣，不亦悲夫！

（明）宋濂《宋濂詩話》

夫語言精者為文，詩之於文，又其精者也。故為文必去陳言，於詩尤所當務。

（明）徐一夔《徐一夔詩話》

東坡謂孟襄陽（唐孟浩然，襄陽人）詩，韻高而才短，如造內法酒手而無材料爾。余不然之，襄陽詩如玄酒至味存焉，總有材料，亦著些子不得。

（明）劉績《霏雪集》卷上

言之成章者為文，文之成聲者則為詩。詩與文同謂之言，亦各有體，而不相亂。

（明）李東陽《李東陽詩話·輯錄》

詩與文不同體，昔人謂杜子美以詩為文，韓退之以文為詩，固未然。然其所得所就，亦各有偏長獨到之處。近見名家大手以文章自命者，至其為詩，則毫釐千里，終其身而不悟。然則詩果易言哉？

…………

詩太拙則近於文，太巧則近於詞。宋之拙者，皆文也；元之巧者，皆詞也。

又《麓堂詩話》

作詩譬如江南諸郡造酒，皆以曲米為料，釀成則醇味如一。善飲者歷歷嘗之曰：「此南京酒也，此蘇州酒也，此鎮江酒也，此金華酒也。」其美雖同，嘗之各有甄別，何哉？做手不同故爾。

（明）謝榛《四溟詩話》卷三

詩依情，情發而葩，約之以韻；文依事，事述而核，衍之以篇。

（明）張佳〈李滄溟先生集序〉

言之精者為文，文之精者為詩。

（明）王文祿《詩的》

文顯於目也，氣為主。詩詠於口也，聲為主。文必體勢之壯嚴，詩必音調之流轉。是故文以載道，詩以陶性情，道在中矣。

又《文脈》〈總論〉卷一

夫道之菁英為文，文之有韻為詩。

（明）屠隆《屠隆詩話》

從古以來，詩有詩人，文有文人。譬如斲琴者不能制笛，刻玉者不能鏤金。專擅則獨詣，雙鶩則兩廢。有唐一代詩人，如李（白）如杜（甫），皆不能為文章。李即為文數篇，然皆俳偶之詞，不脫詩料。求其兼詣並至，自杜樊川（杜牧。常游長安樊川，曾囑文集名《樊川集》）、柳柳州（柳宗元，終貶柳州刺史）之外，殆不多見。韓昌黎（韓愈，自謂郡望之代稱）文起八代，而詩筆未免質木，所乏俊聲秀色，終難膾炙人口。宋朝惟歐陽（修）公，號稱雙美。天才如蘇長公（蘇軾，蘇洵長子，與弟轍並稱二蘇，人稱大蘇），而其詩獨七言古不失唐格，若七言律絕，便以議論典故為詩，所謂文人之詩，非詩人之詩也。……

（明）江盈科《雪濤小書》〈詩評〉

詩有詩體，文有文體，兩不相入。中、晚之詩，窮工極變，自非後世可及。若宋人無詩，非無詩也，蓋彼不以詩為詩，而以議論為詩，故為非詩。若乃歐陽永叔（宋歐陽修字）、楊大年（宋楊億字）、陳後山（宋陳師道字）、黃魯直（宋黃庭堅字）、梅聖俞（宋梅堯臣字）諸人，則皆以詩為詩，安見其非唐耶？我朝如何（景明）、李（夢陽）以後，一時詞人，自謂詩能復古，然誦其篇章，往往取古人之文字句藻麗者，襯貼鋪飾，直是

以文為詩，非詩也。夫詩，則寧質、寧樸，寧摭景目前，暢協眾耳眾目，而奈何以文為詩，乃反自謂復古耶？余謂為詩者，專用詩料；為文者，專用文料。如製朝衣，須用錦綺，如製衲衣，須用布帛，各無假借。

同上

詩主自適，文主喻人。詩言憂愁婾佚，以舒己拂鬱之懷；文言是非得失，以覺人迷惑之志。故有貴於文，詩也。若詩不能適己，文不能喻人，而徒以人藻繪飾其游言，是所謂杇糞土而刻朽木也。嗚乎，其於詩文之本，未之思耳！

（明）莊元臣《莊元臣詩話》

詩與文章不同，文顯而直，詩曲而隱。風人之詩，不落言筌，意在言外。曲而隱也。……詩雖以不落言筌為尚，然唐人又以氣格為主，故與論〈國風〉、漢、魏不同。

（明）許學夷《詩源辯體》卷一

詩與文異：文主義，詩主聲；文體直，詩體婉；文之辭即志，詩之志或非辭；文有正志無反辭，所無邪思有旁聲。

（明）郝敬《藝圃傖談》卷一

詩極變于杜甫，而韓愈效之。先輩謂甫「以詩為文」，愈「以文為詩」。詩文同而體別也，詩近性情，文直寫胸臆；文所難言者，詩以詠之。《五經》同文而別有風雅，其來遠矣。夫既謂之詩，不焉可以為文？鹵莽混同，自是後人馳騁之習，非詩之正體也。

同上卷三

古之為詩者，有泛寄之情，無直書之事；而其為文也，有直書之事，

無泛寄之情，故詩虛而文實。晉、唐以後，為詩者有贈別，有敘事；為文者有辨說，有論敘。架空而言，不必有其事與其人，是詩之體已不虛，而文之體已不能實矣。古人之法，顧安可概哉！

（明）袁宏道〈雪濤閣集序〉

學詩如釀酒，自曬稻、舂米、拌麴，歷多少境界而後酒成，尚窨如許歲月而後酒成，皆非一日可至。詩至成酒，上天下地，橫說豎說，無所不可。釀而不成酒，必把作不良也。

（明）費經虞《雅倫》卷二十二

文貴高潔，詩尚清真，況於詞乎。

（清）李漁《窺詞管見》第八則

又問：「詩與文之辨？」答曰：「二者意豈有異？唯是體制辭語不同耳。意喻之米，文喻之炊而為飯，詩喻之釀而為酒；飯不變米形，酒形質盡變；噉飯則飽，可以養生，可以盡年，為人事之正道；飲酒則醉，憂者以樂，喜者以悲，有不知其所以然者。如〈凱風〉、〈小弁〉之意，斷不可以文章之道平直出之，詩其可已於世乎？」

（清）吳喬〈答萬季野詩問〉

問曰：「詩文之界如何？」答曰：「意豈有二？意同而所以用之者不同，是以詩文體制有異爾。文之詞達，詩之詞婉。書以道政事，故宜詞達；詩以道性情，故宜詞婉。意喻之米，飯與酒所同出。文喻之炊而為飯，詩喻之釀而為酒。文之措詞必副乎意，猶飯之不變米形，噉之則飽也。詩之措詞不必副乎意，猶酒之變盡米形，飲之則醉也。文為人事之實用，詔敕、書疏、案牘、記載、辨解，皆實用也。實則安可措詞不達，如飯之實用以養生盡年，不可矯揉而為糟也。詩為人事之虛用，永言、播

樂，皆虛用也。……詩若直陳，〈凱風〉、〈小弁〉大詬父母矣。」

又《圍爐詩話》卷一

（唐賈至「白雲明月弔湘娥」[1]）硬裝。以無為有。　○此詩起句不響，特以結句見奇，卻全首無病。末句言弔湘娥於白雲、明月中也。弔湘娥，語空無實事，詩人類以無為有，境象蓋在虛實之間，此又詩與古文分途處也。

（清）黃生《唐詩摘抄》卷四

作詩之法，情勝於理；作文之法，理勝於情。乃詩未嘗不本理以緯夫情，文未嘗不因情以宣乎理，情理並至，此蓋詩與文所不能外也。

（清）鄒祗謨《與陸蓋思》

韓文公（韓愈，死後諡文）一肚皮好道理，恰宜於文發之；杜工部（杜甫，曾官檢校工部員外郎）一肚皮好性情，恰宜於詩發之，所以各登峰造極。

（清）李光地《榕村語錄》卷二十九

詩主言情，文主言道；詩一言道，則落腐爛。然詩亦有言道者，陸機云：「我靜如鏡，民動如煙。」[2]陶潛云：「此中有真意，欲辨已忘言。」[3]杜甫云：「舜舉十六相，身尊道何高？」[4]各有懷抱。至於宋人則益多，如「月到天心處，風來水面時」[5]，「一陽初動處，萬物未生時」[6]，流入卑俗。

（清）費錫璜《漢詩總說》

1　〈初至巴陵與李十二白裴九同泛洞庭〉其二：楓岸紛紛落葉多，洞庭秋水晚來波。乘興輕舟無近遠，白雲明月弔湘娥。
2　〔晉〕陸機〈隴西行〉詩句。
3　〔晉〕陶潛〈飲酒二十首〉其五詩句。
4　杜甫〈述古三首〉其二詩句。
5　〔宋〕邵雍〈清夜吟〉：月到天心處，風來水面時。一般清意味，料得少人知。
6　又邵雍〈冬至吟〉：冬至子之半，天心無改移。一陽初起處，萬物未生時。玄酒味方淡，大音聲正希。此言如不信，更請問庖犧。

少時見趙秋穀（清趙執信號）先生，為述吳修齡（吳喬字）語云：
「意思猶五穀也，文則炊而為飯，詩則釀而為酒；飯不變米形，酒形質變
盡；吃飯而飽，可以養生，可以盡年；飲酒而醉，憂者以樂，喜者以悲，
有不知其所以然者。」斯言可謂善喻。余謂：以酒喻詩，善矣。第今人釀
酒，最要分別醇醨，與其魯酒千鍾，不若云安一盞。先生拊掌大笑。

（清）李重華《貞一齋詩説》

意喻之米，飯與酒所同出。文喻之炊而為飯，詩喻之釀而為酒。文之
措詞必副乎意，猶飯之不變米形，噉之則飽也。詩之措詞不必副乎意，
猶酒之變盡米形，飲之則醉也。醉則憂者以樂，喜者以悲，有不知其所以
然者。

（清）王應奎《柳南隨筆》卷六

真能文，定知詩，不必其能詩也。真能詩亦然。

（清）喬億《劍溪説詩又編》

（蘇軾〈和子由記園中草木十首〉其三[7]）純乎正面說理而不入膚
廓，以仍是詩人意境，非道學意境也。夫理喻之米，詩則釀之而為酒，道
學之文則炊之而為飯。

（清）紀昀《紀文達公評蘇文忠公詩集》卷五

按：紀昀《玉溪生詩説》〈抄詩或問〉卷下，亦曾引吳喬「詩酒文飯」説以答問。

吳修齡論詩云：「意喻之米，文則炊而為飯，詩則釀而為酒。飯不變
米形，酒則變盡。噉飯則飽，飲酒則醉。醉則憂者以樂，悲者以喜，有不

7　〔宋〕蘇軾〈和子由記園中草木十首〉其三：種柏待其成，柏成人已老。不如種叢
　　蕙，春種秋可倒。陰陽不擇物，美惡隨意造。柏生何苦艱，似亦費天巧。天工巧有
　　幾，肯盡為汝耗。君看黎與藿，生意常草草。

知其所以然者。」李安溪（清李光地，安溪人）云：「李太白詩如酒，杜少陵詩如飯。」二公之論詩，皆有意味可尋。

（清）阮葵生《茶餘客話》卷十一

（韓愈〈鄭群贈簟〉詩）前人有誚作者是以文為詩，殊不知詩文原無二理，文如米蒸為飯，詩則米釀為酒耳。如此突過一層法，即文法也，施之於詩，有何不可？

（清）延君壽《老生常談》

文所不能言之意，詩或能言之。大抵文善醒，詩善醉，醉中語亦有醒時道不到者。蓋其天機之發，不可思議也。故余論文旨曰：「惟此聖人，瞻言百里。」論詩旨曰：「百爾所思，不如我所之。」

（清）劉熙載《藝概》卷二〈詩概〉

文之理法通於詩，詩之情志通於文。作詩必詩，作文必文，非知詩文者也。

又《遊藝約言》

前代古文大家，竟有不能詩者，人多不解。余謂詩、古文有不同：作文如吃飯，求其精潔；作詩如飲酒，領略其味而已，一著實相，便落言筌。理學詩多不可觀，皆坐此病。

（清）徐經《雅歌堂詩話》卷二

詩是抒情的。詩與文的相對的分別，多與語言有關。詩的語言更經濟，情感更豐富。

（近人）朱自清《朱自清古典文學論文集》〈詩的語言〉

　　詩和散文不同。散文敘事說理，事理是直捷了當、一往無餘的，所以它忌諱紆迴往復，貴能直率流暢。詩遣興表情，興與情都是低徊往復、纏綿不盡的，所以它忌諱直率，貴有一唱三歎之音，使情溢於辭。粗略地說，散文大半用敘述語氣，詩大半用驚歎語氣。

（近人）朱光潛《談美》十二

孫　評

　　詩與文的區別，或者說分工，這在中國文學理論史上，相當受重視，在詩話、詞話、文論及筆記中長期眾說紛紜。但是在西方文論史上，卻沒有這樣受到關注。在古希臘、羅馬的修辭學經典中，這個問題似乎很少論及。這跟他們沒有我們這樣的散文觀念有關。他們的散文，在古希臘、羅馬時期是演講和對話，後來則是隨筆，大體都是主智的，和我們今天的心目中審美抒情散文，不盡相同。在英語國家的百科全書中，有詩的條目，卻沒有單獨的散文（prose）條目，只有和 prose 有關的文體，例如：alliterative prose（押頭韻的散文）、prose poem（散文詩）、nonfictional prose（非小說類/非虛構寫實散文）、heroic prose（史詩散文）、polyphonic prose（自由韻律散文）。在他們心目中，散文並不是一個特殊的文體，而是一種表達的手段，許多文體都可以用。在俄語裡，與 prose 相對應，發音相近的是「проза」則包括除了韻文以外的一切文體，而在德語裡，散文氣息（prosaische）即枯燥的意思。亞里斯多德的《詩學》，關注的不是詩與散文的關係，而是詩與哲學、歷史的關係：歷史是個別的事，而詩是普遍的、概括的，從這一點來說，詩和哲學更接近。英國浪漫主義詩人華滋華斯這樣說：「詩是一切文章中最富哲學意味的。詩的目的是在真理，不是個別的和局部的真理，而普遍的和有效的真理。」[8]他們的思路，和我們不同之處，還在方法上，他們是詩、歷史和哲學的三分法，而我們是詩與散文的二分法。

　　我們早期的觀念：詩言志，文載道，是把詩與散文對舉的。我們

8　〔英〕華滋華斯，曹葆華譯：〈抒情歌謠集序言〉，收入《古典文藝理論譯叢》（北京市：人民文學出版社，1961年），第一冊，頁11。原文見William Wordsworth *Preface to Lyrical Ballads (1800). Famous Prefaces.*The Harvard Classics. 1909-1914.

的二分法，一直延續到清代，甚至當代。雖然形式上二分，但是內容上，許多論者都強調其統一。司馬光把〈詩大序〉的「在心為志，發言為詩」稍稍改動了一下，變成「在心為志，發口為言。言之美者為文，文之美者為詩。」元好問則說：「詩與文，特言語之別稱爾。有所記述之謂文，吟詠情性之謂詩，其為言語則一也。」都是把詩與文對舉，承認詩與文有區別，但強調詩與文主要方面是統一的。司馬光說的是，二者均美，只是程度不同，元好問說的是，表現方法有異，一為記事，一為吟詠而已。宋濂則更是直說「詩文本出於一源，詩則領在樂官，故必定之以五聲，若其辭則未始有異也。如《易》、《書》之協韻者，非文之詩乎？《詩》之〈周頌〉，多無韻者，非詩之文乎？何嘗歧而二之！」這種掩蓋矛盾的說法頗為牽強，擋不住詩詞理論家關於二者差異的長期爭論。不管怎麼說，誰也不能否認二者的區別，至少是程度上的不同。明徐一夔說：「夫語言精者為文，詩之於文，又其精者也。」把二者的區別定位在「精」的程度上，立論亦甚為軟弱。

　　詩與散文的區別不是量的，而是質的。這是明擺著的事實，可許多詩話和詞話家寧願模稜兩可。當然這也許和詩話詞話的體製偏小，很難以理論形態正面展開有關，結合具體作家作品的評判要方便得多。黃庭堅說，「詩文各有體，韓以文為詩，杜以詩為文，故不工爾」。在理論上，正面把詩文，作為根本的差異提出來，是需要時間和勇氣的。說得最為堅決的是明代的江盈科：「詩有詩體，文有文體，兩不相入。……宋人無詩，非無詩也，蓋彼不以詩為詩，而以議論為詩，故為非詩。……以文為詩，非詩也。」

　　承認了區別是容易的，但闡明區別則是艱難的。詩與文的區別一直在爭論不休，甚至到本世紀，仍然是一個嚴峻的課題。古人在這方面不乏某些天才的直覺，然而，即使把起碼的直覺加以表達，也是要有一點才力的。明莊元臣值得稱道之處，就是把他的直覺表述得很清

晰：「詩主自適，文主喻人。詩言憂愁媮佚，以舒己拂鬱之懷；文言是非得失，以覺人迷惑之志。」實際上，就是說詩是抒情的（不過偏重於憂鬱）；文是「言是非得失」的，也就是說理的。這種把說理和抒情區分開來，至少在明代以前，應該是有相當的根據。但是，卻把話說絕了，因而還不夠深刻，不夠嚴密。清鄒祗謨則有所補正：「作詩之法，情勝於理；作文之法，理勝於情。乃詩未嘗不本理以緯夫情，文未嘗不因情以宣乎理，情理並至，此蓋詩與文所不能外也。」應該說，「情理並至」至少在方法論上帶著哲學性的突破，不管是在詩中還是文中，情與理並不是絕對分裂的，而是互相依存，如經緯之交織，詩情中往往有理，文理中也不乏情致。情理互滲，互為底蘊。只是在文中，理為主導，在詩中，情為主導。這樣說，比較全面，比較深刻，在情理對立面中，只因主導性的不同，產生了不同的性質，這樣的精緻的哲學思辨方法，竟然出之於這個不太知名的鄒祗謨，是有點令人驚異的。當然，他也還有局限，畢竟，還僅僅是推理，還缺乏文本的實感。真正有理論意義上的突破，則是吳喬。他在《圍爐詩話》中這樣寫：

> 問曰：「詩文之界如何？」答曰：「意豈有二？意同而所以用之者不同，是以詩文體制有異耳。文之詞達，詩之詞婉。書以道政事，故宜詞達；詩以道性情，故宜詞婉。意喻之米，飯與酒所同出。文喻之炊而為飯，詩喻之釀而為酒。文之措詞必副乎意，猶飯之不變米形，啖之則飽也。詩之措詞不必副乎意，猶酒之變盡米形，飲之則醉也。文為人事之實用，詔敕、書疏、案牘、記載、辨解，皆實用也。實用則安可措詞不達，如飯之實用以養生盡年，不可矯揉而為糟也。詩為人事之虛用，永言、播樂，皆虛用也。……詩若直陳，〈凱風〉、〈小弁〉大詬父母矣。」

這可以說，真正深入到文體的核心了。鄒祗謨探索詩與文的區別，還拘於內涵（情與理），吳喬則把內涵與形式結合起來考慮。雖然在一開頭，他認定詩文「意豈有二」？但是，他並沒有把二者的內涵完全混同，接下來，他馬上聲明文的內涵是「道政事」，而詩歌的內涵則是「道性情」，而形式上則是一個說理，一個抒情。他的可貴在於，指出由於內涵的不同，導致了形式上巨大的差異：「文喻之炊而為飯，詩喻之釀而為酒。文之措詞必副乎意，猶飯之不變米形，噉之則飽也。詩之措詞不必副乎意，猶酒之變盡米形，飲之則醉也。」把詩與文的關係比喻為米（原料）、飯和酒的關係。散文由於是說理的，如米煮成飯，不改變原生的材料（米）的形狀，而詩是抒情的，感情使原生材料（米）「變盡米形」成了酒。在答萬季野問時，他說得更徹底，不但是形態變了，而且性質也變了（「酒形質盡變」）。這個說法，對千年的詩文之辨是一大突破。

　　生活感受，在感情的衝擊下，發生種種變幻是相當普遍的規律。情人眼裡出西施，看自己，一朵花，看別人，豆腐渣。抒情的詩歌形象正是從這變異的規律出發，進入了想像的假定的境界：「一日不見，如三秋兮」，「誰謂荼苦，其甘如薺」，「露從今夜白，月是故鄉明」，「回眸一笑百媚生，六宮粉黛無顏色」，就是以感知強化結果提示著情感的強烈的原因。創作實踐走在理論前面，理論落伍的規律使得我國古典詩論往往拘泥於〈詩大序〉的「在心為志，發言為詩。情動於衷而形於言」的陳說，好像情感直接等於語言，有感情的語言就一定是詩，情感和語言、語言和詩之間沒有任何矛盾似的。其實，從情感到語言之間橫著一條相當複雜的迷途。語言符號，並不直接指稱事物，而是喚醒有關事物的感知經驗。而情感的衝擊感知發生變異，語言符號的有限性以及詩歌傳統的遮蔽性，都可能使得情志為現成的權威的流行語言所遮蔽。心中所有往往筆下所無。言不稱意，筆不稱言，手中之竹背叛胸中之竹，是普遍規律，正是因為這樣，詩歌創作

才需要才華。司空圖似乎意識到了「遺形得似」的現象，只是天才猜測，限於簡單論斷未有必要的闡釋。

　　吳喬明確地把詩歌形象的變異作為一種普遍規律提上理論前沿，不僅是鑑賞論的，而且是創作論的前沿，在中國詩歌史上可謂空前。它突破了中國古典文論中形與神對立統一的思路，提出了形與形、形與質對立統一的範疇，這就把詩歌形象的假定性觸動了。很可惜這個觀點，在他的《圍爐詩話》中並沒有得到更系統的論證。但是，在當時就受到了重視，清《四庫全書總目》十分重視，紀昀在《評蘇文忠公詩集》、延君壽在《老生常談》都曾加以發揮。當然，這些發揮今天看來還嫌不足，主要是大都抓住了變形變質之說，卻忽略了在變形變質的基礎上，還須提出詩文價值上的分化。吳喬則強調讀文如吃飯，可以果腹，因為「文為人事之實用」，也就是「實用」價值；而讀詩如飲酒，則可醉人，而不能解決饑寒之困，旨在享受精神的解放，因為「詩為人事之虛用」。吳喬的理論意義就不僅在變形變質，而且提出在功利價值上的「實用」和「虛用」。這在中國文藝理論史上，應該是超前的，他意識到詩的審美價值是不實用的，還為之命名曰「虛用」，這和康德在《判斷力批判》中所言審美的「非實用」異曲同工。當然，吳喬沒有康德那樣的思辨能力，也沒有西方建構宏大體系的演繹能力，他的見解只是吉光片羽，這不僅僅吳喬的局限，而且是詩話詞話體裁的局限，也是我國傳統民族文化的局限。但是，這並不妨礙他的理論具有超前的性質。

　　吳喬之所以能揭示出詩與文之間的重大矛盾來，一方面是他的才華，另一方面也不能不看到他的心目中的散文，主要是他所說的「詔敕、書疏、案牘、記載、辨解」等，其實用性質是很明顯的。按姚鼐《古文辭類纂》分類，它是相對於詞賦類的，形式很豐富：論辯類、序跋類、奏議類、書說類、贈序類、詔令類、傳狀類、碑誌類、雜記類、箴銘類，基本上是實用類的文體。在這樣的背景上觀察詩詞，進

行邏輯劃分有顯而易見的方便，審美與實用的差異可以說是昭然若揭。從這一點來說，和西方有些相似，西方也沒有我們今天這種抒情審美散文的獨立文體，他們的散文大體是以議論為主展示智慧的隨筆（essay）。從這個意義說，吳喬的發現仍屬難能可貴。

以理性思維見長的西方，直到差不多一個世紀以後，才有雪萊的總結，「詩使它能觸及的一切變形」。[9]在這方面，英國浪漫主義詩歌理論家赫斯列特說得相當勇敢。他在《泛論詩歌》中說：「想像是這樣一種機能，它不按事物的本相表現事物，而是按照其他的思想情緒把事物揉成無窮的不同的形態和力量的綜合來表現它們。這種語言不因為與事實有出入而不忠於自然；如果它能傳達出事物在激情的影響下，在心靈中產生的印象，它便是更為忠實和自然的語言了。比如在激動或恐怖的心境中，感官覺察了事物──想像就會歪曲或誇大這些事物，使之成為最能助長恐怖的形狀，『我們的眼睛』被其他的官能『所愚弄』，這是想像的普遍規律。」[10]其實這個觀念並非赫氏的原創，而是來自莎士比亞《仲夏夜之夢》第五幕第一場希波呂特的臺詞：「忒修斯，這些戀人們所說的事真是稀奇。……情人們和瘋子們都有發熱的頭腦和有聲有色的幻想，瘋子、情人和詩人，都是幻想的產兒：瘋子眼中所見的鬼，比地獄裡的還多；情人，同樣是那麼瘋狂，能從埃及人的黑臉上看見海倫；詩人的眼睛在神奇狂放的一轉中，便能從天上看到地下，從地下看到天上。想像會把虛無的東西用一種形式呈現出來，詩人的妙筆再使它們具有如實的形象，虛無縹渺也會有了住處和名字。強烈的想像往往具有這種本領，只要一領略到一些快樂，就會相信那種快樂的背後有一個賜予的人；夜間一轉到恐懼的念頭，一株灌木一下子便會變成一頭狗熊。」到了西歐浪漫主義

9　〔英〕雪萊：《為詩辯護・十九世紀英國詩人論詩》（北京市：人民文學出版社，1984年），頁150。

10　《古典文藝理論譯叢》（北京市：人民文學出版社，1961年），第一冊，頁60-61。

詩歌衰亡之後，馬拉美提出了「詩是舞蹈，散文是散步」的說法，與吳喬的詩酒文飯之說，有異曲同工之妙。

可惜的是，吳喬的這個天才的直覺，在後來的詩詞的賞析中沒有得到充分的運用。如果把他的理論貫徹到底，認真地以作品來檢驗的話，對權威的經典詩論可能有所顛覆。詩人就算如〈詩大序〉所說的那樣心裡有了志，口中就是有了相應的言，然而口中之言是不足的，因而還不是詩。如果不加變形變質，肯定不是詩。即使長言之，也還不是轉化的充分條件，至於手之舞之，足之蹈之，對於作詩來說，不管如何手舞足蹈，也是白費勁。從語言到詩歌，不那麼簡單，在這一點上，劉勰的論述就全面系統得多。《文心雕龍》〈附會〉說：「才量學文，宜正體制，必以情志為神明，事義為骨髓，辭采為肌膚，宮商為聲氣。」至少要情志、事義、辭采、宮商四者協同才可能成為藝術。不像西方當代文論所說的那樣，僅僅是一種語言的「書寫」。「書寫」的說法，還不如二十世紀早期俄國形式主義者說的「陌生化」到位。陌生化（остранение，英語譯成 Defamiliarization）由他們的代表斯克洛夫斯基一九一七年在「Art as Device」（有時翻譯成「Art as Technique」）[11]提出，認為文學的感染力，並不來自歷史的、社會的和政治的內容，而是來自作品的形式。他們取消了文學和生活的聯繫，不承認感知有任何真假的區分。他們的興奮點在語言上。由於在日常生活中，運用日常語言，人們對事物和語言都熟悉了，自動化，實際上是沒有感知了。陌生化就成為使藝術成為藝術的核心「策略」，以陌生化的語言提高感知的難度和持續性，迫使讀者對普通的事物產生新異感。他們後期的代表托多洛夫雖然也接觸到文學作品的審美價值屬性，但是他認為「審美評價不是詩學的主要任務」[12]，這

---

11 Lawrence Crawford, "Victor Shklovskij: Différance in Defamiliarization." *Comparative Literature* 36 (1984): 209-219. 209. (February 24, 2008). ISSN 0010-4124.

12 〔俄〕托多羅夫：〈詩學〉，收入趙毅敏編選：《符號學文學論文集》（天津市：百花文藝出版社，2004年），頁186。

就使得他們情感與感知之間的變形、變質互動機制擦肩而過。他們熱衷於語義的變異（與日常、學理語言、散文語言拉開語義的距離），但是，他們雖然號稱形式主義者，卻對詩歌形式與其他文學形式的區別似乎並不在意。事實上，語義的變異不但受到語境的制約，而且還受到詩歌形式規範的制約，它的陌生化只能從詩歌的形式規範的預期中才能獲得突破的自由，因而它不但是詩歌風格的創造，而且是人格從實用向審美高度的昇華。正是在這昇華的過程中突破，主要的是，突破原生狀態的實用性的人，讓人格和詩格同步向審美境界昇華。

　　以吳喬的散文實用、詩歌審美的觀念來分析李白的詩和散文，就可獲得雄辯的論據。在實用性散文中，李白陷於生存的需求，並不像詩歌中以藐視權貴為榮，相反，他在著名的〈與韓荊州書〉中以「遍干諸侯」、「歷抵卿相」自誇，對於他所巴結的權勢者，不惜阿諛逢迎之詞。對這個韓荊州，他是這樣奉承的：「君侯制作侔神明，德行動天地，筆參造化，學究天人。」[13]這類肉麻的詞語在其他實用性章表，如〈上安州裴長史書〉、〈上安州李長史書〉，比比皆是。可以說在散文中和詩歌中，有兩個李白。在散文中的李白，是個大俗人，在詩歌中的李白，則不食人間煙火。這是一個人的兩面，或者說得準確一點，是一個人的兩個層次。由於章表、書等散文是實用性的，是李白以之作為求得飛黃騰達的手段，具有形而下的性質，故李白世俗實用心態坦露無遺。我們不能像一些學究那樣，把李白絕對地崇高化，完全無視李白庸俗的這一層，當然也不能像一些偏激的老師那樣，輕浮地貶斥李白，把他的人格說得很卑微甚至卑污。

　　兩個李白，都是真實的，只是一個是世俗的、表層的角色面具，和當時庸俗文士一樣，不能不摧眉折腰，甚至奴顏婢膝地歌頌楊貴妃。李白之所以是李白，就在於他不滿足於這樣庸俗，他的詩歌就表

13　《李太白全集》（北京市：中華書局，1957年），下冊，卷二十六，頁1240。

現了他有一種潛在的、深層的，藐視摧眉折腰、奴顏婢膝的衝動，上天入地，追求超凡脫俗的自由人格嚮往。不可忽略的是文體功能的分化。在詩歌中，生動地表現了李白在卑污潮流中忍受不了委屈，在苦苦掙扎，追求形而上的解脫。詩的想像，為李白提供了超越現實的契機，李白清高的一面，天真的一面，風流瀟灑，「天子呼來不上船，自稱臣是酒中仙」，「一醉累月輕王侯」的一面就這樣得到詩化的表現。當他干謁順利，得到權貴的賞識，甚至得到中央王朝最高統治者的接納，他就馴服地承旨奉詔，寫出〈清平調〉那樣把皇帝寵妃奉承為天上仙女。如果李白就這樣長此得到皇帝的寵愛，中國古典詩歌史上這顆最明亮的星星很可能就要殞落了。幸而，他的個性註定了在政治上碰壁，他那反抗權勢的激情，他的清高，他的傲岸，他的放浪形骸、落拓不羈的自豪，和現存秩序的衝突就尖銳起來。遊仙，山水賞玩，激發了他形而上的想像，〈夢遊天姥吟留別〉、〈宣州謝朓樓餞別校書叔雲〉正是他政治上遭受挫折後的作品，他的人格就在詩的創造中得到淨化，得到純化。詩中的李白和現實中的李白的不同，不是李白的人格分裂，而是人格在詩化創造中昇華。

　　當然，詩與散文的區別不僅僅在這個比較明顯的審美與實用的層次上，更深刻的是在審美層次上，也有重大的區別。從某種意義上來說，詩比之散文更具形而上的超越性，而散文則不免帶著某種形而下現實感。柳宗元的〈鈷鉧潭西小丘記〉極寫購得一方便宜土地之樂，甚至想到如果將此等土地置之京都如何如何。在〈小石潭記〉也極寫小潭之美，然而卻因其「寂寥無人，淒神寒骨，悄愴幽邃。以其境過清，不可久居」棄之而去。這裡的美，是遠離塵世的、超凡脫俗的，但是「其境過清」，欣賞則可（審美），並不適合自己「久居」（實用）。當然，它還是散文審美的經典。這反映了柳宗元性格的一個側面，比較執著於現實，不像他在詩歌裡表現出來的另外一面，那裡充滿了不食人間煙火的境界。如〈江雪〉：

　　千山鳥飛絕，萬徑人蹤滅。孤舟簑笠翁，獨釣寒江雪。

開頭兩句，強調的是生命的「絕」和「滅」，與這相對比的是，一個
孤獨的漁翁，在寒冷、冰封的江上，並不因為「寂寥無人」為念。特
別應該注意的是，「釣雪」，而不是釣魚，也就是不計任何功利，孤獨
本身就是一種享受。袁行霈先生在〈中國古典詩歌的多義性〉中分析
這首詩時，卻這樣說：「大雪鋪天蓋地，這一切對他沒有絲毫的影
響，他依然釣他的魚。」[14]

　　這和散文中「寂寥無人，淒神寒骨，悄愴幽邃」，「其境過清，不
可久居」的審美境界，是大不相同的。在詩歌裡的柳宗元，和在散文
中的他是有差異的。散文中的柳宗元，還是不能忘情現實環境、居住
條件，甚至是國計民生，乃至於政治；而詩歌則可以盡情發揮超現實
的形而上學的空寂的理想，以無目的、無心的境界，為最高的境界。
如他的〈漁翁〉一詩，可謂達到物我兩忘的境界：

　　漁翁夜傍西岩宿，曉汲清湘燃楚竹。
　　煙銷日出不見人，欸乃一聲山水綠。
　　回看天際下中流，岩上無心雲相逐。

　　這種詩的境界中，無心的雲就是無心的人，超越一切功利，大自
然和人達到高度的和諧和統一。這是詩的意境，而這在散文中，作者
是可以欣賞，而不想接受的。

---

14 〈中國古典詩歌的多義性〉，原載《北京大學學報》，1983年第2期。後收入作者之
　《中國詩歌藝術研究》（北京市：北京大學出版社，2009年），頁17。後又收入《燕
　園論詩》（北京市：北京大學出版社，2010年），頁14。二者均列為首篇。該文又見
　《清思錄》（北京市：首都師範大學出版社，2008年），頁474。從一九八三年到二
　〇一〇年，二十四年，四個版本，引文隻字未改。

詩教、真情、癡頑

入其國，其教可知也。其為人也，溫柔敦厚，詩教也。

　　　　　　　　　（春秋）孔丘語錄，轉引自《禮記》〈經解〉

惜誦以致湣兮，發憤以抒情。

　　　　　　　　　　（戰國）屈原《楚辭》〈九章〉〈惜誦〉

變風發乎情，止乎禮義。發乎情，民之性也；止乎禮義，先王之澤也。

　　　　　　　　　　　　　　　　　（兩漢）〈毛詩序〉

林下閑言語，何須要許多。幾乎三百首，足以備吟哦。

　　　　　　　　　　　（宋）邵雍〈答寧秀才求詩吟〉

　　近世詩人，窮戚則職於怨憝，榮達則專於淫泆。身之休戚，發於喜怒；時之否泰，出於愛惡。殊不以天下大義而為言者，故其詩大率溺於情好也。噫！情之溺人也甚於水。古者謂水能載舟，亦能覆舟，是覆載在水也，不在人也。載則為利，覆則為害，是利害在人也，不在水也。不知覆載能使人有利害耶，利害能使水有覆載耶？二者之間，必有處焉。就如人能蹈水，非水能蹈人也，然而有稱善蹈者，未始不為水之所害也。若外利而蹈水，則水之情亦由人之情也；若內利而蹈水，則敗壞之患立至於前，又何必分乎人焉水焉，其傷性害命一也。

　　　　　　　　　　　　　　　又〈伊川擊壤集序〉

　　或問：「詩可學否？」曰：「既學詩，須是用功，方合詩人格。既用功，甚妨事。古人詩云『吟成五個字，用破一生心』，又謂『可惜一生心，用在五字上』。此言甚當。」先生嘗說：「王子真曾寄藥來，某無以答他，某素不作詩，亦非是禁止不作，但不欲為此閑言語。且如今言能詩如杜甫，如云『穿花蛺蝶深深見，點水蜻蜓款款飛』[1]，如此閑言語，道出做甚？某所以不常作詩。」

（宋）程頤《程頤詩話》

　　詩者，人之情性也，非強諫爭於廷，怨忿詬於道，怒鄰罵坐之為也。其人忠信篤敬，抱道而居，與時乖逢，遇物悲喜，同床而不察，並世而不聞；情之所不能堪，因發於呻吟調笑之聲，胸次釋然，而聞者亦有所勸勉。比律呂而可歌，列干羽而可舞，是詩之美也。

（宋）黃庭堅〈書王知載朐山雜詠後〉

　　為文要有溫柔敦厚之氣。對人主語言及章疏文字，溫柔敦厚尤不可無。如子瞻詩，多於譏玩，殊無惻怛愛君之意。

（宋）楊時《楊時集》卷十〈語錄一〉

　　余謂「怒鄰罵坐」，固非詩本指，若〈小弁〉親親[2]，未嘗無怨，〈何

---

[1]　〈曲江二首〉其二：朝回日日典春衣，每日江頭盡醉歸。酒債尋常行處有，人生七十古來稀。穿花蛺蝶深深見，點水蜻蜓款款飛。傳語風光共流轉，暫時相賞莫相違。明王嗣奭《杜臆》卷二：余初不滿此詩，國方多事，身為諫官，豈行樂之時。後讀其「沉醉聊自遣，放歌頗愁絕」二語，自狀最真，而恍然悟此二詩，乃以賦而兼比興，以憂憤而托之行樂者也。清徐增《而庵說唐詩》卷十八：詩作流連光景語，其意甚為痛哭也。何焯《義門讀書記》卷五十三〈杜工部集〉：蛺蝶戀花，蜻蜓貼水，我於風光亦複然也。卻反「傳語風光」，勸其共我「流轉」：杜語妙多如此。

[2]　《詩》〈小雅〉〈小弁〉。《孟子》〈告子下〉：〈小弁〉之怨，親親也，親親仁也。

人斯〉[3]、「取彼譖人，投畀豺虎」[4]，未嘗不憤。謂不可諫爭，則又甚矣。箴規刺誨，何為而作？古者帝王尚許百工各執藝事以諫，詩獨不得與工技等哉？

（宋）黃徹《䂬溪詩話》卷十

作詩間以數句適懷，亦不妨。但不用多作，蓋便是陷溺爾。當其不應事時，平淡自攝，豈不勝如思量詩句？至其真味發溢，又卻與尋常好吟者不同。

（宋）朱熹《清邃閣論詩》

（唐韋應物〈幽居〉詩[5]）劉會孟曰：古調本色。「微雨」一聯，似亦以癡得之。

（宋）劉辰翁（字會孟）評語，轉引自明李攀龍《唐詩廣選》卷一

何謂本？誠是也。……故由心而誠，由誠而言，由言而詩也。三者相為一，情動於中而形於言，言發乎邇而見乎遠。同聲相應，同氣相求，雖小夫賤婦孤臣孽子之感諷，皆可以厚人倫、美教化，無他道也。故曰不誠無物。

（金）元好問《元好問詩話》

曲學虛荒小說欺，俳諧怒罵豈詩宜？今人合笑古人拙，除卻雅言都不知。

又〈論詩三十首〉其二十三

3　《詩》〈小雅〉篇名。

4　《詩》〈小雅〉〈巷伯〉詩句。

5　〈幽居〉：貴賤雖異等，出門皆有營。獨無外物牽，遂此幽居情。微雨夜來過，不知春草生。青山忽已曙，鳥雀繞舍鳴。時與道人偶，或隨樵者行。自當安蹇劣，誰謂薄世榮。

夫詩者，本發其喜怒哀樂之情，如使人讀之無所感動，非詩也。予觀後世詩人之詩，皆窮極辭藻，牽引學問，誠美矣！然讀之不能動人，則亦何貴哉？

（金）劉祁《歸潛志》卷十三

（古詩十九首）情真，景真，事真，意真。澄至清，發至情。

‧‧‧‧‧‧‧‧‧‧‧

（東晉陶淵明）心存忠義，心處閒逸，情真景真，事真意真，幾於〈十九首〉矣，但氣差緩耳。

（元）陳繹曾《詩譜》

夫詩之感人者，非感之者之為難也，乃不能不為之感者為難也。是故發於情而形於言。故曰：詩，情之所發，誠則至焉。誠之所至，其言無不足以感人者。唯夫能知其可感而有感，奮發懲創而不能自已焉，斯又不易能矣。

（明）王褘《王褘詩話》

詩本人情，情真則語真。故雖不假雕琢，而自得溫柔敦厚之意。

（明）林弼《林弼詩話》

王子（明王叔武）曰：真者，音之發而情之原也。……夫文人學子，比興寡而直率多。何也？出於情寡而工於詞多也。夫途巷蠢蠢之夫，固無文也。乃其謳也，哕也，呻也，吟也，行咕而坐歌，食咄而寱嗟，此唱而彼和，無不有比焉興焉，無非其情焉，斯足以觀義矣。故曰：詩者，天地自然之音也。

（明）李夢陽〈詩集自序〉

　　情者，心之精也。情無定位，觸感而興，既動於中，必形於聲。故喜則為笑啞，憂則為吁戲，怒則為叱吒。然引而成音，氣實為佐；引音成詞，文實與功。蓋因情以發氣，因氣以成聲，因聲而繪詞，因詞而定韻，此詩之源也。

（明）徐禎卿《談藝錄》

　　今之學子美者，處富有而言窮愁，遇承平而言干戈，不老曰老，無病曰病，此摹擬太甚，殊非性情之真也。

（明）謝榛《四溟詩話》卷二

　　夫童心者，真心也。若以童心為不可，是以真心為不可也。夫童心者，絕假純真，最初一念之本心也。若失卻童心，便失卻真心；失卻真心，便失卻真人。人而非真，全不復有初矣。……天下之至文，未有不出於童心焉者也。……故吾因是而有感於童心者之自文也，更說甚麼《六經》，更說甚麼《語》、《孟》乎？

（明）李贄〈童心說〉

　　溫柔敦厚四字，詩家宗印，不可易也。學溫柔，常失於輕狎而少敦厚；學敦厚，常失於硬直而乏溫柔。必不得已，寧直無狎也。

（明）郝敬《藝圃傖談》卷一

　　詩家貴有怪語。怪語與癲語、凝語相類而興象不同。杜工部云：「砍卻月中桂，清光應更多。」[6]李太白云：「我且為君槌碎黃鶴樓，君亦為吾踢卻鸚鵡洲。」[7]此真團造天地手段。蘇東坡云：「我持此石歸，袖中有東

6　杜甫〈一百五日夜對月〉：無家對寒食，有淚如金波。斫卻月中桂，清光應更多。仳離放紅蕊，想像顰青蛾。牛女漫愁思，秋期猶渡河。

7　〔唐〕李白（字太白）〈江夏贈韋南陵冰〉詩句。

海。」[8]抑又次之。

（明）鄧雲霄《冷邸小言》

　　詩語有入癡境，方令人頤解而心醉。如：「微雨夜來過，不知春草生。」[9]「庭前時有東風入，楊柳千條盡向西。」[10]此等景興非由人力。

同上

　　（唐萬楚〈題情人藥欄〉詩[11]）思深而奇，情苦而媚。　○此詩罵草，後詩（指下引〈河上逢落花〉）托花，可謂有情癡矣，不癡不可為情。

（明）鍾惺、譚元春《唐詩歸》卷十三譚批語

　　（萬楚〈河上逢落花〉詩[12]）此與前詩（指〈題情人藥欄〉）同法。「正見」、「相向」著芳草上，「應見」、「為道」著落花上，怒語芳草，溫語落花，皆用無情為有情，無可奈何之詞。

同上鍾批語

　　詩之有風，由來尚矣。十五國中，忠臣孝子、勞人思婦之所作，皆曰風人。風之感物，莫如天籟。天籟之發，非風非竅，無意而感，自然而烏可已者，天也。詩人之天亦如是已矣。……凡我詩人之聰明，皆天之似鼻似口者也；凡我詩人之諷刺，皆天之叱吸叫嚎者也；凡我詩人之心思肺腸、啼笑寱歌，皆天之唱喁唱於刁刁調調者也；任天而發，吹萬不同，聽其自取，而真詩存焉。

（清）賀貽孫〈陶邵陳三先生詩選序〉

8　蘇軾（字子瞻，自號東坡居士）〈文登蓬萊閣下……作詩遺垂慈堂老人〉詩句。

9　〔唐〕韋應物〈幽居〉詩句。

10　〔唐〕劉方平〈代春怨〉詩句。

11　〈題情人藥欄〉：斂眉語芳草，何許太無情？正見離人別，春心相向生。

12　〈河上逢落花〉：河水浮落花，花流東不息。應見浣紗人，為道長相憶。

　　王諲〈閨怨〉曰「昨來頻夢見，夫婿莫應知」¹³，情癡語也。情不癡
不深。　　○張潮〈江風行〉曰：「商賈歸欲盡，君今向巴東。巴東有巫
山，窈窕神女顏。常恐游此方，果然不知還。」¹⁴亦以癡而入妙。

（清）賀裳《載酒園詩話》卷一

　　（杜甫〈落日〉詩¹⁵）日將暮，則老圃灌植，樵人炊飯，豈非春事之
幽者乎？溪邊薄暮，人各有事，而我何為者？又見枝上，雀啅而墜，是相
爭也；喻兵戈擾擾，無可安之處，是子美之憂也。滿院小蟲，遊上游下，
游來遊去，是做市也；蟲猶如此，而人卻閒在這裡，亦是子美所憂。……
此時適有濁醪在案，喜不自勝，乃呼之曰：「濁醪，是誰造汝乎？我今一
酌，憂便散釋，真妙物也。」若並欲為杜康立廟者。妙絕，亦復癡絕。詩
至此，直是遊戲三昧矣。

（清）徐增《而庵說唐詩》卷十四

　　余嘗論作詩與古文不同：古文必靜氣凝神，深思精擇而出之，是故宜
深室獨座，宜靜夜，宜焚香啜茗。詩則不然，本以娛性情，將有待於興
會。夫興會則深室不如登山臨水，靜夜不如良辰吉日，獨焚香啜茗不如與
高朋勝友飛觥痛飲之為歡暢也。於是分韻刻燭，爭奇鬥捷，豪氣狂才，高
懷深致，錯出並見，其詩必有可觀。

（清）歸莊〈文吳門唱和詩序〉

　　凡詩腸欲曲，詩思欲癡，詩趣欲靈。意本如此，而語反如彼，或從其
前後左右曲折以取之，此之謂詩腸。狂欲上天，怨思填海，極世間癡絕之

---

13 〔唐〕王諲〈閨情〉：日暮裁縫歇，深嫌氣力微。才能收篋笥，懶起下簾帷。怨坐
　　空燃燭，愁眠不解衣。昨來頻夢見，夫婿莫應知。
14 〔唐〕張潮〈江風行〉。一題〈長干行〉。向、方，一作「尚」、「山」。
15 〈落日〉：落日在簾鉤，溪邊春事幽。芳菲緣岸圃，樵爨倚灘舟。啅雀爭枝墜，飛
　　蟲滿院遊。濁醪誰造汝？一酌散千憂。

事，不妨形之於言，此之謂詩思。以無為有，以虛為實，以假為真，靈心妙舌，每出人常理之外，此之謂詩趣。……唐人唯具此三者之妙，故風神灑落，興象玲瓏。

（清）黃生《一木堂詩塵》卷一〈詩家淺說〉

（唐樓穎〈西施石〉詩[16]）將青苔說得十分有情，將桃李說得十分無色，總是一片癡情迷留其際耳。西施往矣；浣紗之處，亦不過傳聞指點，依稀恍惚而已，尚足使人動色消魂，則當年身當之者何如？噫！色之於人甚矣哉！詠西施石只就石上生情，不必說到入吳時事，此即唐人詩中元氣也；若後人涉筆，定作一篇吳越興亡論，其詩安得如唐賢包孕有餘乎？

又《唐詩摘抄》卷四

張祖望曰：詞雖小道，第一要辨雅俗，結構天成。而中有豔語、雋語、奇語、豪語、苦語、癡語、沒要緊語，如巧匠運斤，毫無痕跡，方為妙手。古詞中如……「唯有樓前流水，應念我終日凝眸。」[17]……癡語也。「這次第，怎一個愁字了得」[18]……沒要緊語也。〈揆天詞序〉

（清）王又華《古今詞論》〈張祖望詞論〉

人生喜怒之感，不可畢見於詩。無論一泄無餘，非風人之致，兼恐我之喜怒，不合道理，不中節處多，有乖正道耳。

（清）張謙宜《絸齋詩談》卷一

---

16 〈西施石〉：西施昔日浣紗津，石上青苔思殺人。一去姑蘇不復返，岸旁桃李為誰春？

17 〔宋〕李清照〈鳳凰臺上憶吹簫〉詞：香冷金猊，被翻紅浪，起來慵自梳頭。任寶奩塵滿，日上簾鉤。生怕離懷別苦，多少事、欲說還休。新來瘦，非幹病酒，不是悲秋。　　休休。這回去也，千萬遍陽關，也則難留。念武陵人遠，煙鎖秦樓。惟有樓前流水，應念我、終日凝眸。凝眸處，從今又添，一段新愁。

18 又〈聲聲慢〉詞下闋：滿地黃花堆積，憔悴損，如今有誰堪摘。守著窗兒，獨自怎生得黑。梧桐更兼細雨，到黃昏點點滴滴。這次第，怎一個、愁字了得。

性情面目，人人各具。讀太白詩，如見其脫屣千乘。讀少陵（杜甫，自稱少陵野老）詩，如見其憂國傷時。其世不我容，愛才若渴者，昌黎（韓愈，郡望為昌黎）之詩也。其嬉笑怒罵，風流儒雅者，東坡之詩也。即下而賈島、李洞輩，拈其一章一句，無不有賈島、李洞者存。倘詞可饋貧，工同肇悅，而性情面目，隱而不見，何以使尚友古人者，讀其書、想見其為人乎？

（清）沈德潛《説詩晬語》卷下

詩本性情，固不可強，亦不必強。近見論詩者，或以悲愁過甚為非；且謂喜怒哀樂，俱宜中節。不知此乃講道學，不是論詩。詩人萬種苦心，不得已而寓之於詩。詩中之所謂悲愁，尚不敵其胸中所有也。《三百篇》中豈無哀怨動人者？乃謂忠臣孝子貞夫節婦之反過甚乎？金罍兕觥，固是能節情處，然唯懷人則然。若乃處悲愁之境，何嘗不可一往情深？

（清）吳雷發《説詩菅蒯》

（唐徐安貞〈聞鄰家理箏〉詩[19]）出語出想，俱情豔詩中常境，然既前脫陳、梁之纖靡，後又不落溫（庭筠）、李（商隱）之俗豔，可為有唐正風。「夢中看」，癡語，然語不癡不足以為詩。嚴滄浪所謂「詩有妙趣，不關理」，要當於此等處求之。

（清）吳修塢《唐詩續評》卷三

詩腸須曲，詩思須癡，詩趣須靈。……狂欲上天，怨思填海，極世間癡絕之事，不妨形之於言，此之謂癡思。……詩思之癡，如李白「剗卻君山好，平鋪湘水流。巴陵無限酒，醉煞洞庭秋」[20]。杜甫「斫卻月中桂，清

---

19 〈聞鄰家理箏〉：北斗橫天夜欲闌，愁人倚月思無端。忽聞畫閣秦箏逸，知是鄰家趙女彈。曲成虛憶青蛾斂，調急遙憐玉指寒。銀鎖重關聽未辟，不如眠去夢中看。
20 〈陪侍郎叔遊洞庭醉後三首〉其三詩。

光應更多」。萬楚「河水浮落花，花流東不息。應見浣紗人，為道長相憶」。

（清）冒春榮《葚原詩說》卷一

古人為詩皆發於情之不能自已，故情真語摯，不求工而自工；後人無病呻吟，刻意求工，而不知滿紙浮詞，時露矯揉痕跡，是之謂弄巧反拙。

（清）鄔啟祚《耕雲別墅詩話》

余常謂：詩人者，不失其赤子之心者也。沈石田（明沈周號）〈落花〉詩云：「浩劫信於今日盡，癡心疑有別家開。」盧仝云：「昨夜醉酒歸，僕倒竟三五。摩挲青莓苔，莫嗔驚著汝。」[21]宋人仿之，云：「池昨平添水三尺，失卻擣衣平正石。今朝水退石依然，老夫一夜空相憶。」[22]又曰：「老僧只恐雲飛去，日午先教掩寺門。」[23]近人陳楚南〈題背面美人圖〉云：「美人背倚玉欄干，惆悵花容一見難。幾度喚他他不轉，癡心欲掉畫圖看。」妙在皆孩子語也。

（清）袁枚《隨園詩話》卷三

詩情愈癡愈妙。紅蘭主人（清宗室蘊端號）〈歸途贈朱贊皇〉云：「大漠歸來至半途，聞君先我入京都。此宵我有逢君夢，夢裡逢君見我無？」許宜媖（清許權字）〈寄外〉云：「柳風梅雨路漫漫，身不能飛著翅難。除是今宵同入夢，夢時權作醒時看。」

同上卷六

凡作詩，寫景易，言情難。何也？景從外來，目之所觸，留心便得；

21　〔唐〕盧仝〈村醉〉詩。《全唐詩》一二句作：「昨夜村飲歸，健倒三四五。」
22　《全宋詩》載葛天民、釋月磵皆有此詩，僅一、三句數字異文。
23　〔宋〕釋唯茂〈絕句〉詩句。「雲飛去」，《全宋詩》作「山移去」。

情從心出，非有一種芬芳悱惻之懷，便不能哀感頑豔。然亦各人性之所近：杜甫長於言情，太白不能也。永叔長於言情，子瞻不能也。王介甫（宋王安石字）、曾子固（宋曾鞏字）偶作小歌詞，讀者笑倒，亦天性少情之故。

同上

詩難其真也，有性情而後真；否則敷衍成文矣。詩難其雅也，有學問而後雅；否則俚鄙率意矣。太白斗酒詩百篇，東坡嬉笑怒罵皆成文章：不過一時興到語，不可以詞害意。若認以為真，則兩家之集，宜塞破屋子；而何以僅存若干？且可精選者，亦不過十之五六。人安得恃才而自放乎？

同上卷七

詩人愛管閒事，越沒要緊則愈佳；所謂「吹皺一池春水，干卿底事」[24]也。陳方伯德榮〈七夕〉詩云：「笑問牛郎與織女，是誰先過鵲橋來？」楊鐵崖（元楊維禎號）〈柳花〉詩云：「飛入畫樓花幾點，不知楊柳在誰家？」[25]

同上卷八

詩家兩題，不過「寫景、言情」四字。我道：景雖好，一過目而已忘；情果真時，往來於心而不釋。孔子所云「興觀群怨」四字，惟言情者居其三。若寫景，則不過「可以觀」一句而已。

又《隨園詩話補遺》卷十

---

24 《南唐書》載：南唐馮延巳〈謁金門〉詞「風乍起，吹皺一池春水」句，人稱警策。中主李璟嘗戲問之：「吹皺一池春水，干卿何事？」

25 一題作〈飛絮〉：春風門巷欲無花，絮起晴風落又斜。飛入畫簾空惹恨，不知楊柳在誰家？

且夫詩者由情生者也，有必不可解之情，而後有必不可朽之詩。

又〈答蕺園論詩書〉

詩發乎情，故能感人之情，歡娛疾苦之詞，皆情之所不可假者；非若嘲風弄月，可以妝點而成也。

（清）方薰《山靜居詩話》

詩有三真：言情欲真，寫境欲真，紀事欲真。

（清）王壽昌《小清華園詩談》卷上

想到空靈筆有神，每從遊戲得天真。笑他正色談風雅，戎服朝冠對美人。

（清）張問陶〈論詩十二絕句〉

少年哀樂過於人，歌泣無端字字真。既壯周旋雜癡黠，童心來復夢中身。

（清）龔自珍《己亥雜詩》

昔人云：詩必有為而作，方為不苟。此語不易解，如遇忠孝節烈有關係風教者，樂得做一篇，然此等題，作者或百人，佳篇不得三四，除此三四篇外，雖有為而作，仍無關係了。有時小題乘興，而所見者遠大，則不必有為而作，而理足詞文，字句之外，大有關係。故大家之集，題目大小雜出，而未有無正經性情道理寄託者，此之謂有為而作，非必盡要莊重正大題也。唯冶遊之題，必無有關係語，古人亦有存者，偶不經意，非後人所當效也。

（清）何紹基〈與汪菊士論詩〉

　　詞深於興，則覺事異而情同，事淺而情深。故沒要緊語正是極要緊語，亂道語正是極不亂道語。固知「吹皺一池春水，干卿甚事」，原是戲言。

（清）劉熙載《藝概》卷四〈詞曲概〉

　　詞家先要辨得「情」字。〈詩序〉言「發乎情」，《文賦》言「詩緣情」，所貴於情者，為得其正也。忠臣孝子，義夫節婦，皆世間極有情之人。流俗誤以欲為情。欲長情消，患在世道。

同上

　　（宋吳文英〈風入松〉詞[26]）「黃蜂」二句，是癡語，是深語。結處見溫厚。

（清）譚獻《譚評詞辨》

　　詩興所發，不外哀樂兩端，或抽「悲慨」之幽思，或騁「曠達」之遠懷，佇興而言，無容作偽。

（清）許印芳《詩法萃編》卷六下〈二十四詩品〉

　　（歐陽修《訴衷情》〈眉意〉詞[27]）縱畫長眉，能解離恨否？筆妙能於無理中傳出癡女子心腸。

（清）陳廷焯編選《詞則》〈閒情集〉卷一眉批

　　詞之言情，貴得其真。勞人思婦，孝子忠臣，各有其情。古無無情之詞，亦無假託其情之詞。柳（永）、秦（觀）之妍婉，蘇（軾）、辛（棄

26　〈風入松〉詞下闋：西園日日掃林亭。依舊賞新晴。黃蜂頻撲秋千索，有當時、纖手香凝。惆悵雙鴛不到，幽階一夜苔生。

27　〈眉意〉：清晨簾幕卷輕霜。呵手試梅妝。都緣自有離恨，故畫作遠山長。　　思往事，惜流芳。易成傷。擬歌先斂，欲笑還顰，最斷人腸。

疾）之豪放，皆自言其情者也。必專言「懊儂」、「子夜」之情，情之為
用，亦隘矣哉。

（清）沈祥龍《論詞隨筆》

（吳文英〈風入松〉詞）「掃林亭」，猶望其還，賞則無聊消遣。見秋
千而思纖手，因蜂撲而念香凝，純是癡望神理。

（清）陳洵《海綃說詞》

（萬楚〈河上逢落花〉詩）如夢如癡，詩家三昧。

（清）焦袁熹《此木軒論詩彙編》

（唐崔顥〈長干曲〉[28]）望遠杳然，偶聞船上土音，遂直問之曰：「君
家何處住耶？」問者急，答者緩，迫不及待，乃先自言曰：「妾住在橫塘
也，聞君語音似橫塘，暫停借問，恐是同鄉亦未可知。」蓋惟同鄉知同鄉，
我家在外之人或知其所在、知其所為耶？直述問語，不添一字，寫來絕
癡、絕真。用筆之妙，如環無端。心事無一字道及，俱在人意想間遇之。

（清）劉宏煦《唐詩真趣編》

問哀感頑豔，「頑」字云何詮？釋曰：「拙不可及，融重與大於拙之
中，鬱勃久之，有不得已者出乎其中而不自知，乃至不可解，其殆庶幾
乎。猶有一言蔽之：若赤子之笑啼然，看似至易，而實至難者也。」

（近代）況周頤《蕙風詞話》卷五

南海先生（近代康有為，廣東南海人）不以詩名，然其詩固有非尋常
作家所能及者，蓋發於真性情，故詩外常有人也。

（近代）梁啟超《飲冰室詩話》

---

28 〈長干曲四首〉其一：君家何處住？妾住在橫塘。停船暫借問，或恐是同鄉。

　　詩貴真。貴真而雅，不貴真而俗。譬如畫家畫美人，不畫醜婦。畫竹
籬茅舍，畫宮室臺榭，不畫庿廁。畫一切木石花樹，亦只畫其蒼古拳曲，
清疏峭拔合格者，而不畫其凡陋繁蕪無意義者也。詩家務真而不擇雅言，
則吃飯撒屎皆是詩矣。

（近代）錢振鍠《謫星説詩》卷二

　　詞人者，不失其赤子之心也。

（近代）王國維《人間詞話》

　　大家之作，其言情也必沁人心脾，其寫景也必豁人耳目。其辭脫口而
出，無矯揉妝束之態。以其所見者真，所知者深也。詩詞皆然。持此以衡
古今之作者，可無大誤矣。

同上

　　（宋葛天民《絕句》詩[29]）詩有愈癡愈妙者，即指此種而言。

（近人）王文濡《宋元明詩評注讀本》卷四

　　（宋樂雷發《汴堤柳》詩[30]）愈癡愈妙，與前首同一風趣。

同上

　　（宋辛棄疾《祝英台近》〈晚春〉詞[31]）過變從送別而盼「歸期」，遙
承起句。「鬢邊」之「花」，又由「飛紅」想出。「覷」、「卜」、「才簪」、

29　葛詩：夜雨漲波高二尺，失卻擣衣平正石。天明水落石依然，老夫一夜空相憶。
30　樂詩：萬縷春風宰汴堤，錦帆何處柳空垂。流鶯應有兒孫在，問著隋朝總不知。
31　〈祝英台近‧晚春〉：寶釵分，桃葉渡，煙柳暗南浦。怕上層樓，十日九風雨。斷
　　腸片片飛紅，都無人管，更誰勸、流鶯聲住。　　鬢邊覷。應把花卜歸期，才簪又
　　重數。羅帳燈昏，哽咽夢中語。是他春帶愁來，春歸何處，卻不解、帶將愁去。

「重數」，輾轉反側之情，傳神阿堵，語極癡，情極摯。稼軒詞中，此種語實不多覯，真所謂摧剛為柔者。

（近人）陳匪石《宋詞舉》卷上

況君詮釋「頑」字，歸本於赤子之笑、啼，實則一真字耳。情真之極，轉而成癡，癡則非可以理解矣。癡，亦「頑」字之訓釋也。天下唯情癡少，故至文亦少。情癡者，不惜犧牲一切以赴之，〈柏舟〉之詩人、《楚》〈騷〉之屈子（屈原），其千古情癡乎。有此癡情已難矣，而又能出諸口，形諸文，其難乃更甚。然而情之發本於自然，不容矯飾，但使一往而深，自然癡絕，故又曰「至易」。

（近人）劉永濟《詞論》卷下〈作法〉

（五代南唐後主李煜〈憶江南〉詞[32]）後首乃念舊宮嬪妃之悲苦，因而作勸慰之語，故曰「莫將」、「休向」。更揣其此時必已腸斷，故曰「更無疑」。後主已成亡國之「臣虜」，乃不暇自悲而慰人之悲，亦太癡矣。昔人謂後主亡國後之詞，乃以血寫成者，言其語語真切，出自肺腑也。

又《唐五代兩宋詞簡析》

（五代前蜀韋莊〈菩薩蠻〉詞[33]）結尾兩句，無限低徊，譚評「怨而不怒」，已得詩人之旨。此等境界，妙在豐神，妙在口角，一涉言詮便不甚好。譚評周邦彥〈蘭陵王〉：「斜陽七字微吟千百遍，當入三昧出三昧。」其言固神秘，非無見而發，吾於此亦云然。說了半天，還是要想的；賭了半天咒，還是不中用；無家可歸，還是要回家，癡頑得妙。夫癡

---

[32] 〈憶江南〉詞：多少淚，沾袖複橫頤。心事莫將和淚滴，鳳笙休向月明吹。腸斷更無疑。

[33] 〈菩薩蠻〉詞：洛陽城裡春光好。洛陽才子他鄉老。柳暗魏王堤。此時心轉迷。桃花春水淥。水上鴛鴦浴。凝恨對殘暉。憶君君不知。

頑者，溫柔敦厚之別名也，此古今詩人之所同具也。

（今人）俞平伯《論詩詞曲雜著》〈讀詞偶得〉

（五代後唐牛希濟〈生查子〉詞[34]）著末，揭出別後難忘之情，以處處芳草之綠，而聯想人羅裙之綠，設想似癡，而情則極摯。

（今人）唐圭璋《唐宋詞簡釋》

（辛棄疾〈祝英台近〉〈晚春〉詞）換頭三句，覷花卜歸，才簪又數，寫盼歸之癡情可思。「羅帳」兩句，言覷卜無憑，但記夢中哽咽之語，情更可傷。

同上

馮公（五代南唐馮延巳）詞忠愛纏綿，最喜作癡頑語，如「河畔青蕪堤上柳，為問新愁，何事年年有」、「開眼新愁無問處，珠簾錦帳相思否」、「懊恨年年秋不管」及本詞之「淚眼問花花不語，亂紅飛過秋千去」[35]，均此之類。

（今人）丁壽田等《唐五代四大名家詞》丙篇

（唐賈島〈三月晦日贈劉評事〉詩[36]）首言春日已盡。次言春光雖好，亦僅供我苦吟，況又別我而去耶？所言已到盡頭，故後半一轉，謂雖已至春盡之期，然最後一宵猶未過去，共君不睡，尚能消受之也。「猶是春」三字，可謂一刻千金，一字千金矣。流連光景，愛惜韶華，纏綿之

---

34 〈生查子〉詞：春山煙欲收，天淡稀星小。殘月臉邊明，別淚臨清曉。　　　語已多，情未了。回首猶重道。記得綠羅裙，處處憐芳草。

35 以上諸篇，詞牌均為〈鵲踏枝〉。「淚眼問花」篇，一說為歐陽修作品。

36 〈三月晦日贈劉評事〉：三月正當三十日，風光別我苦吟身。與君今夜不須睡，未到曉鐘猶是春。

情，而出以險仄之筆，包括多少執著癡頑在內。

（今人）沈祖棻《唐人七絕詩淺釋》

　　寫情能到真處好，能到癡處亦好。癡者，思慮發於無端也，情深則往往因無端之事，作有關之想也。

　　李益〈江南曲〉云：「嫁得瞿塘賈，朝朝誤妾期；早知潮有信，嫁與弄潮兒。」小婦人深不足於「誤」而專注情於「信」，竟云任下嫁於趁潮水來去之海上弄舟之小子，唯涎其乘潮有信無誤而已，他不復計，其情癡可見。……思慮發於無端，是無理也。……情之愈癡者，愈遠於理耳。

　　馮延巳〈蝶戀花〉云：「誰道閒情拋棄久？每到春來，惆悵還依舊。日日花前常病酒，不辭鏡裡朱顏瘦。　　河畔青蕪堤上柳，為問新愁，何事年年有？獨立小橋風滿袖，平林新月人歸後。」亦寫出一片癡情，而轉折多妙。……此詞寫癡情人為春愁所苦，若負創之蛇，盤旋左右，痛終不解；曲折多處，正緣春恨多耳。

…………

　　牛希濟〈生查子〉云：「（詞同上引，略）」月照淚光，縱橫滿面，語多情未了，回首猶重道，看他哭哭啼啼，絮絮叨叨，癡情已寫得徹骨。記得綠羅裙，從此眼前只理會得一片綠，處處再見芳草之萋以綠，輒動憐愛之心，是別已久，情未了，豈唯未了，更是顛顛倒倒，除卻一片綠外，不曉他事矣。此詞亦寫情到癡絕處，字句則甚是真切爽利，自是癡情男子情態也。

（今人）傅庚生《中國文學欣賞舉隅》五〈癡情與徹悟〉

　　（韋莊〈清平樂〉詞[37]）「鶯啼殘月」亦為婦女代作閨怨之類，末聯

---

37 〈清平樂〉詞：鶯啼殘月。繡閣香燈滅。門外馬嘶郎欲別。正是落花時節。　　妝成不畫蛾眉。含愁獨倚金扉。去路香塵莫掃，掃即郎去歸遲。

「去路香塵莫掃，掃即郎去歸遲」是囑咐使女之語，寫當時風俗迷信，癡語愈見真情。

（今人）吳世昌《詞林新話》卷二

孫　評

　　中國傳統的經典詩歌理論，據陳伯海先生研究，是以「情志為本」的。《文心雕龍》〈附會〉說：「才量學文，宜正體制，必以情志為神明，事義為骨髓，辭采為肌膚，宮商為聲氣。」其精華所在乃是情志、事義、辭采、宮商（格律、節奏等）四者協同，才能構成藝術。可到了陸機〈文賦〉，變成了「詩緣情」，日後成為詩學的綱領，從理論上說，其實有點倒退了。但「情」成為核心範疇，此後，就沒有遭到懷疑和挑戰。千百年的詩詞的鑑賞都丟開了「事義」，孤立地以情的範疇為核心，在外部和內部矛盾中發展。首先得到關注的是外部——情與「禮」（也是理）的矛盾。在先秦的傳統理念中，詩是「詩教」的手段，官方采風是為了教化，「上以風化下，下以風刺上」（〈詩大序〉），帶著很強的政治道德理性的功利性，從根本上和情感的自由是矛盾的。但是，廢除情感就沒有詩了，就產生了中國式的折衷，那就是對情感的約束。「發乎情，止乎禮義。發乎情，民之性也；止乎禮義，先王之澤也。」（〈詩大序〉）以禮義來節制情感，就有了溫柔敦厚，樂而不淫，哀而不傷，怨而不怒等等，用今天的話來說，就是把情感規範在政治、道德理性允許的範圍之內。孔子曰：「〈關雎〉樂而不淫，哀而不傷。」（《論語》〈八佾〉）孔安國注曰：「樂不至淫，哀不至傷，言其和也。」[38]「和」，就是中和，不極端。〈關雎〉被列為《詩經》首篇的原因可能就是「中和」，也就是抒情而不極端的原則。

　　從詩學理論來說，這很有東方特點，「怨而不怒」和西方俗語所說「憤怒出詩人」截然相反。這個命題，最早由古羅馬詩人尤維利斯

38　〔三國魏〕何晏：《論語集解》（《四庫全書》本），卷二引注。

提出，成為西方普遍接受的千古命題，連恩格斯在《反杜林論》中都曾引用過。而我國的「怨而不怒」其實質是，憤怒不出詩人。放任情感是西方傳統，後來浪漫主義詩人華滋華斯在一八○○年《抒情歌謠集》〈序言〉中總結出了「強烈的感情的自然流瀉」（the spontaneous overflow of powerful feelings），就是抒發極端的感情。中國和西方可能是對於抒情的兩極各執一端。從創作實際上來看，中國此類經典所抒更多是溫情，而西方經典似乎更多激情。以西元前七世紀古希臘最負成名的女詩人薩福的〈歌〉為例：

> 當我看見你，波洛赫，我的嘴唇發不出聲音，
> 我的舌頭凝住了，一陣溫柔的火，突然
> 從我的皮膚上溜過
> 我的眼睛看不見東西，
> 我的耳朵被噪音填塞，
> 我渾身流汗，全身都戰慄，
> 我變得蒼白，比草還無力，
> 好像我就要斷了呼吸，
> 在我垂死之際。

這顯然不是一般的抒情，而是激情的突發。激情的特點，就是不受節制，任其瘋狂。薩福的愛情變異到竟然沒有感到歡樂，而是視覺癱瘓，聽覺失靈，失去話語能力，身體不由自主地顫抖，完全處於失控狀態的垂死的感覺。和中國的溫柔敦厚對比起來，顯然有東西方民族文化心理的不同，同時也隱含著東西方詩學的出發點的不同。

　　當然，這只能大體上說，詩歌是無限豐富的，《詩經》中的愛情詩，並不是沒有強烈的激情。如：「自伯之東，首如飛蓬。豈無膏沐，誰適為容！」（〈伯兮〉）「髧彼兩髦，實維我儀。之死矢靡它。」

（〈柏舟〉）「誰謂荼苦？其甘如薺。」（〈谷風〉）但這樣的激情畢竟還沒有像西方人那樣極端化到近於瘋狂的程度。可就是這樣的極端，在中國正統詩論中也是得不到肯定的。〈鄭風〉〈將仲子兮〉不過就是「將仲子兮，無踰我里！無折我樹杞！豈敢愛之，畏我父母。仲可懷也，父母之言，亦可畏也。」就被孔夫子斥為「鄭聲淫」，此後「鄭風放蕩淫邪」，「鄭衛之音其詩大段邪淫」，在《詩經》注解中幾乎成了定論。所謂「淫」就是過分，也就是感情強烈，不加節制。

　　從理論上來說，孔夫子節制感情的抒情理論，並不是很全面的，在歷史的發展中被突破應該是必然的。屈原在〈九章〉中就宣稱「發憤以抒情」。這可能與西方所謂「憤怒出詩人」有點相近，對感情不加節制，痛快淋漓的抒發。最痛快的就是李贄的童心說，其最根本的特點就是感情的絕對解放：「夫童心者，絕假純真，最初一念之本心也。」所謂「最初一念之本心」，就是最原始最自發的情感，這有點像華滋華斯的自然流瀉「spontaneously overflow」，道德倫理來不及規範。比之西方詩論中的強烈感情、憤怒感情，李贄更強調人的情感自由的絕對性與主流經典的矛盾性，一旦沾染上《六經》、《論語》、《孟子》，不但情感假了，而且人也成問題了。「若失卻童心，便失卻真心；失卻真心，便失卻真人」，甚至就不是人了。

　　但是，詩與情感固然有其統一性，也並非沒有矛盾，並非一切情感的流瀉均是好詩。黃庭堅就指出：「詩者，人之情性也，非強諫爭於庭，怨忿訴於道，怒鄰罵坐之為也。」這就對一味獨尊「真情」的理論帶來了挑戰。錢振鍠說：「詩貴真。貴真而雅，不貴真而俗。……詩家務真而不擇雅言，則吃飯撒屎皆是詩矣。」錢氏提出的表面上是真與雅的矛盾，其實是原生的真和詩的矛盾。一味求真就不雅了；不雅，就不是詩了。正是因為這樣，節制情感的理論，要比放任激情的理論似乎更有底氣，更經得起歷史的考驗。錢鍾書先生曰：「夫『長歌當哭』，而歌非哭也，哭者情感之天然發洩，而歌者情感

之藝術表現也。『發』而能『止』，『之』而能『持』，則抒情通乎造藝，而非徒以宣洩為快有如西人所嘲『靈魂之便溺』……『之』與『持』，一縱一斂，一送一控，相反而亦相成……」[39]從這個意義上說，樂而不淫，哀而不傷，正是「發而能止」，縱而能斂，比極端感情自發的流瀉更經得起藝術歷史的考驗。

對於情感的節制，走向極端，又產生了邵雍那樣的教條：感情一定要「以天下大義而為言」，「天下大義」就是他心目中的政治道德，違反了政治道德準則，「其詩大率溺於情好也。噫！情之溺人也甚于水」，甚至能「傷性害命」。詩歌畢竟是心靈自由的象徵，情感屬於審美，和政治道德的實用理性的矛盾是不可迴避的。政治道德的理性是有實用價值的，而情感是非實用的，完全屈從於實用價值，對於情感就是扼殺。原因在於實用理性的邏輯與感情邏輯的矛盾。上千年的詩歌欣賞所面臨的困境就是道德政治的制約與激情的自發，實用理性和審美自由，理性邏輯與情感邏輯的矛盾。這本是世界性的難題，西方浪漫主義詩人華滋華斯在強調了強烈感情的自由流瀉（the spontaneous overflow of powerful feelings），自然流露中的自然（spontaneous），原文有點自發的意味，在這一點似乎與李贄的「最初一念之本心」有某種類似。但實際上，華滋華斯馬上稍作調整，強烈的情感不但是從寧靜聚集起來的（it takes its origin from emotion recollected in tranquility），而且是在審思（contemplation）中沈靜（disappears）下去的。[40]這只是在操作上一個小小的妥協，在理論上則是一個大大的矛盾。沉靜下去，感情還強烈嗎，從華滋華斯的具體創作來看，從〈西敏寺橋〉到

---

39 錢鍾書：《管錐編》（北京市：中華書局，1986年），第一冊，〈毛詩正義〉〈詩譜序〉，頁57-58。

40 參閱華滋華斯著，曹葆華譯：〈抒情歌謠集序言〉，收入《古典文藝理論譯叢》（北京市：人民文學出版社，1961年），第一冊，第4頁。
　　原文見William Wordsworth *Preface to Lyrical Ballads (1800). Famous Prefaces*. The Harvard Classics. 1909-1914.

〈孤獨的割麥女郎〉，感情似乎並不強烈的作品比比皆是。如〈孤獨
的割麥女郎〉，詩寫在蘇格蘭高地，聽到一個割麥女郎在唱歌，他雖
然聽不懂那是英武的戰鬥還是平凡的悲涼，但是，卻為她歌唱時的專
注而感動，以致這歌聲久久留在自己的心中。（The music in my heart I
bore, Long after it was heard no more.）創作與理論矛盾是常見的，矛
盾長期積累不得解脫，理論與現實的脫節也是常見的。

　　宋代嚴羽早就說過「詩有別趣，非關理也」。但是，詩和理究竟
是怎麼樣個非關法呢？經過上百年積累，偏於感性的詩詞評家在情與
理之間，凝聚出一個新範疇「癡」，建構成「理（背理）—癡—情」
的邏輯構架，這是中國抒情理念的一大突破，也是詩詞欣賞對中國古
典詩學，乃至世界詩學的一大貢獻。明鄧雲霄在提出這個範疇時，還
飄浮在「怪」、「癲」等話語中：「詩家貴有怪語。怪語與癲語、凝語
相類而興象不同。杜工部云：『砍卻月中桂，清光應更多。』李太白
云：『我且為君槌碎黃鶴樓，君亦為吾踢卻鸚鵡洲』，此真團造天地手
段。」後來逐漸集中到「癡」上去：「詩語有入癡境，方令人頤解而
心醉。如：『微雨夜來過，不知春草生。』、『庭前時有東風入，楊柳
千條盡向西。』此等景興非由人力。」他的所謂癡（怪、癲）揭示的
是情感與理性邏輯相背，月中桂不能砍，砍之亦不能使月光更明，黃
鶴樓槌之既不能碎，其碎之後果也很可怕；說微雨不知春草生長，似
乎本該有知；說東風為楊柳西向之因，其間因果皆不合現實之理性邏
輯。於實用理性觀之為「怪」為「癲」，但於詩恰恰十分動人。為什
麼呢？譚元春在評萬楚〈題情人藥欄〉、〈河上逢落花〉詩曰：「思深
而奇，情苦而媚。」「此詩罵草，後詩托花，可謂有情癡矣，不癡不
可為情。」這樣就把「癡」和情的關係聯繫來了：癡語（背理）之所
以動人，就是因為它強化了感情。感情並不就是詩，直接把感情寫在
紙上，可能很粗糙，很不雅，很殺風景，可能鬧笑話。要讓感情變成
詩，就要進入「癡」（背理）的境界。「癡」的本質，是「情癡」。

「癡」的境界的特點是：

第一，就是超越理性的「真」進入假定的境界，想像的境界。不管是槌樓還是罵草，都是不現實的、假定的境界，說白了，不是真的境界。這在理論上，就補正了一些把「真」絕對化的成說。絕對的真不是詩，為了真實表達感情，就要進入假定的想像。真假互補，虛實相生。如清焦袁熹所說：「如夢如癡，詩家三昧。」恰恰是這種「如夢」的假定境界，才可能有詩。又如黃生所說：「極世間癡絕之事，不妨形之於言，此之謂詩思。以無為有，以虛為實，以假為真。」劉宏煦說得更堅決：「寫來絕癡、絕真。」進入假定境界，才能達到最真的最高的「絕真」境界。徐增同樣把癡境當作詩歌的最高境界：「妙絕，亦復癡絕。詩至此，直是遊戲三昧矣。」這個情癡的觀念，影響還超出了詩歌，甚至到達小說創作領域，至少可能啟發了曹雪芹，使他在《紅樓夢》中把賈寶玉的情感邏輯定性為「情癡」（「情種」）。

第二，為什麼「無理」、「癡」會成為詩的境界呢？清沈雄說：「詞家所謂無理而入妙，非深於情者不辨。」可以說相當完整地提出了無理向有理轉化的條件，乃是「深於情」。這些理念相互生發，相得益彰。癡的境界的優越還在於，只有進入這個境界，情感才能從理性邏輯和功利價值的節制中解脫出來。

黃生說：「靈心妙舌，每出人常理之外，此之謂詩趣」。出人常理之外，就是癡的邏輯超越了理性邏輯，才有詩的趣味。吳修塢把癡作為作詩的入門：「語不癡不足以為詩。」賀裳評王諲〈閨怨〉「昨來頻夢見，夫婿莫應知」二句說，「情癡語也。情不癡不深」，也就是只有達到癡的程度，感情才會深刻，甚至是「癡而入妙」。這個「癡而入妙」，和他的「無理而妙」說相得益彰，應該是中國詩歌鑑賞史上的重大發明，在當時影響頗大，連袁枚都反覆闡釋，將之推向極端：「詩情愈癡愈妙。」與西方詩論相比，其睿智有過之而無不及。可

惜，這個以癡為美的命題，屬於中國獨創的命題，至今沒有得到充分的闡釋，從而也就沒有在中國詩學上得到應有的地位。

　　「癡」這個中國式的話語的構成，經歷了上百年，顯示了中國詩論家的天才，如果拿來和他們差不多同時代的莎士比亞相比，可以說，並不遜色。莎士比亞把詩人、情人和瘋子相提並論。莎士比亞在《仲夏夜之夢》第五幕第一場借希波呂特之口這樣說：「瘋子情人和詩人都是猜想的產兒」（the lunatic, the lover, and the poet are of imagination all compact）莎氏的的意思不過就是說詩人時有瘋語，瘋語當然超越了理性，但近於狂，狂之極端可能失之於暴，而我國的「癡語」超越理性，不近於狂暴，更近於迷（癡迷）。癡迷者，在邏輯上執於一端也，專注而且持久，近於迷醉。癡迷，迷醉，相比於狂暴，更有人性可愛處。怪不得清譚獻從「癡語」中看到了「溫厚」。莎士比亞「以瘋為美」的話語天下流傳，而我國的癡語卻鮮為人知。這不但是弱勢文化的悲哀，而且是我們對民族文化的不自信的後果。

情景之真實、變異和相生

　　夫有生而無識，有質而無性者，其唯草木乎？然自古設比興，而以草木方人者，皆取其善惡薰蕕，榮枯貞脆而已。……今俗文士，謂鳥鳴為啼，花發為笑。花之與鳥，安有啼笑之情哉？必以人無喜怒，不知哀樂，便云其智不如花，花猶善笑，其智不如鳥，鳥猶善啼，可謂之讕言者哉？

　　　　　　　　　　　　　　　（唐）劉知幾《史通》卷十六〈雜說上〉

　　老杜寄身於兵戈騷屑之中，感時對物，則悲傷繫之。如「感時花濺淚」[1]是也。

　　　　　　　　　　　　　　　（宋）葛立方《韻語陽秋》卷一

　　少陵又有詩云：「感時花濺淚，恨別鳥驚心。」花、鳥本是平時可喜之物，而抑鬱如此者，亦以觸目有感，所遇之時異耳。

　　　　　　　　　　　　　　　（宋）費袞《梁谿漫志》卷七

　　老杜詩：「天高雲去盡，江迴月來遲。衰謝多扶病，招邀屢有期。」[2]上聯景，下聯情。「身無卻少壯，跡有但羈棲。江水流城郭，春風入鼓鼙。」[3]上聯情，下聯景。「水流心不競，雲在意俱遲。」[4]景中之情也。

1　杜甫〈春望〉：國破山河在，城春草木深。感時花濺淚，恨別鳥驚心。烽火連三月，家書抵萬金。白頭搔更短，渾欲不勝簪。
2　杜甫〈觀作橋成月夜舟中有述還呈李司馬〉詩句。
3　又〈春日梓州登樓二首〉其一詩句。
4　又〈江亭〉詩句。

「捲簾惟白水，隱幾亦青山。」[5]情中之景也。「感時花濺淚，恨別鳥驚心。」情景相觸而莫分也。「白首多年疾，秋天昨夜涼。」[6]「高風下木葉，永夜攬貂裘。」[7]一句情一句景也。固知景無情不發，情無景不生，或者便謂首首當如此作，則失之甚矣。

（宋）范晞文《對床夜語》卷二

有以詩呈南軒先生（宋張栻號）曰：「詩人之詩也，可惜不禁咀嚼。」或問其故，曰：「非學者之詩。學者之詩，讀著似質，卻有無限滋味，涵詠愈久，愈覺深長。」又曰：「詩者，紀一時之實，只要據眼前實說。古詩皆是道當時實事，今人做詩多愛裝造言語，只要鬥好；不思一語不實便是欺，這上面欺，將何往不欺！」

（元）盛如梓《庶齋老學叢談》卷中

詩貴真實，不真實，不足以言詩。古人之詩，雖縱橫自恣，不事拘檢，而皆實情、實景，是以千百載而下誦之者，如親見其人，親目其事。蓋實情、實景，人心所同，貫古今如一日者也。

（元）李祁《李祁詩話》

（〈古詩十九首〉）情真，景真，事真，意真。澄至清，發至情。
…………
（陶淵明）心存忠義，心處閒逸，情真景真，事真意真，幾於〈十九首〉矣，但氣差緩耳。

（元）陳繹曾《詩譜》

5　又〈閱〉詩句。
6　又〈潭州送韋員外迢牧韶州〉詩句。
7　又〈江上〉詩句。

　　詩人題詠，多出一時之興遇，難謂盡有根據。如牛女七夕之說，轉相沿襲，遂以為真矣。

（明）游潛《夢蕉詩話》

　　寫景述事，宜實而不泥乎實。有實用而害於詩者，有虛用而無害於詩者，此詩之權衡也。

　　貫休曰：「庭花濛濛水泠泠，小兒啼索樹上鶯。」[8]景實而無趣。太白曰：「燕山雪花大如席，片片吹落軒轅台。」[9]景虛而有味。

（明）謝榛《四溟詩話》卷一

　　作詩本乎情景，孤不自成，兩不相背。凡登高致思，則神交古人，窮乎遐邇，繫乎憂樂，此相因偶然，著形於絕跡，振響於無聲也。夫情景有異同，模寫有難易，詩有二要，莫切於斯者。觀則同於外，感則異於內，當自用其力，使內外如一，出入此心而無間也。景乃詩之媒，情乃詩之胚，合而為詩，以數言而統萬形，元氣渾成，其浩無涯矣。同而不流於俗，異而不失其正，豈徒麗藻炫人而已。然才亦有異同，同者得其貌，異者得其骨。人但能同其同，而莫能異其異。吾見異其同者，代不數人爾。

同上卷三

　　詩乃模寫情景之具，情融乎內而深且長，景耀乎外而遠且大。當知神龍變化之妙，小則入乎微纇，大則騰乎天宇。此惟李杜二老知之。

同上卷四

　　夫情景相觸而成詩，此作家之常也。或有時不拘形勝，面西言東，但假山川以發豪興爾。譬若倚太行而詠峨嵋，見衡漳而賦滄海，即近以徵

8　〔唐〕釋貫休〈春晚書山家屋壁〉詩句。
9　李白〈北風行〉詩句。

遠，猶夫兵法之出奇也。

同上卷四

　　詩有一兩句而跨越千萬里，中之情緒密如絲牽者，此乃無上菩提。如劉文房「已是洞庭人，猶看瀟陵月」[10]、孟東野「長安日下影，又落江湖中」[11]已稱妙絕，又不如陳陶「可憐無定河邊骨，猶是春閨夢裡人」[12]。所謂泣鬼神者非耶！

（明）鄧雲霄《冷邸小言》

　　凡詩須一聯景，一聯情，固也。然亦須情中插景，景中含情。顯露者為中乘，渾化者為上駟。如杜之「孤嶂秦碑在，荒城魯殿餘」[13]，景中情也；王之「流水如有意，暮禽相與還」[14]，情中景也，然猶顯露者也。至杜之「片雲天共遠，永夜月同孤」[15]，誰共耶？誰同耶？不落思議，乃情景渾化之極矣。

同上

　　只「一雁聲」便是憶弟。[16]對明月而憶弟，覺露增其白，但月不如故鄉之明，憶在故鄉兄弟無故也。蓋情異而景為之變也。

（明）王嗣奭《杜臆》卷三

10　〔唐〕劉長卿（字文房）〈初至洞庭，懷瀟陵別業〉詩句。

11　〔唐〕孟郊（字東野）〈失意歸吳因寄東台劉復侍御〉詩句。

12　〔唐〕陳陶〈隴西行四首〉其二詩句。

13　杜甫〈登兗州城樓〉詩句。

14　〔唐〕王維〈歸嵩山作〉詩句。

15　杜甫〈江漢〉詩句，全詩見下面注引。

16　杜甫〈月夜憶舍弟〉：戍鼓斷人行，邊秋一雁聲。露從今夜白，月是故鄉明。有弟皆分散，無家問死生。寄書長不達，況乃未休兵。

　　趙子常（元趙汸字）云：「此詩[17]中四句以情景混合言之：雲天夜月，落日秋風，物也、景也；與天共遠，與月同孤，心視落日而猶壯。病對秋風而欲蘇者，我也、情也。他詩多以景對景、情對情，人亦能效之；或以情對景，則效之者已鮮；若此之虛實一貫，不可分別，能效之者尤鮮。近歲唯江古逸有句云：『年爭飛鳥疾，雲共此生浮』近之。」此論亦細，雖不必拘，卻須識得。

同上卷九

　　此[18]寫登高之旅況也。臺名望鄉，鄉心已切；客中送客，尤難為懷。我固厭此南中久矣，雁奈何自北而來，以攪我之情乎？唐人絕句，類於無情處生有情，此聯是其鼻祖。

（明）唐汝詢《唐詩解》卷二十五

　　作詩有情有景，情與景會，便是佳詩。若情景相睽，勿作可也。

（清）賀貽孫《詩筏》

　　詞雖不出情景二字，然二字亦分主客。情為主，景是客，說景即是說情，非借物遣懷，即將人喻物。有全篇不露秋毫情意，而實句句是情，字字關情者。切勿泥定即景詠物之說，為題字所誤，認真做向外面去。

（清）李漁《窺詞管見》第九則

　　古人有通篇言情者，無通篇敘景者，情為主，景為賓也。情為境遇，景則景物也。……七律大抵兩聯言情，兩聯敘景，是為死法。蓋景多則浮

17　杜甫〈江漢〉：江漢思歸客，乾坤一腐儒。片雲天共遠，永夜月同孤。落日心猶壯，秋風病欲蘇。古來存老馬，不必取長途。

18　〔唐〕王勃〈蜀中九日〉：九月九日望鄉台，他席他鄉送客杯。人情已厭南中苦，鴻雁那從北地來？

泛，情多則虛薄也。然順逆在境，哀樂在心，能寄情於景，融景入情，無施不可，是為活法。

（清）吳喬《圍爐詩話》卷一

〈春望〉詩云「國破山河在，城春草木深」，言無人物也。「感時花濺淚，恨別鳥驚心」，花鳥樂事而濺淚驚心，景隨情化也。「烽火連三月，家書抵萬金」，極平常語，以境苦情真，遂同於《六經》中語之不可動搖。

同上卷二

詩以身經目見者為景，故情得融之為一，若敘景過於遠大，即與情不關，惟登臨形勝不同耳。

同上卷六

情與景合而有詩。廊廟有廊廟之情景，江湖有江湖之情景，緇衣黃冠有緇衣黃冠之情景。情真景真，從而形之詠歌，其詞必工；如舍現在之情景，而別取目之所未嘗接，意之所不相關者，以為能脫本色，是相率而為偽也。

（清）歸莊〈眉照上人詩序〉

興在有意無意之間，比亦不容雕刻；關情者景，自與情相為珀芥也。情景雖有在心在物之分，而景生情，情生景，哀樂之觸，榮悴之迎，互藏其宅。天情物理，可哀而可樂，用之無窮，流而不滯，窮且滯者不知爾。

（清）王夫之《薑齋詩話》卷上

身之所歷，目之所見，是鐵門限。即極寫大景，如：「陰晴眾壑殊」[19]、

19　王維〈終南山〉詩句：分野中峰變，陰晴眾壑殊。

「乾坤日夜浮」[20]，亦必不踰此限。非按輿地圖便可云「平野入青徐」[21]也，抑登樓所得見者耳。隔垣聽演雜劇，可聞其歌，不見其舞，更遠則但聞鼓聲，而可云所演何齣乎？

同上卷下

　　情、景名為二，而實不可離。神於詩者，妙合無垠。巧者則有情中景，景中情。景中情者，如「長安一片月」[22]，自然是孤棲憶遠之情；「影靜千官里」[23]，自然是喜達行在之情。情中景尤難曲寫，如「詩成珠玉在揮毫」[24]，寫出才人翰墨淋漓、自心欣賞之景。凡此類，知者遇之；非然，亦鶻突看過，作等閒語耳。

同上

　　不能作景語，又何能作情語耶？古人絕唱句多景語，如「高臺多悲風」[25]、「蝴蝶飛南園」[26]、「池塘生春草」[27]、「亭皋木葉下」[28]、「芙蓉露下落」[29]，皆是也，而情寓其中矣。以寫景之心理言情，則身心中獨喻之微，輕安拈出。

同上

---

20 杜甫〈登岳陽樓〉詩句：吳楚東南坼，乾坤日夜浮。

21 又杜甫〈登兗州城樓〉詩句：浮雲連海岱，平野入青徐。

22 李白〈子夜吳歌〉：長安一片月，萬戶擣衣聲。秋風吹不盡，總是玉關情。何日平胡虜，良人罷遠征？

23 杜甫〈自京竄至鳳翔喜達行在所〉其三詩句：影靜千官里，心蘇七校前。

24 又杜甫〈奉和賈至舍人早朝大明宮〉詩句：朝罷香煙攜滿袖，詩成珠玉在揮毫。

25 〔三國魏〕曹植〈雜詩〉其一句：高臺多悲風，朝日照北林。

26 〔西晉〕張協〈雜詩〉句：借問此何時？蝴蝶飛南園。

27 〔南朝宋〕謝靈運〈登池上樓〉詩句：池塘生春草，園柳變鳴禽。

28 〔南朝梁〕柳惲〈擣衣〉詩句：亭皋木葉下，隴首秋雲飛。

29 〔北齊〕蕭愨〈秋思〉詩句：芙蓉露下落，楊柳月中疏。

　　遊覽詩固有適然未有情者，俗筆必強入以情，無病呻吟，徒令江山短氣。寫景至處，但令與心目不相睽離，則無窮之情正從此而生。一虛一實、一景一情之說生，而詩遂為阱，為桎，為行屍。噫，可畏也哉！

又《古詩評選》卷五

　　（李白〈採蓮曲〉[30]）卸開一步，取情為景，詩文至此，只存一片神光，更無形跡矣。

又《唐詩評選》卷一

　　詩家寫有景之景不難，所難者寫無景之景。此亦唯老杜饒為之，如「河漢不改色，關山空自寒」[31]，寫初月易落之景。「秋日新沾影，寒江舊落聲」[32]，寫微雨易晴之景。「日長唯鳥雀，春遠獨柴荊」[33]，寫花事既罷之景。偏從無月無花處著筆，後人正難措手耳。

（清）黃生《一木堂詩麈》卷一〈詩家淺說〉

　　（又評杜〈春遠〉詩）寫有景之景，詩人類能之；寫無景之景，惟杜獨擅耳。欲往關中，「關中數有亂」；欲留劍外，「劍外何曾清」。只緣地入亞夫營，徒望故鄉歸不得，當此日長春遠之時，將何以為情耶！

又《杜詩說》卷六

　　凡遊覽詩，以景中有情為妙。得是法，則凡景皆情也。

（清）陳祚明《采菽堂古詩選》卷十七

30　〈採蓮曲〉：若耶溪旁採蓮女，笑隔荷花共人語。日照新妝水底明，風飄香袂空中舉。岸上誰家游冶郎，三三五五映垂楊。紫騮嘶入落花去，見此踟躕空斷腸。

31　杜甫〈初月〉詩句。

32　又〈雨四首〉其一詩句。

33　又〈春遠〉：蕭蕭花絮晚，菲菲紅素輕。日長唯鳥雀，春遠獨柴荊。數有關中亂，何曾劍外清？故鄉歸不得，地入亞夫營。

　　金粟（清彭孫遹，號金粟山人）謂：「近人詩餘，能作景語，不能作情語。」僕則謂：「情語多，景語少，同是一病。但言情至色飛魂動時，乃能于無景中著景。此理亦近人未解。」

（清）董以寧《蓉渡詞話》

　　詩有情有景，且以律詩淺言之：四句兩聯，必須情景互換，方不復沓；更要識景中情，情中景，二者循環相生，即變化不窮。

（清）李重華《貞一齋詩説》

　　詩不外乎情事景物，情事景物要不離乎真實無偽。一日有一日之情，有一日之景，作詩者若能隨境興懷，因題著句，則固景無不真，情無不誠矣；不真不誠，下筆安能變易而不窮？是故康樂（南朝宋謝靈運，晉時襲封康樂公）無聊，慣裁理語；青蓮（李白，號青蓮居士）窘步，便說神仙；近代牧齋（清錢謙益號）暮年蕭瑟，行文未半，輒談三乘矣。

（清）黃子雲《野鴻詩的》

　　情生於景，景生於情；情景相生，自成聲律。

（清）黃圖珌《看山閣集閒筆》〈文學部〉〈詞曲〉

　　詩家寫有景之景不難，所難在寫無景之景，此惟老杜能之。如「河漢不改色，關山空自寒」，寫初月易落之景，「日長惟鳥雀，春遠獨柴荊」，寫花事既罷之景，偏從無月無花處著筆。

（清）冒春榮《葚原詩説》卷一

　　詩非無為而作，情因景生，景隨情變，感觸之下，即淡語亦自有致。彼無情之言，縱懸幡擊鼓，亦安能助其威靈哉！況掇拾事物以湊好句者，則又卑卑不足道矣！

（清）田同之《西圃詩説》

　　詞與詩體格不同，其為攄寫性情，標舉景物，一也。若夫性情不露，景物不真，而徒然綴枯樹以新花，被偶人以衰服，飾淫靡為周（邦彥）、柳（永），假豪放為蘇（軾）、辛（棄疾），號曰詩餘，生趣盡矣，亦何異詩家之活剝工部（杜甫），生吞義山（李商隱字）也哉。

又《西圃詞說》

　　景物萬狀，前人鉤致無遺，稱詩於今日大難。唯句中有我在，斯同題而異趣矣。

　　節序同，景物同，而時有盛衰，境有苦樂，人心故自不同。以不同接所同，斯同亦不同，而詩文之用無窮焉。

　　景有神遇，有目接。神遇者，虛擬以成辭，屈、宋（屈原、宋玉）已下皆然，所謂五城十二樓，縹緲俱在空際也。目接則語貴微實，如靖節（陶淵明私謚）田園，謝公（謝靈運）山水，皆可以識曲聽真也。

（清）喬億《劍溪說詩》卷下

　　觀古人自詠所居，言山水、卉木、禽魚，皆實有其境，抑或小加潤色，而規模廣狹，境地喧寂，以及景物之豐悴，未或全非也。陶淵明若居鄰城市，必不為田園諸詩；且陶之性情高潔，在處可見，何假煙霞泉石為哉！

　　寓言詩如海市蜃樓，空中結撰，凡點綴景物，不妨侈言之。招提、道館、園林、齋舍等作，須即景抒情，景或不真，情焉得實？雖詞句清美，氣味恬雅，可以充高品，不可為真詩。

又《劍溪說詩又編》

　　詩家兩題，不過「寫景、言情」四字。我道：景雖好，一過目而已忘；情果真時，往來於心而不釋。孔子所云：「興觀群怨」四字，惟言情者居其三。若寫景，則不過「可以觀」一句而已。

（清）袁枚《隨園詩話補遺》卷十

　　詩不但因時，抑且因地。如杜牧之云：「南山與秋色，氣勢兩相高。」[34] 此必是陝西之終南山。若以詠江西之廬山，廣東之羅浮，便不是矣。即如「夜足沾沙雨，春多逆水風」[35]，不可以入江、浙之舟景。「閶闔晴開詄蕩蕩，曲江翠幙排銀牓」[36]，不可以詠吳地之曲江也。明矣！

（清）翁方綱《石洲詩話》卷二

　　讀陶公（陶潛）詩，專取其真：事真景真，情真理真，不煩繩削而自合。

（清）方東樹《昭昧詹言》卷四

　　詩景有虛有實，若虛實之間，不必常有此，卻自應有此，惟高手自然寫出，新穎可喜。

（清）楊際昌《國朝詩話》卷一

　　陶詩「吾亦愛吾廬」[37]，我亦具物之情也；「良苗亦懷新」[38]，物亦具我之情也。

　　　　‧‧‧‧‧‧‧‧‧‧‧‧

　　「昔我往矣，楊柳依依。今我來思，雨雪霏霏」[39] 雅人深致，正在借景言情。若捨景不言，不過曰春往冬來耳，有何意味？然「黍稷方華，雨雪載塗」[40]，與此又似同而異，須索解人。

（清）劉熙載《藝概》卷二〈詩概〉

34　〔唐〕杜牧（字牧之）〈長安秋望〉詩句。
35　杜甫〈老病〉詩句。
36　又杜甫〈樂遊園歌〉詩句。
37　陶淵明〈讀山海經十三首〉其一詩句：眾鳥欣有託，吾亦愛吾廬。
38　又陶淵明〈癸卯歲始春懷古田舍二首〉其二詩句：平疇交遠風，良苗亦懷新。
39　《詩》〈小雅〉〈采薇〉詩句。
40　《詩》〈小雅〉〈出車〉詩句：昔我往矣，黍稷方華。今我來思，雨雪載塗。

詞或前景後情，或前情後景，或情景齊到，相間相融，各有其妙。

同上書卷四〈詞曲概〉

夫律詩千態百變，誠不外情景虛實二端。然在大作手，則一以貫之，無情景虛實之可執也。寫景，或情在景中，或情在言外。寫情，或情中有景，或景從情生。斷未有無情之景，無景之情也。又或不必言情而情更深，不必寫景而景畢現，相生相融，化成一片。情即是景，景即是情，如鏡花水月，空明掩映，活潑玲瓏。其興象精微之妙，在人神契，何可執形跡分乎？至虛實尤無一定。……總之詩家妙悟，不應著跡，別有最上乘功用，使情景虛實各得其真可也，使各逞其變可也，使互相為用可也，使失其本意而反從吾意所用，亦可也。此固不在某聯宜實，某聯宜虛，何處寫景，何處言情，虛實情景，各自為對之常格恒法。亦不在當情而景，當景而情，當虛而實，當實而虛，及全不言情，全不言景，虛實情景，互相易對之新式變法。別有妙法活法，在吾方寸，不可方物。六祖（唐釋慧能，被尊為禪宗第六祖）語曰：「人轉《法華》，勿為《法華》所轉。」此中消息，亦如是矣。

（清）朱庭珍《筱園詩話》卷一

律詩煉句，以情景交融為上，情景相對次之，一聯皆情、一聯皆景又次之。……情景交融者，景中有情，情中有景，打成一片，不可分拆。如工部「感時花濺淚，恨別鳥驚心」，「捲簾殘月影，高枕遠江聲」[41]，「村春雨外急，鄰火夜深明」[42]，「風月自清夜，江山非故園」[43]，「露從今夜

---

41 杜甫〈客夜〉詩：客睡何曾著，秋天不肯明。捲簾殘月影，高枕遠江聲。計拙無衣食，途窮仗友生。老妻書數紙，應悉未歸情。

42 又〈村夜〉詩：風色蕭蕭暮，江頭人不行。村春雨外急，鄰火夜深明。胡羯何多難，樵漁寄此生。中原有兄弟，萬里正含情。

43 又〈日暮〉詩：牛羊下來久，各已閉柴門。風月自清夜，江山非故園。石泉流暗壁，草露滴秋根。頭白燈明裡，何須花燭繁。

白，月是故鄉明」……皆是句中有人，情景兼到者也。

同上卷四

　　詞雖濃麗而乏趣味者，以其但知作情景兩分語，不知作景中有情、情中有景語耳。「雨打梨花深閉門」[44]、「落紅萬點愁如海」[45]，皆情景雙繪，故稱好句，而趣味無窮。

（清）沈祥龍《論詞隨筆》

　　詞之訣曰情景交煉。宋詞如李世英「一寸相思千萬緒，人間沒個安排處」[46]，情語也。梅堯臣「落盡梨花春又了，滿地斜陽，翠色和煙老」[47]，景語也。姜堯章「舊時月色，算幾番照我，梅邊吹笛」[48]，景寄於情也。寇平叔「倚樓無語欲銷魂，長空黯淡連芳草」[49]，情繫于景也。詞之為道，其大旨固不出此。

（清）張德瀛《詞徵》卷一

　　真字是詞骨。情真、景真，所作必佳，且易脫稿。

（近代）況周頤《蕙風詞話》卷一

---

44 〔宋〕李重元〈憶王孫・春詞〉詞：萋萋芳草憶王孫，柳外樓高空斷魂，杜宇聲聲不忍聞。欲黃昏，雨打梨花深閉門。
45 秦觀〈千秋歲〉詞下闋：憶昔西池會。鵷鷺同飛蓋。攜手處，今誰在？日邊清夢斷，鏡裡朱顏改。春去也，飛紅萬點愁如海。
46 〔宋〕李冠（字世英）〈蝶戀花・春暮〉詞下闋：桃杏依稀香暗度。誰在秋千，笑裡輕輕語？一寸相思千萬緒，人間沒個安排處。
47 梅堯臣〈蘇幕遮〉詞下闋：接長亭，迷遠道。堪怨王孫，不記歸期早，落盡梨花春又了。滿地殘陽，翠色和煙老。
48 〔宋〕姜夔（字堯章）〈暗香〉詞上闋：舊時月色，算幾番照我，梅邊吹笛？喚起玉人，不管清寒與攀摘。何遜而今漸老，都忘卻、春風詞筆。但怪得、竹外疏花，香冷入瑤席。
49 〔宋〕寇準（字平仲）〈踏莎行〉詞下闋：密約沉沉，離情杳杳。菱花塵滿慵將照。倚樓無語欲銷魂，長空黯淡連芳草。

蓋寫景與言情，非二事也。善言情者，但寫景而情在其中。此等境界，唯北宋人詞往往有之。

同上卷二

境非獨謂景物也。喜怒哀樂，亦人心中之一境界。故能寫真景物、真感情者，謂之有境界。否則謂之無境界。

（近代）王國維《人間詞話》

昔人論詩詞，有景語、情語之別。不知一切景語，皆情語也。

又《人間詞話刪稿》

曰物有生死動靜之別，一等可憐是它無靈魂、無感情無生物，或有感情焉，而無思想動植物，總而言之，它不是人。大作家筆下所賦之物即不如然，它有靈魂，有感情，有思想，總而言之，它是人。必如是夫而後賦物之時乃可以物物而不物於物。……所以故。老杜不肯使其全無而且非是，而必欲使其全有而且真。於是老杜乃給與以情感、以思想、以靈魂，又不寧唯是，而又給與以人底情感、人底思想與夫人底靈魂，使之成為特出的鷹、馬，之外又復具有完全真正的人格焉。此其所以賦物而能物物而不物於物也。

（今人）顧隨《駝庵詞話》卷四

大地山河以及風雲星斗原來都是死板的東西，我們往往覺得它們有情感，有生命，有動作，這都是移情作用的結果。……詩文的妙處往往都從移情作用得來。例如「天寒猶有傲霜枝」[50]句的「傲」，「雲破月來花弄影」[51]句的「弄」，「數峰清苦，商略黃昏雨」[52]句的「清苦」和「商

---

50 蘇軾〈贈劉景文〉詩句：荷盡已無擎雨蓋，菊殘猶有傲霜枝。
51 〔宋〕張先〈天仙子〉詞句：沙上並禽池上暝，雲破月來花弄影。

略」……都是原文的精彩所在，也都是移情作用的實例。

　　在聚精會神的觀照中，我的情趣和物的情趣往復回流。有時物的情趣隨我的情趣而定，例如自己在歡喜時，大地山河都隨著揚眉帶笑，自己在悲傷時，風雲花鳥都隨著黯淡愁苦。……物我交感，人的生命和宇宙的生命互相迴還震盪，全賴移情作用。

　　　　　　　　（今人）朱光潛《文藝心理學》第三章〈美感經驗的分析（三）〉

52 姜夔〈點絳唇〉詞句。

孫　評

　　古典詩歌欣賞不約而同地集中在情景上，作為核心範疇，很有中國特色，英語、俄語詩歌理論罕見把情景看得這麼關鍵。這可能由於西方詩歌的基本表現手段並不是觸景生情，而是直接抒情，他們遇到的是抒情與理念的矛盾，理性過甚則扼殺抒情。玄學派詩人（mataphysical poets）和浪漫主義詩人長於激情（passion），邏輯越極端越片面，表現感情的效果越強烈，其經典之作以情理交融取勝。他們的詩學理論中幾乎沒有情與景（特別是自然風景）交融觀念。我們古典詩論這樣重視情景的關係，表面上看，是由於詩歌往往作為現場交往的手段，自然景觀和人事關係都在現場引發，現場感決定了觸景生情和即景抒情。往深處探索，這裡似乎還有和中國的繪畫一樣的美學原則，那就是把重點放在人和自然和諧上，在天人合一深厚的基礎上，建構出情景交融的「意境」的詩學範疇。

　　當然，中國詩歌的歷史發展是豐富多元的，直接抒情在中國古典詩歌傳統中也是源遠流長的。《詩經》中如「誰謂荼苦，其甘如薺」、「稱彼斯觥，萬壽無疆」等，比比皆是，但淹沒在現場情景互動的詩歌之中。到了屈原時代，直接抒情的詩歌可以說已經獨立發展起來，〈離騷〉就是一首直接抒情的長篇政治詩。這個傳統到了漢魏建安仍然是很強大的，〈古詩十九首〉和曹操的傑作基本上都是直接抒情的。從歷史淵源來說，比之觸景生情的詩歌，有更為深厚的經典傳統。即景生情、情景交融的詩學，似乎從《詩經》的「賦」中演化而來，伴隨著絕句、律詩的定型，構成了完整的抒情的模式，爾後還決定了詞別無選擇的追隨。但是，直接抒情的傳統並未因而斷絕，即使在絕句、律詩成熟以後，直接抒情的詩仍然在古風歌行體詩歌中蓬勃發展，其經典之作在藝術水準上與近體詩可謂相得益彰。詩評家往往

給以比近體詩更高的評價。雖然如此，絕大部分的詩話和詞話所論及的卻是律詩、絕句和詞，也許律詩和絕句以自然景觀和人文景觀的現場感為主，便於操作，到了宋代以後，成為古典詩歌藝術最常見的模式。

　　現場感的「感」，一方面所感對象是景物，另一方面所感的主體是人情。漢語的「情感」一詞比之英語的 feeling 和 emotion 內涵都要深邃，feeling 偏於表層感知，emotion 偏於情緒，二者在詞語上互不相干。而漢語的情和感則不但相連，而且隱含著內在轉化：因情而感，因感生情，感與情互動而互生。情感這個詞由於反覆使用，習以為常，聯想陷於自動化而變得老化，情感互動的意味埋藏到潛意識裡去了，造成了對情感互動意味的麻木，感而不覺其情了。不但一般人如此，就是很有學問的人士也不能免俗。唐劉知幾曰：「今俗文士，謂鳥鳴為啼，花發為笑。花之與鳥，安有啼笑之情哉？必以人無喜怒，不知哀樂，便云其智不如花，花猶善笑，其智不如鳥，鳥猶善啼，可謂之讜言者哉？」這個在史學的敘述語言上很有修養、很有見地的學者，太拘守於史家的實錄精神了，以至於對「鳥啼」、「花笑」都不能理解。這種把情與感絕對割裂開來的觀念並非史家外行所獨有。南宋詩話家范晞文，也承認有時「情景相觸而莫分也」，但否認其為規律性現象，到具體分析文本時，又往往把律詩對仗句的情景作機械分割為「上聯景，下聯情」、「上聯情，下聯景」之類。

　　箇中原因，可能在於中國傳統的詩學理念中片面強調真和實，不免將之推向極端。元陳繹曾說〈古詩十九首〉的好處就在一個「真」字上：「情真，景真，事真，意真。澄至清，發至情。」陶淵明的詩就好在「情真景真，事真意真」。用這樣簡單的觀念，闡釋無比複雜的詩歌，牽強附會是必然的。至於機械地把「真」又和「實」聯繫在一起，就更加僵化了。在這一點上，連王夫之也不能免俗。他在頗具經典性的《薑齋詩話》中雖然承認情對景的重要性，但是，卻把景釘

死在「實」也就是現場感上：「身之所歷，目之所見，是鐵門限。即極寫大景，如：『陰晴眾壑殊』、『乾坤日夜浮』，亦必不踰此限。非按輿地圖便可云『平野入青徐』也，抑登樓所得見者耳。隔垣聽演雜劇，可聞其歌，不見其舞，更遠則但聞鼓聲，而可云所演何齣乎？」這就把景觀的「真」變成了現場親歷的「實」。這種簡單的、機械的真實觀造成了麗采競繁、極縷藻繪之工的風氣，遂使宮體詩的卑格和詠物詩的匠氣陰魂千年不散。甚至在詩歌中消亡以後，在小說中，乃至經典小說如《三國演義》、《水滸傳》、《紅樓夢》在場景人物的靜態賦體中，仍然大量借屍還魂。

對這個理論上的偏頗，許多詩評家們長期含而混之，與之和平共處。只有清代黃生在《一木堂詩麈》中提出挑戰：「詩家寫有景之景不難，所難者寫無景之景。此亦唯老杜饒為之，如『河漢不改色，關山空自寒』，寫初月易落之景。……『日長帷鳥雀，春遠獨柴荊』，寫花事既罷之景。偏從無月無花處著筆，後人正難措手耳。」黃生提出的「無景之景」非常警策，在理論上可以說是橫空出世。有景之景，寫五官直接感知，由情緒而產生變異感，這是常規現象，而黃生提出「河漢不改色，關山空自寒」顯示的不是變異感，而是持續性的不變之感。更雄辯的是，他說寫有景之景，寫花、寫月不難著筆，然而，從無花無月處寫，亦可以產生感人的效果。可惜的是，無景之景在理論上的重大價值卻被他糟糕的例子淹沒了。

其實只要舉陳子昂的〈登幽州臺歌〉，就足夠說明無景之景：

　　　前不見古人，後不見來者。念天地之悠悠，獨愴然而涕下。

登臨之常格往往求情景交融，所感依於所見，但是，出格的登臨卻以「無景之景」見長，所感依於兩個「不見」。把立意的焦點定在「不見」上，並非偶然。樂府雜曲歌辭中有「獨不見」為題者，歌行中有

「君不見」為起興者，「無景之景」乃不見之見，變不見為見者，情也。情不可見，以可見之景而顯，卻不如不見之更深。陳子昂不見古人黃金臺，怨也，不見後來者，時不待人，迫於生命之大限，怨之極乃愴然涕下。如實見黃金臺，怨不至極，何至於淚下？杜甫〈春夜喜雨〉：「隨風潛入夜，潤物細無聲。」好就好在，不但看不見，而且聽不到。這裡寫的只是春夜裡看不見（潛入）的雨，而默默欣慰之情，卻躍然紙上。看不見的比看得見的，在詩中更能調動讀者的想像。

在古典詩歌中，每逢有看不見的美，往往勝過看得見的，著眼於看不見美的，往往比致力看得見的美更為別出心裁。如李白〈獨不見〉詩句：「桃今百餘尺，花落成枯枝。終然獨不見，流淚空自知。」歐陽修〈生查子〉：「不見去年人，淚滿春衫袖。」均因不見而泣，見了就不會哭了。「孤帆遠影碧空盡」，「山迴路轉不見君」，「春在溪頭薺菜花」，都是妙在見中有所不見。詩家所視，臺灣詩人稱為「靈視」，心有多靈，視就有多活。具體表現為隨時間、空間而變，「會當凌絕頂，一覽眾山小」，妙在此時不見，設想來日之見；「何時倚虛幌，雙照淚痕乾」、「何當共剪西窗燭，卻話巴山夜雨時」，妙在當時之不見，預想他日之相見。把靈視預存入回憶是大詩人的專利，在李商隱最為得心應手：「昨夜星辰昨夜風」，「相見時難別亦難」，不見之見，見之不見，因時空而互變互生。見者與不見有限，而所變之情趣無窮也。

此中道理於聽覺亦同。「曲終人不見，江上數峰青」，從所聽之終止，轉入所見之靜止。「此時無聲勝有聲」，比之「銀瓶乍破」、「鐵騎突出」之有聲，更有千古絕唱的藝術高度。擴而大之為人的感知，知與不知相互轉化，不知常常勝於有知。李後主「夢裡不知身是客」，比之清醒的「多少恨，昨夜夢魂中」要深厚；「雲深不知處」，比之「遙指杏花村」更為高格。明明細葉已經為二月春風所裁出，偏偏說「不知細葉誰裁出」；明明已知盤中飧，粒粒皆辛苦，還要說「誰知

盤中飧」如此這般，皆以否定、疑問，更為有情而婉轉也。

從哲學範疇而言，有無之辨最為深邃，但是曲高和寡，不如賓主之分直觀。故賓主之說，比較流行。李漁堅定地指出：「詞雖不出情景二字，然二字亦分主賓。情為主，景是客，說景即是說情。」吳喬更指出那種以為律詩是「兩聯言情，兩聯敘景，是為死法。蓋景多則浮泛，情多則虛薄也」。只有「順逆在境，哀樂在心，能寄情於景，融景入情，無施不可，是為活法」，故「情為主，景為賓也」。

詩話詞話之爭訟往往流於感性，清喬億於此可算是佼佼者。王夫之說，宏大景觀，也是登高所見，喬億則把屈原、李白拿出來，特別是把明顯不是現場目接的「天上十二樓」（李白）全是幻想的景觀亮出來，這就從感性上取得了優勢。此論出於感性，但不乏機智，其可貴在於理論上提出了一個與王夫之的「目接」相反的範疇「神遇」，可以說為黃生的「無景之景」尋到原因。「景有神遇，有目接。神遇者，虛擬以成辭……目接則語貴徵實」。這個與目接相對立的範疇「神遇」，顯得很有理論深度。這個「神」隱含著詩的虛擬、想像，由情而感的自由。

但是理論問題的解決，光憑這一點的機智是不夠的。「目接」是真的，實的。「神遇」則是想像的，不是真的，不是實的，有可能是虛假的，其感染力從何而來呢？早在明朝，謝榛就提出與寫實相對的「寫虛」：「寫景述事，宜實而不泥乎實。有實用而害於詩者，有虛用而無害於詩者」。詩人的工夫就是在虛實之間「權衡」。實際上就是寫實與寫虛的對立並不是僵化凝固的，而是可以相互轉化的。他舉出貫休的詩：「『庭花濛濛水泠泠，小兒啼索樹上鶯。』景實而無趣。」而李白的「『燕山雪花大如席，片片吹落軒轅台。』景虛而有味。」在漢語中，實和真是天然地聯繫在一起的，而虛則和假聯繫在一起。怎樣才避免由虛而假，達到由虛而真呢？元好問曾經提出，虛不要緊，虛得誠乃是根本。「何謂本？誠是也。……故由心而誠，由誠而言，

由言而詩也。」「由心而誠」，還是不到位。實際上，詩人無不自以為是誠心而發，可是事實上，假詩還是滔滔者天下皆是也。

　　喬億在回答這個問題時，有了突破，這個突破首先在理論範疇上。一般詩話詞話，大都從鑑賞學出發，將詩詞作為成品來欣賞，而喬億卻從創作論出發，把問題回歸到創作過程的矛盾中去：「景物萬狀，前人鉤致無遺，稱詩於今日大難。」喬億的傑出就在從創作過程，從難度的克服來展開論述：景觀萬象已經給前人寫光了，「無遺」了。經典的、權威的、流行的詩語，已經充滿了心理空間。怎樣才能虛而不假，虛而入誠呢？喬億的深刻之處在於提出「同題而異趣」，也就是同景而異趣。「節序同，景物同」，景觀相同，是有風險的。如果以景之真為準，則千人一面，如果以權威、流行之誠為準，則于人為真誠，於我為虛偽。真誠不是公共的，因為「人心故自不同」。他提出「唯句中有我在，斯同題而異趣矣」。自我是私有的。人心不同，各如其面，找到自我就是找與他人之心的不同，「以不同接所同，斯同亦不同，而詩文之用無窮焉」。只要找到自我心與人之「不同」，即使面對節序景物之「同」，則矛盾就能轉化，「斯同亦不同」，詩文才有無窮的不同。

　　詩詞創作論最可貴的進展，就是不把感官功能局限在對外部資訊的被動接受上，而是強調主體（自我、心靈）對外部景觀的同化和變異。劉勰早在《文心雕龍》中就說「目既往還，心亦吐納……情往似贈，興來如答」。人的感官並不完全是被動接受外部資訊，同時也激發出情感作用於感知。在實用性散文中，主觀情感作用是要抑制的，而在詩歌中，這種情感作用則是要給以自由飛翔的天地的。對於主客體在創作過程中的交互作用，晚清朱庭珍發揮到極致。他反對當時流行的一些教條式的操作法程，如「某聯宜實，某聯宜虛，何處寫景，何處言情，虛實情景，各自為對之常格恆法」。他說：「夫律詩千態百變，誠不外情景虛實二端。然在大作手，則一以貫之，無情景虛實之

可執也。」他的「大作手」，不但是主體情致對於景觀驅遣，而且是對於自我情感的駕馭，更是對於形式規範的控制。他的指導思想，是以情為主，為主就是駕馭，選擇、同化、變形、變質，固然不可脫離外物，但不為外物所役，固然不能沒有法度，但不為法度所制。他引用禪宗六祖慧能語曰：「人轉《法華》，勿為《法華》所轉。」

朱庭珍的境界是「寫景，或情在景中，或情在言外。寫情，或情中有景，或景從情生。斷未有無情之景，無景之情也。又或不必言情而情更深，不必寫景而景畢現，相生相融，化成一片。情即是景，景即是情」。而「虛實」更是「無一定」之法，全在「妙悟」，以不「著跡，別有最上乘功用」。這裡，除了「斷未有……無景之情也」一語有些脫離創作實踐以外，他對主客之真誠、情景的虛實、形式法度的有意無意，追求不著痕跡的自然、自由的和諧等等論述，是很精深，很自由的：「使情景虛實各得其真可也，使各逞其變可也，使互相為用可也，使失其本意而反從吾意所用，亦可也。」這裡強調的是，對法度的不拘一格，各逞其變，出神入化，得心應手，透澈玲瓏，神與法遊，法我兩忘。其精微之妙，達到嚴羽的理想中那種沒有形跡可求的境界。超越了鑑賞論，進入了創作論，他的闡釋，不但深邃而且生動。其實與王國維後來很權威的一些說法，如「一切景語，皆情語」說，「境界」說，「隔」和「不隔」之說，也不乏有可比之處。

二十世紀早期，朱光潛在《文藝心理學》說到景觀與人的矛盾和轉化，歸結為西方文藝心理學上「移情」：「大地山河以及風雲星斗原來都是死板的東西，我們往往覺得它們有情感，有生命，有動作，這都是移情作用的結果。……詩文的妙處往往都從移情作用得來。例如『天寒猶有傲霜枝』句的『傲』，『雲破月來花弄影』句的『弄』，『數峰清苦，商略黃昏雨』句的『清苦』和『商略』……都是原文的精彩所在，也都是移情作用的實例。」「在聚精會神的觀照中，我的情趣和物的情趣往復回流。有時物的情趣隨我的情趣而定，例如自己在歡

喜時，大地山河都隨著揚眉帶笑，自己在悲傷時，風雲花鳥都隨著黯淡愁苦。……物我交感，人的生命和宇宙的生命互相迴還震蕩，全賴移情作用。」

　　詩話詞話在漫長的歷史過程中經過積累，情景衍生出賓主、有無、虛實、真偽、我與非我成套的觀念。和這麼豐厚系統相比起來，立普斯的移情說，充其量不過是說明了情主導景而已，不能不顯得貧困。而朱光潛先生雖然有開山之功，然拘於「傲」、「弄」、「商略」等詞語，也不能不給人以單薄之感。其原因就在於文藝心理學之鑑賞論，總是滿足於對現成作品的解釋，與我國古典詩詞的創作論傾向，強調詩詞的生成過程相比，似乎略遜一籌。

名言之理與詩家之理

　　詩有七德：一識理；二高古；三典麗；四風流；五精神；六質乾；七體裁。

（唐）皎然《詩式》卷一

　　詩人貪求好句而理有不通，亦語病也。

（宋）歐陽修《六一詩話》

　　吟詩喜作豪句，須不叛於理方善。

（宋）嚴有翼《藝苑雌黃》

　　詩有四種高妙：一曰理高妙，二曰意高妙，三曰想高妙，四曰自然高妙。礙而實通，曰理高妙；出事意外，曰意高妙；寫出幽微，如清潭見底，曰想高妙；非奇非怪，剝落文采，知其妙而不知其所以妙，曰自然高妙。

（宋）姜夔《白石詩說》

　　夫詩有別才，非關書也；詩有別趣，非關理也。然非多讀書，多窮理，則不能極其至。所謂不涉理路，不落言筌者，上也。詩者，吟詠情性也。盛唐諸人惟在興趣，羚羊掛角，無跡可求。故其妙處透澈玲瓏，不可湊泊，如空中之音，相中之色，水中之月，鏡中之象，言有盡而意無窮。

（宋）嚴羽《滄浪詩話》〈詩辨〉

詩有詞理意興。南朝人尚詞而病於理；本朝人尚理而病於意興；唐人尚意興而理在其中；漢魏之詩，詞理意興，無跡可求。

同上書〈詩評〉

至理學興而詩始廢，大率皆以模寫宛曲為非道。夫明於理者猶足以發先王之底蘊，其不明理則錯冗猥俚散焉不能以成章，而諉曰：吾唯理是言。詩實病焉。今夫途歌巷語，風見之矣。至於二雅，公卿大夫之言，縝而有度，曲而不倨，將盡夫萬物之藻麗，以極其形容讚美之盛。若是者，非誇且誣也。

（元）袁桷〈樂侍郎詩集序〉

詩有別材，非關書也；詩有別趣，非關理也。然非讀書之多明理之至者，則不能作。論詩者無以易此矣。彼小夫賤隸婦人女子，真情實意，暗合而偶中，固不待於教。而所謂騷人墨客學士大夫者，疲神思，弊精力，窮壯至老而不能得其妙，正坐是哉。

（明）李東陽《麓堂詩話》

夫詩比興錯雜，假物以神變者也。雖言不測之妙，感觸突發，流動情思，故其氣柔厚，其聲悠揚，其言切而不迫，故歌之心暢，而聞之者動也。宋人主理，作理語，於是薄風雲月露，一切鏟去不為。又作詩話教人，人不復知詩矣。詩何嘗無理，專作理語，何不作文而詩為邪？今人有作性氣詩，輒自賢於「穿花蛺蝶，點水蜻蜓」[1]等句，此何異癡人前說夢也！即以理言，則所謂深深款款者何物邪？詩云：「鳶飛戾天，魚躍於淵。」[2]，又何說也？

（明）李夢陽《李夢陽詩話》

---

1 即杜甫〈曲江二首〉其二詩句：穿花蛺蝶深深見，點水蜻蜓款款飛。

2 《詩》〈大雅〉〈旱麓〉詩句。

唐人詩主情，去《三百篇》近；宋人詩主理，去《三百篇》卻遠矣。

　　　　　　　　　　　　　　　　　　（明）楊慎《升庵詩話》卷八

詩何病於理學，理學何病於詩，而離之始雙美，合之則兩傷！固哉今之為詩也。

　　　　　　　　　　　　　　　　　　（明）李維楨〈劉宗魯詩序〉

然而詩之所以為詩，情景事理，自古迄今，故無二道。唯才識之士，擬議以成變化，臭腐可為神奇，安能離去古人，別造一壇宇耶？

　　　　　　　　　　　　　　　　　　又〈朱修能詩跋〉

禪家戒事理二障，余戲謂宋人詩，病正坐此。蘇、黃（蘇軾、黃庭堅）好用事，而為事使，事障也；程、邵（程顥、程頤、邵雍）好談理，而為理縛，理障也。

　　　　　　　　　　　　　　　　　　（明）胡應麟《詩藪》內編卷二

嚴儀卿（嚴羽字）謂「詩有別趣，非關理也」，天下無理外之文字。謂詩家自有詩家之理則可，謂詩全不關理，則謬矣。詩不關理，則離經叛道，流為淫蕩。文字無義理，則無意味、無精彩。《三百篇》純是義理凝成，所以晶光千古不磨。今之詩，粉飾妝點，趁韻而已。豈唯無理，亦且無稽，浮響虛聲，何關性情？何補風教？蛙鳴蟬噪，烏得為詩？

　　　　　　　　　　　　　　　　　　（明）郝敬《藝圃傖談》卷一

詩有詩人之詩，有儒者之詩。詩人之詩，主於適情，以山水煙月鶯花草樹為料；儒者之詩，主於明理，以講習克治天人體用為料。試以詩人之詩言之，彼其取料之法有二：一曰幽事，一曰幻旨。幽事者，皆目前所閱之境，久為人所習而未覺者。自我言之，而後恍然以為誠如是，如「茶煙

開瓦雪，鶴跡上潭水」[3]之類是也。幻旨者，本為理所未有，自我約略舉似焉，而若或以為然，執而言之，則固有所不通，譚子所謂「不通得妙」，如「殘陽過遠水，落葉滿疏鐘」[4]之類是也。

（明）張時為《張時為詩話》

「詩有別趣，非關理也」。然理原不足以礙詩之妙，如元次山（唐元結字）〈舂陵行〉、孟東野〈遊子吟〉、韓退之〈拘幽操〉、李公垂（唐李紳字）〈憫農〉詩，真是《六經》鼓吹。樂天（唐白居易字）與微之（唐元稹字）書曰：「文章合為時而著，歌詩合為事而作。」然其生平所負，如〈哭孔戡〉諸詩，終不諧於眾口。此又所謂「言之無文，行之不遠」。故必理與辭相輔而行，乃為善耳，非理可盡廢也。

⋯⋯⋯⋯⋯

論詩雖不可以理拘執，然太背理則亦不堪。

（清）賀裳《載酒園詩話》卷一

詩雖不宜苟作，然必字字牽入道理，則詩道之厄也。吾選晦翁（宋朱熹，號晦庵）詩，惟取多興趣者。

又《載酒園詩話又編》〈宋〉

喬謂唐詩有理，而非宋人詩話所謂理；唐詩有詞，而非宋人詩話所謂詞。大抵賦須近理，比即不然，興更不然，「靡有孑遺」[5]，「有北不受」[6]可見。又如張籍辭李司空辟詩[7]，考亭（宋朱熹晚年號）嫌其「感君纏綿

3　〔唐〕鄭巢〈送琇上人〉詩句。

4　〔唐〕張祜〈題萬道人禪房〉詩句。

5　《詩》〈大雅〉〈雲漢〉詩句：周餘黎民，靡有孑遺。

6　《詩》〈小雅〉〈巷伯〉詩句：豺虎不食，投畀有北；有北不受，投畀有昊。

7　〔唐〕張籍〈節婦吟寄東平李司空師道〉：君知妾有夫，贈妾雙明珠。感君纏綿意，繫在紅羅襦。妾家高樓連苑起，良人執戟明光裡。知君用心如日月，事夫誓擬

意，繫在紅羅襦」。若無此一折，即淺直無情，是為以理礙詩之妙者也。

（清）吳喬《圍爐詩話》卷一

滄浪（嚴羽，自號滄浪逋客）云：「不落言筌，不涉理路。」按此二言似是而非，惑人為最。……至於詩者言也，言之不足故長言之，長言之不足故詠歌之，但其言微不與常言同耳，安得有不落言筌者乎？詩者，諷刺之言也。憑理而發，怨誹者不亂，好色者不淫，故曰「思無邪」。但其理玄，或在文外，與尋常文筆言理者不同，安得不涉理路乎？滄浪論詩，止是浮光掠影，如有所見，其實腳跟未曾點地，故云盛唐之詩，「如空中之色，水中之月，鏡中之象」，種種比喻，殊不知劉夢得（唐劉禹錫字）云「興在象外」，一語妙絕。又孟子言：「說詩者不以文害辭，不以辭害志，以意逆志，是為得之。」更自確然灼然也。嗚呼！可以言此者寡矣。

（清）馮班《〈滄浪詩話〉糾謬》

夫理學與詩，判而不一也久矣。儒者斥詩為末技，比於雕蟲之屬，而太白嘲誚魯儒，備極醜詆。……予謂世俗所謂理學與詩皆非也。……《三百篇》多忠臣孝子之章，至性所激，發而成聲，不煩雕繪而惻然動物。是真理學即真詩也。

（清）申涵光〈馬旻徠詩引〉

《三百篇》皆理學也。敷情陳事而理寓焉，理之未達，無為貴詩矣。

又〈王清有詩引〉

謝靈運一意迴旋往復，以盡思理，吟之使人卞躁之意消。〈小宛〉[8]抑

同生死。還君明珠雙淚垂，何不相逢未嫁時。〔宋〕洪邁《容齋三筆》載：張籍在他鎮幕府，鄆帥李師古又以書幣闢之，籍卻而不納，而作〈節婦吟〉一章寄之。

8　《詩》〈小雅〉〈小宛〉詩。

不僅此，情相若，理尤居勝也。王敬美（明王世懋字。此係誤記，應為其兄王世貞，字元美。下同）謂「詩有妙悟，非關理也。」非理抑將何悟？

（清）王夫之《薑齋詩話》卷上

詩入理語，唯西晉人為劇。理亦非能為西晉人累，彼自累耳。詩源情，理源性，斯二者豈分轅反駕者哉？不因自得，則花鳥禽魚累情尤甚，不徒理也。取之廣遠，會之清至，出之修潔，理顧不在花鳥禽魚上耶？

又《古詩評選》卷二

（西晉司馬彪〈雜詩〉[9]）王敬美謂「詩有妙悟，非關理也」，非謂無理有詩，正不得以名言之理相求耳[10]。且如飛蓬，何「首」可「搔」？而不妨云「搔首」，以理求之，詎不躓躓？

同上卷四

……故經生之理，不關詩理，猶浪子之情，無當詩情。

同上卷五

（明徐渭〈嚴先生祠〉詩）詩以道性情，道性之情也。性中儘有天德、王道、事功、節義、禮樂、文章，卻分派與《易》、《書》、《禮》、《春秋》去，彼不能代詩而言性之情，詩亦不能代彼也。決破此疆界，自杜甫始。桎梏人情，以掩性之光輝，風雅罪魁，非杜其誰耶？

又《明詩評選》卷五

9　〈雜詩〉：百草應節生，含氣有深淺。秋蓬獨何辜，飄颻隨風轉。長飆一飛薄，吹我之四遠。搔首望故株，邈然無由返。

10　戴鴻森《薑齋詩話箋注》：舊時代很少人在實際上如此靈活廣泛的理解，一說「理」，便意味著道學先生的倫理公式，或者社會上居統治地位的道德教訓，便是所謂「名言之理」，船山（王夫之，晚年屏居石船山，人尊稱之）認為「正不得」以之「相求」。

　　（嚴羽「詩有別趣，非關理也」）「理」字原說得輕泛，只當作「實事」二字看。後人誤將此字太煞認真，故以〈舂陵〉、〈遊子〉、〈拘幽〉、〈憫農〉諸詩當之。方采山極詆滄浪此說，豈知全失滄浪本意，古人有知，必且遙笑地下矣。

（清）黃生《黃白山先生〈載酒園詩話〉評》卷上

　　（賀裳評魯望〈自遣〉詩[11]「似雋似戲，語荒唐而意纖巧……」）此滄浪所謂無理而有趣者，「理」字只如此看，非以鼓吹經史，裨補風化為理也。

又黃生評語，轉引自清賀裳《載酒園詩話又編》〈晚唐〉

　　然子但知可言可執之理之為理，而抑知名言所絕之理之為至理乎？子但知有是事之為事，而抑知無是事之為凡事之所出乎？可言之理，人人能言之，又安在詩人之言之！可徵之事，人人能述之，又安在詩人之述之！必有不可言之理，不可述之事，遇之於默會意象之表，而理與事無不燦然於前者也。今試舉杜甫集中一二名句，為子晰而剖之，以見其概，可乎？

　　如〈玄元皇帝廟作〉「碧瓦初寒外」句[12]……又〈宿左省作〉「月傍九霄多」句[13]……又〈夔州雨濕不得上岸作〉「晨鐘雲外濕」句[14]……又〈摩訶池泛舟作〉「高城秋自落」句[15]……以上偶舉杜集四語，若以俗儒之眼觀之：以言乎理，理於何通？以言乎事，事於何有？所謂言語道斷，思維路絕；然其中之理，至虛而實，至渺而近，灼然心目之間，殆如鳶飛魚躍之昭著也。理既昭矣，尚得無其事乎？

11　〔唐〕陸龜蒙（字魯望）〈自遣詩三十首〉其十三：數尺遊絲墮碧空，年年長是惹東風。爭知天上無人住，亦有春愁鶴髮翁。

12　杜甫〈冬日洛城北謁玄元皇帝廟〉詩句：碧瓦初寒外，金莖一氣旁。

13　又〈春宿左省〉詩句：星臨萬戶動，月傍九霄多。

14　又〈船下夔州郭宿雨濕不得上岸別王十二判官〉詩句：晨鐘雲外濕，勝地石堂煙。

15　又〈晚秋陪嚴鄭公摩訶池泛舟〉詩句：高城秋自落，雜樹晚相迷。

　　古人妙於事理之句，如此極多；姑舉此四語，以例其餘耳。其更有事
所必無者，偶舉唐人一二語：如「蜀道之難，難於上青天」[16]，「似將海水
添宮漏」[17]，「春風不度玉門關」[18]，「天若有情天亦老」[19]，「玉顏不及寒鴉
色」[20]等句，如此者何止盈千累萬！決不能有其事，實為情至之語。夫情必
依乎理；情得然後理真。情理交至，事尚不得耶！要之作詩者，實寫理事
情，可以言言，可以解解，即為俗儒之作。唯不可名言之理，不可施見之
事，不可逕達之情，則幽渺以為理，想像以為事，惝恍以為情，方為理至
事至情至之語。此豈俗儒耳目心思界分中所有哉！則餘之為此三語者，非
腐也，非僻也，非錮也。得此意而通之，寧獨學詩，無適而不可矣。

（清）葉燮《原詩》內篇下

　　昔人論詩曰：「不涉理路，不落言詮。」宋人惟程、邵、朱諸子為詩
好說理。在詩家謂之旁門。

（清）王士禎《師友詩傳續錄》

　　詩家不許於詩中談理，亦有所見。蓋理由我運，則操縱如意，或虛或
實，或大或小，隨其識力所到，變沒隱見於語言外者，皆詩之根也。若以
我聽理，非十成死語不敢下，非陳陳相因者不敢言，由是板木臃腫，酸腐
油膩之病，交萃一時，雖澡洗頻加，舊性難改，順口而成，依然塵土，其
於詩也，愈遠愈支，不可救藥矣。且古人文章各有體裁，若令詩專主於
理，不主於比興風雅，即何不為有韻之《四書》、《五經》，而須後人之叨
叨置喙耶！況善談理者，不滯於理，美人香草，江漢雲霓，何一不可依

---

16 李白〈蜀道難〉詩句。
17 〔唐〕李益〈宮怨〉詩句：似將海水添宮漏，共滴長門一夜長。
18 〔唐〕王之渙〈涼州詞〉詩句：羌笛何須怨楊柳，春風不度玉門關。
19 〔唐〕李賀〈金銅仙人辭漢歌〉詩句：衰蘭送客咸陽道，天若有情天亦老。
20 〔唐〕王昌齡〈長信秋詞五首〉其三詩句：玉顏不及寒鴉色，猶帶昭陽日影來。

託，而直須仁義禮智不離口，太極天命不去手，始謂之談理乎？願與主持斯道者共商之。

　　文章名理，世鮮兼長。詩非不要理，只是人不能於詩中見理耳。理無不包，語無不韻者，《三百篇》之〈雅〉、〈頌〉是也。不必以理為名，詩妙而理無不通者，〈離騷〉以訖漢、魏是也。但求詞佳不墮理窠者，兩晉、六朝以訖三唐是也。只求理勝不暇修詞者，程、朱、邵子輩是也。風氣日下，得一層必失一層，若天限之，生古人以後者，何處下手？

　　詩中談理，肇自三〈頌〉。宋人則直洩道秘，近於抄疏，將古法婉妙處，盡變平淺，反覺腐而可厭。

（清）張謙宜《絸齋詩談》卷一

詩非談理。亦烏可悖理也。

（清）沈德潛《古詩源》〈例言〉

　　詩人之詩，心地空明，有絕人之智慧；意度高遠，無物類之牽纏。詩書名物，別有領會；山川花鳥，關我性情。信手拈來，言近旨遠，筆短意長，聆之聲希，咀之味永。此禪宗之心印，風雅之正傳也。

（清）方貞觀《方南堂先生輟鍛錄》

　　古云：「詩有別材，非關書也；詩有別趣，非關理也。」此說詩之妙諦也，而未足以盡詩之境。如杜子美「雨露之所濡，甘苦齊結實」[21]，白樂天「野火燒不盡，春風吹又生」[22]，韓退之〈拘幽操〉，孟東野〈遊子吟〉，是非有得於天地萬物之理，古聖賢人之心，烏能至此？可知學問理解，非徒無礙於詩，作詩者無學問理解，終是俗人之談，不足供士大夫之

---

21 杜甫〈北征〉詩句。
22 白居易〈賦得古原草送別〉詩句。

一笑。然正有無理而妙者,如李君虞「嫁得瞿塘賈,朝朝誤妾期。早知潮有信,嫁與弄潮兒」[23]。劉夢得「東邊日出西邊雨,道是無晴卻有晴」[24]。李義山「八駿日行三萬里,穆王何事不重來」[25]。語圓意足,信手拈來,無非妙趣。可知詩之天地,廣大含宏,包羅萬有,持一論以說詩,皆井蛙之見也。

同上

詩要有理,不是「萬物靜觀皆自得,四時佳興與人同」[26]才為理。一事一物皆有理,只看《左傳》臧孫達之言「先王昭德塞違者,如昭其文也」之類,皆是說理,可以省悟於詩。杜牧之敘李賀集,種種言其奇妙,而要終之言曰:「稍加以理,奴僕命〈騷〉可也。」可見詞雖有餘而理或不足是大病。

(清)方世舉《蘭叢詩話》

漢魏之詩,辭理意興,無跡可求。唐人尚意興而理在其中。宋人純以理用事,故去本漸遠。

(清)薛雪《一瓢詩話》

詩家有不說理而真乃說理者,如唐人〈詠棋〉云:「人心無算處,國手有輸時。」[27]……

(清)袁枚《隨園詩話》卷三

---

23 李益(字君虞)〈江南詞〉。

24 劉禹錫〈竹枝詞二首〉其一:楊柳青青江水準,聞郎江上唱歌聲。東邊日出西邊雨,道是無晴卻有晴。

25 李商隱〈瑤池〉:瑤池阿母綺窗開,黃竹歌聲動地哀。八駿日行三萬里,穆王何事不重來?

26 〔元〕鍾嗣成〈罵玉郎感皇恩採茶歌〉〈四時佳興〉(冬)曲句。

27 〔唐〕裴說〈棋〉詩句。

　　（賈島〈偶作〉²⁸「遙峰」句）礙而通。峰遠出平地上，故言「出草」。《文心雕龍》有云：「礙而實通。」故凡詩句中有乍看似無理，細思乃確妙者，皆謂之礙而通。

（清）李懷民〈重訂中晚唐詩主客圖〉卷下

　　詩奇而入理，乃謂之奇。若奇而不入理，非奇也。盧玉川（唐盧仝，自號玉川子）、李昌谷（李賀，曾居福昌縣昌谷）之詩，可云奇而不入理者矣。詩之奇而入理者，其唯岑嘉州（唐岑參，官至嘉州刺史）乎！如〈遊終南山〉詩：「雷聲傍太白，雨在八九峰。東望紫閣雲，西入白閣松。」²⁹

（清）洪亮吉《北江詩話》卷五

　　詩道性情，只貴說本分語。如右丞（王維，官至尚書右丞）、東川（唐李頎，東川人）、嘉州、常侍（唐高適，曾官散騎常侍），何必深於義理，動關忠孝；然其言自足有味，說自家話也。

（清）方東樹《昭昧詹言》卷十一

　　詩不可墮理趣，固也。然使非義豐理富，隨事得理，灼然見作詩之意，何以合於興、觀、群、怨，足以感人，而使千載下誦者流連諷詠而不置也。此如容光觀瀾，隨處觸發，而測之益深，自可窺其蘊蓄。唯多讀書有本者如是，非即此詩語句而作講義也。

同上卷十四

28　〈偶作〉：稔年時雨足，閏月暮蟬稀。獨樹依岡老，遙峰出草微。園林自有主，宿鳥且同歸。

29　《全唐詩》題作〈因假歸白閣西草堂〉。白閣、紫閣、皆終南山山峰所引起四句，「西入」做「半入」。

　　阿諛誹謗，戲謔淫蕩，誇詐邪誕之詩作而詩教熄，故理語不必入詩中，詩境不可出理外。謂「詩有別趣，非關理也」，此禪宗之餘唾，非風雅之正傳。

（清）潘德輿《養一齋詩話》卷一

　　理有二端：一是道理，即道德之理。此所謂理，即社會間生活行動之準繩。一是哲理，即道理之廣義。昔人所謂性理，所謂研幾窮理，又多屬此。此所謂理，指宇宙間自然之理。滄浪所謂理，只指廣義，似與社會人生不生干涉。故偏於禪趣而忽於理趣；即就儒家之理而言，亦偏於性理而忽於義理。所以即如滄浪所謂別趣之說，含有形象思維之義，總與現實主義距離很遠。

（今人）郭紹虞《滄浪詩話校釋》〈詩辨〉〈釋〉

孫　評

　　詩中情與理的矛盾，詩話中引發爭訟可能要從嚴羽說起。當然，在嚴羽以前，歐陽修、嚴有翼對這個問題已經有所接觸。歐陽修批評詩人「貪求好句而理有不通」，提示的是，好詩與理的矛盾。好句「好」在哪裡？並不十分明確。嚴有翼說得更明白一些，「作豪句」要防止有「叛於理」。豪就是豪情、激情，也就激情與理有矛盾。這實際上是說感情越強烈越容易與理發生衝突。

　　到了嚴羽，二者的矛盾才充分揭開：詩有「別才」、「別趣」，也就是特殊的才華和趣味。特殊在哪裡呢？第一，詩與理的矛盾極端到毫不相干的程度（非關理也）。第二，詩是「吟詠情性」，「情性」與「理」有不可調和的矛盾。第三，矛盾在哪裡呢？詩的興趣「不涉理路」，也就是不遵循理性邏輯。第四，詩「不落言筌」，「言有盡意無窮」，也就是直接用語言表達出來是有限的，而詩的意味是無限的。詩的意蘊，不在言之內，而在其外，可意會不可言傳，不可捉摸到「無跡可求」的地步，但是可以感受得到。第五，這種才能與讀書明理是不相干的，但是不讀書不「窮理」，又不能達到其最高層次。這裡的「窮理」，很值得注意，不是一般的明理，要把道理「窮」盡了，真正弄通了，才能達到「極其至」的最高的境界。從這個意義上來說，詩又不是表面上與「理」無關，「理」是它的最初根源，也是它的最高境界。

　　嚴羽這裡的「理」，顯然有多重意涵。最表層的「理」，就是他在下文中指出的「近代諸公」「以文字為詩，以才學為詩，以議論為詩」，流於「末流者，叫噪怒張」以至「罵詈為詩」。從這個意義上

說，嚴羽針對的是宋朝的詩風。[30]但是，嚴羽的理的意涵，並不局限於此。他顯然還把理作為詩歌的歷史發展過程中一個重要因素加以考慮，從這個意義上說，「理」在詩中，並不絕對是消極因素，其積極性與消極性是隨史沉浮的。他在〈詩評〉一章中這樣說「詩有詞理意興。南朝人尚詞而病於理；本朝人尚理而病於意興；唐人尚意興而理在其中；漢魏之詩，詞理意興，無跡可求。」很顯然，他認為理不能獨立地研究，要把它放在和「詞」（文采）、「意興」（情致激發）的關係中來具體分析。光有「詞」，華彩的語言，而沒有「理」，成為南朝詩人的一大缺陷；光有「理」，而沒有「意興」，則是宋朝人的毛病。只有把「理」融入「意興」（情致激發）之中，才能達到唐詩那樣的「詞理意興」的高度統一。更高的典範，則是漢魏古詩，語言、情致和「理」水乳交融到沒有分別的程度。

　　嚴羽把這個「理」的多重意涵，說得太感性，在概念上有些交叉，帶著禪宗的直覺主義，並未把問題說得很透澈。但是，他的直覺很獨到，很深刻，因而情與理的關係就成為日後眾說紛紜的一大課題。一方面是理與情的矛盾，被嚴羽說得很絕。另一方面，理與情的統一，又說得很肯定，至於怎麼統一，則含含糊糊。嚴羽說，第一，只要把理窮盡了就行。第二，把理與情融合起來就行。第三，如果不融合，理就成為詩的障礙了。嚴羽的這個說法中還包含著方法論，這個問題不能孤立地研究，只能從情和理的矛盾入手。在這一點上，清詩話應該說有所發展，主要是提出了「無理而妙」的命題。

　　清方觀貞在《輟耕錄》中所說的「無理而妙」，本是賀裳在《載酒園詩話》、《皺水軒詞筌》中提出的。吳喬《圍爐詩話》還概述賀的話道：「理豈可廢乎？其無理而妙者，如『早知潮有信，嫁與弄潮

---

30 鍾秀觀《我生齋詩話》卷一引嚴羽的話後評論說：「滄浪斯言亦為宋人以議論為詩者對症發藥。」見郭紹虞：《嚴滄浪詩話校釋》（北京市：人民文學出版社，1993年），頁27。

兒』，但是於理多一曲折耳。」

　　然而後世支持嚴羽的一派，把嚴羽的思想簡單化了。賀裳甚至也極端到把元結的〈舂陵行〉、孟郊的〈遊子吟〉，當作「《六經》鼓吹」來說明「理原不足以礙詩之妙」，詩與理之間沒有障礙。這又把矛盾全部迴避了。

　　早在明代，李夢陽則認為理與情矛盾，問題出在「作理語」，純粹說理，只是個表達問題；胡應麟等則認為「理」是個內容問題：「程、邵好談理，而為理縛，理障也」。但是李夢陽，畢竟是李夢陽，他漫不經心地點到了體裁：「詩何嘗無理，專作理語，何不作文而詩為邪？」詩是不能沒有理的，但是，一味說理，還不如作散文來得痛快。

　　這一點靈氣就是反對嚴羽的詩話家也不缺乏，不僅僅從情與理的矛盾中著眼，而是從理本身的內涵與體裁的關係來分析。郝敬《藝圃傖談》力主情理統一，反對「詩有別趣，非關理也」之說：「天下無理外之文字。」但是，他說並不是只有一種「詩家之理」，「謂詩家自有詩家之理則可，謂詩全不關理，則謬矣」。可惜的是，他只承認「詩家之理」，並沒有涉及非詩的文體，也沒有分析非詩之理。張時為有了一些發展，他把詩人之理與儒者之理對立起來分析：「詩有詩人之詩，有儒者之詩。詩人之詩，主於適情……儒者之詩，主於明理。」又說，「詩人之詩」「取料之法」中有「幻旨」：「本為理所未有，自我約略舉似焉，而若或以為然，執而言之，則固有所不通，譚子所謂『不通得妙』。」這就涉及詩中之理最根本的特點，就是按非詩之觀念來看是「不通」的，然而「不通得妙」。不通，是按邏輯來說的，可是按詩來說，則是「適情」的極致。按著適情的思路，就衍生出另一個情感的範疇「癡」。如鄧雲霄的「詩語有入癡境」；譚元春的「情癡」，「不癡不可為情」；賀裳的「情癡語也。情不癡不深」等等論說。但是，這個「癡」還是很感性的語言，缺乏具體的理性內涵。

　　問題到了王夫之才有所進展：「非謂無理有詩，正不得以名言之理相求耳。」這可能是在中國詩話史上第一次正面提出，詩中之理，與「名言」之理的矛盾。所謂「名言」之理，今人戴鴻森在《薑齋詩話箋注》中說，就是「道學先生的倫理公式」。這就是嚴羽所指的「近代諸公」的「議論為詩」，並沒有太多新意。但是，王夫之進一步正面提出：「經生之理，不關詩理。」這個「經生之理」之說卻是很深刻的，實際上已經接近了實用理性不同於審美抒情的邊緣，很可惜這個天才的感覺沒有發揮下去。但是，他多少對「理」作了具有基本範疇性質的分析。當然，這僅僅是從反面說，「經生之理」不是詩理，詩家之理究竟是什麼樣子的呢？王夫之並沒有意識到要正面確定其內涵。

　　把這個問題說得比較透澈的是葉燮，他在《原詩》中這樣說：

　　　然子但知可言可執之理之為理，而抑知名言所絕之理之為至理乎？子但知有是事之為事，而抑知無是事之為凡事之所出乎？可言之理，人人能言之，又安在詩人之言之！可徵之事，人人能述之，又安在詩人之述之！必有不可言之理，不可述之事，遇之於默會意象之表，而理與事無不燦然於前者也。

　　他把理分為「可執之理」也就是「可言之理」，和「名言所絕之理」即「不可言之理」，認定後者才是詩家之理。雖然，從世俗眼光來看，是「不通」的。他舉杜甫的「碧瓦初寒外」、「星臨萬戶動，月傍九霄多」、「晨鐘雲外濕」、「高城秋自落」為例說：「若以俗儒之眼觀之：以言乎理，理於何通？以言乎事，事於何有？」的確，按「世俗之理」這些詩句全部於「理」不通。「星臨萬戶」本為靜止景象，何可見「動」？「月傍」處處，均不加多，何獨於九霄為多？晨鐘不可見，所聞者為聲，遠在雲外，何能變濕？城高與秋色皆不變，秋不

可能有下降的意志。然而，這種不合世俗之理，恰恰是「妙於事理」
的。這種於世俗看來，無理的、不通的「理」之所以動人，就因為是
「情至之語」，因為感情深摯。中國古典詩論在情與理的矛盾上，一
直難以突破的問題，在葉燮這裡，又一次有了突破的希望。

　　如果說這一點還不算特別警策的話，真正的突破，乃是下面「情
得然後理真。情理交至」這個論斷。他和嚴羽等最大的不同是，在分
析情與理的矛盾時，引進了一個新範疇，那就是「真」。這個真，是
「理真」，然而這個「理真」卻是由「情得」來決定的，因為「情
得」，不通之理轉化為「妙」理。從世俗之理看來，不合理，是不真
的，但只要感情是真的，就是「妙」的。而那些一看就覺得很通的，
用很明白的語言表達的，不難理解的，所謂「實寫理事情，可以言
言，可以解解」，倒反是「俗儒之作」。如果說，光是講情「真」為無
理轉化為「妙」理的條件，還不能算很大的理論突破的話，那麼接下
來的論述就更不同凡響了。他說詩歌中往往表達某種「不可名言之
理，不可施見之事，不可逕達之情」，從不可言到可言，從不施見到
可見，從不可逕達到撼人心魄，條件是什麼呢？他的答案是：

> 幽渺以為理，想像以為事，惝恍以為情，方為理至事至情至
> 之語。

　　他在詩學上提出三分法，一是理，二是事，三是情。三者是分離
的，唯一可以將之統一起來的，是一個新的範疇「想像」。正是這種
「想像」的「事」把「幽渺」的變成有「理」，「惝恍」的、不可感知
的「情」變得生動。情與事的矛盾，情與理的矛盾，是要通過想像的
途徑來解決的，想像能把事情理三者結合起來。

　　為了充分說明這一點，他還舉出李白的「蜀道之難，難於上青
天」，李益「似將海水添宮漏」，王之渙「春風不度玉門關」，李賀

「天若有情天亦老」，王昌齡「玉顏不及寒鴉色」等句為例。的確，於事理而言，四川的道路不管多麼艱難，也不可能比憑空上天更難，這不過是李白對於艱難環境的一種豪邁的情感；宮娥在寂寞中等待，不管多麼漫長，不可能像把大海的水都添到計時的「宮漏」中那樣，這不過是強調那種永遠沒有盡頭不可忍受的期待；玉門關外不是絕對沒有春天的風，不過是思鄉的詩人對於異鄉的感知變異。大自然是無情的，不會像人一樣逐年老去的，李賀所表現的是人世滄桑變幻，而大自然卻永恆不變；宮女之所以有不及寒鴉的感覺，是因為羨慕它身上的朝陽象徵著皇帝的寵幸。這些都是不合理的，不真實的，卻是合情的。這樣的表現之所以是「妙」的，因為是想像的，情感本來是「幽渺」「惝恍」的，不可言表的，但是通過想像的「事」卻能得到強烈的表現。葉燮不像一般詩話作者那樣，拘泥於描述性的事理，舉些依附於景物似乎是不真的形象，定性為不合事理。他的魄力表現在舉出直接抒情的詩句，其想像境界與現實境界有著比較大的距離。這種距離不是情與事的差異，而是情感與事理在邏輯上的距離。

　　這就涉及了理的根本內涵。這可是一個世界性的課題。直到二十世紀中葉，英美的新批評在這方面提出了若干有學術價值的論斷。在美英新批評看來，抒情是危險的。艾略特說得很清楚：「詩不是放縱感情而是逃避感情，不是表現個性而是逃避個性。」[31]蘭色姆則更是直率地宣稱：「藝術是一種高度思想性或認知性的活動，說藝術如何有效地表現某種情感，根本就是張冠李戴。」[32]這種反抒情的主張顯然與浪漫主義者華滋華斯力主的「強烈感情的自然流瀉」背道而馳。

---

31 艾略特這個說法是很極端的。其中包含著兩層意思，一是反對浪漫主義的濫情主義，二是詩人的個性，其實並不是獨異的，而是整個文化傳統所塑造的。因而，個性和感情只是作品的形式：「我的意思是詩人沒有什麼個性可以表現，只有一個特殊的工具，那只是工具，不是個性」見T.S. *Eliot slected essays*, p.8, 1933.

32 蘭色姆，王臘寶等譯：《新批評》（南京市：江蘇教育出版社，2006年），頁11。

新批評把價值的焦點定位在智性上,理查茲還提出了詩歌「邏輯的非關聯性」,[33]布魯克提出了「非邏輯性」[34],只要向前邁出一步就不難發現,情感邏輯與抒情邏輯的不同。但,由於他們對抒情的厭惡,始終不能直面情感邏輯和理性邏輯的矛盾。

理性邏輯,遵守邏輯的同一律,以下定義來保持內涵和外延的穩定。情感邏輯則不遵守形式邏輯同一律(排中律、矛盾律,是為了保證同一律),以變異、含混、朦朧為上。蘇東坡和章質夫同詠楊花,章質夫把楊花寫得曲盡其妙,還不及蘇東坡的「似花還是非花」,「細看來不是楊花,點點是離人淚」。從形式邏輯來說,這是違反同一律和矛盾律的。閨中仕女在思念丈夫的情感(閨怨)衝擊下,對楊花的感知發生了變異。變異是情感的效果,變異造成的錯位幅度越大,感情越是強烈。

今人吳世昌不明於此,曰:「靜安以為東坡『楊花詞』『和韻而似元唱,章質夫詞元唱而似和韻。才之不可強也如是!』此說甚謬。東坡和作擬人太過分,遂成荒謬。楊花非花,即使是花,何至擬以柔腸嬌眼,有夢有思有情,又去尋郎。試問楊花之『郎』為誰?末句(細看來,不是楊花,點點是,離人淚。)最乏味,果如是則桃花可為離人血,梨花可為離人髮,黃花可為離人臉,可至無窮。此詞開宋——乃至後世——無數詠物惡例。但歷來評者一味吹捧,各本皆選入,人云亦云,不肯獨立思考。」(《詞林新話》卷三)其實,吳氏似於情感衝擊感知,可使之發生變異未能深思,殊不知情感愈強烈則感知之變異愈甚,變異之程度與情感之強度成正比,故李白可曰「狂風吹我心,西掛咸陽樹」,王安石可曰「一水護田將綠繞,兩山排闥送青

33 參見蘭色姆:《新批評》,頁8。
34 布魯克斯說:「鄧恩在運用『邏輯』的地方,常常是用來證明其不合邏輯的立場。他運用邏輯的目的是要推翻一種傳統的立場,或者『證實』一種基本上不合邏輯的立場。」《精緻的甕》(上海市:上海人民出版社,2008年),頁196。

來」也。至於從花到柔腸嬌眼，尋郎等，皆為「夢」也。夢，亦為情之變異也，按弗洛伊德，夢是情感之「畸變」（distortion）。由楊花而變為離人淚，不但有夢，而且有畸，乃是奇藝。若如吳氏說，由桃花變為離人血，俗不可耐，而王實甫以霜葉變為離人淚，何以卻成為千古佳句？

其實，情與感之互動，互變，其間錯位幅度愈大，則情愈奇，言愈新，韻愈高也。

此等規律中外皆然。雪萊在《為詩一辯》中云「詩使它觸及的一切變形」，故在其〈雲雀頌〉中對雲雀有「你不是鳥禽」（Hail to thee, blithe Spirit! / Bird thou never wert）之語。馬拉美曰「散文是散步，詩是舞蹈」皆可稱為不約而同之妙悟也。

抒情還超越充足理由律，以「無端」為務。無端就是無理。玄學派詩人鄧恩（Donne：1572-1631）《無端的淚》（Tears iddle tesrs）就是一例。對於詩來說，有理，完全合乎理性邏輯，可就是無情感，很乾巴，而無理（無端）才可能有詩的感染力。在這方面，我國古典詩話有相當深厚的積累。賀裳《載酒園詩話》、《皺水軒詞筌》提出「無理而妙」的重大理論命題，不但早出艾略特的「扭斷邏輯的脖子」好幾個世紀，而且不像艾略特那樣片面，他把「無理」和「有理」的關係揭示得很辯證。

當然，古人的道理還有發揮餘地。

無理就是違反充足理由律。李清照〈聲聲慢〉：「尋尋覓覓，冷冷清清，淒淒慘慘戚戚」。首先，尋什麼呢？模模糊糊，目標不明確才好。其次，從因果邏輯來說，結果怎樣呢？尋到沒有呢？也沒有下文，可妙處就是沒有原因，也不在乎結果，才能表現一種飄飄忽忽，斷斷續續，若有若無的失落感。

無理，就是可以自相矛盾。布魯克斯說：「如果詩人忠於他的

詩，他必須既非是二，亦非是一：悖論是他唯一的解決方式。」[35]但是，即使是悖論，也不僅僅是修辭的特點，而且是情感的特點。陸游的〈示兒〉：「死去元知萬事空，但悲不見九州同。王師北定中原日，家祭無忘告乃翁。」明知「萬事空」，看破一切，還要家祭告捷，在這一點上不空，不能看破。從理性上說，應該是與「萬事空」自相矛盾，但全詩的好處就在這個自相矛盾上。

在中國古典詩歌中，直接抒情並非神品。神品大多在蘊含的矛盾之中。如「蟬噪林愈靜，鳥鳴山更幽。」把強烈的矛盾（噪和靜，鳴和幽）正面展示，卻顯示出噪中之靜，鳴中之幽。新批評把這一切都歸諸修辭，其實，修辭不過是用來表達情感的手段。千百年來，眾說紛紜的李商隱的〈錦瑟〉，在神秘而晦澀表層，掩藏著情感的癡迷。「此情可待成追憶？只是當時已惘然」，是很矛盾的。「此情可待」，說感情可以等待，未來有希望，只是眼下不行，但是又說「成追憶」，等來的只是對過去的追憶。長期以為可待，可等待愈久，希望愈空，沒有未來。雖然如此，起初還有「當時」幸福的回憶，但是，「只是當時已惘然」，就是「當時」也已明知是「惘然」的。矛盾是雙重的，眼下、過去和當時都是絕望，明知不可待而待。自相矛盾的層次愈是豐富，愈是顯得情感的癡迷。

無理不僅是形式邏輯的突破，而且是辯證邏輯的突破。辯證邏輯的要義是全面性，至少是正面反面，矛盾的雙方的互相聯繫，互相制約，最忌片面化、極端化、絕對化，而強烈的詩情邏輯恰恰是以片面性和極端化為上。就以新批評派推崇的玄學派詩人鄧恩的《宣布成聖》而言，詩中那種生生死死，為愛而死，為愛而生，為愛死而復生，從生的極端到死的極端，在辯證的理性邏輯來看，恰是大忌，但是這種極端，恰恰是情感強烈的效果，是愛的絕對造成這邏輯的極

---

35 布魯克斯：《精緻的甕》，（上海市：上海人民出版社，2008年），頁21。

端。這和白居易〈長恨歌〉中的「在天願作比翼鳥，在地願為連理枝。天長地久有時盡，此恨綿綿無絕期」一樣，不管空間如何，不管時間如何，愛情都是絕對的不可改變的，超越了生死不算，還要超越時間和空間。有了邏輯的極端才能充分表現感情的絕對。

　　中國古典詩歌的成熟期，以情景交融為主，較少採用直接抒情方式，故此等詩句比較罕見。倒是在民歌中直接抒情則相當常見。如漢樂府的〈上邪〉：「上邪！我欲與君相知，長命無絕衰。山無陵，江水為竭，冬雷震震，夏雨雪，天地合，乃敢與君絕！」這種愛到世界末日的誓言，在世界愛情詩史上並非絕無僅有。蘇格蘭詩人彭斯的「to see her is to love her, and love but her for ever」，還有他最著名的《O, My Luve is Like a Red Red Rose.》和白居易「天長地久有時盡，此恨綿綿無絕期」異曲同工：愛到海枯乾，石頭熔化。

> Till a' the seas gang dry my Dear,
> And the rocks melt wi' the sun:
> I will love thee still, my Dear,
> While the sands o' life shall run

和〈上邪〉的「山無陵，江水為竭」、「天地合」異曲同工，都是世界末日擋不住愛情。這種絕對的愛情，和白居易超越空間時間的愛情在絕對性上是一樣的，正是不通之妙、無理而妙的抒情邏輯。

議論與情韻

詩有十體：……三曰情理，謂敘情以入理致也。詩曰：「游禽知暮返，行客獨未歸。」[1]

（唐）舊題李嶠《評詩格》

按：日僧遍照金剛《文鏡秘府論》地卷曾引唐人〈十體〉之說，與此則亦大同小異：「情理體者，謂抒情以入理者是。詩云：『游禽暮知返，行人獨未歸。』又云：『四鄰不相識，自然成掩扉。』此即情理之體也。」

寫意：要意中帶景，議論發明。

（元）楊載《詩法家數》〈作詩準繩〉

大概唐人以詩為詩，宋人以文為詩。唐詩主於達性情，故於《三百篇》為近。宋詩主於立議論，故於《三百篇》為遠。達性情者，國風之餘；立議論者，雅頌之變，故未易以優劣也。

（元）傅若金述范梈詩論《詩法正論》

大凡作詩，先須立意。意者，一身之主也。……然意之所忌者，最忌用俗、最忌議論，議論則成文字而非詩，用俗則淺近而非古。

（元）黃子肅《詩法》，轉引自清吳景旭《歷代詩話》卷六十七

1　〔南朝齊〕王融〈和王友德元古意〉其二：游禽暮知反，行人獨不歸。坐銷芳草氣，空度明月輝。待君竟不至，秋雁雙雙飛。

　　若論道理，隨人深淺，但須筆下發得精神，可一唱三歎，聞者便自鼓舞，方是到也。須將道理就自己性情上發出，不可作議論說去，離了詩之本體，便是宋頭巾也。

（明）陳獻章《陳獻章詩話》

　　詩不可太著議論，議論多則史斷也；不可太述時政，時政多則制策也。

（明）謝肇淛《小草齋詩話》卷一內編

　　王元美言作詩者勿涉議論，觀古大家，其詩未嘗無議論也。「豈不爾思，室是遠爾」[2]，便是議論之祖。……吾蓋嘗平心論之，《三百篇》、《十九首》，以及陶公，非有意於議論，但其詩靈圓活潑，如珠走盤，故有似於議論耳。老杜乃真議論者，然本其至性之所發，而瓌詞灝氣，足以佐之，令讀者渾然不覺，所以為佳。

（明）趙士喆《石室談詩》卷上

　　敘事議論，絕非詩家所需，以敘事則傷體，議論則費詞也。然總貴不煩而至，如〈棠棣〉[3]不廢議論，〈公劉〉[4]不無敘事。如後人以文體行之，則非也。戎昱「社稷依明主，安危托婦人」[5]，「過因讒後重，恩合死前酬」[6]，此亦議論之佳者矣。

（明）陸時雍《詩鏡總論》

2　《詩》〈鄭風〉〈東門之壇〉有「其室則邇，其人甚遠」、「豈不爾思，子不我即」之句。

3　《詩》〈小雅〉〈常棣〉。

4　《詩》〈大雅〉〈公劉〉。

5　〔唐〕戎昱〈詠史〉：漢家青史上，計拙是和親。社稷依明主，安危托婦人。豈能將玉貌，便擬靜胡塵！地下千年骨，誰為輔佐臣？

6　又〈再赴桂州先寄李大夫〉：玷玉甘長棄，朱門喜再遊。過因讒後重，恩合死前酬。養驥須憐瘦，栽松莫厭秋。今朝兩行淚，一半血和流。

　　嚴氏（嚴羽）以禪喻詩，無知妄論，謂漢魏盛唐為第一義，大曆為小乘禪，晚唐為聲聞闢支果。……彼所取於盛唐者，何也？不落議論，不涉道理，不事發露指陳，所謂玲瓏透澈之悟也。《三百篇》，詩之祖也。「知我者，謂我心憂；不知我者，謂我何求。」[7]「我不敢效我友自逸。」[8]非議論乎？「昊天曰明，及爾出王。」[9]「無然畔援，無然歆羨，誕先登於岸。」[10]非道理乎？「胡不遄死」[11]、「投畀有北。」[12]非發露乎？「赫赫宗周，褒姒滅之。」[13]非指陳乎？……嚴氏之論詩，亦其翳熱之病耳！

（清）錢謙益〈唐詩英華序〉

　　惟杜牧之作李長吉（李賀字）序……謂「理雖不及，辭或過之，使加以理，奴僕命《騷》可也」數語，吾有疑焉。夫唐詩所以夐絕千古者，以其決不言理耳。宋之程、朱及故明陳白沙（陳獻章別稱）諸公，惟其談理，是以無詩。彼《六經》皆明理之書，獨毛詩《三百篇》不言理，惟其不言理，所以無非理也。……《楚騷》雖忠愛惻怛，然其妙在荒唐無理，而長吉詩歌所以得為《騷》苗裔者，正當於無理中求之，奈何反欲加以理耶？理襲辭鄙，而理亦付之陳言矣，豈復有長吉詩歌？又豈復有《騷》哉？

（清）賀貽孫《詩筏》

　　近有禪師作詩者，余謂此禪也，非詩也。禪家詩家，皆忌說理，以禪作詩，即落道理，不獨非詩，並非禪矣。詩中情豔語皆可參禪，獨禪語必不可入詩也。

同上

7　《詩》〈王風〉〈黍離〉詩句。
8　《詩》〈小雅〉〈十月之交〉詩句。
9　《詩》〈大雅〉〈板〉詩句。
10　《詩》〈大雅〉〈皇矣〉詩句。
11　《詩》〈墉風〉〈相鼠〉詩句。
12　《詩》〈小雅〉〈巷伯〉詩句。
13　《詩》〈小雅〉〈正月〉詩句。

　　議論入詩，自成背戾。蓋詩立風旨，以生議論，故說詩者於興、觀、群、怨而皆可，若先為之論，則言未窮而意已先竭；在我已竭，而欲以生人之心，必不任矣。以鼓擊鼓，鼓不鳴；以桴擊桴，亦槁木之音而已。唐、宋人詩情淺短，反資標說，其下乃有如胡曾〈詠史〉一派，直堪為塾師放晚學之資。足知議論立而無詩，允矣。

（清）王夫之《古詩評選》卷四

　　……說理而無理臼，所以足入風雅。唐、宋人一說理，眉間早有三斛醋氣。

同上

　　（謝靈運〈田南樹園激流植援〉詩[14]）亦理，亦情，亦趣，逶迤而下，多取象外，不失圜中。

同上卷五

　　詩固不以奇理為高。唐、宋人於理求奇，有議論而無歌詠，則胡不廢詩而著論辨也？雅士感人，初不恃此，猶禪家之賤評唱。

同上

　　昔人謂：僧詩無禪氣，道詩無丹藥氣，儒者詩無道學頭巾氣，乃為傑作。夫氣且不佳，況其字語庸庸而用之既厭者哉！程、朱語錄可為聖為賢，而不可以為詩。程、朱之人亦為聖賢，而作詩則非所長也。

（清）魏際瑞〈與甘健齋論詩書〉

14　〈田南樹園激流植援〉：樵隱俱在山，由來事不同。不同非一事，養痾亦園中。中園屏氛雜，清曠招遠風。卜室倚北阜，啟扉面南江。激澗代汲井，插槿當列墉。群木既羅戶，眾山亦當窗。靡迤趨下田，迢遞瞰高峰。寡欲不期勞，即事罕人功。唯開蔣生徑，永懷求羊蹤。賞心不可忘，妙善冀能同。

　　（杜甫〈蜀相〉詩[15]）因謁祠堂，故必寫祠景，後半方入事。唐賢多如此，不特少陵為然。此方是詩中真境。若後人三四便思發議論矣，豈能為詩留餘地、為風雅留性情哉！後四句敘公始末，以寓慨歎，筆力簡勁，恨宋人專學此種，流為議論一派，未免並為公累耳。曰「自春色」，曰「空好音」，確見入廟時低迴想像之意，此詩中之性情也。不得其性清，而得其議論，少陵一宗，安得不滅！

（清）黃生《杜詩說》卷八

　　從來論詩者，大約伸唐而絀宋。有謂「唐人以詩為詩，主性情，於《三百篇》為近；宋人以文為詩，主議論，於《三百篇》為遠。」何言之謬也！唐人詩有議論者，杜甫是也，杜五言古，議論尤多。長篇如〈赴奉先縣詠懷〉[16]、〈北征〉及〈八哀〉等作，何首無議論！而以議論歸宋人，何歟？彼先不知何者是議論，何者為非議論，而妄分時代邪！且《三百篇》中，二〈雅〉為議論者，正自不少。彼先不知《三百篇》，安能知後人之詩也！如言宋人以文為詩，則李白樂府長短句，何嘗非文！杜甫前、後〈出塞〉及〈潼關吏〉等篇，其中豈無似文之句！為此言者，不但未見宋詩，並未見唐詩。村學究道聽耳食，竊一言以詫新奇，此等之論是也。

（清）葉燮《原詩》外編下

　　詩只要情真，有議論何妨？唐人「不知天下士，猶作布衣看」[17]，是否議論，請下一轉。

（清）張謙宜《絸齋詩談》卷一

15　〈蜀相〉：丞相祠堂何處尋？錦官城外柏森森。映階碧草自春色，隔葉黃鸝空好音。三顧頻煩天下計，兩朝開濟老臣心。出師未捷身先死，長使英雄淚滿襟。

16　即〈自京至奉先縣詠懷五百字〉。

17　高適〈詠史〉：尚有綈袍贈，應憐范叔寒。不知天下士，猶作布衣看。

　　老杜以宏才卓識，盛氣大力勝之。讀〈秋興〉八首、〈詠懷古跡〉五首、〈諸將〉五首，不廢議論，不棄藻繢，籠蓋宇宙。鏗戞韶鈞，而橫縱出沒中，復含醞藉微遠之致。目為「大成」，非虛語也。

（清）沈德潛《說詩晬語》卷上

　　人謂詩主性情，不主議論，似也，而亦不儘然。試思二〈雅〉中，何處無議論？杜老古詩中，〈奉先詠懷〉、〈北征〉、〈八哀〉諸作，近體中〈蜀相〉、〈詠懷〉、〈諸葛〉諸作，純於議論。但議論須帶情韻以行，勿近傖父面目耳。戎昱〈和蕃〉[18]云：「社稷依明主，安危托婦人。」亦議論之佳者。

同上卷下

　　（唐東方虬〈昭君怨〉詩[19]）大議論出以微婉之詞，更妙在怨意已足。

（清）黃叔燦《唐詩箋注》

　　或云：「詩無理語」。予謂不然。〈大雅〉：「於緝熙敬止」[20]；「不聞亦式，不諫亦入」[21]：何嘗非理語？何等古妙！《文選》：「寡欲罕所缺」、「理來情無存。」[22]唐人：「廉豈沽名具，高宜近物情。」陳後山〈訓子〉云：「勉汝言須記，逢人善即師。」文文山（宋文天祥號）〈詠懷〉云：「疏因隨事直，忠故有時愚。」又宋人：「獨有玉堂人不寐，六箴將曉獻宸旒。」亦皆理語；何嘗非詩家上乘？至乃「月窟」「天根」等語，便令人聞而生厭矣。

（清）袁枚《隨園詩話》卷三

---

18 又題作〈詠史〉。

19 東方詩三首其一：漢道方全盛，朝廷足武臣。何須薄命妾，辛苦事和親。

20 《詩》〈大雅〉〈文王〉詩句。

21 《詩》〈大雅〉〈思齊〉詩句。

22 謝靈運〈鄰里相送至方山〉、〈石門新營所住四面高山回溪石瀨修竹茂林〉詩句。

（李商隱〈賈生〉[23]）純用議論矣，卻以唱歎出之，不見議論之跡。

（清）紀昀《玉溪生詩說》卷上

（李商隱〈賈生〉）純用議論，然以唱歎出之，故佳。不善效之，便成
傖語。

又紀昀評語，轉引自清沈厚塽輯評《李義山詩集》卷中

作詩切忌議論，此最易近腐，近絮，近學究。

（清）方東樹《昭昧詹言》卷一

古人之妙，有著議論者，則石破天驚；有不著議論，盡得風流者。然
此二派皆有流病，非真有得者，不知其故。

同上

無寫但敘議，不成情景，非作家也。然但恃寫，猶不入妙；必加倍起
稜汁漿，或文外遠致，此為造極。

同上卷十一

　　袁子才（袁枚字）謂詩中理語，「如《文選》（以下同前引，略）」余
謂詩中理語，何止此數句，而數句亦自佳，無庸異議。乃謂邵子詩為「可
厭」，彼豈能知邵子者哉，又豈能知「天根」、「月窟」數句之意者哉！去
此數語，不可以詩求之也，明矣。即以詩論，亦誰能如此說者。「干人巽
來知月窟」，姤也，一陰生也；「地逢雷處見天根」，復也，一陽生也。姤
復消長，陰陽氣化，循環不息，生生不窮，所以謂「天根月窟閒來往，三
十六宮都是春」也。邵子精於《易》，明於天人之理，所言以詩出之者，

---

23 〈賈生〉：宣室求賢訪逐臣，賈生才調更無倫。可憐夜半虛前席，不問蒼生問鬼神。

乃詠歎不盡之意，非欲求工於詩而自列於詩家者也。

（清）陳偉勳《酌雅詩話續編》

　　五言律亦可施議論斷制，如少陵「胡馬大宛名」一首[24]，前四句寫馬之形狀，是敘事也；「所向」二句，寫出性情，是議論也；「驍騰」一句勒，「萬里」一句斷。此真大手筆，雖不易學，然須知有此境界。

（清）施補華《峴傭說詩》

　　（評袁枚「或云：詩無理語。予謂不然」一則）按此節引詩，主名多誤；至以杜荀鶴〈送舍弟〉詩為陳無己（陳師道字）〈訓子〉詩，又改「聞」為「逢」。姑置不論。子才好與沈歸愚（沈德潛號）為難，如《詩話》卷一論王次回《疑雨集》，《文集》卷十七〈與沈大宗伯二書〉。此則亦似針對歸愚而發。然所舉例，既非詩家妙句，且胥言世道人情，並不研幾窮理，高者只是勸善之箴銘格言，非道理也，乃道德耳。「月窟天根」，見邵堯夫（邵雍字）《擊壤集》卷十六〈觀物吟〉：「因探月窟方知物，末躡天根豈識人」，「乾遇巽時觀月窟，地逢雷處看天根」，又卷十七〈月窟吟〉：「月窟與天根，中間來往頻。」固亦不佳，然自是說物理語，與隨園所舉人倫之規誡不同。

（今人）錢鍾書《談藝錄》六十九〈隨園論詩中理語〉

24　〈房兵曹胡馬詩〉：胡馬大宛名，鋒稜瘦骨成。竹批雙耳峻，風入四蹄輕。所向無空闊，真堪托死生。驍騰有如此，萬里可橫行。

孫　評

　　中國古典詩歌若與歐美詩歌相比，明顯重抒情，然而又不取歐美詩歌之直接抒情。抒情而直接則易近於理，故歐美詩歌以情理交融為主。其優長在思想容量大，邏輯關係清晰，故長於敘事，有史詩傳統，大詩人均有長篇敘事詩，其劣勢在感性不足。中國古典詩歌重抒情，然情不可直接感知，而借景、借人、借物，借視覺、聽覺、觸覺等感官以間接抒發之，故有情景交融之盛，景中含情，主客交融，乃為意象。借感性意象間接抒情是中國古典詩歌之優長，因此美國二十世紀初有師承中國古典詩歌之「意象派」。然而意象豐富的中國古典詩歌，也有不足，那就是思想容量偏小，於敘事為弱，不像西方大詩人普遍有長篇敘事詩。

　　故在理論上，中國古典詩話詞話家不能不面對情與理之矛盾。睿智者力求矛盾之調和，唐偽託李嶠的《評詩格》即提出「情理」，「謂敘情以入理致。」反其意者卻走向極端斷然廢理，最著名當然是嚴羽：「詩有別材，非關理也。」其本意乃反對宋人以「議論為詩」的傾向，但作為一種理論，又不完全限於宋詩，具有某種普遍意義。這種觀念持續到元末黃子肅，則力主詩「最忌議論，議論則成文字而非詩」。一有議論就是散文，就不是詩了，這種極端的主張，在中國古典詩論中很有代表性。王夫之就明確宣言「議論入詩，自成背戾」，「議論立而無詩」。他對詩中議論表示極強烈的蔑視：「一說理，眉間早有三斛醋氣。」明人謝肇淛《詩話》把詩與文的對立，在程度上，說得緩和一點：「詩不可太著議論，議論多則史斷也；不可太述時政，時政多則制策也。」他的思維方法是把詩與散文（當時的散文主要是實用文體）的功能加以對比。清人魏際瑞則把這種文體功能論進一步發揮：「程、朱語錄可為聖為賢，而不可以為詩。程、朱之人亦

為聖賢，而作詩則非所長也。」但是持相反意見的似乎更為理直氣壯。明末趙士喆把《詩經》、《古詩十九首》、陶淵明、杜甫抬出來作為論據。錢謙益以《詩經》中的議論來證明議論於詩不可或缺。袁枚亦反對「詩無理語」之說。他歷數《詩》〈大雅〉乃至文天祥等作品中的「理語」，反問曰：「何嘗非詩家上乘？」但是，不幸的是，他們所舉的這些「理語」，大多粗糙、生硬，和那些膾炙人口的情語相比，在藝術上相去太遠。這一點錢鍾書先生說得最為清楚：「然所舉例，既非詩家妙句，且胥言世道人情，並不研幾窮理，高者只是勸善之箴銘格言，非道理也，乃道德耳。」

顯然問題不在於詩可不可有理，而在於如何才能使理轉化為好詩。這方面，明人陳獻章說得比較到位：「須將道理就自己性情上發出，不可作議論說去，離了詩之本體，便是宋頭巾也。」話雖說得簡單了一些，但是把情與理的矛盾提上日程，而且提出了理轉化為詩的條件是情感作為理性的主導：「道理就自己性情上發出」。

但是，究竟如何才能把道理和性情統一起來，這成了中國古典詩論的難題。詩話詞話家們缺乏抽象演繹的興趣，往往求助於感性創作經驗。明陸時雍在《詩鏡總論》中提出「不煩而至」，就是說議論要發得自然，看不出作者費力氣的痕跡。但是，這仍然是某種感性語言。比較切實的是清代沈德潛：「議論須帶情韻以行，勿近傖父面目耳。」有了「情韻」，議論就不會迂腐了。他和陸時雍同樣以戎昱的〈和蕃〉為例，特別欣賞「社稷依明主，安危托婦人」二句，以為是議論入情韻的範例。實事求是地說，就整首而言，戎昱這首詩並不十分出色，但是整篇都是議論，在唐詩中也難得一見。作者的情感頗有特點，以「明主」與「婦人」、與「社稷」「安危」相提並論，就帶著某種含而不露的反諷性質，這比之迂腐的直接議論要高明得多。但就藝術水準而言，似乎還未達到沈氏所追慕的「議論」與「情韻」水乳交融的程度，連沈氏自己也只能說是「亦議論之佳者」。這就是說，

與議論之上佳者還有距離。

　　這個距離在哪裡呢？詩評作者習慣於從具體作品求得答案。清人施補華極讚杜甫〈房兵曹胡馬〉一詩的議論，他分析說：「前四句寫馬之形狀，是敘事也。」此說顯然有些拘泥，「竹批雙耳峻，風入四蹄輕」，肯定不僅僅是敘述馬的形象。當年杜甫在洛陽，正是漫遊齊趙，飛鷹走狗、裘馬清狂的青春時期，「風入四蹄輕」中滲透著詩人發揚蹈厲、意氣風發的豪情。施氏接著說「所向無空闊，真堪托死生」二句，「寫出性情，是議論也」。這是有道理的。但是，這議論為什麼是「大手筆」呢？他沒有分析下去。其實，這裡議論不是理性的，而且是情感的。「所向無空闊」，就是說，沒有任何空間到達不了，這顯然是超越了現實的。至於「真堪托死生」，把生命託付給它，則更是情感的激發，完全沒有理性的功利考慮。

　　十七世紀，應該是中國古典詩話在理論上取得重大進展的時期。在理論上的突破，表現為正視情韻和理性的矛盾，如賀貽孫提出「妙在荒唐無理」，賀裳提出「無理而妙」、「癡而入妙」。沈雄在《柳塘詞話》裡說：「詞家所謂無理而入妙，非深於情者不辨。」可以說相當完整地提出了無理向有理轉化的條件，乃是「深於情」。這些理念相互生發，相得益彰，比之沈德潛僅僅從感性談情韻，有更多理論深度。從思維方法上看，數家具有一個共同的特點，那就是把情感與理念放在對立中進行論述。

　　和他們的思維有所不同的是葉燮，他的思想方法不是情理二分法，而是情事理的三分法。他在《原詩》中這樣說：「要之作詩者，實寫理事情，可以言言，可以解解，即為俗儒之作。唯不可名言之理，不可施見之事，不可逕達之情，則幽渺以為理，想像以為事，惝恍以為情，方為理至事至情至之語。」應該說，這個說法相當珍貴，除突破了情理對立的思維模式之外，還有一點特別重要，那就是把「事」放在「情」「理」之間。這觸及了中國古典詩歌的特色。因為

中國古典詩歌不是像西方詩歌那樣直接抒情的感性，而是通過對事，對景觀，對物象進行描繪間接抒情的。抒情不僅僅難在理念的抽象性，而且難在情的不確定性。如果說，這與西方詩歌的抒情基本上相通，與西方詩歌不同的是，情與事（物）的確定性也有矛盾。葉燮對抒情之「理」作了詩性的描述：「不可名言」；對「情」作了規定：「不可逕達」，也就是不可直接抒發。這些都是與賀貽孫等人的說法相通的。他的理論超越他們的，還有對事（物）特點作了概括：「不可施見」，即詩中的事的特點是「想像以為事」。這一點，太深邃了，可惜的是他的「想像」沒有引起同代和後代學人的充分重視，未能與吳喬他們的形質俱變說統一起來。

　　活躍在這個時期的還有一個黃生。雖然，他在理論上沒有葉燮這樣的衝擊力，但是，他的藝術感覺，往往在具體分析中見精湛。他在解讀杜甫的〈蜀相〉一詩時指出，在七律詠史懷古之作，一般都是先寫景，後議論。往往到了第三、四句「便思發議論矣」，而杜詩卻在第三、第四句從容抒寫景觀。他認為「映階碧草自春色，隔葉黃鸝空好音」的好處是：「確見入廟時低迴想像之意，此詩中之性情也。」有了這樣的鋪墊，後面的議論就不乾巴了。因為和詩人的「低迴想像之意」，構成了一條完整的脈絡，意脈節點之間有了關聯。

　　開頭「丞相祠堂何處尋」？其實這個「何處尋」，就是情韻的起點。如此大名之祠堂，居然給人以「何處尋」的困惑，可見早已冷落。接下來「映堦碧草自春色」的「自」，「隔葉黃鸝空好音」的「空」，都提示了「何處尋」的寂寞感。大自然沒有感覺，春來草色自碧，但人情太寂寞，黃鸝鳴叫空好。正是因為有了這樣的感情的積累，後來的議論才自然而深沉。「三顧頻煩天下計，兩朝開濟老臣心。」這當然是理性的高度概括，只用了十四個字，就把諸葛亮出山以後，二十多年的功業總結了出來。從這個意義上來說，這裡並沒有多少「無理」的成分。但是，「出師未捷身先死，長使英雄淚滿襟」，

從嚴格的理性邏輯來說，並不十分全面。

　　諸葛亮的業績並不完全在軍事上的成敗。按陳壽的總結，他在行政方面成就堪稱卓越：「外連東吳，內平南越，立法施度，整理戎旅，工械技巧，物究其極，科教嚴明，賞罰必信，無惡不懲，無善不顯，至於吏不容奸，人懷自厲，道不拾遺，強不侵弱，風化肅然也。」[25]諸葛亮祠堂要紀念的不僅是他軍事方面的才能，同時還有他行政上的功業，還有人格的光輝。而杜甫的議論，以其情感價值，僅取其一端，把他當成軍事上的失敗的悲劇英雄。「長使英雄淚滿襟」，這眼淚是諸葛亮的嗎？把諸葛亮定性為一個長期哭泣的形象，好像與歷史並不太合。在這裡流淚的與其說是諸葛亮，不如說是杜甫。表面文字上是諸葛亮，情感意脈的起點和終點則是杜甫。從這個意義上說，這並不是完全理性的，而是情感的，甚至可以說是有點無理的。然而因為是超越了理性的，才是情理交融的，也才是無理而妙的。

　　綜上所述，吾人不難發現一奇怪的現象，那就是理論與論證的不平衡。作為「情韻」與「議論」對立統一之例證，不僅在數量上不足，而且在品質上也偏弱。不要說《詩》〈大雅〉中的詩句「不聞亦式，不諫亦入」，文天祥的詩句「疏因隨事直，忠故有時愚」，只是理性的議論而已，就是備受推崇的杜甫的詩句，雖然情韻與議論有相諧之處，然在藝術上也很難作為此方面之最高成就。值得注意的是，那些受到稱道的詩句往往出自律詩，很少出自古風歌行的。古風歌行中，那些膾炙人口的名句，如曹操的「對酒當歌，人生幾何」；如李白的「棄我去者昨日之日不可留，亂我心者今日之日多煩憂」；如白居易的「在天願為比翼鳥，在地願為連理枝，天長地久有時盡，此恨綿綿無絕期」；王維的「孰知不向邊庭死，縱死猶聞俠骨香」，都在詩評家們的視野之外。

---

25 〔晉〕陳壽，《三國志》卷三十五，（北京市：中華書局，2006年），頁555。

　　出現這種現象的原因，可能是：第一，古風歌行體多為率性之
作，其手法多為直接抒情，逞才使氣，想落天外，天馬行空，一瀉無
餘，以激情為主。而律詩大都以現場即景，將情感蘊藏於景觀之中，
從情感的性質來說，是以溫情的深厚的為主。第二，由於律詩的嚴密
的格法，其技巧性日趨程式化，而歌行體從韻法、句法到章法均無律
詩那樣的嚴密規格，故很難作脫胎換骨的操作。久而久之，陰差陽錯
地被忽略了。這就造成了中國古典詩話詞話即使在理論上有突破的契
機，但是，這種突破，屬於創作論一隅，而非本體論。中國詩話詞話
的作者大都本身就是創作的實踐者，創作眼界的局限遂變成了理論視
野的局限。

反常合道為奇趣

　　東坡曰：「淵明詩初看若散緩，熟讀有奇趣。如曰：『日暮巾柴車，路暗光已夕。歸人望煙火，稚子候簷隙。』[1]又曰：『曖曖遠人村，依依墟里煙。犬吠深巷中，雞鳴桑樹顛。』[2]才高意遠，造語精到如此。」

　　　　　　　　　　　　　　　　　　（宋）阮閱《詩話總龜》前集卷九

　　柳子厚詩曰：「漁翁夜傍西岩宿，曉汲清湘燃楚竹。煙消日出不見人，欸乃一聲山水綠。回看天際下中流，岩上無心雲相逐。」[3]東坡云：「詩以奇趣為宗，反常合道為趣，熟味此詩，有奇趣。然其尾兩句雖不必亦可。」

　　　　　　　　　　　　　　　　　　（宋）惠洪《冷齋夜話》卷五

　　奇趣、天趣、勝趣。〈田家〉：「高原耕種罷，牽犢負薪歸。深夜一爐火，渾家身上衣。」江淹〈效淵明體〉：「日暮巾柴車，路暗光已夕。歸人望煙火，稚子候簷隙。」此二詩脫去翰墨痕跡，讀之令人想見其處，此謂之奇趣也。

　　　　　　　　　　　　　　又《石門洪覺範天廚禁臠》〈詩分三種趣〉

　　〈宿西林寺〉：「聽雨寒更盡，開門落葉深。」〈登樓晚望〉：「微陽下

1　〔南朝梁〕江淹《雜體詩三十首》〈陶徵君潛田居〉詩句，此誤記為陶詩。
2　〈歸園田居五首〉其一詩句。
3　柳宗元（字子厚）〈漁翁〉詩。

喬木，遠燒入秋山。」此詩唐僧無可詩也。退之所稱島可，島謂賈島也。此句法最有奇趣，然譬之嚼蟹螯，不能多得。一夜蕭蕭，謂必雨也，及曉乃葉落也，其境絕可知。方遠望謂斜陽，自喬木而下，乃是遠燒入山，其遠可知矣。

同上書〈四種琢句法〉

詩有四格：曰興，曰趣，曰意，曰理。太白〈贈汪倫〉曰：「桃花潭水深千尺，不及汪倫送我情。」此興也。陸龜蒙〈詠白蓮〉曰：「無情有恨何人見，月曉風清欲墮時。」此趣也。王建〈宮詞〉曰：「自是桃花貪結子，錯教人恨五更風。」此意也。李涉〈上於襄陽〉曰：「下馬獨來尋故事，逢人惟說峴山碑。」此理也。悟者得之，庸心以求，或失之矣。

（明）謝榛《四溟詩話》卷二

嚴氏又曰：「興趣妙處，玲瓏透澈，不可湊泊。如空中之音，相中之色，水中之月，鏡中之象，言盡而意無窮也。」劉氏（劉勰）云：「環譬寄情為『興』。」蘇公云：「反常合道為『趣』。」故謂：退之（韓愈字）學力遠過浩然，浩然詩作高出韓上者。「詩有別趣，非關理也；詩有別興，非關書也。」舊說王維句「荊溪白石出」[4]，天趣也。淵明句「采菊東籬下，悠然見南山」[5]，奇趣也。錢起句「曲中人不見，江上數峰青」[6]，異趣也。

（明）譚浚《説詩》卷上〈總辨〉〈興趣〉

凡為詩者，若係真詩，雖不盡佳，亦必有趣。若出於假，非必不佳，即佳亦自無趣。

（明）江盈科《雪濤小書》〈詩評〉

4　〈山中〉詩句：荊溪白石出，天寒紅葉稀。

5　〈飲酒〉其五詩句。

6　〈省試湘靈鼓瑟〉詩句。

太奇者病理……牽理者趣失。

（明）謝肇淛《小草齋詩話》卷一內編

深情淺趣，深則情，淺則趣矣。杜子美云：「桃花一簇開無主，不愛深紅愛淺紅。」[7]余以為深淺俱佳，惟是天然者可愛。

…………

詩貴真，詩之真趣，又在意似之間。認真則又死矣。柳子厚過於真，所以多直而寡委也。《三百篇》賦物陳情，皆其然而不必然之詞，所以意廣象圓，機靈而感捷也。

（明）陸時雍《詩鏡總論》

子瞻云：「詩以奇趣為宗，反常合道為趣。」此語最善。無奇趣何以為詩？反常而不合道，是謂亂談；不反常而合道，則文章也。山谷（黃庭堅，號山谷道人）云：「雙鬟女娣如桃李，早年歸我第二雛。」[8]亂談也。堯夫〈三皇〉等吟，文章也。

（清）吳喬《圍爐詩話》卷一

以無為有，以虛為實，以假為真，靈心妙舌，每出常理之外，此之謂詩趣。……詩趣之靈，如李白：「歲晚或相訪，青天騎白龍。」[9]又：「白髮三千丈，緣愁似個長。不知明鏡裡，何處得秋霜。」[10]杜甫：「山鬼迷春竹，湘娥倚暮花。」[11]李洞：「硯磨青露月，茶吸白雲鐘。」[12]

（清）黃生《一木堂詩麈》卷一〈詩家淺說〉

7　杜甫〈江畔獨步尋花七絕句〉其五：黃師塔前江水東，春光懶困倚微風。桃花一簇開無主，可愛深紅愛淺紅？

8　〈送薛樂道知鄠鄉〉詩句。《全宋詩》作「雙鬟女弟如桃李，早許歸我舍中雛」。

9　〈送楊山人歸嵩山〉詩句。

10　〈秋浦歌十七首〉其十五詩。

11　〈祠南夕望〉詩句。

12　〈宿鳳翔天柱寺窮易玄上人房〉詩句。硯磨，《全唐詩》作「墨研」。

　　（唐皇甫曾〈送韓司直〉詩[13]）王孫好游，何與芳草事，而若為怨之之詞，特以癡語見趣耳。

又《唐詩摘抄》卷一

　　唐人以鐘聲入詩，語輒入妙，如「鐘過白雲來」[14]、「鐘聲和白雲」[15]、「晨鐘雲外濕」及「落葉滿疏鐘」[16]，皆以虛境作實境，靈活幽幻，無理而有趣者也。

同上

　　（唐張說〈蜀道後期〉詩[17]）後期者，不果前所期也。此何干秋風，而怨其不相待。詩有別趣，而不關理，即此之謂。　○（第三句）癡語見趣。

同上卷二

　　（李白〈遊洞庭湖〉詩[18]）意言恐戀君山之好，醉殺於洞庭之上，故欲剗山填水云云。放言無理，在詩家轉有奇趣。

同上

　　（李白「我寄愁心與明月」句[19]）情中見景。癡語見趣。　○若單說愁，便直率少致；襯入景語，無其理而有其趣。

同上卷四

13　〈送韓司直〉詩上半首：游吳還適越，來往任風波。復送王孫去，其如芳草何！

14　劉長卿〈自道林寺西入石路至麓山寺過法崇禪師故居〉詩句：香隨青靄散，鐘過白雲來。

15　綦毋潛〈題靈隱寺山頂禪院〉詩句：塔影掛清漢，鐘聲和白雲。

16　張祜〈題萬道人禪房〉詩句：殘陽過遠水，落葉滿疏鐘。

17　〈蜀道後期〉：客心爭日月，來往預期程。秋風不相待，先至洛陽城。

18　即〈陪侍郎叔游洞庭湖三首〉其三：剗卻君山好，平鋪湘水流。巴陵無限酒，醉殺洞庭秋。

19　〈聞王昌齡左遷龍標尉遙有此寄〉：楊花落盡子規啼，聞道龍標過五溪。我寄愁心與明月，隨風直到夜郎西。

（杜甫〈江畔獨步尋花七絕句〉詩其五）風曰「倚」，春光曰「懶」，困倚微風，無其理而有其趣。桃花一簇，任人玩賞，可愛其深紅乎，可愛其淺紅乎？言應接不暇也。

又《杜詩説》卷十

（蘇軾〈韓幹馬十四匹〉詩[20]）韓子（韓愈）〈畫記〉，只是記體，不可以入詩。杜子〈觀畫馬圖詩〉[21]，只是詩體，不可以當記。杜、韓開其端，蘇乃盡其極，敘次歷落，妙言奇趣，觸緒橫生。嘹然一吟，獨立千載。

（清）汪師韓《蘇詩選評箋釋》卷二

詩貴有奇趣，卻不是說怪話，正須得至理。理到至處，發以仄徑，乃成奇趣。詩貴有閒情，不是懶散，心會不可言傳；又意境到那裡，不肯使人不知，又不肯使人遽知，故有此閒情。

（清）何紹基〈與汪菊士論詩〉

（蘇軾）他所謂有奇趣，是指那些好像反常，卻仍是合於道理的作品。東坡這個觀點，我很懷疑。這首詩（〈漁翁〉）所表現的並沒有反常的思想感情，東坡所謂奇趣者，不知從何見得。

（今人）施蟄存《唐詩百話》〈柳宗元：五言古詩四首〉

---

20 〈韓幹馬十四匹〉：二馬並驅攢八蹄，二馬宛頸鬃尾齊。一馬任前雙舉後，一馬卻避長鳴嘶。老髯奚官騎且顧，前身作馬通馬語。後有八匹飲且行，微流赴吻若有聲。前者既濟出林鶴，後者欲涉鶴俛啄。最後一匹馬中龍，不嘶不動尾搖風。韓生畫馬真是馬，蘇子作詩如見畫。世無伯樂亦無韓，此詩此畫誰當看？
21 即杜甫〈韋諷錄事宅觀曹將軍畫馬圖歌〉。

孫　評

　　明人謝榛提出「詩有四格：曰興，曰趣，曰意，曰理。」此說表面上似為中國古典詩話詞話中難得之系統化。但，興、趣、意、理四大範疇，並不全面，如缺乏「情」這個重要範疇。且所舉例句，與得出之結論，或然性大於必然性。如李白「桃花潭水深千尺，不及汪倫送我情」定性為「興也」，就很難說不可劃入「趣」和「意」的範疇。興、趣、意、理四者，互相缺乏統一的劃分標準，故有交錯。如趣與意，興與理，皆屬交叉概念。這樣的隨意性，表現出中國某些詩話詞話帶著直覺思維的局限。

　　把問題提得比較深邃，具有理論價值的是蘇軾「反常合道」命題。這個命題，是從鑑賞柳宗元的〈漁翁〉中提出來的，似乎就詩句論詩句，但是，引起千年的爭訟，涉及詩的情與趣、趣與理之間的關係，很有理論價值。

　　「漁翁夜傍西岩宿，曉汲清湘燃楚竹。」為什麼要突出漁翁夜間宿在山岩邊上？他的生活所需，取之於山水。暗示的是和大自然融為一體。不過，不是一般的一體，而是詩性的一體。故取水，不叫取，而叫「汲」，不叫汲湘江之水，而叫「汲清湘」。省略一個「水」字，就不是從湘江中分其一勺，而是和湘江整體相聯。不說點火為炊，不是燃幾根竹，而說「燃楚竹」，與「汲清湘」對仗，更加顯示其環境的整體和人的統一依存關係。這是一種靠山吃山、靠水吃水的自然生存狀態。接下去：

　　　　煙銷日出不見人，欸乃一聲山水綠。

　　這一句，很有名，可以說是千古「絕唱」。蘇東坡評論說：「詩以

奇趣為宗，反常合道為趣。」這話很有道理，但是，並未細說究竟如何「反常」，又如何「合道」。

我們先探究如何反常。本來燃楚竹，並不一定是枯竹，竹作為燃料，是不一定要枯的，就是新竹也可以燒。如果是枯竹，燒起來就不會有煙了，新竹不乾，才有煙，當然可能還有自然之霧與煙融為一體。「煙銷日出不見人」，人就在煙霧之中，看不見是正常的，「煙銷」了，本來應該看得出人，又加上「日出」，更應該看得出，然而卻是「不見人」。這就把讀者帶進一種剎那間三個層次的感覺「反常」轉換之中。第一層次的「反常」：點燃楚竹之火，煙霧是人和自然統一，煙霧散去了，人卻不見了。第二層次的「反常」：在面對視覺的空白之際，「欸乃一聲山水綠」，傳來了聽覺的「欸乃」，突然從視覺轉變成了聽覺。這就帶來視聽轉換的微妙感悟，聲音是人造成的，應該是有人了吧，但是只有人造成的聲音的效果，還是「不見人」，卻可以聽到人的活動造成的聲音。第三層次的「反常」是循著聲音看去，卻仍然是「不見人」，只有一片「山水綠」的開闊的空鏡頭。

連續三個層次的「反常」，不是太不合邏輯了嗎？然而，所有這一切，卻又是「合道」的。「煙銷日出不見人」，和「欸乃一聲山水綠」，結合在一起，突出的，首先是漁人的輕捷，倏然而逝，不著痕跡，轉瞬之間，就隱沒在青山綠水之中。其次，「山水綠」，留下的是一片色彩單純的美景，同時也暗示是觀察者面對空白鏡頭的遐想。不是沒有人，而是人遠去了，令人神往。正如「山迴路轉不見君，雪上空留馬行處」、「孤帆遠影碧空盡，唯見長江天際流」一樣，空白愈大，畫外視覺持續的時間愈長。三個層次的「反常」，又是三個層次的「合道」。這個「道」不是一般的道理，而是視聽交替和畫外視角的效果。這種手法，在唐詩中運用很普遍而且很熟練，如錢起〈省試湘靈鼓瑟〉「曲終人不見，江上數峰青」。所以，這個「道」是詩歌感

覺在想像中交替之「道」。

　　這裡的「反常」，可以理解為知覺的「反常」，超越常規。俄國形式主義把它叫做「陌生化」，俄語是 остранение，英語有翻譯成 defamilliarization 的，意思是反熟悉化。也就是迫使讀者用某種新異的，不熟悉的眼光來看待熟悉的事物，以期強化對常態事物的感知。這本來是俄國形式主義者提出的，後來在二十世紀西方藝術（包括達達主義和後現代主義，甚至科幻小說）中成了核心觀念。

　　從表面上看，這和上述「反常」異曲同工，都是為了給讀者感覺以一種衝擊。但「陌生化」是片面的。因為並不是一切「陌生化」的感知和詞語都是富有詩意的，只有那些「陌生」而又「熟悉」的，才是詩意的。「二月春風似剪刀」，為什麼是藝術的？因為前面還有一句「不知細葉誰裁出」。「裁」字為後面的「剪刀」的「剪」字埋下了伏筆，「裁剪」是漢語中天然「熟悉」的聯想，也就是「反常」而「合道」的，「陌生」而「熟悉」的。而二月春風似「菜刀」，則是反藝術的，因為只有「陌生」，只有「反常」，沒有「熟悉」，沒有「合道」。

　　僅僅從語言的角度來分析這個問題，是不夠的。我國古典詩詞強調「情趣」，故不可忽略從情感和趣味的方面來探討。蘇軾欣賞陶詩「初看若散緩，熟讀有奇趣」。趣味之奇，由於情感之奇。奇在「散緩」，也就是不奇，不顯著，情感不強烈，細讀慢慢體悟，才覺得奇在不奇之中。蘇軾認為這樣是「才高意遠」。「意遠」相對於意「近」。「近」就是一望而知，就是情感比較顯露。而「遠」則是比較含蓄，比較寧靜。常態抒情是情感處於激動狀態，情感激動，則與理拉開距離，甚至悖理，故有奇趣，在賀裳那裡叫做「無理而妙」。而這種反常態的無理，則與理並未拉開顯著的距離，然而也有趣，也是一種難得的「奇趣」。

　　「曖曖遠人村，依依墟里煙。犬吠深巷中，雞鳴桑樹顛。」表面上像是流水帳，平靜地對待日常化的生活，這就與常態的抒情大不相

同。常態抒情，從內容來說，是對社會的不平、抗爭，對自我的情感
的強化，對自然的精心美化。因而，情感是強烈的，波瀾起伏的。情
感的強化、起伏，與趣味的生成成正比。在常態的詩中，語言是要錘
煉的，加工的。這就是中外古典詩歌中常見的浪漫風格。英國浪漫主
義詩人華滋華斯將之總結為「強烈的感情自然流瀉」。而美國的新批
評的理論家布魯克斯引用華茲華斯的話說，他總是把平常的現象，寫
得不平常，這是詩歌之所以成為詩歌的根本原因。[22]這當然也構成奇
趣，而且產生了大量的浪漫激情風格的傑作。這是已經得到廣泛共識
的。

　　但是，這樣的總結是片面的。還有一種難得的奇趣，是以沖淡為
特點的，正是蘇軾稱讚的，與前者恰恰相反，不是把平常的事與情寫
得不平常，而是把平常的事與情，寫得平平常常。其情感的特點是：
第一，不事強化，不強烈的，不激動的；第二，沒有波瀾起伏；第
三，平靜的心態的持續性，非轉折性。這與讀詩的心理預期相反，叫
「反常」。然而，這種「反常」有風險，可能使詩失去感染力，變成
散文。吳喬謂：「無奇趣何以為詩？反常而不合道，是謂亂談；不反
常而合道，則文章也。」這裡的「文章」是指當時的實用文體，包括
奏摺、公文之類。但「合道」並不是合「理」。黃生說：「出常理之
外，此之謂詩趣。……詩趣之靈。」並不是一切超越常理的都有詩
意，它和「理」的關係，既不是重合，也不是分裂的關係。謝肇淛
說：「太奇者病理……牽理者趣失。」用我的話說，情、趣與理三者
乃是「錯位」的關係。重合了，就沒有趣味，完全脫離，也沒有趣
味。只有「錯位」，部分重合，部分拉開距離，才有趣味，「錯位」的

---

22 華滋華斯的原話是這樣的：「在……事件和情節上加上想像的光彩，使日常的東西
　在不平常的狀態下呈現在心靈面前。」見〈抒情歌謠集序言〉，《古典文藝理論譯
　叢》（北京市：人民文學出版社，1961年），第一冊，頁3。原文見William Wordsworth
　Preface to Lyrical Ballads (1800). Famous Prefaces. The Harvard Classics. 1909-1914.

幅度大了，就有了「奇趣」。「奇」在哪裡？吳喬沒有回答，應該是「奇」在深刻，深合於「道」。

在陶淵明的詩中，是一種心靈的超越境界，不但沒有外在的社會壓力，而且沒有內心欲望的壓力，甚至沒有傳統詩的語言壓力，完全處於一種「自然」的，也就是無功利的、不操心的心理狀態。這種不事渲染，毫無加工痕跡的原生的、自然語言，之所以給詩話家以「造語精到」之感，就是因為它是最為真誠的、本真的，杜絕了一切偽飾的原生語言。這樣的語言的趣味，釋惠洪說是「天趣」，因為它是最自然的語言。「此中有真意，欲辨已忘言」，這就是情、趣、言三者的本真，這就是陶淵明開拓的常態的非常態，反常態中的「合道」的境界。

理趣辨析

　　詩有三得：一曰得趣，二曰得理，三曰得勢。得趣一，謂理得其趣，詠物如合砌為之上也。詩曰：「五里徘徊鶴，三聲斷續猿。如何俱失路，相對泣離樽。」[1]是也。

（唐）舊題王昌齡《詩中密旨》

　　常用體十四：……理入景體九。邱希范詩：「漁潭霧未開，赤亭風已颺。」[2]江文通詩：「一聞苦寒奏，再使豔歌傷。」[3]顏延年詩：「淒矣自遠風，傷哉千里目。」[4]景入理體十。鮑明遠詩：「侵星赴早路，畢景逐前儔。」[5]謝玄暉詩：「天際識孤舟，雲中辨江樹。」[6]

又《詩格》

按：日僧遍照金剛《文鏡秘府論》〈地卷〉亦引唐人《十七勢》第十五云：「理入景勢者，詩不可一向把理，皆須入景，語始清味；理欲入景勢，皆須引理語入一地及居處，所在便論之，其景與理不相愜，理通無味。昌齡詩云：『時與醉林壑，因之墮農桑，槐煙漸含夜，樓月深蒼茫。』」又第十六云：「景入理勢者，詩一向言意，則不清及無味；一向言景，亦無味。事須景與意相兼始好。凡景語入理語，皆須相愜，當收意緊，不可正言。景語勢收之便論理

1　〔隋〕王冑〈別周記室〉詩。
2　〔南朝梁〕丘遲（字希範）〈旦發漁浦潭〉詩句。
3　江淹（字文通）〈望荊山〉詩句。
4　〔南朝宋〕顏延之（字延年）〈始安郡還都與張湘州登巴陵城樓作〉詩句。
5　〔南朝宋〕鮑照（字明遠）〈上潯陽還都道中作〉詩句。
6　謝朓〈之宣城郡樂新林浦向板橋〉詩句。

語，無相管攝。……昌齡詩云：『桑葉下墟落，鵙雞鳴渚田，物情每衰極，吾道方淵然。』」

〈秋野〉[7]「易識浮生理，難教一物違。水深魚極樂，林茂鳥知歸。」夫生理有何難識，觀魚鳥則可知矣。魚不厭深，鳥不厭高，人豈厭山林乎？故云：「吾老甘貧病，榮華有是非。秋風吹几杖，不厭北山薇。」案：此詩刊本「吾老」或作「衰老」，「北山」或作「此山」。此子美悟理之句也。杜子美作詩悟理，韓退之學文知道，精於此故爾。

（宋）張戒《歲寒堂詩話》卷下

古人之作詩，猶天籟之自鳴耳。……而陶靖節為最，不煩雕琢，理趣深長，非餘子所及。

（宋）袁燮〈題魏丞相〉

杜少陵絕句云：「遲日江山麗，春風花草香。泥融飛燕子，沙暖睡鴛鴦。」[8]或謂此與兒童之屬對何以異。余曰，不然。上二句見兩間莫非生意，下二句見萬物莫不適性。於此而涵泳之，體認之，豈不足以感發吾心之真樂乎！大抵古人好詩，在人如何看，在人把做甚麼用。如「水流心不競，雲在意俱遲」[9]，「野色更無山隔斷，天光直與水相通」[10]，「樂意相關禽對語，生香不斷樹交花」[11]等句，只把做景物看亦可，把做道理看，其中亦盡有可玩索處。大抵看詩，要胸次玲瓏活絡。

（宋）羅大經《鶴林玉露》乙編卷二

7　杜甫：〈秋野五首〉其二詩。

8　杜甫：〈絕句二首〉其一詩。

9　又〈江亭〉詩：坦腹江亭暖，長吟野望時。水流心不競，雲在意俱遲。寂寂春將晚，欣欣物自私。故林歸未得，排悶強裁詩。

10　〔宋〕鄭獬〈月波樓〉詩句。

11　〔宋〕石延年〈金鄉張氏園亭〉詩句。

　　古人於詩不苟作，不多作。而或一詩之出，必極天下之至精，狀理則理趣渾然，狀事則事情昭然，狀物則物態宛然，有窮智極力之所不能到者，猶造化自然之聲也。

（宋）包恢〈答曾子華論詩〉

　　老杜詩……「水流心不競，雲在意俱遲。」景中之情也。

（宋）范晞文《對床夜語》卷二

　　（評杜〈江亭〉詩）老杜詩不可以色相聲音求。……如老杜「水流心不競，雲在意俱遲」，即如「片雲天共遠，永夜月同孤」，景在情中，情在景中，未易道也。又如「寂寂春將晚，欣欣物自私」，「江山如有待，花柳更無私」[12]，作一串說，無斧鑿痕，無妝點跡，又豈只是說景者之所能乎？

（元）方回《瀛奎律髓》卷二十三

　　杜詩，前人贊之多矣，予特喜其諸體悉備。……尤可喜者，如「水流心不競，雲在意俱遲」，人與物偕，有「吾與點也」之趣；「片雲天共遠，永夜月同孤」，又若與物俱化。謂此翁不知道，殆未可也。

（明）王鏊《震澤長語》卷下

　　夫有別才別趣，則必有正才正趣。理學何所不該，寧分別正！……理之融浹也，趣呈其體，學之宏博也，才善其用。才得學而後雄，得理而後全；趣得理而後超，得學而後發。

（明）李維楨〈郝公琰詩跋〉

---

12 〈後遊〉詩：寺憶新遊處，橋憐再渡時。江山如有待，花柳更無私。野潤煙光薄，沙暄日色遲。客愁全為減，捨此復何之？

先輩謂詩有興有趣，有意有理。……此分別近似，要之意與理與趣，總成其為興。詩者，興而已。無興不可為詩，無理、無意、無趣不成興。無興不能動人。

（明）郝敬《藝圃傖談》卷三

（〈江亭〉詩）「水流」、「雲在」一聯，景與心融，神與景會，居然有道之言。蓋當閒適時道機自露，非公說不得如此通透，更覺「雲淡風輕」，無此深趣。

（明）王嗣奭《杜臆》卷四

（杜〈秋野〉詩其二）因「榮華有是非」而自甘貧病，亦見道語也。「秋風吹几杖」言其病，「不厭北山薇」言其貧。甘貧病，則自得其得，其樂不減於魚潛淵、鳥歸叢矣。

同上卷九

杜又有一種門面攤子句，往往取驚俗目，如「水流心不競，雲在意俱遲」，裝名理為腔殼；如「致君堯舜上，再使風俗淳。」[13]擺忠孝為局面；皆此老人品心術學問器量大敗闕處。或加以不虞之譽，則紫之奪朱，其來久矣。

（清）王夫之《唐詩評選》卷三

〈江亭〉：「水流心不競，雲在意俱遲。」無心入妙，化工之筆。說是理學不得，說是禪學又不得，於兩境外別有天然之趣。

（清）張謙宜《絸齋詩談》卷四

---

13 〈奉贈韋左丞丈二十二韻〉詩句。

（〈江亭〉詩「水流」一聯）不著理語，自足理趣。　○（〈後遊〉詩）「物自私」，物各遂其性也。「更無私」，物共適其天也。

（清）沈德潛《唐詩別裁集》卷十

杜詩「江山如有待，花柳自無私。」「水深魚極樂，林茂鳥知歸。」「水流心不競，雲在意俱遲。」俱入理趣。邵子則云：「一陽初動處，萬物未生時。」以理語成詩矣。

又《說詩晬語》卷下

詩不能離理，然貴有理趣，不貴下理語。陶淵明「汲汲魯中叟，彌縫使其淳」[14]，聖人表彰《六經》，二語足以盡之。杜少陵「江山如有待，花柳自無私」，天地化育萬物，二語足以形之。邵康節（邵雍諡號）詩，直頭說盡，有何興會？至明儒「太極圈兒大，先生帽子高」，真使人笑來也。

又《清詩別裁集》〈凡例〉

（〈江亭〉詩）三、四本即景好句，宋人以理語詮之，遂生出詩家障礙。　○虛谷（方回，號虛谷居士）此解最精。蓋此詩轉關在五、六句，春已寂寂，則有歲時遲暮之慨；物各欣欣，即有我獨失所之悲，所以感念滋深，裁詩排悶耳。若說五、六亦是寫景，則失作者之意。

（清）紀昀《瀛奎律髓刊誤》卷二十三

（〈江亭〉詩）野水爭流而予心自靜，不欲與之俱競；閑雲徐度而予心欲動，不覺與之俱遲。二句意同語異，真為沂水春風氣象。　○杜公性稟高明，故當閒適時，道機自露，不必專講道學也。

（清）楊倫《杜詩鏡銓》卷八

---

14 〈飲酒二十首〉其二十詩句。

陶、謝（陶淵明、謝靈運）用理語各有勝境。鍾嶸《詩品》稱「孫綽、許詢、桓（桓溫）、庾（庾亮）諸公詩，皆平典似《道德論》。」此由乏理趣耳，夫豈尚理之過哉！

（清）劉熙載《藝概》卷二〈詩概〉

朱子（朱熹）〈感興詩〉二十篇，高峻寥曠，不在陳射洪（唐陳子昂，梓州射洪人。作有〈感遇詩〉三十八首）下。蓋惟有理趣而無理障，是以至為難得。

同上

以老、莊、釋氏之旨入賦，固非古義，然亦有理趣、理障之不同。如孫興公（東晉孫綽字）〈遊天臺山賦〉云：「騁神變之揮霍，忽出有而入無。」此理趣也。至云：「悟遣有之不盡，覺涉無之有間。泯色空以合跡，忽即有而得玄。釋二名之同出，消一無於三幡。」則落理障甚矣。

（清）劉熙載《藝概》卷三〈賦概〉

詩有別趣，非關理也。然離理而趣亦不永。善詩者理、趣並宜，無可區分。若只摭實說理，便是先儒語錄，於詩道無涉。

（清）馬平泉《挑燈詩話》卷二

（方回評〈江亭〉「寂寂」二句）此評所說一聯中情景交融者，可謂獨抒己見，得古人秘訣矣。

（清）許印芳《律髓輯要》卷一

情景兼到，如「水流心不競，雲在意俱遲」。

（清）施補華《峴傭說詩》

　　（杜詩「水流」一聯）此與摩詰（王維字）之「行到水窮處，坐看雲起時」[15]相似。王詩得純任自然之樂，杜詩悟物我兩忘之境，皆一片化機。……摩詰詩「但去莫復問，白雲無盡期」[16]；李頎詩「萬物我何有，白雲空自幽」[17]，意皆相似。

（近人）俞陛雲《詩境淺說》乙編

　　昔人每舉杜詩「江山如有待，花柳自無私」、「水深魚極樂，林茂鳥知歸」、「水流心不競，雲在意俱遲」、「片雲天共遠，永夜月同孤」等句，以為入道，又每舉王維詩「行到水窮處，坐看雲起時」、「松風吹解帶，山月照彈琴」[18]諸語以為入禪。這些詩句在滄浪看來也正是所謂別趣。從這樣講，所以理語和理趣有別，禪語和禪趣有別。理語禪語講得死，理趣禪趣就說得活。講得死成為理障，說得活便是理趣。……實際上理語理趣的分別，禪語禪趣的分別，正是邏輯思維和形象思維的分別。正因詩屬形象思維，所以能從形象中說明事理。怎樣從形象中說明事理呢？清代尤侗嘗集杜甫詩「水流心不競，雲在意俱遲」，及邵雍詩「月到天心處，風來水面時」合為一聯云：「水流雲在，月到風來」，認為「對此景象，可以目擊道存矣。」見《艮齋雜說》卷二目擊而道存，不是恰好說明了形象化的作用了嗎？正因目擊道存，所以詩無達詁，可作不同的體會。……形象思維的詩可以見仁見知，愛怎樣看就怎樣看，愛怎麼用就怎麼用，這就不是死在句下。這是理語所做不到的。

（今人）郭紹虞《滄浪詩話校釋》〈詩辨〉〈釋〉

15　〈終南別業〉詩：中歲頗好道，晚家南山陲。興來每獨往，勝事空自知。行到水窮處，坐看雲起時。偶然值林叟，談笑無還期。

16　〈送別〉詩句。

17　〈題綦毋校書別業〉詩句。

18　〈酬張少府〉詩：晚年唯好靜，萬事不關心。自顧無長策，空知返舊林。松風吹解帶，山月照彈琴。君問窮通理，漁歌入浦深。

　　理趣作用，亦不出舉一反三。然所舉者事物，所反者道理，寓意視言情寫景不同。言情寫景，欲說不盡者，如可言外隱涵；理趣則說易盡者，不使篇中顯見。……乃不泛說理，而狀物態以明理；不空言道，而寫器用之載道。拈形而下者，以明形而上；使寥廓無象者，托物以起興，恍惚無朕者，著述而如見。譬之無極太極，結而為兩儀四象；鳥語花香，而浩蕩之春寓焉；眉梢眼角，而芳悱之情傳焉。舉萬殊之一殊。以見一貫之無不貫，所謂理趣者，此也。……常建之「潭影空人心」[19]，少陵之「水流心不競」，太白之「水與心俱閑」[20]，均現心境於物態之中，即目有契，著語無多，可資「理趣」之例。香山（白居易，晚年號香山居士）〈對小潭寄遠上人〉云：「小潭澄見底，閑客坐開襟。借問不流水，何如無念心。彼惟清且淺，此乃寂而深。是義誰能答，明朝問道林」；意亦相似，而涉唇吻，落思維，祇是「理語」耳。……若夫理趣，則理寓物中，物包理內，物秉理成，理因物顯。賦物以明理，非取譬於近，乃舉例以概也。或則目擊道存，惟我有心，物如能印，內外脗融，心物兩契；舉物即寫心，非罕譬而喻，乃妙合而凝也。吾心不競，故隨雲水以流遲；而雲水流遲，亦得吾心之不競。此所謂凝合也。鳥語花香即秉天地浩然之氣；而天地浩然之氣，亦流露於花香鳥語之中。此所謂例概也。

（今人）錢鍾書《談藝錄》六九〈隨園論詩中理語〉

　　錢先生認為「理趣之旨，極為精微」，對它作了深入的闡發。詩貴有理趣，反對下理語。理語是理學家把說理的話，寫成韻語，不是詩。理趣是描寫景物，在景物中含有道理。理趣不是借景物作比喻來說理，而是舉景物作例來概括所說的理。如杜甫絕句：「遲日江山麗，春風花鳥香。」《鶴林玉露》卷八認為「見兩間莫非生意」，在鳥語花香中見出天地的生

---

19 〔唐〕常建〈破山寺後禪院〉詩句：山光悅鳥性，潭影空人心。
20 李白〈同族侄評事黯游昌禪師山池二首〉（其一）詩句：花將色不染，心與水俱閑。

氣，天地的生氣即從鳥語花香中透露，這是例概，舉例來概括。理趣不是罕譬而喻，是心與物的凝合。如杜詩：「水流心不競，雲在意俱遲。」心不競和意遲，跟雲水的流遲一致，所以心與物相凝合，體會到這種不競而遲緩的道理。

（今人）周振甫〈錢鍾書《談藝錄》前言〉

孫　評

　　這裡提出的「理趣」範疇，相當獨特。一般說，中國傳統的詩歌，一直以「緣情」為正宗，大抵以情勝，於情不勝者，乃陷於理。清劉熙載曰：「陶、謝用理語各有勝境。鍾嶸《詩品》稱『孫綽、許詢、桓、庾諸公詩，皆平典似《道德論》。』此由乏理趣耳，夫豈尚理之過哉！」追求理對於詩來說，有點靈魂冒險的性質。

　　詩話詞話中的「理」常相對於「情」，「理趣」則相對於「情趣」。二者取得平衡，得到讚賞者，鳳毛麟角。諸家常舉的典範為杜甫的「水流心不競，雲在意俱遲」，宋末范晞文就不太認同，以為是「景中之情也」，仍屬情與景之對舉。元代方回也說，像「水流心不競，雲在意俱遲」，「片雲天共遠，永夜月同孤」，「江山如有待，花柳更無私」這樣的詩，是「景在情中，情在景中」。清施補華同樣認為「水流」二句，係「情景兼到」。然而早於他們的羅大經並不把這種現象僅僅當作情景的關係，而是換了一個角度來看：說「遲日江山麗，春風花草香」、「水流心不競，雲在意俱遲」等，「只把做景物看亦可，把做道理看，其中亦盡有可玩索處。」這裡的「道理」，是把「理」與「物」對舉，和十七世紀賀裳提出的「無理而妙」、「癡而入妙」，把情感與理性對立起來觀察大有不同。這是中國古典詩評的特殊範疇。從方法論上看，這樣的對舉，亦不同於賀裳、吳喬等強調情理對立，而是強調物與理的統一，景物中就隱含著道理。

　　很顯然，這裡的「理」，不是一般理性的「理」，是一種什麼「理」呢？明王鏊《震澤長語》有一個解釋：這是一種「人與物偕」的理。就是人與環境之間的和諧統一，而不是矛盾對立。從辯證法來說，這是不無道理的。辯證法講求對立統一，重點在對立，強調一分為二，把矛盾看成是事物的本質，看成是事物發展的動力。這對於批

判形而上學的機械論，是深刻的，但是由此也帶來了局限，那就是片面強調了矛盾，忽略了統一，因而難免弱化了矛盾的統一。

中國人天生懂得辯證法，不用從《老子》裡去找，只要仔細琢磨老百姓的口語用詞就行了。我們把一切事物通通叫做「東西」，一個東，一個西，二者相反相成，這就是說，一切事物由相互對立的成分構成統一體。看看英語的 thing 有這麼深刻的意蘊嗎？他們把做生意叫做「business」，給我的感覺是，這個名詞是從忙碌（busy）中轉化而來的，不過是暗示這玩意實在太忙了。我們把它叫做「買賣」，也就是買進和賣出的對立統一。漢語的構詞法，真還和黑格爾哲學異曲同工。這樣的例子很多，如天地、矛盾、春秋、夫妻、老小、乾坤、日月等等，等等，給事物命名的時候，內在的矛盾的統一成為重要的關注點。這只是一方面。另一方面，在注意到事物矛盾的時候，又不忘記它在性質上是和諧的統一體。如國家、宇宙、人民、青春、生命、平均、和平、田地等等。這個現象早就引起了方以智（1611-1671）的注意，因此於一六五二年撰寫一本書叫做《東西均》。在書中提出「合二而一」：「交也者，合二而一也」，「盡天地古今皆二也，兩間無不交，則無不二而一也。」把對立之物的主導方面放在統一上，可以說是中國式天人合一的演繹。他逝世後一年才出世的黑格爾，則把統一之物的主導方面放在事物的矛盾上。但是，歷史證明，中國人不但強調對立鬥爭，而且還強調和諧統一，這是中國古典文化傳承的精華。

從人與物的關係來說，最高境界就是王鏊所說的「與物俱化」：「片雲天共遠，永夜月同孤」。從人與人之關係來說，就是孔夫子「吾與點也」的高度默契。王鏊把這歸結為「趣」，這種趣，是一種哲理的趣，與一般人情的趣的有層次的不同。這種理趣，不但要「與物俱化」，天人合一，而且要與人默契。這樣的理趣，可能是世界詩歌理論中極其罕見的。

　　值得研究的是，這並不是個別詩論家的感悟，而是相當普遍的共識。這種境界，是一種形而上學的境界，其特點如李維楨所言「理之融浹也，趣呈其體」。這裡的「融浹」，就是人與自然，人與人之間無差別狀態。在他們看來，作為詩，「水流心不競，雲在意俱遲」這種平靜的、超脫的、順應自然的心態，和傳統詩學所謂言之不足故嗟歎，嗟歎之不足故手舞足蹈的激動狀態相去甚遠；與漢魏古詩的「人生不滿百，常懷千歲憂」的焦慮亦大相逕庭；與唐詩的張揚率性也天差地別；就是與山水詩之溫情也大異其趣。至於和英國浪漫主義之詩論「一切好詩都是強烈感情的自然流露」（spontaneously overflow of powerful feelings），更不啻天壤之別。

　　中外抒情的主流往往離不開情感的誇耀。而這裡的特點，則是情感消融於物，更接近於道家的自然姿態，佛家的寂滅心態。其精神全在融入大自然，融入自我的靜謐自如和自洽，再加上語言上又是「無斧鑿痕，無妝點跡」，乃構成一種返樸歸真的美學境界。進入這樣的境界，就能享受著天理人趣。這個趣，不是通常所謂相對於情感的理性的趣味，是天理，也是人趣，是天人合一、人心默契的趣味。這是一種形而上學的哲學理性，是一種內在的趣味，與一般理解的形而下的世俗趣味有根本的區別。

　　極而言之，這種境界是內心的絕對寧靜。把「水流心不競，雲在意俱遲」解釋為為天人合一，還是淺層次的。更高的層次，則是類似於陶淵明的「無心」（「雲無心以出岫」），不懷功利，不但沒有外在的物質壓力，而且沒有內心的功利目的，達到物我兩忘的境界。水在流，我心不動，雲不動，我心也寧靜。把自我的心境看得比天地、雲水都要寧靜。沈德潛說這兩句「不著理語，自足理趣。」關鍵是這種理趣，是不能用語言明白說出來的。張謙宜論斷：「說是理學不得，說是禪學又不得，於兩境外別有天然之趣。」點到了禪宗，可能就是嚴羽《滄浪詩話》所說的「羚羊掛角，無跡可求。故其妙處透澈玲

瓏，不可湊泊，如空中之音，相中之色，水中之月，鏡中之象，言有
盡而意無窮」。這個張謙宜，沒有什麼大名聲，但是其直覺感悟，相
當到位。

　　對此，錢鍾書先生說得不但精到，而且系統。首先，「賦物以明
理，非取譬於近」，寓理於物，不是以物為喻，而是「舉例以概」。
「例」是特殊的個別，而「概」是普遍的，故個別概括普遍，這普遍
就是「理」了。從這一點來說，中國的這種藝術哲學又與西方是相通
的。英國詩人威廉‧布來克（William Blake）《天真預言》（*Auguries
of Innocence*）從一粒沙裡看世界，從一朵花看天國，在一時中掌握永
恆

> To see a world in a grain of sand,
>
> And a heaven in a wild flower,
>
> Hold infinity in the palm of your hand,
>
> And eternity in an hour.

也許，錢鍾書先生就是從英國詩歌這種現象中得到啟發，對中國詩歌
這種「例概」和比喻的區別作了如此深邃的闡釋。這不是比喻，如果
是比喻，則仍然是個別的性質，就沒有「目擊道存」，也沒有「內外
胥融，心物兩契；舉物即寫心，非罕譬而喻，乃妙合而凝」的理了。
其次，光有理可能還不是詩，要有詩，還得有個性。錢鍾書先生認為
妙在「心物兩契；舉物即寫心……乃妙合而凝也。」就這一點而言，
中國式的理趣又和英國詩人不同，不像他們那樣把沙子和花朵、詩人
的主體看成分離的，而是心物妙合而凝為一，物我無間，乃有超越個
體，天地與我共生，萬物與我為一，從形而下之我，變為形而上之
我，是物理，也是人哲。

史家論贊與詩家詠史之別

　　杜牧之〈題桃花夫人廟〉詩云：「細腰宮裡露桃新，脈脈無言度幾春。畢竟息亡緣底事？可憐金谷墜樓人！」僕謂此詩為二十八字史論。

（宋）許顗《彥周詩話》

　　白樂天作〈長恨歌〉[1]，元微之作〈連昌宮詞〉[2]，皆紀明皇時事也。

1　白詩：漢皇重色思傾國，御宇多年求不得。楊家有女初長成，養在深閨人未識。天生麗質難自棄，一朝選在君王側。回眸一笑百媚生，六宮粉黛無顏色。春寒賜浴華清池，溫泉水滑洗凝脂。侍兒扶起嬌無力，始是新承恩澤時。雲鬢花顏金步搖，芙蓉帳暖度春宵。春宵苦短日高起，從此君王不早朝。承歡侍宴無閒暇，春從春遊夜專夜。後宮佳麗三千人，三千寵愛在一身。金屋妝成嬌侍夜，玉樓宴罷醉和春。姊妹弟兄皆列土，可憐光彩生門戶。遂令天下父母心，不重生男重生女。驪宮高處入青雲，仙樂風飄處處聞。緩歌慢舞凝絲竹，盡日君王看不足。漁陽鼙鼓動地來，驚破〈霓裳羽衣曲〉。九重城闕煙塵生，千乘萬騎西南行。翠華搖搖行復止，西出都門百餘里。六軍不發無奈何，宛轉蛾眉馬前死。花鈿委地無人收，翠翹金雀玉搔頭。君王掩面救不得，回看血淚相和流。黃埃散漫風蕭索，雲棧縈紆登劍閣。峨嵋山下少人行，旌旗無光日色薄。蜀江水碧蜀山青，聖主朝朝暮暮情。行宮見月傷心色，夜雨聞鈴腸斷聲。天旋地轉迴龍馭，到此躊躇不能去。馬嵬坡下泥土中，不見玉顏空死處。君臣相顧盡霑衣，東望都門信馬歸。歸來池苑皆依舊，太液芙蓉未央柳。芙蓉如面柳如眉，對此如何不淚垂。春風桃李花開日，秋雨梧桐葉落時。西宮南苑多秋草，落葉滿階紅不掃。梨園子弟白髮新，椒房阿監青娥老。夕殿螢飛思悄然，孤燈挑盡未成眠。遲遲鐘鼓初長夜，耿耿星河欲曙天。鴛鴦瓦冷霜華重，翡翠衾寒誰與共。悠悠生死別經年，魂魄不曾來入夢。臨邛道士鴻都客，能以精誠致魂魄。為感君王展轉思，遂教方士殷勤覓。排空馭氣奔如電，升天入地求之遍。上窮碧落下黃泉，兩處茫茫皆不見。忽聞海上有仙山，山在虛無縹緲間。樓閣玲瓏五雲起，其中綽約多仙子。中有一人字太真，雪膚花貌參差是。金闕西廂叩玉扃，轉教小玉報雙成。聞道漢家天子使，九華帳裡夢魂驚。攬衣推枕起徘徊，珠箔銀屏邐迤

予以謂微之之作過樂天，白之歌止於荒淫之語，終篇無所規正。元之詞乃微而顯，其荒縱之意皆可考，卒章乃不忘箴諷，為優也。

　　　　　　　　　　　　　　　　　（宋）張邦基《墨莊漫錄》卷六

按：明胡震亨《唐音癸籤》卷十一引此則，文字略異：或問〈長恨歌〉與〈連昌宮詞〉孰勝？余曰：「元之詞微著其荒縱之跡，而卒章乃不忘箴諷。若白作止敘情語顛末，誦之雖柔情欲斷，何益勸戒乎？」《墨莊漫錄》

　　開。雲鬢半偏新睡覺，花冠不整下堂來。風吹仙袂飄颻舉，猶似霓裳羽衣舞。玉容寂寞淚闌干，梨花一枝春帶雨。含情凝睇謝君王，一別音容兩渺茫。昭陽殿裡恩愛絕，蓬萊宮中日月長。回頭下望人寰處，不見長安見塵霧。唯將舊物表深情，鈿合金釵寄將去。釵留一股合一扇，釵擘黃金合分鈿。但教心似金鈿堅，天上人間會相見。臨別殷勤重寄詞，詞中有誓兩心知。七月七日長生殿，夜半無人私語時。在天願作比翼鳥，在地願為連理枝。天長地久有時盡，此恨綿綿無絕期。

2　元詩：連昌宮中滿宮竹，歲久無人森似束。又有牆頭千葉桃，風動落花紅蔌蔌。宮邊老翁為余泣，小年進食曾因入。上皇正在望仙樓，太真同憑闌干立。樓上樓前盡珠翠，炫轉熒煌照天地。歸來如夢復如癡，何暇備言宮裡事。初過寒食一百六，店舍無煙宮樹綠。夜半月高弦索鳴，賀老琵琶定場屋。力士傳呼覓念奴，念奴潛伴諸郎宿。須臾覓得又連催，特敕街中許燃燭。春嬌滿眼睡紅綃，掠削雲鬟旋裝束。飛上九天歌一聲，二十五郎吹管笛。逡巡大遍涼州徹，色色龜茲轟錄續。李謨壓笛傍宮牆，偷得新翻數般曲。平明大駕發行宮，萬人歌舞塗路中。百官隊仗避岐薛，楊氏諸姨車斗風。明年十月東都破，御路猶存祿山過。驅令供頓不敢藏，萬姓無聲淚潛墮。兩京定後六七年，卻尋家舍行宮前。莊園燒盡有枯井，行宮門閉樹宛然。爾後相傳六皇帝，不到離宮門久閉。往來年少說長安，玄武樓成花萼廢。去年敕使因斫竹，偶值門開暫相逐。荊榛櫛比塞池塘，狐兔驕癡緣樹木。舞榭欹傾基尚在，文窗窈窕紗猶綠。塵埋粉壁舊花鈿，烏啄風箏碎珠玉。上皇偏愛臨砌花，依然御榻臨階斜。蛇出燕巢盤斗栱，菌生香案正當衙。寢殿相連端正樓，太真梳洗樓上頭。晨光未出簾影黑，至今反掛珊瑚鉤。指似傍人因慟哭，卻出宮門淚相續。自從此後還閉門，夜夜狐狸上門屋。我聞此語心骨悲，太平誰致亂者誰。翁言野父何分別，耳聞眼見為君說。姚崇宋璟作相公，勸諫上皇言語切。燮理陰陽禾黍豐，調和中外無兵戎。長官清平太守好，揀選皆言由至公。開元之末姚宋死，朝廷漸漸由妃子。祿山宮裡養作兒，號國門前鬧如市。弄權宰相不記名，依稀憶得楊與李。廟謨顛倒四海搖，五十年來作瘡痏。今皇神聖丞相明，詔書才下吳蜀平。官軍又取淮西賊，此賊亦除天下寧。年年耕種宮前道，今年不遣子孫耕。老翁此意深望幸，努力廟謀休用兵。

　　楊太真事，唐人吟詠至多，然類皆無禮。太真配至尊，豈可以兒女語
黷之耶？惟杜子美則不然，〈哀江頭〉[3]云……其詞婉而雅，其意微而有
禮，真可謂得詩人之旨者。〈長恨歌〉在樂天詩中為最下，〈連昌宮詞〉在
元微之詩中乃最得意者，二詩工拙雖殊，皆不若子美詩微而婉也。元白數
十百言，竭力摹寫，不若子美一句，人才高下乃如此。

　　梅聖俞云：「狀難寫之景，如在目前。」元微之云：「道得人心中
事。」此固白樂天長處，然情意失之太詳，景物失於太露，遂成淺近，略
無餘蘊，此其所短處。如〈長恨歌〉雖播於樂府，人人稱誦，然其實乃樂
天少作，雖欲悔而不可追者也。其敘楊妃進見專寵行樂事，皆穢褻之語。
……如〈琵琶行〉雖未免於煩悉，然其語意甚當，後來作者，未易超越也。

　　　　　　　　　　　　　　　　　　　（宋）張戒《歲寒堂詩話》卷上

　　詩人詠史最難，須要在作史者不到處別生眼目，正如斷案不為胥吏所
欺，一兩語中須能說出本情，使後人看之，便是一篇史贊，此非具眼者不
能。自唐以來，本朝詩人最工為之，如張安道〈題歌風臺〉、荊公（王安
石，先封舒國公，旋改封荊）詠〈范增〉〈張良〉〈揚雄〉、東坡〈題醉眠
亭〉〈雪溪乘興〉〈四明狂客〉〈荊軻〉等詩，皆其見處高遠，以大議論發
之於詩。汪遵〈讀秦史〉、章碣〈題焚書坑〉二詩，亦甚佳。至如世所傳
胡曾〈詠史〉詩一編，只是史語上轉耳，初無見處也。

　　　　　　　　　　　　　　　　　　　（宋）費袞《梁谿漫志》卷七

　　古今詠史詩，求其議論精當，康節先生〈題淮陰侯廟〉十篇，可以為
冠。讀者當自知之。「一身作亂宜從戮，三族全夷似少恩。漢道是時初雜

3　〈哀江頭〉：少陵野老吞聲哭，春日潛行曲江曲。江頭宮殿鎖千門，細柳新蒲為誰
綠。憶昔霓旌下南苑，苑中萬物生顏色。昭陽殿裡第一人，同輦隨君侍君側。輦前
才人帶弓箭，白馬嚼齧黃金勒。翻身向天仰射雲，一箭正墜雙飛翼。明眸皓齒今何
在，血污遊魂歸不得。清渭東流劍閣深，去住彼此無消息。人生有情淚沾臆，江水
江花豈終極。黃昏胡騎塵滿城，欲往城南望南北。

霸，蕭何王佐殆非尊。」「據立大功非不智，復貪王爵似專愚。造成四百
年炎漢，才得安寧反受誅。」……

（宋）趙與時《賓退錄》卷十

樂天〈長恨歌〉凡一百二十句，讀者不厭其長；元微之〈行宮〉[4]詩
才四句，讀者不覺其短，文章之妙也。

（明）瞿佑《歸田詩話》卷上

《詩》美刺與《春秋》褒貶同一扶世立教之意，後世詞人遂有以詩詠
史者。唐杜少陵之作妙絕古今，號詩史。……觀者諷詠而有得於美刺褒貶
之間，感於善，創於惡，其於經學世教豈不小有所益哉！

（明）程敏政《程敏政詩話》

詩人作詩，不比史官作史。史家編年敘事，不容錯亂。若詩人之旨，
一章自為一義。或順時述事，或錯舉成文，或預道將來，或追稱往昔，或
更端別敘，或重言復說，或因枝振葉，或沿波射源，換章則換事，換韻則
換義。變化錯綜如春山夏雲，頃刻異態，不可拿捏，初非拘拘以時月為先
後也。

（明）徐光啟《徐光啟詩話》

少陵以史為詩，已非風雅本色，然出於憂時憫俗，牢騷呻吟之聲，猶
不失《三百篇》遺意焉。至胡曾輩之詠史，直以史斷為詩矣。……野狐惡
道，莫此為甚。

（明）謝肇淛《小草齋詩話》卷二外編

4　〈行宮〉：寥落古行宮，宮花寂寞紅。白頭宮女在，閑坐說玄宗。　一作王建詩。

詩人詠史最難，妙在不增一語，而情感自深。若在作史者不到處別生眼目，固自好，然尚是第二義也。詩法。詠史

（明）胡震亨《唐音癸籤》卷三

（〈長恨歌〉）此譏明皇迷於色而不悟也。……吁！以五十年致治之主，而一女子覆其成功，權去勢詘以憂死，悲夫！女寵之禍豈淺鮮哉？

（明）唐汝詢《唐詩解》卷二十

古人詠史，但敘事而不出己意，則史也，非詩也；出己意，發議論，而斧鑿錚錚，又落宋人之病。如牧之息嬀詩云：「（即上引〈題桃花夫人廟〉，略）」〈赤壁〉云：「折戟沉沙鐵未消，自將磨洗認前朝。東風不與周郎便，銅雀春深鎖二喬。」用意隱然，最為得體。息嬀廟，唐時稱為桃花夫人廟，故詩用「露桃」。

（清）吳喬《圍爐詩話》卷三

詩有敘事敘語者，較史尤不易。史才固以欒括生色，而從實著筆自易；詩則即事生情，即語繪狀，一用史法，則相感不在永言和聲之中，詩道廢矣。此「上山采蘼蕪」[5]一詩所以妙奪天工也。

（清）王夫之《古詩評選》卷四

（李白〈蘇武〉詩[6]）詠史詩以史為詠，正當於唱歎寫神理，聽聞者之生其哀樂。一加論讚，則不復有詩用，何況其體？

又《唐詩評選》卷二

5　漢〈古詩〉：上山采蘼蕪，下山逢故夫。長跪問故夫：「新人復何如？」「新人雖言好，未若故人姝。顏色類相似，手爪不相如。」「新人從門入，故人從閣去。」「新人工織縑，故人工織素。織縑日一匹，織素五丈餘。將縑來比素，新人不如故。」
6　李白〈蘇武〉：蘇武在匈奴，十年持漢節。白雁上林飛，空傳一書劄。牧羊邊地苦，落日歸心絕。渴飲月窟冰，饑餐天上雪。東還沙塞遠，北愴河梁別。泣把李陵衣，相看淚成血。

　　詠史始於班孟堅（東漢班固字）。前人多用古體，至杜牧、汪遵、胡曾、孫元晏、元好問、宋無輩以絕句行之，每每翻案見奇，亦一法也。

（清）宋長白《柳亭詩話》卷二十二

　　古人詠史，敍事無意，史也，非詩矣。唐人實勝古人，如「江流石不轉，遺恨失吞吳」[7]，「武帝自知身不死，教修玉殿號長生」[8]，「東風不假周郎便，銅雀春深鎖二喬」，「此日六軍同駐馬，當時七夕笑牽牛」[9]，諸有意而不落議論，故佳。若落議論，史評也，非詩矣。宋以後多患此病。

（清）納蘭性德《淥水亭雜識》四

　　（西晉左思〈詠史〉詩[10]）題云詠史，其實乃詠懷也。八首一氣揮灑，激昂頓挫，真是大手！

（清）何焯《義門讀書記》卷四十六〈文選〉〈詩〉

　　（張協〈詠史〉詩）詠史者不過美其事而詠歎之。檃括本傳，不加藻飾，此正體也。太沖（左思字）多攄胸臆，乃又其變，敍致本事能不冗不晦，以此為難。

同上

　　（《長恨歌》）此譏明皇之迷於色而不悟也。……詩本陳鴻〈長恨傳〉

7　杜甫〈八陣圖〉：功蓋三分國，名成八陣圖。江流石不轉，遺恨失吞吳。

8　〔唐〕王建〈曉望華清宮〉：曉來樓閣更鮮明，日出闌干見鹿行。武帝自知身不死，看修玉殿號長生。

9　李商隱〈馬嵬〉：海外徒聞更九州，他生未卜此生休。空聞虎旅傳宵柝，無復雞人報曉籌。此日六軍同駐馬，當時七夕笑牽牛。如何四紀為天子，不及盧家有莫愁。

10　如〈詠史〉其六：荊軻飲燕市，酒酣氣益震。哀歌和漸離，謂若傍無人。雖無壯士節，與世亦殊倫。高眄邈四海，豪右何足陳！貴者雖自貴，視之若塵埃；賤者雖自賤，重之若千鈞。

而作，悠揚掎旎，情至文生，本王、楊、盧、駱而加變化者矣。

（清）沈德潛《唐詩別裁集》卷八

詠史以不著議論為工……

（清）薛雪《一瓢詩話》

作懷古詩，必切時地。杜甫〈公安縣懷古〉中聯云：「灑落君臣契，飛騰戰伐名。」簡而能賅，真史筆也。

（清）冒春榮《葚原詩說》卷一

詠古詩，未經闡發者，宜援據本傳，見顯微闡幽之意，若前人久經論定，不須人云亦云。王摩詰〈西施詠〉，李東川〈謁夷齊廟〉，或別寓興意，或淡淡寫景，以避雷同剿說。此別行一路法也，所謂窄路，實寬路也。

詠史不必專詠一人，專詠一事，已有懷抱，借古人事以抒寫之，斯為千秋絕唱。後人粘著一事，明白斷案，此史論，非詩格也。至胡曾絕句百篇，尤墮惡道。

同上卷二

詠史詩須別有懷抱。

…………

詠史詩當如龍門（西漢司馬遷，生於龍門）諸贊，抑揚頓挫，使人一唱三歎。詠古人即采摭古人事蹟，定非高手。試看老杜詠昭烈（三國劉備，蜀漢昭烈帝）、武侯（諸葛亮，蜀漢武鄉侯）詩極多，何嘗實填一事，而俯仰傷懷，將五百餘年精神，如相契合，是何等胸次也？

（清）喬億《劍溪說詩》卷下

（杜甫〈武侯廟〉詩[11]）十字中包括武侯一生行跡，不涉議論，彌淡彌高。

（清）愛新覺羅・弘曆《唐宋詩醇》卷十七

（〈長恨歌〉）從古女禍，未有盛於唐者。……〈長恨〉一傳，自是時傳會之說，其事殊無足論者。居易詩詞特妙，情文相生，沉鬱頓挫，哀豔之中，具有諷刺。……結處點清「長恨」為一詩結穴，戛然而止，全勢已足，更不必另作收束。

同上卷二十二

（宋陸游〈讀《晉書》〉詩[12]）不著議論，而指意躍然，詠史上乘。

同上卷四十六

讀史詩無新義，便成《廿一史彈詞》。雖著議論，無雋永之味，又似史贊一派，俱非詩也。

（清）袁枚《隨園詩話》卷二

詠古詩有寄託固妙，亦須讀者知其所寄託之意，而後覺其詩之佳。

同上卷五

懷古詩、乃一時興會所觸，不比山經地志，以詳核為佳。

同上卷六

詠史有三體：一、借古人往事，抒自己之懷抱：左太沖之〈詠史〉是

---

11 〈武侯廟〉：遺廟丹青落，空山草木長。猶聞辭後主，不復臥南陽。
12 〈讀《晉書》〉：諸公日飲萬錢廚，人乳蒸豚玉食無。誰信秋風雒城裡，有人歸棹為蓴鱸？

也。一、為檃括其事，而以詠歎出之：張景陽（張協字）之〈詠二疏〉，盧子諒（晉盧諶字）之〈詠藺生〉是也。一、取對仗之巧：義山之「牽牛」對「駐馬」，韋莊之「無忌」對「莫愁」是也。

同上卷十四

太沖〈詠史〉，初非呆衍史事，特借史事以詠己之懷抱也。或先述己意，而以史事證之。或先述史事，而以己意斷之。或止述己意，而史事暗含。或止述史事，而己意默寓。各還懸解，乃能脈絡貫通。

（清）張玉穀《古詩賞析》卷十一

（王安石〈登大茅山頂〉詩[13]）二馮（清馮班，為老二）譏此詩為史論，太刻。必不容著議論，則唐人犯此者多矣。宋人以議論為詩，漸流粗獷，故馮氏有史論之譏。然古人亦不廢議論，但不著色相耳。此詩純以指點出之，尚不至於史論。

（清）紀昀《瀛奎律髓刊誤》卷一

詠史詩今人皆雜議論，前人多有案無斷之作，其諷刺勸意在言外，讀者自得之耳。

（清）方熏《山靜居詩話》

詠史詩不著議論，有似彈詞；太著議論，又如史斷。

（清）舒位《瓶水齋詩話》

弔古之詩，須褒貶森嚴，具有《春秋》之義，使善者足以動後人之景仰，惡者足以垂千秋之炯戒。如左太沖之〈詠史〉，則曰「何世無奇才，

---

13 〈登大茅山頂〉：一峯高出眾山巔，疑隔塵沙道里千。俯視雲煙來不極，仰攀蘿蔦去無前。人間已換嘉平帝，地下誰通句曲天。陳跡是非今草莽，紛紛流俗尚師仙。

遺之在草澤」，不勝動人以遺賢之憂；李太白之〈懷禰衡〉，則曰「才高竟
何施？寡識冒天刑」，不禁深人以恃才之惕……近體如少陵之「丞相祠堂
何處尋？錦官城外柏森森。映階碧草自春色，隔葉黃鸝空好音。三顧頻煩
天下計，兩朝開濟老臣心。出師未捷身先死，長使英雄淚滿襟。」〈蜀相〉
錢員外（唐錢起，曾官祠部員外郎）之「漢家無事樂時雍，羽騎年年出九
重。玉帛不朝金闕路，旌旗常綵霞峰。且貪原獸輕黃屋，豈畏漁人犯白
龍？薄暮方歸長樂觀，垂楊幾處綠煙濃。」〈漢武出獵〉李義山之「紫泉宮
殿鎖煙霞，欲取蕪城作帝家。玉璽不緣歸日角，錦帆應是到天涯。於今腐
草無螢火，終古垂楊有暮鴉。地下若逢陳後主，豈宜重問〈後庭花〉！」
〈隋宮〉……如此諸作，其淒惻既足以動人，其抑揚復足以懲勸，猶有詩
人之遺意也。

（清）王壽昌《小清華園詩談》卷下

　　詠古最忌入議論，墮學究腐套。若但搜用本題故實，裁對工巧，為編
事之詩，尤為下劣。大家只自吐胸臆，或以題為實，借作指點，則必有實
事及己所處，以相感發。

（清）方東樹《昭昧詹言》卷二十

　　詠古詩貴有新義。

（清）康發祥《伯山詩話續集》卷一

　　說者謂詩詠古跡，僅泥定本事，徒見堆垛。此高著眼孔之說，欲其凌
空駕馭也。然脫盡本事，又未免蹈空，恐非篤論。……亦空亦實，不愧
作家。

又《三續集》卷二

　　凡懷古詩，須上下千古，包羅渾含，出新奇以正大之域，融議論於神

韻之中，則氣韻雄壯，情文相生，有我有人，意不竭而識自見，始非史論
一派。唐、宋名篇，選本林立，今略摘近代數首為法。明人高青丘（高
啟，自號青丘子）〈岳王墓〉云：「大樹無枝向北風，十年遺恨泣英雄。班
師詔已來三殿，射虜書猶說兩宮。每憶上方誰請劍，空嗟高廟自藏弓。棲
霞嶺上今回首，不見諸陵白露中。」……

（清）朱庭珍《筱園詩話》卷三

　　詠古七絕尤難，以詞意既須新警，而篇終復須深情遠韻，令人玩味不
窮，方為上乘。若言盡意盡，索然無餘味可尋，則薄且直矣。……鄧孝威
（清鄧漢儀字）〈詠息夫人〉[14]云：「楚宮慵掃黛眉新，只自無言對暮春。
千古艱難惟一死，傷心豈獨息夫人！」包羅廣遠，意在言外。較唐人小杜
之「至竟息亡緣底事？可憐金谷墜樓人」，更覺含蓄有味。所謂微詞勝於
直斥，不著議論，轉深於議論也。

同上

　　先生（龔自珍）謂〈長恨歌〉「回頭一笑百媚生」，乃形容勾欄妓女之
詞，豈貴妃風度耶？白居易直千古惡詩之祖。

（清）張祖廉《定庵先生年譜外紀》卷上

　　以〈長恨歌〉之壯采，而所隸之事，只「小玉、雙成」四字，才有餘
也。梅村（清吳偉業號）歌行，則非隸事不辦。白、吳優劣，即於此見。

（近代）王國維《人間詞話》

14原題作〈題息夫人廟〉。

孫　評

　　這裡提出詩人詠史和史家評斷的問題。宋人費袞提出：詩人「詠史之難」，在於「要在作史者不到處別生眼目，正如斷案不為胥吏所欺，一兩語中須能說出本情，使後人看之，便是一篇史贊」。他說的「難處」，限於史見，只要「別生眼目」，「見處高遠」，就可以「大發議論」。趙與時所論與之相似。他推崇邵雍的〈題淮陰侯廟〉十篇皆「可以為冠」，如「據立大功非不智，復貪王爵似專愚。造成四百年炎漢，才得安寧反受誅。」其實，這是借詠史以說教，全是理性的議論。中國式的詠史工具論在這裡表現得可謂淋漓盡致。明人程敏政把這種政治道德教化的功能歸納得比較清晰：「觀者諷詠而有得於美刺褒貶之間，感於善，創於惡，其於經學世教豈不小有所益哉！」

　　明確提出詠史詩與史論不同的是徐光啟。他說：「詩人作詩，不比史官作史。」不過他所謂不同，只限於史家編年的嚴謹和詩家在時間順序上比較自由的調遣。比徐光啟更明確的是謝肇淛，這個曾經官至右布政使的高級官員，曾經向袁宏道借抄過《金瓶梅》，反對以「史斷」為詩，甚至對杜甫「以史為詩」都不買帳，認為有失「風雅本色」，對當時混淆詩情與史論的流風，則斥之為「野狐惡道」。胡震亨《唐音癸籤》涉及了「情感自深」，但仍然糾纏於史家「不增一語」之類的陳說。

　　把詩與史的不同，正面提出來的是吳喬。他指出：「古人詠史，但敘事而不出己意，則史也，非詩也；出己意，發議論，而斧鑿錚錚，又落宋人之病。」他推崇杜牧的〈赤壁〉一詩，說是好在「用意隱然」，也就是既有己意，又不落抽象議論，思想隱藏在詩意之中。從思想方法來說，吳喬把詩與史的不同放在矛盾的兩個極端上展開，並且指出二者轉化的條件。詠史而無自己的意思，只是史，不是詩；

有了自己的意思而大發議論，仍不是詩，而是史。議論是可以發的，但不能像宋人那樣「斧鑿錚錚」直接發出，而要「用意隱然」。這不但有抽象度更高的分析，而且所舉例證亦甚得當。胡震亨所說的「情感自深」與「史斷」的區分，也由此得到比較清晰的闡釋。

王夫之在《古詩評選》中把二者的區別，在敘述這一點上又大大深入了。他承繼詠史抒情之說，但是並不否定詩人敘事，他的獨到之處在於：「詩有敘事敘語者，較史尤不易。史才固以驟括生色，而從實著筆自易；詩則即事生情，即語繪狀，一用史法，則相感不在永言和聲之中，詩道廢矣。」他所說的詩家詠史之難和費袞「詠史之難」不同。他以為難不在「別生眼目」，「見處高遠」，而在史家的敘事淹沒了詩歌。詩家之難，就在於敘述中抒情和對話中描繪，所謂「即事生情，即語繪狀」。他立論的焦點是詩家詠史敘事，從正面說，「即事生情」，使「聽聞者之生其哀樂」，否則詩道廢矣，詩就完了。從反面說，不能像史家那樣直接論贊，「一加論贊，則不復有詩用，何況其體」？

王夫之推崇李白的〈蘇武〉一詩，幾乎都是敘事，而且多為概括性的敘述，情感卻鬱積深沉。但這並不是中國古典詠史詩之全部，充其量只是詠史中一個流派，或者是一種風格，在形式上是古體詩。此派始於漢班固，晉左思〈詠史〉繼之。何焯認為，「題云詠史，其實乃詠懷也。」就是說，不僅僅是敘事，而且有抒情。如左思〈詠史〉，全詩概括史實，敘事樸素無華，後八句就全是直接抒情。

與古體相對的當是近體。清人宋長白指出：詠史一體從杜牧以後，在汪遵、胡曾、孫元晏、元好問等人手中往往「以絕句行之」，也就是不用古詩體裁了，在思想上則「每每翻案見奇」。納蘭性德說：「唐人實勝古人」，就在於「翻案見奇」，他以為「東風不與周郎便，銅雀春深鎖二喬」便屬此類。而李商隱的「此日六軍同駐馬，當時七夕笑牽牛」，他認為好在「有意而不落議論」，「若落議論，史評

也，非詩矣。宋以後多患此病」。但他的分析，似乎並沒有超越過早他四十多年的吳喬。

李商隱的〈馬嵬〉比之杜牧的翻案詩作，在價值觀念上要高明得多。馬嵬弔古，在盛唐以後，早已經是一個公共話語平臺。稍早他的陳鴻就寫過〈長恨歌傳〉。陳鴻的主旨就是「懲尤物」、「窒亂階」，屬於政治工具論範疇。這種美女禍水論似乎是許多詩人的共識，在白居易的朋友元稹〈連昌宮詞〉那裡，表現得更是直率：「開元之末姚宋死，朝廷漸漸由妃子。祿山宮裡養作兒，虢國門前鬧如市。弄權宰相不記名，依稀憶得楊與李。」白居易的另一個朋友劉禹錫，不算是太保守的人物，他對楊貴妃的態度卻更加嚴厲：「軍家誅戚族，天子舍妖姬。群吏伏門屏，貴人牽帝衣。低迴轉美目，風日為無暉。」（〈馬嵬行〉）。楊貴妃連「尤物」都不是，而是「妖姬」，處死理所當然。

中唐以降，馬嵬即興已成為熱門題材。張祜、劉禹錫、李遠、鄭畋、賈島、高駢、于濆、羅隱、黃滔、崔道融、蘇承、唐求等都有詩作，大抵是政治上的悼古傷今，充其量也只是在感傷中偶爾流露出微妙的同情。只有李商隱〈馬嵬〉是例外。李商隱的卓爾不群就在於，超越了政治性的感傷，以王權的顯赫和愛情的悲劇作對比，王權不管多麼顯赫，並不能保證其幸福就會超越平民個體。李商隱把人的，特別是以女性的感情價值，以第一人稱，提到這樣的高度，是相當勇敢的，但是，他的表達很委婉，從側面著筆。

白居易〈長恨歌〉，則從正面，以大筆濃墨抒寫「花鈿委地無人收，翠翹金雀玉搔頭。君王掩面救不得，回看血淚相和流」。白居易強調的是：一方面是絕世的美麗，一方面是猝然的死亡；一方面是權力至上的君王，一方面是血淚交流而無可奈何。白居易的同情顯然也在李楊身上。「尤物」註定「亂階」的邏輯正是現實正統政治觀念的表現，在〈長恨歌〉中這種政治邏輯也被顛覆了，白居易和李商隱一樣感歎美女和君王的不幸。在白居易的情節邏輯中：美女的情感價值

最重要，政治身分，甚至導致的國家動亂，可以略而不計。美女身不由己捲入政局而死亡，美的毀滅，就是莫大的憾「恨」。這不但是美女的憾「恨」，而且對於人生來說，也是無限的遺「恨」。白居易把詩題定為「長恨歌」，用意是很深的。

　　在詠史主題中，李楊故事，是如此突出，詩話家們卻對之漫不經心，是令人遺憾的。如果把李楊故事也歸入『詠史』主題，突破「懲尤物」「窒亂階」，女人禍水論，把個人幸福、美女命運作為價值核心，那麼，最具劃時代意義的作品，應該是李商隱，達到無以超越的頂峰的，則是白居易。

　　美女的主題，在中國詩歌史上，從西施、王昭君到楊貴妃，一般說，以政治工具論為主流。但是，也不是沒有例外。如李延年「北方有佳人，絕世而獨立。一顧傾人城，再顧傾人國。寧不知傾城與傾國，佳人難再得。」這裡勇敢地面對美女與亡國的矛盾，顯然有從單純女人禍水論中超越的意味。亡國的代價固然巨大，但是，美女還是值得珍惜。〈長恨歌〉的前半部分是美女從幸運到災難的悲歌，後半部分則為美女愛情超越生死、時間、空間的頌歌。但是，對於超越政治工具論的美女的頌歌，很少得到認同，就是連龔自珍那樣的思想家似乎也不能免俗。他竟認為〈長恨歌〉「『回頭一笑百媚生』，乃形容勾欄妓女之詞，豈貴妃風度耶？白居易直千古惡詩之祖。」豈不知這是一種世界文學的經典藝術手法，不直接寫美女之美，而從效果的變異上寫美女之美。〈陌上桑〉寫羅敷之美就這是樣：「行者見羅敷，下擔捋髭鬚，少年見羅敷，脫帽著帩頭。耕者忘其犁，鋤者忘其鋤。來歸相怨怒，但坐觀羅敷。」古希臘史詩〈伊里亞特〉寫海倫出現在特洛埃元老院，也不直接寫海倫之美，而是寫元老的反應：為了這個美女，兩個國家打了十年的仗，犧牲了十萬人。可眾多元老見了海倫，都不禁讚歎，真是天神啊，為了她打十年的仗是值得的啊。不過〈陌上桑〉突出的是外部可見的動作效果，而〈伊里亞特〉寫的

是內在感知的變異效果。另外，龔自珍說白居易這樣寫是「千古惡詩
之祖」與史實並不相符。李白就有過「一笑皆生百媚」，而李白此句
詩意，又出自江總，這將在〈蹈襲、祖述、暗合及偷法〉全面論述，
此處不贅。

「詩史」辯

　　杜（甫）逢祿山之難，流離隴蜀，畢陳於詩，推見至隱，殆無遺事，故當時號為「詩史」。

（唐）孟棨《本事詩》〈高逸第三〉

　　……甫又善陳時事，律切精深，至千言不少衰，世號詩史。

（宋）宋祁《新唐書》〈杜甫傳贊〉

　　史筆善記事，長於炫其文；文勝則實喪，徒憎口云云。詩史善記事，長於造其真；真勝則華去，非如目紛紛。……

（宋）邵雍〈詩史吟〉

　　予以謂世稱子美為詩史，蓋實錄也。

（宋）王得臣《麈史》卷中

　　子美之詩，周情孔思，千匯萬狀，茹古涵今，無有涯涘，森嚴昭煥，若在武庫，見戈戟布列，蕩人耳目，非特意語天出，尤工於用字，故卓然為一代冠，而歷世千百，膾炙人口。……韓退之謂「光焰萬丈長」，而世號「詩史」，信哉！

又鳳臺王彥輔詩話一則，轉引自宋蔡夢弼《杜工部草堂詩話》卷一

按：王得臣字彥輔，自號鳳臺子。此則不載《麈史》，《草堂詩箋》作「增注杜工部詩集序」，或作者另有《詩話》一書？

　　杜詩謂之「詩史」，以般般可見當時事，至於詩之敘事，亦若史傳矣。

（宋）李復《李復詩話》

　　李光弼代郭子儀入其軍，號令不更而旌旗改色。及其亡也，杜甫哀之曰：「三軍晦光彩，烈士痛稠疊。」[1]前人謂杜甫句為「詩史」，蓋謂是也。非但敘塵跡摭故實而已。

（宋）魏泰《臨漢隱居詩話》

　　子美詩善敘事，故號詩史。其律詩多至百韻，本末貫穿如一辭，前此蓋未有。

（宋）蔡居厚《蔡寬夫詩話》

　　李格非善論文章，嘗曰：「諸葛孔明〈出師表〉，劉伶〈酒德頌〉，陶淵明〈歸去來辭〉，李令伯（晉李密字）〈陳情表〉，皆沛然從肺腑中流出，殊不見斧鑿痕。……吾是知文章以氣為主，氣以誠為主。」故老杜謂之詩史者，其大過人在誠實耳。

（宋）惠洪《冷齋夜話》卷三

按：此則文字，又見宋彭乘《墨客揮犀》卷八。

　　子美世號「詩史」。觀〈北征〉詩云：「皇帝二載秋，閏八月初吉。」〈送李校書〉云：「干元元年春，萬姓始安宅。」又〈戲友〉二詩：「元年建巳月，郎有焦校書。」「元年建巳月，官有王司直。」史筆森嚴，未易及也。

（宋）黃徹《䂬溪詩話》卷一

1　〈八哀詩〉〈故司徒李公光弼〉詩句。

　　《劉貢父詩話》[2]云：文人用事誤錯，雖有缺失，然不害其美。杜甫云：「功曹非復漢蕭何。」[3]據光武謂鄧禹，「何以不掾功曹」？又曹參嘗為功曹，云酇侯，非也。按蕭何為主吏掾，即功曹也，注在《史記》〈高帝紀〉。貢父博洽，何為不知？杜謂之詩史，未嘗誤用事。

　　　　　　　　　　　　　　　　　　　　（宋）姚寬《西溪叢話》卷上

　　或謂詩史者，有年月地裡本末之類，故名詩史。蓋唐人嘗目杜甫為詩史，本出孟棨《本事詩》，而《新書》亦云。

　　　　　　　　　　　　　　　　　　　　　　　　　　　　同上

　　老杜之詩，備於眾體，是為「詩史」。

　　　　　　　　　　　　　　　　　　　　　　（宋）普聞《詩論》

　　三代而下，詩獨稱少陵，蓋其以史為詩，不以詩為詩也。

　　　　　　　　　　　　　　　　　　　（宋）方逢辰《方逢辰詩話》

　　杜少陵子美詩，多紀當時事，皆有據依，古號「詩史」。
　…………
　　少陵詩非特紀事，至於都邑所出，土地所生，物之有無貴賤，亦時見於吟詠。

　　　　　　　　　　　　　　　　　　　（宋）陳岩肖《庚溪詩話》卷上

　　白樂天仕宦，從壯至老，凡俸祿多寡之數，悉載於詩，雖波及它人亦然。其立身廉清，家無餘積，可以概見矣。因讀其集，輒敘而列之。其為

2　即〔宋〕劉攽（字貢父）《中山詩話》。《歷代詩話》本載：曹參嘗為功曹，而杜詩
　　云「功曹無複歎蕭何」，誤矣。按光武嘗謂鄧禹，「何以不掾功曹」？
3　〈奉寄別馬巴州〉詩句。

校書郎，曰：「俸錢萬六千，月給亦有餘。」為左拾遺，曰：「月慚諫紙二千張，歲愧俸錢三十萬。」……其致仕，曰：「全家遁此曾無悶，半俸資身亦有餘。」……

（宋）洪邁《容齋五筆》卷八

千載《詩》亡不復刪，少陵談笑即追還。常憎晚輩言詩史，〈清廟〉〈生民〉⁴伯仲間。

（宋）陸游〈讀杜詩〉

白樂天詩多紀歲時，每歲必紀其氣血之如何，與夫一時之事。後人能以其詩次第而考之，則樂天平生大略可睹，亦可謂詩史者焉。

（宋）王楙《野客叢書》卷二十七

余坐幽燕獄中，無所為。誦杜詩，稍習諸所感興。因其五言集為絕句，久之得二百首。凡吾意所欲言者，子美先為代言之，日玩之不置；但覺為吾詩，忘其為子美詩也。乃知子美非能自為詩，詩句自是人情性中語，煩子美道耳。子美於吾隔數百年，而其言語為吾用，非情性同哉？昔人評杜詩為詩史，蓋其以詠歌之辭，寓紀載之實；而抑揚褒貶之意，燦然於其中，雖謂之史可也。

（宋）文天祥〈集杜詩自序〉

世稱老杜為「詩史」，以其所著備見時事。予謂老杜非直紀事史也，有《春秋》之法也。

（元）楊維楨《楊維楨詩話》

4　《詩》之〈周頌〉〈清廟〉、〈大雅〉〈生民〉。

子美之詩，或謂之詩史者，蓋其可以觀時政而論治道也。

（元）戴良〈玉笥集序〉

宋人以杜子美能以韻語紀時事，謂之「詩史」。鄙哉宋人之見，不足以論詩也。夫六經各有體，《易》以道陰陽，《書》以道政事，《詩》以道性情，《春秋》以道名分。後世之所謂史者，左記言，右記事，古之《尚書》、《春秋》也。若詩者，其體其旨，與《易》、《書》、《春秋》判然矣。《三百篇》皆約情合性而歸之道德也，然未嘗有道德字也，未嘗有道德性情句也。二南者，修身齊家其旨也，然其言琴瑟鐘鼓，荇菜芣苢，夭桃穠李，雀角鼠牙，何嘗有修身齊家字耶？皆意在言外，使人自悟。至於變風變雅，尤其含蓄，言之者無罪，聞之者足以戒。如刺淫亂，則曰「雝雝鳴雁，旭日始旦」[5]，不必曰「慎莫近前丞相嗔」[6]也；憫流民，則曰「鴻雁於飛，哀鳴嗷嗷」[7]，不必曰「千家今有百家存」[8]也；傷暴斂，則曰「維南有箕，載翕其舌」[9]，不必曰「哀哀寡婦誅求盡」也；敘饑荒，則曰「牂羊羵首，三星在罶」[10]，不必曰「但有牙齒存，可堪皮骨乾」[11]也。杜詩之含蓄蘊藉者，蓋亦多矣，宋人不能學之。至於直陳時事，類於訕訐，乃其下乘末腳，而宋人拾以為己寶，又撰出「詩史」二字以誤後人。如詩可兼史，則《尚書》、《春秋》可以並省。

（明）楊慎《升庵詩話》卷十一

5　《詩》〈邶風〉〈匏有苦葉〉詩句。

6　杜甫〈麗人行〉詩句：炙手可熱勢絕倫，慎莫近前丞相嗔。

7　《詩》〈小雅〉〈鴻雁〉詩句。

8　杜甫〈白帝〉詩句：戎馬不如歸馬逸，千家今有百家存。哀哀寡婦誅求盡，慟哭郊原何處村？

9　《詩》〈小雅〉〈大東〉詩句。

10　《詩》〈小雅〉〈苕之華〉詩句。

11　杜甫〈垂老別〉詩句。《全唐詩》作「幸有牙齒存，所悲骨髓乾」。

用事多則流於議論。子美雖為「詩史」，氣格自高。

（明）謝榛《四溟詩話》卷一

楊用修（楊慎字）駁宋人「詩史」之說而譏少陵云：「（引文略，見上《升庵詩話》『詩刺』至『乾也』一段）」其言甚辯而核，然不知向所稱皆興比耳。《詩》固有賦，以述情切事為快，不盡含蓄也。語荒而曰「周餘黎民，靡有孑遺」[12]，勸樂而曰「宛其死矣，他人入室」[13]，譏失儀而曰「人而無禮，胡不遄死」[14]，怨讒而曰「豺虎不受，投畀有昊」[15]，若使出少陵口，不知用修何如貶剝也。且「慎莫近前丞相嗔」，樂府雅語，用修烏足知之。

（明）王世貞《藝苑巵言》卷四

蓋杜遭亂，以詩遣興，不專在詩，所以敘事、點景、論心各各皆真，誦之如見當時氣象，故稱詩史。今人專意作詩，則惟求工於言，非真詩也。

（明）王文祿《詩的》

按以杜為「詩史」，其說出孟棨《本事詩》話，非宋人也。若「詩史」二字所出，又本鍾嶸「直舉胸臆」，非傍「詩史」之言，蓋亦未嘗始于宋也。楊（慎）生平不喜宋人，但見諸說所載，則以為始於宋世，漫不更考。恐宋人有知，揶揄地下矣，明人鹵莽至此。

（明）胡應麟《少室山房筆叢》卷十九

---

12 《詩》〈大雅〉〈雲漢〉詩句。
13 《詩》〈唐風〉〈山有樞〉詩句。
14 《詩》〈墉風〉〈相鼠〉詩句。
15 《詩》〈小雅〉〈巷伯〉：彼譖人者，誰適與謀？取彼譖人，投畀豺虎；豺虎不食，投畀有北；有北不受，投畀有昊。

　　按，二家（指楊慎、王世貞）之說，各有攸當，含蓄切直，唯其所
宜。……夫詩雖有六義，經可離，緯不可離也。賦何嘗離比興？比興何嘗
非賦？朱元晦（朱熹字）解詩，離賦比興，所以謬也。比興可含蓄，賦獨
可徑直乎？

（明）郝敬《藝圃傖談》卷三

　　（杜甫〈自京赴奉先縣詠懷五百字〉詩）天寶八年，帝引百官觀左
藏，帝以國用豐衍，賞賜貴寵之家無有限極。十載，帝為安祿山起第，但
令窮極壯麗，不限財力。既成，具幄帝器皿充牣其中，雖禁中不及。祿山
生日，帝及貴妃賜衣服寶器酒饌甚厚。故「彤庭分帛」，「衛霍金盤」，「朱
門酒食」等語，皆道其實，故稱詩史。

（明）王嗣奭《杜臆》卷一

　　（杜甫〈八哀詩〉）此八公傳也，而以韻語紀之，乃老杜創格，蓋法
《詩》之〈頌〉；而稱為詩史，不虛耳！王（王思禮）、李（李光弼）名
將，因盜賊未息，故興起二公，此為國家哀之者。繼以嚴武、汝陽（汝陽
王璉）、李（李邕）、蘇（蘇源明）、鄭（鄭虔）皆素交，則歎舊。九齡
（張九齡）名相，則懷賢。

同上卷七

　　三代以降，史自史，詩自詩，而詩之義不能不本於史。曹（植）之
〈贈白馬〉，阮（籍）之〈詠懷〉，劉（琨）之〈扶風〉，張（載）之〈七
哀〉，千古之興亡升降，感歎悲憤，皆於詩發之。馴至於少陵，而詩中之
史大備，天下稱之曰「詩史」。

（清）錢謙益〈胡致果詩序〉

　　今之稱杜詩者，以為「詩史」，亦信然矣。然注杜者但見以史證詩，

未嘗以詩補史之闕，雖曰「詩史」，史固無藉乎詩也。

（清）黃宗羲〈萬履安先生詩序〉

　　杜詩是非不謬於聖人，故曰「詩史」，非直指紀事之謂也。紀事如「清渭東流劍閣深」[16]，與不紀事之「花嬌迎雜佩」[17]，皆詩史也。詩可經，何不可史，同其「無邪」而已。用修不喜宋人之說，並「詩史」非之，誤也。

（清）吳喬《圍爐詩話》卷四

　　（杜甫〈飲中八仙歌〉詩）夫《詩》亡，然後《春秋》作，作詩者，不可不知《春秋》。子美此歌，純用春秋筆法，那得不稱為詩史也。

（清）徐增《而庵說唐詩》卷四

　　古未有以詩為史者，有之自杜工部始。史重褒貶，其言真而核；詩兼比興，其風婉以長。……

　　風騷而降，流為淫麗，詩教漸衰。杜子美轉徙亂離之間，凡天下人物事變，無一不見於詩，故宋人目以「詩史」；雖有譏其學究者，要未可概非也。

（清）施閏章〈江雁草序〉

　　詠古詩下語善秀，乃可歌可弦，而不犯史壘。足知以「詩史」稱杜陵，定罰而非賞。

（清）王夫之《古詩評選》卷一

　　（〈古詩〉「上山采蘼蕪」）杜子美仿之作〈石壕吏〉，亦將酷肖，而每

16　〈哀江頭〉詩句：清渭東流劍閣深，去住彼此無消息。
17　〈宿昔〉詩：宿昔青門里，蓬萊仗數移。花嬌迎雜樹，龍喜出平池。落日留王母，微風倚少兒。宮中行樂秘，少有外人知。

於刻畫處，猶以逼寫見真，終覺於史有餘，於詩不足。論者乃以「詩史」
譽杜，見駝則恨馬背之不腫，是則名為可憐憫者。

同上卷四

（李白〈登高丘而望遠海〉詩[18]）後人稱杜陵為詩史，乃不知此九十
一字中有一部開元、天寶本紀在內。俗子非出像則不省，幾欲責陳壽《三
國志》以雇說書人打圇鼓，誇赤壁鏖兵。可悲可笑，大都如此。

又《唐詩評選》卷一

（杜甫〈江月〉詩[19]）蓋即男女之情，喻君臣之義，並前半所謂「思
殺人」、「一霑巾」者，皆有著落矣。公之攀屈、宋而親風雅者，實在於
此，豈玉台、香奩輩所能顰效而膏漑者！若宋頭巾不知公為風騷繼緒之大
宗，而徒號曰「詩史」、「詩史」云爾，宜詩統至宋而絕也。

（清）黃生《杜詩說》卷五

（杜甫〈紫宸殿退朝口號〉詩[20]）《開元禮疏》：晉褚後臨朝不坐，則
宮人傳百僚拜。周隋相沿，國家因之不改。……唐時故事，每退朝，則三
省群僚送宰相至中書省而後散。此詩首尾並具典故，雖濃麗工整，頗無深
意。疑即從二事記諷。緣宮人引駕，雖屬舊制，然大廷臨御，萬國觀瞻，
豈容此輩接跡！而時主因循不改，其於朝儀為已褻矣。至如宰相雖尊，實

---

18 李詩：登高丘，望遠海。六鼇骨已霜，三山流安在？扶桑半摧折，白日沈光彩。銀
　　台金闕如夢中，秦王漢武空相待。精衛費木石，黿鼉無所憑。君不見！驪山茂陵盡
　　灰滅，牧羊之子來攀登。盜賊劫寶玉，精靈竟何能？窮兵黷武今如此，鼎湖飛龍安
　　可乘？
19 杜詩：江月光於水，高樓思殺人。天邊長作客，老去一霑巾。玉露團清影，銀河沒
　　半輪。誰家挑錦字？滅燭翠眉顰。
20 杜詩：戶外昭容紫袖垂，雙瞻御座引朝儀。香飄合殿春風轉，花覆千官淑影移。畫
　　漏稀聞高閣報，天顏有喜近臣知。宮中每出歸東省，會送夔龍集鳳池。

與群僚比肩而事主，退朝會送，此何禮乎！此詩所以志諷，然第具文見意，春秋之法在焉。宋人目公為「詩史」，淺之乎窺公矣。

同上卷八

　　（杜甫〈同元使君舂陵行並序〉）觀此詩序，則知古人之作詩，非以為一時結納之資，亦非以為一日遊戲之具，其辭必本於是非之公，其情必軌於好惡之正，而又關乎國事之治亂，人心之貞邪，使千古而下讀之可以為龜鑑。所謂「詩史」是也。

（清）佚名《杜詩言志》卷九

　　（杜甫〈洛陽〉詩）此敘出狩還宮之事，首尾詳明，真可謂詩史矣。

（清）仇兆鰲《杜詩詳注》卷十七

　　（杜甫〈枯椶〉詩）「傷時苦軍乏，一物官盡取。嗟爾江漢人，生成復何有。」四句）賦物必有感觸，故是詩史。

（清）查慎行《初白庵詩評》卷上

　　（杜甫〈草堂〉詩）以草堂去來為主，而敘西川一時寇亂情形，並帶入天下，鋪陳終始，暢極淋漓，豈非詩史？

（清）楊倫《杜詩鏡銓》卷十一

　　（楊慎）此段議論，最破俗儒之見，可為近代詩人痛下針砭。然詩固貴含蓄，而亦有宜於數陳切言者，《三百篇》中，如曰「周餘黎民，靡有孑遺」，「宛其死矣，他人入室」，「人而無禮，胡不遄死」，「豺虎不食，投畀有昊」，「赫赫師尹，不平謂何」，「赫赫宗周，褒氏滅之」，「伊誰云從，惟暴之雲」，皆以痛絕為塊，古人不病其盡。

（清）阮葵生《茶餘客話》卷十一

　　何謂真？曰：自來言情之真者，無如靖節；寫景之真者，無如康樂、玄暉；紀事之真者，無如潘安仁（西晉潘岳字）、左太沖、顏延年。少陵皆兼而有之……獨其〈彭衙〉、〈北征〉諸作，敘事抒情，曲折如繪，誠有非潘、顏諸子所能者，謂之「詩史」，豈不信然。

（清）王壽昌《小清華園詩談》卷上

　　竊有鄙見，以為工部之詩壞於宋人之詩話，因之以誤後人。蓋宋人尊之過甚，往往附會穿鑿，引某字曰「此淵源於某書也」，引某句曰「此一代之史筆也」。工部詩誠高矣，而何至字字皆書，句句皆史？且工部當日下筆時，又何必字字皆書，句句皆史！如此其不憚煩，遂至後人不體此意，不學其沉雄闊大而學其字字皆書，不學其忠厚纏綿而學其句句皆史，幾至堆砌直率而不自知。

（清）嚴廷中《藥欄詩話》乙集

　　楊升庵力詆宋人以少陵為詩史之說。謂詩以道性情，《三百篇》皆意在言外，使人自悟。至於變風、變雅，尤其含蓄。……余謂楊升庵特舉《詩》之含蓄者以相形耳。《三百篇》中，詞之直而儳、激而盡者多矣。……由此推之，許直憤屬者，指不勝屈，所謂言各有當也。

（清）李慈銘《越縵堂日記說詩全編》內編〈評論門〉

　　六經與史相表裡。《詩》以韻語紀事，或美或刺，義主勸善懲惡，與《春秋》之褒貶予奪同一指歸。詩史之稱，其義蓋出於此。楊升庵舍文義而言文體，謂經史分體，無容混淆；《尚書》、《春秋》，即史即經，《詩》則判不相入，未可稱之為史。其說偏僻，已非通論，至引《毛詩》比興語以議杜詩之賦語，尤乖舛矣。宜乎元美駁之也。

（清）許印芳《詩法萃編》卷九上〈附錄明人詩話〉

　　宋人謂杜少陵為「詩史」，以其多用韻語紀時事也。楊升庵（楊慎號）駁之曰：「（引文略，參見以上所錄）」升庵此言甚辨，其識亦卓，然未免一偏之見也。詩道大而體裁各別，古人謂詩有六義，比興與賦，各自一體。升庵所引《毛詩》，皆微婉含蘊，義近於風，詩中之比興體也。所引杜句，則直陳其事之賦體也。體格不同，言各有當，豈得以彼例此，以古非今，意為軒輊哉！宋人詩多為賦體，絕少比興，古意浸失，升庵以此論議宋人則可。老杜無所不有，眾體兼備，使僅摘此數語，輕議其後，則不可。……夫言豈一端而已，何升庵所見之不廣也！學者放開眼孔，上下千古，折衷於六義之旨，兼收其長，勿執一格，勿囿一偏，以期造廣大精深之域。何必是丹非素，執方廢圓，為通人所不取乎！

（清）朱庭珍《筱園詩話》卷三

　　杜甫之詩，世稱詩史，以史義存焉。讀杜詩而不讀唐史，不足以知杜者也。

（近人）黃節《詩學》〈唐至五代詩學〉

　　愚意史之意義，要不當專指諷刺褒貶，凡足以備一代故實，抉擇嚴謹者，皆史也。《說文》曰：「史，記事也。」若僅就一句二句、一首二首以為言，則〈垂老〉、〈無家〉、〈石壕〉、〈潼關〉、〈兵車〉、〈哀江頭〉等作，將無皆徒摭塵實之詞哉？大抵少陵生平，繫心家國，遇世滄桑，所發多感時紀事之言，用有一代詩史之目，亦如和曼（今譯荷馬，古希臘詩人）氏之稱詩史耳。儒生穿鑿，亦何足據。

（近人）蔣抱玄《民權素詩話》南村《攄懷齋詩話》

　　世稱杜甫為詩史，然杜詩感慨多而紀事少，「三吏」為記事，「三別」則為概括。不如韓愈多記異事，如〈初南食〉、〈華山女〉之類，於當時風俗、人情、社會活動多所描述。

（今人）吳世昌《詞林新話》附錄〈詩話〉

孫　評

　　偉大詩人的藝術成就，往往在當代得不到充分認同，相反是謗不離身。杜甫自己就有深切的感受：「文章憎命達，魑魅喜人過。」韓愈在〈調張籍〉中這樣寫：「李杜文章在，光焰萬丈長。不知群兒愚，那用故謗傷。」韓愈的時代離開杜甫逝世相去不遠，「群兒」的「謗傷」想來是親見其甚囂塵上。而韓愈死後六十來年，孟棨就在他的《本事詩》中把杜甫尊為「詩史」。生前窮困潦倒的杜甫，得到歷史的承認竟然這麼快，還是比較幸運的。

　　但是，孟棨這個論斷在理論上把詩與史混為一談，卻播下了後世爭議千年的種子。孟的原話說得很死：「杜逢祿山之難，流離隴蜀，畢陳於詩，推見至隱，殆無遺事，故當時號為『詩史』。」把詩的有限表現力與無限豐富的史料之間的矛盾完全抹煞，說詩在杜甫手中，達到了史的極致。話說得太絕了，但這個說法，卻受到千年以來詩話家的寵愛。

　　就是因為太寵愛了，詩話家分成了兩類。

　　一類是對「詩史」進行不無呆氣的論證，全盤接受孟氏把詩史的「史」定位在政治事件上。宋黃徹為之作論證：「觀〈北征〉詩云：『皇帝二載秋，閏八月初吉。』〈送李校書〉云：『乾元元年春，萬姓始安宅。』……史筆森嚴，未易及也。」這就無異於把「詩史」定義為編年體歷史。對於詩來說，這太離譜了。在方法上，屬於孤證，不足為訓。這樣幼稚的論證，並非個別，如魏泰以李光弼代郭子儀為帥的細節為之說明，更加軟弱無力。

　　這就迫使另一類詩話家，不再作這種傻氣的舉例，而對「詩史」的內涵作出了修正。宋祁說：「甫又善陳時事，律切精深，至千言不少衰，世號詩史。」把編年史的內涵轉化為「善陳時事」，實際上是

偷換概念。雖然漏洞明顯縮小，得到了比較廣泛的認可，但也經不起推敲。畢竟杜甫直接涉及「時事」的詩作並不是多數，就是涉及，也只是背景而已，和史家正面著筆、直書其事，不可同日而語。

於是不能不再退一步虛化其內涵，王得臣說：「予以謂世稱子美為詩史，蓋實錄也。」這就是說，並非一定是政治軍事的「時事」，只要是符合史家的「實錄」精神就可以叫做詩史。但是「實錄」是一個有確定所指的歷史專業原則，按事實錄並不是詩，更不可能是好詩。於是論者再度把這個概念虛化，李復認為：「杜詩謂之『詩史』，以殷殷可見當時事，至於詩之敘事，亦若史傳矣。」經過虛化，實錄的概念又被偷換為「敘事」。蔡居厚就堂而皇之地宣稱：「子美詩善敘事，故號詩史。」

這麼一來，詩和史的矛盾表面上是完全淹沒了，但是，這種說法與杜甫的藝術的矛盾卻更明顯地擴大了。杜甫究竟是一個敘事詩人，還是一個抒情詩人呢？如果純粹講「敘事」，他的成就可能還趕不上白居易。何況，史的敘事，如一些論者所指出的那樣，「有年月地里本末之類」，甚至「都邑所出，土地所生，物之有無貴賤」，而史料的羅列，恰恰是抒情的大敵。

在這一點上，還是向來論詩有點呆氣的明代楊慎說得痛快：「杜詩之含蓄蘊藉者，蓋亦多矣，宋人不能學之。至於直陳時事，類於訕訐，乃其下乘末腳，而宋人拾以為己寶，又撰出『詩史』二字以誤後人。如詩可兼史，則《尚書》、《春秋》可以並省。」不但痛快，而且在理論上把詩與史的矛盾、分工，正面揭示出來。甚至敢於指出杜詩中的「直陳時事，類於訕訐，乃其下乘末腳」，這樣辛辣文風，詩話家個性發揮到如此旁若無人，實在是詩話中的精品。無獨有偶的是，清王夫之也敢於碰硬，在《古詩評選》中同樣說得痛快淋漓：〈古詩〉「上山采蘼蕪」「杜子美仿之作〈石壕吏〉，亦將酷肖，而每於刻畫處猶以逼寫見真，終覺於史有餘，於詩不足。論者乃以『詩史』譽杜。

見駝則恨馬背之不腫，是則名為可憐憫者。」王夫之更敢把杜甫在敘事方面的局限說得語帶譏刺，痛快淋漓，表現出大家氣度。

詩與史二者分屬實用理性和審美情感兩個範疇，價值的錯位不是用一個「實錄」、「敘事」所能彌補得了的。在這種困境下，冒出來一個僧人詩話家叫普聞，乾脆來一次空前大膽的偷換概念：「老杜之詩，備於眾體，是為『詩史』」這就是說，不管它什麼軍國大事，還是細民小事，不管它實錄，還是敘事，只要體裁眾多，就是詩史。把詩與史混為一談的論者，於窮途末路之中，敢於如此武斷，作為詩評家而顯出詩人式的偏執，從文風來說，則尤顯得顢頇可愛。

逼真與含糊

　　戴容州（唐戴叔倫，曾任容州刺史）云：「詩家之景，如藍田日暖，良玉生煙，可望而不可置於眉睫之前也。」象外之象，景外之景，豈容易可談哉？然題紀之作，目擊可圖，體勢自別，不可廢也。

（唐）司空圖〈與極浦談詩書〉

　　絕佇靈素，少回清真。如覓水影，如寫陽春。風雲變態，花草精神。海之波瀾，山之嶙峋。俱似大道，妙契同塵。離形得似，庶幾斯人。

又《二十四詩品》〈形容〉

　　聖俞嘗語予曰：「詩家雖率意而造語亦難。若意新語工，得前人所未道者，斯為善也。必能狀難寫之景，如在目前；含不盡之意，見於言外，然後為至矣。……」余曰：「語之工者固如是。狀難寫之景，含不盡之意，何詩為然？」聖俞曰：「作者得於心，覽者會以意，殆難指陳以言也。雖然亦可略道其彷彿。若嚴維：『柳塘春水漫，花塢夕陽遲』[1]，則天容時態，融和駘蕩，豈不如在目前乎？又若溫庭筠：『雞聲茅店月，人跡板橋霜』[2]，賈島：『怪禽啼曠野，落日恐行人』[3]，則道路辛苦，羈旅愁思，豈不見於言外乎？」

（宋）歐陽修《六一詩話》

1　〔唐〕嚴維〈酬劉員外見寄〉詩句。
2　〔唐〕溫庭筠〈商山早行〉詩句。
3　賈島〈暮過山村〉詩句。

　　韓退之〈贈張籍〉云：「君詩多態度，藹藹春空雲。」司空圖記戴叔
倫語云：「詩人之詞，如藍田日暖，良玉生煙。」亦是形似之微妙者，但
學者不能味其言耳。

　　　　　　　　　　　　　　　　　（宋）葉夢得《石林詩話》卷下

　　梅聖俞云：「狀難寫之景，如在目前。」元微之云：「道得人心中
事。」此固白樂天長處。然情意失於太詳，景物失於太露，遂成淺近，略
無餘蘊，此其所短處。

　　　　　　　　　　　　　　　　　（宋）張戒《歲寒堂詩話》卷上

　　辭簡意味長，言語不可明白說盡，含糊則有餘味，如：「步出城東
門，悵望江南路。前日風雪中，故人從此去。」[4]「床前明月光，疑是地
上霜。舉頭望明月，低頭思故鄉。」[5]「開簾見新月，便即下階拜。細語
人不聞，北風吹裙帶。」[6]

　　　　　　　　　　　　　　（元）范梈《木天禁語》〈五言短古篇法〉

　　凡作詩不宜逼真，如朝行遠望，青山佳色，隱然可愛，其煙霞變幻，
難於名狀。及登臨非復奇觀，惟片石數樹而已。遠近所見不同，妙在含
糊，方見作手。

　　　　　　　　　　　　　　　　　（明）謝榛《四溟詩話》卷三

　　唐人秦韜玉有詩云：「地衣鎮角香獅子，簾額侵鉤繡辟邪。」[7]後山有

4　漢〈古詩〉：步出城東門，遙望江南路。前日風雪中，故人從此去。我欲渡河水，
　　河水深無梁。願為雙黃鵠，高飛還故鄉。
5　李白〈靜夜思〉詩。
6　〔唐〕李端〈拜新月〉詩。
7　〈豪家〉詩：石甃通渠引禦波，綠槐陰裡五侯家。地衣鎮角香獅子，簾額侵鉤繡辟
　　邪。按徹清歌天未曉，飲回深院漏猶賒。四鄰池館吞將盡，尚自堆金為買花。

「壞牆得雨蝸成字，古屋無人燕作家」。[8]韜玉可謂狀富貴之象於目前，後山可謂含寂寞之景於言外也。

（明）顧元慶《夷白齋詩話》

詩之景，在於不可名狀，所謂似有而無，似真而假。

（明）邵經邦《藝苑玄機》

「可憐無定河邊骨，猶是深閨夢裡人。」[9]用意工妙至此，可謂絕唱矣。惜為前二句所累，筋骨畢露，令人厭憎。「葡萄美酒」[10]一絕，便是無瑕之璧。盛唐地位不凡乃爾。

（明）王世貞《藝苑卮言》卷四

善言情者，吞吐深淺，欲露還藏，便覺此衷無限。善道景者，絕去形容，略加點綴，即真相顯然，生韻亦流動矣。此事經不得著做，做則外相勝而天真隱矣，直是不落思議法門。

（明）陸時雍《詩鏡總論》

寫生家每從閑冷處傳神，所謂「顴上加三毛」也。然須從面目顴頰上先著精彩，然後三毛可加。近見詩家正意寥寥，專事閒語，譬如人無面目顴頰，但見三毛，不知果為何物！

（清）賀貽孫《詩筏》

8　陳師道〈春懷示鄰里〉詩：斷牆著雨蝸成字，老屋無僧燕作家。剩欲出門追語笑，卻嫌歸鬢著塵沙。風翻蛛網開三面，雷動蜂窠趁兩衙。屢失南鄰春事約，只今容有未開花。　見《全宋詩》卷一一二〇，文字與顧引略異。又卷一九二三重錄此詩，作者為詹慥。

9　陳陶〈隴西行四首〉其二：誓掃匈奴不顧身，五千貂錦喪胡塵。可憐無定河邊骨，猶是春閨夢裡人。

10　〔唐〕王翰〈涼州詞二首〉其一：蒲萄美酒夜光杯，欲飲琵琶馬上催。醉臥沙場君莫笑，古來征戰幾人回？

　　詩家化境，如風雨馳驟，鬼神出沒，滿眼空幻，滿耳飄忽，突然而來，倏然而去，不得以字句詮，不可以跡相求。如岑參〈歸白閣草堂〉起句云：「雷聲傍太白，雨在八九峰。東望白閣雲，半入紫閣松。」又〈登慈恩寺〉詩中間云：「秋色從西來，蒼然滿關中。五陵北原上，萬古青濛濛。」不惟作者至此，奇氣一往，即諷者亦把捉不住，安得刻舟求劍，認影作真乎？近見注者，將「雨在八九」、「雲入紫閣」、「秋從西來」、「五陵」、「萬古」語，強為分解，何異癡人說夢。

同上

　　詩以寫景逼真、不同湊泊為佳。

（清）計發《魚計軒詩話》

　　不似則失其所以為詩，似則失其所以為我。李、杜之詩所以獨高於唐人者，以其未嘗不似，而未嘗似也。知此者可與言詩也已矣。

（清）顧炎武〈詩體代降〉

　　高手下語，唯恐意露；卑手下語，唯恐意不露。高手遣調，唯恐過於甘口，卑手反之。此古近高下之由判也。

（清）毛先舒《詩辯坻》卷一

　　夫詩言情不言理者，情愜則理在其中，乃正藏體於用耳。故詩至入妙，有言下未嘗畢露，其情則已躍然者。……如果一味模糊，有何妙境？抑亦何取於詩？

（清）李重華《貞一齋詩說》

　　形容，虛、實、死、活不同。　○水影，不著跡象，形容只在有意無意間，不即不離，可以無心得，而不可以有意求。故曰「如見水影」。陽

春，萬物發育之初，春意盎然，必有造化從心手段，乃以形容得出。故曰「如寫陽春」。

（清）楊廷芝《二十四詩品淺解》〈形容〉

形容處斷不可使類土木形骸。〈衛風〉之詠碩人也[11]曰：「手如柔荑」云云，猶是以物比物，未見其神。至曰：「巧笑倩兮，美目盼兮」，則傳神寫照，正在阿堵，直把個絕世美人，活活的請出來在書本上滉漾。千載而下，猶如親其笑貌。此可謂離形得似者矣。似，神似，非形似也。

（清）孫聯奎《詩品臆說》〈形容〉

迷離惝怳，若近若遠，若隱若見，此善言情者也。若忒煞頭頭尾尾說來，不為合作。

（清）錢裴仲《雨華庵詞話》

古人作詩，以真切為貴。初學之士，宜先講明此理，從真切處用功；門路不差，自有升堂入室之日，慎勿視為老生常談也。

（清）許印芳《詩法萃編》卷六下〈附錄表聖雜文〉

寫景須曲肖此景，「渡頭餘落日，墟里上孤煙」[12]，確是晚村光景。「兩邊山木合，終日子規啼」[13]，確是深山光景。「黃雲斷春色，畫角起邊愁」[14]，確是窮邊光景。「山光悅鳥性，潭影空人心」[15]，確是古寺光景。

---

11 《詩》〈衛風〉〈碩人〉：手如柔荑，膚如凝脂，領如蝤蠐，齒如瓠犀，螓首蛾眉，巧笑倩兮，美目盼兮。
12 王維〈輞川閒居贈裴秀才迪〉詩句。
13 杜甫〈子規〉詩句。
14 王維〈送平淡然判官〉詩句。
15 常建〈題破山寺後禪院〉詩句。

「野徑雲俱黑，江船火獨明」[16]，確是暮江光景。可以類推。

（清）施補華《峴傭說詩》

　　白石寫景之作，如「二十四橋仍在，波心蕩、冷月無聲。」[17]「數峰清苦，商略黃昏雨。」「高樹晚蟬，說西風消息。」[18]雖格韻高絕，然如霧裡看花，終隔一層。

（近代）王國維《人間詞話》

　　問「隔」與「不隔」之別，曰：陶謝之詩不隔，延年（石延年）則稍隔矣。東坡之詩不隔，山谷則稍隔矣。「池塘生春草」、「空梁落燕泥」[19]等二句，妙處唯在不隔。詞亦如是。即以一人一詞論。如歐陽修〈少年游〉詠春草上半闋云：「闌干十二獨憑春，晴碧遠連雲。千里萬里，二月三月，此兩句原倒置行色苦愁人。」語語都在目前，便是不隔。至云：「謝家池上，江淹浦畔。」[20]則隔矣。

同上

　　王靜安（王國維字）先生謂詩詞之境界在乎不隔。詩之神秘，則須有朦朧性者，隔也，不隔則無朦朧性矣。文學之妙在乎隔與不隔之間，盡不隔則味薄，然顯豁；盡隔則味濃，然晦澀，貴乎參差運用也。「隔不隔之間」，五字是文字秘訣。

（近人）趙元禮《藏齋詩話》卷上

---

16 杜甫〈春夜喜雨〉詩句。

17 姜夔〈揚州慢〉詞句。

18 姜夔〈惜紅衣〉詞句：牆頭喚酒，誰問訊城南詩客？岑寂。高柳晚蟬，說西風消息。

19 〔隋〕薛道衡〈昔昔鹽〉詩句：暗牖懸蛛網，空梁落燕泥。

20 〈少年游〉詞下闋：謝家池上，江淹浦畔，吟魂與離魂。那堪疏雨滴黃昏。更特地、憶王孫。

　　文學以文字為媒介，文字表示意義，意義構成想像；想像裡有人物、花鳥、草蟲及其他，也有山水——有實物，也有境界。但是這種實物只是想像中的實物……這是訴諸想像中的視覺的。宋朝梅堯臣說過「狀難寫之景，如在目前」，「如」字很確；這種「逼真」只是使人如見。

（近人）朱自清《朱自清古典文學論文集》〈論逼真與如畫〉

　　（陳陶〈隴西行〉）王世貞《藝苑卮言》雖賞此詩工妙，卻謂「惜為前二句所累，筋骨畢露，令入厭憎」。其立論殊怪誕。不知無前二句則不見後二句之妙。且貂錦五千乃精煉之軍，一旦喪於胡塵，尤為可惜，故作者於前二句著重描繪，何以反病其「筋骨畢露」，至「令人厭憎」邪？

（今人）劉永濟《唐人絕句精華》

　　依我看來，隔與不隔的分別就從情趣和意象的關係中見出。詩和一切其他藝術一樣，須寓新穎的情趣於具體的意象。情趣與意象恰相熨貼，使人見到意象便感到情趣，便是不隔。意象含糊或空洞，情趣淺薄，不能在讀者心中產生明瞭深刻的印象便是隔。比如「謝家池上」是用「池塘生春草」的典，「江淹浦畔」是用〈別賦〉「春草碧色，春水綠波，送君南浦，傷如之何？」的典。謝詩、江賦原來都不隔，何以入歐詞便隔呢？……歐詞因春草的聯想而把它們拉來硬湊成典故，「謝家池上，江淹浦畔」意象既不明瞭，情趣又不真切，所以「隔」。

　　王先生論隔與不隔的分別，說隔「如霧裡看花」，不隔為「語語都在目前」，也嫌不很妥當，因為詩原來有「顯」與「隱」的分別，王先生的話太偏重「顯」了。「顯」與「隱」的功用不同，我們不能要一切詩都「顯」。說概括一點，寫景的詩要「顯」，言情的詩卻要「隱」。梅聖俞說詩「狀難寫之景如在目前，含不盡之意見於言外」，就是看到寫景宜顯寫情宜隱的道理。……深情都必纏綿委婉，顯易流於露，露則淺而易盡。

（今人）朱光潛《藝文雜談》〈詩的隱與顯〉

　　王氏既倡境界之說，而對於描寫景物，又有隔與不隔之說，此亦非公論。推王氏之意，在專尚賦體，而以白描為主，故舉「池塘生春草」、「采菊東籬下」為不隔之例。夫詩原有賦、比、興三體，賦體白描，固是一法；然不能謂除此一法外，即無他法。比、興從來亦是一法，用來言近旨遠，有含蓄，有寄託，香草美人，寄慨遙深，固不能謂之隔也。……若盡以淺露直率為不隔，則亦何貴有此不隔？……

　　白石天籟人力，兩臻高絕，所寫景物，往往體會入微，而王氏以隔少之，殊為皮相。「二十四橋仍在，波心蕩、冷月無聲」極寫揚州亂後荒涼景象，令人哀傷，何嘗有隔？「數峰清苦，商略黃昏雨」則寫雲山幽寂境界，「清苦」、「商略」皆從山容、雲意體會出來，極細切，極生動，豈能謂之為隔？「高樹晚蟬，說西風消息」以一「說」字擬人，何等靈活，而王氏概以「隔」字少之，是深刻精煉之描寫皆為隔矣。

（今人）唐圭璋《詞學論叢》〈評《人間詞話》〉

　　此（指姜夔詞句）非隔也，擬人格用得太多，遂覺不甚真切耳。

（今人）吳世昌《詞林新話》卷一

　　按此（指歐詞下片）所謂不隔，亦指直說，不扭扭捏捏或用典搪塞。

同上

孫　評

　　梅堯臣說：「狀難寫之景，如在目前；含不盡之意，見於言外。」此等名言，其實就是司空圖引戴叔倫之語「詩家之景，如藍田日暖，良玉生煙。可望而不可置於眉睫之前也」的翻版。這樣的論述之深邃，在於道出了中國古典詩歌重在寫自然環境的普遍經驗：可以直覺，而難以細描。從這樣的理念出發，進行具體作品的分析，古典詩話詞話家表現出西方文論中罕見的精緻。梅堯臣說：「若嚴維：『柳塘春水漫，花塢夕陽遲』，則天容時態，融和駘蕩，豈不如在目前乎？又若溫庭筠：『雞聲茅店月，人跡板橋霜』，賈島：『怪禽啼曠野，落日恐行人』，則道路辛苦，羈旅愁思，豈不見於言外乎？」這種典型的直覺論斷就個別而言，難免由於缺少分析而流於膚淺，但是，詩話簡短，不同作者之間，往往具有對話性質，容易在對立面中提出問題，把思考引向深層。生活於北、南宋之間的張戒即唱梅氏的反調：就是把難寫之景寫得很逼真，也不一定就是好詩。白居易的詩雖有好處，但「情意失於太詳，景物失於太露，遂成淺近，略無餘蘊。」

　　詩家強調語意含蓄，幾成共識。元代范梈說過：「辭簡意味長，言語不可明白說盡，含糊則有餘味。」把這種追求發展到極端的是明謝榛：「妙在含糊，方見作手。」「含糊」被強調得如此絕對，顯然有失偏頗。但是，千百年來，並無多少異議。從漢魏古詩的直接抒情轉化為近體詩以山水風物的描繪以間接抒情，借助自然環境的渲染，導致過分拘泥於實寫，弊端屢見不鮮，其極端如詠物詩之拘於物象，被王夫之貶之為「卑格」。對於此等現象，理論上不清醒的詩評家往往流露出趣味低下。如顧元慶謂「地衣鎮角香獅子，簾額侵鈎繡辟邪」、「壞牆得雨蝸成字，古屋無人燕作家」詩句，前者狀富貴之象於

目前，後者含寂寞之景於言外。其實，二者完全是被動描述，景語勝於情語，顯得很是侷促。一味耽溺於把景物寫得如在目前，就很可能陷入這樣的窘迫境地。

　　追求含蓄在理論上沒有分歧，但如何達到含蓄的境界？成了不能迴避的難題。許多詩論家都忘記了司空圖的「離形得似」說，倒是名不見經傳的明人邵經邦在《藝苑玄機》中說：「詩之景，在於不可名狀，所謂似有而無，似真而假。」後來，清顧炎武又把這個命題放在似與不似、我與非我的矛盾中：「不似則失其所以為詩，似則失其所以為我。李、杜之詩所以獨高於唐人者，以其未嘗不似，而未嘗似也。知此者可與言詩也已矣。」可貴的是提出了不似勝於似。這就超越了狀難寫之景「如在目前」，而以「不似」超越寫實為務。可惜的是，這個觀念也沒有得到充分的發揮。再後冒春榮說得更為到位一點：「以無為有，以虛為實，以假為真，靈心妙舌，每出人意想之外，此之謂靈趣。」提出有無相生，真假互補，實虛相應，從理論上來說，是很有突破性的。可惜詩話詞話以吉光片羽為滿足，沒有轉化為系統的理論演繹。

　　由於沒有上升到普遍的理論層次，詩評家們在具體分析時，往往顯得猶豫不定：在實與虛，似與不似，真和假之間的矛盾中，是以虛、不似、假為主求超脫，還是力求平衡、統一？王世貞批評陳陶〈隴西行〉說：「『可憐無定河邊骨，猶是深閨夢裡人。』用意工妙至此，可謂絕唱矣。惜為前二句所累，筋骨畢露，令人厭憎。」這可能是以虛擬為主導的代表。賀貽孫說：「寫生家每從閑冷處傳神，所謂『頰上加三毛』也。然須從面目顴頰上先著精彩，然後三毛可加。近見詩家正意寥寥，專事閑語，譬如人無面目顴頰，但見三毛，不知果為何物！」這就是說，還是要以寫實為基礎，才能有超越現實的藝術。李重華還詰問道：「如果一味模糊，有何妙境？抑亦何取於詩？」

後來者對此爭訟意義似乎並不十分理解，往往表面化地理解為寫景之難。其實，梅堯臣所說「詩家雖率意而造語亦難」，重點在詩家「率意」與「造語」的矛盾，而且提出了「率意」的難度。這可以說是對傳統「在心為志，發言為詩」的一種反撥。並不是有了意，就有相應的「造語」，就是有了語言，也不一定會成為詩。陸機〈文賦〉早已把「意不稱物，文不逮意」的矛盾揭示出來了。司空圖《詩品》則提出「離形得似」，也就是說，不一定要「稱物」，相反要超越客體才能回歸客體。

中國古典詩話詞話是以創作論為主導的，戴叔倫的「可望而不可置於眉睫之前」並非偶然地把創作的難度感性化。梅堯臣的可貴是把它推向了理論的邊緣，但顯然並不自覺，接著就退回到寫景的感性中去。這恰恰也表現了只滿足於創作論的某種局限。

古典詩話詞話對寫自然環境的理論，最為偏頗的是，把詩對客觀世界的感受僅僅歸結為視覺（寫景），忽略了詩詞並不限於視覺，至少還有聽覺（如「錦瑟無端五十弦，一弦一柱思華年」、「月出驚山鳥，時鳴春澗中」），嗅覺（「縱死猶聞俠骨香」、「暗香浮動月黃昏」），味覺（「誰謂荼苦，其甘如薺」），甚至觸覺（「清輝玉臂寒」「天階夜色涼如水」）等等。除此之外，還有統覺（如「尋尋覓覓，冷冷清清，淒淒慘慘切切」）。這一點，清人孫聯奎似乎意識到了，他在《詩品臆說》中說：「〈衛風〉之詠碩人也曰：『手如柔荑』云云，猶是以物比物，未見其神。至曰：『巧笑倩兮，美目盼兮』，則傳神寫照，正在阿堵……此可謂『離形得似』者矣。似，神似，非形似也。」這就提供了一對範疇：神和形。這個範疇來自於繪畫。可惜的是卻限於繪畫的視覺，思路仍然沒有超越繪畫，而向詩藝轉化。

把寫景的重要性提高到綱領的地位，其實並不全面，藝術之妙處，並不在實寫到如在目前的逼真。司空圖強調的是「不著一字，盡得風流」，這比萊辛的「逼真的幻覺」早出了九百年。到近代王國

維,《人間詞話》才從如在目前的逼真中解脫了出來,提出了另一對新的範疇:「隔」與「不隔」。他認為不隔的是陶謝之詩,東坡之詩;隔的詩人是黃庭堅、姜白石。這個說法,後來影響甚大,但是,由於是詞話體制,並未系統闡釋。對於什麼叫做隔,什麼叫做不隔,沒有定義。以至後世爭論不休。

其實,早於王國維的楊廷芝在《二十四詩品淺解》中就說:形容有「虛、實、死、活不同。」「形容只在有意無意間,不即不離,可以無心得,而不可以有意求。」話說得比較玄虛,但是,提出了形容有死有活,關鍵在於有意與無意之間,精神狀態自然、自由、自如,就活,就有詩意,就是不隔。而隔就是給人以被動描繪,顯出費力、刻意雕鑿、不自然之感。即如「二十四橋仍在,波心蕩、冷月無聲」,「數峰清苦,商略黃昏雨」,「高樹晚蟬,說西風消息」,這樣苦心經營的名句,「雖格韻高絕,然如霧裡看花,終隔一層」。這種毛病,就是王國維推崇的謝靈運〈登池上樓〉也不能免俗。整首詩除了傳說是夢裡所得的「池塘生春草」一句外,就連「園柳變鳴禽」都有拘於對仗、不自然的痕跡,其餘的更基本上是堆砌詞藻,應該是隔得很的。

朱光潛認為隔與不隔的根本標準,是情趣意象的關係「恰相熨貼」。和諧統一了,就是不隔,相反則是隔。他還批評王國維:「王先生論隔與不隔的分別,說隔『如霧裡看花』,不隔為『語語都在目前』,也嫌不很妥當,因為詩原來有『顯』與『隱』的分別,王先生太偏重『顯』了。『顯』與『隱』的功用不同,我們不能要一切詩都『顯』。說概括一點,寫景的詩要『顯』,言情的詩卻要『隱』。梅聖俞說詩『狀難寫之景如在目前,含不盡之意見於言外』,就是看到寫景是宜顯,寫情宜隱的道理。……深情都必纏綿委婉,顯易流於露,露則淺而易盡。」

王國維說隔就是「如霧裡看花」,不隔就是「語語都在目前」,其

實是有點費解的。文學形象本來就是「逼真的幻覺」，是形神、真假、虛實的統一。「霧裡看花」，如杜甫「老年花似霧中看」，才有審美想像所必要的距離感，老年花似日中看，看得太清楚，主體的想像就難以發揮。「語語都在目前」，不但不討好，而且是不可能的。語言符號並不能表現客體的全部屬性，文學形象也只能提示客體的某個主要特徵，其功能是喚醒讀者的經驗與之會合。詩的意象則更是這樣。「采菊東籬下，悠然見南山」，「寒波淡淡起，白鳥悠悠下」，「江流天地外，山色有無中」的精彩，並不是歷歷如在目前（生理的視覺的精確），而是經驗的隱隱的喚醒（心理的想像的朦朧）。「霧裡看花」比陽光下看花更有詩意。月下對影獨酌，起舞弄影，有想像的超越性，怡然自得；陽光下對影獨飲、起舞，則類似發神經。杜甫春夜喜雨之妙，就在「隨風潛入」之無形，潤物細密之「無聲」。「語語都在目前」的清晰，還不如語語都帶餘韻的朦朧。王國維一味強調顯，忽略了隱的功能，這一點朱光潛先生批評得很到位。

　　但朱光潛先生的說法，也有不夠嚴密之處。把詩絕對分為寫景和言情，失之機械，未能理會王國維「一切景語皆情語」的深意。根本不存在純粹的寫景詩。純粹描寫景寫物，「極縷繪之工」，已經是屬於王夫之所說的「卑格」，還要再「顯」，那就不知卑俗到什麼程度了。朱先生強調中國的古典抒情要隱（含蓄）：意象是有限的，意味是無限的，不盡之意在意象之間，在語言之外，是不能「顯」的。此說則點中了中國古典詩歌的穴位。

　　中國古典詩歌雖然是抒情的，但並不像西方詩歌那樣採取直接抒情的方法，而是通過意象之間有機結構暗示出來。這屬於間接抒情，當然就以「隱」為主。但這些也不是中國詩的全部，而是一部分。這部分就是近體詩。近體詩是以描繪為基礎的，故造成詩詞批評集中在寫景的含蓄上。

　　與這部分藝術風格和方法不盡相同的是古體詩，就是被嚴羽當成

比唐詩還要高一籌的漢魏古詩。這類詩不是以描繪式的間接抒情為主，而是以直接抒情為主。突出的代表當為〈古詩十九首〉，例如：「生年不滿百，常懷千歲憂。晝短苦夜長，何不秉燭遊？為樂當及時，何能待來茲？」曹操那首很有名的〈短歌行〉：「對酒當歌，人生幾何？譬如朝露，去日苦多。……」不但沒有寫景的地位，連意境也談不上，完全以直接抒情取勝。間接抒情，過度依賴描繪，造成了齊梁宮體詩的糜爛。陳子昂〈登幽州臺歌〉的價值就在於恢復了直接抒情的地位，詩裡動人的恰恰是什麼景物都看不見。這種直接抒情的歌行體，在唐詩中，同樣產生了不朽的藝術經典。屈原〈離騷〉「路漫漫其修遠兮，我將上下而求索」；鮑照〈擬行路難〉「瀉水置平地，各自東西南北流。人生亦有命，安能行歎復愁」；李白的「大道如青天，我獨不得出」、「棄我去者，昨日之日不可留；亂我心者，今日之日多煩憂。……抽刀斷水水更流，舉杯消愁愁更愁」；杜甫的「安得廣廈千萬間，大庇天下寒士俱歡顏，風雨不動安如山！嗚呼何時眼前突兀見此屋，吾廬獨破受凍死亦足」，都不是以情感微妙的「隱」（含蓄）為務，而是以情感的極端率意的「顯」為特點的。

從這個意義上說，此類詩也就是梅聖俞所謂的「詩家雖率意而造語亦難」。但是，他把「率意」和寫景的「含不盡之意，見於言外」聯繫在一起，卻是自相矛盾的。「率意」就是強烈的感情，在邏輯上不是以「羚羊掛角，無跡可求」的朦朧為優長。嚴羽所讚賞的「空中之音、相中之色、水中之月、鏡中之像」，只是唐詩的間接抒情的近體詩的特點。歌行體的直接抒情，不是以描繪客體來寄託主體的情志的，正是因為這樣，就談不上什麼「難見之景，如在目前」，其不盡之意也用不著放在言外，而是直接地傾瀉出來。因而，在許多時候，這類作品是不講意境的。

這種直接抒情的藝術，不但為嚴羽忽略了，而且在很長一個時期，為詩話詞話家所遺忘。直到十七世紀賀裳才對這種詩藝傳統作出

「無理而妙」、「癡而入妙」的理論概括。這不但是中國詩學的，而且是世界詩學的一大突破，遺憾的是，一直沒有受到重視。甚至王國維這樣的智者在營造他的境界說時都忽略了，把意境當作中國古典詩藝的全部。朱光潛儘管對王氏的說法提出質疑，但卻被王國維的狹隘命題所拘束，把古典歌行體古詩的直接抒發「無理而妙」、「癡而入妙」置之視野之外。當然，這也與他們的所說的「無理」往往偏重物理，對強烈感情的極端邏輯缺乏分析有關。

婉曲含蓄與直致淺露

　　但見情性，不睹文字，蓋詣道之極也。

（唐）皎然《詩式》卷一

　　詩有內外意：一曰內意，欲盡其理，理謂義理之理，美刺箴誨之類是也。二曰外意，欲盡其象，象謂物象之象，日月山河蟲魚草木之意也。內外意皆有含蓄，方入詩格。

（唐）舊題白居易《金針詩格》

　　登彼太行，翠繞羊腸。杳靄流玉，悠悠花香。力之於時，聲之於羌。似往已回，如幽匪藏。水理漩洑，鵬風翱翔。道不自器，與之圓方。

（唐）司空圖《二十四詩品》〈委曲〉

　　不著一字，盡得風流。語不涉己，若不堪憂。是有真宰，與之沉浮。如淥滿酒，花時返秋。悠悠空塵，忽忽海漚。淺深聚散，萬取一收。

同上書〈含蓄〉

　　唯性所宅，真取弗羈。控物自富，與率為期。築室松下，脫帽看詩。但知旦暮，不辨何時。倘然適意，豈必有為。若其天放，如是得之。

同上書〈疏野〉

詩有內外意。詩曰：「旌旗日暖龍蛇動。」[1]旌旗，喻號令也；日暖，喻明時也；龍蛇，喻君臣也。「宮殿風微燕雀高。」宮殿，喻朝廷也；風，喻政教也；燕雀，喻小人也。

（宋）梅堯臣《續金針詩格》

聖俞嘗云：「詩句義理雖通，語涉淺俗而可笑者，亦其病也。如有〈贈漁父〉一聯云：『眼前不見市朝事，耳畔惟聞風水聲。』說者云：『患肝腎風。』又有詠詩者云：『盡日覓不得，有時還自來。』[2]本謂詩之好句難得耳，而說者云：『此是人家失卻貓兒詩。』人皆以為笑也。」

（宋）歐陽修《六一詩話》

古人為詩，貴於意在言外，使人思而得之，故言之者無罪，聞之者足以戒也。近世詩人，惟杜子美最得詩人之體，如「國破山河在，城春草木深。感時花濺淚，恨別鳥驚心」。山河在，明無餘物矣；草木深，明無人矣；花鳥，平時可娛之物，見之而泣，聞之而悲，則時可知矣。他皆類此，不可遍舉。

（宋）司馬光《溫公續詩話》

詩有句含蓄者，如老杜曰「勳業頻看鏡，行藏獨倚樓」[3]，鄭雲叟曰「相看臨遠水，獨自上孤舟」[4]是也。有意含蓄者，如〈宮詞〉曰「銀燭秋光冷畫屏，輕羅小扇撲流螢。天街夜色涼於水，臥看牽牛織女星」[5]，

1　杜甫〈奉和賈至舍人早朝大明宮〉詩：五夜漏聲催曉箭，九重春色醉仙桃。旌旗日暖龍蛇動，宮殿風微燕雀高。朝罷香煙攜滿袖，詩成珠玉在揮毫。欲知世掌絲綸美，池上於今有鳳毛。

2　貫休〈詩〉句：幾處覓不得，有時還自來。

3　杜甫〈江上〉詩句。

4　鄭雲叟，唐詩人。所引應為唐鄭谷〈別同志〉詩句。

5　杜牧〈秋夕〉詩。

又〈嘲人〉詩曰「怪來妝閣閉，朝下不相迎。總向春園裡，花間笑語聲」[6]
是也。有句意俱含蓄者，如〈九日〉詩曰「明年此會知誰健，醉把茱萸仔
細看」[7]，〈宮怨〉詩曰「玉容不及寒鴉色，猶帶朝陽日影來」[8]是也。

（宋）釋惠洪《冷齋夜話》卷四

　　〈登岷山〉[9]：「荒山秋日午，獨上意悠悠。如何望鄉處，西北是融
州。」〈渡桑乾〉：「客舍并州已十霜，歸心日夜憶咸陽。無端更渡桑乾
水，卻望并州是故鄉。」〈山驛有作〉[10]：「策杖馳山驛，逢人問梓州。長
江那可到，行客替生愁。」此三詩，前一柳子作，後二賈島作。子厚客洛
陽，融州蓋嶺外也。幽燕并關河東望咸陽為西南。長江在梓州之西。前輩
多誦此詩。少游（秦觀字）嘗自題桑乾詩於扇上。此所謂含蓄法。

又《石門洪覺範天廚禁臠》

　　語貴含蓄。東坡云：言有盡而意無窮者，天下之至言也。山谷尤謹於
此。清廟之瑟，一唱三歎[11]，遠矣哉！後之學詩者，可不務乎？若句中無餘
字，篇中無長語，非善之善者也；句中有餘味，篇中有餘意，善之善者也。

（宋）姜夔《白石詩說》

　　佈置者，謂詩之全篇用意曲折也。……含蓄者，言不盡意也。

（宋）佚名《詩憲》

6　應為王維〈班婕妤三首〉其三，見清趙殿成箋注《王右丞集箋注》卷十三。

7　杜甫〈九日藍田崔氏莊〉詩：老去悲秋強自寬，興來今日盡君飲。羞將短髮還吹
　　帽，笑倩旁人為正冠。藍水遠從千澗落，玉山高並兩峰寒。明年此會知誰健？醉把
　　茱萸仔細看。

8　王昌齡〈長信秋詞五首〉其三詩句。玉容，多作「玉顏」。

9　題誤，應作〈登峨山〉；峨山，位柳州境。見宋刻影印本《柳河東集》卷四十二。

10　《全唐詩》題作〈寄令狐相公〉，一作〈赴長江道中〉。

11　《禮記》〈樂記〉：清廟之瑟，朱弦而疏越，一唱而三歎，有遺音者矣。

語貴含蓄。言有盡而意無窮者，天下之至言也。⋯⋯詩有內外意，內意欲盡其理，外意欲盡其象，內外意含蓄，方妙。

（元）楊載《詩法家數》

唐崔道融題〈班婕妤〉曰：「寵極辭同輦，恩深棄後宮。自題秋扇後，不敢怨秋風。」曹鄴題〈庭草〉曰：「庭草根自淺，造化無遺功。低徊一寸心，不敢怨春風。」元陳自堂（宋元間陳傑號）題〈春風〉曰：「著柳成新綠，吹桃作故紅。衰顏與華髮，不敢怨春風。」三詩句意相似，而工拙自異：首詩婉轉含蓄，著題說到不怨處；第二詩婉轉亦工，似無蘊藉矣；第三詩直致，全無唐人氣味。

（明）郎瑛《七修類稿》卷三十二

《金針詩格》曰：「內意欲盡其理，外意欲盡其象。內外涵蓄，方入詩格。若子美『旌旗日暖龍蛇動，宮殿風微燕雀高』是也。」此固上乘之論，殆非盛唐之法。且如賈至、王維、岑參諸聯[12]皆非內意，謂之不入詩格，可乎？然格高氣暢，自是盛唐家數。太白曰：「剗卻君山好，平鋪湘水流。巴陵無限酒，醉殺洞庭秋。」[13]迄今膾炙人口，謂有含蓄，則鑿矣。

（明）謝榛《四溟詩話》卷一

《十九首》之妙，多是宛轉含蓄。然亦有直而妙、露而妙者：「昔為娼家女，今為蕩子婦。蕩子行不歸，空床難獨守」[14]是也。

（清）賀貽孫《詩筏》

---

12 見賈至〈早朝大明宮呈兩省僚友〉、王維〈和賈舍人早朝大明宮之作〉、岑參〈奉和中書舍人賈至早朝大明宮〉諸詩。

13 〈陪侍郎叔游洞庭醉後三首〉其三。

14 漢〈古詩十九首〉其二：青青河畔草，鬱鬱園中柳。盈盈樓上女，皎皎當窗牖。娥娥紅粉妝，纖纖出素手。昔為倡家女，今為蕩子婦。蕩子行不歸，空床難獨守。

　　小詞以含蓄為佳，亦有作決絕語而妙者。如韋莊「誰家年少，足風流。妾擬將身嫁與，一生休。縱被無情棄，不能羞」[15]之類是也。牛嶠「須作一生拚，盡君今日歡」[16]，抑亦其次。柳耆卿「衣帶漸寬終不悔，為伊消得人憔悴」[17]，亦即韋意，而氣加婉矣。

（清）賀裳《皺水軒詞筌》

　　詩貴有含蓄不盡之意，尤以不著意見、聲色、故事、議論者為最上。義山刺楊妃事之「夜半宴歸宮漏永，薛王沉醉壽王醒」[18]是也。……宋楊誠齋〈題武惠妃傳〉之「壽王不忍金宮冷，獨獻君王一玉環」[19]，詞雖工，意未婉。唯義山之「薛王沈醉壽王醒」，其詞微而意顯，得風人之體。

（清）吳喬《圍爐詩話》卷一

　　唐人於詩中用意，有在一二字中，不說破不覺，說破則其意煥然者。如崔國輔〈魏宮詞〉云：「朝日點紅妝，擬上銅雀臺。畫眉猶未了，魏帝使人催。」稱「帝」者，曹丕也。下一「帝」字，而其母「狗彘不食其餘」之語自見，嚴於鈇鉞矣！《詩歸》評「媚甚」。呵呵！

　　韓翃〈寒食〉詩云：「春城無處不飛花，寒食東風御柳斜。日暮漢宮傳蠟燭，輕煙散入五侯家。」唐之亡國由於宦官握兵，實代宗授之以柄。此詩在德宗建中初，只「五侯」二字見意，唐詩之通於《春秋》者也。

同上

---

15 韋莊〈思帝鄉〉詞句。

16 〔五代前蜀〕牛嶠〈菩薩蠻〉詞句。

17 〔宋〕柳永（字耆卿）〈鳳棲梧〉詞下闋：擬把疏狂圖一醉。對酒當歌，強樂還無味。衣帶漸寬終不悔，為伊消得人憔悴。

18 李商隱〈龍池〉詩：龍池賜酒敞雲屏，羯鼓聲高眾樂停。夜半宴歸宮漏永，薛王沉醉壽王醒。

19 〔宋〕楊萬里（號誠齋）〈題武惠妃傳〉：桂折秋風露折蘭，千花無朵可天顏。壽王不忍金宮冷，獨獻君王一玉環。

　　有一口直述，絕無含蓄轉折，自然入妙，如：「昔年今日此門中，人面桃花相映紅。人面不知何處去？桃花依舊笑春風。」[20]「清江一曲柳千條，二十年前舊板橋。曾與美人橋上別，恨無消息到今朝。」[21]「畫松一似真松樹，待我尋思記得無？曾在天臺山上見，石橋南畔第三株。」[22]此等著不得氣力學問，所謂詩家三昧，直讓唐人獨步；宋賢要入議論，著見解，力可拔山，去之彌遠。

（清）施閏章《蠖齋詩話》

按：《升庵詩話》卷七稱：「《麗情集》載湖州妓周德華者，劉采春女也，唱劉禹錫〈柳枝詞〉云：『春江一曲……』此詩甚佳，而劉集不載，然此詩檃括白香山古詩為一絕，而其妙如此。」明王世貞《藝苑巵言》卷四、《全唐詩說》泛稱：「白居易『曾與情人橋上別』一首，乃六句詩也，亦刪作絕，俱妙。」小說或傳為劉采春所作，胡應麟《詩藪》內編卷六辨云：「劉采春所歌『清江一曲柳千條』，是禹錫詩，楊用修以置神品。……今係采春，非也。」周子文《藝藪談宗》卷二亦沿楊說。今人劉永濟《唐人絕句精華》〈附錄〉則認為：「此白居易作，題曰〈板橋〉，詩共六句曰：『梁苑城西三十里，一渠春水柳千條。若為此路今重過，二十年前舊板橋。曾與美人橋上別，更無消息到今朝。』樂工采以入樂，止存四句，非劉作。」

　　情語能以轉折為含蓄者，唯杜陵居勝，「清渭無情極，愁時獨向東」[23]、「柔櫓輕鷗外，含淒覺汝賢」[24]之類是也。

（清）王夫之《薑齋詩話》卷下

20　〔唐〕崔護〈題都城南莊〉詩。昔年、何處去，《全唐詩》作「去年」、「何處在」。
21　劉禹錫〈楊柳枝〉詩。清江，《全唐詩》作「春江」。明胡應麟《詩藪》、清黃生《唐詩摘抄》卷四亦作「清江」；明楊慎《升庵詩話》、《絕句衍義》、清李慈銘《越縵堂日記》，則時作「春江」時作「清江」。
22　〔唐〕景雲〈畫松〉詩。待我，《全唐詩》作「且待」。
23　杜甫〈秦州雜詩二十首〉其二詩句。
24　又〈船下夔州郭宿雨濕不得上岸別王十二判官〉詩句。

意本如此，而語反如彼，或從其前後左右曲折以取之，此之謂詩腸。……詩腸之曲，如岑參：「勤王敢道遠，私向夢中歸。」[25]本怨赴邊庭歸期難必，語故如此。杜甫：「漸喜交遊地，幽居不用名。」[26]本怨交遊絕跡，反以喜言也。又：「萬方頻送喜，無乃聖躬勞。」[27]非恐聖躬勞於應接，正恐聖心狃目前收京之喜，不為剪滅朝食之計耳。所以知詩中有此意者，因上文有「雜虜橫戈數，功臣甲第高」二語，故結句云云，可謂妙於立言矣。

（清）黃生《一木堂詩塵》卷一〈詩家淺說〉

（杜甫〈晚晴〉[28]）「誰能帳」，懶之故也。「自可添」，卻又不懶。要知不懶正是懶。寬心應是酒，正公無聊中活計。又，「讀書難字過，貰酒滿壺頻。」[29]皆此意也。《吾宗》詩「耕鑿安時論」，謂時議不復齒錄，故以耕鑿自安。此将「時論」二字運開，謂己宜仕而隱，當為時論所怪，今聞幸不我怪，亦知其懶慢無堪，宜以潛夫終老而已。本怨為時論所外，反若幸之之辭，詩旨甚憤，詩腸則甚曲。為詩而不具詩腸者，皆非真詩人也。

又《杜詩說》卷四

（杜甫〈臘日〉詩）詩道喜曲而惡直，直則句率，曲則味永耳。唯子美為之。

同上卷八

---

25 岑參〈發臨洮將赴北庭留別〉詩句。
26 杜甫〈遣意二首〉其一詩句。
27 杜甫〈收京三首〉其三詩句。
28 杜詩：村晚驚風度，庭幽過雨沾。夕陽薰細草，江色映疏簾。書亂誰能帳？杯乾自可添。時聞有餘論，未怪老夫潛。
29 〈漫成二首〉其二詩句。貰酒，清仇兆鰲《杜詩詳注》作「對酒」。

凡詩，意必須宛曲，曲則入情。

（清）陳祚明《采菽堂古詩選》卷三

言情能盡者，非盡言之之為盡也，盡言之則一覽無遺。唯含蓄不盡，故反言之，乃使人足思。蓋人情本曲，思心至不能自已之處，徘徊度量，常作萬萬不然之想。今若決絕，一言則已矣，不必再思矣！……《十九首》善言情，唯是不使情為逕直之物，而必取其宛曲者以寫之。故言不盡，而情則無不盡。

同上

或曰：「……詩之至處，妙在含蓄無垠，思致微渺，其寄託在可言不可言之間，其指歸在可解不可解之會，言在此而意在彼，泯端倪而離形象，絕議論而窮思維，引人於冥漠恍惚之境，所以為至也。……」

予曰：子之言誠是也。子所以稱詩者，深有得乎詩之旨者也。

（清）葉燮《原詩》內編下

含蓄二字，詩文第一妙處。如少陵〈前後出塞〉、〈三吏〉、〈三別〉，不直刺主者，便是含蓄。機到神流，乃造斯境。

（清）張謙宜《絸齋詩談》卷一

詩意之明顯者，無可著論，惟意之隱僻者，詞必紆迴婉轉，必須發明。溫飛卿（唐溫庭筠字）〈過陳琳墓〉[30]詩，意有望於君相也。飛卿於邂逅無聊中，語言開罪於宣宗，又為令狐綯所嫉，遂被遠貶。陳琳為袁紹作檄，辱及曹操之祖先，可謂刻毒矣，操能赦而用之，視宣宗何如哉？又不可將曹操比宣宗，故托之陳琳以便於措詞，亦未必真過其墓也。……

30　〈過陳琳墓〉：曾於青史見遺文，今日飄蓬過古墳。詞客有靈應識我，霸才無主始憐君。石麟埋沒藏春草，銅雀荒涼對暮雲。莫怪臨風倍惆悵，欲將書劍學從軍。

　　唐人詩妙處，在於不著議論，而含蓄無窮，近日惟常熟馮定遠（馮班字）詩有之。

（清）王應奎《柳南隨筆》卷六

　　老學究論詩，必有一副門面語：作文章、必曰有關係，論詩學、必曰須含蓄。此店鋪招牌，無關貨之美惡。《三百篇》中有關係者「邇之事父，遠之事君」是也。有無關係者，「多識於鳥獸草木之名」是也。有含蓄者，「棘心夭夭，母氏劬勞」[31]是也。有說盡者，「投畀豺虎」，「投畀有昊」是也。

（清）袁枚《隨園詩話》卷七

　　（唐蘇頲〈汾上驚秋〉詩[32]）絕句詩貴有含蓄，所謂弦外之音、味外之味。……前三句無一字說到「驚」，卻無一字不為「驚」字追神取魄，所以末句上點出「秋」字，而意已無不曲包。弦外之音，實有音在；味外之味，實有味在。所謂含蓄者，固貴其不露，尤貴其能包括也。學者從此悟入，不獨絕句為然，即灑灑數千言長篇巨制，酣暢淋漓，要必有不盡之意。蘊蓄於字句之外者，方見格力高深。彼但以弦外音、味外味為僅可施之絕句者，未能盡知音與味者也。

（清）李鍈《詩法易簡錄》卷十三

　　含，銜也。蓄，積也。含虛而蓄實。　　○不著一字，其意已含，猶掃一切也。盡得風流，則蓄之者深，猶包一切也。語不涉己，言其語意不露跡象，有與己不相涉者。

（清）楊廷芝《二十四詩品淺解》〈含蓄〉

---

31 《詩》〈邶風〉〈凱風〉詩句。
32 〈汾上驚秋〉：北風吹白雲，萬里渡河汾。心緒逢搖落，秋聲不可聞。

脫略謂之疏，真率謂之野。疏以內言，野以外言。

同上書〈疏野〉

委曲之致，余嘗聽水聲蟬聲而得之。為詩作文一味平直，豈復有意味乎。　○文不委曲，意不能幽，理不能透，局不能緊，機不能圓。無論篇幅短長，俱要委曲。……讀古人詩，無論古風、律，絕，皆當求其頓折委婉處。

（清）孫聯奎《詩品臆説》〈委曲〉

含蓄大約用比體。……唐人宮詞、宮怨諸篇，本是自己失寵而怨，偏就旁人得幸而歡者說，含蓄之法殆如是乎？亦有不用比體者，如「薛王沉醉壽王醒」，及「不從金輿惟壽王」[33]，直就本事含蓄，亦殊綿邈。

同上書〈含蓄〉

恐其平直，以曲折出之，謂之婉。如清真（宋周邦彥，自號清真居士）「低聲問」[34]數句，深得婉字之妙。

（清）孫麟趾《詞逕》

唐人詩，若義山之「薛王沉醉壽王醒」等語，皆小子無禮之甚者，不特觸近紕繆，而纖佻刻薄，亦全不識文章體裁。

（清）李慈銘《越縵堂日記説詩全編》內編〈評論門〉

譏刺語須含蓄，如少陵「落日留王母，微風倚少兒」[35]，太白「漢宮

---

33 李商隱〈驪山有感〉：驪岫飛泉泛暖香，九龍呵護玉蓮房。平明每幸長生殿，不從金輿唯壽王。

34 〈少年游〉詞：并刀如水，吳鹽勝雪，纖手破新橙。錦幄初溫，獸煙不斷，相對坐調笙。　　低聲問、向誰行宿，城上已三更。馬滑霜濃，不如休去，直是少人行。

35 杜甫〈宿昔〉詩句。

誰第一？飛燕在昭陽」[36]、「只愁歌舞散，化作彩雲飛」[37]，皆刺明皇、楊妃事，何等婉曲！若香山〈長恨歌〉、微之〈連昌宮詞〉，直是訕謗君父矣。詩品人品，均分高下。義山「如何四紀為天子，不及盧家有莫愁」，尤為輕薄壞心術。

　　　　　　　　　　　　　　　　　　（清）施補華《峴傭說詩》

　　（周邦彦〈少年游〉詞）曰「向誰行宿」，曰城上三更，曰「馬滑霜濃」，曰「不如休去」，曰「少人行」，顛倒重複，層折入妙。

　　　　　　　　　　　　　　　（清）陳廷焯《詞則》《閒情集》卷一眉批

　　（《詩》〈小雅〉〈巷伯〉）「投畀豺虎」，「投畀有北」，《三百篇》之痛快語也。然謂《三百篇》之佳者在此，則謬不可言矣。

　　　　　　　　　　　　　　　　　　　　又《白雨齋詞話》卷六

　　含蓄無窮，詞之要訣。含蓄者意不淺露，語不窮盡，句中有餘味，篇中有餘意，其妙不外寄言而已。

　　　　　　　　　　　　　　　　　　　（清）沈祥龍《論詞隨筆》

　　（五代後唐孫光憲〈河傳〉詞[38]）「身已歸，心不歸。」情至語不嫌其直率。

　　　　　　　　　　　　　　（清）李冰若《花間集評注》引《栩莊漫記》

---

36 李白〈宮中行樂詞八首〉其二詩句。
37 又其一：小小生金屋，盈盈在紫微。山花插寶髻，石竹繡羅衣。每出深宮裡，常隨步輦歸。只愁歌舞散，化作彩雲飛。
38 〈河傳〉詞下闋：大堤狂殺襄陽客，煙波隔，渺渺湖光白。身已歸，心不歸。斜暉，遠汀鸂鶒飛。

　　向來寫情感的，多半是以含蓄蘊藉為原則，像那彈琴的弦外之音，像吃橄欖的那點回甘味兒，是我們中國文學家所最樂道。但是有一類的情感，是要忽然奔迸一瀉無餘的；我們可以給這類文學起一個名，則做「奔迸的表情法」。……例如《詩經》：「蓼蓼者莪，匪莪伊蒿。哀哀父母，生我劬勞！」〈蓼莪〉……這些都是用極簡單的語句，把極真的情感儘量表出；真所謂「一聲〈河滿子〉，雙淚落君前」。你若要多著些話，或是說得委婉些，那麼真面目完全喪掉了。……正式的五七言詩，用這類表情法的很少，因為多少總受些格律的束縛，不能自由了。……詞裡頭這種表情法也很少，因為詞家最講究纏綿悱惻，也不是寫這種情感的好工具。……凡這一類，都是情感突變，一燒燒到「白熱度」；便一毫不隱瞞，一毫不修飾，照那情感的原樣子，迸裂到字句上。我們既承認情感越發真越發神聖，講真，沒有真得過這一類了。這類文學，真是和那作者的生命分劈不開。

　　　　　　　　　　　　（近代）梁啟超《中國韻文裡頭所表現的情感》

　　含蓄蘊藉的表情法。這種表情法，向來批評家認為文學正宗；或者可以說是中華民族特性的最真表現。……這種表情法也可以分三類：第一類是：情感正在很強的時候，他卻用很有節制的樣子去表現他；不是用電氣來震，卻是用溫泉來浸；令人在極平淡之中，慢慢的領略出極淵永的情趣。這類作品，自然以《三百篇》為絕唱。……又如《古詩十九首》裡頭的：「迢迢牽牛星，皎皎河漢女。纖纖擢素手，札札弄機杼。終日不成章，泣涕零如雨。河漢清且淺，相去復幾許。盈盈一水間，脈脈不得語。」……盛唐以後，這一派自然也不斷，好的作品自然也不少；但古體裡頭，已經不很通用，因為五古很難出漢魏範圍，七古很難出初唐範圍。倒是近體很從這方面開拓境界，因為近體篇幅短，非用含蓄之筆，取弦外之音，便站不住。內中五律七絕為尤甚。……

　　第二類的蘊藉表情法。不直寫自己的情感，乃用環境或別人的情感烘托出來。用別人情感烘托的，例如《詩經》：「陟彼岡兮，瞻望兄兮。兄曰

『嗟！予弟行役，夙夜必偕；上慎旃哉，猶來無死！』……」〈陟岵〉這篇詩三章，第一章父，第二章母，第三章兄。不說他怎樣的想念爺媽哥哥，卻說爺媽哥哥怎樣的想念他。寫相互間的情感，自然加一層濃厚。……

　　第三類蘊藉表情法，索性把情感完全藏起不露，專寫眼前實景或是虛構之景，把情感從實景上浮現出來。……杜工部用這種表情法也用得最好。試舉他兩首：「竹涼侵臥內，野月滿庭隅。重露成涓滴，稀星乍有無。暗飛螢自照，水宿鳥相呼。萬事干戈裡，空悲清夜徂。」〈倦夜〉……寫的全是自然界很微細的現象，卻是通宵睡不著很疲倦的人才能看出。那「倦」的情緒，自在言外，末兩句一點便彀。……

　　第四類的蘊藉表情法，雖然把情感本身照原樣寫出，卻把所感的對象隱藏過去，另外拿一種事物來做象徵。……平心而論，這派固然不能算詩的正宗，但就「唯美的」眼光看來，自有他的價值。如義山集中近體的〈錦瑟〉，〈碧城〉，〈聖女祠〉等篇，古體的〈燕台〉，〈河內〉等篇，我敢說他能和中國文字同其運命。

同上

按：以上二則，引文較長，多有刪節，因此自然段落輯者相應予以合併，但文字
　　均未改動。

　　短令宜蘊藉含蓄，令人得言外之意，方為合格。如李後主詞「別有一般味在心頭」[39]，不說出苦字；溫飛卿詞「楊柳又如絲，驛橋春雨時」[40]，不說出別字，皆是小令作法。

（近人）吳梅《詞學通論》第五章〈作法〉

　　蓋詩詞之作，曲折似難而不難，唯直為難。直者何？奔放之謂也。直

---

39 李煜〈烏夜啼〉詞下闋：剪不斷，理還亂，是離愁，別是一般滋味在心頭。
40 溫庭筠〈菩薩蠻〉詞句。

不難，奔放亦不難，難在於無盡。「恰似一江春水向東流」[41]，無盡之奔放，可謂難矣。傾一杯水，杯傾水涸，有盡也，逝著如斯，不舍晝夜，無盡也。意竭於言則有盡，情深於詞則無盡。

（今人）俞平伯《論詩詞曲雜著》〈讀詞偶得〉

---

41 李煜〈虞美人〉詞：春花秋月何時了。往事知多少。小樓昨夜又東風。故國不堪回首月明中。　雕欄玉砌應猶在。只是朱顏改。問君能有幾多愁。恰似一江春水向東流。

孫　評

　　中國古典詩話詞話，往往把含蓄當作詩詞創作最重要的規律。唐司空圖《二十四詩品》有一品，就是「含蓄」。其內涵最根本的一條，則是「不著一字，盡得風流」。宋姜夔也說：「語貴含蓄。東坡云：言有盡而意無窮者，天下之至言也。」

　　自唐而後，對含蓄的論述甚為紛紜。歸結起來，在內容上，涉及政治諷喻的，放在首要地位。舊題白居易的《金針詩格》認為：「詩有內外意：一曰內意，欲盡其理，理謂義理之理，美刺箴誨之類是也。二曰外意，欲盡其象，象謂物象之象。」司馬光說：「古人為詩，貴於意在言外，使人思而得之，故言之者無罪，聞之者足以戒也。」從政治功能出發，一脈相承。直至元楊載《詩法家數》一仍其舊，連詞語都沒有多大變化。關鍵是內外都要「含蓄」。因此把它用到政治上，含蓄的分寸就很重要了。

　　晚清施補華，把「含蓄」的分寸當作成敗的關鍵，「詩品人品」就在婉曲和分寸上分出高下。他以為，杜甫的「落日留王母，微風倚少兒」，李白「漢宮誰第一？飛燕在昭陽」、「只愁歌舞散，化作彩雲飛」，都諷喻明皇、楊妃事，因為含蓄、婉曲，恰到好處，就是好詩。而白居易的〈長恨歌〉、元稹的〈連昌宮詞〉，因為不夠婉曲，就被指斥為「訕謗君父」。至於李商隱「如何四紀為天子，不及盧家有莫愁」這樣帶著幾分直率的話語，在他看來則是「輕薄壞心術」。事實上，這樣的論斷已經超出了含蓄婉曲的問題。施氏《說詩》刊行於十九世紀末，居然無視〈長恨歌〉的偉大藝術成就，堪為詩話中王權政治標準第一的極致。

　　當然像施氏這種極端，在詩話中畢竟只是個別的案例，並不妨礙詩話歷史上對於婉曲含蓄的不倦探討。真正貫徹婉曲這個原則，才能

在鑑賞中達到精緻的程度。明郎瑛即曾細緻地比較了三首宮怨詩。第一首是唐崔道融的〈班婕妤〉：

　　寵極辭同輦，恩深棄後宮。自題秋扇後，不敢怨秋風。

第二首是唐人曹鄴題〈庭草〉：

　　庭草根自淺，造化無遺功。低佪一寸心，不敢怨春風。

第三首是宋元間陳傑的〈春風〉：

　　著柳成新綠，吹桃作故紅。衰顏與華髮，不敢怨春風。

　　郎瑛認為三詩末句都以「不敢怨」作結，立意相似，但因婉曲程度不同，水準相去甚遠。第一首「婉轉含蓄」，明明有怨，偏偏說不怨（不敢怨秋風），明明被棄，卻說「恩深」，明明不能「同輦」，卻說「寵極」。第二首「婉轉亦工」，也是有怨而說不敢怨，但不夠含蓄，說自己本來就根底淺，老天並沒有忽視，因而不敢怨春風不到。這就把話說得差不多了，「似無蘊藉矣」。第三詩則是：「直致，全無唐人氣味。」在我看來，最後一句「不敢怨」，是抄來的，但抄得糊塗。人家說不敢怨，題目是「庭草」，是草不敢怨。而此首題目就是「春風」，開頭兩句也落實在春風上（著柳成綠，吹桃故紅），不敢怨春風，就變成了春風不敢怨春風。第三句「衰顏與華髮」是人的屬性，與春風、庭草、桃紅，皆無相近相似聯想管道，太生硬，就談不上婉曲，意脈也就談不上精密了。

　　婉曲的詩學價值，不但體現在政治諷喻方面，而且在藝術方面也十分重要。光有婉曲諷喻的意向，還不是詩。《金針詩格》認為，光

有「內意」，「欲盡其理」還不夠，還得有外意的「物象之象」，如「日月山河蟲魚草木之意」。「內外意皆有含蓄」，才有可能成就好詩。雖然「物象」的「象」這個範疇，早在《易經》上就有了：「子曰：『書不盡言，言不盡意』。然則聖人之意，其不可見乎？子曰：『聖人立象以盡意。』」把「立象以盡意」用到詩歌中來，還是有相當重要的理論意義。以「日月山河蟲魚草木」之象，盡詩人之意（抒情），作為一種藝術方法，唐代和漢魏以前的詩歌是不太相同的。借助「日月山河蟲魚草木」，立象以盡意，就是不把情感直接表達出來，而是將其隱藏在意象之中，這大概可以說是道破了近體詩藝術上的主導傾向。唐人所謂「言有盡而意無窮」，所謂「可望而不可置於眉睫之前」，以及宋人所謂「羚羊掛角，無跡可求」，說的都是把不可直接感知的內意，滲透、蘊含在外部五官可感的意象之中，可以說是對於詩人才華的挑戰。

諷喻要深，婉曲要隱，在諷喻和婉曲兩個方面取得平衡，就受到了詩話家們的推崇。吳喬稱讚李商隱「夜半宴歸宮漏永，薛王沉醉壽王醒」雖「刺楊妃事」，但只有描述，不著痕跡。相反，楊萬里「壽王不忍金宮冷，獨獻君王一玉環」之句，雖然「玉環」一詞在字面上是玉器，實際上卻是楊貴妃的名字，這就不夠委婉，不及李商隱「其詞微而意顯，得風人之體」。按這個「風人之體」的準則，得到稱讚的還有韓翃〈寒食〉詩：「春城無處不飛花，寒食東風御柳斜。日暮漢宮傳蠟燭，輕煙散入五侯家。」詩沒有直接說破「唐之亡國由於宦官握兵，實代宗授之以柄」，只用了「五侯」兩字（指漢桓帝同時封五宦者為侯：單超為新豐侯，徐璜為武原侯、左悺為上蔡侯、具瑗為東武陽侯、唐衡為汝陽侯）就點出了宦官受寵釀禍。吳喬認為這就是唐詩中的《春秋》筆法，叫做「風人之旨」，是一種很高的思想境界，也是一種很高的藝術檔次。

從古典詩歌閱讀學來說，婉曲是一個重要範疇，但在詩評中也產

生過分穿鑿的問題。如梅堯臣《續金針詩格》解讀杜甫朝拜皇帝的頌詩：「旌旗，喻號令也；日暖，喻明時也；龍蛇，喻君臣也。」「宮殿，喻朝廷也；風，喻政教也；燕雀，喻小人也。」每一個字都有微言大義，則未免坐實。拘泥於這種穿鑿，解讀就變成無謂的猜謎，而不是享受詩的審美境界了。

婉曲詩藝具有政治性，這是無疑的，但其詩學價值遠遠超越了政治價值。《詩格》所列舉的詩學意象限於自然環境，其實婉曲意象遍及詩人身心：宮廷、兵革，社會、人生、愛情，都屬意象之源。意象對於中國詩歌來說，並不僅僅是一種政治策略，從根本上來說，它是中國詩藝含蓄婉曲的一個重要載體，至二十世紀，還被美國詩人拿去作仿效的對象。清葉燮《原詩》借問話方式，對中國詩歌的含蓄婉曲作出了總結：「詩之至處，妙在含蓄無垠，思致微渺，其寄託在可言不可言之間，其指歸在可解不可解之會，言在此而意在彼，泯端倪而離形象，絕議論而窮思維，引人於冥漠恍惚之境，所以為至也。」

但多數詩話家對於含蓄婉曲，卻很少作純理論的分析，他們關注的焦點，似乎是在理論性與操作性的統一上。王夫之提出「以轉折為含蓄」。黃生亦說：「詩道喜曲而惡直，直則句率，曲則味永耳。」他發揮得更具操作性：「意本如此，而語反如彼，或從其前後左右曲折以取之。」他舉岑參「勤王敢道遠，私向夢中歸」為例，說明「本怨赴邊庭歸期難必」，卻說勤王大事，不怕道路遙遠，只是偷偷做夢回家。又舉杜甫「漸喜交遊地，幽居不用名」，說「本怨交遊絕跡，反以喜言也。」

如此等等，對具體作品的分析精彩紛呈。司馬光對杜甫〈春望〉的分析尤為精細：「山河在，明無餘物矣；草木深，明無人矣；花鳥，平時可娛之物，見之而泣，聞之而悲，則時可知矣。他皆類此，不可遍舉。」此類詩句都不直接抒發感情，而是著重在某種心理效果上加以暗示。山河在，是無餘物的效果；草木深，是無人的效果；花

濺淚、鳥驚心，是內心悲痛之效果。是不是可以這樣說，所謂婉曲，所謂含蓄，往往就是這種抒情的間接性。間接效果比較強烈，才有足夠的能量刺激讀者的想像，追隨到文字以外的原因上去。效果只是單純的幾句話，很有限的文字，而原因卻是國運人命，相比之下是無限的，故稱「言有盡而意無窮」也。

當然，古典詩話在這方面的精彩的發明，並沒有阻礙他們把目光轉向婉曲含蓄相反的方面。謝榛就舉李白的「剗卻君山好，平鋪湘水流。巴陵無限酒，醉殺洞庭秋」為例說，這樣的詩，你還說它「含蓄」，「則鑿矣」，太教條了。這顯然不屬於婉曲含蓄的範疇，其情感不是間接微妙的，而是直接誇張的。這應該是古典詩歌的另外一類的詩藝。對於這一點，詩話家們並無盲點。明清之際的賀貽孫就提出了「直而妙、露而妙」說。他舉例說：古詩「《十九首》之妙，多是宛轉含蓄。然亦有直而妙、露而妙者：『昔為娼家女，今為蕩子婦。蕩子行不歸，空床難獨守。』」小賀氏十來歲的施閏章，也指出並列舉「有一口直述，絕無含蓄轉折，自然入妙」的多首詩作。不但是詩，在詞中也是如此。賀裳說，甚至連通常以為是「以含蓄為佳的」的小詞，「亦有作決絕語而妙者。如韋莊『誰家年少，足風流。妾擬將身嫁與，一生休。縱被無情棄，不能羞』之類是也。」應該說，間接和直接不是絕對割裂的，而是互補，共生的。

但是，晚清的陳廷焯卻有異議。他說《詩》〈巷伯〉「投畀豺虎」、「投畀有北」是「痛快語」，是直接抒情，然以為《詩經》的好處就在這裡，則是大錯特錯了。其實，他的感性，已經到達了理論突破的邊緣，可惜他的理念把他的感性束縛住了。這兩句作為詩，固然不見得是好詩，但《詩經》中的痛快語，精彩的的直接抒情語，並不止於此。如「一日不見，如三秋兮」，「仲可懷也，人之多言，亦可畏也！」至今還活在人們的口頭。「彼君子兮，不素餐兮！」「逝將去汝，適彼樂土。樂土樂土，爰得吾所」等等，不是很痛快，又很精彩

嗎？甚至「稱彼兕觥，萬壽無疆！」也是很痛快的祝賀語呀。在《楚辭》〈離騷〉裡，不是還有「路漫漫其修遠兮，吾將上下而求索」嗎？

　　此等現象的普遍存在，就給中國古典詩歌研究提出了一個很深邃的矛盾，即「含蓄」、「婉曲」和「直露而妙」、「自然入妙」的矛盾。這對「詩道喜曲而惡直，直則句率，曲則味永」之類論斷則是嚴峻的挑戰。但是，這個矛盾，在詩話詞話家中似乎一直沒有引起全面的綜合的探究，直至近代梁啟超才正面衝破了婉曲的片面性，給予比較系統的闡釋。他在《中國韻文裡頭所表現的情感》中說，詩中除了婉曲的抒情之外，還有「一類的情感，是要忽然奔迸一瀉無餘的；我們可以給這類文學起一個名，則做『奔迸的表情法』。」他舉《詩經》等為例指出：「這些都是用極簡單的語句，把極真的情感盡量表出；真所謂『一聲〈河滿子〉，雙淚落君前』。你若要多著些話，或是說得委婉些，那麼真面目完全喪掉了。」對此等現象，他還作出歷史的分析說：這種方法在正式的五七言，也就是在近體絕句和律詩中是很少的，在詞中也是很少的。他指出「這一類，都是情感突變，一燒燒到『白熱度』；便一毫不隱瞞，一毫不修飾，照那情感的原樣子，迸裂到字句上。」

　　這種詩論顯然是和傳統詩教「怨而不怒」相悖的，而和西方諺語中所說「憤怒出詩人」息息相通。在西方文論中，這就是激情（passion）。從表現手段來說，「一瀉無餘的」「奔迸的表情法」都是直接抒情，特點是情理交融，它有別於含蓄、婉曲地寄情於物，情景交融。但這一路工夫，在梁啟超這裡，還未曾形成充分的理論形態。要獲得理論上的普遍性，中國詩歌還要等待幾十年，直至郭沫若引進英國浪漫主義者華滋華斯，在抒情歌謠集（1880）序言提出的「強烈

的感情的自然流瀉」（the spontaneous overflow of powerful feelings）。[42]
激情作為一個詩學範疇，才有了穩定的合法地位。當然，這樣一來，
又注定要走向另一個極端：像西方浪漫主義一樣，把詩歌成為感情的
噴射器，概念化的圖解。於是二十世紀初，美國詩人從中國詩歌寓情
于象的傳統得到了啟發，還像模像樣地發展為意象派，此外後期象徵
派也把西方的直接抒情轉化為依託「客觀對應物」（objective
correlative）。[43]這是後話，這個客觀對應物雖然與中國的意象群落有
相通之處，但是，它後來的發展，已經不僅僅是情感的對應，而是包
括靈與肉、宗教神話、玄學典故等等了，這已經屬於西方和中國詩歌
藝術另外一個歷史時代的邏輯發展了。

---

42 William Wordsworth *Preface to Lyrical Ballads (1800). Famous Prefaces.*The Harvard
　Classics. 1909-1914.

43 這個話語最先是一八四〇年由華盛頓・阿列斯通在一次關於藝術問題的演講中提出
　來的，但是作為一個詩學範疇得以廣泛傳播，則要歸功於T. S. Eliot，在他的
　〈Hamlet and His Problems〉中的闡釋。參閱http://www.bartleby.com/200/sw9.html
　"Hamlet and His Problems".

詠物、寄託、猜謎

　　詩有三宗旨：一曰立意，二曰有以，三曰興寄。……興寄三：王仲宣詩「猿猴臨岸吟」[1]，此一句譏小人用事也。

（唐）王昌齡《詩格》

　　張九齡在相位，有謇諤匡躬之誠，玄宗既在位年深，稍怠庶政，每見帝無不極言得失。李林甫時方同列，聞帝意，陰欲中之。時欲加朔方節度使牛仙客實封，九齡因稱其不可，甚不叶帝旨。他日，林甫請見，屢陳九齡頗懷誹謗。於時方秋，帝命高力士持白羽扇以賜，將寄意焉。九齡惶恐，因作賦以獻。又為〈歸燕〉詩以貽林甫，其詩曰：「海燕何微眇，乘春亦蹔來。豈知泥滓賤，只見玉堂開。繡戶時雙入，華軒日幾回。無心與物競，鷹隼莫相猜！」林甫覽之，知其必退，憙怒稍解。

（唐）鄭處誨《明皇雜錄》卷下

按：司馬光《資治通鑑》卷二一四，據張九齡〈白羽扇賦序〉考辨云：上以盛夏遍賜宰臣扇，非以秋日獨賜九齡，但九齡因此獻賦，自寄意耳。

　　劉尚書自屯田員外左遷朗州司馬，凡十年始征還。方春，作贈看花諸君子詩曰：「紫陌紅塵拂面來，無人不道看花回。玄都觀裡桃千樹，盡是劉郎去後栽。」[2]其詩一出，傳於都下。有素嫉其名者，白於執政，又誣

1　〔漢魏〕王粲（字仲宣）〈七哀詩〉詩句：流波激清響，猴猿臨岸吟。

2　即劉禹錫（字夢得）〈元和十年自朗州召至京戲贈看花諸君子〉詩。十年，《全唐詩》作「十一年」，係傳寫之誤。

其有怨憤。他日見時宰，與坐，慰問甚厚，既辭，即曰：「近者新詩，未
免為累，奈何？」不數日，出為連州刺史。

（唐）孟棨《本事詩》〈事感第二〉

　　元豐間，蘇子瞻繫大理獄。神宗本無意深罪子瞻，時相（王珪）進
呈，忽言蘇軾於陛下有不臣意。神宗改容曰：「軾固有罪，然於朕不應至
是，卿何以知之？」時相因舉軾〈檜詩〉[3]「根到九泉無曲處，世間惟有
蟄龍知」之句，對曰：「陛下飛龍在天，軾以為不知己，而求之地下之蟄
龍，非不臣而何？」神宗曰：「詩人之詞，安可如此論，被自詠檜，何預
朕事！」時相語塞。章子厚（章惇）亦從旁解之，遂薄其罪。

（宋）葉夢得《石林詩話》卷上

按：此則所載，即史上有名的烏臺詩案，除蘇軾奉旨多次赴御史臺根勘並繫獄
　　外，尚牽連歐陽修、文同、司馬光、曾鞏、劉攽、黃庭堅等數十名人。詳見
　　宋王銍《聞見近錄》、周紫芝《詩讞》、胡仔《苕溪漁隱叢話》前集卷四十六
　　和後集卷三十、朋九萬《東坡烏臺詩案》及明李贄《藏書》卷三十九、清趙
　　翼《甌北詩話》卷五諸籍史料和評論。

　　杜子美〈病柏〉、〈病橘〉、〈枯棕〉、〈枯楠〉四詩，皆興當時事。〈病
柏〉當為明皇作，與〈杜鵑行〉同意。〈枯棕〉比民之殘困，則其篇中自
言矣。〈枯楠〉云：「猶含棟梁具，無復霄漢志。」當為房次律（房管字）
之徒作。惟〈病橘〉始言「惜哉結實小，酸澀如棠梨」，末以比荔枝勞
民，疑若指近幸之不得志者。自漢魏以來，詩人用意深遠，不失古風，惟
此公為然，不但語言之工也。

同上

3　即〈王復秀才所居雙檜二首〉其二：凜然相對敢相欺，直幹凌空未要奇。根到九泉
　　無曲處，世間惟有蟄龍知。

　　建安陶（陶潛）、阮（阮籍）以前詩，專以言志；潘（潘岳）、陸（陸機）以後詩，專以詠物。兼而有之者，李、杜也。言志乃詩人之本意，詠物特詩人之餘事。古詩蘇（蘇武）、李（李陵）、曹（曹植）、劉（劉楨）、陶、阮本不期於詠物，而詠物之工，卓然天成，不可復及。其情真，其味長，其氣勝，視《三百篇》幾於無愧，凡以得詩人之本意也。潘陸以後，專意詠物，雕鐫刻鏤之工日以增，而詩人之本旨掃地盡矣。……大抵句中若無意味，譬之山無煙雲，春無草樹，豈復可觀。

（宋）張戒《歲寒堂詩話》卷上

　　自〈離騷〉以草為諷喻，詩人多效之者。退之〈秋懷〉云：「白露下百草，蕭蘭共憔悴。青青四牆下，已復生滿地。」[4]樂天〈咸陽原上草〉云：「野火燒不盡，春風吹又生。」[5]僧贊寧詩：「要路花爭發，閑門草易荒。」[6]後山詩集：「牆頭霜下草，又作一番新。」[7]後徐師川詩：「遍地閑花草，乘春傍路生。」[8]意皆有所譏也。

（宋）吳子良《吳氏詩話》卷上

　　詠物詞，最忌說出題字。如清真梨花及柳，何曾說出一個梨、柳字？梅川不免犯此戒，如〈月上海棠〉、〈詠月出〉[9]，兩個「月」字，便覺淺露。

（宋）沈義父《樂府指迷》〈詠物忌犯題字〉

4　韓愈〈秋懷詩十一首〉其二詩句。
5　即白居易〈賦得古原草送別〉詩：離離原上草，一歲一枯榮。野火燒不盡，春風吹又生。遠芳侵古道，晴翠接荒城。又送王孫去，萋萋滿別情。
6　〔宋〕釋贊寧佚詩斷句，失題。
7　陳師道佚詩斷句，失題。又〈宿深明閣二首〉其二末二句：「牆根霜下草，又作一番新。」但寫景抒情，並無譏意。
8　〔宋〕徐俯（字師川）佚詩斷句，失題。
9　〔宋〕施岳（號梅川）佚詞。

詠物之詩，要托物以伸意。

（元）楊載《詩法家數》〈詠物〉

唐人詠物諸詩，於景意事情外，別有一種思致，不可言傳，必心領神會始得。此後人所以不及唐也。

（明）劉績《霏雪錄》

劉夢得詠玄都桃花而被謫。李繁（當為唐李泌之誤）詠東門柳，楊國忠謂其譏己而得禍。劉後村（宋劉克莊，號後村居士）〈詠落梅〉詩，有「東君謬掌花權柄，卻忌孤高不主張」，讒者箋其詩以示柄臣，由是閒廢十載。後村有〈病後訪梅〉十絕句，其一云：「夢得因桃卻左遷，長源（李泌字）為柳忤當權[10]。幸然不識桃並李，也被梅花累十年。」人謂簡齋（宋陳與義號）〈題墨梅〉而致魁台，後村〈詠落梅〉而罹廢黜。噫！詩之幸與不幸，有如此夫。

（明）俞弁《逸老堂詩話》卷上

李泌詩：「青青東門柳，歲晏復憔悴。」國忠以為譏己。明皇曰：「賦柳為譏卿，則賦李為譏朕，可乎？」使宋主知此，子瞻可以無貶矣。

（明）皇甫汸《解頤新語》卷七

（李商隱〈螢〉詩）「水殿風清玉戶開，飛光千點去還來。無風無月長門夜，偏到階前點綠苔。」似是螢謎，不書題可知也。

（明）楊慎《升庵詩話》卷五

羅隱詠〈紅梅〉詩云：「天賜燕脂一抹腮，盤中風味笛中哀。雖然未

---

10 李泌佚詩斷句：青青東門柳，歲晏復憔悴。載其子李繁所撰《鄴侯家傳》。

得和羹用，曾與將軍止渴來。」[11]此卻似軍官宿娼謎也。

同上卷十四

杜牧之詠〈鷺絲〉詩：「霜衣雪發青玉嘴，群捕魚兒溪影中。驚飛遠映碧山去，一樹梨花落晚風。」[12]分明鷺絲謎也。

同上

托物寓意，貴乎渾成，犯題亦可，不犯亦可。

（明）謝榛《四溟詩話》卷一

班姬（班健仔）托扇以寫怨[13]，應瑒托雁以言懷[14]，皆非徒作。沈約〈詠月〉曰：「方暉竟戶入，圓影隙中來。」[15]刻意形容，殊無遠韻。

同上

詠物詩不可黏皮帶骨，必比興高遠，如水月鏡花，方稱妙手。如雍陶〈詠白鷺〉詩云：「立當青草人先見，行近白蓮魚不知。」非不甚切，愈覺鄙俗。

（明）鄧雲霄《冷邸小言》

詠物，詩之一體也，比象易工，意興難具。苟能為物傳神，則鷓鴣、

11　風味、用，《全唐詩》作「磊落」、「便」。
12　霜，《全唐詩》作「雪」。
13　〈怨歌行〉：新裂齊紈素，鮮潔如霜雪。裁為合歡扇，團團似明月。出入君懷袖，動搖微風發。常恐秋節至，涼飆奪炎熱。棄捐篋笥中，恩情中道絕。　又題作〈團扇歌〉、〈怨詩〉、〈詠扇詩〉等，後人多疑為偽託。
14　即〈侍五官中郎將建章台集詩〉。
15　即〈應王中丞思遠詠月〉詩句。

白燕足以膾炙千古；如其不然，雖多何益？

（明）謝肇淛《小草齋詩話》卷二外編

　　作詩者意有寄託則少，惟求好句則多。謝無逸作〈蝴蝶〉三百首[16]，那得有爾許寄託乎？好句亦多，只是蝴蝶上死句耳。林和靖梅花之「疏影橫斜水清淺，暗香浮動月黃昏」[17]，與高季迪之「雪滿山中高士臥，月明林下美人來」[18]，皆是無寄託之好句。後世人詩不過如此，求曹唐〈病馬〉[19]，尚不可得，唯是李、杜、高（高適）、岑（岑參），多於竹麻稻葦。

（清）吳喬《圍爐詩話》卷五

　　明初詠白燕者，紛然推袁凱第一，稱為袁白燕。[20]……詩須有為而作，非自托則寄慨寄規。正德間有妓女詠骰子者云：「一片寒微骨，翻成面面心。自從遭點汙，拋擲到如今。」字字切題，而又字字寄慨，有此妓在詩中，豈如袁凱詩止有二句畫白燕乎？

同上卷六

　　又曰：「下手處如何？」答曰：「姑言其淺處。如少陵〈黑鷹〉[21]、曹

16　〔宋〕謝逸，字無逸。宋李頎《古今詩話》：謝學士吟〈蝴蝶詩〉三百首，人呼為謝蝴蝶，其間絕有佳句，如「狂隨柳絮有時見，舞入梨花何處尋」。又曰「江天春晚暖風細，相逐賣花人過橋。」

17　〔宋〕林逋（死後賜諡和靖先生）〈山園小梅〉詩句。

18　〔明〕高啟（字季迪）〈梅花九首〉其一詩句。

19　即〔唐〕曹唐〈病馬五首呈鄭校書章三吳十五先輩〉詩。其二：隴上沙蔥葉正齊，騰黃猶自局贏蹄。尾蟠夜雨紅絲脆，頭捽秋風白練低。力憊未思金絡腦，影寒空望錦障泥。階前莫怪垂雙淚，不遇孫陽不敢嘶。

20　〔清〕錢謙益《列朝詩集小傳》甲集：凱幼孤力學，少以「白燕詩」得名，人呼為袁白燕。〈白燕〉：故園飄零事已非，舊時王謝見應稀。月明湘水初無影，雪滿梁園尚未歸。柳絮池塘香入夢，梨花庭院冷浸衣。趙家姊妹多相妒，莫向昭陽殿裡飛。

21　即杜甫〈見王監兵馬使說近山有黑白二鷹……詩二首〉其二：黑鷹不省人間有，度海疑從北極來。正翮摶風超紫塞，玄冬幾夜宿陽臺。虞羅自覺虛施巧，春雁同歸必見猜。萬里寒空只一日，金眸玉爪不凡材。

唐〈病馬〉，其中有人；袁凱〈白燕〉詩，膾炙人口，其中無人，誰不可作？畫也，非詩也。空同（明李夢陽，號空同子）云：『此詩最著最下。』蓋嫌其唯有豐致，全無氣骨耳。安知詩中無人，則氣骨豐致，同是皮毛耶？」又問：「唐人詩，盡如〈黑鷹〉、〈病馬〉否？」答曰：「不能。崔鴛鴦[22]、鄭鷓鴣[23]，皆以一詩得名，詩中絕無二人，有志者取法乎上耳。」

又《答萬季野詩問》

　〈小雅〉〈鶴鳴〉之詩，全用比體，不道破一句，《三百篇》中創調也。要以俯仰物理而詠歎之，用見理隨物顯，唯人所感，皆可類通；初非有所指斥，一人一事，不敢明言，而姑為隱語也。

（清）王夫之《薑齋詩話》卷下

　古之詠物者，固以情也，非情則謎而不詩。

又《古詩評選》卷四

　汪幾希曰：前後詠物諸詩，宜合作一處讀，始見杜公本領之大、體物之精、命意之遠。說物理物情，即從人事世法勘入。學到、筆到、心到、眼到。唯其無所不到，所以無所不盡也。

（清）黃生《杜詩說》卷五

---

22 即〔唐〕崔珏。《唐詩鼓吹箋注》：時崔公以〈鴛鴦〉詩得名，號「崔鴛鴦」。崔珏〈和友人鴛鴦之什〉三首，其一：翠鬣紅衣舞夕暉，水禽情似此禽稀。暫分煙島猶回首，只渡寒塘亦共飛。映霧乍迷珠殿瓦，逐梭齊上玉人機。採蓮無限蘭橈女，笑指中流羨爾歸。

23 即〔唐〕鄭谷。〔元〕辛文房《唐才子傳》卷九：乾寧四年，為都官郎中，詩家稱「鄭都官」。又嘗賦鷓鴣警絕，復稱「鄭鷓鴣」云。鄭谷〈鷓鴣〉：暖戲煙蕪錦翼齊，品流應得近山雞。雨昏青草湖邊過，花落黃陵廟裡啼。遊子乍聞征袖濕，佳人才唱翠眉低。相呼相應湘江闊，苦竹叢深春日西。

詠物必推子美，乃為當家，以其取義在不即不離之間，而寄託深遠也。此是子美勝於古人處。

（清）龐愷《詩義固說》下

詩家賦物，毋論大小妍醜，必有比況寄託。即以擬人，亦未為失倫。如良馬以比君子，青蠅以喻讒人，如此者不一而足。必欲取一事一人以實之，隘矣。

（清）查慎行評杜甫〈螢火〉詩，轉引自今人李慶甲《瀛奎律髓匯評》卷二十七

唐人詩意不在題中，亦有不在詩中者，故高遠有味。雖作詠物詩，亦必意有寄託，不作死句。老杜黑白鷹、曹唐病馬、韓偓落花可證。今人論詩，唯恐一字走卻題目，時文也，非詩也。

（清）納蘭性德《淥水亭雜識》四

（杜甫）〈促織〉[24]詠物諸詩，妙在俱以人理待之，或愛惜，或憐之勸之，或戒之壯之。全付造化，一片婆心，絕作絕作！　○詠物諸作，皆以自己意思，體貼出物理情態，故題小而神全，局大而味長，此之謂作手。

　○「久客得無淚」，初聞之下淚可知，此一面兩照之法。「故妻難及晨」，自己之不睡可知。……　○寫得蟲聲哀怨，不可使愁人暫聽，妙絕文心。

（清）張謙宜《絸齋詩談》卷四

詠物，小小體也。而老杜詠〈房兵曹胡馬〉，則云：「所向無空闊，真堪托死生。」德性之調良，俱為傳出。鄭都官〈詠鷓鴣〉，則云：「雨昏青草湖邊過，花落黃陵廟裡啼。」此又以神韻勝也。彼胸無寄託，筆無遠

---

24 〈促織〉：促織甚微細，哀音何動人？草根吟不穩，床下夜相親。久客得無淚？故妻難及晨。悲絲與急管，感激異天真。

情，如謝宗可、瞿佑之流，直猜謎語耳。

（清）沈德潛《説詩晬語》卷下

　　詠物詩有兩法：一是將自身放頓在裡面，一是將自身站立在旁邊。
　　詠物一體，就題言之，則賦也；就所以作詩言之，即興也比也。

（清）李重華《貞一齋詩説》

　　詠物詩要不即不離，工細中須具縹緲之致。若今人所謂必不可不寓意
者，無論其為老生常談，試問古人以詠物見稱者，如鄭鷓鴣、謝蝴蝶、高
梅花（高啟）、袁白燕諸人，彼其詩中寓意何處，君輩能一一言之否？夫
詩豈不貴寓意乎？但以為偶然寄託則可，如必以此意強入詩中，詩豈肯為
俗子所驅遣哉？總之：詩須論其工拙，若寓意與否，不必屑屑計較也。大
塊中景物何限，會心之際，偶爾觸目成吟，自有靈機異趣。倘必拘以寓意
之說，是錮人聰明矣。此其說在今一唱百和，遂奉為科律。吾謂巧者用
之，則有益無害；拙者守之，愈甚其拙而已。

（清）吳雷發《説詩菅蒯》

　　（李賀）〈馬詩〉二十三首，俱是借題抒意。或美，或譏，或悲，或
惜，大抵於當時所聞見之中各有所比。言馬也，而意初不在馬矣！

（清）王琦《李長吉歌詩匯解》卷二

　　詠物詩無寄託，便是兒童猜謎。

（清）袁枚《隨園詩話》卷二

　　王若虛《滹南詩話》言之極當，詠物詩須詩中有人，尤須詩中有我，
或將我跳出題之旁，或將我併入題之內。詠物之妙，只此二種。

（清）阮葵生《茶餘客話》卷十一

　　凡詠物必有其地、其時、其人。試讀坡公此數詩，每即一物，而出處、懷抱、寄託咸寓其中。此詠物之神理，此詠物之性情也。學者即此知詠物雖一端，而可於斯得性情之正矣！豈徒就一物刻畫雕琢，而可謂之詠物者哉？

（清）翁方綱《詠物七言律詩偶記》

　　（虞世南〈詠蟬〉[25]）詠物詩固須確切此物，尤貴遺貌得神。然必有命意寄託之處，方得詩人風旨。……此詩三、四句品地甚高，隱然自寫懷抱。

（清）李鍈《詩法易簡錄》卷十三

　　杜七古如〈驄馬行〉、〈古柏行〉、〈石筍行〉之屬，皆有寄託。然因詠物而後寓懷，與先感慨而借詠物者，情詞不侔。

（清）陳沆《詩比興箋》卷三

　　詞原於詩，即小小詠物，亦貴得風人比興之旨。唐、五代、北宋人詞，不甚詠物，南渡諸公有之，皆有寄託。白石（姜夔，自號白石道人）、石湖（范成大，號石湖居士）詠梅，暗指南北議和事。及碧山（王沂孫號）、草窗（周密號）、玉潛（唐玨字）、仁近（仇遠字）諸遺民，《樂府補遺》中龍涎香、白蓮、蓴、蟹、蟬諸詠，皆寓其家國無窮之感，非區區賦物而已。……即間有詠物，未有無寄託而可成名作者。

（清）蔣敦復《芬陀利室詞話》卷三

　　昔人詞詠古詠物，隱然只是詠懷，蓋其中有我在也。然人亦孰不有我，唯「耿吾得此中正」者尚耳。

（清）劉熙載《藝概》卷四〈詞曲概〉

25　〈蟬〉：垂緌飲清露，流響出疏桐。居高聲自遠，非是藉秋風。

詠物詩必須有寄託，無寄託而詠物，試帖體也。少陵〈促織〉諸篇，可以為法。

　　　　　　　　　　　　　　　　　　　　　（清）施補華《峴傭說詩》

詠物體，須不即不離，有議論，有興會，有寄託，能組織生新，自佳。
　　　　　　　　　　　　　　　　　　　　（清）李佳《左庵詞話》卷上

詠物最爭托意隸事處，以意貫串，渾化無痕。碧山集中，以此擅場。讀之自見家國身世之感，每流露於言外。

　　　　　　　　　　　　　　　　　　　　　　　　　　　　同上

夫所謂詩中有我者，不依傍前人門戶，不摹仿前人形似，抒寫性情，絕無成見，稱心而言，自鳴其天。勿論大篇短章，皆乘興而作，意盡則止。我有我之精神結構，我有我之意境寄託，我有我之氣體面目，我有我之材力準繩，決不拾人牙慧，落尋常窠臼蹊徑之中。……今人誤會詩中有我之意，乃欲以詩占身分，於是或詭激以鳴清高，或大言以誇識力，或曠論以矜風骨，或憤語以洩不平。不唯數見不鮮，呶呶可厭，而任意肆志，亦乖溫厚含蓄之旨，品斯下矣。……甚至一花一木，一禽一鳥之微，詠物詩中，亦必夾寫自家身分境遇，以為寄託。巧者不過雙關綰合，喧客奪主，嫌其賣弄，終不融洽耳。否則牽連含混，賓主不分，詠物卻帶詠人，說人又兼說物。抑或以物當人，以人當物，分寸意境，夾雜莫辨，作一篇似可解而實不可解之語，尤為可笑。

　　　　　　　　　　　　　　　　　　　　（清）朱庭珍《筱園詩話》卷一

詠物之作，在借物以寓性情。凡身世之感，君國之憂，隱然蘊於其內，斯寄託遙深，非沾沾焉詠一物矣。如王碧山詠新月之〈眉嫵〉，詠梅之〈高陽臺〉，詠榴之〈慶清朝〉，皆別有所指，故其詞郁伊善感。

　　　　　　　　　　　　　　　　　　　　　（清）沈祥龍《論詞隨筆》

　　詞貴有寄託。所貴者流露於不自知，觸發於弗克自已。身世之感，通於性靈。即性靈，即寄託，非二物相比附也。橫互一寄託於搦管之先，此物此志，千首一律，則是門面語耳，略無變化之陳言耳。於無變化中求變化，而其所謂寄託，乃益非真。

（近代）況周頤《蕙風詞話》卷五

　　問：詠物如何始佳？答：未易言佳，先勿涉呆。一呆典故，二呆寄託，三呆刻畫，呆襯托。去斯三者，能成詞不易，矧復能佳，是真佳矣。題中之精蘊佳，題外之遠致尤佳。自性靈中出佳，從追琢中來亦佳。

同上

　　詠物詩須有寄託，而以書卷數佐之，二者殆缺一不可。蓋寄託所在，恒有千言萬語，不得一當者，只須援一故實，為之宛轉譬喻，則辭意俱達，省卻無數筆墨，豈非快事？若全賴故實而絀於寄託，則如貧兒暴富，現面盎背，無非金銀之氣，有不為兩腳書廚者幾希。

（近代）李伯元《南亭四話》卷一《莊諧詩話》

　　美人香草，寄託遙深，古今詩家一普通結習也。

（近代）梁啟超《飲冰室詩話》

　　（韓愈〈枯樹〉詩[26]）凡此種題，謂之詠物。要在寄託遙遠，寓意高深，若但求刻畫一物，極態極妍，亦非詩家所取也。

（近人）朱寶瑩《詩式》卷一

26　〈枯樹〉：老樹無枝葉，風霜不復侵。腹穿人可過，皮剝蟻還尋。寄託惟朝菌，依投絕暮禽。猶堪持改火，未肯但空心。

　　詠物之作，最要在寄託。所謂寄託者，蓋借物言志，以抒其忠愛綢繆之旨。《三百篇》之比興，〈離騷〉之香草美人，皆此意也。……唯有寄託，則辭無泛設，而作者之意，自見諸言外。朝市身世之榮枯，且於是乎覘之焉。

（近人）吳梅《詞學通論》第一章〈緒論〉

　　詠物詞，貴有寓意，方合比興之義。寄託最宜含蓄，運典尤忌呆詮，須具手揮五弦目送飛鴻之妙，方合。如東坡〈水龍吟〉，詠楊花而寫離情。夢窗（吳文英號）〈瑣窗寒〉，詠玉蘭而懷去姬。白石詠梅，〈暗香〉感舊，〈疏影〉弔北狩虜從諸妃嬪。大都雙管齊下，手寫此而目注彼，信為當行名作。

（近人）蔡嵩雲《柯亭詞論》

　　詠物詩貴有寄託，否則精心刻劃，細膩熨貼，只須不著跡相，亦自可觀。

（近人）蔣抱玄《民權素詩話》秋夢《綺霞軒詩話》

　　自毗陵張皋文（清張惠言字）氏以意內言外釋詞，選詞二卷，以指發古人言外之幽旨，學者宗之，知詞亦與古詩同義，其功甚偉。然張氏但知詞以有所寄託為高，而未及無所寄託而自抒性靈者亦高，故介存齋（清周濟《介存齋論詞雜著》）有空、實之辨也。至介存（周濟字）所謂「指事類情，仁者見仁，智者見智」與況君（況周頤）所謂「即性靈，即寄託」，語異旨同。填詞必如此而後靈妙，是又無寄託而有寄託也。……至作者當性靈流露之時，初亦未暇措意其詞果將寄託何事，特其身世之感，深入性靈，雖自寫性靈，無所寄託，而平日身世之感即存于性靈之中，同時流露於不自覺，故曰「即性靈，即寄託」也。學者必深明此理，而後作者之詞雖流於跌宕怪神，怨懟激發，而自能由其性靈兼得其寄託，而此所

寄託，即其言外之幽旨也，特非發於有意耳。

（近人）劉永濟《詞論》卷下〈作法〉

　　葉嘉瑩論詩詞寄託，謂我國自古將文藝依附于道德之上，「是以不寫成為有寄託之作，則不足以自尊；不解成為有寄託之作，則不足以尊人。」按後世文字獄亦因之而起。……寄託說之為害，可勝道哉！按最早之寄託說，當為楊惲之「種豆」詩。

（今人）吳世昌《詞林新話》卷一

　　止庵（周濟晚號）曰：「初學詞求空。」此論不然。初學詞求實忌空，必須言之有物。……又曰：「初學詞求有寄託」，亦不然。初學詞不必求寄託。寄託者言近旨遠，老手偶能得之。寄託之與虛妄亦相去不遠。教人初學求寄託，是教人言不由衷也。

同上

孫　評

　　中國古典詩詞有大量詠物之作，往往帶政治道德影射性質，不是偶然的。這與中國從《詩經》、《楚辭》開始的美刺諷喻的強大傳統，有著直接的關係。屈原〈離騷〉以香草喻美德的象徵系統，為中國詠物詩學奠定了思想和藝術基礎，拓開了詠物詩詞數千年的歷史。然而，詠物和寄託作為統一體的平衡是相對的，矛盾消長，失去平衡，寄託超越了詠物，理念壓倒了感性，實屬難免。特別是在進入閱讀過程，由於讀者多元，寄託被無限穿鑿，變成捕風捉影的猜謎，甚至造成政治詩案，在中國古典詩歌史上延續不絕。

　　早期詠物詩案，可以劉禹錫〈戲贈看花諸君子〉為代表。據晚唐孟棨記載，劉氏被貶為朗州司馬，十年始召回京師，感慨之餘，作詩贈友人云云。詩出流傳，因人「誣其有怨憤」，觸怒當權者，同年又遭貶逐連州。其實，劉氏詠桃，可以說是具有某種記實屬性，全是大白話。離京十年，故地桃樹成林，人是物非（而不是通常的物是人非），不勝感慨繫之而已。但這僅一解，不同主體聯想取向不同，則連類無窮。如，桃樹均為後栽，桃花之豔，或可影射新進皆後人。此等聯想，其實皆為或然，而非必然，以主觀之移情，於多種可能中取其合乎己意者，就成了構陷者的不二法門。

　　此類詩案，在中國詩史上持續千年而屢見不鮮。李泌詠東門柳，楊國忠謂其譏己而得禍。蘇軾因詠物詩案多次被陷害，幾犯不臣之罪。劉克莊由詠落梅而被讒閒棄十載。諸如此類的詩案至清朝，演變為文字獄，就更加慘烈了。因政治解讀而構成血案，可能是中國特有的現象。西方亦有詩人觸犯政治而遭難者。如普希金也曾因詩歌遭到憲兵頭子背肯道夫的監視、告密。但是，普希金詩還是能正面直接抒情，甚至敢呼喊道：「相信吧，同志！……在俄羅斯專制的廢墟上，將寫

上我們的名字。」像中國對詠物詩詞那樣捕風捉影者，則甚為稀罕。

政治上的美刺，在中國詩史上很受重視，但多為借詠物以寓意，直陳其事、直抒其情者絕無僅有。〈離騷〉實為政治抒情長詩，取間接的象徵手法。就是最勇敢的詩人如李白，於〈蜀道難〉中亦只能云「錦城雖云樂，不如早還家」，欲言輒止，留下千古謎團。這與中國的封建專制歷史特別長，正統詩論「怨而不怒」、「婉而多諷」的傳統有關。但是，政治體制可能還不是最深層的原因。比政治更深層的原因在於文化價值，而文化則植根於語言。中國古典詩詞盛行「詠物」，它不僅僅是題材，而且堪稱是一種體裁，這與漢語的特殊性有關。

詠物的特點是以物為題，表面上詠具體之物，實質上概括普遍的人間情志。從具體特殊到普遍概括，全用暗示，正是循著漢語的特殊規律。漢語名詞，稱其名物者，非特指個別，實泛指其類。而歐美語言則不然，其名詞前常有定冠詞、不定冠詞，以示其特殊所指，而非泛指其類。漢語詠物詩，詠一物則詠一類，而不是專指個體。如賀知章〈詠柳〉，是一類之柳，無數量限定，亦無地點、時間的限定。而歐美詩人倘或詠物，往往詠的是某一特殊之物，英語，德語，俄語詩題者，名詞有性數格的限制，動詞有時態的限制。以名物為題，則冠詞不可或缺。如雪萊〈雲雀頌〉，即非詠其類，而是詠其一。英文原文為「Ode to a skylark」，其中「a」不可或缺，就是特指為雲雀之一。又如〈西風頌〉，也特指《Ode to the West Wind》，所以在 West Wind 前特加定冠詞 the，以示確定，而非泛指。

西方古典詩並不乏寄託，但其所托都是公然直接地抒發，而不取漢語詩詞之情景交融。作者罕見致力於「如藍田日暖，良玉生煙，可望而不可置於眉睫之前」的「景」，也很少把「含不盡之意，見於言外」當作最高的追求。中國詩詞之所以將情感滲透於景物描繪中，大概是因為語詞泛指，聯想空間多元，易於將自我寄託隱藏於景觀之中。歐美詩人，語詞特指，名物聯想空間較小，自我就往往超越名物

而直接抒發。如〈西風頌〉並不拘於正面描繪其形態屬性，並不隱藏自我，而是從西風屬性之一端生發，直取西風與自我之同，讓自我逐步出場，把自我變成西風的豎琴（Make me thy lyre），從西風驅動的雲片，推想到西風吹落的秋林葉片，聯繫自我狂亂的思緒傳遍宇宙。有了這樣的過渡，就進而直截了當宣言，「通過自我的嘴唇喚醒沉睡的地球」（Be through my lips to unawaken'd earth）。最後，則是詩人把西風當成自我的號角，宣示預言（The trumpet of a prophecy! O Wind）：「假如冬天來了，春天還會遠嗎？」（If Winter comes, can Spring be far behind?）這裡動人的，是明明白白的自豪的宣告，完全不用通過物或者景來隱藏、暗示。

　　寄託在中國古典詩詞中的地位如此之高，甚至比杜甫所追求的「佳句」（「為人性僻耽佳句」）還更高。吳喬批評唯求佳句而忽視寄託的傾向道：「作詩者意有寄託則少，惟求好句則多。謝無逸作蝴蝶三百首，那得有爾許寄託乎？好句亦多，只是蝴蝶上死句耳。林和靖梅花之『疏影橫斜水清淺，暗香浮動月黃昏』，與高季迪之『雪滿山中高士臥，月明林下美人來』，皆是無寄託之好句。」在中國詩歌理論史上，吳喬的思想和藝術感受往往不同凡響，但對於寄託，卻不能免俗，遠不如朱庭珍的深邃。關鍵在於，所謂寄託，應該是真正的自我寄託，決不僅僅是佳句而已。

　　朱庭珍就不但堅持「詩中有我」，而且說得相當透澈，相當勇敢：「夫所謂詩中有我者，不依傍前人門戶，不摹仿前人形似，抒寫性情，絕無成見，稱心而言，自鳴其天。勿論大篇短章，皆乘興而作，意盡則止。我有我之精神結構，我有我之意境寄託，我有我之氣體面目，我有我之材力準繩，決不拾人牙慧，落尋常窠臼蹊徑之中。……今人誤會詩中有我之意，乃欲以詩占身分，於是或詭激以鳴清高，或大言以誇識力，或曠論以矜風骨，或憤語以洩不平。不唯數見不鮮，呶呶可厭，而任意肆志，亦乖溫厚含蓄之旨，品斯下矣。」

他的思想實在有點個性解放的色彩，特別是那一連四個「我有我」，頗能體現出晚清思想大變動之風貌。正因為這樣，他對於假借詠物以佔自己身分的不良詩風的批判，特別痛快淋漓。他的批判還深入到藝術上去，斷然否定那種賣弄取巧、主客不諧和牽連含混、賓主不分的末流寄託法，貶之為「作一篇似可解而實不可解之語，尤為可笑。」

在中國古代詩歌史上，托物言志的理論和趣味長期是主流。如果讓一個西方詩人來看中國的詠物詩及其理論，肯定是大惑不解的。古典浪漫主義詩人張揚自我，視物理、物性為自我想像的束縛，以激情衝擊感知，以想像的自由變異為務，以超越物理、物性，衝破物象屬性為起點。詩完全可以為自己的思想而自豪，為什麼一定要藏起來，才叫有寄託，才是高層次呢？。像謝逸在同一個對象（蝴蝶）上重複三百次，去「體物之精」，在他們看來這簡直是發了瘋。

顯然，從詠物詩即可看出漢語詩歌與歐美詩歌實屬不同的流派。歐美古典詩歌（象徵派以前）直接抒情，想像自由，思想容量大，敘事功能強，故有史詩。然而也不可否論，有感性不足之處，難免流於概念之局限。漢語詩歌優長在感性充沛，意境蘊藉，言有盡而意無窮，但其敘事功能弱，思想容量小，故史詩獨缺。像〈木蘭詞〉、〈孔雀東南飛〉那樣的敘事詩，實在屈指可數。〈長恨歌〉名為敘事，其實已化為抒情。東西方詩歌各自獨立發展，直至二十世紀，苦於感情直接噴射之美國詩人向中國古典詩尋求出路，遂有意象派。後數年，中國五四文學革命發生，新詩又學習西方浪漫派的強烈感情的自然流瀉。雙水分流千年，一旦風雲際會，陌路相逢，演變出一代新詩的大悲大喜。

附錄
「不即不離」說

　　詠物著題，亦自無嫌於切。第單欲其切，易易耳。不切而切，切而不覺其切，此一關前人不輕拈破也。

（明）胡應麟《詩藪》內編卷五

　　昔人論體物詩，全在一「離」字傳神。至落花、落葉諸題，尤要翻脫前人窠臼。譬之畫山水，其烘托多以雲氣為有無，所謂意在似意在不似也。

（清）計發《魚計軒詩話》

　　（杜甫〈月三首〉詩）第一首[1]，不粘不脫，筆力殊健。

（清）何焯《義門讀書記》卷五十五〈杜工部集〉

　　詠物固不可不似，尤忌刻意太似。取形不如取神，用事不若用意。宋詞至白石、梅溪（史達祖號），始得箇中妙諦。

（清）鄒祗謨《遠志齋詞衷》

　　詠物之作，須如禪家所謂不黏不脫，不即不離，乃為上乘。古今詠梅花者多矣，林和靖「暗香、疏影」之句，獨有千古，山谷謂不如「雪後園林才半樹，水邊籬落忽橫枝」[2]；而坡公「竹外一枝斜更好」[3]，識者以為

1　杜詩：斷續巫山雨，天河此夜新。若無青嶂月，愁殺白頭人。魍魎移深樹，蝦蟆動半輪。故園當北斗，直指照西秦。
2　林逋〈梅花〉詩句。

文外獨絕，此其故可為解人道耳。〈鼉尾文〉

　　　　　　　　　　　　　　　（清）王士禛《帶經堂詩話》卷十二

　　詩人寫物，在不即不離之間，「昔我往矣，楊柳依依」[4]，只「依依」兩字，曲盡態度。

　　　　　　　　　　　　　　　　　　　（清）馬位《秋窗隨筆》

　　詠物詩有澹永之味，不即不離，所以為佳。

　　　　　　　　　　　　　　　　（清）張廷玉《澄懷園語》卷三

　　青門（清邵長蘅，號青門山人）又云：〈畫鷹〉一首，句句是畫鷹，杜之佳處不在此，所謂詩不必太貼切也。余於此下一轉語：「當在切與不切之間。」

　　　　　　　　　（清）宋犖評語，轉引自清查為仁《蓮坡詩話》卷下

　　詠物詩最難工，太切題則黏皮帶骨，不切題則捕風捉影，須在不即不離之間。

　　　　　　　　　　　　　　（清）錢泳《履園叢話》卷八〈譚詩〉

　　詠物雖小題，然極難作，貴有不黏不脫之妙，此體南宋諸老尤擅長。

　　　　　　　　　　　　　　　（清）吳衡照《蓮子居詞話》卷一

　　詠物詩妙在離貌取神，真取弗奪。閩縣薩檀河先生〈春燕〉詩云：「草長鶯啼客路遙，故鄉何處獨飄蕭。江村細雨吟三楚，門巷斜陽話六朝。桑榆人家迎社鼓，杏花時節賣餳簫。天涯寥落誰知己？形影相依總寂

3　蘇軾〈和秦太虛梅花〉詩句：江頭千樹春欲闇，竹外一枝斜更好。

4　《詩》〈小雅〉〈采薇〉詩句。

寥。」此詩不即不離，可稱超脫矣。

（清）林昌彝《射鷹樓詩話》卷七

東坡〈水龍吟〉起云：「似花還似非花。」此句可作全詞評語，蓋不離不即也。時有舉史梅溪〈雙雙燕〉〈詠燕〉、姜白石〈齊天樂〉〈賦蟋蟀〉令作評語者，亦曰「似花還似非花」。

（清）劉熙載《藝概》卷四〈詞曲概〉

（宋曾幾〈嶺梅〉詩[5]）按：凡詠物詩，太切則黏滯，不切則浮泛，傳神寫照，在離合間方是高手。此詩雖未造極，已得不切而切之妙矣。

（清）許印芳《律髓輯要》卷三

詠物妙在不即不離，自無呆相。

（清）李佳《左庵詞話》卷上

詠物詩以不黏不脫、不即不離，刻畫工而不落色相，寄意遠而不失物情為貴。

（近人）蔣抱玄《民權素詩話》南村《攄懷齋詩話》

靜安以為東坡「楊花詞」「和韻而似元唱，章質夫詞元唱而似和韻。才之不可強也如是！」此說甚謬。東坡和作擬人太過分，遂成荒謬。楊花非花，即使是花，何至擬以柔腸嬌眼，有夢有思有情，又去尋郎。試問楊花之「郎」為誰？末句最乏味，果如是則桃花可為離人血，梨花可為離人髮，黃花可為離人臉，可至無窮。此詞開宋——乃至後世——無數詠物惡例。

5　曾詩：蠻煙無處洗，梅蕊不勝清。顧我已頭白，見渠猶眼明。折來知韻勝，落去得愁生。坐久江南夢，園林雪正晴。

但歷來評者一味吹捧，各本皆選入，人云亦云，不肯獨立思考。

（今人）吳世昌《詞林新話》卷三

孫　評

　　古代評論詠物詩詞，對於「不即不離」說，幾乎沒有爭議，眾口一詞。這種一致性是很罕見的。但從學術上說，沒有爭議恰恰可能隱藏著危機。

　　明瞿佑提出：「拘於題，則固執不通，有粘皮帶骨之陋；遠於題，則空疏不切。」胡應麟主張「不切而切，切而不覺其切」。這都是經驗之談。清王士禎則從禪宗取得思想資源，謂：「不即不離，乃為上乘。」這背後，很顯然有樸素的辯證法在起作用，概而言之，形象是在切與不切、即與離的矛盾中，保持著必要的張力。

　　但，也有從畫論中取「形神」之說者。鄒祗謨提出「取形不如取神」，在理論上片面地強調了詩與畫共同性，不得要領。形神之說充其量只限於視覺，而視覺之於詩，不過是一隅而已。形神論之局限，乃在遮蔽詩與畫想像之差異。林昌彝主張「詠物詩妙在離貌取神」，並舉薩檀河〈春燕〉詩為例，斷言「此詩不即不離，可稱超脫矣」。其實，從嚴格意義上說，此詩仍然過分拘泥於物，所有關於春燕的想像均不離俗套，語言也幾乎全是典故的堆砌組裝，如草長鶯啼、門巷斜陽、社鼓、杏花等等，實在很難算得上「超脫」。

　　比較而言，還是劉熙載說得到位：「東坡〈水龍吟〉起云：『似花還似非花。』此句可作全詞評語，蓋不離不即也。」用「似花還似非花」來解釋「不即不離」，是很聰明的，但也不無勉強。因為，不即不離，強調的是不能太貼近，也不太脫離；而似花還似非花，則強調既要似花，又要突出非花。然而似花是「即」，非花卻超出了「離」：「離」僅是遠近的問題，「非花」則是真實與假定的問題。我國詩話詞話往往流露出某種拘於真實的傾向，在突出「不即」之時，又趕緊以「不離」來牽制。其實，詩詞之失往往不在「不即」，而在於「不

離」。所謂「離」，就是想像的自由，就是假定的出格；不離，即離得不夠，也就是想像的拘泥、放不開。像前述薩檀河〈春燕〉詩那樣，只滿足於前人話語的組裝。

　　不妨具體分析一下蘇東坡的〈水龍吟〉詞，就不難看出「不即不離」說的局限。蘇詞是和他的朋友章質夫〈水龍吟〉〈柳花〉而作的，我們先看看章詞：

> 燕忙鶯懶花殘，正堤上、柳花飄墜。輕飛亂舞，點畫青林，全無才思。閑趁遊絲，靜臨深院，日長門閉。傍珠簾散漫，垂垂欲下，依前被、風扶起。　　蘭帳玉人睡覺，怪春衣、雪沾瓊綴。繡床漸滿，香球無數，才圓卻碎。時見蜂兒，仰粘輕粉，魚吞池水。望章台路杳，金鞍遊蕩，有盈盈淚。

　　如果以「不即不離」論來評析這首詞，則全篇既扣緊楊花的特徵（輕飛亂舞、垂垂欲下、依前被、風扶起、香球無數、才圓卻碎），又離開了楊花的特性，使其運動形態帶上「玉人」的慵懶的情感特徵，甚至最後直寫到玉人「有盈盈淚」。這個「盈盈淚」，是人的情感表現，也是楊花飄飄忽忽運動的特徵。整首完全是「不即不離」說的體現，應該說在藝術上達到了相當的水準。

　　蘇軾的和作則如下：

> 似花還似非花，也無人惜從教墜。拋家傍路，思量卻是，無情有思。縈損柔腸，困酣嬌眼，欲開還閉。夢隨風萬里，尋郎去處，又還被、鶯呼起。　　不恨此花飛盡，恨西園、落紅難綴。曉來雨過，遺蹤何在？一池萍碎。春色三分，二分塵土，一分流水。細看來、不是楊花點點，是離人淚。

　　兩首詞，都表現一位貴族婦女思念遠離家鄉的丈夫的傷感情緒，感歎青春像楊花一樣地消逝。章詞對楊花形態的描摹可謂不即不離，其中還有些前人所未曾達到的那種精緻。但是，在他筆下，楊花始終是楊花，他不敢離開楊花運動形態，只是在楊花和玉人統一的形質範圍內施展他的華采的語言工夫。而在蘇軾筆下，楊花帶上了更加強烈的、想像的、假定的色彩，離開了現實中楊花本來的樣子。蘇詞一開頭就是：「似花還似非花」。又是楊花，又不是楊花。到最後，則乾脆宣稱：「細看來，不是楊花點點，是離人淚。」詞裡楊花「離」了自然界的楊花，才能變成了人的眼淚，客觀的對象在性質上發生了變化，成了主觀的感情的表徵。也即是說，一種物（楊花）已經變異成了另一種物（眼淚），而這種變異，正因為是把楊花變成不是楊花，才顯得異常精彩。

　　蘇軾作為一個大詩人，大就是大在想像大大超過了章質夫。他這種勇敢地離開了、突破了事物原始形態的想像，正是構成詩人才華的一個重要因素。從這個意義上說，「不即不離」說，既不如葉燮《原詩》「幽渺以為理，想像以為事，惝恍以為情」的想像論，又不如吳喬所概括的「詩酒文飯」、詩歌形象「形質俱變」的變質論。後二者不但在理論上要深邃得多，而且在操作上也會有效得多。

　　當然，詠物作為詩詞的一體，是中國古代詩歌所特有的，因而「不即不離」之說作為詠物詩藝的一種總結，無疑仍是中國古典詩詞的重要特色之一。

　　但是，如果單就詩歌以物象為對象而言，詠物在世界詩歌史上也是普遍存在的。如普希金的〈致大海〉、雪萊的〈雲雀頌〉、華滋華斯的〈水仙詠〉、濟慈的〈希臘古甕頌〉等等。其根本的區別在於：作為藝術方法，西方詩人與其說是不即不離，不如說是「小即大離」。如，〈希臘古甕頌〉並沒有在形態上對古甕本身加以描繪，而是詩人作為抒情主體，直接向古甕上繪畫的那些少男少女發出疑問。在〈致

大海〉、〈雲雀頌〉中，同樣也是詩人主體向客體訴說，直接抒情。西方以物為對象的詩歌的共同特點，就是詩人公然站在最前列，馳騁自己的想像，抒發自己的激情。華滋華斯的〈水仙詠〉，在英國廣播公司以「我最喜愛的古典詩歌」為題的民意測驗中，曾名列第五。但謂之「詠」，其主題卻不是描摹水仙的形神之美，詩人也不把感情藏在水仙的形態之中，而是直接訴說自己像一片孤獨的雲在漫遊時，為水仙的美所震撼，因而改為了自己的精神狀態。我們來看最後一節：

> For oft，when on my couch I lie,
>
> In vacant or in pensive mood,
>
> They flash upon that inward eye,
>
> Which is the bliss of solitude;
>
> And then my heart with pleasure fills,
>
> And dances with the daffodils.

　　水仙的燦爛之美，最後是在它的功能上，使作者悵惘若失的孤獨變成了享受天賜的福，內心洋溢著歡樂，以至心和水仙一齊舞蹈起來。如果按我們傳統的不即不離說，這就離得太遠太遠了。但是，人家的詩歌就是按著這樣的想像模式發展起來的。兩相比較，比我們要開放得多。由此可見，古典詩詞詠物的不即不離說，從理論到實踐，在「五四」文學革命後被新詩所揚棄，也就並非偶然的了。

詩可解、不可解、不必解之說

　　子美詩妙處乃在無意於文，夫無意而意已至。非廣之以〈國風〉、〈雅〉、〈頌〉，深之以〈離騷〉、〈九歌〉，安能咀嚼其意味，闖然入其門邪？……彼喜穿鑿者，棄其大旨，取其發興，於所遇林泉人物草木魚蟲，以為物物皆有所托，如世間商度隱語者，則子美之詩委地矣！

　　　　　　　　　　　　　　　　　（宋）黃庭堅《黃庭堅詩話》

　　今人解杜詩，但尋出處，不知少陵之意，初不如是。……縱使字字尋得出處，去少陵之意益遠矣。蓋後人元不知杜詩所以妙絕古今者在何處，但以一字亦有出處為工。

　　　　　　　　　　　　　　　　　（宋）陸游《老學庵筆記》卷七

　　先賢平易以觀詩，不曉尖新與崛奇。若似後儒穿鑿說，古人字字總堪疑。

　　　　　　　　　　　　　　　　　（宋）劉克莊〈答惠州曾使君韻〉

　　詩有可解、不可解、不必解，若水月鏡花，勿泥其跡可也。

　　　　　　　　　　　　　　　　　（明）謝榛《四溟詩話》卷一

　　黃山谷曰：「彼喜穿鑿者，棄其大旨，取其發興於所遇林泉、人物、草木、魚蟲，以為物物皆有所托，如世間商度隱語，則詩委地矣。」予所謂「可解、不可解、不必解」，與此意同。

　　　　　　　　　　　　　　　　　同上

　　近代評詩者謂詩至於不可解，然後為妙。夫詩美教化，厚風俗，示勸戒，然後足以為詩，詩而至於不可解，是何說耶？且《三百篇》何嘗有不可解者哉？

（明）蔣冕《瓊臺詩話》卷下

　　唐人詩主情，去《三百篇》近；宋人詩主理，去《三百篇》卻遠矣。匪惟作詩也，其解詩亦然。

（明）楊慎《升庵詩話》卷八

　　（唐王昌齡〈出塞〉二首詩其一[1]）若以有意無意可解不可解間求之，不免此詩第一耳。（指為唐人絕句第一）

（明）王世貞《藝苑卮言》卷四

　　凡詩，欲暢於眾耳眾目，若費解費想，便是啞謎，非詩矣。

（明）江盈科《雪濤小書》〈詩評〉

　　可解，非以訓詁通其意也。不可解，非以聲牙隱僻亂其法也。不必解，非不求要領，彷彿規模也。可以神會，不可以言傳。此先輩可解、不可解、不必解之旨耳。

（明）費經虞《雅倫》卷二十二

　　（王昌齡〈出塞〉詩）以月屬秦，以關屬漢者，非月始於秦，關起於漢也。意謂月之臨關，秦漢一轍，征人之出，俱無還期，故交互其文，而為可解不可解之語。讀者以意逆志，自當了然，非唐詩終無解也。

（明）唐汝詢《唐詩解》卷二十六

1　王詩：秦時明月漢時關，萬里長征人未還。但使龍城飛將在，不教胡馬度陰山。
　　題一作〈從軍行〉。

　　梅聖俞有《金針詩格》，張無盡有《律詩格》，洪覺範（釋惠洪自稱）
有《天廚禁臠》，皆論詩也。及觀三人所論，皆取古人之詩穿鑿扭捏，大
傷古作者之意。三書流傳，魔魅後人，不獨可笑，抑復可恨。不知詩人托
寄之語，十之二三耳，既云托寄，豈使人知？若字字穿鑿，篇篇扭捏，則
是詩謎，非詩也。《三百篇》中有比、有興、有賦，盡如聖俞、無盡、覺
範所言，則《三百篇》字字皆比，更無賦、興，千古而下，只作隱語相
猜，安能暢我性情，使人興觀群怨哉！惟子美詠物諸五言，則實有寄託，
然亦不必牽強索解，如與癡人說夢也。

（清）賀貽孫《詩筏》

　　學者誠能澄心袚慮，正己之性情，以求遇子美之性情，則崆峒仙仗之
思，茂陵玉椀之感，與夫杖藜丹壑、倚棹荒江之態，猶可儼然晤其生面而
揖之同堂，不必以一二隱語僻事，耳目所不接者為疑也。夫詩有可解者，
有不可解者：指事陳情，意含風諭，此可解者也；托物設象，興會適然，
此不可解者也。不可解而強解之，日星動成比擬，草木亦涉瑕疵，譬諸圖
罔象而刻空虛也。可解而不善解之，前後貿時，淺深乖分，欣忭之語，反
作誚譏，忠劼之詞，幾鄰懟怨，譬諸玉題珉而烏轉烏也。二者之失，注家
多有，兼之偽撰假託，貽誤後人，瞽說支離，襲沿日久，萬丈光焰，化作
百重雲霧矣。

（清）朱鶴齡〈杜詩輯注序〉，轉引自清仇兆鰲《杜詩詳注》〈諸家論杜〉

　　唐人詩被宋人說壞，被明人學壞，不知比興而說詩，開口便錯。義山
〈驕兒〉詩，令其莫學父，而于西北立功封侯，托興以言己之有才而不遇
也。葛常之（宋葛立方字）謂「其時兵連禍結，以日為歲，而望三四歲
兒，立功于二十年後，為俟河之清」。誤以為賦，故作寱語。

（清）吳喬《圍爐詩話》卷五

今人論詩輒云：有意無意、可解不可解。此二語誤人不淺。吾觀古詩無一字無著落，須細心探討，方不墮入雲霧中，則將來詩道有興矣。

（清）徐增《而庵詩話》

看詩者，須細細循作者思路，方有所得，若泛然論去，所謂有意無意之間，不必求甚解，於詩究為門外漢而已。

又《而庵説唐詩》卷十三

（杜甫〈曉望〉詩[2]）疊嶺宿昔為雲所靄，惟峰之高者始見日耳。地坼，謂岸高，因岸高故江帆隱。天清，謂境靜，因境靜故木葉聞。中二聯寫景並精妙。《論語》：「鳥獸不可與同群，吾非斯人之徒與而誰與？」七八暗反其意。而〈遣悶〉作「斯人難並居」，競明言之矣。有彼作之明言，益見此結含蘊之妙。天清則無風埃，木葉有時自落，一聞其響；若風起，則但聞風聲不聞葉聲矣。此雖精意，語本不晦，須溪（宋劉辰翁號）乃謂使人不可解，方是妙處。以此語為不可解，又以不可解為妙。吾今而知竟陵詩派，其源出於須溪也。

（清）黃生《杜詩説》卷七

詩忌費解，然太便口則少沉著之味；詩忌牽合，然太鶻突則少超越之趣。此中淺深，不可以言喻，解人自會。

（清）葉矯然《龍性堂詩話》初集

世之說漢詩者，好取其詩，牽合本傳，曲勘隱微。雖古人託辭寫懷，固當以意逆志；然執詞指事，多流穿鑿。又好舉一詩，以為此為君臣而

2　杜詩：白帝更聲盡，陽臺曙色分。高峰寒上日，疊嶺宿靄雲。地坼江帆隱，天清木葉聞。荊扉對麋鹿，應共爾為群。

作，此為朋友而作，此被讒而作，此去位而作，亦多擬度，失本詩面目。
余說漢詩先去此二病。

（清）費錫璜《漢詩總說》

注解古人詩文者，每牽合附會以示淹博，是一大病。古人用事用意，
有可以窺測者，有不可窺測者，若必欲強勉著筆，恐差之毫釐，失之千
里，不可不慎也。

（清）張廷玉《澄懷園語》卷二

有以可解不可解為詩中妙境者，此皆影響惑人之談。……詩至入妙，
有言下未嘗畢露，其情則已躍然者。使善說者代為指點，無不亹亹動人，
即匡鼎解頤是巳。

（清）李重華《貞一齋詩說》

有強解詩中字句者。或述前人可解不可解不必解之說曉之，終未之
信。余曰：古來名句如「楓落吳江冷」[3]，就子言之，必曰楓自然落，吳
江自然冷；楓落則隨處皆冷，何必獨曰吳江？況吳江冷亦是常事，有何吃
緊處？即「空梁落燕泥」[4]，必曰梁必有燕，燕泥落下，亦何足取？不幾
使千秋佳句，興趣索然哉？且唐人詩中，鐘聲曰「濕」，柳花曰「香」，必
來君輩指摘。不知此等皆宜細參，不得強解。甚矣，可為知者道也！

（清）吳雷發《說詩菅蒯》

詩貴寓意之說，人多不得其解。其為庸鈍人無論已；即名士論古人
詩，往往考其為何年而作，居何地而作，遂搜索其年、其地之事，穿鑿附

3　〔唐〕崔信明佚詩斷句，失題。宋岳珂〈題王湛潛泉蛙吹〉詩云：楓落吳江冷，曾
　　聞五字傳。
4　薛道衡〈昔昔鹽〉詩句：暗牖懸蛛網，空梁落燕泥。

會，謂某句指某人，某句指某事。是束縛古人，苟非為其人、其事而作，便不得成一句矣。且在是年只許說是年語，居此地只許說此地話；亦幸而為古人，世遠事湮，但能以意度之耳。若今人所處之時與地，昭然在目，必欲執其詩而一一皆合，其尚可逃耶？難乎免矣！

同上

（王士禛〈雪後懷家兄西樵〉詩[5]）禪宗以可說為粗，以不可說為妙，是不可說亦不可說為妙中之妙。如此詩之竹林斜照，陌巷幽寂，空庭暮雪，此其可說者也。千里相思，此其不可說者也。徒然相思，千里終不可至，不可至而神魂悠忽，若或往往來來於千里之間，日雲暮矣，積雪空庭，身如枯木，心同死灰，此其獨對時之意象，所謂不可說亦不可說者也。於此參之，詩中三昧，思過半矣！

（清）伊應鼎《漁洋山人精華錄會心偶筆》卷五

俗人耳食，動謂詩以不可解為妙，不知妙詩無不可解，渠自不解耳。

（清）邊連寶《杜律啟蒙》〈凡例〉

解詩不可泥，觀孔子所稱可與言《詩》，及孟子所引可見矣，而斷無不可解之理。謝茂秦（謝榛字）創為可解、不可解、不必解之說，貽誤無窮。

（清）何文煥《歷代詩話考索》

戴喻讓有句云：「夜氣壓山低一尺。」周蓉衣有句云：「山影壓船春夢重。」皆妙在可解不可解之間。

（清）袁枚《隨園詩話》卷十二

5　王詩：竹林上斜照，陌巷無車轍。千里暮相思，獨對空庭雪。

何以不取〈擬沈下賢〉[6]也？曰：一字不解。然不解處即是不佳處，未有大家名篇而僻澀其字句者也。

（清）紀昀《玉溪生詩說》卷下〈抄詩或問〉

說詩當去三弊：曰泥，曰鑿，曰碎。執典實訓詁而失意象，拘格式比興而遺性情，謂之泥。厭舊說而求新，強古人以就我，謂之鑿。釋乎所不足釋，疑乎所不必疑，謂之碎。

（清）陳僅《竹林答問》

《四溟山人詩話》創為「可解、不可解、不必解」之說，為世詬病。要是高明之過，文字到得意時，初無急索解人之見，善觀詩者，亦自不求甚解。如〈木蘭詩〉末段，「雄兔」、「雌兔」二語，不過引出「安能辨我是雄雌」語耳，必分木蘭夥伴誰為「撲朔」，誰為「迷離」，則不必解耳。

（清）馬星翼《東泉詩話》卷二

杜詩有不可解及看不出好處之句。「文章千古事，得失寸心知」，少陵嘗自言之。作者本不求知，讀者非身當其境，亦何容強臆耶！

（清）劉熙載《藝概》卷二〈詩概〉

詩到極勝，非第不求人解，亦並不求己解。豈己真不解耶？非解所能解耳。

（清）厲志《白華山人詩說》卷一

古人作詩，因題得意，因意得象，本是虛懸無著，偶有與時事相隱合者，遂牽強附會，徒失真旨。不知古人之詩，如仁壽殿之鏡，向著者自然

6　李商隱詩：千二百輕鸞，春衫瘦著寬。倚風行稍急，含雪語應寒。帶火遺金鬥，兼珠碎玉盤。河陽看花過，曾不問潘安。

了了寫出，於鏡無與也。孫幼連云：「吾儕作詩，非有心去湊合人事。是
人事偶然來撞著我，即以我為人事而發亦可。」亦即此意也。

同上卷二

　　詩以超妙為貴，最忌拘滯呆板。故東坡云：「賦詩必此詩，定非知詩
人。」謂詩之妙諦，在不即不離，若遠若近，似乎可解不可解之間。即嚴
滄浪所謂「鏡中之花，水中之月，但可神會，難以跡求」。司空表聖（司
空圖字）所謂「超以象外，得其環中」是也。

（清）朱庭珍《筱園詩話》卷一

　　鍾伯敬（明鍾惺字）、譚友夏（明譚元春字）共選《古詩歸》、《唐詩
歸》，風行一時，幾於家弦戶誦。……唯鍾、譚於詩學，雖不甚淺，他學
問實未有得，故說詩既不能觸處洞然，自不能拋磚落地，往往有「說不
得」、「不可解」等評語，內實模糊影響，外則以艱深文固陋也。張九齡
〈湖口望廬山瀑布泉〉云：「天清風雨聞。」譚云：「瀑布詩此是絕唱矣。
進此一想，則有可知不可言之妙。」夫天清本不應有風雨，而聞風雨，自
是瀑布，有何不可言之妙？

（近代）陳衍《石遺室詩話》卷二十三

　　吾詞中之意，惟恐人不知。於是乎勾勒。夫其人必待吾勾勒而後能知
吾詞之意，即亦何妨任其不知矣。曩余詞成，於每句下注所用典。半塘
（王鵬運，自號半塘老人）輒曰：「無庸。」余曰：「奈人不知何？」半塘
曰：「儻注矣，而人仍不知，又將奈何？矧填詞固以可解不可解，所謂煙
水迷離之致，為無上乘耶。」

（近代）況周頤《蕙風詞話》卷一

　　（李白〈山中問答〉[7]）此詩無可解，亦不須解。會當熟讀千過，覺其高曠野逸之趣，迴非俗人所能領略。山居之樂，知者自知，難為不知者道，此李白所以笑而不答也。余於讀此詩亦云然。

（近人）王文濡《唐詩評注讀本》卷四

　　（李商隱〈錦瑟〉詩）不要做繁瑣的鑽牛尖的研究，只要感覺文采非常美，徜徉迷離，給你一種美的享受就行了。這首詩為什麼流傳得這麼久，自有它迷人的魅力。不要整天說它是悼亡還是託言，怎麼說都可以，總之是寄託了作者的一種惆悵。

（今人）毛澤東語錄，轉引自劉漢民編著《毛澤東詩話詞話書話集觀》

　　《蕙風》錄半塘語：「填詞固以可解不可解，所謂煙水迷離之致，為無上乘耶。」以可解不可解為無上乘，謬矣。詞必須作得讀者能解，若不可解，即文字有病或未達意。

（今人）吳世昌《詞林新話》卷一

7　〈山中問答〉：問余何事棲碧山，笑而不答心自閑。桃花流水窅然去，別有天地非人間。　　事，一作「意」。

孫　評

　　解讀文本是困難的，詩歌則特別困難。

　　中國古典散文，尤其是歷史散文，也產生過解讀的困難，主要是其表面上是客觀的、不帶傾向的敘述，其實是有傾向的，只是沒有直接說出來。「寓褒貶」於歷史的陳述之中，這是孔夫子刪訂《春秋》確立的原則。褒與貶，美與刺，往往就在一詞一字的選擇之間，一句話的次序安排之中，「微言」中隱含著「大義」，這就叫做「春秋筆法」，故孔夫子訂春秋而「亂賊臣子懼」。

　　對於後世閱讀來說，揭示歷史散文中「美刺」的密碼，是一項艱鉅任務，產生歧義是常見的。把這種方法用到解讀《紅樓夢》中去，也同樣眾說紛紜，所謂「經學家看到《易》，道學家看到淫，才子看到纏綿，革命家看到排滿，流言家看到宮闈秘事」[8]等等，不一而足。可是不管閱讀多麼艱鉅，一代又一代的學者樂此不疲，並未產生放棄的理論，而解讀詩歌卻產生了「不可解」、「不用解」論。當然，解讀詩歌就其紛紜和混亂程度而言，要嚴重得多，明顯離譜的「穿鑿」屢見不鮮，層出不窮，穿鑿的注釋有時還成為官方考試的標準答案。

　　《詩》〈蒹葭〉明明是一首傑出的愛情詩，而千年來權威學者們的解讀，卻大抵從王權意識形態出發，對其主題作了政治性的歪曲。〈毛詩序〉云：「〈蒹葭〉，刺襄公也。未能用周禮，將無以固其國焉。」把「所謂伊人」變成了周王朝禮制的喻體，這顯然是荒謬的，因為「伊人」明明是人稱代詞，周禮則非人稱。說法如此不通，並不妨礙其成為經典性的標準。蘇轍在《詩集傳》中就把詩的主題虛化為

8　魯迅：〈絳花洞主小引〉，《魯迅全集》第八卷（北京市：人民文學出版社，2005年），頁179。

求賢：「有賢者於是不遠也，在水之一方耳，胡不求與為治哉。」[9]姚際恒《詩經通論》則論斷：「此自是賢人隱居水濱，而人慕而思見之詩。『在水之湄』，此一句已了。重加『溯洄』、『溯遊』兩番摹擬，所以寫其深企願見之狀。」說法雖然不同，但是價值準則是一致的。

　　所有這類離譜的解讀，都是以政治和道德的實用理性遮蔽抒情為特點的。這是因為人類面臨的生存壓力，造成了實用理性價值佔著自發的優勢，而情感是非理性的，審美是不實用的，所以自然地處於劣勢地位。再加上教育和主流意識形態、社會文化的薰陶，自發的理性價值傾向就變成了自覺的理論。詩歌欣賞和創作，需要的是以非功利的情感超越實用功利，但這只有具備特殊藝術修養、自覺審美超越預期者，才能把情感價值放在實用理性之上，成為自覺的理論。這不是學者都那麼愚蠢，而是藝術解讀的難度的確很大。正是因為這樣，反藝術的「穿鑿」層出不窮，對經典的離譜解讀長達數千年而不絕。

　　這種現象，用當代西方文論來衡量，就很有趣。一方面，從接受美學，或者讀者中心論來說，一千個讀者就有一千個哈姆雷特，什麼樣的解讀都有存在的權利。另一方面，從另外一種西方文論來看，這卻是對文本的「過度闡釋」，其原因恰恰又是放任讀者自由解讀。放任的結果，必然是脫離了文本，所以要克服這種偏頗，又不得不把讀者中心論加以某種程度的顛覆。

　　值得思考的問題還在於，這樣的理論和和實踐的困惑為什麼盛行於詩歌中，而在散文，特別是直接陳述歷史的散文中卻極為罕見呢？這是由於詩歌文體特徵所決定的。

　　詩歌與歷史散文的不同，早在亞里斯多德《詩學》中就指出：「詩比歷史更富哲理也更為深刻，因為它所呈顯的是普遍的事物，而

9　蘇轍：《詩集傳》卷六（上海市：上海人民出版社，《四庫全書》本），頁16。

歷史所呈顯的則是個別的事物。」[10]這一點用來說明中國古典詩歌也十分合適。詩詞中的意象，不像散文那樣有具體的時間、地點、條件的嚴格限定，它往往帶著很強概括性，並不像散文那樣具體指稱某一特殊事物，而是某一類事物。例如〈蒹葭〉，並沒有地點、時間、人物的特指性。正因如此，意象、意境的好處就是不確定性，意在言外，境在象間，可望而不可及，迫使讀者用想像來參與。如戴叔倫所說：「詩家之景，如藍田日暖，良玉生煙，可望而不可置於眉睫之前也。」意象群落之中有意，意象群落之外有境，讀者想像必須活躍到一定的程度，才能在意象的斷裂和空白中看出隱性的聯繫，進入言有盡而意無窮的境界。「意無窮」就是意不單一，就是想像的空間彈性，在這個空間裡，主觀意向起著決定的作用。

在那王權天授的時代，想像則別無選擇。首先得往政治上去預期最高價值，其次再往主流意識形態的道德方面去發揮，如蔣冕所謂的「美教化，厚風俗，示勸戒，然後足以為詩」。這就造成了閱讀主體預期價值觀念的單一化、固定化，甚至僵化到不惜對文本進行硬性同化和歪曲。中國古典詩話中「穿鑿」的頑症就是這樣產生的。

頑症之頑，就在不是按照文本提供的資訊調節、變更主體的預期，而是相反以主體預期迫使文本的資訊就範。首先，不對文本作全面認同，而是片面抽取與預期相同的資訊；其次，對與預期觀念不符的資訊，就棄之不顧；再次，對所取片面資訊又按預期作質的同化。黃庭堅指責糟塌杜甫詩的「穿鑿者」說：「棄其大旨，取其發興，於所遇林泉、人物、草木、魚蟲，以為物物皆有所托，如世間商度隱語者。」這就是把讀詩變成了猜謎。對於梅聖俞《金針詩格》、張無盡《律詩格》、惠洪《天廚禁臠》的這種傾向，清人賀貽孫一概斥之為「穿鑿扭捏」、「癡人說夢」，「不獨可笑，抑復可恨」。

___
10 亞里斯多德《詩學》（Poetica 1451a36.）。

　　痴人說夢的極端，發展到一定程度，就產生了另外一種以謝榛為代表的極端，乾脆宣佈：「詩有可解、不可解、不必解，若水月鏡花，勿泥其跡可也。」這個說法影響很大，得到後世許多詩話家的回應。這種說法，在實踐上似乎只是知難而退，在理論上卻是對難度缺乏深入的分析。但是，這並不能阻止獻身藝術的論者對於詩歌深層奧祕的執著追求。朱鶴齡就對「可解」與「不可解」進行了具體分析：「可解者」如「指事陳情」，就應該解，如不好好地解，就可能「前後貿時，淺深乖分，欣怍之語，反作誚譏，忠鯁之詞，幾鄰懟怨」。也就是說，違反了文本的精義。所謂「不可解」即不用解的部分，則是「託物設象，興會適然」，本是詩家常用的手法。如若這也放棄解讀，那就等於只解讀文本一望而知的表層，放棄了深度的探索。

　　穿鑿之所以會產生，還因為直接分析文本確有難度。經典文本是天衣無縫的，水乳交融的，分析無從下手就無從深入。迴避難度，最方便的出路就是從文本以外去下工夫，即把作者生平的考證當作一切。如費錫璜所批評的：「執詞指事，多流穿鑿。又好舉一詩，以為此為君臣而作，此為朋友而作，此被讒而作，此去位而作，亦多擬度。」他認為這種「擬度」的最大毛病，就是「失本詩面目」，也就是扼殺了詩意。與吳喬差不多同時的吳雷發說得更為徹底：「論古人詩，往往考其為何年而作，居何地而作，遂搜索其年、其地之事，穿鑿附會，謂某句指某人，某句指某事。是束縛古人，苟非為其人、其事而作，便不得成一句矣。且在是年只許說是年語，居此地只許說此地話；亦幸而為古人，世遠事湮，但能以意度之耳。」

　　這種拘泥於作者生平的傾向在西方同樣存在，大致流行於作家中心論的流派。在浪漫主義時代，以作者生平考證代替文學研究曾經風靡一時。與之相反的就是當代西方文論宣稱「作者死了」的讀者中心論，從羅蘭‧巴特和德里達以來，已成了西方文論的主潮。這種傾向在我國古典詩話詞話中，雖也有過某種表現，但是，並未形成自覺的

理論體系。在詩話詞話中佔據主流的，倒是反穿鑿。最著名的箋注，特別是享有權威的集注，大體是以文本為對象的，可能相當於西方文論中的「文本中心論」。為什麼僅僅說是「可能相當」？因為，我國那些注本，往往只是把文本話語的來源放在最重要的地位上，並非真正意義上的文本中心論。權威的注家，多引古籍，以「無一字無來歷」著稱。這種注釋把解讀純粹當作學問，一味以其用字於古籍有據為務，結果是注釋越多，去詩歌審美越遠。

　　例如，清人王琦注李白〈宿五松山下荀媼家〉詩句「跪進雕胡飯」，僅「雕胡」一詞，即引宋玉、陶弘景、蘇頌、葛洪、李時珍、杜詩、《周禮》、《管子》等說詳加考證。這樣的解讀，完全是知識性的。如引李時珍曰：「雕胡，九月抽莖，開花如葦芍，結實長寸許，霜後采之，大如茅針，皮黑褐色。其米甚白而滑膩，作飯香脆。」如此把詩語有關的知識當成解讀的一切，也就徹底淹沒了詩的韻味。從理論上來看，把詩當作知識，這正是理性價值唯一論的表現。對這種「執典實訓詁而失意象」的傾向，陳僅為之定性曰「謂之泥。」

　　所有這些的解詩偏向，在理論上都犯了根本性的錯誤，就是把詩不當成詩，把詩以外的智性成分當成一切，而對於詩內的奧祕缺乏真正深入的探究。而要解決這個問題，理當回到文本，真正以文本為中心，是唯一的出路。

　　徐增反對「可解不可解」的說法，認為「此二語誤人不淺」，「不必求甚解，於詩究為門外漢而已」。他主張「古詩無一字無著落，須細心探討，方不墮入雲霧中」，即「看詩者，須細細循作者思路，方有所得」。他瞄準文本的每一個字，「細細循作者思路」，以深入到詩歌內部的結構為務。今人蔣寅認為，他這種觀念是受了金聖歎的影響：「古典詩學發展到明清之際，在八股文章法結構理論的影響下，開始注重對詩歌作品內部結構的探討。其中，金聖歎提出的七律分解

說是一個很有代表性的學說。」[11]對於金聖歎的七律分解起承轉合說，徐增接受並作了發揮。

如王維的〈山居秋暝〉詩：「空山新雨後，天氣晚來秋。明月松間照，清泉石上流。竹喧歸浣女，蓮動下漁舟。隨意春芳歇，王孫自可留。」他在《說唐詩》裡這樣分析說：「要看題中『暝』字。右丞山居，時方薄暮，值新雨之後，天氣清涼，方覺是秋。又明月之光，淡淡照於松間；清泉之音，泠泠流於石上。人皆知此一聯之佳，而不知此承起二句來。蓋雨後則有泉，秋來則有月，松、石是在空山上見。此四句為一解。『竹喧歸浣女，蓮動下魚舟。』人都作景會，大謬，其意注合二句上。屋後有竹，近水有蓮；有女可織，有僮可漁。山居秋暝，有如是之樂，便覺長安卿相，不能及此。」[12]

從總體上看，他所看到的是詩歌各句之間承上啟下的關係。例如，「空山新雨後」句是從題目「山居秋暝」的「暝」寫來，因為是薄暮，新雨，天氣清涼，才感到是秋。而「明月松間照，清泉石上流」又是承接「空山新雨後」而來。因為雨後，才有泉；因為秋天，才有月。這樣的梳理不乏某些精細的因果邏輯。但是，也有牽強的，過度闡釋的地方。如，因為雨後才有泉，因為是秋才有月，這種因果關係就難以成立。至於對後四句的解讀，因果關係就更玄了。竹喧浣女，蓮動漁舟，說好處是「有女可織」、「有僮可漁」，明顯已離開了現場的感受，原作既無浣女定是織女、漁舟必有魚僮的暗示，更無「長安卿相，不能及此」的對比。如此等等，皆是「穿鑿」。這樣解讀，就其最佳處而言，是用散文語言把詩歌省略了成分補充出來，基本上是技巧性的；究其局限而說，乃是對於此詩真正藝術優長的遮蔽。

---

11 蔣寅：〈徐增對金聖歎詩學的繼承和修正〉，《北京師範大學學報》（社會科學版），
　 2006年第4期。

12 〔清〕徐增：《而庵說唐詩》卷十五（鄭州市：中州古籍出版社，1990年，樊維綱
　 校注本），頁344。

　　其實，王維此詩的好處，不在語言的起承轉合，而在物境與心境的豐富、和諧和統一。要說其詩眼，可能並不在「暝」字上，因為「暝」字引起的聯想是昏暗，而且第二句又點明是「晚來」，如果全詩的意境全集中在「暝」上，就太單調了。王維的拿手好戲，就是從單純語境中顯出豐富來。這種豐富，至少可以從三個方面來看：第一，表面上「暝」「晚」、昏暗，實質上卻是明淨。「新雨」之後的秋色，有一種清新的聯想，再加上「明月松間照，清泉石上流」，明淨的景觀，透露出明淨的心境。空山因明月之照、清泉因流於石上（而不是溪底）而更加明淨，景之明淨和內心的清淨完全相應。第二，「空山」表面上強調的是山之「空」，實際上突出的並不是「空」，而是「空」的反面：有浣女喧嚷竹林，有漁舟推動蓮葉。這種不空，還不僅僅是外部的，而且是內心的一種閒逸自適，所以聽到竹喧，知是浣女歸來，看到蓮葉浮動，知是漁舟下水。空山明月是寧靜的，漁舟浣女是喧鬧的，二者相反，但是詩人的心境卻是不變的，自足的，自洽的，不為其寧靜、也不因其聲響而變化。第三，這種境界，在最後一聯以「隨意春芳歇」來作注解。題目明明是「秋暝」，這裡卻變成了「春芳」，意含應該是哪怕「春光」消逝也不在意，不像有些詩人那樣惜春，為之激動、感歎。這就是王維特有的「隨意」，它和陶淵明那種「雲無心以出岫」，柳宗元那種「崖上無心雲相逐」的「無心」是同一境界。

　　戴望舒在〈論詩零札〉中說：「新詩最重要的是詩情上的nuance，而不是字句上的 nuance。」nuance 在英語和法語中，是精微玄妙、細微差別的意思。他說的是新詩，用來說明古典詩歌，特別是王維的詩完全適用。王維的拿手好戲，就是在極其單純的情景中顯示極其微妙精緻的 nuance。他的〈鳥鳴澗〉也是這樣：「人閑桂花落，夜靜春山空。月出驚山鳥，時鳴春澗中。」全詩寫春山之空，夜之靜。在一般詩人那裡，就是靜罷了。而王維的詩裡，靜分化了：一方

面是無聲，相對於有聲。一方面是靜止，相對於動。王維就從這兩個方面寫靜：一是以月出光影之動，驚醒靜眠之山鳥；二是以鳥鳴之聲，反襯出春山之寧靜。如此這般，一方面繫春山之空，另一方面則繫心境之「閑」。離開了高度統一而豐富的境界，要進入這樣的詩的境界，僅依八股文的起承轉合，單純梳理文字技巧上的「鉤鎖」（連貫），這既忽略了審美情感與理性的矛盾，又無視於詩歌與散文的矛盾，只能是緣木求魚。

也許這樣的批評對古人是苛求。但時至清季，即使從當時的條件出發，至少不應該忽略賀裳、吳喬、沈雄等等的學術資源。可惜的是，當年各自孤立地探索詩歌解讀之道，珍貴的學術資源卻未能得到普遍重視和運用，因而未能將解讀從純形式的迷霧中解放出來。

歷史的發展說明，解讀文本有三種可能的選擇，也有兩種不可避免的難度。首先，讀者中心論最為新潮，卻容易導致「感受謬誤」「過度闡釋」陷入混亂，然一時尚未大舉入侵古典詩歌領域；其次，作家中心論難以避免穿鑿，其弊已千年不絕，原因在於其易為學術外衣所掩蓋，在理論完全忽略了作者主體很難避免的「意圖謬誤」。再次，文本中心論本是題中之應有之義，卻長期遭到輕視，原因蓋在其難。其難之一，在於被閱讀心理預期的實用理性自發優勢所拘束；其二，在於詩歌文本的奧祕，其感知世界的 nuance，其精微玄妙和細微差別，往往都處於潛在的深層。對此二者缺乏理論自覺，乃是造成在黑暗中摸索千年，執迷於僵硬的表層感覺而不知返的根本原因。

附錄

「詩無達詁」解

《詩》無達詁，《易》無達占，《春秋》無達辭。

（漢）董仲舒《春秋繁露》卷三

董子曰：「詩無達詁。」孟子之「不以文害辭，不以辭害志」也。

（宋）王應麟《困學紀聞》卷六

古人之言，包含無盡，後人讀之，隨其性情淺深高下，各有會心，如好〈晨風〉[1]而慈父感悟，講〈鹿鳴〉[2]而兄弟同食，斯為得之。董子云：「詩無達詁。」此物此志也，評點箋釋，皆後人方隅之見。

（清）沈德潛《唐詩別裁集》〈凡例〉

阮籍〈詠懷〉，後人每章注釋，失之於鑿，讀者隨所感觸可也。子昂〈感遇〉，亦不當以鑿求之。

同上卷一

作詩者以詩傳，說詩者以說傳。傳者，傳其說之是，而不必其盡合於作者也。

（清）袁枚〈程綿莊詩說序〉

1　即《詩》〈秦風〉〈晨風〉。
2　即《詩》〈小雅〉〈鹿鳴〉。

（隋無名氏〈送別詩〉[3]）此詩崔瓊《東虛記》以為大業末年，刺煬帝巡遊無度而作。余謂只作尋常送別詩解亦可。上二，是送別時景。下二，是計日而望其歸，只就楊柳上著筆。

（清）張玉穀《古詩賞析》卷二十二

又其為體，固不必與莊語也，而後側出其言，旁通其情，觸類以感，充類以盡，甚且作者之用心未必然，而讀者之用心何必不然。

（清）譚獻〈復堂詞錄序〉

皋文《詞選》，以「考盤」為比，其言非河漢也。此亦鄙人所謂作者未必然，讀者何必不然。

又《蒿庵詞話》

有人說「詩無達詁」，這是不對的。詩有達詁，達即是通達，詁即是確鑿。

（今人）毛澤東語錄，轉引自劉漢民編著《毛澤東詩話詞話書話集觀》

我認為對詩詞的理解和解釋，不必要求統一，事實上也不可能求得統一。在對某一首詩或詞的理解和解釋的問題上，往往會出現理解和解釋人的水平超出原作者水平的情況，這是不足為奇的。

同上

正因目擊道存，所以詩無達詁，可作不同的體會。……形象思維的詩可以見仁見知，愛怎樣看就怎樣看，愛怎麼用就怎麼用，這就不是死在句下。

（今人）郭紹虞《滄浪詩話校釋》〈詩辨〉

3　〈送別詩〉：楊柳青青著地垂，楊花漫漫攪天飛。柳條折盡花飛盡，借問行人歸不歸？

　　清末譚獻的〈復堂詞錄序〉說：「作者之用心未必然，而讀者之用心何必不然。」如果因此認為「詩無達詁」，讀者可以憑自己的主觀臆想任意解釋，那當然不行；然而不同時代、不同階級、不同生活經歷的讀者，對文藝作品是可以有不同的選擇，不同的理解、評價和愛好的。……我們既有可能從歷史本來的面貌理解前人的用意，同時還可以從作品本身所展示的普遍意義出發，聯翩浮想，觸類多通，引申出前人所未必能有的新義。

（今人）王季思《詞的欣賞》

　　復堂（譚獻號）之「作者之用心未必然，而讀者之用心何必不然」，乃隨心所欲教人造謠，欺人太甚。實乃對真理的嘲弄，良知的姦污。只要良知未泯，常識尚存，無不可見其妄。

（今人）吳世昌《詞林新話》卷一

　　愚以為文詞之通者必有達詁。晦而難通，失在作之者；詁而不達，失在述之者。未聞不通之詩文轉可以傳於後世者也，更未聞不通之詩文可使人手之舞之、足之蹈之者也。

（今人）傅庚生《中國文學欣賞舉隅》〈精研與達詁〉

　　《春秋繁露》〈竹林〉曰：「詩無達詁」，《說苑》〈奉使〉引《傳》曰：「詩無通故」；實兼涵兩意，暢通一也，變通二也。詩之「義」不顯露，故非到眼即曉、出指能拈；顧詩之義亦不遊移，故非隨人異解、逐事更端。詩「故」非一見便能豁露暢「通」，必索乎隱；復非各說均可遷就變「通」，必主於一。既通正解，餘解杜絕。……蓋謂「義」不顯露而亦可遊移，「詁」不「通」「達」而亦無定準，如舍利珠之隨人見色，如廬山之「橫看成嶺側成峰」。皋文纘漢代「香草美人」之緒，而宋（宋翔鳳）、周（周濟）、譚（譚獻）三氏實衍先秦「賦詩斷章」之法。

（今人）錢鍾書《談藝錄》

孫　評

　　董仲舒的「《詩》無達詁」說，最早提出了詩歌解讀的多元問題。但是，這僅指出現象，並未從理論上做出闡釋。

　　清人沈德潛曾解釋道：「古人之言，包含無盡，後人讀之，隨其性情淺深高下，各有會心。」這是說經典是無限豐富的，後世讀者「性情淺深高下」不同，才「各有會心」。其實從根本上說，性情不同的讀者只是從文本中獲取了與自己相同的東西，文本是無限的，讀者則是有限的。按閱讀學的原理說，這還是以文本為出發點，與當代西方文論所主張的讀者中心說，有著根本性的區別。

　　所以「《詩》無達詁」的前提，應該是：第一，「古人之言，包含無盡」。經典作品的內涵要無限豐富，後人的解讀才無法窮盡。第二，後世讀者「各有會心」，是因為其「性情」有「淺深高下」之別，只能如沈氏評論「評點箋釋」所說的那樣「皆後人方隅之見」，最多只是文本的一個側面而已。也就是說，經典的內涵是具有確定性的，不會因為解讀者的性情深淺高下而改變，但沈氏又說，讀者對經典也可以「隨所感觸」。然而不管如何，箋注不可「失之於鑿」，解釋過了頭，就造成了穿鑿附會。

　　當代西方文論中讀者中心說的要義是，作品寫出來，只是提供了一個召喚讀者經驗的框架結構，實際上還是半成品。讀者閱讀，並不是被動地接受資訊，而是主動地參與，把自己的經驗喚醒，投入文本之中。由於讀者的經驗、文化、個性、價值觀念不同，故閱讀的感知實際上是一種主體同化，乃有一千個讀者有一千個哈姆雷特之說。這種學說把讀者的自由強調得超越了文本，也超越了作者，是相當極端的，甚至像德里達那樣，宣佈「作者死了」。似乎一切由讀者決定。既無真假，亦無高下，更無深淺之分。這種說法的哲學基礎是絕對的

相對主義。

　　事實上，讀者主體性不可能是絕對的，不可能不受到文本主體的制約。所以作為補救，西方文論又提出不同讀者有著「共同視域」。但就讀者主體而言，其心理圖式還有開放性和封閉性的矛盾，因此西方文論又有「理想讀者」之說。對於「理想讀者」，有學者歸結是一種不受任何理論污染的讀者。但是，這顯然只是空想。還有學者提出「專業讀者」，這反而又否定了不受任何理論污染的「理想讀者」。這樣的問題之所以產生，所以混亂，可能就是因為西方文論把讀者主體絕對化的結果。針對當代文論這樣的困惑，今人賴瑞雲在《混沌閱讀》中指出：不可否認的是，讀者主體是相對的，即使「一千個哈姆雷特，還是哈姆雷特，不可能是李爾王或者賈寶玉。」

　　中國古典詩論，從根本性質上來說，是文本中心論，當代西方前衛文論的基礎則是讀者中心論。當然，在中國傳統詩論中，也不是沒有讀者中心的苗頭，對「詩無達詁」說某些片面、極端的解釋就是一種表現。

中編

孟杜等詠洞庭比較

　　洞庭天下壯觀，自昔騷人墨客鬥麗搜奇者尤眾，如「水涵天影闊，山拔地形高」[1]，「四顧疑無地，地流忽有山。鳥飛應畏墮，帆遠卻如閑」[2]，皆見稱於世；然未若孟浩然「氣蒸雲夢澤，波動岳陽城」[3]，則洞庭空曠無際、氣象雄張如在目前。至讀子美詩則又不然：「吳楚東南坼，乾坤日夜浮。」[4]不知少陵胸中吞幾雲夢也。

（宋）蔡絛《西清詩話》卷中

　　老杜詩凡一篇皆工拙相半，古人文章類如此。皆拙固無取，使其皆工，則峭急而無古氣，如李賀之流是也。然後世學者，當先學其工者，精神氣骨，皆在於此。如〈望嶽〉詩云：「齊魯青未了。」〈洞庭〉詩云：「吳楚東南坼，乾坤日夜浮。」語既高妙有力，而言東嶽與洞庭之大，無過於此。後來文士極力道之，終有限量，益知其不可及。……〈洞庭〉詩先如此，故後云：「親朋無一字，老病有孤舟。」使〈洞庭〉詩無前兩句，而皆如後兩句，語雖健，終不工。

（宋）范溫《潛溪詩眼》

1　〔唐〕釋可朋〈賦洞庭〉詩句。
2　〔唐〕許棠〈過洞庭湖〉詩頷頸二聯。飛、應、墮，《全唐詩》作「高」、「恒」、「墜」。
3　〈望洞庭湖贈張丞相〉詩：八月湖水平，涵虛混太清。氣蒸雲夢澤，波撼岳陽城。欲濟無舟楫，端居恥聖明。坐觀垂釣者，徒有羨魚情。
4　〈登岳陽樓〉詩：昔聞洞庭水，今上岳陽樓。吳楚東南坼，乾坤日夜浮。親朋無一字，老病有孤舟。戎馬關山北，憑軒涕泗流。

過岳陽樓觀杜子美詩，不過四十字爾，氣象閎放，涵蓄深遠，殆與洞庭爭雄，所謂富哉言乎者。太白、退之輩率為大篇，極其筆力，終不逮也。杜詩雖小而大，餘詩雖大而小。

（宋）唐庚《唐子西文錄》

老杜有〈岳陽樓〉詩，孟浩然亦有。浩然雖不及老杜，然「氣蒸雲夢澤，波撼岳陽城」亦自雄壯。

（宋）曾季貍《艇齋詩話》

（張）右丞云：「曾知杜詩妙處否？」環溪（吳沆）云：「杜詩千有四百餘篇，某極力精選，得五百有十八首，是杜詩妙處。」右丞云：「不是如此，杜詩妙處人罕能知。……常人作詩，但說得眼前，遠不過數十里內；杜詩一句能說數百里，能說兩軍州，能說滿天下。此其所為妙。……」環溪又問：「如何是說眼前事，以至滿天下事？」右丞云：「……如『吳楚東南坼』，是一句說半天下。至如『乾坤日夜浮』，即是一句說滿天下。」

（宋）吳沆《環溪詩話》卷上

杜五言感時傷事，如「親朋無一字，老病有孤舟」……八句之中，著此一聯，安得不獨步千古！若全集千四百篇，無此等句語為骨氣，篇篇都做「圓荷浮小葉，細麥落輕花」[5]道了，則似近人詩矣！

（宋）劉克莊《後村詩話》前集卷一

（杜）〈岳陽樓〉云：「（引見上，略）」岳陽樓賦詠多矣，須推此篇獨步，非孟浩然輩所及。

同上書新集卷一

---

5 杜甫〈為農〉詩句。

（孟詩）「蒸」、「撼」偶然，不是下字而氣概橫絕，撲不可易。

（宋）劉辰翁《劉辰翁詩話》

（杜詩）氣壓百代，為五言雄渾之絕。

又劉辰翁評語，轉引自明高棅《唐詩品彙》卷六十二

予登岳陽樓，此詩（指孟詩）大書左序毬門壁間，右書杜詩，後人自不敢復題也。劉長卿有句云：「疊浪浮元氣，中流沒太陽。」[6]世不甚傳，他可知也。

（元）方回《瀛奎律髓》卷一

岳陽樓天下壯觀，孟、杜二詩盡之矣。中兩聯，前言景，後言情，乃詩之一體也。

同上

（杜）公此詩，同時唯孟浩然臨洞庭所賦，足以相敵。

（元）趙汸評語，轉引自清仇兆鰲《杜詩詳注》卷二十二

浩然〈洞庭詩〉「氣蒸雲夢澤，波撼岳陽樓」，與工部「吳楚東南坼，乾坤日夜浮」氣象各不同，而意各臻妙也。

（明）陳沂《陳沂詩話》

（五言律）盛唐，「昔聞洞庭水」第一。

（明）胡應麟《詩藪》內編卷四

6　劉長卿〈岳陽館中望洞庭湖〉詩：萬古巴丘戍，平湖此望長。問人何淼淼，愁暮更蒼蒼。疊浪浮元氣，中流沒太陽。孤舟有歸客，早晚達瀟湘。

「氣蒸雲夢澤，波撼岳陽城」，浩然壯語也，杜「吳楚東南坼，乾坤日夜浮」氣象過之。

　　　　　　　　　　　　　　　　　　　　　　　　　同上

老杜字法之化者，如「吳楚東南坼，乾坤日夜流」，「碧知湖外草，紅見海東雲」[7]，坼、浮、知、見四字，皆盛唐所無也。然讀者但見其閎大而不覺其新奇。

　　　　　　　　　　　　　　　　　　　　　　　同上卷五

孟之「八月湖水平，涵虛混太清」，高華奇峭。而接以「氣蒸雲夢澤，波撼岳陽城」，亦大自瑰瑋，與題相稱。五六則詞意稍竭，收入己身，「欲濟無舟楫」，承上說來；「端居恥聖明」，順流遞下。而接以「坐觀垂釣者，徒有羨魚情」，其細已甚。……杜之「昔聞洞庭水，今上岳陽樓」，流水對起，是敷衍法。三四「吳楚東南坼，乾坤日夜浮」，大哉言乎！可謂造物在手。「親朋無一字，老病有孤舟」，亦收入己身，與襄陽五六同格。「戎馬關山北，憑軒涕泗流」，強作壯語，只取一「北」字「軒」字，與題相關耳。向非軒，則安在其為樓；非關山北，則又安在其為登岳陽樓也。

　　　　　　　　　　　　　（明）冒愈昌《詩學雜言》卷上

浩然「八月湖水平」一篇，前四句甚雄壯，後稍不稱，且「舟楫」「聖明」以賦對比，亦不工。或以此為孟詩壓卷，故表明之。

　　　　　　　　　　　　　（明）許學夷《詩源辯體》卷十六

（杜）只「吳、楚」二句，已盡大觀，後來詩人，何處措手！後面四句只寫情，才是自家詩，所謂詩本性情者也。

　　　　　　　　　　　　　　　（明）王嗣奭《杜臆》卷十

7　杜甫〈晴〉詩句。

　　杜甫〈岳陽樓〉詩，大都與浩然伯仲。杜起首句「昔聞洞庭水，今上岳陽樓」，孟云「八月湖水平，涵虛混太虛」；杜首聯「吳楚東南坼，乾坤日夜浮」，孟云「氣蒸雲夢澤，波撼岳陽城」，皆渾雄警策。至於杜次聯「親朋無一字」，孟云「端居恥聖明」，覺無謂，而結句各不稱矣。

（明）徐𤊹《徐氏筆精》卷三

　　孟襄陽「氣蒸雲夢澤，波撼岳陽樓」，杜少陵「吳楚東南坼，乾坤日夜浮」，渾雄峻拔，足壓千古矣！然襄陽接語「欲濟無舟楫，端居恥聖明」，已覺索寞不稱；少陵接語「親朋無一字，老病有孤舟」，愈見衰颯。信哉，全璧之難也！

（明）謝肇淛《小草齋詩話》卷三外編

　　（孟詩）此詩，人知其雄大，不知其溫厚。

（明）鍾惺、譚元春《唐詩歸》卷十鍾批語

　　（杜詩）尋不出佳處，只是一氣。　○（「親朋」一聯）洞庭詩，人只寫其景之奇耳，不知登臨時少此情思不得。

同上卷三十鍾批語

　　「吳楚東南坼，乾坤日夜浮。」自宋人推尊至今六七百年矣，余直不解其趣。「吳楚東南坼」，此句原不得景，但虛形之耳。安見得洞庭在彼東南，吳、楚遂坼為兩耶？且將何以詠江也。至「乾坤日夜浮」，更懸虛之極，以之詠海庶可耳。其意欲駕孟浩然而過之，譬之於射，仰天彎弓，高則高矣，而矢過的矣。

（明）陸時雍《唐詩鏡》卷二十五

　　（杜詩）此登樓覽景傷淪落也。言洞庭之水昔嘗聞之矣，今登岳陽之

樓，始見其廣。彼東南乃吳楚之分境，日夜之間視天地若浮，極天下之形
勝也。今我臨此，而親朋無一字相問，老病唯孤舟為家，又況吐蕃內侵，
戎馬在北，故憑軒之際，傷己哀時，不覺涕泗之下也。

（明）唐汝詢《唐詩解》卷三十四

詠洞庭詩以老杜為最。然細玩浩然詩「氣蒸雲夢澤，波撼岳陽城」，
雖不如「吳楚東南坼，乾坤日夜浮」之大，而要之實得洞庭真景。若老杜
詩無「吳楚東南坼」一句，則「乾坤日夜浮」疑於詠海矣！

（明）葉秉敬《敬君詩話》

「今上岳陽樓」，而今乃得見此洞庭水矣，果屬巨觀。楚在南，吳在
東，於此分坼，見水之廣闊無際。乾坤，是天地。日夜，是無休歇。天地
似都在水面上，故曰浮；見水之深大莫測也。以洞庭為前解。既登此樓，
觸著心事，為後解。親朋間阻，無一字寄到，我又老又病，只有孤舟托
跡，此皆為戎馬所致。關山之北，金鼓震天，我之一身，拼得飄泊，獨君
國之事，為之奈何？我憑樓上之軒，不覺涕泗之橫集耳。昔聞頗樂，今見
何悲；昔正治平，今有戎馬；昔尚少年，今成老病。治平可待，老病無及
矣。悲夫！

（清）徐增《而庵說唐詩》卷十四

（孟詩）通篇出「臨」字，無起爐造灶之煩，但見雄渾而兼瀟灑。後
四句似但言情，卻是實做「臨」字，此詩家之淺深虛實法。

（清）馮舒評語，轉引自清紀昀《瀛奎律髓刊誤》卷一

（杜詩）因登樓而望洞庭，乃云「昔聞洞庭水，今上岳陽樓」，是倒
入法。三、四「吳楚」、「乾坤」，則目之所見，心之所思，已不在岳陽
矣，故直接「親朋」、「老病」云云。落句五字總收上七句，筆力千鈞。

同上

「吳楚東南坼，乾坤日夜浮。」乍讀之若雄豪，然而適與「親朋無一字，老病有孤舟」相為融浹。

（清）王夫之《薑齋詩話》卷上

「親朋無一字，老病有孤舟。」自然是登岳陽樓詩。嘗試設身作杜陵，憑軒遠望觀，則心目中二語居然出現，此亦情中景也。孟浩然以「舟楫」、「垂釣」鉤鎖合題，卻自全無干涉。

近體中二聯，一情一景，一法也。……夫景以情合，情以景生，初不相離，唯意所適。截分兩橛，則情不足興，而景非其景。……陋人標陋格，乃謂「吳楚東南坼」四句，上景下情，為律詩憲典，不顧杜陵九原大笑。愚不可瘳，亦孰與療之？

同上卷下

（孟詩）領聯較工部「吳楚東南」一聯為近情理。凡詠高山大川，只可如此，若一往作汗漫峻嶒語，則為境所凌奪，目眩生花矣。……襄陽律，其可取者在一致，而氣局拘迫，十九淪於酸餡，又往往於情景分界處為格法所束，安排無生趣……此作力自振拔，乃貌為高而格亦未免卑下。

又《唐詩評選》卷三

（杜詩）起二句得未曾有，雖近情而不俗；「親朋」一聯情中有景；「戎馬關山北」五字卓煉；此詩之佳亦止此。必推高之以為大家，為元氣，為雄渾壯健，皆不知詩者以耳食不以舌食之論。

同上

孟浩然「氣蒸雲夢澤，波撼岳陽城」；杜工部「吳楚東南坼，乾坤日夜浮」，力量氣魄已無可加。而孟則繼之曰「欲濟無舟楫，端居恥聖明」，杜則繼之曰「親朋無一字，老病有孤舟」者，皆以索寞幽眇之情攝歸至

小。兩公所作不謀而合，可見文章有法。若更求博大高深者以稱之，必無可稱，而力竭反蹶，無完詩矣。詠物專事刻畫，即事極力鋪敘，是皆不可以語詩也！

（清）魏際瑞《伯子論文》

按：此則文字，又見清梁章鉅《浪跡叢談》卷十引徐時作語。但魏際瑞本明諸
　　生，入清後客浙撫幕；徐則清雍正進士，後知縣、州，二人生活時代相距
　　頗遠。

　　襄陽〈洞庭〉之篇，皆稱絕唱，至欲取壓唐律卷。余謂起句平平，三、四雄，而「蒸」、「撼」語勢太矜，句無餘力；「欲濟無舟楫」二語，感懷已盡，更增結語，居然蛇足，無復深味。又上截過壯，下截不稱。世目同賞，予不敢謂之然也。

（清）毛先舒《詩辯坻》卷三

　　（孟詩）前敘望洞庭，後半贈張，名「前後兩截格」。……望人援手，不直露本意，但微以比興出之，幽婉可法。

（清）黃生《唐詩摘抄》卷一

　　（杜詩）前後兩截。前寫登樓之景，後述登樓之懷。……題是「登岳陽樓」，詩中便要見出登樓之人是何身分，對此景、作此詩是何胸次，如此詩，方與洞庭、岳陽氣勢相敵。後人不達此旨，遊歷所至，胡題亂寫，真蒼蠅之聲耳。

同上

　　（杜詩）吳在東，楚在南，而洞庭坼其間，覺乾坤日夜浮於水上，其為宇內大觀，信不虛矣。……前半寫景如此闊大，轉落五六，身事如此落寞，詩境闊狹頓異。結語湊泊極難，不圖轉出「戎馬關山北」五字，胸襟

氣象，一等相稱，宜使後人擱筆也。寫大景妙在移不動，然徒能寫景，而不能見作者身分，譬如一幅大山水，不畫人物，終難入格。

又《杜詩説》卷五

（杜詩）言吳楚跨荊揚二州，屬東南半壁，其方數千餘里。今當此湖望之，直似分坼此湖之半。乾坤本載此湖，而今逼近此湖，但見此湖，不見乾坤，反似乾坤轉浮於此湖之上！如此寫洞庭，空靈浩渺，不可名狀。不比他家，如孟浩然但解作「氣蒸」「波撼」，為描頭畫角生活也。然「昔聞」「今上」四字，固善寫景，又有深情。蓋昔聞此水時，只在天末，未必今生果能目睹。乃不料亂離漂泊，一程一程，竟流落到此。是今日之上，又迥出於昔聞之意外也。以此身世俱遠，不獨親朋不見，並一字俱無。而老病隨身，別無長物，只此孤舟一具。是昔聞此景，今上而見此景；而昔聞之情，則不料有今日之上之情也。是此四字，寫一時情景俱到。

（清）佚名《杜詩言志》卷十二

（杜詩）上四寫景，下四言情。昔聞、今上，喜初登也。包吳楚而浸乾坤，此狀樓前水勢。下則隻身漂泊之感，萬里鄉關之思，皆動於此矣。

（清）仇兆鰲《杜詩詳注》卷二十二

（杜詩）元氣渾淪，不可湊泊，高立雲霄，縱懷身世。寫洞庭只兩句，雄跨今古。下只寫情，方不似後人泛詠洞庭詩也。

（清）王士禎評語，轉引自清楊倫《杜詩鏡銓》卷十九

孟作前半首由遠說到近，後半首全無魄力，第六句尤不著題。（方回記二詩書門壁間云云）二篇並列，優劣已見，無論後人矣。

（清）查慎行《初白庵詩評》卷下

杜作前半首由近說到遠，闊大沉雄，千古絕唱，孟作亦在下風。

同上

〈登岳陽樓〉：「吳楚東南坼，乾坤日夜浮。」十字寫盡湖勢，氣象甚大。一轉入自己心事，力與之敵。

（清）張謙宜《絸齋詩談》卷四

戴戩夏先生嘗使予辨少陵、襄陽二詩高下，猝不能對。先生曰：「只念著便知，孟自是分兩輕。」退而思之，杜詩用力勻，故通身重；孟力盡於前四句，後面趁不起，故一邊輕耳。　○即當句論，「吳楚東南坼，乾坤日夜浮」，包羅亦大。

同上卷五

（杜詩）定遠（清馮班字）云，破題筆力千鈞。岳陽樓因洞庭湖而有，先點洞庭，後破「登」字，迎刃之勢，自公安至湖南詩此為至矣。洞庭天下壯觀，此樓誠不可負，故有前四句；然我何緣至此哉？故後四句又不禁仲宣（漢末王粲字）之感也。詩至此，乃面面到矣。上下各四句，直似不相照顧，仍復渾成一氣，非公筆力天縱，鮮不顧此失彼。第五含下「北」字，第六顧上「東南」。

（清）何焯《義門讀書記》卷五十六〈杜工部集〉

（杜詩）三四雄跨今古，五六寫情黯淡，著此一聯，方不板滯。　○孟襄陽三四語實寫洞庭，此只用空寫，卻移他處不得，本領更大。

（清）沈德潛《唐詩別裁集》卷十

按：沈德潛《杜詩偶評》卷三總評，與此則上半相同。又云：比襄陽詩更高一籌。

黃生云：寫景如此闊大，自敘如此落寞，詩境闊狹頓異。……愚按：

不闊則狹處不苦，能狹則闊境愈空。然玩三、四，亦已暗逗遼遠漂流之象。

　○趙汸曰：公此詩，同時唯孟浩然足以相敵。……愚按孟詩結語似遜。

（清）浦起龍《讀杜心解》卷三

　昔人評子美〈岳陽樓詩〉，謂若無「吳楚東南坼」句，則「乾坤日夜浮」幾疑詠海矣，不若襄陽「氣蒸雲夢澤，波撼岳陽城」為切當不泛。然子美直是氣象大、力量雄，非孟詩可及也。

（清）郭兆麒《梅崖詩話》

　（杜詩）起聯遜孟，而結為勝，中則兩家工力悉敵，難分瑜、亮，宜其並霸千秋也。

（清）邊連寶《杜律啟蒙》五言卷九

　此襄陽求薦之作。原題下有「獻張相公」四字，後四句方有著落，去之非是。作〈岳陽樓〉，更非是。　○前半望洞庭湖，後半贈張相公，只以望洞庭托意，不露干乞之痕。　○「疊浪」二句似海詩，不似洞庭。工部「乾坤日夜浮」句亦似海詩，賴「吳楚」句清出洞庭耳，此工部律細於隨州（劉長卿，官終隨州刺史）處。

（清）紀昀《瀛奎律髓刊誤》卷一

　（馮舒）所論似是而非。首四句若不臨湖，如何看出？何待另出「臨」字？後四句求薦，正是言情，如何云實做「臨」字？

同上

　（杜詩）次聯是登樓所見，寫得開闊；頸聯是登樓所感，寫得黯淡；正於開闊處見得俯仰一身，淒然欲絕。

（清）俞犀月評語，轉引自《杜詩鏡銓》卷十九

〈岳陽樓〉之「吳楚東南坼，乾坤日夜浮」，古今無不推為絕唱。然春秋時洞庭左右皆楚地、無吳地也；若以孫吳與蜀分湘水為界，則當云「吳蜀東南坼」；且以天下地勢而論，洞庭尚在西南，亦難指為東南。——少陵從蜀東下，但覺其在東南故耳。

（清）趙翼《甌北詩話》卷二

岳陽樓望洞庭湖詩，少陵一篇尚矣。次則劉長卿「疊浪浮元氣，中流沒太陽。」余以為在孟襄陽「氣蒸雲夢澤，波撼岳陽城」二語之上。通首亦較孟詩遒勁。

（清）洪亮吉《北江詩話》卷五

少陵〈登岳陽樓〉三、四句云：「吳楚東南坼，乾坤日夜浮。」寫景闊大，雄跨古今。五、六句，若再求闊大者以稱之，必不可得，遂攝歸切近易景言情云：「親朋無一字，老病有孤舟。」筆端變化，轉見格力之老，又是一法。孟襄陽〈臨洞庭〉三、四句云「氣蒸雲夢澤，波撼岳陽城」，五、六句接以「欲濟無舟楫，端居恥聖明」，亦是此法。

（清）李鍈《詩法易簡錄》卷九

工部之〈岳陽樓〉第五句「親朋無一字」，與上文全不相連。然人於異鄉登臨，每有此種情懷。下接「老病有孤舟」，倘無「舟」字，則去題遠矣。「戎馬關山北」，所以「親朋無一字」也。以此句醒隔句「憑軒涕泗流」。親朋音乖，戎馬阻絕，所以「涕泗流」。「憑軒」者，樓之軒也。以工部之才為律詩，其細針密線有如此，他可類推。

（清）延君壽《老生常談》

詩有萬口傳誦，自今觀之不滿人意者。如襄陽之「氣蒸雲夢澤，波撼岳陽城」，後人以配子美。然實意盡句中，境象亦復狹小。

（清）陳世鎔《求志居唐詩選》卷首〈瑣說〉

　　情當然比學重要得多。說一個人的詩缺少情的深度和厚度，等於說他的詩的質不夠高。孟浩然詩中質高的有些，數量總是太少。「氣蒸雲夢澤，波撼岳陽樓」式的和「微雲淡河漢，疏雨滴梧桐」式的句子，在集中幾乎都找不出第二個例子。論前者，質和量當然都不如杜甫，論後者，至少在量上不如王維。甚至「不材明主棄，多病故人疏」，品質都不如劉長卿和十才子。

（今人）聞一多《唐詩雜論》〈孟浩然〉

　　上下聯各有側重的，像杜甫〈登岳陽樓〉，上聯指出洞庭湖的浩渺無邊，好像吳楚的東南部裂開了，天地在其中浮著，是寫景。下聯說親朋沒有一個字的來信，自己老病只在孤舟中漂泊，是抒情。蘅塘退士（孫洙）在《唐詩三百首》裡批道，親朋句承吳楚句，老病句承乾坤句。當時杜甫從四川東下，在岳陽樓上想念吳楚的親友，所以吳楚跟親友就這樣連接起來了。他坐船東下，在水上漂泊，所以看到「乾坤日夜浮」，就同自己的老病孤舟聯繫起來了。景同情還是結合的。詩裡所抒寫的情雖是孤苦，但描寫的景物是壯闊的，從壯闊的景物中見得杜甫處境雖孤苦，但意氣並不消沉。

（今人）周振甫《詩詞例話》〈情景相生〉

孫　評

　　杜甫和孟浩然兩大詩人面對洞庭湖，都奉獻出了自己的傑作。哪一首更好一點呢？

　　這樣的問題，按西方絕對的讀者中心論來說，可能是個偽問題。但是，絕對的讀者中心是空想的，讀者不能不受到文本的制約，讀者本身也是可以分析的，如西方文論所說，有自發讀者和自覺讀者，有理想讀者和非理想讀者，有專業讀者和非專業讀者。對於喜愛中國古代詩詞的讀者來說，無庸置疑是要爭取上升為自覺讀者、專業讀者乃至理想讀者。一句話，就是從外行讀者提升為內行讀者。要完成這樣的轉變，光憑強烈的願望是不夠的，一個切實可行的方法，就是批判地吸收古典詩話詞話的成果，在歷史積累的平臺上，將解讀提升到新的歷史高度。

　　對於這兩首詩，歷代的詩論、詩評家們，從宋朝爭論到今天長達一千多年，似乎還沒有達成共識。爭論集中在兩點上：第一，二者孰為更優？要弄清楚這個問題，又牽扯出第二個問題：二詩之名句與全篇的關係。認為杜詩優於孟詩的爭議比較少，最權威性的評說當屬明代胡應麟：「『氣蒸雲夢澤，波撼岳陽城』，浩然壯語也，杜『吳楚東南坼，乾坤日夜浮』氣象過之。」這個論斷得到廣泛的認同。但杜詩何以優於孟詩？卻前後眾說紛紜。

　　宋人吳沆引張氏說：「常人作詩，但說得眼前，遠不過數十里內；杜詩一句能說數百里，能說兩軍州，能說滿天下。此其所為妙。……如『吳楚東南坼』，是一句說半天下。至如『乾坤日夜浮』，即是一句說滿天下。」這樣的理由是經不起推敲的，從數十里到數百里，從半天下到全天下的想像，並不是杜甫特有的胸襟。早在《文心雕龍》裡就有「視通萬里」之說，籠統以視野空間之大來闡釋「吳

楚」一聯的好處，顯然不夠到位。明陸時雍就提出質疑：「余直不解其趣。『吳楚東南坼』，此句原不得景，但虛形之耳。安見得洞庭在彼東南，吳、楚遂坼為兩耶？且將何以詠江也。至『乾坤日夜浮』，更懸虛之極，以之詠海庶可耳。其意欲駕孟浩然而過之，譬之於射，仰天彎弓，高則高矣，而矢過的矣。」葉秉敬也說：「細玩浩然詩『氣蒸雲夢澤，波撼岳陽城』，雖不如『吳楚東南坼，乾坤日夜浮』之大，而要之實得洞庭真景。若老杜詩無『吳楚東南坼』一句，則『乾坤日夜浮』疑於詠海矣！」這兩人的質疑看來都有點拘泥，詩中之語乃情語，語義與日常語、書面語不同，本非寫實性質。「吳楚東南坼」並不是說東南望去土地裂而為二，而是可見二地分界之遠，提示視點之高，胸懷之廣。至於說孟浩然的「氣蒸」一聯比之杜甫，好處在於「實得洞庭真景」，這個「真景」，同樣站不住腳。洞庭湖的波浪要是真的把岳陽城「撼」動起來，可能是一場災難，根本就談不上有什麼詩意了。說杜把湖寫得像海，境界太大了，這個議論也有點呆氣。在詩歌裡，不但可以把湖寫得有海的氣象，就是把山寫得像海（毛澤東「蒼山如海」），甚至山飛起來（王安石「兩山排闥送青來」），都可以成為佳句。

　　其實，杜詩此聯的好處，並不在空間，而在時間。這一點，沈德潛就說到了點子上：「三四雄跨今古，五六寫情黯淡，著此一聯，方不板滯。」「孟襄陽三四語實寫洞庭，此只用空寫，卻移他處不得，本領更大。」關鍵在於，杜甫不僅僅是「目及」，而是「神遇」，想像天地日日夜夜沉浮於洞庭湖波浪之中。在空間的闊大中融入了時間的流逝，這原是老杜的拿手好戲。「無邊落木蕭蕭下，不盡長江滾滾來。」無邊落木是空間無限，不盡長江則是時間無限。「錦江春色來天地，玉壘浮雲變古今。」「來天地」，是空間的透視，「變古今」又是時間無限。相比起來，孟浩然的「氣蒸雲夢」、「波撼岳陽」只有空間的雄渾，而無時間的無限，在這一點上，孟浩然的氣魄就給比了下去。

　　除了這一聯的比較外，詩論、詩評家們還在兩詩整體上作細緻的比較。一般來說，對於孟詩的不滿集中在後二聯。許學夷謂：「浩然『八月湖水平』一篇，前四句甚雄壯，後稍不稱，且『舟楫』『聖明』以賦對比，亦不工。」這後四句「不稱」、「不工」在什麼地方呢？論者往往只下結論，不作說明。王夫之則有比較細緻的展開，他以其與杜詩的構思相比，曰：「『親朋無一字，老病有孤舟。』……嘗試設身作杜陵，憑軒遠望觀，則心目中二語居然出現，此亦情中景也。孟浩然以『舟楫』、『垂釣』鉤鎖合題，卻自全無干涉。」意思是，杜甫從望湖的視野，遂有舟楫之想，乃有親朋書信之念，從而轉入自己命運的困頓，這一大轉折有潛在聯想的意脈相連續（用他們的話來說「鉤鎖」）。而孟浩然的前面雄渾景觀和後面四句毫不相干。毛先舒指摘說：「『欲濟無舟楫』二語，感懷已盡，更增結語，居然蛇足，無復深味。又上截過壯，下截不稱。」持批判態度的還有查慎行：「孟作前半首由遠說到近，後半首全無魄力，第六句尤不著題。」

　　這些批評都是從結構著眼的，實際上是指摘其意脈的中斷。但對這種批評，持不同意見者也有兩種不同角度的解釋。一種認為，詩體的情緒結構以統一和諧為要，同時也追求錯綜變化。至大的境界，無以為繼，必然繼之以至微至小作對比。如魏際瑞所云：「孟浩然『氣蒸雲夢澤，波撼岳陽城』；杜工部『吳楚東南坼，乾坤日夜浮』，力量氣魄已無可加。而孟則繼之曰『欲濟無舟楫，端居恥聖明』，杜則繼之曰『親朋無一字，老病有孤舟』者，皆以索寞幽渺之情攝歸至小。兩公所作不謀而合，可見文章有法。」另一種看法，則從詩體的功能來分析。黃生認為：孟詩「前敘望洞庭，後半贈張，名『前後兩截格』。……望人援手，不直露本意，但微以比興出之，幽婉可法。」紀曉嵐也說：「前半望洞庭湖，後半贈張相公，只以望洞庭托意，不露干乞之痕。」孟本是一首干謁的詩，前面的景觀不管多麼宏大，都要歸結到委婉表述的目的上去，而這樣渺小的目的就注定了要與「波

撼岳陽城」的審美超越發生矛盾。從功利價值上為之辯護，實在較弱無力，因為這裡比較的是詩的審美價值藝術水準。今人聞一多以為「不材明主棄，多病故人疏」，品質都不如劉長卿和十才子。

杜詩之勝於孟詩，的確不僅僅在於純粹抒情，更在於其結構。表面上看，從宏大的景觀，到個體的悲歡，杜詩結構與孟詩極其相似。謝肇淛甚至等同而觀，視為瑕疵：「襄陽接語『欲濟無舟楫，端居恥聖明』，已覺索寞不稱；少陵接語『親朋無一字，老病有孤舟』，愈見衰颯。信哉，全璧之難也！」這只是看到二詩在結構前後同樣有反差，然而杜詩意脈密合，孟詩意脈斷裂，這點要害卻被忽略了。杜詩雖也如黃生所說：「前半寫景如此闊大，轉落五六，身事如此落寞，詩境闊狹頓異。」這似乎可能引起結構的不和諧。但事實上並不矛盾，相反的是相得益彰，水乳交融。其原因，正如浦起龍所指出：「不闊則狹處不苦，能狹則闊境愈空。」

那麼，這種對立而統一的理由，可不可以也用來解釋孟詩呢？我們不妨再看看黃生緊接上引，對杜詩「轉落」的評點：「結語湊泊極難，不圖轉出『戎馬關山北』五字，胸襟氣象，一等相稱，宜使後人擱筆也。」顯然，矛盾的轉化，並不是無條件的。前半和後半部分愈是對立，統一的難度就愈大。但杜甫乾坤日夜之胸懷，恰與戎馬關山之遠大，筆斷脈連。有了這個密合的聯想，意境就和諧了，使得對立得以不著痕跡地轉化為統一。而和杜甫相比，孟轉入個人願望之後，前四句開拓的宏偉境界卻丟在一邊了。表面上看，杜甫比之孟浩然的的情緒更加個人化，反差更加強烈，感傷到流淚的程度。但意脈的連續性則更有豐富的層次，更加有序。這就是杜甫自述的情感起伏的「沉鬱頓挫」的風格的典型表現。仇兆鰲《杜詩詳注》、佚名《杜詩言志》對其意脈貫通都有比較精緻的分析。延君壽《老生常談》在更為嚴密的評析後，贊道：「以工部之才為律詩，其細針密線有如此，他可類推。」可見，杜詩意脈之統一，層次之豐富，用字之嚴密，孟

詩實在是不可望其項背的。

　　當然，孟浩然的詩也不能說沒有意脈的暗連，如從湖水聯繫到舟楫，再到垂釣。但是，這只是字面上、形式上的聯想過渡。而在內涵上，湖水「含虛混太清，波撼岳陽城」之境，則與後面的干謁之意根本脫節。形式聯想上的機制，畢竟不能完全消除內涵的裂痕。

見青山白水有何「悶」

　　人之好惡，固有不同。子美在蜀，作〈悶〉詩云：「捲簾唯白水，隱几亦青山。」[1]若使余居此，應從王逸少（晉王羲之字）語：吾當則以樂死，豈復更有悶耶？

（宋）蔡絛《西清詩話》卷上

　　蔡絛約之《西清詩話》云：「（引文同上，略）」予以謂此時約之（蔡絛字）未契此語耳。人方憂愁無聊，雖清歌妙舞滿前，無適而非悶。子美居西川，一飯未嘗忘君，其憂在王室。而又生理不具，與死為鄰，其悶甚矣。故對青山青山悶，對白水白水悶，平時可愛樂之物，皆寓之為悶也。約之處富貴，所欠二物耳。其後竄斥，經歷崎嶇險阻，必悟此詩之為工也。

（宋）張邦基《墨莊漫錄》卷二

　　天下無定境，亦無定見。喜怒哀樂，愛惡取捨，山河大地，皆從此心生。……天下事如是多矣。杜子美曰：「感時花濺淚，恨別鳥驚心。」至於〈悶〉詩則曰：「出門唯白水，隱几亦青山。」山水花鳥，此平時可喜之物，而子美於悵悶中，唯恐見之。蓋此心未淨，則平時可喜者，適足與詩人才子作愁具爾！是則果有定見乎？

（宋）陳善《捫虱新話》上集

1　杜詩：瘴癘浮三蜀，風雲暗百蠻。捲簾唯白水，隱几亦青山。猿捷長難見，鷗輕故不還。無錢從滯客，有鏡巧催顏。

　　杜少陵作〈悶〉詩云：「捲簾唯白水，隱几亦青山。」或曰：「（引蔡語，大同小異，略）」予以為不然。人心憂鬱，則所觸而皆悶，其心和平，則何適而非快。青山白水，本是樂處；苟其中不快，則慘澹蒼莽，適足以增悶耳！少陵又有詩云：「感時花濺淚，恨別鳥驚心。」花、鳥本是平時可喜之物，而抑鬱如此者，亦以觸目有感，所遇之時異耳。

（宋）費袞《梁谿漫志》卷七

　　《西清詩話》曰：「（引文同上，略）」僕謂《西清詩話》此言，是未識老杜之趣耳。平時見青山白水，固自可樂，然當愁悶無聊之時，青山白水但見其愁，不見其樂，豈可以常理觀哉！老杜在蜀，棲棲依人，無聊之甚，安得不以青山白水為悶邪？曾子固謂以余之窮，足以知人之窮。僕因知子美之言，為不妄也。

（宋）王楙《野客叢書》卷九

　　黃太史云：「杜少陵〈悶詩〉『捲簾唯白水，隱几亦青山』，使余得此，當如王逸少語『正須卒以樂死。寧更悶耶？』」余謂：少陵少壯時「浮雲連海岱，平野入青徐」[2]，則躊躇臨眺；「碧山晴又濕，白水雨偏多」[3]，則歌醉歡娛。大曆間，往來東屯、白帝，貧病甚矣，所謂「為客無時了，悲秋向夕終」[4]，「瘴癘浮三蜀，風雲暗百蠻」，見青山白水，安得而不悶也？讀太史立朝時紀詠景物，與黔戎間詩意不同，亦各狀其時耳。東坡早年經過歡喜鋪，至老不忘，遷謫中遇皇恐灘，其辭可見。孟子言「鼓樂田獵，或欣然有喜，或疾首蹙額」，正是如此。

（宋）曹彥約《曹彥約詩話》

2　〈登兗州城樓〉詩句。

3　又〈白水明府舅宅喜雨〉詩句。

4　又〈大曆二年九月三十日〉詩句。

　　白水青山，人情所適，然日日在前，反厭之矣。猿之捷，鷗之輕，便有何趣？而滯客羨之，偏難見而不還，總是悶懷所使。然客既無錢，不得不從其滯；乃鏡中之顏，日老一日，何其巧於催人也。總為無錢而悶，而形容悶懷，沉著有致。

（明）王嗣奭《杜臆》卷八

　　蔡絛看出憂中有樂，張邦基說得樂中有憂，總之作詩者與看詩者，隨其興會，即各具一造物，不妨異轍而同塗也。張云經歷崎嶇，必悟其工，此非善於論蔡，乃善於論杜。按李伯純之序亦云，蓋其開元、天寶太平全盛之時，迄於至德、大曆干戈亂離之際，凡四千四百餘篇，其忠義、氣節、羈旅、艱難、悲憤、無聊，一寓於詩。平時讀之，未見其工，迨親更兵火喪亂之後，誦其詩如出乎其時，犁然有當於人心，然後知其語之妙也。按唐僧棲白詩：「捲簾當白晝，移坐向青山。」[5]元范德機（范梈字）詩：「青山入坐席，白水抱門流。」[6]其語意皆出於杜，卻皆說向樂邊。

（清）吳景旭《歷代詩話》卷三十八

　　子美〈悶〉詩曰：「捲簾唯白水，隱几亦青山。」聯中無悶，悶在篇中。讀其通篇，覺此二句亦悶。宋、明則通篇說悶矣。

（清）吳喬《圍爐詩話》卷四

　　吳東岩曰：通章為滯客感慨而作。首聯悶在「風」上，而以「三蜀」、「百蠻」紀地，便為「滯客」二字安腳。次聯「白水」、「青山」，本可遣悶，而在「瘴癘」、「風雲」之地，山水亦殊可憎，此隱承一二也。「捲簾」、「隱几」，滯客無聊之事，則已暗伏七八矣。五六故作開筆，曰

5　佚詩〈閑詩〉斷句，載〔宋〕姚寬《西溪叢話》。《全唐詩》載釋修睦〈秋日閑居〉
　　詩，亦有「捲簾當白晝，移榻對青山」之句。

6　未詳。

「捷」、曰「輕」，反形「滯」字，是欲遣悶而悶無可遣。七八緊接「滯客」字，通章之意俱醒。

（清）黃生《杜詩說》卷十二

此詩為滯客無聊而作。白水青山，本堪適興，因處蠻瘴之地，故對此只足增悶耳。山猿水鷗，何以成悶，見其輕捷自如，遂傷客身之留滯也。三四承上，五六起下，末方結出致悶之由。無錢歎貧，催顏嗟老。

（清）仇兆鰲《杜詩詳注》卷二十

亦為淹久於夔而悶也。先著「瘴」、「蠻」兩句，則「白水」、「青山」亦是限隔行人之窄矣。是以見「猿」「鷗」之「輕」「捷」，而傷己之「滯」且老也。下語偏瀟灑。

（清）浦起龍《讀杜心解》卷三之六

白水青山，可以釋悶者。然因久客之故，反覺其可悶耳。「惟」、「亦」字，皆厭詞。猿之捷，可以釋悶也，然又以捷而難見；鷗之輕，可以釋悶也，然又以輕而不還。首聯，是可悶而悶。次聯，是可以釋悶者而亦悶也。次聯，是可以釋悶者，因見慣而生悶。三聯，則可以釋悶者，又以不見而生悶也。總之無往非悶而已。「無錢從滯客」，貧而作客也。「有鏡巧催顏」，老也。兩句三事，此則所以致悶之由也。

（清）邊連寶《杜律啟蒙》五言卷六

孫　評

　　蔡絛對杜甫〈悶〉詩「捲簾唯白水，隱几亦青山」之句，覺得難解。竟然謂：「若使余居此」，「則以樂死，豈復更有悶耶？」

　　詩詞中的意象，本是主客觀的化合。在詩裡，沒有完全客觀的山水，一切景觀均由主體情感為之定性。這方面的論述，中國古典詩話詞話有相當深厚的積累。如吳喬等提出「詩酒文飯」之說，生活變成詩，就像米釀成了酒，形質俱變。後來王國維總結前人的諸多成就，作出了「一切景語皆情語」的論斷。

　　其實，早在北宋，這一點即為作詩之常識，蔡絛居然不理解。這大概與其社會地位有關。他是蔡京的兒子，北宋宣和六年（1124）前後，蔡京獨攬朝政，年高不勝於事，奏判悉委之。他的議論，可能就發在這個最得意的時期。所以宋張邦基指出：「人方憂愁無聊，雖清歌妙舞滿前，無適而非悶。」他聯繫杜甫生平說：「子美居西川，一飯未嘗忘君，其憂在王室。而又生理不具，與死為鄰，其悶甚矣。故對青山青山悶，對白水白水悶，平時可愛樂之物，皆寓之為悶也。」而蔡絛正「處富貴」之時，自然不能理解杜甫，等到日後「竄斥，經歷崎嶇險阻，必悟此詩之為工也。」

　　這個解釋，從西元十二世紀到十八世紀，幾乎沒有什麼爭議。只是後來者對杜詩有了比較細緻的分析，也可謂是正面駁斥了「豈復更有悶」的蠢話。六百年間，分析得最為到位的是黃生所引的吳東岩之說。其高明之處，是把微觀分析的工夫不僅用在詞句上，而且深入到了詞句之間的結構上，或者說詩歌的「意脈」上。他著眼的是，特別揭示出幾個關聯節點其間隱性的、潛在的關聯，如「白水」、「青山」「隱承」首聯客居百蠻瘴癘，而「捲簾」、「隱幾」又「暗伏」了最後一聯「有鏡巧催顏」的鬱悶。這種結構關聯的分析，比之對字句的推

敲，更值得重視。因為字句推敲，從方法論上來說，其弊端往往在於孤立字眼，對整體則缺乏起碼的分析，可謂只見樹木不見森林。

詠雪：形神與情懷

　　客有問予，謝公此二句優劣奚若？……「池塘生春草」[1]，情在言外，「明月照積雪」[2]，旨冥句中。風力雖齊，取興各別。

（唐）皎然《詩式》卷二

　　歐陽永叔、江鄰幾論韓〈雪詩〉[3]，以「隨車翻縞帶，逐馬散銀盃」為不工，謂「坳中初蓋底，凸處遂成堆」為勝，未知真得韓意否也？

（宋）劉攽《中山詩話》

1　謝靈運〈登池上樓〉詩句：池塘生春草，園柳變鳴禽。
2　又〈歲暮〉詩：殷憂不能寐，苦此夜難頹。明月照積雪，朔風勁且哀。運往無淹物，年逝覺易催。
3　即韓愈〈詠雪贈張籍〉：只見縱橫落，寧知遠近來。飄飄還自弄，歷亂竟誰催？座暖銷那怪，池清失可猜。坳中初蓋底，坯處遂成堆。慢有先居後，輕多去卻回。度前鋪瓦隴，奔發積牆隈。穿細時雙透，乘危忽半摧。舞深逢坎井，集早值層台。砧練終宜搗，階紈未暇裁。城寒裝睥睨，樹凍裹莓苔。片片勻如翦，紛紛碎若挼。定非燀鶴鷺，真是屑瓊瑰。緯繣觀朝萼，冥茫矚晚埃。當窗恒凜凜，出戶即皚皚。潤野榮芝菌，傾都委貨財。娥嬉華蕩瀁，胥怒浪崔嵬。磧迥疑浮地，雲平想輾雷。隨車翻縞帶，逐馬散銀杯。萬屋漫汗合，千株照耀開。松篁遭挫抑，糞壤獲饒培。隔絕門庭遽，擠排陛級才。豈堪神岳鎮，強欲效鹽梅。隱匿瑕疵盡，包羅委瑣該。誤雞宵呃喔，驚雀暗裴徊。浩浩過三暮，悠悠匝九垓。鯨鯢陸死骨，玉石火炎灰。厚慮填溟壑，高愁揿鬥魁。日輪埋欲側，坤軸壓將頹。岸類長蛇攪，陵猶巨象豗。水官誇傑點，木氣怯胚胎。著地無由卷，連天不易推。龍魚冷蟄苦，虎豹餓號哀。巧借奢豪便，專繩困約災。威貪陵布被，光肯離金罍。賞玩損他事，歌謠放我才。狂教詩硉矹，興與酒陪鰓。唯子能諳耳，諸人得語哉？助留風作黨，勸坐火為媒。雕刻文刀利，搜求智網恢。莫煩相屬和，傳示及提孩。

詩禁體物語，此學詩者類能言之也。歐陽文忠公（歐陽修，諡文忠）守汝陰，嘗與客賦雪於聚星堂，舉此令，往往皆閣筆不能下。然此亦定法，若能者，則出入縱橫，何可拘礙？鄭谷「亂飄僧舍茶煙濕，密灑歌樓酒力微」[4]，非不去體物語，而氣格如此其卑。蘇子瞻「凍合玉樓寒起粟，光搖銀海眩生花」[5]，超然飛動，何害其言「玉樓」、「銀海」？韓退之兩篇，力欲去此弊，雖冥搜奇譎，亦不免有「縞帶」、「銀杯」之句。

　　　　　　　　　　　　　　　　　（宋）葉夢得《石林詩話》卷下

淵明〈雪〉[6]詩云：「傾耳無希聲，在目皓已潔。」只十字，而雪之輕虛潔白，盡在是矣，後來者莫能加也。

　　　　　　　　　　　　　　　　　（宋）羅大經《鶴林玉露》丙編卷五

退之〈雪詩〉有云：「隨車翻縞帶，逐馬散銀盃。」世皆以為工。予謂雪者其先所有，縞帶、銀杯，因車馬而見耳，「隨」、「逐」二字甚不安。歐陽永叔、江鄰幾以「坳中初蓋底，垤處遠成堆」之句，當勝此聯。而或者曰：「未知退之真得意否？」以予觀之：二公之評論實當，不必問退之之意也。

　　　　　　　　　　　　　　　　　（金）王若虛《滹南詩話》卷上

4　〈雪中偶題〉：亂飄僧舍茶煙濕，密灑歌樓酒力微。江上晚來堪畫處，漁人披得一蓑歸。

5　〈雪後書北臺壁二首〉其二：城頭初日始翻鴉，陌上晴泥已沒車。凍合玉樓寒起粟，光搖銀海眩生花。遺蝗入地應千尺，宿麥連雲有幾家。老病自嗟詩力退，空吟〈冰柱〉憶劉叉。

6　即〈癸卯歲十二月中作與從弟敬遠〉：寢跡衡門下，邈與世相絕。顧盼莫誰知，荊扉晝常閉。淒淒歲暮風，翳翳經日雪。傾耳無希聲，在目皓已潔。勁氣侵襟袖，簞瓢謝屢設。蕭索空宇中，了無一可悅。歷覽千載書，時時見遺烈。高操非所攀，謬得固窮節。平津苟不由，棲遲詎為拙？寄意一言外，茲契誰能別！

　　《文選》以二謝（謝惠連、謝莊）〈雪賦〉、〈月賦〉入物色類，雪於
諸物色中最難賦。

　　　　　　　　　　　　　　　　　　　　（元）方回《瀛奎律髓》卷二十一

　　（杜甫〈對雪〉詩[7]）他人對雪，必豪飲低唱，極其樂。唯老杜不
然，每極天下之憂。

　　　　　　　　　　　　　　　　　　　　　　　　　　　　　同上

　　（宋尤袤〈雪〉詩[8]）見雪而念民之饑，常事也。今不止民饑，又有
邊兵可念。……然則凡賦詠者，又豈但描寫物色而已乎？

　　　　　　　　　　　　　　　　　　　　　　　　　　　　　同上

　　韓退之〈雪〉詩，冠絕今古。其取譬曰：「隨風翻縞帶，逐馬散銀
盃。」未為奇特。其模寫曰：「穿細時雙透，乘危忽半摧。」則意象超
脫，直到人不能道處耳。

　　　　　　　　　　　　　　　　　　　　　（明）李東陽《麓堂詩話》

　　「明月照積雪」，是佳境，非佳語。「池塘生春草」，是佳語，非佳
境。此語不必過求，亦不必深賞。

　　　　　　　　　　　　　　　　　　　　（明）王世貞《藝苑卮言》卷三

　　靈運諸佳句，多出深思苦索……至「明月照積雪」，風神頗乏，音調
未諧。

　　　　　　　　　　　　　　　　　　　（明）胡應麟《詩藪》外編卷二

7　〈對雪〉：戰哭多新鬼，愁吟獨老翁。亂雲低薄暮，急雪舞回風。瓢棄尊無綠，爐
　　存火似紅。數州消息斷，愁坐正書空。

8　〈雪〉：睡覺不知雪，但驚窗戶明。飛花厚一尺，和月照三更。草木淺深白，邱塍
　　高下平。饑民莫咨怨，第一念邊兵。

「明月照積雪」……俱千古奇語，不宜有所附麗。文章妙境，即此瞭然，齊隋以還，神氣都盡矣！

（明）陳繼儒《佘山詩話》卷下

謝靈運「明月照積雪」，可謂無色為至色，無味為至味，從此悟入，何憂不佳？

（明）鄧雲霄《冷邸小言》

（杜甫〈對雪〉詩）「亂雲」一聯，寫雪景甚肖，而自愁腸出之，便覺淒然。……此聞房琯、陳陶之敗而作。

（明）王嗣奭《杜臆》卷二

（陶淵明〈癸卯歲十二月中作與從弟敬遠〉詩）「傾耳」二句，寫風雪得神，而高曠之懷，超脫如睹。

（清）陳祚明《采菽堂古詩選》卷十三

（唐杜荀鶴〈雪〉詩[9]）結到「擁袍」、「跣足」，諷公子乎？恤樵夫乎？仁人之言，吾但覺其藹如爾。

（清）趙臣瑗《山滿樓箋注唐詩七言律》

（杜荀鶴〈雪〉詩）前六句寫雪，後二句志感。

（清）朱三錫《東岩草堂評訂唐詩鼓吹》

……「明月照積雪」，皆心中目中與相融浹，一出語時，即得珠圓玉

9　杜詩：風攪長空寒骨生，先於曉色報窗明。江湖不見飛禽影，岩谷時聞折竹聲。巢穴幾多相似處，路岐兼得一般平。擁袍公子休言冷，中有樵夫跣足行。

潤；要亦各視其所懷來，而與景相迎者也。

（清）王夫之《薑齋詩話》卷下

　　余論古今雪詩，惟羊孚一贊[10]，及陶淵明「傾耳無希聲，在目皓已潔」，及祖詠「終南陰嶺秀」[11]一篇，右丞「灑空深巷靜，積素廣庭閑」[12]、韋左司「門對寒流雪滿山」[13]句最佳。若柳子厚「千山飛鳥絕」[14]已不免俗。降而鄭谷之「亂飄僧舍，密灑歌樓」益俗下欲嘔。韓退之「銀杯、縞帶」亦成笑柄。世人詘於盛名，不敢議耳。

（清）王士禎《漁洋詩話》

　　或問余古人雪詩何句最佳，余曰：莫逾羊孚贊云：「資清以化，乘氣以霏；值象能鮮，即潔成輝。」陶淵明詩云：「傾耳無希聲，在目皓已潔。」王摩詰云：「隔牖風驚竹，開門雪滿山。」祖詠云：「林表明霽色，城中增暮寒。」韋蘇州云：「怪來詩思清入骨，門對寒流雪滿山。」此為上乘。若溫庭筠「白馬夜頻驚，三更灞陵雪。」[15]亦奇作也。……至韓退之之「銀杯、縞帶」，蘇子瞻之「玉樓、銀海」，已傖父矣。下至蘇子美「既以粉澤塗我面，又以珠玉綴我腮」[16]，則下劣詩魔，適足噴飯耳。

又《帶經堂詩話》卷十二

---

10 即〔晉〕羊孚〈雪贊〉詩。
11 〔唐〕祖詠〈終南望餘雪〉詩：終南陰嶺秀，積雪浮雲端。林表明霽色，城中增暮寒。
12 王維〈冬晚對雪憶胡居士家〉詩：寒更傳曉箭，清鏡覽衰顏。隔牖風驚竹，開門雪滿山。灑空深巷靜，積素廣庭閑。借問袁安舍，儵然尚閉關。
13 韋應物（曾官左司郎中、蘇州刺史，世或稱韋左司、韋蘇州）〈休暇日訪王侍御不遇〉詩：九月驅馳一日閑，尋君不遇又空還。怪來詩思清入骨，門對寒流雪滿山。
14 〈江雪〉詩：千山鳥飛絕，萬徑人蹤滅。孤舟蓑笠翁，獨釣寒江雪。
15 〈俠客行〉詩：欲出鴻都門，陰雲蔽城闕。寶劍黯如水，微紅濕餘血。白馬夜頻驚，三更灞陵雪。
16 〔宋〕蘇舜欽（字子美）〈城南歸值大風雪〉詩句。上句《全宋詩》作「既以脂粉傅我面」。

　　雪詩最難著筆。昌黎〈贈張籍〉詩:「隨車翻縞帶,逐馬散銀盃。」
刻畫太深,未見陳言之務去也。至「助留風作黨,勸坐火為媒」,有其意
而無其詞,殊覺經營慘澹之勞矣!

　　　　　　　　　　　　　　　　　　（清）宋長白《柳亭詩話》卷二十九

　　讀「傾耳」二句,真覺〈雪賦〉[17]一篇徒為辭費。

　　　　　　　　　　　　　　　　　　　　（清）查慎行《初白庵詩評》卷上

　　「隔牖風驚竹,開門雪滿山」得驀見之神,卻又不費造作。

　　　　　　　　　　　　　　　　　　　　（清）張謙宜《親齋詩談》卷五

　　淵明詠雪,未嘗不刻劃,卻不似後人黏滯。　　○愚於漢人得兩語曰:
「前日風雪中,故人從此去。」於晉人得兩語曰:「傾耳無希聲,在目皓
已潔。」於宋人得一語曰:「明月照積雪。」為千古詠雪之式。

　　　　　　　　　　　　　　　　　　　　（清）沈德潛《古詩源》卷八

　　古人詠雪,多偶然及之,漢人「前日風雪中,故人從此去」,謝康樂
（謝靈運,晉時襲封康樂公)「明月照積雪」,王龍標「空山多兩雪,獨立
君始悟」[18],何天真絕俗也。鄭都官「亂飄僧舍茶煙濕,密灑歌樓酒力
微」,已落坑塹矣。昌黎之「凹中初蓋底,凸處盡成堆」,張承吉之「戰退
玉龍三百萬,敗鱗殘甲滿天飛」[19],是成底語?　　○東坡尖叉韻詩[20],偶

17　即〔南朝宋〕謝惠連〈雪賦〉。

18　王昌齡（晚年貶龍標尉)〈聽彈風入松閣贈楊補闕〉詩:商風入我弦,夜竹深有
　　露。弦悲與林寂,清景不可度。寥落幽居心,颼颼青松樹。松風吹草白,溪水寒日
　　暮。聲意去複還,九變待一顧。空山多兩雪,獨立君始悟。

19　《全宋詩》載張元〈雪〉詩:五丁仗劍決雲霓,直取銀河下帝畿。戰死玉龍三十
　　萬,敗鱗風卷滿天飛。　　後二句,宋蔡絛〈西清詩話〉作「戰退玉龍三百萬,敗
　　鱗殘甲滿空（一作『天』）飛。」

20　指〈雪後書北臺壁二首〉,其一押「尖」字韻,其二押「叉」字韻。

然遊戲，學之恐入於魔。

又《説詩晬語》卷下

（陶詩）「傾耳」十字中，又不如上五字之渾化無跡。陶詩之高，所以卓越千古。

（清）溫汝能纂集《陶詩彙評》卷三

自謝惠連作〈雪賦〉，後來詠雪者多騁妍詞，獨韓文公不然，其集中〈辛卯年雪〉一詩，有云：「翁翁陵厚載，嘩嘩弄陰機。生平未曾見，何暇議是非？」〈詠雪贈張籍〉一章，有云：「松篁遭挫抑，糞壤獲饒培。隔絕門庭遽，擠排陛級才。豈堪神岳鎮，強欲效鹽梅。」「日輪埋欲側，坤軸壓將頹。」「魚龍冷蟄苦，虎豹餓號哀。」所以譏貶者甚至。

（清）汪師韓《詩學纂聞》

（陶詩）「淒淒」四句，切十二月寫寒景，以風陪雪，就雪申寫二句，聲銷質潔，隱以自況，不徒詠物之工。

（清）張玉穀《古詩賞析》卷十三

（尤袤〈雪〉詩）起得超脫，有為而作，便覺深厚。　○此論（指方回批語）正大，能見詩之本原。　○描寫物色，便是晚唐小家；處處著議，又落宋人習徑。宛轉相關，寄託無跡，故應別有道理在。

（清）紀昀《瀛奎律髓刊誤》卷二十一

（王維〈冬晚對雪憶胡居士家〉詩）雪詩如此，甚大雅，恰好。　○開後人詠物之門。

（清）黃培芳評點《唐賢三昧集箋注》

王摩詰「隔牖風驚竹，開門雪滿山」，詠雪之妙，全在上句「隔牖」

五字，不言雪而全是雪聲之神，不至「開門」句矣。

（清）潘德輿《養一齋詩話》卷二

「池塘」句天然流出，與「明月照積雪」，「天高秋月明」[21]，同一妙境，皆靈運所僅。

同上卷四

陶詩通脫，亦有質白少味者……詠雪句「傾耳無希聲，在目皓已潔」亦似拙滯，未如摩詰「隔牖風驚竹，開門雪滿山」之工。渠自陶句脫化，乃益工妙。

（清）馬星翼《東泉詩話》卷一

（韋應物〈休暇日訪王侍御不遇〉）凡作訪友不遇詩，每言相思不見、相望如何之意。此詩首句自述，第二句言不遇空還，意已說盡。後二句，寫景而不言情，但言其友所居之地。水抱山環，已稱勝境，況水則清流灩玉，山則萬樹飛瓊。曰「寒流」，曰「雪滿」，皆加倍寫法，宜清味之沁入詩骨矣。作詩者既清超如是，則長住此間之友，非俗子可知。

（近人）俞陛雲《詩境淺説續編》

純景語難作，普通所寫多景中有人，景中有情。曹子建（三國魏曹植字）有句「明月照高樓」〈七哀〉。大謝（南朝宋謝靈運）有句「明月照積雪」〈歲暮〉，大謝句之好恐仍在下句之「朔風勁且哀」；猶小謝（南朝齊謝朓）之「大江流日夜」〈暫使下都夜發新林至京邑贈西府同僚〉，純景語而好，蓋仍好在下句之「客心悲未央」。以「大江流日月（夜）」寫「客心悲未央」。《詩》「楊柳依依」好，還在上句「昔我往矣」。

（今人）顧隨《駝庵詩話》

---

21 謝靈運〈初去郡詩〉句：野曠沙岸淨。天高秋月明。

孫　評

　　中國古典詩詞評論作為詩學理論，最大的特點，就是其創作論指向。它不滿足於一般地闡釋和評價，很看重操作，往往很著意於字句、語句的「推敲」。「推敲」作為方法的特點，就是比較，不是籠統的比較，而是便於操作的同類相比。同類相比的優越性在於具有現成的可比性；異類相比雖然更自由，但沒有直接的可比性，需要更高的抽象能力。「推敲」典故的起源就是同一詩句、語境中的比較。古典詩話中關於詠雪的比較相當集中，這樣的資源有利於理論上探討的深化。

　　在多不勝舉的詠雪詩句中，得到廣泛稱道的是陶淵明的「傾耳無希聲，在目皓已潔」，謝靈運的「明月照積雪」。宋羅大經把陶詩推崇到了極端：「只十字，而雪之輕虛潔白，盡在是矣，後來者莫能加也。」清陳祚明也說二句「寫風雪得神，而高曠之懷，超脫如覩。」歷千年而異口同讚的，還有杜甫的「亂雲低薄暮，急雪舞回風」。而韓愈的詩句「隨車翻縞帶，逐馬散銀盃」，則爭議頗大，甚者是兩個極端。歐陽修認為此詩「不工」，金末的王若虛卻說「世皆以為工」。葉夢得認為其雖「冥搜奇譎」，仍然失敗。王士禎甚至說「銀盃、縞帶」這樣的詩句，幾乎是「笑柄」。

　　古典詩評，往往只以感性的語言下結論，而很少作具體的分析和系統的論證。如羅大經、陳祚明對陶詩雖然都稱讚，出發點卻不盡相同：前者強調的是精彩描述了客體的特徵；後者是說好在突出表現了的主體的情懷。但二者都只有結論，而無具體的分析。一個無爭議的評價尚且如此，有爭論的則更是各講各的，評說紛紜，論斷諸多。可見這裡有一個標準的問題。所以，從具體文本來分析諸家得失，弄清隱含其中的審美標準，對於評價詠雪詩詞和閱讀古典詩歌都有著重大的理論意義。

　　且先從爭議較多的詩句進行分析。為什麼韓愈的「隨車翻縞帶，逐馬散銀盃」，遭到這麼多的非議呢？按葉夢得的說法是拘泥於「體物」，即一味追求對雪的描述。實際上，這是說作者追求的僅僅是形似。這首詠雪詩，長達八十句，幾乎全是對雪的外在形態的描繪。把才智全放在語言的出新上，搜奇覓怪，體物象形，麗采競繁，曲盡其妙，比喻和細節即多達百餘。但是，全詩幾乎是平面的展開，無意脈相貫通，沒有縱深層次，沒有情感的起伏和深化，結果是細節和比喻越多，讀者想像的負擔越是沉重。葉夢得記載歐陽修與客賦雪，禁止體物語，結果「皆閣筆不能下」。也就是說，詩人們只要離開了那種搜奇覓怪的體物套路，就會像西方文論所說的「失語」（aphasia）了。在王夫之那裡，這種一味追求形似的詠物，雖「極縷繪之工」，還是屬於「卑格」。

　　從理論上說，詩歌中的細節，其性質不僅是客體的反映，而且是主體的表現。詩中的物象景語，皆是情語，是主體與客體的統一。因而嚴格說來，不叫做細節，而叫做「意象」。意象和細節不同在於，它是主體情感的某一特徵對客體某一特徵的選擇和同化。主體與客體的矛盾並不是絕對平衡的，主體情感特徵總是占著主導的地位。韓愈之失，就是幾乎在所有的細節中，主體情感均為缺席。不要說「隨車」二句僅僅描述了雪花隨車逐馬的外在形態，就是受到一些詩話家肯定的「坳中」二句，也只是說明雪在坳處，覆蓋其底，隆起處造成雪堆。如此等等的反覆堆砌，情懷遭到窒息是必然的。[22]

　　在客體特徵中表現主體情感，這是意象構成中的普遍規律。情懷與景觀達到高度的和諧統一，是中國詩歌的最高境界：意境。但在不

22　這也可以說明，詩歌不僅僅是語言的問題。語言除了涉及主體情懷和客體的關係外，還涉及到文學形式，如詩歌的特殊想像問題。當代西方文論所謂「語言學轉化」，把語言當作唯一的要素，把文學創作改稱為文學書寫，至少是經不起中國文學史的檢驗的。

同詩體、不同詩風中又有不同的表現。

　　王維的「隔牖風驚竹，開門雪滿山」之所以得到稱讚，原因就在於，詩句不僅僅是描繪雪的外部形態，而且隱含著詩人的心情。清張謙宜說：二句「得驀見之神。」這個點評很深刻。就是說，詩句所寫不是一般的雪，而是詩人突然發現的雪，所以詩人也不是一般的心情，而是一開門意外發現雪已經滿山了的驚異。這種瞬時的觸動，剎那的動情，稍縱即逝的情緒，顯然和王維自己的「竹喧歸浣女，蓮動下漁舟」詩句一樣，是一種發現式的感受，因為聽到竹喧才發現是浣婦歸來，因為感到蓮塘之動，乃覺漁船之下水。這種心境的微妙的變動，也就是西方人所謂的「nuance」，這種情感的瞬間轉換，在唐詩絕句中特別常見。如王翰〈涼州詞〉：「葡萄美酒夜光杯，欲飲琵琶馬上催。醉臥沙場君莫笑，古來征戰幾人回？」其妙處，就在欲飲未飲之際的剎那間的情緒轉換，從緊迫的催逼，到瞬時的放鬆，從嚴肅的軍令，到浪漫的違背，從現實的理性，到對死亡的無畏，多重的情緒轉換集中在一念之間。此類情懷的特點，正是表現了詩人的激情，內心的活躍、敏感、微妙。

　　當然，並不是所有詩人都執著於這樣的表現。杜甫的「亂雲低薄暮，急雪舞回風」，就屬於另外的一種意境、風格。其特點，是詩人情感的持續性和積累性。方回評杜甫〈對雪〉說：「他人對雪，必豪飲低唱，極其樂。唯老杜不然，每極天下之憂。」王嗣奭則說杜「寫雪景甚肖，而自愁腸出之，便覺淒然」。這種「愁」就不是瞬時發現的，而是長期鬱積的。詩開頭有「戰哭多新鬼，愁吟獨老翁」之句，尾聯有「數州消息斷，愁坐正書空」作結，可知詩人心情是沉鬱而又無奈的。所以，詩句才選擇了「薄暮」的雲，並賦於其「亂」和「低」的性質。「急雪舞回風」，既是雪在急風中飛旋，也是杜甫心情的紛擾而無可解脫。從風格上來說，因為薄暮之暗，雲層之低，因而是沉鬱的；由於飛雪之亂，回風之擾，因而又是不可逃避的。意象的

陰沉和紛亂，都以情感的持續和沉鬱為特點。而這一切又是「數州消息斷」，不是一時能夠改變的嚴峻形勢造成的結果。這種感懷和王維的突然發現顯然是不一樣的。但值得讚賞，同樣是在客體中生動表現了主體情感，情感與景觀猶如水乳般的深層交融，合二而一，不著痕跡，不可分解。

宋人尤袤的〈雪〉詩，所以與王維、杜甫詩作迥異，就在於二者不能水乳交融，合二而一，相反的是一分為二。方回曾給予很高的評價：「見雪而念民之饑，常事也。今不止民饑，又有邊兵可念。……然則凡賦詠者，又豈但描寫物色而已乎？」但尤詩雖非僅僅「描寫物色而已」，卻也沒有把景觀和情懷結合起來，直至最後兩句，才把情感直接道白。從藝術上來說，把體物與抒懷一分為二，與其說是以詩情取勝，不如說是以最後的思想警策取勝。很顯然，前面對雪的描述，「睡覺」二句寫白雪的反光效果；「飛花厚一尺」一句要說是詩的意象，不如說是散文的「白描」；「和月照三更」句又重複了雪花的光照的效果……所有細節都淪落為散文式的「白描」，並沒有帶上陰沉之感。最後的「意」（念饑民、邊兵之苦）的性質，和此前的「象」（光亮、潔白）並不和諧、不統一。這比被批為「氣格如此其卑」的鄭谷「亂飄僧舍茶煙濕，密灑歌樓酒力微」一聯，不知還要「卑」到什麼程度。這種以意象分離「卒章顯其志」的創作方法，是白居易總結出來的，而白氏在〈新樂府〉、〈秦中吟〉中正因為用得太多，大大影響了其藝術品質。

顯然，只要二者真正的水乳交融，意境就會深厚得多。南朝謝靈運的「明月照積雪」，毫無爭議地受到歷代評論家的推崇。從表面上看，這幾乎是大白話的散文，連細節都沒有。但是，這是高度提純化了的意象，其中蘊含著深厚的感懷。欣賞這樣詩句，不能光看寫了什麼，而要看它省略了什麼。正如鑑賞酒的釀造，要看其排除了什麼樣的糟粕。明月所照，本可普及於屋宇、田野、山川、草木，然而，這

一切都為詩人所省略，專寫照著積雪；其二，又將其所見景物毫無例外地覆蓋在白雪之中。於是，月兒的透明之光與積雪的潔白之色，遂為一體。如僅僅寫到這裡，還只是描寫純淨的宇宙而已。接下去的「朔風勁且哀」，則為這個純淨的宇宙定性為「哀」，而且有朔風勁吹其間，長驅直入，使得整個宇宙都充滿著悲涼。前面有「殷憂不能寐，苦此夜難頹」之句說明，詩人因悲涼而失眠，長夜漫漫，盼不來天明，深感時間過得太慢，悲涼和夜色一樣難以消失。後面兩句「運往無淹物，年逝覺易催」，又謂時間不斷流逝，不會停留，反過來覺得年華消逝，歲月催人。這就是說，又嫌時間過得太快。不管太慢還是太快，情懷都是沉鬱的。這種情緒不是一時的，而是長時間積累的。詩人不是在激動時瞬間頓悟，而是在平靜中默默體悟。這種體悟的微妙程度、接近於零的速度、因景而增添的強度都沒有說出來，而是全部滲透在中間二句所寫的明月白雪、朔風勁吹的景觀之中。

　　「傾耳無希聲，在目皓已潔。」羅大經雖給了陶詩最高的評價，但並不到位。「傾耳無希聲」，這決不僅僅是寫出了雪落時「輕虛潔白」的特徵。「翳翳經日雪」，下了一天的雪，而且是在冬暮，颼著淒淒的風，從景觀看，色調應該是很暗淡的。但是這種暗淡不單是景觀，而且是心情。意境的特徵，就是感受這種特徵的心境，那也是無聲的。冬暮的風是無聲的，雪落是無聲的，詩人心情也是無聲的，哪怕「傾耳」辨聽也是無聲的。這無聲，卻不是一般的沒有聲音，而是「無希聲」，大概就是老子所說的那個「大音希聲」。這種無聲正是「大音」，如老子所說「大美無言」。除了陶淵明，誰會有這樣的無聲之美的情懷？「寢跡衡門下，邈與世相絕。顧盼莫誰知，荊扉晝常閉。」他在這種孤寂的、與世隔絕的、沒有知己的境界中，「了無一可悅」，沒有一點的歡樂。但是，他傾聽那無聲的雪，感受那淒淒的風，甚至雪落到睫毛上，也白得很清潔，也感到很平靜。這種情懷和王維那種情緒的瞬間轉換，雖然都是意境，性質卻有所區別。這是一

種寧靜致遠的意境,是一種概括性的情懷,以情感的從容和語言的樸質為特點。

馬星翼《東泉詩話》說:「陶詩通脫,亦有質白少味者⋯⋯詠雪句『傾耳無希聲,在目皓已潔』亦似拙滯,未如摩詰『隔牖風驚竹,開門雪滿山』之工。渠自陶句脫化,乃益工妙。」馬氏可能只是欣賞近體詩的情緒強化和瞬間轉換,而對陶詩中這種情緒寧靜的積累式的情致,缺乏理解。

其實,這種寧靜致遠的意境,在漢魏古詩裡很常見,也往往存在於後代古風和部分五言古詩之中。而近體唐詩,則以情緒激化,瞬間轉換和起伏,語言的華彩為多。這本是中國古典詩歌統一的傳統的兩種不同表現風格,卻常遭遇偏頗的評論。如在嚴羽那裡,就硬把漢魏古風置於唐詩之上。王士禛則相反,認為柳宗元的〈江雪〉也「不免俗」,流露出對於古風式的寧靜致遠的意境理解不足。藝術欣賞太微妙了,即使品位甚高之學者,也往往難免千慮一失。

附會即景之作舉要

（韋應物〈滁州西澗〉詩[1]）今州城之西乃是豐山，無所謂西澗者。獨城之北有一澗，水極淺，遇夏潦漲溢，但為州人之患，其水亦不勝舟，又江潮不至。此豈詩家務作佳句，而實無此耶？

（宋）歐陽修《歐陽修詩話》

說者謂王右丞〈終南詩〉[2]皆譏時宰。詩云「太乙近天都，連山接海隅」，言勢位盤據朝野也。「白雲回望合，青靄入看無」，言徒有表而無內也。「分野中峰變，晴陰眾壑殊」，言恩澤偏也。「欲投何處宿，隔水問樵夫」，言畏禍深也。

（宋）李頎《古今詩話》

按：宋尤袤《全唐詩話》卷一亦錄此說。

（韋詩）幽草而生於澗邊，君子在野、考槃之在澗也。黃鸝而鳴於深樹，小人在位、巧言之如流也。潮水本急，春潮帶雨其急可知，國家患難多也。晚來急，危國亂朝、季世末俗，如日色已晚不復光明也。野渡無人舟自橫，寬闊之野、寂寞之濱，必有濟世之才，如孤舟之橫野渡者，特君相不能用耳。

（宋）趙藩、韓淲選、謝枋得注解《注解漳泉澗泉二先生選唐詩》卷一

1　韋詩：獨憐幽草澗邊生，上有黃鸝深樹鳴。春潮帶雨晚來急，野渡無人舟自橫。
2　即王維〈終南山〉詩。

（杜甫〈野望〉詩[3]）結末四句，有歎時感事、勖賢惡不肖之意焉。

（元）方回《瀛奎律髓》卷十五

韋蘇州〈滁州西澗〉詩，其地甚荒陋，想亦是偶然而作，未必如注者之說。豈因寇萊公有「野水無人渡，孤舟盡日橫」[4]之句，遂遷就於此，而反求之太過歟？

（明）李詡《戒庵老人漫筆》卷五

韋蘇州〈滁州西澗〉詩，有手書刻在太清樓帖中，本作「獨憐幽草澗邊行，尚有黃鸝深樹鳴。春潮帶雨晚來急，野渡無人舟自橫」。蓋憐幽草而行於澗邊，當春深之時黃鸝尚鳴，始於情性有關。今集本與選詩中「行」作「生」、「尚」作「上」，則於我了無與矣，其為傳刻之訛無疑。

（明）何良俊《四友齋叢說》卷三十六

韋蘇州：「春潮帶雨晚來急，野渡無人舟自橫。」宋人謂滁州西澗，春潮決不能至，不知詩人遇興遣詞，大則須彌，小則芥子，寧此拘拘？癡人前正自難說夢也。

（明）胡應麟《詩藪》內編卷四

古詩有是情者，或不必即為是辭；有是辭者，或不必定有是事。……後世詩有是辭，全無是事。詠是詩，初無是心。如韋應物「春潮帶雨晚來急」，潁川何嘗通潮？

（明）郝敬《藝圃傖談》卷一

3　杜詩：清秋望不極，迢遞起層陰。遠水兼天淨，孤城隱霧深。葉稀風更落，山迴日初沉。獨鶴歸何晚？昏鴉已滿林。
4　寇準（封萊國公）〈春日登樓懷歸〉詩句。

　　刻集者訛「行」作「生」，訛「尚」作「上」，宋人遂附會其說，謂牧之（李日華謂此詩為杜牧所作）有意托興，以幽草比君子而淪落幽隱，以黃鸝比小人而得意高顯，致唐祚垂末而無幹濟之才。不知「行」與「尚」，本是隨時直賦所見，無關比興者。有甲秀堂刻牧之行草真跡可據。

（明）李日華《恬致堂詩話》卷四

　　（〈野望〉詩）此詩結語見意。「獨鶴」自比，「歸何晚」見心未嘗忘朝廷，而「昏鴉滿林」，歸亦無容足之地矣，因知其望中寓意不淺。

（明）王嗣奭《杜臆》卷三

　　（韋詩）此模寫西澗之幽。言因草之可憐而散步于此，時春雖暮，而黃鸝尚鳴。又多雨之後，澗水氾濫，惟見無人之舟自橫耳。按：此即景成篇，無他托意。謝注謂：四語皆比。穿鑿殆甚。又按：盧陵（歐陽修，盧陵人）云：滁無西澗，北有一澗，極淺，不勝舟。又江潮不到，豈詩人務在佳句，實無是景耶？余謂澗本無潮，因雨為潮，雨之所積，頃刻成川，烏睹其不勝舟也？謝又因歐之說，附會於國步之危，疵謬甚矣。千載之後，陵谷遷移，安可據目而證古人之妄也？

（明）唐汝詢《唐詩解》卷二十八

　　（杜詩）此賦野望之景以成篇，無他托意而興味自佳。

同上卷三十四

　　《古今詩話》云：「王右丞〈終南〉詩，譏刺時宰，其曰『太乙近天都，連山接海隅』，言勢位蟠據朝野也。『白雲回望合，青靄入看無』，言有表無裡也。『分野中峰變，陰晴眾壑殊』，言恩澤偏及也。『欲投何處宿，隔水問樵夫』，言托足無地也。」余謂看唐詩常須作此想，方有入處。而山谷又曰：「喜穿鑿者棄其大旨，而於所遇林泉人物，以為皆有所

托，如世間商度隱語，則詩委地矣。」山谷此論，又不可不知也。

（清）吳喬《圍爐詩話》卷三

（〈野望〉詩）詩有必有影射而作者，如供奉（李白，曾供奉翰林）〈遠別離〉，使無所為，則成囈語。其源自左徒（戰國屈原，曾官左徒）〈天問〉、平子（漢張衡字）〈四愁〉來。亦有無為而作者，如右丞〈終南山〉作，非有所為，豈可不以此詠終南也？宋人不知比賦，句句為之牽合，乃章惇一派舞文陷人機智，謝客（謝靈運，幼名客兒）「池塘生春草」是何等語，亦坐以譏刺，瞎盡古今人眼孔。除真有眼人，迎眸不亂耳。如此作自是野望絕佳寫景詩，只詠得現量分明，則以之怡神，以之寄怨，無所不可。方是攝興觀群怨於一爐錘，為風雅之合調。俗目不知，見其有「葉落」、「日沉」、「獨鶴」、「昏鴉」之語，輒妄臆其有國削君危、賢人隱、奸邪盛之意；審爾，則何處更有杜陵邪？〈六義〉中唯比體不可妄，自非古體長篇及七言絕句而濫用之，則必湊泊迂窒。

（清）王夫之《唐詩評選》卷三

（杜詩）以「望」字領起全篇，結處即景寓意。……鴉喻朝黨附成群，鶴喻己孤立無偶。

（清）黃生《唐詩摘抄》卷一

（韋詩）全首比興。首喻君子在野，次喻小人在位；三、四蓋言宦途利於奔竟，而己則如虛舟不動而已。

同上卷四

（杜甫〈白帝〉詩[5]）三喻干戈相尋，四喻朝廷昏亂，此蒼生所以不

5　杜詩：白帝城中雲出門，白帝城下雨翻盆。高江急峽雷霆鬥，翠木蒼藤日月昏。戎馬不如歸馬逸，千家今有百家存。哀哀寡婦誅求盡，慟哭秋原何處村？

得蘇息也，故接後半云云。何處村間，寡婦慟哭秋原？必因誅求已盡之故，豈不重可哀乎！此亦漫興成詩，摘首二字為題者。三四寫景既奇，比興復遠，人謂杜詩不宜首首以時事影附，然如此類即景寓意者，其神脈自相灌注，豈可不為標出？第俗解強生枝葉，則失之耳。

又《杜詩說》卷九

元趙章泉（趙蕃號）、澗泉（韓淲號）選唐絕句，其評注多迂腐穿鑿。如韋蘇州〈滁州西澗〉一首：「獨憐幽草澗邊生，上有黃鸝深樹鳴。」以為君子在下、小人在上之象。以此論詩，豈復有風雅耶？

（清）王士禎《帶經堂詩話》卷四

昔人或謂西澗潮所不至，指為今六合縣之芳草澗，謂此澗亦以韋公詩而名，滁人爭之。余謂詩人但論興象，豈必以潮之至與不至為據，真癡人前不得說夢耳。

同上卷十三

（〈滁州西澗〉詩）下半即景好句，元人謂刺君子在下，小人在上，此輩難與言詩。

（清）沈德潛《唐詩別裁集》卷二十

一二鉤奇喜新之士，意主穿鑿，辭務支離，即尋常景物，亦必牽涉諷刺，附會忠孝，而詩人之天趣亡焉。

又《杜詩偶評》〈序〉

（〈野望〉詩）結亦「望」中事，然帶比意。凡鳥有巢，而鶴獨遲歸，以況己之無家也。

（清）浦起龍《讀杜心解》卷三

（〈終南山〉詩）王友琢崖（清王琦字）嘗辟之曰：詩有二義，或寄懷於景物，或寓情於諷諭，各有指歸。乃好事之徒，每以附會為能，無論其詩之為興、為賦、為比，而必曲為之說曰：此有為而言也，無乃矯誣實甚歟。試思此詩，右丞自詠終南，于人何預？而或者云云若是！

（清）趙殿成《王右丞集箋注》卷七

（〈野望〉詩）舊說以鶴喻君子，鴉喻小人，仇（兆鼇）、顧（宸）皆非之。然似不無此意。

（清）邊連寶《杜律啟蒙》五言卷三

（〈野望〉詩）述喪亂則明言，刺宵小則托喻，詩人立言之法。

（清）紀昀《瀛奎律髓刊誤》卷十五

青蓮工於樂府。蓋其才思橫溢，無所發抒，輒借此以逞筆力，故集中多至一百十五首。有借舊題以寫己懷、述時事者。……乃說詩者必曲為附會，謂某詩以某事而作，某詩以某人而作。詩人遇題觸景，即有吟詠，豈必皆有所為耶？無所為，則竟不作一字耶？

（清）趙翼《甌北詩話》卷一

尤延之（尤袤字）解王摩詰「太乙近天都」詩，以為譏刺時事，蓋本於《漢書》〈楊惲傳〉注「田彼南山」之說。余謂詩詠南山多矣……至後人解詩，無須深文。

（清）馬星翼《東泉詩話》卷一

感時之作，必借景以形之。如稼軒云：「算只有殷勤，畫簷蛛網，盡

日惹飛絮。」[6]同甫云：「恨芳菲世界，遊人未賞，都付與鶯和燕。」[7]不言正意，而言外有無窮感慨。

（清）沈祥龍《論詞隨筆》

　　（〈終南山〉詩）整首詩裡沒有透露出一點寄託來，就不必從中去找寄託。有人硬要去找寄託，那一定會弄得穿鑿附會，前後矛盾。像說頭兩句指勢焰盤據朝野，那當然是指李林甫、楊國忠那樣的人了，那又怎麼會「青靄入看無」——「有表而無其內」呢？倘虛有其表而沒有實際，那就說不上勢焰盤據朝野，也不必要去避禍了。

（今人）周振甫《詩詞例話》〈忌穿鑿〉

　　（〈滁州西澗〉詩）這首詩給我們展開一幅畫面，可以說是詩中有畫。從詩裡看不出有什麼寓意來。把它說成君子在下、小人在上，那不但下兩句不容易解釋，也跟傳統的說法不合。黃鸝即黃鶯。在樹上叫有鶯遷的說法，本於《詩》〈伐木〉的「出自幽谷，遷於喬木。」並不把它比小人。這樣講，不光穿鑿，也把詩中有畫的美的意境破壞了，所以說「豈復有風雅耶」，不再有詩意了。

同上

6　辛棄疾〈摸魚兒〉（更能消幾番風雨）詞句。
7　〔宋〕陳亮（字同甫）〈水龍吟〉〈春恨〉詞句。

孫　評

　　中國古典詩話詩評中，存在大量穿鑿附會的個案。對於韋應物的〈滁州西澗〉，歐陽修《詩話》質疑西澗之存在、春潮之有無，出發點還只是指謫所寫不真實。到了宋末謝枋得，就由懷疑真實而生發到政治寓意上去，物物比附，句句索隱，愈加離譜。若依讀者中心論，一千個讀者有一千個哈姆雷特。或按接受美學，只要能夠自圓其說，就有與文本無涉的獨立價值，讀者不必在乎其論之真假。[8]但是，中國詩論有強大的文本中心傳統，所以此類詮解是否符合文本，就引起了持久的紛爭。

　　有趣的是，持異議者不止一人，而其根據也各不相同。唐汝詢《唐詩解》說，雖然歐陽修所見西澗不可能成潮，但是，這並不能排除因雨而成潮，甚至勝舟。而且前朝地理，經數百年「陵谷遷移」，滄海桑田，如今親眼目睹乃一時之現象。唐汝詢旨在批駁「附會于國步之危」托意，所以勉力去推論景觀之真實。相比起來，胡應麟持論就要高明得多：「詩人遇興遣詞，大則須彌，小則芥子，寧此拘拘？癡人前正自難說夢也。」「大則須彌，小則芥子」，說的是詩人想像的自由，不拘於現實景觀，叫它大可以大到如須彌山，叫它小又可以小到如芥子。說得更為徹底的是郝敬：「古詩有是情者，或不必即為是辭；有是辭者，或不必定有是事。……後世詩有是辭，全無是事。」應該說，這種有是情而不一定有是詞、有是事的說法，更加接近於詩的境界的假定性，在理論上高於其他的詩評。

8　There are a thousand Hamlets in a thousand people's eyes. 有不少文章說，這是是莎士比亞說的，沒有根據，比較可靠的說法，是英諺語。用來形容接受美學是很生動的，但，並不全面。賴瑞雲提出：「一千個讀者有一千個哈姆雷特，但還是哈姆雷特，不會變成李爾王」。

　　與〈滁州西澗〉遭遇相似的是王維的〈終南山〉。宋人李頎《詩話》載：有論者認為全詩「皆譏時宰」，於是句句穿鑿，牽強附會到了極端。但全是直接論斷，而無論證。「太乙近天都，連山接海隅」，明明寫的是山勢的連綿不絕，如果一定要看成權勢「盤據朝野」的暗示，那麼杜甫的「岱宗夫如何？齊魯青未了」該作何解？「白雲回望合，青靄入看無」二句，寫的是雲氣溽漫的迷濛，遠觀則顯，近視則虛，這是自然氣象，也是詩人的胸襟。如果定要與國勢空虛「徒有表而無內」聯繫起來，那麼韓愈的「草色遙看近卻無」又該作何解？「分野中峰變，晴陰眾壑殊」，則是換一個角度，主要是用畫家的俯瞰視角，明暗對比，表現群山之無垠，這與最高權力之「恩澤」根本就扯不上邊。至於說結聯「欲投何處宿，隔水問樵夫」，是「言畏禍深也」，住宿、樵夫和政治上的禍福二者之間，更是連起碼的因果關係都沒有。

　　諸如此類的附會，在今天看來，其荒謬是顯而易見的。值得深思的是，牽強附會到這樣捕風捉影的程度，在古典詩話詩評中，並非特殊個案，而是相當普遍。這種不講邏輯的解讀反覆出現，並非偶然，在閱讀學上具有一定的規律性。

　　讀者的腦海並不是一張白紙，也不是被動的照相機，對一切外來資訊並非一視同仁地做出相應的反應。皮亞傑發生認識論認為：「一個刺激要引起某一特定反應，主體及其機體就必須有反應刺激的力。」人的大腦中有某種認識客體的格局（scheme），當外界刺激能夠納入人的已有「格局」中，就是刺激能被固有的「格局」「同化」（assimilation）時，它才能做出反應，否則就視而不見，聽而不聞，感而不覺。[9]這一點並不神秘，馬克思在《經濟學─哲學手稿》一書中曾經指出：「正如音樂才能喚醒能欣賞音樂的感官，對於不懂音樂

9　參閱皮亞傑：《發生認識論原理》（北京市：商務印書館，1985年），頁21、60。

的耳朵，最美的音樂也沒有意義，就不是它的對象。因為我的對象只能是我的某一種本質力量的證實。」

正是因為這樣，就產生了一種矛盾。一方面是對外部新異的資訊比較敏感，另一方面對新異資訊，也就是對主體格局中原來不包含的資訊又相當封閉。仁者見仁，智者見智，說的就是這個道理。仁者不能見智，智者不能見仁，這在閱讀學上就造成了特殊的偏頗。一部《紅樓夢》，魯迅說「經學家看見《易》，道學家看見淫，才子看見纏綿，革命家看見排滿，流言家看見宮闈秘事。」[10]而毛澤東對於魯迅所述，則一概不見，在《紅樓夢》裡只看到階級鬥爭。這就是說，「同化」並非僅僅是主體接受外部的資訊，而是主體已知格局也發出資訊，將外來資訊「同化」，如羊吃草，最終使草成為羊之肌體。

由此可知，人的閱讀心理格局同化，不僅具封閉性，而且具歪曲性，這也是人性的某種局限性。正因如此，讀者往往從作品看到的並不完全是作品本身的，更可能是經過主體已知格局同化了的，甚至歪曲了的資訊。從這個意義上來說，從幽草看到君子，從黃鸝看到小人，從終南山的連綿看到權貴專擅，從住宿樵夫看到憂饞畏譏，亦如朱熹從〈關雎〉看到「后妃之德」一樣，所看到的並不是文本，而是主體本身在心理上佔據優勢的核心價值觀念。由此也可知，西方閱讀學把讀者主體絕對化之失，正是因為忽略了讀者主體的這種局限性。

---

10 《魯迅全集》第八卷（北京市：人民文學出版社，2005年），頁179。

牽合詠物之作示例

（杜甫〈初月〉詩[1]）王原叔說：此詩為肅宗而作。

　　　　　（宋）黃庭堅《山谷詩話》，轉引自清仇兆鼇《杜詩詳注》卷七

（〈初月〉詩）詩話謂此詩喻肅宗初立，亦是。

　　　　　　　　　　　　　　（元）方回《瀛奎律髓》卷二十二

（杜甫〈螢火〉詩[2]）老杜詩集大成，於著題詩無不警策。說者謂此詩「腐草」、「太陽」之句以譏李輔國，凡評詩正不當如此刻切拘泥。言之者無罪，聞之者足以戒。大丈夫耿耿者，不當為螢爝微光，於此自無相關；世之僅明忽晦不常者，又豈一輔國？則見此詩而自愧矣！學者觀大指可也。

　　　　　　　　　　　　　　　　　　　　　同上卷二十七

（〈初月〉詩）公凡單賦一物，必有所指，乃詩之比也。舊注云：「此為肅宗而發。」良是。三比肅宗即位於靈武，四比為張皇后、李輔國所蔽。劉云：「句句欲比，卻如何處此結句？」余謂露乃天澤，當無所不沾被，乃止在庭前；潤及菊花，而加一「暗」字，謂人主私恩，止被近幸而已。

　　　　　　　　　　　　　　　　　（明）王嗣奭《杜臆》卷二

1　杜詩：光細弦欲上，影斜輪未安。微升古塞外，已隱暮雲端。河漢不改色，關山空自寒。庭前有白露，暗滿菊花團。
2　杜詩：幸因腐草出，敢近太陽飛？未足臨書卷，時能點客衣。隨風隔幔小，帶雨傍林微。十月清霜重，飄零何處歸！

（〈螢火〉詩）公因不得於君，借螢為喻。出自腐草，幸有微光，寧敢飛近太陽；只知自反，不敢怨君，何等忠厚。然而流離奔走，漂零無歸，固太陽所不及照也，良可悲矣。起語忠厚固已，下面字字有意。蓋聚螢方可照讀，「未足臨書」，傷孤立也。然其人實非乖戾忤俗，故云「時點客衣」，見易親也。幔則所障以讀書者，螢有微光，使收之幔內，處之囊中，未必無一照之能。乃隔於幔外，風復飄之，光愈小矣，又復為雨所濡，欲飛不得，至依傍林莽，其光轉微矣。此二句比君不見信而讒妬及之也。至於十月純陰用事，清霜嚴重，雖太陽之輝，不能勝沍寒之氣。而螢之飄零將安歸乎？細寫苦情，一字一淚，此詩可與詠〈鹿〉參看。

同上卷三

（〈初月〉詩）玄宗以祿山之亂命太子討賊，肅宗即位未幾，則為張良娣、李輔國所蔽，此以初月為比。「光細」者，勢單弱也；「輪未安」者，位未定也。才起於鳳翔，即蔽於張、李，所謂升塞外而隱雲端矣。才弱不足以反正，猶初月光微，不足以改河漢之色。惑於邪而使宇內失望，猶斜影之月徒起關山之寒耳。我因哀時不覺涕泗之下，亦猶月下之露暗滿庭花也。

（明）唐汝詢《唐詩解》卷三十四

（〈初月〉詩）肅宗即位靈武，旋為張后、李輔國所蔽，故舊注以「古塞」二句為托喻。後人將下四句俱牽合作比，如何可通？

（清）朱鶴齡評語，轉引自清楊倫《杜詩鏡銓》卷六

（〈初月〉詩）此肅宗乾元初，子美在秦州避亂作。描寫新月，筆有化工。……通首都從境物上寫初月，而前後二解，字字有分寸。

（清）徐增《而庵說唐詩》卷十四

（〈初月〉詩）此公托初月以自喻，言官之卑不能自安於朝廷、道之晦不能施見於天下，由人主闇蔽，榮枯雨露偏，則君子之失位宜矣。

（清）黃生《杜詩說》卷四

（〈螢火〉詩）汪幾希曰：此亦所見止一螢偶然止於衣上，故三四云云……前半代物語，後半憐之之辭。

同上卷六

（〈初月〉詩）此在秦而詠初月也。光細影斜，初月之狀。乍升旋隱，初月之時。下四，皆承月隱說。河漢關山，言遠景。庭露菊花，言近景。總是夜色朦朧之象。

（清）仇兆鼇《杜詩詳注》卷七

（〈螢火〉詩）螢火，刺閹人也。首言種之賤，次言性之陰。三四近看，見其多暗而少明。五六遠看，見其潛形而匿跡。末言時過將銷，此輩直置身無地矣。鶴（黃鶴）注謂指李輔國輩，以宦者近君而撓政也。今按「腐草」喻腐刑之人，太陽乃人君之象，比義顯然。

同上

（〈螢火〉詩）詩家賦物，毋論大小妍醜，必有比況寄託。即以擬人，亦未為失倫。如良馬以比君子，青蠅以喻讒人，如此者不一而足。必欲取一事一人以實之，隘矣。

（清）查慎行《初白庵詩評》卷下

朱子云：「《楚辭》不皆是怨君，被後人多說成怨君。」此言最中病痛。如唐人中少陵固多忠愛之詞，義山間作風刺之語，然必動輒牽入，即小小賦物，對境詠懷，亦必云某詩指其事，某詩刺某人，水月鏡花，多成

粘皮帶骨，亦何取耶？

（清）沈德潛《唐詩別裁集》〈凡例〉

（〈初月〉詩）上四，確是秦州之初月。其竅在三、四。蓋秦州近塞，而塞正在其西，初月必在西而易沒也。五、六，不即不離更妙，而客中尤切。七、八，又妙在「暗滿」字，而時序又清。王原叔謂為肅宗新自外入受蔽婦寺而作，存其說於言外可爾。

（清）浦起龍《讀杜心解》卷三之二

（〈初月〉詩）亦只詠初月耳。舊說謂譏切肅宗者，大謬。

（清）邊連寶《杜律啟蒙》五言卷三

（〈螢火〉詩）一、二，言以熏腐之身、陰慝之性，而居然近至尊也。三句，言其略無學術也。四句，言能玷污正人也。五、六，言蹤跡詭秘，曖昧不明也。七、八，言終當禍敗，竄逐飄零也。此則為李輔國、魚朝恩輩發，決然無疑。非如他詩之必待勉強牽合，而仍不可以通者比。詩固不可一概論也。

同上

（〈初月〉方回原評）原評未免穿鑿。立乎百世以下，而執史籍之一字一句，以當時之詩比附之，最為拘滯。註少陵及義山者同犯此病。

（清）紀昀《瀛奎律髓刊誤》卷二十二

（〈螢火〉詩）末句似自寓飄零之感。　○（方回評語）此真通人之論。此數句語意皆不了了，刪去直接「學者」句，則善矣！

同上卷二十七

　　註杜者全以唐史附會分箋，甚屬可笑。如少陵〈初月〉詩云：「（詩文見上，略）」此不過詠初月耳，而蔡夢弼謂「微升古塞外」，喻肅宗即位於靈武也；「已隱暮雲端」，喻肅宗為張皇后、李輔國所蔽也。句句附會實事，殊失詩人溫厚之旨，竊恐老杜不若是也。

（清）李調元《雨村詩話》卷下

　　（〈螢火〉詩）按：大家之詩，必非無為而作，小小詠物，亦有寓意。詳味此詩語意，確係譏刺小人，但不可指實其人耳。若一指實，必有穿鑿附會之病。且一直道破，味同嚼蠟。虛谷「但觀大指」之說最當。末二語指小人積惡滅身言，措詞和婉，有哀憐意，有警醒意，是真詩人之筆。曉嵐（紀昀字）解為「自寓飄零之感」，與全詩語意不合，未可從也。

（清）許印芳《律髓輯要》卷一

孫　評

　　杜甫〈初月〉詩，明明寫「初月」上升之自然景觀，卻長期被一些詩評家說是「為肅宗而作」、「喻肅宗初立」，影射政治形勢，而且每一句都有所指。如王嗣奭就說得有鼻有眼：「微升古塞外」是比喻「肅宗即位於靈武」，「已隱暮雲端」是「比為張皇后、李輔國所蔽」。如果每句都有所指，結聯（庭前有白露，暗滿菊花團。）又是影射什麼呢？他的解釋是「露乃天澤，當無所不沾被，乃止在庭前；潤及菊花，而加一『暗』字，謂人主私恩，止被近幸而已。」這裡明顯是牽強附會。後來，唐汝詢還引申、穿鑿，越說越離譜。

　　在前題評說即景詩時我提過，如果按姚斯的接受美學，或者西方文論的讀者中心論，任何讀者都有權對經典作品擁有自己的解釋，只要自圓其說，順理成章，就應該成立。但是，絕對的自圓其說、順理成章是不可能的。最明顯的是最後一聯「庭前有白露，暗滿菊花團」，唐氏解釋道：「我因哀時不覺涕泗之下，亦猶月下之露暗滿庭花也。」本來杜甫筆下的菊花上的露水是詩意的美化，是一種欣賞的情趣，與涕淚的悲情，在聯想可謂背道而馳。如此牽強附會的根源在於，把主觀的意念強加於經典文本，且試圖貫穿首尾。首先，把皇帝比喻為月亮，與古典詩歌中日為君象的傳統就背離。至於初月的「光細」，是否一定就是政治勢力「單弱」呢？而「輪未安」，也很難確定就是指皇位未定。其實，「肅宗即位靈武」，永王璘很快就被剿滅了，皇位已經穩定了，不存在任何挑戰者。在「升塞外」靈武即位，這是事實，但「隱雲端」的「隱」，並沒有「蔽」的意味。原文「微升古塞外，已隱暮雲端」，是說月亮才從古塞外微微露出，又在暮雲中隱入。如果是被蒙蔽，那麼如何解讀「河漢不改色，關山空自寒」呢？按字面講，這是說月光普照下的天空大地顏色都不會變，即使有點寒

意也是「空」的。這個「空」，就否定了與蒙蔽相聯繫的寒意。

　　由此可知，解讀任何經典作品，讀者都不可能是絕對自由的，解讀必然要受到文本的制約。和接受美學所強調的絕對自由相反，對這首詩持續上千年的闡釋，可謂已是眾說紛紜，然而並不是沒有錯誤的，並不都是完全可以接受的。這裡有個原則問題，那就是讀者一代又一代的變化（消亡），可是文本作品卻是穩定的，甚至從某種意義上說是永恆的、不變的。任何闡釋，都只能是對文本的闡釋，就是相當前衛的美國耶魯大學理論家也不能不提出這樣的命題：「這裡的標準是：隱含的意義是否和文本的一致性有關，而這正是我們作為文學批評家，要通過文本實現的？」（So the criterion is: is it relevant to the unified form that we as critics are trying to realize in the text?）歷代讀者的解讀，充其量不過是德里達所說的，對於文本的「延異」（diffirance）。從某種意義上說，不管闡釋多麼紛紜，但是，文本是「延異」的唯一基礎。因而，只有那些比較接近這個基礎的解讀，也就是主觀強加成分比較少的，才可能有比較長遠的生命。

　　對於如上政治化的「微言大義」，顯然是主觀的解讀，後世很多批評家對此都保持著可貴的清醒態度。紀昀很直率地批評方回「未免穿鑿。立乎百世以下，而執史籍之一字一句，以當時之詩比附之，最為拘滯。註少陵及義山者，同犯此病。」紀昀所說的「穿鑿」，針對的是用主觀的意念強加、歪曲文本的傾向。這種傾向，在中國古典文學批評中可謂源遠流長。《詩經》〈關雎〉明明基本上是民歌，卻被朱熹解讀成「后妃之德」。

　　這裡還有個最基本的方法問題，即不管你持什麼觀念或者方法，最根本的出發點應該是對作品本身的尊重。應該說，嚴肅的詩論、詩評家們的成功，往往就在於對於文本的具體分析。如仇兆鰲分析〈初月〉說：「此在秦而詠初月也。光細影斜，初月之狀。乍升旋隱，初月之時。下四，皆承月隱說。河漢關山，言遠景。庭露菊花，言近

景。總是夜色朦朧之象。」

　　本來，閱讀文本的首要任務就是從文本中獲取其中的資訊，而一些評論家熱衷於把自己的政治觀念強加於文本。像上題所引對〈滁州西澗〉、〈終南山〉諸即景詩的附會作比，本題對〈初月〉、〈螢火〉之類詠物詩的牽合作比，都均非偶然。這是因為閱讀並不僅僅是被動的接受資訊，而是主體預期和客體資訊的對接。人的大腦在閱讀前或多或少都懷著某種心理預設，或者叫做心理圖式，或者叫做理論前提。沒有任何預期，閱讀幾乎難以進行。客體資訊只有被主體心理預期同化，閱讀感知才能發生。因而，閱讀過程中，讀者預期往往傾向於以主體現成的資訊去同化、乃至歪曲文本資訊，這就是或多或少都普遍存在著的閱讀心理的封閉性。接受美學、讀者中心論把這種封閉性當成一切，這就等於說，閱讀只是滿足於感知到自己心理預期的東西，實際上，就造成了讀者看到的往往限於主體已經知道的，對於主體陌生的、不知的資訊則視而不見，實際閱讀效果趨近於零。為了防止這種封閉性，主體的自覺開放和自我調節就十分必要，而在這樣的過程中，主客體資訊的搏鬥是必然的。在搏鬥過程中，頑固拘執於主體固有預期者，難以迫使封閉性開放，以至連文本中最為突出的資訊都為狹隘主體所同化。其所感知的不是文本，而是自我內心的期待。

　　詩話家們意識深處，或者潛意識中，主流意識形態常常是強大的，在涉及到主流意識形態時，心理預期因其神聖化而特別固執，顯示頑強的盲目性。許多佳作名篇，在不懷任何成見的讀者那裡可能一望而知，而一代又一代學富五車的宿儒解讀起來，越是皓首窮經、殫精竭慮，越讓人不知所云，如墜五里霧中。

如何索解興到之作托意

（蘇軾〈卜算子〉詞[1]）東坡道人在黃州時作。語意高妙，似非吃煙火食人語，非胸中有萬卷書，筆下無一點塵俗氣，孰能至此？

（宋）黃庭堅《黃庭堅詩話》

愚幼年嘗見先人與王子家同直閣論文，王子家言及蘇公少年時常夜讀書，鄰家豪右之女嘗竊聽之。一夕來奔，蘇公不納，而約以登第後聘以為室。暨公既第，已別娶仕宦。歲久，訪問其所適何人，以守前言不嫁而死。其詞時有「幽人獨往來，縹緲孤鴻影」之句，正謂斯人也。「揀盡寒枝不肯棲，楓落吳江冷」之句，謂此人不嫁而云亡也。其情意如此繾綣，使他人為之，豈能脫去脂粉，輕新如此？山谷之云，不輕發也。而俗人乃以詞中有「鴻影」二字，便認鴻雁，改後一句作「寂寞沙洲冷」，意謂沙洲鴻雁之所棲宿者也。……王子家諱俊明……蘇子由（蘇軾之弟蘇轍字）之婿也。

（宋）李如箎《東園叢說》卷下

蘇東坡謫黃州，鄰家一女子甚賢，每夕只在窗下聽東坡讀書，後其家欲議親，女子云：「須得讀書如東坡者乃可。」竟無所諧而死。故東坡作〈卜算子〉以紀之。

（宋）袁文《甕牖閑評》卷五

1　〈卜算子〉〈黃州定惠院寓居作〉詞：缺月挂疏桐，漏斷人初靜。時見幽人獨往來，縹緲孤鴻影。　　驚起卻回頭，有恨無人省。揀盡寒枝不肯棲，楓落吳江冷。末句，一作「寂寞沙洲冷」。沙洲，又作「沙汀」。

　　東坡先生謫居黃州，作〈卜算子〉云：「（除末句外，同上注引，略）寂寞沙洲冷。」其屬意蓋為王氏女子也，讀者不能解。張右史文潛繼貶黃州，訪潘邠老（宋潘大臨字），嘗得其詳。題詩以志之：「空江月明魚龍眠，月中孤鴻影翩翩。有人清吟立江邊，葛巾藜杖眼窺天。夜冷月墜幽蟲泣，鴻影翹沙衣露濕。仙人采詩作步虛，玉皇飲之碧琳腴。」[2]

（宋）吳曾《能改齋漫錄》卷十六

　　僕謂二說如此，無可疑者。然嘗見臨江人王說夢得，謂此詞東坡在惠州白鶴觀所作，非黃州也。惠有溫都監女，頗有色，年十六，不肯嫁人。聞東坡至，喜謂人曰：「此吾婿也。」每夜聞坡諷詠，則徘徊窗外，坡覺而推窗，則女逾牆而去。坡從而物色之，溫具言其然。坡曰：「吾當呼王郎與子為姻。」未幾，坡過海，此議不諧，其女遂卒，葬於沙灘之側。坡回惠日，女已死矣，悵然為賦此詞。坡蓋借鴻為喻，非真言鴻也。「揀盡寒枝不肯棲」者，謂少擇偶不嫁。「寂寞沙洲冷」者，指其葬所也。說之言如此。其說得之廣人蒲仲通，未知是否，姑志於此，以俟詢訪。

（宋）王楙《野客叢書》卷二十四

按： 此則傳說，明郎瑛即信以為真，並因王之《叢書》尚無刻板，先在所著《七修類稿》卷三十二中詳加引錄。

　　（蘇軾〈卜算子〉詞）缺月，刺明微也。漏斷，暗時也。幽人，不得志也。獨往來，無助也。驚鴻，賢人不安也。回頭，愛君不忘也。無人省，君不察也。揀盡寒枝不肯棲，不偷安於高位也。寂寞吳江冷，非所安也。此詞與〈考槃〉[3]詩極相似。《類編草堂詩餘》卷一引鮦陽居士云

（宋）鮦陽居士《復雅歌詞》

2　〔宋〕張耒（字文潛）〈題東坡〈卜算子〉後〉詩。

3　即《詩》〈衛風〉〈考槃〉。

　　杜工部流離兵革中，更嘗患苦，詩益悽愴……東坡〈卜算子〉詞亦然。文豹嘗妄為之釋：「缺月挂疏桐」，明小不見察也；「漏斷人初靜」，群謗稍息也；「時見幽人獨往來」，進退無處也；「縹緲孤鴻影」，悄然孤立也；「驚起卻回頭」，猶恐讒慝也；「有恨無人省」，誰其知我也；「揀盡寒枝不肯棲」，不苟依附也；「寂寞沙洲冷」，寧甘冷淡也。

（宋）俞文豹《吹劍錄》

　　〈梅墩詞話〉曰：惠州溫氏女超超，年及笄，不肯字人。東坡至，喜曰：「吾婿也。」日徘徊窗外，聽公吟詠，覺則亟去。東坡曰：「吾呼王郎與子為姻。」未幾，坡公度海歸。超超已卒，葬於沙際。因作〈卜算子〉。乃有鮦陽居士錯為之解曰：「東坡殊多寓意（以下引文與上雷同，略）」坡公豈為是哉？超超既鍾情於公，公哀其能具隻眼，知公之為舉世無雙，知公之堪為吾婿，是以不得親近，寧死不願居人間世也。即呼王郎為姻，彼且必死，彼知有坡公也。

（清）沈雄《古今詞話》〈詞話〉上卷

按： 同書《詞辨》上卷釋〈卜算子〉詞牌，又載為超超賦詞之事，但出處改作龍輔《女紅餘志》。清沈辰垣等編《歷代詩餘》引此則後，尚有數語云：「按詞為詠雁，當別有寄託，何得以俗情傅會也？」然後才標明引自《古今詞話》。不知後數語是沈雄佚文，抑是編者所按？

　　坡孤鴻詞，山谷以為不吃煙火食人語，良然。鮦陽居士云：「缺月，刺明微也。漏斷，暗時也。幽人，不得志也。獨往來，無助也。驚鴻，賢人不安也。此與〈考槃〉詩相似云云。」村夫子強作解事，令人欲嘔。……僕嘗戲謂坡公命宮磨蠍，湖州詩案，生前為王珪、舒亶輩所苦，身後又硬受此差排耶。

（清）王士禎《花草蒙拾》

（《野客叢書》載蘇軾於惠州賦〈卜算子〉傳說）梨莊（宋周在浚自署）曰：「此言亦非，似亦忌公者以此謗之，如『皆下籤錢』之類耳。小說紕繆，不足憑也。」

（清）徐釚《詞苑叢談》卷十

詩有無心譏刺，而拈來恰合者。余中年常出門，每於四五月夜，獨宿舟中，聽蛙聲喧雜，終夜不寢，偶書絕句云：「信宿扁舟夜未央，蛙聲閣閣最淒涼。荒江月落天將曉，不辨官私鬧一場。」一日在長安，有某家宰見之，笑曰：「此詩當為江南吏治而作也。」余大驚，遂謂草茅下賤，何敢妄議時事，偶然得句，實出無心。此所謂仁者見之謂之仁，智者見之謂之智也。

（清）錢泳《履園叢話》卷八〈譚詩〉

（溫庭筠〈菩薩蠻〉詞[4]）此感士不遇也。篇法彷彿〈長門賦〉，而用節節逆敘。此章從夢曉後，領起「懶起」二字，含後文情事；「照花」四句，〈離騷〉「初服」之意。

（清）張惠言《詞選》卷一

（歐陽修〈蝶戀花〉詞[5]）「庭院深深」，閨中既以邃遠也；「樓高不見」，哲王又不悟也。「章台」、「遊冶」，小人之徑。「雨橫風狂」，政令暴急也。「亂紅飛去」，斥逐者非一人而已，殆為韓（宋韓琦）、范（宋范仲淹）作乎？

同上

4　溫詞：小山重疊金明滅，鬢雲欲度香腮雪。懶起畫蛾眉，弄妝梳才洗遲。　　照花前後鏡，花面交相映。新帖繡羅襦，雙雙金鷓鴣。

5　歐詞：庭院深深深兒許？楊柳堆煙，簾幕無重數。玉勒雕鞍遊冶處，樓高不見章台路。　　雨橫風狂三月暮，門掩黃昏，無計留春住。淚眼問花花不語，亂紅飛過秋千去。　　一說為馮延巳所作〈鵲踏枝〉詞。

（蘇軾〈卜算子〉詞）此東坡在黃州作。鮦陽居士云：「（引文同上，略）。」

同上

（蘇〈卜算子〉）此詞乃東坡自寫在黃州之寂寞耳。初從人說起，言如「孤鴻」之冷落，第二闋專就鴻說，語語雙關。格奇而語雋，斯為超詣神品。

（清）黃蓼園《蓼園詞評》

（歐〈蝶戀花〉詞）首闋因楊柳煙多，若簾幕之重重者，庭院之深以此，即下句章台不見亦以此。總以見柳絮之迷人。加之雨橫風狂，即擬閉門，而春已去矣。不見亂紅之盡飛乎，語意如此。通首詆斥，看來必有所指。第詞旨濃麗，即不明所指，自是一首好詞。

同上

黃魯直（黃庭堅字）評東坡「缺月挂疏桐」詞云：「語意高妙，似非吃煙火食人語。非胸中有萬卷書，筆下無點塵俗氣，孰能至此。」詒案：此非抬高詞人身分，實古人獅子搏兔，亦用全力。非同後人浮光掠影也。

（清）江順詒《詞學集成》卷七

東坡〈卜算子〉云：「（同上，引文略）」時東坡在黃州，固不無淪落天涯之感。而鮦陽居士釋之云：「（引文同上，略）」字箋句解，果誰語而誰知之。雖作者未必無此意，而作者亦未必定有此意。可神會而不可言傳，斷章取義則是，刻舟求劍則大非矣。

（清）謝章鋌《賭棋山莊詞話續編》卷一

（蘇〈卜算子〉起句）臯文《詞選》，以〈考槃〉為比，其言非河漢

也。此亦鄙人所謂作者未必然，讀者何必不然。

（清）譚獻《復堂詞話》

或以此詞為溫都監女作，陋甚。從《詞綜》與《詞選》，庶見坡公面目。

（清）陳廷焯編選《詞則》〈大雅集〉卷二眉批

詞有與風詩意義相近者，自唐迄宋，前人巨制，多寓微旨。……溫飛卿「小山重疊」，〈柏舟〉[6]寄意也。……馮正中（馮延巳字）「庭院深深」，〈萇楚〉[7]之憫亂也。

（清）張德瀛《詞徵》卷一

曾豐謂蘇子瞻長短句，猶有與道德合者，「缺月疏桐」一章，觸興於驚鴻，發乎情性也，收思於冷洲，歸乎禮義也。

同上卷五

（蘇〈卜算子〉詞）此亦有所感觸，不必附會溫都監女故事，自成馨逸。

（近代）鄭文焯《大鶴山人詞話》〈東坡樂府〉

固哉，皋文之為詞也！飛卿〈菩薩蠻〉、永叔〈蝶戀花〉、子瞻〈卜算子〉，皆興到之作，有何命意？皆被皋文深文羅織。阮亭（王士禛號）《花草蒙拾》謂：「坡公命宮磨蝎，生前為王珪、舒亶輩所苦，身後又硬受此差排。」由今觀之，受差排者，獨一公已耶？

（近代）王國維《人間詞話刪稿》

6　《詩》〈邶風〉〈柏舟〉。

7　即《詩》〈檜風〉〈隰有萇楚〉。

　　（歐〈蝶戀花〉詞）此詞簾深樓迥及「亂紅飛過」等句，殆有寄託，不僅送春也。

（近人）俞陛雲《唐五代兩宋詞選釋》

　　詠物詞須別有寄託，不可直賦。自訴飄零，如東坡之詠雁；獨寫哀怨，如白石之詠蟋蟀，斯最善矣！

（近人）吳梅《詞學通論》第五章

　　（溫庭筠）今所傳〈菩薩蠻〉諸作，固非一時一境所為，而自抒性靈，旨歸忠愛，則無弗同焉。張皋文謂皆感士不遇之作，蓋就其寄託深遠者言之。

同上第六章

　　（溫〈菩薩蠻〉詞）此詞表面觀之，固一幅深閨美人圖耳。張惠言、譚獻輩將此詞與以下十四章一併串講，謂係「感士不遇」之作。此說雖曾盛行一時，而今人多持反對之論。竊以為單就此一首而言，張、譚之說尚可從。「懶起畫蛾眉」句暗示蛾眉謠諑之意。「弄妝」、「照花」各句，從容自在，頗有「人不知而不慍」之慨。

（近人）丁壽田等《唐五代四大名家詞》甲篇

　　（蘇〈卜算子〉詞）此常州派「比興說」，亦從東坡〈西江月〉「把盞凄然北望」及〈水調歌頭〉「玉宇」「瓊樓」之句聯想而及者。若就詞論詞，則黃山谷謂「語意高妙，似非吃煙火人語」者，最為得之。首句寫景，已一片幽靜氣象。次句寫時，更覺萬籟無聲，纖塵不到。「幽人」身分境地，烘托已盡。然後說出「獨往來」之「幽人」。「見」上著一「誰」字，更為上兩句及下「孤」字出力。至「孤鴻」之「影」，則為見「幽人」者，或即「幽人」自身，均不可定。然而此中「有恨」焉，不知誰實

「驚」之，為誰「回頭」？而卻係如此，乃知實有恨事，「無人」為「省」。「揀盡寒枝」兩句，「孤鴻」心事，即「幽人」心事。因含此「恨」，寂寞自甘，但見徘徊「沙洲」，自寄其「不肯棲」之意。而其所以「恨」者，依然「無人」知之，固亦有吞吐含蓄之妙也。而通首空中傳恨，一氣呵成，亦具有「縹緲孤鴻」之象。

（近人）陳匪石《宋詞舉》卷下

（溫〈菩薩蠻〉詞）此調本二十首，今存十四首，此則十四首之一。二十首之主題皆以閨人因思別久之人而成夢，因而將夢前、夢後、夢中之情事組合而成。此首則寫夢醒時之情思也。

（今人）劉永濟《唐五代兩宋詞簡析》

（溫〈菩薩蠻〉）這首詞寫一個女子孤獨的哀愁。全詞用美麗的字句，寫她的曉妝……最後七八兩句表面還是寫裝扮，她在試衣時忽然看見衣上的「雙雙金鷓鴣」，於是悵觸自己的孤獨的生活。全詞寓意，於是最後豁出。

（今人）夏承燾《唐宋詞欣賞》

（溫）全詞描寫女性，這裡面也可能暗寓這位沒落文人自己的身世之感。至若清代常州派詞家拿屈原來比他，說「照花前後鏡」四句即〈離騷〉「初服」之意見張惠言《詞選》，那無疑是附會太過了。

同上

（歐〈蝶戀花〉）這首詞描寫一個貴族少婦深閨獨守的苦悶心情。……這首詞雖然表面是寫一個女子的苦悶，但它的寓意不限於此。從屈原〈離騷〉以來，就以美人香草寄託君臣，後代士大夫以男女寄託君臣的詩歌，指不勝屈。歐陽修這首詞也是屬於這一類。

同上

　　研究詞，有一總原則，即：讀詞必須研究詞本身，萬不可信索隱派微言大義、寄託深遠等妄言。此風起於張惠言《詞選》序文，將溫庭筠之美人起居詞曲解為「感士不遇也」，其後常州派風行一時，周濟、陳廷焯均此遺流。近世論詞者亦不免，或明知其非而不得不作敷衍門面語。

（今人）吳世昌《詞林新話》卷一

　　（蘇〈卜算子〉）此詞歷來解說紛紜，皆不可信。作者自注此調作於黃州，何得牽涉惠州女子？詞話全是胡說！鮦陽居士所言，王漁洋評之曰：「村夫子強作解事，令人作嘔。」的評。而臯文云：「此詞與〈考槃〉詩極相似。」胡謅！余謂此詞乃坡翁秋夜江邊獨步，「幽人」即自指。因獨步，故其影似孤鴻影也。「鴻」字從「翩若驚鴻」悟出。下片借鴻以自寫郁陶，故曰「有恨無人省」，末句寫盡當時心境。寂寞沙上幽人獨步，「誰見」者，無人見也。下片確有孤鴻在空中盤旋巡夜，但非為揀枝而棲。

同上書卷三

　　（蘇詞為惠女而賦故事）這是牽強附會之說，歪曲了原詞的題意。作者是以孤鴻為喻，表示孤高自賞、不願與世俗同流的生活態度，實際上是反映在政治上失意的孤獨和寂寞。

（今人）胡雲翼《宋詞選》

　　（張惠言評歐〈蝶戀花〉）把「庭院深深」說成是屈原〈離騷〉中講的「閨中既以邃遠兮，哲王又不悟」，宮中變得非常深遠，楚懷王又不覺悟，屈原被放逐，感歎見不到懷王。這樣解釋，顯然和詞意不合。詞裡講那個女子被關在深深庭院裡，要是把女子比做不得志的士人，比做屈原一類人，那又怎麼牽扯到楚懷王在深宮裡不容易見到呢？這個開頭就講不通。這個女子被關在深深庭院裡，無可告訴，所以淚眼問花，花也在飄零，不能回答她，是借花來襯托自己的痛苦，怎麼又牽扯到宋朝韓琦、范

仲淹的被排擠呢？用不相干的作品來比附，這顯然也是講不通的。

（今人）周振甫《詩詞例話》〈忌穿鑿〉

　　（蘇詞）說孤鴻有恨，實際是詩人自己有恨的反映，說孤鴻不肯在樹枝棲宿，含有自己不肯隨便投靠人，寧願在貶謫中過寂寞的生活。這是觸景生情，詩人借孤鴻來表達自己的感情。像這樣的寓意，在詞中是看得出來的。

　　銅陽居士不是這樣解釋，他說「缺月」諷刺政治不清明，「漏斷」諷刺時局黑暗，這在詞裡看不出來，就牽強了。張惠言說它同〈考槃〉相似，〈考槃〉講賢人樂於隱居山間，而這首詞說明有恨，情緒並不一樣。

　　這裡又接觸到另一個問題，就是對作品的解釋是一事，從作品中引起觸發是另一事。由於作品通過形象來表現，讀者讀作品時接觸到作品中的形象，讀者可以用自己的生活經驗和感受賦予形象以各種新的意義，這可以說是讀者的再創造。這種再創造所賦予的含義，不一定是原作所有。……因此，在解釋原作時要嚴格按照原作的意思，不該斷章取義，離開原作而憑自己的感受來說。在這個意義上，我們說張惠言的評語是穿鑿附會。

同上

孫　評

　　千年來對於蘇軾〈卜算子〉的解讀，旨趣甚為懸殊。有說為與某女性之淒美單戀故事而作者，有說為影射政治際遇者，有說只是興到自抒情懷者。

　　從理論上來看，以東坡與女郎淒美故事為解者，屬於作者中心論。其主旨全在作家之身世，然身世經歷所說不一，互相矛盾，未可全信，就是為真，也無益於作品之深層揭秘。所以，即使非「小說家言」，姑妄信之與姑妄棄之，都於大雅無傷。至於對政治影射的解讀，主觀穿鑿顯然過甚。然而，按接受美學讀者中心論，則不論其說多麼主觀，也不必一概否定，閱讀本無絕對客觀唯一的解讀。清人謝章鋌對此詞這樣評斷：「時東坡在黃州，固不無淪落天涯之感。……雖作者未必無此意，而作者亦未必定有此意。可神會而不可言傳，斷章取義則是，刻舟求劍則大非矣。」不過這類解讀說法甚為紛紜，其標準則一，即政治價值至上；其缺失亦同：附會穿鑿，感性猜度多於理性之邏輯。與文本相驗，往往不著邊際。

　　蘇詞的上半闋，寫缺月疏桐之下，有位孤獨之「幽人」，這自然是主體意象；而「縹緲孤鴻影」，似為「幽人」之所見，則當為賓。然而下半闋，專寫這「孤鴻影」因為「有恨無人省」，「揀盡寒枝不肯棲」，又化賓入主。於是，幽人與孤鴻至此便主賓合二為一，「驚起卻回頭」的，可以是孤鴻，亦可以是幽人。而且其孤獨，不僅是形體，還在於內心：「有恨無人識」。「揀盡寒枝不肯棲」，似從曹操〈短歌行〉「月明星稀，烏鵲南盡。繞樹三匝，無枝可依」化出：但曹氏強調「無枝」，這裡卻是有枝，不但有枝，而且有多枝可擇，只是不合，所以「不肯棲」。外部的棲息之地，也是有的，有著選擇的餘地，但內心的「恨」卻無人省識。這種幽人的「幽」、孤鴻的「孤」，

既不為人理解，又無處可溝通，因此可概括為「孤幽」。

　　然而詞人筆下幽人、孤鴻的「孤幽」特點，還不止這些。所寫「孤幽」的第二個特點，是無聲的，寧靜的，不強烈的。可以說和孤鴻一樣是「縹緲」的，完全處於某種寂靜之中。所以，正是如此縹緲，才會反襯出「驚起卻回頭」那樣強烈的心理效果。「孤幽」的第三個特點是，驚起的動作並未改變持續的選擇，仍然不肯遷就，寧願讓主體的孤幽保持在江冷楓落的寂靜環境之中。

　　那麼，從幽人、孤鴻的屬性看，當然有著女子崇拜作者不肯隨意許人的某種意味，但並不盡然，因為幽人與孤鴻均缺乏女性形象的暗示。這裡當然也可能有東坡政治際遇上的某種諷喻，但決不至於坐實到鮦陽居士的那樣附會之說。除了「幽人，不得志也，獨往來，無助也」尚有某種可能以外，其餘系統化的牽合，不但是政治上忠君觀念的強加，造成對文本顯而易見的歪曲，而且是以抽象概念的穿鑿，破壞了原作的藝術意境。其實，就此詞而言，意象群落在性質上高度統一，在程度上，水乳交融，意境上之無聲孤鴻，雖然孤單，孤獨，但並不定性於孤淒，而是在孤幽中自得於孤潔，堅持著孤高，這正是東坡靈魂肖象。其性質介於「大江東去」之豪放自許，「一簑煙雨任平生」之瀟灑自慰之間，乃是於孤寂中之淡定堅持。

　　溫詞〈菩薩蠻〉、歐詞〈蝶戀花〉的意境和寫法，都較蘇詞單純而明顯。如若持上數題所評說的原則和方法予以解讀，當也不難辨別論者的真知灼見和穿鑿附會。

無理而妙者：「嫁東風」之類

　　王建〈宮詞〉，荊公獨愛其「樹頭樹底覓殘紅，一片西飛一片東。自是桃花貪結子，錯教人恨五更風」[1]，謂其意味深婉而悠長也。

　　　　　　　　　　　　　　　　　　　　　　　　　（宋）陳輔《陳輔之詩話》

　　張先子野郎中（字子野，以尚書都官郎中致仕）〈一叢花〉詞云：「懷高望遠幾時窮。無物似情濃。離魂正引千絲亂，更南陌、香絮濛濛。嘶騎漸遙，征塵不斷，何處認郎蹤。　　雙鴛池沼水溶溶。南北小橈通。梯橫畫閣黃昏後，又還是、斜月朦朧。沈恨細思，不如桃杏，猶解嫁東風。」一時盛傳。歐陽永叔尤愛之，恨未識其人。子野家南地，以故至都，謁永叔，閽者以通。永叔倒屣迎之，曰：「此乃『桃杏嫁東風』郎中。」

　　　　　　　　　　　　　　　　　　　　　　　　　　（宋）范公偁《過庭錄》

　　予絕喜李頎詩云：「遠客坐長夜，雨聲孤寺秋。請量東海水，看取淺深愁。」[2]且作客涉遠，適當窮秋，暮投孤村古寺中，夜不能寐，起坐淒惻，而聞簷外雨聲，其為一時襟抱，不言可知，而此兩句十字中，盡其意態，海水喻愁，非過語也。

　　　　　　　　　　　　　　　　　　　　　　　（宋）洪邁《容齋隨筆》卷四

按：此則記載，又見宋張端義《貴耳集》卷上。

1　王建〈宮詞一百首〉其九十。
2　《全唐詩》卷五六一八，作李群玉〈雨夜呈長官〉詩句。

　　韋文莊〈明春〉〈小重山〉云：「柳暗花明春事深。小闌紅芍藥，已抽
簪。雨餘風軟碎鳴禽。遲遲日，猶帶一分陰。」[3]語意甚婉約。但鳴禽曰
「碎」，於理不通，殊為語病。唐人句云：「風暖鳥聲碎。」[4]然則何不
曰：「暖風嬌鳥碎鳴音」也？

（明）陳霆《渚山堂詞話》卷二

　　王建〈宮詞〉曰：「自是桃花貪結子，錯教人恨五更風。」此意
也。……悟者得之，庸心以求，或失之矣。

（明）謝榛《四溟詩話》卷二

　　（李益〈江南詞〉[5]）荒唐之想，寫怨情卻真切。

（明）鍾惺、譚元春《唐詩歸》卷二十七鍾批語

　　（王建〈宮詞〉後二句）翻得奇，又是至理。

同上鍾批語

　　琢句煉字，雖貴新奇，亦須新而妥，奇而確。妥與確，總不越一理
字，欲望句之驚人，先求理之服眾。時賢勿論，吾論古人。古人多工於此
技，有最服予心者，「雲破月來花弄影」[6]郎中是也。……「雲破月來」

3　據《全宋詞》卷二八〇載，此詞係章良能〈小重山〉上闋。
4　杜荀鶴〈春宮怨〉詩句：風暖鳥聲碎，日高花影重。
5　李詩：嫁得瞿塘賈，朝朝誤妾期。早知潮有信，嫁與弄潮兒。
6　張先〈天仙子〉〈時為嘉禾小倅，以病眠不赴府會〉詞：水調數聲持酒聽。午醉醒
　　來愁未醒。送春春去幾時回，臨晚鏡。傷流景。往事後期空記省。　　沙上並禽池
　　上暝。雲破月來花弄影。重重簾幕密遮燈，風不定。人初靜。明日落紅應滿徑。
　　宋胡仔《苕溪漁隱叢話》前集卷三十七，引陳正敏《遯齋閒覽》云：張子野郎中，
　　以樂章擅名一時。宋子京尚書奇其才，先往見之，遣將命者，謂曰：「尚書欲見
　　『雲破月來花弄影』郎中乎？」

句，詞極尖新，而實為理之所有。

（清）李漁《窺詞管見》第七則

詩又有以無理而妙者，如李益「早知潮有信，嫁與弄潮兒」，此可以理求乎？然自是妙語。至如義山「八駿日行三萬里，穆王何事不重來」，則又無理之理，更進一層。總之詩不可執一而論。

（清）賀裳《載酒園詩話》卷一

唐李益詞曰：「（即〈江南詞〉，同上引，略）」子野〈一叢花〉末句云「沈恨細思，不如桃杏，猶解嫁春風。」此皆無理而妙，吾亦不敢定為所見略同，然較之「寒鴉數點」[7]，則略無痕跡矣。

又《皺水軒詞筌》

余友賀黃公（賀裳字）曰：「嚴滄浪謂『詩有別趣，非關理也』，而理實未嘗礙詩之妙。如元次山〈舂陵行〉、孟東野〈遊子吟〉等，直是《六經》鼓吹，理豈可廢乎？其無理而妙者，如『早知潮有信，嫁與弄潮兒』，但是於理多一曲折耳。」喬謂唐詩有理，而非宋人詩話所謂理；唐詩有詞，而非宋人詩話所謂詞。

（清）吳喬《圍爐詩話》卷一

按：此則標點似欠妥。查《載酒園詩話》，吳喬係概述賀裳論說，並非直引原文。「於理多一曲折」一語，當是吳對賀「更進一層」說之闡發。清李鍈《詩法易簡錄》卷十三評李益〈江南曲〉亦云：極言夫婿之無信也。借潮信作翻波，便有無限曲折。

（李益〈江南詞〉）此詩只作得一個「信」字。……要知此不是悔嫁

_____

7　〔宋〕秦觀〈滿庭芳〉詞句：斜陽外，寒鴉萬點，流水繞孤村。　　萬，一作「數」。

瞿唐賈，也不是悔不嫁弄潮兒，是恨個「朝朝誤妾期」耳。眼光切莫錯射。

（清）徐增《而庵説唐詩》卷九

（李頎詩[8]）前十字意態既盡，無復贅言，只以取喻掉合，此蓋賦而比也。其淺深不從海水量出，而在前十字中看出，其意自婉。皇甫百泉嘗言：劉禹錫「欲問江深淺，應知遠別情」[9]；李太白「請君試問東流水，別意與之誰短長」[10]；江淹〈擬休上人怨別〉「桂水日千里，因之平生懷」，何必長短深淺邪？蓋禹錫、太白未免直致，而頎正以婉勝也。

（清）吳景旭《歷代詩話》卷四十七

（杜甫〈喜觀即到復題短篇二首〉詩其二[11]）前半喜其至，而又怨其不即至，皆引領延佇時無可奈何之語。嗔烏鵲之不靈已妙矣，「拋書示鶺鴒」，尤覺怪得無理。「數驛亭」，計水程也。「嫌津柳」，礙望眼也。景事意俱妙。

（清）黃生《杜詩説》卷七

（杜甫〈雨不絕〉詩[12]）五六寫題意甚妙。「莫」者，疑辭。雨久則石燕亦應乳子，行雲莫自濕衣，此嚴氏所謂趣不關理者也。

同上卷十三

按：清仇兆鼇《杜詩詳注》卷十五，引朱瀚謂：舞石加乳子，未免冗贅。神女自濕衣，何須過慮。

8　同上或誤，即李群玉詩。

9　〈鄂渚留別李表臣〉詩句。

10　〈金陵酒肆留別〉詩句。

11　杜詩：待汝嗔烏鵲，拋書示鶺鴒。枝間喜不去，原上急曾經。江閣嫌津柳，風帆數驛亭。應論十年事，愁絕始惺惺。

12　杜詩：鳴雨既過漸細微，映空搖颺如絲飛。階前短草泥不亂，院裡長條風乍稀。舞石旋應將乳子，行雲莫自濕仙衣。眼邊江舸何匆促，未待安流逆浪歸。

　　王阮亭曰：彭羨門善於言情，春暮之什，亦自矜勝。詞云：「鶯擲金梭，柳拋翠縷。盈盈嬌眼慵難舉。落花一夜嫁東風，無情蜂蝶輕相許。尺五樓臺，秋千笑語。青鞋濕透胭脂雨。流波千里送春歸，棠梨開盡愁無主。」[13]此即張子野「不如桃杏，猶解嫁春風」也。賀黃公謂其無理而入妙，羨門「落花一夜嫁東風，無情蜂蝶輕相許」句，愈無理則愈入妙，便與解人參之，亦不易易。

（清）沈雄《古今詞話》〈詞辨〉上卷

按：沈雄《柳塘詞話》卷四亦載：《延露詞》綽然有生趣，而又耐人長想。如「舊社酒徒零亂。添得紅襟燕。落花一夜嫁東風，無情蜂蝶輕相許」，詞家所謂無理而入妙，非深於情者不辨。

　　（萬楚〈河上逢落花〉詩[14]）囑花致語，無理得妙。

（清）范大士《歷代詩發》

　　（金元好問〈北邙〉詩）「焉知原上塚，不有當年吾」：奇想中有妙理。

（清）查慎行《初白庵詩評》卷中

　　正有無理而妙者，如李君虞「（〈江南詞〉同上，略）」劉夢得「東邊日出西邊雨，道是無晴卻有晴」。李義山「八駿日行三萬里，穆王何事不重來」。語圓意足，信手拈來，無非妙趣。

（清）方貞觀《方南堂先生輟鍛錄》

　　若詩，如老杜「九重春色醉仙桃」，略跡而會神，又追琢，又混成。「醉仙桃」不可解，亦正不必求解。晉人謂王導能作無理事，此亦無理詩也。

（清）方世舉《蘭叢詩話》

---

13 〔清〕彭孫遹（號羨門）〈踏莎行〉詞。　　輕，一作「空」。
14 萬詩：河上浮落花，花流東不息。應見浣紗人，為道長相憶。

（蘇軾〈東坡八首〉詩其三[15]）「泫然」二句，無理有情。滄浪所謂「詩有別趣」，蓋指此種，惟標為宗旨則隘矣。

　　　　　　　　　　　　（清）紀昀《紀文達公評蘇文忠公詩》卷二十一

按：原詩有敘云：余至黃州二年，日以困匱。故人馬正卿哀余乏食，為余郡中請故營地數十畝，使得躬耕其中。地既久荒為茨棘瓦礫之場，而歲又大旱，墾闢之勞，筋力殆盡。釋耒而歎，乃作是詩，自湣其勤，庶幾來歲之入以忘其勞焉。

張子野「不如桃杏，猶解嫁東風」，《詞筌》謂其無理而妙。羨門「落花一夜嫁東風，無情蜂蝶輕相許」，愈無理而愈妙，試與解人參之。鄒程村（鄒祗謨號）

　　　　　　　　　　　　　　　　　（清）馮金伯《詞苑萃編》卷二

香菱笑道：「據我看來，詩的好處，有口裡說不出來的意思，想去卻是必真的；有似乎無理的，想去竟是有理有情的。……我看他〈塞上〉[16]一首，內一聯云：『大漠孤煙直，長河落日圓。』想來煙如何直？日自然是圓的。這『直』字似無理，『圓』字似太俗。合上書一想，倒像是見了這景的。若說再找兩個字換這兩個，竟再找不出兩個字來。再還有：『日落江湖白，潮來天地青。』[17]這『白』『青』兩個字，也似無理，想來，必得這兩個字才形容的盡；念在嘴裡，到像有幾千斤重的一個橄欖是的。……」

---

15 其三：自昔有微泉，來從遠嶺背。穿城過聚落，流惡壯蓬艾。去為柯氏陂，十畝魚蝦會。歲旱泉亦竭，枯萍黏破塊。昨夜南山雲，雨到一犁外。泫然尋故瀆，知我理荒薈。泥芹有宿根，一寸嗟獨在。雪芽何時動，春鳩行可膾。

16 王維〈使至塞上〉：單車欲問邊，屬國過居延。征蓬出漢塞，歸雁入胡天。大漠孤煙直，長河落日圓。蕭關逢候騎，都護在燕然。

17 又〈送邢桂州〉：鐃吹喧京口，風波下洞庭。赭圻將赤岸，擊汰復揚舲。日落江湖白，潮來天地青。明珠歸合浦，應逐使臣星。

（清）曹雪芹《紅樓夢》四十八回

　　蕭吟所〈浪淘沙〉〈中秋雨〉云：「貧得今年無月看，留滯江城。」「貧」字入詞夥矣，未有更新於此者。無月非貧者所獨，即亦何加於貧？所謂愈無理愈佳。詞中固有此一境。唯此等句以肆口而成為佳。若有意為之，則纖矣。

（近代）況周頤《蕙風詞話》卷三

　　（戴叔倫〈湘南即事〉詩[18]）此懷歸不得而怨沅湘，語雖無理，情實有之，讀來使人為之黯然。

（今人）劉永濟《唐人絕句精華》

　　陳以莊〈菩薩蠻〉云：「舉頭忽見衡陽雁，千聲萬字情何限。叵耐薄情夫，一行書也無。　泣歸香閣恨，和淚淹紅粉。待雁卻回時，也無書寄伊。」與「早知潮有信，嫁與弄潮兒」，同為不可以常理論，而實人間之真情。蓋所謂流為「怨懟激發」，而不可為訓者也。雖為理之所無，不可謂非情不所有也。

又《詞論》卷下〈作法〉

---

18 戴詩：盧橘花開楓葉衰，出門何處望京師。沅湘日夜東流去，不為愁人住少時。

孫　評

　　這裡所說的「無理而妙」之「理」，是與人情相對立的理，即所謂「實用理性」、「名言之理」；與前《名言之理與詩家之理》題中所說形而上的天人合一的物理、事理之「理」，有根本的不同。

　　宋陳輔《詩話》曾載同時人王安石特別讚賞王建的〈宮詞〉「自是桃花貪結子，錯教人恨五更風」等詩句，並「謂其意味深婉而悠長」。這個例說，或許可以視為「無理之妙」核心理念的萌現，但畢竟太過感性、模糊，於理論幾乎不著邊際。過了五百多年，明鍾惺、譚元春在《唐詩歸》中評說李益〈江南詞〉是「荒唐之想，寫怨情卻真切」，王建「自是桃花」二句「翻得奇，又是至理」，算是隱約提出了理論上的「情」與「理」的關係：於情「真切」，乃為「至理」，但又是「荒唐」之想，似乎無理。

　　差不多再百把年，清初賀裳便明確提出了詩詞中的一種法則叫做：「無理而妙」。這類詩詞，自是「妙語」，卻不能以通常的「理」去衡量，是「無理之理」，「是於理多一曲折」、「更進一層」。在思想方法上，由此也總結出一條，那就是「詩不可執一而論」。什麼叫做「不可執一而論」？從字面上推敲，就是不能老在「理」這個字上拘泥，不要以為道理只有一種。許多詩詞，從一方面看，似乎是「荒唐」的，是「無理」的，而從另一方面來看，又是有理的，不但有理而且是「妙理」，很生動的。

　　為什麼是生動之「妙理」呢？賀裳的好友吳喬在概述其論說後曾一語點破：「無理之理」是唐詩的「理」，和宋人詩話所謂的「理」不是一回事。這就是說，那宋人的理，是所謂「名言之理」即抽象教條的理；而這裡的「理」則是合乎人情之理，是詩家之理，是一種間接的理，和一般的實用理性不同。直接就是從理到理，而間接又是通過

什麼達到的呢？同時代的徐增，嘗試以李益詩為例作出回答：「此詩只作得一個『信』字。……要知此不是悔嫁瞿唐賈，也不是悔不嫁弄潮兒，是恨『朝朝誤妾期』耳。」意謂女子不是真正要嫁給弄潮兒，而只是要表達一個「恨」字。恨什麼呢？恨商人無「信」，沒有準確的歸期，一天又一天，誤了她的青春。這裡解讀的就不完全是「理」，而是一種「情」。從「情」來說，這個「恨」，是長久期待「信」的反面，這個期待其實是愛造成的，從這個意義上說，也有道理，不過不是通常的理，其中包含著矛盾，因為太期待，太愛，反面變成了「恨」，這是愛的理，和平常之理相比，是邏輯的悖逆，可以叫做「情理」。

通常的理，簡而言之，只是一種邏輯上的因果關係。因為嫁給商人，行蹤不定，所以常常誤了她的期待。因為船夫歸期有信，所以還不如嫁給他。這僅僅是表面的原因，即通常之理。在這原因背後，還有原因的原因。為什麼發出這樣的極端的幽怨呢？因為期盼之切。而這種期盼之切、之深，則是一種激憤。從字面上講，不如嫁給船夫，是直接的、實用因果關係，而期盼之深的原因，其性質則是情感，是隱含在這個直接原因深處的。這就造成了因果層次的轉折，也就是所謂「於理多一曲折耳。」

賀裳還舉張先「沈恨細思，不如桃杏，猶解嫁春風」詞句印證「無理而妙」說。稍後，沈雄又由此有所發揮。他認為清彭孫遹詞句「落花一夜嫁東風，無情蜂蝶輕相許」，也即如張先的詞句，強調說：「賀公謂其無理而入妙」，彭詞「綽然有生趣，而又耐人長想」，可謂是「愈無理則愈入妙」。並明確指出：「詞家所謂無理而入妙，非深於情者不辨。」沈雄比徐增傑出之處在於，當時一般詩話詞話家都把「理」與「意」結合起來考慮，意決定理，而他卻非常明確地提出了「深情」導致「無理」的命題。很可惜的是，對這樣一個重要的命題，不但論者評家沒有給予應有的重視，連他自己也沒有十分在意。

以至許多論者還熱衷於在字句上鑽牛角尖，如李漁把「雲破月來花弄影」的「弄」字，說是「詞極尖新，而實為理之所有。」

其實，所謂「理之所有」，正是情之所在。無理而有情的理論，產生在十七世紀的我國，在當時世界上，比之英國浪漫主義理論家赫斯立特（1778-1830）詩的想像理論，要早出一個多世紀。令人不解的是，這個寶貴的理論遺產，就是今天也沒有得到應有的重視。倒是《紅樓夢》中香菱學詩時所說的「有似乎無理的，想去竟是有理有情的」的話，因為作者是曹雪芹，就為大家津津樂道，反覆援引。其實，香菱所謂的無理的好處，只是「閣上書一想，倒像是見了這景的」。從理論上來說，還是拘於「逼真」，無理之所以有理，就因為是「真的」。然而，詩與真的關係並不是這樣簡單。比之散文，詩中的真實和想像、實感和虛擬是結合在一起的，是矛盾的統一體。香菱學詩，只是某種粗淺的體悟，並不代表曹雪芹的詩學觀念，這一點，似乎是被許多論者忽略了。

竹香、雪香……夢魂香

　　黃季涔言一士人詩云：「啼月杜鵑喉舌冷，宿花蝴蝶夢魂香。」[1]蓋自唐趙蝦發之，趙云：「松島鶴歸書信絕，橘州風起夢魂香。」[2]

（宋）吳开《優古堂詩話》

　　太白〈宮詞〉云：「梨花白雪香。」[3]子美〈詠竹〉[4]云：「風吹細細香。」二物初無香，二公皆以香言之，何也？

（宋）胡仔《苕溪漁隱叢話》後集卷四

　　唐自四月一日，寢廟薦櫻桃後，頒賜百官，各有差。摩詰詩：「歸鞍競帶青絲籠，中使頻傾赤玉盤。」[5]退之詩：「香隨翠籠擎初重，色映銀盤瀉未停。」[6]二詩語意相似。摩詰詩渾成，勝退之詩。櫻桃初無香，退之

1　〔宋〕佚名詩斷句，失題。宋人頗喜襲用「夢魂香」詞語入詩。如：白玉蟾〈贈蓬壺丁高士琴〉：「竹裡鵑啼喉舌冷，花間鶯宿夢魂香」；陳造〈次韻趙帥四首〉：「醉倒不堪酬禮教，歸來贏得夢魂香」；葛紹體〈題四清枕屏〉：「月上小窗人欲靜，睡來清入夢魂香」；郭儼〈曉睡〉：「草生詩意足，花落夢魂香」；釋文珦〈詠梅〉：「獨余冰玉質，熏得夢魂香」；趙必象〈避地惠陽鼓峰〉：「收拾當年破敕黃，山中蕙帳夢魂香」；毛珝〈浣溪紗〉〈桂〉詞：「綠玉枝頭一粟黃，碧紗帳裡夢魂香」。

2　唐趙蝦佚詩斷句，失題。

3　即〈宮中行樂詞八首〉其二詩句：柳色黃金嫩，梨花白雪香。

4　即〈嚴鄭公宅同詠竹得香字〉：綠竹半含籜，新梢才出牆。色侵書帙晚，陰過酒樽涼。雨洗娟娟淨，風吹細細香。但令無剪伐，會見拂雲長。

5　〈敕賜百官櫻桃〉詩句。

6　〈和水部張員外宣政衙賜百官櫻桃詩〉句。重、瀉，一作「到」、「寫」。

言香，亦是語病。

同上卷九

　　竹未嘗香也，而杜子美詩云：「雨洗娟娟靜，風吹細細香。」雪未嘗香也，而李太白詩云：「瑤臺雪花數千點，片片吹落春風香。」[7]

（宋）葛立方《韻語陽秋》卷四

　　張文潛云：「陳文惠公題〈松江〉詩[8]，落句云：『西風斜日鱸魚香。』言松江有鱸魚耳，當用此『鄉』字，而數本現皆作『香』字。魚未為羹，雖嘉魚直腥耳，安得香哉？」《松江詩話》曰：「魚雖不香，作羹筆以薑橙，而往往馨香遠聞，故東坡詩曰：『小船燒薤搗香薑。』[9]李巽伯（宋李處權字）詩曰：『香薑何處煮鱸魚。』魚作『香』字，未為非也。」僕謂作者正不必如是之泥。劉夢得詩曰：「湖魚香勝肉。」[10]孰謂魚不當言香邪？但此「鱸魚香」云者，謂當八、九月鱸魚肥美之時節氣味耳，非必指魚之馨香也。張右史之說既已失之，而周知和乃復強牽引蘇黃二詩以證「鱸魚香」之說，且謂筆以薑橙，往往馨香遠聞，其見謬甚，所謂道在邇而求諸遠。鱸魚「香」字比鱸魚「鄉」甚覺氣味長，更與識者參之。

（宋）王楙《野客叢書》卷七

按：此則亦見《永樂大典》本宋周必大《二老堂詩話》，《歷代詩話》本《二老堂詩話》則未載。

　　漁隱曰：退之〈櫻桃〉詩曰：「香隨翠籠擎初重，色映銀盤瀉未

7　〈酬殷明佐見贈五雲裘歌〉詩句。

8　〔宋〕陳堯佐（卒諡文惠）詩：平波渺渺煙蒼蒼，菰蒲才熟楊柳黃。扁舟繫岸不忍去，西風斜日鱸魚香。香，〈歷代吟譜〉作「鄉」。

9　〈金橙徑〉詩：金橙縱復里人知，不見鱸魚價自低。須是松江煙雨裡，小船燒薤搗香薑。

10　〈厝陽書事七十韻〉詩句：湖魚香勝肉，官酒重於錫。

停。」櫻桃無香，退之言香，亦是語病。僕謂凡麗於土而被雨露之發育
者，皆有香，香者氣也。謂草無香，則曰：「風吹花草香。」[11]謂竹無
香，則曰：「風吹細細香。」豈可謂櫻桃無香哉！漁隱不參物理，但謂芬
馥者為香，而不知物之觸於鼻觀者，非香而何？

同上卷十四

　　花竹亦有無香者，世所共知。櫻桃初無香，退之云「香隨翠籠擎初
重」，則以香言之；竹與枇杷本無香，子美云「風吹細細香」、「枇杷樹樹
香」[12]，則皆以香稱之；至於太白，又以柳為有香，其曰「風吹柳花滿店
香」[13]是也。

（宋）孫奕《履齋示兒編》卷十〈詩說〉

　　杜子美〈竹〉詩：「雨洗娟娟淨，風吹細細香。」李長吉〈新筍〉
詩：「斫取青光寫楚辭，膩香春粉黑離離。」[14]又〈昌谷詩〉：「竹香滿淒
寂，粉節塗生翠。」[15]竹亦有香，細嗅之乃知。

（明）楊慎《升庵詩話》卷三

　　雨未嘗有香也，而李賀詩「衣微香雨青氛氳」[16]，元微之詩「雨香雲

---

11 杜甫〈絕句二首〉其一詩句：遲日江山麗，春風花草香。　又宋葛立方〈大人築室
　　將畢道祖亦作宅基治園作四詩示道祖〉詩句：菱罷水天接，風來花草香。

12 〈田舍〉詩：田舍清江曲　柴門古道旁。草深迷市井，地僻懶衣裳。楊柳枝枝弱，
　　枇杷對對香。鸕鷀西日照，曬翅滿漁梁。　對對，亦作「樹樹」。

13 〈金陵酒肆留別〉詩：風吹柳花滿店香，吳姬壓酒喚客嘗。金陵子弟來相送，欲行
　　不行各盡觴。請君試問東流水，別意與之誰短長？

14 即李賀〈昌穀北園新筍四首〉其二：斫取青光寫楚辭，膩香春粉黑離離。無情有限
　　何人見，露壓煙啼千萬枝。

15 又〈昌谷詩〉句：竹香滿淒寂，粉節塗生翠。草發垂恨鬢，光露泣幽淚。

16 〈河南府試十二月樂詞〉〈四月〉詩：曉涼暮涼樹如蓋，千山濃綠生雲外。依微香
　　雨青氛氳，膩葉蟠花照曲門。金塘閑水搖碧漪，老景沉重無驚飛，墮紅殘萼暗參
　　差。

淡覺微和」[17]。雲未嘗有香，而盧象詩云「雲氣香流水」[18]。

同上卷七

李太白詩：「風吹柳花滿店香。」溫庭筠〈詠柳〉詩：「香隨靜婉歌塵起，影伴嬌嬈舞袖垂。」[19]傳奇詩：「莫唱踏春陽，令人離腸結。郎行久不歸，柳自飄香雪。」其實柳花亦有微香，詩人之言非誣也。李又有「瑤臺雪花數千點，片片吹落春風香」之句。

同上

老杜〈竹〉詩云：「雨洗涓涓淨，風吹細細香。」太白〈雪〉詩云：「瑤臺雪花數千點，片片吹落春風香。」李賀〈四月詞〉云：「依微香雨青氛氳。」元微之詩云：「雨香雲淡覺微和。」以世眼論之，則曰竹、雪、雨何嘗有香也？

（明）俞弁《逸老堂詩話》卷上

《傳》稱臭味，蓋言氣味也。氣可以言臭，獨不可以言香乎？故《心經》云：眼耳鼻舌身，意色聲香味觸法。鼻是六根之一，香是六塵之一，故鼻之所觸即謂之香。暑天大雨，必先有一陣氣味，此非雨香而何？升庵善吟，獨不求作者之意耶？

（明）何良俊《四友齋叢說》卷三十六

題竹：「雨洗娟娟淨，風吹細細香。」說者謂竹無香，誠無香也，如

---

17 元稹〈和樂天早春見寄〉詩句：雨香雲淡覺微和，誰送春聲入棹歌。

18 〔唐〕盧象〈家叔征君東溪草堂二首〉其一詩句：雷聲轉幽壑，雲氣杳流水。杳，楊慎誤引作「香」。

19 即〈題柳〉：楊柳千條拂面絲，綠煙金穗不勝吹。香隨靜婉歌塵起，影伴嬌嬈舞袖垂。羌管一聲何處曲，流鶯百囀最高枝。千門九陌花如雪，飛過宮牆兩自知。

風調之美何！

（明）胡應麟《詩藪》內編卷五

　　詩人多目梅為香雪。然唐商七七者，有異術，呼屏間畫婦人，使之歌，婦女應聲歌曰：「愁見唱陽春，令人離腸結。郎去未歸來，柳自飛香雪。」則柳花也。或疑柳絮無香，而太白詩亦云「風吹柳花滿店香」，何耶？

（明）李日華《恬致堂詩話》卷三

　　李白詩「風吹楊柳滿店香」，溫庭筠〈詠柳〉詩「香隨靜婉欲（歌）塵起，影伴嬌嬈舞袖垂」⋯⋯其實柳花亦有微香，詩人之言非誣也。

（明）王昌會《詩話類編》卷十六〈題詠〉上

　　雨未嘗有香也，而李賀詩：「依微香雨青氛氳。」元微之詩：「雨香雲淡覺微和。」雲未嘗有香，而盧象詩云：「雲氣香流水。」此楊用修語也。陳晦伯駁之，謂雲雨未嘗無香，引《拾遺記》，員嶠山石，燒之成香雲，遍潤成香雨為證。詩人寫物，正不必問其有出處與否。若以員嶠有香雲香雨方敢用之，則詩亦大拙鈍矣，晦伯何足以難用修乎？

（明）胡震亨《唐音癸籤》卷十六

　　杜〈詠竹〉云「風吹細細香」，或謂竹無香，不知竹有一種清芬氣韻，嗅之撲鼻者，即香也。

（明）馮復京《說詩補遺》卷六

　　（張九齡〈蘇侍郎紫薇庭各賦一物得芍藥〉詩[20]）芍藥無香，即言香無害。詩以風味為佳，不以事實為貴。

（明）陸時雍《唐詩鏡》卷八

---

20 張詩句：名見桐君錄，香聞鄭國詩。

余嘗見一人詩云：「風吹滿店柳花香。」此直謂柳花乃香耳。因謂友人陳文叔云：李太白謂「風吹柳花滿店香」，此第謂春氣襲人，風來香滿，此香不必自楊柳來也。張九齡詠芍藥謂「香聞鄭國詩」，《詩》芍藥無香，〈鄭詩〉亦未嘗言芍藥香。詩家之意況風味，難以跡泥如此。

同上卷十九

竹初無香，杜甫有「雨洗涓涓淨，風吹細細香」之句；雪初無香，李白有「瑤臺雪花數千點，片片吹落春風香」之句；雨初無香，李賀有「依微香雨青氛氳」之句；雲初無香，盧象有「雲氣香流水」之句。妙在不香說香，使本色之外，筆補造化，而漁隱乃病之，我恐此老膏肓正甚。

（清）吳景旭《歷代詩話》卷四十九

唐人詩中，鐘聲曰「濕」，柳花曰「香」，必來君輩指摘。不知此等皆宜細參，不得強解。

（清）吳雷發《說詩菅蒯》

（李賀〈河南府試十二月樂詞〉〈四月〉詩）香雨，雨自花間而墜者，故有香。

（清）王琦《李長吉歌詩匯解》卷一

（杜甫「雨洗」一聯）竹亦有香。李賀亦云：「竹香滿幽寂。」大要草木之有氣味者，皆可言香，不必椒桂蕙蘭也。

（清）邊連寶《杜律啟蒙》五言卷五

太白詩：「風吹柳花滿店香。」解者謂柳花不可言香。按《唐書》〈南蠻傳〉：「訶陵國以柳花、椰子為酒，飲之輒醉。」太白：「風吹柳花滿店香」，亦以酒言。如〈七命〉：「豫北竹葉」，竹葉亦酒名也。

（清）徐文靖《管城碩記》卷二十五

山川草木，花鳥禽魚，不遇詩人，則其情形不出，聲臭不聞。詩人之筆，蓋有甚於畫工者。即如雪之豔，非左司不能道；柳花之香，非太白不能道；竹之香，非少陵不能道。詩人肺腑，自別具一種慧靈，故能超出象外，不必處處有來歷，而實處處非穿鑿者。固由筆妙，亦由悟高，彼鈍根人，烏足以知此！

（清）田同之《西圃詩說》

《苕溪漁隱》以退之〈櫻桃詩〉用「香」是語病，誠有之。王楙言：「香者氣也，引前人詩，草與竹俱稱香，豈可謂櫻桃無香。」余謂草香、竹香、筍香、荷葉香之類，俱可稱香；櫻桃雲香，實是不真。楙又謂：「物之觸於鼻觀者，非香而何？」此語尤鹵莽。張文潛謂陳文惠〈松江〉詩「西風斜日鱸魚香」，「香」當作「鄉」。其說是也。楙必謂是「香」字，亦非。

（清）錢振鍠《謫星說詩》卷一

為什麼說櫻桃、竹、雪、雨、雲是香的呢？不好理解。吳景旭認為這是詩人筆補造化，天生這些東西都是不香的，詩人補天生之不足，給它們加上香。這樣說還不能使人信服。詩人的創造只該反映生活真實，不香的東西說香，不是違反真實嗎？這可能也是通感。鮮紅的櫻桃在詩人眼裡好像花一樣美，把櫻桃看成是紅花，於是就喚起一種花香的感覺，視覺通於嗅覺，只有用「香」字才能寫出這種通感來，才能寫出詩人把櫻桃看得像花一樣美的喜愛感情來。……

（今人）周振甫《詩詞例話》〈通感〉

孫　評

　　竹香、柳香、雪香、雲香、雨香、櫻桃香、魚香……在古典詩作
中頻頻出現，引起了長期爭議。批評者認為，竹、柳、雪、雲、雨之
類作為自然現象，在人的生理嗅覺中，根本不存在香的可能，因此失
實而無理，顯然是「語病」。但許多著名的詩論、詩評家則以各種理
由為之辯解，認為並未失真，或是評者自己錯會了其意。

　　其中爭論得最為激烈的是鱸魚香。張耒批評說：「魚未為羹，雖
嘉魚直腥耳，安得香哉？」《松江詩話》則解釋曰：「魚雖不香，作羹
芼以薑橙，而往往馨香遠聞」。王楙又以為「此『鱸魚香』云者，謂
當八、九月鱸魚肥美之時節氣味耳，非必指魚之馨香也」。辯者意思
是說，魚香雖然不是真的，但是薑橙佐香或氣味似香等等卻是真的。
至於竹香、柳香、雪香、雨香之類，辯護者大抵也以種種藉口極言其
為自然之真實。楊慎說：「竹亦有香，細嗅之乃知。」王琦說：「雨自
花間而墜者，故有香。」邊連寶更稱：「大要草木之有氣味者，皆可
言香，不必椒桂蕙蘭也。」

　　說得最為牽強附會的是何良俊。他用佛學道理強辯道：「鼻是六
根之一，香是六塵之一，故鼻之所觸即謂之香。暑天大雨，必先有一
陣氣味，此非雨香而何？」更無稽的是，什麼「員嶠山石，燒之成香
雲，遍潤成香雨」；外國有以柳花為原料釀酒，「風吹柳花滿店香」
「亦以酒言」。弄到這樣掉書袋，鑽牛角尖，只能說明機械真實論已
走到窮途了。

　　中國古典詩評在理論上往往流露出最顯著的局限，就是以絕對的
真實感（所謂「物理」）為預設的大前提，完全無視生理真實與心理
真實，營造詩歌意境的矛盾。批評者如此，辯解者亦如是，出發點都
是機械真實論。其極端者，連王夫之也不能免俗，他就強調一切描寫

必以親眼所見為「鐵門檻」。當然，這並不是古典詩話的全部，另外一方面，許多詩話又在中國古典哲學基礎上建構了有無、虛實、賓主等範疇。謝榛提出與寫實相對的「寫虛」：「寫景述事，宜實而不泥乎實。」黃生提出寫「無景之景」難於寫「有景之景」。喬億針對王夫之的「目接」，提出相反的範疇「神遇」。如此等等，都隱含著後來葉燮所說的詩歌藝術「想像」。

　　優秀的詩評家即使在理論上受制於機械真實論時，往往也能從實踐上加以補正。如胡震亨直接指出：「詩人寫物，正不必問其有出處與否。若以員嶠有香雲香雨方敢用之，則詩亦大拙鈍矣。」這是說如果拘泥於生理的真和實，詩就太笨拙了。在這方面，詩話不乏獨到的直覺性的猜測。田同之說：「詩人肺腑，自別具一種慧靈，故能超出象外，不必處處有來歷，而實處處非穿鑿者。」這裡的「超出象外」，其實是從司空圖「超以象外，得其環中」之說演化而來的。「詩人肺腑」的特點，是一種「慧靈」。詩境之所以能夠超出象外，即超越自然現象，憑藉的就是詩人的「慧靈」，用今天的話說，也就是詩人的想像。這種藝術想像可以超越詩人的生理感知的局限。

　　論說最為到位的乃是清人吳景旭：「妙在不香說香，使本色之外，筆補造化。」這是說，對於詩來說，大自然的現象有所不足之處，就要詩人通過想像之筆來補足、創造它，這正是不香說香的妙境。可見詩人有權利使得自然現象「形質俱變」。區區嗅覺，發生變異，本是題中之義。由此，也就不難解釋「夢魂香」為何在宋人詩作中反覆運用，王維「孰知不向邊庭苦，縱死猶聞俠骨香」所以成為千古名句的緣由。

　　周振甫先生以「通感」來解釋竹香、雪香之類，實際上有點混淆。「通感」乃在兩種，甚至兩種以上的感覺之間的「契合」。波德萊爾在他的綱領性詩作〈契合〉中明確指出，是「顏色，芳香與聲音相呼應」。「有些芳香如新鮮的孩肌，宛轉如清笛，青綠如草地」。這裡

的通感是指芳香作為嗅覺，和清笛作為聽覺、青綠草地作為視覺之間的轉移和契合。而香雨、香雪、香雲之類，則是一種感覺（嗅覺）從無感到有感的生成，其實與通感無關。

千里黃河何得為景

　　王之渙〈出塞〉詩云：黃沙直上白雲間，一片孤城萬仞山。羌笛何須怨楊柳，春風不過玉門關。

（宋）計有功《唐詩紀事》卷二十六

　　「黃河遠上白雲間，一片孤城萬仞山。羌笛何須怨楊柳，春光不渡玉門關。」此詩言恩澤不及於邊塞，所謂君門遠於萬里也。

（明）楊慎《升庵詩話》卷二

　　（「黃河」二句）此狀涼州之險惡也。河出崑崙，東流漸下，今西向視之，則遠上雲間矣。城在萬山之中，猶為險僻，是真春光不到之地也。

（明）唐汝詢《唐詩解》卷二十七

　　「黃河遠上白雲間，一片孤城萬仞山」，「遠」字飄忽靈迴，情景俱出。俗本改為「源上」，風味索然。

（清）徐世溥《榆溪詩話》

　　「黃河遠上白雲間」，從河近處而直見其源，掛於白雲之間；是言邊地之廣闊荒涼也。……此詩只要說玉門關外之苦，而苦見矣。風致絕人，真好詩。

（清）徐增《而庵說唐詩》卷十一

　　《唐詩紀事》王之渙〈涼州詞〉是「黃沙直上白雲間」,坊本作「黃河遠上白雲間」。黃河去涼州千里,何得為景?且河豈可言「直上白雲」耶?此類殊不少,何從取證而盡改之。

(清)吳喬《圍爐詩話》卷三

　　王之渙〈涼州詞〉「黃河遠上白雲間」,計敏夫(計有功字)《唐詩紀事》作「黃沙直上白雲間」,此別本偶異耳。而吳修齡據以為證,謂作「黃河遠上」者為誤,云:「黃河去涼州千里,何得為景?且河豈可雲『直上白雲』耶?」然黃河自昔云與天通,如太白「黃河之水天上來」[1],尉遲匡「明月飛出海,黃河流上天」[2],則「遠上白雲」亦何不可?正以其去涼州甚遠,征人欲渡不得,故曰「遠上白雲間」,愈見其造語之妙。若作「黃沙直上白雲間」,真小兒語矣。

(清)吳騫《拜經樓詩話》卷四

按:此則據《拜經堂叢書》本,即《愚公叢書》本《拜經樓詩話》引錄,上海博古齋一九二二年版。《叢書集成初編》本、《清詩話》本均未載。

　　(「黃河遠上白雲間」)黃河源出崑崙,東流邊外之地,從西望之,極其高遠,如掛白雲間者。

(清)章燮《唐詩三百首注疏》卷六

　　(〈涼州詞〉)此詩各本皆作「黃河遠上」,惟計有功《唐詩紀事》作「黃沙直上」。按玉門關在敦煌,離黃河流域甚遠,作河非也。且首句寫

1　〈將進酒〉詩句:君不見黃河之水天上來,奔流到海不復回。　宋俞炎《月下偶談》:黃河出於地上崑崙山,東流至於磧石,故夏禹導河自磧石而始。天河自在天上,隨天運轉,晝夜不定,豈得與黃河相接?李太白乃云「黃河之水天上來」,太白蓋以崑崙山為天上也。

2　〈暮行潼關〉詩斷句。

關外之景，但見無際黃沙直與白雲相連，已令人生荒遠之感。再加第二句寫其空曠寥廓，愈覺難堪。乃於此等境界之中忽聞羌笛吹〈折楊柳〉曲，不能不有「春風不度玉門關」之怨詞。非實指邊塞楊柳而怨春風也。《升庵詩話》謂：「此詩言恩澤不及於邊塞，所謂君門遠於萬里也。」唐代常有吐蕃之亂，西邊大部地區每被吐蕃侵佔，長年戍守之苦，朝廷所不知也。此詩人所以作為詩歌代其吟歎，冀在上者或聞之也。

（今人）劉永濟《唐人絕句精華》

　　也有原來並不錯的詩句，被後人改錯的。如王之渙〈涼州詞〉：「黃沙直上白雲間，一片孤城萬仞山。羌笛何須怨楊柳，春風不度玉門關。」這是很合乎涼州以西玉門關一帶春天情況的。和王之渙同時而齊名的詩人王昌齡，有一首〈從軍行〉詩：「青海長雲暗雪山，孤城遙望玉門關，黃沙百戰穿金甲，不破樓蘭終不還。」也是把玉門關和黃沙聯繫起來。同時代的王維〈送劉司直赴安西〉五言詩：「絕域陽關道，胡沙與塞塵，三春時有雁，萬里少行人……」在唐朝開元時代的詩人，對於安西玉門關一帶情形比較熟悉，他們知道玉門關一帶到春天幾乎每天到日中要颳風起黃沙，直衝雲霄的。但後來不知何時，王之渙〈涼州詞〉第一句便被改成「黃河遠上白雲間」。到如今，書店流行的唐詩選本，就沿用改過的句子。實際黃河和涼州及玉門關談不上有什麼關係，這樣一改，便使這句詩與河西走廊的地理和物候兩不對頭。

（今人）竺可楨、宛敏渭《物候學》〈唐宋大詩人詩中的物候〉

　　有人也許懷疑這首詩第一句的「上」字有些費解，因為河水只應該向下流，不應向上去，這當然符合於物理學的原理，可是詩人也許只是從遠處眺望這條大河，未必就注意到水流的情形，何況「橫笛能令孤客愁，綠波淡淡如不流」[3]呢？這時就主要不是物理學的問題而是繪圖學的問題，

3　劉長卿〈聽笛歌〉詩句。

我們畫一幅山水畫，遠處的水總要畫得高些，何況黃河的斜度本來較大，說「黃河之水天上來」或「黃河遠上白雲間」，不過一個是從遠說到近，一個是從近說到遠，但卻有著動靜的不同，「黃河之水天上來」是結合著水勢說的，是動態，「黃河遠上白雲間」是作為一個畫面來寫的，是靜態，「黃河之水天上來」，因此帶有強烈的奔流的感情，而「黃河遠上白雲間」卻近於一個明淨的寫生。

　　也許就是由於引起了懷疑的緣故，這第一句又作「黃沙直上白雲間」……只是看起來，贊成「黃河」的還是比贊成「黃沙」的多些，讀者是有眼力的，大多數選擇了「黃河遠上白雲間」，這究竟是什麼緣故呢？從形象上說，「黃沙直上白雲間」確是不太理想，因為「黃沙」如果到了「直上白雲間」的程度，白雲勢必早就變成了黃雲，所謂「黃雲斷春色，畫角起邊愁」[4]，乃是邊塞的典型景色，而這裡也還沒有到黃沙蔽天的程度，若真是「大漠風塵日色昏」[5]了，怎麼還能有白雲的聯想呢？「黃沙」「白雲」在形象上是不統一的不完整的。

（今人）林庚《唐詩綜論》〈王之渙的〈涼洲詞〉〉

　　涼州古來原是一個廣泛的地區，並不是單指涼州城說的，當然涼州城也無妨稱涼州，而且最早的涼州城也不在武威。……

　　涼州一般說來即河西一帶，而〈涼州詞〉也就是泛寫這一帶邊塞生活的歌詞，它並不是專寫涼州城的，唐人的許多〈涼州詞〉都可以說明這個……王之渙的詩大約是寫在初入涼州境時，不禁會想像著整個涼州，因而提到了玉門關，這仍是一個涼州的泛寫。從詩中「一片孤城」的形容看來，城大約也不甚大，歷史上不一定留下了記載，本身也不容易保存。

同上書〈說涼州〉

4　王維〈送平淡然判官〉詩句。

5　王昌齡〈從軍行〉詩句。

　　這首詩是寫出塞遠征的士兵們的思想感情的。他們從原駐地出發，渡過黃河，到了涼州，再出玉門關（在今甘肅省敦煌縣西南）去保衛邊境或攻擊敵人。愈向西走，就距離渡過的黃河愈遠，回頭望去，如在天際，所以說「遠上白雲間」，這也就是李白〈將進酒〉中「黃河之水天上來」的意思。

　　…………

　　這首詩的開頭四字，或作「黃沙直上」。這異文出現較早，今天很難據底本以斷其是非，而只能據義理以判其優劣。認為應作「黃沙直上」的人，理由是黃河離涼州很遠，涼州離玉門也很遠，不應寫入一幅圖景之中；而且「黃沙」一詞，更能實寫邊塞荒寒之景。認為應作「黃河遠上」的人，則認為此四字更能表現當地山川壯闊雄偉的氣象，而且古人寫詩，但求情景融合，構成詩情畫意的境界，至於地理方面的方位或距離等問題，有時並不顧及實際情形，因此，不必「刻舟求劍」。照我們看來，後一說是可取的，「黃河遠上」是較富於美感的。古人詩中，像這種事例並不少。如王士禛《帶經堂詩話》云：「香爐峰在東林寺東南，下即白樂天草堂故址，峰不甚高，而江文通〈從冠軍建平王登香爐峰〉詩云：『日落長沙渚，層陰萬里生。』長沙去廬山二千餘里，香爐何緣見之？孟浩然〈下贛石〉詩：『暝帆何處泊，遙指落星灣。』落星在南康府，去贛亦千餘里，順流乘風，即非一日可達。古人詩只取興會超妙，不似後人章句，但作記裡鼓也。……」

　　　　　　　　　　　　　　　　　（今人）沈祖棻《唐人七絕詩淺釋》

　　照我們看來，詩中黃河的河字並非誤文，孤城即指玉門關。至於涼州具體指的什麼地方，係州治所在抑係全部轄區，或僅西涼一帶？如係州治，是隴城抑係武威？那就很難說。……不論怎樣，這首詩中的地名，彼此的距離的確是非常遼遠的，而當時祖國西北邊塞荒寒之景，征戍戰士懷鄉之情，卻正是由於這種壯闊無垠的藝術佈署，才充分地被揭示出來。

（今人）程千帆《古詩考索》〈論唐人邊塞詩中地名的方位、距離及其類似問題〉

孫　評

　　楊慎對「春風不度玉門關」解讀說：「此詩言恩澤不及於邊塞，所謂君門遠於萬里也。」楊慎此論是古典詩話詩評中政治價值掛帥的表現，論點本身不值一駁。如就閱讀心理而言，也是「仁者見仁，智者見智」普遍規律的表現。李光地有言：「智者見智，仁者見仁，所秉之偏也。」[6]其實早在明代張獻翼說得更為徹底：「惟其所秉之各異，是以所見之各偏。仁者見仁而不見智……智者見智而不見仁。」[7]這是人性本身的局限，不足為怪。但不加警惕，則會自我蒙蔽。對於藝術欣賞而言，這一點特別重要，閱讀者對於藝術必須有一定的修養，馬克思在《經濟學——哲學手稿》一書中曾經指出：「正如音樂才能喚醒能欣賞音樂的感官，對於不懂音樂的耳朵，最美的音樂也沒有意義，就不是它的對象。因為我的對象只能是我的某一種本質力量的證實。」

　　至於「黃河遠上」、「黃沙直上」之爭，光憑直覺也可能感到：「黃河遠上」為佳。但是，感覺到了的，不一定能理解，理解了的，才能更好的感覺。其最為關鍵的是，對詩有修養，才能把詩當成詩。力主「黃沙直上」為佳者，其失在於沒有把詩當成詩。其具體理由，一是以地理科學為據，認為黃河離涼州很遠，涼州離玉門也很遠；二是以生理目光為據，認為視力決不可及。這與楊慎質疑「千里鶯啼綠映紅」，目力不可及，迂腐如出一轍。總之，這二者都是出於實用理性的寫實觀念。

　　若無藝術想像、虛擬，則無以構成意境，審美情感也不可能充分

6　〔清〕李光地《榕村四書說》（上海市：上海人民出版社，《四庫全書》本）。

7　〔明〕張獻翼《讀易紀聞》（上海市：上海人民出版社，《四庫全書》本），卷5。

地表達出來。這首詩，正是緣於詩人情感衝擊感知，孤城周圍之山可以變得高達萬仞，遠在千里雲間的黃河也發生變異，拉近距離成為可見之景，由此便構成了既虛幻又真實的險峻荒僻景觀，為「春光不度」邊塞作鋪墊，隱然寄寓了對戍守士兵的無限同情。

「玉顏」何涉「寒鴉色」

　　有句意俱含蓄者，如……〈宮怨〉詩曰「玉容不及寒鴉色，猶帶朝陽日影來」[1]是也。

（宋）惠洪《冷齋夜話》卷四

　　（〈長信秋詞〉）三、四與「簾外春寒」[2]、「朦朧樹色」[3]同一法，皆不說自家身上。然「簾外春寒」句氣象寬緩，此句與「朦朧樹色」情事幽細。「寒鴉」、「日影」，尤覺悲怨之甚。

（明）鍾惺、譚元春《唐詩歸》卷十一鍾批語

　　即論宮詞，如「玉顏不及寒鴉色，猶帶昭陽日影來」，嘗因其造語之秀，殊忘其著想之奇。因歎詠「長信」事者多矣，讀此，而崔湜之「不忿君恩斷，新妝視鏡中」[4]，已嫌氣盛；王諲「生君棄妾意，增妾怨君情」[5]，一何傖父！

（清）賀裳《載酒園詩話》又編

1　王昌齡〈長信秋詞五首〉其三：奉帚平明金殿開，且將團扇暫徘徊。玉顏不及寒鴉色，猶帶昭陽日影來。

2　王昌齡〈春宮曲〉：昨夜風開露井桃，未央前殿月輪高。平陽歌舞新承寵，簾外春寒賜錦袍。

3　又〈西宮春怨〉：西宮夜靜百花香，欲卷珠簾春恨長。斜抱雲和深見月，朦朧樹色隱昭陽。

4　〈婕妤怨〉：不忿君恩斷，新妝視鏡中。容華尚春日，嬌愛已秋風。枕席臨窗曉，幃屏向月空。年年後庭樹，榮落在深宮。

5　〈長信怨〉：飛燕倚身輕，爭人巧笑名。生君棄妾意，增妾怨君情。日落昭陽殿，秋來長信城。寥寥金殿裡，歌吹夜無聲。

「玉顏」與「寒鴉」比擬不倫，總之觸緒生悲，寄情無奈。

（清）黃生《唐詩摘抄》卷四

按：清朱之荊補評：寒鴉猶帶日影，玉顏反不得君恩，所以「不及」也，卻硬說是「色」不及，更妙！

其更有事所必無者，偶舉唐人一二語：如……「玉顏不及寒鴉色」等句，如此者何止盈千累萬！決不能有其事，實為情至之語。……要之作詩者，實寫理事情，可以言言，可以解解，即為俗儒之作。唯不可名言之理，不可施見之事，不可徑達之情，則幽渺以為理，想像以為事，惝恍以為情，方為理至事至情至之語。

（清）葉燮《原詩》內編下

昭陽宮趙昭儀所居，宮在東方，寒鴉帶東方日影而來，見己之不如鴉也。優柔婉麗，含蘊無窮，使人一唱而三歎。

（清）沈德潛《唐詩別裁集》卷十九

少陵短於絕句，王昌齡諸家乃稱濫觴。然詩亦戒太用意，太用意則傷巧。如「玉顏不及寒鴉色，猶帶朝陽日影來」，何嘗不佳，顧少陵不為耳。

（清）郭兆麒《梅崖詩話》

（李白〈玉階怨〉）[6] 妙寫幽情，於無字處得之。「玉顏不及寒鴉色，猶帶昭陽日影來」，不免露卻色相。

（清）愛新覺羅‧弘曆《唐宋詩醇》卷四

6　〈玉階怨〉：玉階生白露，夜久侵羅襪。卻下水晶簾，玲瓏望秋月。

不得承恩意，直說便無味，借「寒鴉」、「日影」為喻，命意既新，措詞更曲。

（清）李鍈《詩法易簡錄》卷十四

龍標「玉顏不及寒鴉色，猶帶昭陽日影來」，與晚唐人「自恨身輕不如燕，春來猶繞御簾飛」[7]，似一副言語，然厚薄遠近，大有殊觀。

（清）潘德輿《養一齋詩話》卷二

「玉顏不及寒鴉色，猶帶昭陽日影來」，怨而不怒，詩人忠厚之旨也。　○羨寒鴉羨得妙。……可悟含蓄之法。

（清）施補華《峴傭說詩》

夫王詩所以妙者，在「玉顏」、「寒鴉」，一人一物，初無交涉，乃借鴉之得入昭陽，雖寒猶帶日光而飛，以反形人，則色未衰，已禁長信深宮，不復得見昭陽天日之苦。日者君象，「日影」比天顏，宮人不得見君，故自傷不如寒鴉，猶得望君顏色也。用意全在言外，對面寓人不如物之感，而措詞微婉，渾然不露，又出以搖曳之筆，神味不隨詞意俱盡，十四字中兼有賦比興三義，所以入妙，非但以風調見長也。

（清）朱庭珍《筱園詩話》卷三

「玉顏不及寒鴉色，猶帶昭陽日影來。」玉顏如何比到寒鴉，已是絕奇語，至更「不及」，益奇矣。看下句則真「不及」也，奇之又奇。而字字是女人眼底口頭語，不煩鉤索而出，怨而不怒，所以為絕調也。

（清）焦袁熹《此木軒論詩彙編》

7　〔唐〕孟遲〈長信宮〉：君恩已盡欲何歸？猶有殘香在舞衣。自恨身輕不如燕，春來還繞御簾飛。

　　後二句言，空負傾城玉貌。正如古詩所謂：「時薄朱顏，誰髮皓齒？」[8]尚不及日暮飛鴉，猶得帶昭陽日影，借餘暖以輝其羽毛。……以多情之人，而不及無情之物，設想愈癡，其心愈悲矣。

（今人）俞雲陛《詩境淺説》續編

　　王昌齡的〈長信怨〉精彩全在後兩句，這後兩句就是用創造的想像做成的。個個人都見過「寒鴉」和「日影」，從來卻沒有人想到班婕妤的「怨」可以見於帶昭陽日影的寒鴉。但是這話一經王昌齡説出，我們就覺得它實在是至情至理。……「玉」和「顏」本來是風馬牛不相及，只因為在色澤膚理上相類似，就嵌合在一起了。……鴉是否能寒，我們不能直接感覺到，我們覺得它寒，便是設身處地地想。不但如此，寒鴉在這裡是班婕妤所美慕而又妒忌的受恩承寵者，它也許是隱喻趙飛燕。一切移情作用都起類似聯想，都是「擬人」的實例

（今人）朱光潛《談美》十

　　首句如工筆劃，金碧輝煌，極為穠麗。次句用班婕妤故事，「團扇」二字括盡一首〈怨歌行〉意境，全首詩眼也就在「團扇」二字，整首詩因之而活。三句中「玉顏」、「寒鴉」對舉，黑白分明，白不如黑，幽怨自知。四句中「日影」形象有暖意，更反映出冷宮的寂寞淒清。……此處「不及寒鴉色」雖是點的寫法，尚有線索可尋，至李長吉賀則變得全無線索，那是另一新的境界。

（今人）聞一多《唐詩雜論》附錄二〈聞一多先生説唐詩〉

　　後兩句進一步用一個巧妙的比喻來發揮這位宮女的怨情，仍承用班婕妤故事。……她怨恨的是，自己不但不如同類的人，而且不如異類的

8　曹植〈雜詩六首〉其四詩句：時俗薄朱顏，誰為發皓齒？

物——小小的、醜陋的烏鴉。按照一般情況，「擬人必於其倫」，也就是以美的比美的，醜的比醜的，可是玉顏之白與鴉羽之黑，極不相類；不但不類，而且相反，拿來作比，就使讀者增強了感受。因為如果都是玉顏，則雖略有高下，未必相差很遠，那麼，她的怨苦，她的不甘心，就不會如此深刻了，而上用「不及」，下用「猶帶」，以委婉含蓄的方式表達了其實是非常深沉的怨憤。凡此種種，都使得這首詩成為宮怨詩的典型作品。

孟遲的〈長信宮〉和這首詩極其相似……兩詩都用深入一層的寫法，不說己不如人，而歎人不如物，這是相同的。但燕子輕盈美麗，與美人相近，而寒鴉則醜陋粗俗，與玉顏相反，因而王詩的比喻，顯得更為深刻和富於創造性，這是一。其次，明說自恨不如燕子之能飛繞御簾，含意一覽無餘；而寫寒鴉猶帶日影，既是實寫景色，又以日影暗喻君恩，多一層曲折，含意就更為豐富。前者是比喻本身的因襲和創造的問題，後者是比喻的含意深淺或厚薄的問題。

（今人）沈祖棻《唐人七絕詩淺釋》

孫　評

　　我國古典詩話家中，賀裳的名聲不算最大，但他和沈雄提出的「無理而妙」、「愈無理則愈入妙」之說，其理論的原創性堪稱世界一流。難得的是，他在具體作品的藝術感受力方面，也往往有精闢的見識。如，對於王昌齡「玉顏不及寒鴉色，猶帶昭陽日影來」的賞析，許多詩評家常常局限於孤立的直覺，而賀裳卻能獨闢蹊徑，以同類比較之法，突破了時代水準。

　　王詩題作〈長信秋詞〉，以貶入長信宮的宮人的第一人稱自述。賀氏指出，對於這首被後世評家列為唐詩絕句壓卷之作的後兩句，人們「嘗因其造語之秀，殊忘其著想之奇」。一般的立論往往滿足於感興，而賀裳則有難得的理性，他稱讚王詩不僅造語之秀，更在「著想之奇」，也就是想像的獨特。所以，此詩意境不但含蓄，而且婉曲深沉。反過來，他所批評崔湜的〈婕妤怨〉和王渙的〈長信怨〉的兩首詩的缺點，則是「氣盛」，即感情過於強烈，太直露。雖然二詩也寫宮怨，失寵情緒各有特點，並不太俗套，但完全是直接抒發，一覽無餘，缺乏想像之奇。

　　「著想之奇」具體表現在哪裡呢？黃生在《唐詩摘抄》中指出：妙就妙在「『玉顏』與『寒鴉』比擬不倫」。這是說，所用比擬，是個特殊的反比。這見解也是獨特的，說到了點子上。朱之荊又補評道：「寒鴉猶帶日影，玉顏反不得君恩，所以『不及』也，卻硬說是『色』不及，更妙！」這裡是補充說，想像的奇特絕妙還在於鎖鏈式的反比：一是玉顏和寒鴉的異類強烈反比，可謂「無理而妙」。二是明明烏鴉之色不及玉容，卻因為鴉身帶有日影之光反使玉容之「色」不及，又是進一層的微妙反比，亦堪稱是「愈無理則愈入妙」。

　　對此「比擬不倫」、「無理之妙」，晚清朱庭珍也有較為全面而透

闞的分析。今人沈祖棻的闡釋，大抵亦師承其說，不過說得更為細膩。二人所論甚為明白，這裡不再重複援引，讀者可以自己參閱。

「雪花大如席」、「白髮三千丈」之理

　　詩家有換骨法，謂用古人意而點化之，使加工也。李白詩云：「白髮三千丈。緣愁似個長。」[1]荊公點化之，則云：「繰成白髮三千丈。」[2]

（宋）葛立方《韻語陽秋》卷二

　　吟詩喜作豪句，須不叛於理方善。……李太白〈北風行〉云：「燕山雪花大如席。」[3]〈秋浦歌〉云：「白髮三千丈。」其句可謂豪矣，奈無此理何！

（宋）嚴有翼《藝苑雌黃》

　　（「燕山雪花大如席」）不知者以為誇辭，知者以為實語。

（宋）嚴羽《評點李太白詩集》卷二

1　〈秋浦歌十七首〉其十五：白髮三千丈，緣愁似箇長。不知明鏡裡，何處得秋霜。

2　〈示俞秀老〉其二：不見故人天際舟，小亭殘日更回頭。繰成白髮三千丈，細草孤雲一片愁。　　如是「點化」，著名詩人、詞人之作亦時有所見。如陳與義〈傷春〉：孤臣白髮三千丈，每歲煙花一萬重（杜甫〈傷春〉：「關塞三千里，煙花一萬重。」）　又辛棄疾〈賀新郎〉詞：白髮空垂三千丈，一笑人間萬事。　又元好問〈寄楊飛卿〉：西風白髮三千丈，故國青山一萬重。

3　李詩：燭龍棲寒門，光耀猶旦開。日月照之何不及此？唯有北風號怒天上來。燕山雪花大如席，片片吹落軒轅臺。幽州思婦十二月，停歌罷笑雙蛾摧。倚門望行人，念君長城苦寒良可哀。別時捉劍救邊去，遺此虎文金鞞靫。中有一雙白羽箭，蜘蛛結網生塵埃。箭空在，人今戰死不復回。不忍見此物，焚之已成灰。黃河捧土尚可塞，北風雨雪恨難裁！

（〈秋浦歌〉）一詰一解，又一詰不可解。是言愁，亦是解愁。

同上

　　此詩滯形泥跡之人多致疑「三千丈」之語，蓋詩人遣興之辭極其形容耳，觀者當不以文害辭、不以辭害意可也。第二句云「緣愁似個長」，意亦可見。後聯云：「不知明鏡裡，何處得秋霜。」活活脫脫，真作家手段也。

（元）蕭士贇《分類補注李太白詩》卷八

　　貫休曰：「庭花濛濛水泠泠，小兒啼索樹上鶯。」[4]景實而無趣。太白曰：「燕山雪花大如席，片片吹落軒轅臺。」景虛而有味。

（明）謝榛《四溟詩話》卷一

　　余觀太白〈北風行〉云「燕山雪花大如席」，〈秋浦歌〉云「白髮三千丈」，其句可謂豪且工者也。

（明）王昌會《詩話類編》卷二十二〈品評〉下

　　髮因愁而白，愁既長則髮亦長矣。故下句解之曰「緣愁似箇長」，言愁如許，而髮亦似之也。我想平時初未嘗有是，不知鏡中從何得此秋霜乎？托興深微，辭難實解，讀者當求之意象之外。

（明）唐汝詢《唐詩解》卷二十一

　　髮不可數，「三千丈」言其長也。愁多故易白，「秋霜」形其白也。倏然對鏡，睹此皤然，感茲暮年，愁懷莫訴，偶於秋浦自歎之乎！

（清）吳烶《唐詩選勝直解》

---

4 〈春晚書山家屋壁二首〉其一：柴門寂寂黍飯馨，山家煙火春雨晴。庭花濛濛水泠泠，小兒啼索樹上鶯。

太白「白髮三千丈」下即接云「緣愁似箇長」，並非實詠。嚴有翼云：「其句可謂豪矣，奈無此理。」詩正不得如此講也。

（清）馬位《秋窗隨筆》

（〈秋浦歌〉）起句奇甚，得下文一解，字字皆成妙義。洵非仙才，那能作此？

（清）王琦注《李太白文集》卷八

雪花如席，自屬豪句，看下句接軒轅臺，另繪一種輿圖，另成一種義理。嚴沖甫（嚴有翼？）訾為無此理致，是膠柱鼓瑟之見。太白詩如「白髮三千丈」，「愁來飲酒二千石」[5]，俱不當執文義觀。

（清）吳瑞榮《唐詩箋要續編》

太白詩「白髮三千丈」，「燕山雪花大如席」，語涉粗豪，然非爾便不佳。……如少陵言愁，斷無「白髮三千丈」之語，只是低頭苦煞耳。故學杜易，學李難。

（清）郭兆麒《梅崖詩話》

因照鏡而見白髮，忽然生感，倒裝說入，便如此突兀，所謂逆則成丹也。唐人五絕用此法多，太白落筆便超。

（清）黃叔燦《唐詩箋注》，轉引自今人詹鍈主編《李白全集校注彙釋集評》卷七

以無為有，以虛為實，以假為真，靈心妙舌，每出人意想之外，此之謂靈趣。……詩趣之靈，如李白「歲晚或相訪，青天騎白龍」。[6]又「白髮

5　〈江夏贈韋南陵冰〉詩句：愁來飲酒二千石，寒灰重暖生陽春。
6　〈送楊山人歸嵩山〉詩句。

三千丈，緣愁似箇秋霜」。

（清）冒春榮《葚原詩説》卷一

（〈秋浦歌〉）突然而起，四句三折，格力極健，要是倒裝法耳。陳師道云：「白髮緣愁百尺長」[7]，語亦自然。王安石云：「繰成白髮三千丈」，有斧鑿痕矣。

（清）愛新覺羅・弘曆《唐宋詩醇》卷五

李太白云：「白髮三千丈，緣愁似箇長。」王介甫襲之云：「繰成白髮三千丈」，大謬。

（清）何文煥《歷代詩話考索》

愁既長，則髮亦似之，正不知鏡中從何得此也。突起、婉接又翻開，奇甚。蓋托興深微，辭難實解，讀者當求意象之表。

（近代）丁福保《詩鑰》第二章

唐人之詩有所謂「白髮三千丈」者，有所謂「白頭搔更短」者，此出語之無稽者也，而後世不聞議其短。

（近代）劉師培《左庵外集》卷十三

「燕山雪花大如席」是誇張，但燕山究竟有雪花，就含著一點誠實在裡面，使我們立刻知道燕山原來有這麼冷。如果說「廣州雪花大如席」，那可就變成笑話了。

（近人）魯迅〈漫談「漫畫」〉

7　〈和江秀才獻花三首〉其二：疏花得雨數枝黃，白髮緣愁百尺長。要與老生同一醉，故留秋意作重陽。

附錄

太白詩「燕山雪片大如席」，又曰「白髮三千丈」……是不可以辭害意，但當意會爾。

〔韓〕徐居正《東人詩話》

李太白〈秋浦歌〉十七首，其「白髮三千丈」一絕，人皆疑之，而未得其實。蕭士贇謂極其形容，非滯形泥跡者所可解。然人老而髮短，尋丈亦過矣，何至以三千為喻耶？是必不爾矣。其第一首云：「秋浦長似秋，蕭條使人愁。」據此必有秋浦之所以得名者也。第二首云：「秋浦猿夜鳴，黃山堪白頭。」山未有頭白之理，而謂之白頭，則亦必有所指者矣。第八首云：「秋浦千重嶺，水車嶺最奇。天傾欲墜石，水拂寄生枝。」據此則所謂水車嶺者，必臨水欲墜映在波間者也。宋郭祥正詩云：「萬丈水車嶺，還如九疊屏。北風來不斷，六月亦生冰。」然則所謂水車者危峻如此，而又必泉瀑交瀉，風冽氣冷，冰雪不解，常若白頭者也。如是而映在水中如髮照鏡裡，故曰彼髮之白，亦若緣愁而得者，即「黃山堪白頭」之意也。又有〈游秋浦白笴陂〉詩云：「山光搖積雪，猿影掛寒枝。」此亦可以旁證。古今人不曉此義，謂真有髮長如此，強作模寫之，極令人齒冷。

〔韓〕李瀷《星湖僿説》

全篇倒置，與韋〈聞雁〉詩同。三四謂驚歎，一二述可然之愁。言今朝照鏡始見白髮，不知自何地得此秋霜，若緣愁而雙鬢變，則必作白髮，作白髮而尚不足當，必及三千丈之長也。上言三千丈，承之言「似箇」，不言愁不盡，言三千，青蓮之妙處不易窺也。生秋霜猶為少，驚愕中又添一段訝歎，益見愁多矣。

〔日〕椅允明《箋注唐詩選》，轉引自《李白全集校注彙釋集評》卷七

「白髮三千丈」式的真呢，我說，稱它為藝術上的真。

〔日〕廚川白村《出了象牙之塔》〈藝術的表現〉

　　頭髮變白不僅是「老」的資訊，「愁」的結果，而且是由於生理上、病理上、心理上種種因素導致的。但老白頭是情理之常，只是這「三千丈」寫得太誇張了。不過也有人作這樣的解釋：一個人的頭髮約有十萬根左右（也有說有二十萬根），若是古人披頭散髮，每根頭髮按一尺長計算，十萬根是一萬丈，遠遠超過了三千丈。若是不講詩意，這筆帳還可算下去，一根頭髮究竟能長得多長呢？據觀察，頭髮長得很慢，每星期約長一點五～三毫米，平均壽命是二至六年，就要脫落。若按每星期長三毫米，六年可長達九三六毫米。

（今人）唐魯峰等《詩詞中的科學》〈白髮三千丈〉

孫　評

　　李白「白髮三千丈」、「燕山雪花大如席」之句，憑直覺，讀者就能受到感染。但是，一到詩話家筆下，問題就有點複雜，主要原因是與生活的現實經驗相去太遠。若從科學的眼光看，不真實，太離譜。可像今人《詩詞中的科學》那樣以「科學」資料來論證白髮三千丈之「真」，也就太煞風景了。

　　然而，在詩話中，從「真」的角度研究此等詩句的並不乏其人。嚴有翼謂「吟詩喜作豪句，須不叛於理方善。」批評李白「燕山雪花大如席」、「白髮三千丈」「其句可謂豪矣，奈無此理何」！他說的是客觀的物理，而李白所寫的並不是物理，而是人情。追求物理，是科學的「真」，而抒發人情則是情感的美，這是兩種價值範疇。清人吳瑞榮反駁說：「雪花如席，自屬豪句，看下句接軒轅臺，另繪一種輿圖，另成一種義理。」這個「另成一種義理」說法，很有一點價值。就是說，客觀的物理是要講究真的，而情感的「理」則相反。如日本文藝評論家廚川白村所說：「『白髮三千丈』式的真呢，我說，稱它為藝術上的真。」

　　這種藝術上的真的特點是什麼呢？廚川氏沒有說，倒是清人冒春榮說得更為到位一點：「以無為有，以虛為實，以假為真，靈心妙舌，每出人意想之外，此之謂靈趣。」詩中的真，是情感的真，這種真不是單純的，而是隱含著矛盾的：真和假、實和虛、有和無是結合在一起的。二者既是對立的，又是統一的，是可以轉化的。當物理的真，窒息了情感的假定，就拘泥了，沒有「靈趣」了。可是當情感的假定，絕對地脫離了客觀的物理，也可能造成另一個極端，那就是虛假。

　　魯迅說：「『燕山雪花大如席』是誇張，但燕山究竟有雪花，就含著一點誠實在裡面，使我們立刻知道燕山原來有這麼冷。如果說『廣

州雪花大如席』，那可就變成笑話了。」這是從物理的方面說，誇張、假定，也不能絕對化，也多少有現實的依據。正是因為這樣，乾隆皇帝以為王安石模仿李白的「『繰成白髮三千』，有斧鑿痕矣」，就不自然了。但是，現實方面因素也不能絕對化，像十七、八世紀韓國詩論家李瀷說的，一定要從秋浦的環境中，引申出瀑布、結冰、倒影，才能構成白髮的聯想，又未免背離詩的想像的自由了。

　　除此以外，還有一點似乎常被評論者忽略了，那就是，這樣的詩句不能光從客觀物象來考查，還要從詩人的主觀氣質、藝術風格來考察。李白「白髮」之所以有「三千丈」，是「緣愁似箇長」，因為憂愁才這麼長。這個憂愁是屬於李白獨有的。通常的憂愁，一般是隱約的，好比細雨滴在梧桐葉上一般，如在李清照那裡就是纖巧的，也可能是流動似一江春水，如在李後主那裡又是無盡憂鬱的。而在李白這裡，則是豪放的。似乎不是憂愁，而是豪邁，不是一般的豪邁，而是超級豪邁。如果從這裡還看不十分清晰，從「君不見黃河之水天上來，奔流到海不復還」就可能看得分明。這本來是表現人生苦短的（高堂白髮悲明鏡，朝如青絲暮成雪），本該點明是「悲」的，但用黃河之水天來，奔流到海不復回來形容，「悲」就被豪壯所掩沒了。從理論上來說，詩的意象是主體情感與客體特徵的猝然遇合，光以修辭手段從客體特徵闡釋雪花之大如席，無論如何是片面的。

杜詩古柏可否丈量

　　武侯廟柏，其色若牙然，白而光澤，不復生枝葉矣。杜工部甫云「黛色參天二千尺」[1]，其言蓋過，今才十丈。古之詩人好大其事，率如此也。

（宋）范鎮《東齋記事》卷四

　　杜甫〈武侯廟柏〉詩云：「霜皮溜雨四十圍，黛色參天二千尺。」四十圍乃是徑七尺，無乃太細長乎？……此亦文章之病也。

（宋）沈括《夢溪筆談》卷二十三

　　凡言木之巨細者，始曰「拱把」，大曰「圍」，引而增之曰「合抱」。蓋拱、把之間才數寸耳，圍則尺也，合抱則五尺也。……今人以兩手指合而環之，適周一尺。杜子美〈武侯廟柏〉詩云：「霜皮溜雨四十圍，黛色參天二千尺。」是大四丈。沈存中內翰（沈括字，曾任翰林學士）云：「四十圍乃是徑七尺，無乃太細長也。」然沈精於算數者，不知何法以準之。若徑七尺，則圍當二丈一尺。《傳》曰：「孔子身大十圍。」夫以其大也，故記之。如沈之言，才今之三尺七寸有畸耳，何足以為異耶？周之尺

1　杜甫〈古柏行〉：孔明廟前有老柏，柯如青銅根如石。霜皮溜雨四十圍，黛色參天二千尺。君臣已與時際會，樹木猶為人愛惜。雲來氣接巫峽長，月出寒通雪山白。憶昨路繞錦亭東，先主武侯同閟宮。崔嵬枝幹郊原古，窈窕丹青戶牖空。落落盤踞雖得地，冥冥孤高多烈風。扶持自是神明力，正直原因造化功。大廈如傾要梁棟，萬牛回首丘山重。不露文章世已驚，未辭剪伐誰能送？苦心豈免容螻蟻。香葉終經宿鸞鳳。志士幽人莫怨嗟，古來材大難為用！

當今之七寸五分。

（宋）王得臣《麈史》卷中

　　范蜀公（范鎮，累封蜀郡公）云：「武侯廟柏今十丈，而杜工部云『黛色參天二千尺』，古之詩人好大其事，大率如此。」而沈存中又云：「『霜皮溜雨四十圍』，乃是七尺，而長二千尺，無乃大細長乎？」余以為論詩正不當爾，二公之言皆非也。

（宋）王直方《王直方詩話》

　　形似之語，蓋出於詩人之賦，「蕭蕭馬鳴，悠悠斾旌」[2]是也；激昂之語，蓋出於詩人之興，「周餘黎民，靡有孑遺」是也。古人形似之語，如鏡取形，燈取影也。故老杜所題詩，往往親到其處，益知其工。激昂之言，孟子所謂「不以文害辭，不以辭害志」，初不可形跡考，然如此乃見一詩之意。余游武侯廟，然後知〈古柏〉詩所謂「柯如青銅根如石」，信然，決不可改。此乃形似之語。「霜皮溜雨四十圍，黛色參天二千尺」，「雲來氣接巫峽長，月出寒通雪山白」，此激昂之語，不如此則不見柏之大也。文章固多端，警策往往在此兩體耳。

（宋）范溫《潛溪詩眼》

　　沈內翰譏「黛色參天二千尺」之句，以謂「四十圍」配「二千尺」為太細長。不知子美之意但言其色而已，猶言其翠色蒼然，仰視高遠，有至於二千尺而幾於參天也。若如此求疵，則二千尺固未足以參天，而詩人謂「峻極於天」[3]者，更為妄語。……善論詩者，正不應爾。

（宋）陳正敏《遯齋閑覽》，轉引自宋胡仔《苕溪漁隱叢話》前集卷八

2　《詩》〈小雅〉〈車攻〉詩句。

3　《詩》〈大雅〉〈崧高〉詩句：崧高維嶽，峻極於天。

　　沈存中《筆談》云：「武侯廟〈柏〉詩，『霜皮溜雨四十圍，黛色參天二千尺』。四十圍乃是徑七尺，無乃太細長乎？」余謂存中性機警，善《九章算術》，獨於此為誤，何也？古制以圍三徑一，四十圍即百二十尺，圍有百二十尺，即徑四十尺矣，安得云七尺也？若以人兩手大指相合為一圍，則是一小尺即徑一丈三尺三寸，又安得云七尺也？武侯廟柏，當從古制為定，則徑四十尺，其長二千尺宜矣，豈得以太細長譏之乎？老杜號為詩史，何肯妄為云云也。

（宋）黃朝英《緗素雜記》

　　予每見人愛誦「影搖千丈龍蛇動，聲撼半天風雨寒」[4]之句，以為工。此如見富家子弟，非無福相，但未免俗耳。若比之「霜皮溜雨四十圍，黛色參天二千尺」，便覺氣韻不侔也。達此理者，始可論文。

（宋）陳善《捫虱新話》上集

　　詩人之語，要是妙思逸興所寓，固非繩墨度數所能束縛，蓋自古如此。予觀鄭康成注《毛詩》，乃一一要合《周禮》。……近世沈存中論詩，亦有此癖，遂謂老杜「霜皮溜雨四十圍，黛色參天二千尺」，為太細長，而說者辨之曰：「只如杜詩有云：『大城鐵不如，小城萬丈餘』，世間豈有萬丈城哉，亦言其勢如此爾。」予謂周詩云：「崧高維嶽，峻極於天。」嶽之峻亦豈能極天，所謂不以辭害意者也。文與可（文同字）嘗有詩與東坡曰：「擬將一段鵝溪絹，掃取寒梢萬丈長。」坡戲謂與可曰：「竹長萬丈，當用絹一百五十匹。知公倦於筆硯，願得此絹而已。」與可無以答，則曰：「吾言妄矣，世間豈有萬丈竹哉？」坡從而實之，遂答其詩曰：「世間亦有千尋竹，月落庭空影許長。」與可因以所畫《篔簹谷偃竹》遺坡曰：「此竹數尺爾，而有萬丈之勢。」[5]觀二公談笑之語如此，可見詩人之意。

同上下集

4　石延年〈古松〉詩句。
5　此段轉述蘇軾〈篔簹谷偃竹記〉，文字略異。

　　杜子美〈古柏行〉云：「霜皮溜雨四十圍，黛色參天二千尺。」沈存中《筆談》云：「無乃太細長乎？」余謂詩意止言高大，不必以尺寸計也。

（宋）葛立方《韻語陽秋》卷十六

　　杜子美〈古柏行〉曰：「霜皮溜雨四十圍，黛色參天二千尺。」存中《筆談》曰：「無乃太細長乎？」觀國按：子美〈潼關吏〉詩曰：「大城鐵不如，小城萬丈餘。」世豈有萬丈餘城耶？姑言其高耳。四十圍二千尺者，姑言其高且大也，詩人之言當如此，而存中乃拘拘然以尺寸校之，則過矣。

（宋）王觀國《學林》卷八

　　文士言數目處，不必深泥。此如九方皋相馬，指其大略，豈可拘以尺寸。如杜陵〈新松〉詩：「何當一百丈，歘蓋擁高簷。」縱有百丈松，豈有百丈之簷？漢通天臺可也。又如〈古柏行〉：「黛色參天二千尺。」二千尺，二百丈也，所在亦罕有二百丈之柏。此如晉人「峨峨如千丈松」之意，言其極高耳，若斷斷拘以尺寸，則豈復有千丈松之理？僕觀諸雜記深泥此等語，至有以九章演算法算之，可笑其愚也。

（宋）王楙《野客叢書》卷二十五

　　少陵〈古柏行〉：「霜皮溜雨四十圍，黛色參天二千尺。」沈括譏其太細長。太白「錯落萬丈松」[6]，不較少陵多八千尺乎？此皆詩人放言，烏可拘也。

（明）陳懋仁《藕居士詩話》卷上

6　不詳所引何詩。唐劉希夷〈初度嶺過韶州靈鷲廣果二寺其寺院相接故同詩一首〉亦有「寒水千尋壑，禪林萬丈松」之句，宋曾惇〈題謝景思少卿藥寮〉亦有「南山千歲苓，托根萬丈松」之句。

　　杜題柏:「霜皮溜雨四十圍,黛色參天二千尺。」說者謂太細長,誠細長也,如句格之壯何!……詩固有以切工者,不傷格,不貶調,乃可。

(明)胡應麟《詩藪》內編卷五

　　成都、夔府各有孔明祠,祠前各有古柏。此因夔祠之柏而並及成都,然非詠柏也。公平生極贊孔明,蓋有竊比之思。孔明材大而不盡其用,公嘗自比稷、契,材似孔明而人莫用之;故篇終而結以「材大難為用」,此作詩本意,而發興於柏耳。不然,廟前之柏,豈梁棟之需哉?

(明)王嗣奭《杜臆》卷七

　　〈詠柏〉云:「霜皮溜雨四十圍,黛色參天二千尺。」或謂太細長,不知參天者其色耳。人眼光可望天際,何謂無二千尺邪?

(明)馮復京《説詩補遺》卷六

　　沈存中一經丈量,便來兩家之駁。蓋運思所及,脫腕抽毫,握之不盈掬,放之彌乎六合,何處著一算博士,挈短衡長,積銖黍於其間哉!徐興公引段文昌作武侯廟古柏文云:「『合抱在於旁枝,駢梢葉之青青;百尋及於半身,蓄風雷之冥冥。』觀旁枝、合抱,則見幹之四十圍;百尋、半身,則見高之二千尺,二公詩文暗合。」余謂必舉段文以實之,猶拘虛之見也。王勉夫(王楙字)謂:「杜〈新松〉詩:『何當一百丈,敲蓋擁高簷。』縱有百丈松,豈有百丈之簷?此如晉人『峨峨如千丈松』之意。」余意亦如東坡與文同論竹云「葉落空庭影許長」,方是解人。

(清)吳景旭《歷代詩話》卷三十八

　　少陵于武侯最為嚮往。一則為其賚志而歿,同病悲惋;一則為其君臣道合,無嫌無疑,實堪羨慕也。此於廟柏而致其稱詡之意。夫一柏耳,豈真能同於金石之質,而曰「柯如青銅根如石」,且至於二千尺之高哉?毋

亦奉揚溢美之辭。然不如是誇大，則無以致尊崇之思。蓋物以人重故也。下接云：良由先主與武侯志同道合，君明臣良，一時相得益彰，是以一樹之存，猶為人之所愛惜，勿翦勿拜，以至於如此其高大也。……此詩前半闋，則贊武侯先主之神明正直，後半闋，則借廟柏以況材大者之難為世用，而寬在己之本懷也。詩情之移步換形，不可方物者如此。

（清）佚名《杜詩言志》卷十

首詠夔州柏，而以君臣際會結之。銅比幹之青，石比根之堅。霜皮溜雨，色蒼白而潤澤也。四十圍，二千尺，形容柏之高大也。氣接巫峽，寒通雪山，正從高大處想見其聳峙陰森氣象耳。

（清）仇兆鰲《杜詩詳注》卷十五

四十圍、二千尺，皆假像為詞，非有故實。《夢溪筆談》譏其太細長，《緗素雜記》以古制圍三徑一駁之，次公注又引南鄉故城社柏大四十圍，皆為鄙說。……今按：古柏雖極高大，亦不能至二百丈，只是極形容之辭，如〈秦州〉詩「高柳半天青」，柳豈能高至半天乎？

同上引朱注

首段，用直起法，是夔柏正文。……朱言：成都廟柏，在郊原平地，故可久存。若此之盤踞高山，而烈風莫撼者，誠得於神明造化之功耳。愚按：須如此說，下文才好接連。末段，因詠古柏，顯出自負氣概，暗與「君臣際會」反對。……結語一吐本旨，而「材大」兩字，仍與「古柏」雙關。

（清）浦起龍《讀杜心解》卷二之二

（「霜皮」二句）此特形容柏之高大，不必泥。

（清）楊倫《杜詩鏡銓》卷十二

　　〈古柏行〉云：「霜皮溜雨四十圍，黛色參天二千尺。」注引朱說：四十圍、二千尺，皆假像為詞……今按此說是也，柏至四十圍、二千尺，惟高厓穹谷，及幽僻處或有之，武侯廟在近城平地，斷無能如詩所云者；此猶「關塞三千里，煙花一萬重」[7]，皆虛設之詞，認真辨之，則公當日豈經丈量耶？

（清）施鴻保《讀杜詩說》卷十五

　　或問少陵詠老柏「黛色參天二千尺」不太誇乎？曰：相如（西漢司馬相如）〈上林賦〉「欃檀木蘭，豫章女貞，長千仞，大連抱」，千仞，七百丈也。少陵老柏尚少五百丈，何誇之有？

（近代）錢振鍠《謫星說詩》卷二

　　（范溫指出）詩人的描寫有兩種；一種是形似之意，就是照形象描寫；一種是激昂之語，就是誇張。比方《詩》〈車攻〉描寫馬叫，說「蕭蕭」，描寫旗子靜靜地懸掛著說「悠悠」，杜甫描寫古柏的形狀，說「柯如青銅根如石」，這些就是照形象描繪。再像《詩》〈雲漢〉說，西周的百姓沒有留下一個，這就是誇張的說法。對於誇張的說法，我們讀起來不可拘泥字面，認為西周百姓都死光了，實際上詩人是說西周百姓死得很多，我們要通過誇張懂得他的用意。說古柏大四十圍，高二千尺，也是一種誇張，好比下文說古柏上面的雲氣連接巫峽，通連雪山，都是誇張。

　　這裡給我們指出詩人的兩種描寫手法，一種描繪形象，一種是誇張。對於誇張的話，不可拘泥字面來理解。對於描繪形象，用鏡子取形、燈取影來作比，這個「取」字含有客觀形象與主觀領會相結合意。細寫如鏡取形，毫髮畢露，略寫如燈取影，輪廓逼真，好像畫有工筆與寫意的不同。

（今人）周振甫《詩詞例話》〈誇張〉

7　杜甫〈傷春五首〉（其一）詩句。

附錄

　　杜甫此詩，是用誇張辭，沈存中卻拿算盤來計算，以為四十圍乃是徑七尺，而高卻二千尺，「無乃太細長乎？」《緗素雜記》作者黃朝英卻認為武侯廟柏當從古制，四十圍實百二十尺，則徑當為四十尺，其實二千尺並不算太細長哩。其實沈、黃兩人的計數比賽，都是無謂的。至於沈括的評語，載《夢溪筆談》卷二十三「譏謔」門，既云譏謔，本帶有滑稽和開玩笑之意，未必不知道杜甫詩句是用誇張的修辭法。黃朝英也拿起算盤，硬指杜詩所云尺寸應是以古制計算，認真的要和沈氏作計算比賽，更覺可笑。

　　　　　　　　　　〔新加坡〕（今人）鄭子瑜《中國修辭學史稿》第六篇

孫　評

　　在前幾題評說中，我們曾反覆指出：科學的價值是客觀的理性的真，藝術的價值則是主體的情感的美。沈括是科學家，當然有科學的眼光，有精密計算習慣。但以科學理性的準則來衡量詩歌形象，就等於是扼殺了情感的、想像的自由，從根本上否定了藝術。沈括之評「霜皮溜雨四十圍，黛色參天二千尺」詩句，亦是如此。從讀者欣賞角度而言，「四十圍」、「二千尺」比例雖不科學，但是，不僅不能說是「文章之病」，相反應該說是詩歌之美。如果把老樹的精密尺寸寫到詩歌裡去，那是大殺風景的。因為詩歌，尤其是古典詩歌，本來就是抒情的，並不以理性見長，而是以超越理性顯示其所長的。

　　但不少為杜詩辯護者，卻一味從科學理性的角度進行糾纏。如王得臣就考證出「四十圍」大約是四丈，還為沈括這個精於算術的人如此誤差感到奇怪。黃朝英也算得十分精細，結論仍是杜甫的詩句合乎科學。以這種思路去闡釋詩歌，自然是緣木求魚。馮復京可能看出了其中的疵漏，於是換一個角度，不在樹的直徑和周長上做文章，而是說「黛色參天二千尺」並非指樹的高度，「參天者其色耳。人眼光可望天際，何謂無二千尺邪？」意思是，二千尺不是實際的長度，而是人的視覺。這似乎有些從客觀長度，轉移到人的主體感覺的意味，但是並不自覺。

　　比較自覺的倒是早於馮的北宋范溫。在《潛溪詩眼》裡，他把形象分為「形似之語」和「激昂之語」：「形似之語，蓋出於詩人之賦」，如「柯如青銅根如石」句；「激昂之語，蓋出於詩人之興」，如「四十圍」、「二千尺」二句，因為「不如此則不見柏之大也」。這個說法，接觸到了審美情感衝擊感知發生變異的規律。激昂之情與科學數理，是一對矛盾，二者互相對立，不可混同。感知變異超越理性是

詩學的基礎，不能以理性的語言來否定激昂情感導致的感知變異。類似「形似之語」和「激昂之語」的說法，在詩話詞話中並不多見，可以稱為天才的感悟。但這些感悟也沒有提升到理論的、系統的、形而上學的高度，因而在具體分析上，乃至在某些基本觀念上，常常產生一些低級的混亂。這種混亂，在如今文學研究和教學中仍然比比皆是，原因即是把科學的、實用的理性看作唯一的價值。

朱光潛先生在〈我們對於一棵古松的三種態度——實用的、科學的、美感的〉中這樣說過：

> 假如你是一位木商，我是一位植物學家，另外一位朋友是畫家，三人同時來看這棵古松。我們三人可以說同時都「知覺」到這一棵樹，可是三人所「知覺」到的卻是三種不同的東西。你脫離不了你的木商的心習，你所知覺到的只是一棵做某事用值幾多錢的木料。我也脫離不了我的植物學家的心習，我所知覺到的只是一棵葉為針狀、果為球狀、四季常青的顯花植物。我的朋友——畫家——什麼事物都不管，只管審美，他所知覺到的只是一棵蒼翠勁拔的古樹。我們三人的反應態度也不一致。你心裡盤算它是宜於架屋或者制器，思量怎麼去買它，砍它，運它。我把它歸到某類某科裡去，注意它和其他松樹的異點，思量何以活得這樣老。我們的朋友卻不這樣東想西想，他只在聚精會神地觀賞它的蒼翠的顏色，它的盤屈如龍蛇的線紋以及它的昂然高舉，不愛屈撓的氣概。[8]

朱先生所說的三種知覺錯位，實際上也即康德的真善美三種價值。木材商和植物學家的眼光是理性的、實用的，而詩人的情感價值的生命

8　《朱光潛美學文集》（上海市：上海文藝出版社，1982年），頁448-449。

恰恰在於超越實用理性。這個學說來自康德，後又經過克羅齊闡釋的美學。連樹的例子也來自克氏，不過朱先生說得更為周密，更為生動。

　　我國古典詩詞評論家們，雖然有時也強調虛實相生，往往又擺脫不了潛在的真實等同論的偏執，總以為非真即假、非實即虛。他們科學思維的抽象力受到歷史的局限，不可能達到朱先生的這種學貫中西的美學高度，就難免要在機械的真假之分上糾纏。在具體分析中，常常是以實蔽虛。就是對詩很有悟性的范溫，在提出「激昂之語」時，也小心翼翼地以「形似之語」來平衡。其實他對形似之語的解釋，仍然不脫機械的鏡子論的窠臼。周振甫對此加以回護，把「取」解作主客結合之意，但又稱其可寫到「毫髮畢露」、「輪廓逼真」的程度。要是果真這樣，也只能算是詠物「極縷繪之工」的「卑格」。

「晨鐘雲外濕」礙理

（杜甫「晨鐘雲外濕」句[1]）「鐘濕」字新。

（明）王嗣奭《杜臆》卷七

言「濕」，又言「雲外」，作何解？

（明）鍾惺、譚元春《唐詩歸》卷二十一鍾批語

　　前半追寫昨夜之景，所謂「補題格」也。宿船見月，忽風起而雨，明晨雖霽，地尚未乾，寫「宿雨濕」三字，次第分明如此。聽晨鐘，虛愁雲外濕；望勝地，遠見石堂煙。故人在焉，咫尺千里，柔櫓不覺已在輕鷗之外。回首含淒，覺汝儔侶長能相聚，其賢於人遠矣。後半始敘全題首尾。……寫景精切，寓意雋永，五律至此，即讚歎亦無所加。第留語後人，慎勿如前代腐儒止參死句，不參活句也。

（清）黃生《杜詩說》卷五

　　詩人興象所至，不可執著；必欲執著，則「晨鐘雲外濕」、「鐘聲和白雲」、「落葉滿疏鐘」，皆不可通矣。

又《唐詩摘抄》卷四

1　〈船下夔州郭宿雨濕不得上岸別王十二判官〉：依沙宿舸船，石瀨月娟娟。風起春燈亂，江鳴夜雨懸。晨鐘雲外濕，勝地石堂煙。柔櫓輕鷗外，含淒覺汝賢。

〈夔州雨濕不得上岸作〉「晨鐘雲外濕」句：以「晨鐘」為物而「濕」乎？「雲外」之物，何曾以萬萬計！且鐘必於寺觀，即寺觀中，鐘之外，物亦無算，何獨濕鐘乎？然為此語者，因聞鐘聲有觸而云然也。聲無形，安能濕？鐘聲入耳而有聞，聞在耳，止能辨其聲，安能辨其濕？曰「雲外」，是又以目始見雲，不見鐘，故云「雲外」。然此詩為雨濕而作，有雲然後有雨，鐘為雨濕，則鐘在雲內，不應雲「外」也。斯語也，吾不知其為耳聞耶？為目見耶？為意揣耶？俗儒於此，必曰：「晨鐘雲外度。」又必曰：「晨鐘雲外發。」決無下「濕」字者。不知其於隔雲見鐘，聲中聞濕，妙悟天開，從至理實事中領悟，乃得此境界也。

（清）葉燮《原詩》內編下

「外」一作「岸」，與「堂」字對似勝，然讀本句「晨鐘」字，覺「外」字饒有意味。……兩「外」字雖複，然盛唐本不拘。

（清）吳修塢《唐詩續評》卷一

有強解詩中字句者。或述前人可解不可解不必解之說曉之，終未之信。……唐人詩中，鐘聲曰「濕」，柳花曰「香」，必來君輩指摘。不知此等皆宜細參，不得強解。

（清）吳雷發《說詩菅蒯》

始而月，繼而風，終之以雨。此一夜景也，貼題中「郭宿」。晨鐘則遙聽其濕，石堂則遙恨其偏。皆有可望不可即之意，貼雨濕不得上岸。末則別王判官。……「岸」，一作「外」。「外」字好，然「岸」與「堂」對。

（清）邊連寶《杜律啟蒙》五言卷六

「鍾（惺）言濕又言雲外，作何解？」案此首明明白白，只須順序說下。……須知首二句是說船下夔州郭，天晚停宿，並未雨。石瀨上月尚娟

娟，須臾而風起春燈亂矣，須臾而雨急江鳴矣。蜀江岸峻，雨下如絚縻，
篷底聽之，知江之鳴，由雨之懸也。明晨雨止，寺鐘鳴，以關心天氣人聞
之，覺鐘聲不如尋常響亮，似從雲外來，被濕雲裏住，則知天未大晴。推
蓬起視，雨濕不得上岸矣。末三句說不上岸別王判官。……有「晨鐘」一
句點明時候，知此詩作於晨。雨乃昨夜之雨，非昨日之雨；月乃雨前之
月，非雨後之月矣。

（近代）陳衍《石遺室詩話》卷二十三

　　這裡講體察是要寫詩人獨特的感受。一般的景物，人們都看得到想得
到的，可以不用去描繪。那些對詩人具有獨特感受的景物，通過描寫寫出
詩人的感受來，那樣描寫景物才具有特色。……又「晨鐘雲外濕」，那時
船泊夔州城外，因天雨不能上岸，所以只能在船裡聽到晨鐘。夔州地勢
高，寺又在山上，所以說鐘聲從雲外傳來。從雲外傳來的鐘聲要通過雲和
雨才傳到船裡，所以說鐘聲要被沾濕。說鐘聲被沾濕這是一般人所想像不
到的，這樣寫，正顯出詩人感到雨的又多又密，所以上句說「江鳴夜雨
懸」。

（今人）周振甫《詩詞例話》〈體察〉

　　杜甫在夔州，因雨濕不得上岸，當在船上，想望上岸，聽見高處傳來
鐘聲。稱「雲外」，指鐘聲在雲外傳來，即在高處傳來。稱「濕」指鐘聲
從雨中傳來，想像為雨沾濕，這是修辭的通感。聲是耳聞的，濕是膚觸或
眼見的，聞和觸、見相通，故稱鐘聲為濕。

又《中國修辭學史》

附錄

　　時間詞和地點詞強調的是觀察事件的角度，因而它是暫時性的。……
在「晨鐘雲外濕」中，幾個特徵結合表現了特殊性：地點詞「雲外」劃定

了地方，「晨」界定了時間，把鐘聲說成「濕」是詞的引申用法。從山頂寺院中發出的鐘聲，傳到身在江舟的詩人耳裡時，彷彿已被雲霧潤濕了。另一個產生通感的例子是：「碧瓦初寒外」，其中「初寒」是時間詞與地點詞的交點。

〔美〕（今人）高友工、梅祖麟《唐詩的魅力》

孫　評

　　這句詩所寫的「晨鐘雲外濕」，是標準的通感寫法。鐘聲本為聽覺，濕則係視覺和觸覺，二者靠隱性的聯想作了轉換，似乎就可以看見、摸到潮濕的鐘聲。可是，周振甫先生在《詩詞例話》中曾誤用通感去解釋竹香之類的爭論，對這句詩反而不用通感來解釋。他從寫實的角度解讀這句詩說：鐘聲從雲外傳來，要通過雲和雨才傳到船裡，所以說鐘聲要被沾濕。「這樣寫，正顯出詩人感到雨的又多又密」。這樣說，還是局限於顯性的「寫實」，殊不知早在幾百年前謝榛就強調「寫虛」更有趣，喬億則力主除「目及」外詩人還有著「神遇」的想像。

　　他在《修辭學史》中又說：「稱『濕』指鐘聲從雨中傳來，想像為雨沾濕，這是修辭的通感。聲是耳聞的，濕是膚觸或眼見的，聞和觸、見相通，故稱鐘聲為濕。」周先生這裡指出了「通感」，卻還是把一種隱性寫虛弄成了顯性的寫實。其實，通感的好處是兩感（或者三感）在潛意識中自然貫通，是隱性的聯想。在詩裡要達到貫通，關鍵是聯想轉換要自然。我們漢語，有著千百年來形成的、現成的、自動的聯想作基礎，比如從「冷」（觸覺）可以自然聯想到「靜」（聽覺）。但鐘聲和濕，原本並不存在這種現成的自動化的聯想基礎，是由於和此句中的雲、上文的雨結合在一起，依仗聯想，（主要是隱性的、相近的）鐘聲之濕的感知才是自然和諧的。

　　倒是高友工、梅祖麟謂：在這裡「『濕』是詞的引申用法。從山頂寺院中發出的鐘聲，傳到身在江舟的詩人耳裡時，彷彿已被雲霧潤濕了。」此說應是理解了其中的奧祕的。但是，在觀念上有些混淆，「彷彿」接近於比喻，而不是通感。一方面說是鐘聲傳到舟中詩人耳裡時，彷彿已被雲霧潤濕，其中層次是顯性的。另一方面，又說這是

「通感」，而詩的通感是依仗隱性的、相近聯想（不是任何聯想）不需
要顯在的層次過渡，過分明晰的過渡層次，反而有害於詩意的蘊藉。

杜詩酒價真實否

　　真宗嘗曲宴群臣於太清樓，君臣歡洽，談笑無間，忽問：「麈沽尤佳者何處？」中貴人奏有南仁和者，亟令進之，遍賜宴席。上亦頗愛，問其價，中貴人以實對。上遽問近臣曰：「唐酒價幾何？」無能對者，唯丁晉公（宋丁謂，曾封為晉國公）奏曰：「唐酒每升三十。」上曰：「安知？」丁曰：「臣嘗讀杜甫詩曰：『早來就飲一斗酒，恰有三百青銅錢。』[1]是知一升三十錢。」上大喜曰：「甫之詩自可為一時之史。」

（宋）文瑩《玉壺清話》卷一

按：此則故事，同時人劉攽《中山詩話》記載類似，但文字較簡略。

　　有問唐酒價者，對以三百，引杜詩「速來相就飲一斗，恰有三百青銅錢」。唐酒價見於《唐會要》，貞元二年，京城榷酒斗百五十，比子美時已減其半。漢昭時賣酒升四錢，又何賤也，豈古之升斗小耶？

（宋）朱翌《猗覺寮雜記》卷一

　　少陵詩非特紀事，至於都邑所出，土地所生，物之有無貴賤，亦時見於吟詠。如云：「急須相就飲一斗，恰有青銅三百錢。」丁晉公謂以是知唐之酒價也。

（宋）陳岩肖《庚溪詩話》卷上

1　〈偪側行贈畢四曜〉詩句：街頭酒價常苦貴，方外酒徒稀醉眠。速宜相就飲一斗，恰有三百青銅錢。　仇兆鼇注：速宜，一作「徑須」。

　　說者謂祖宗朝嘗問大臣當時酒價，大臣對以一斗三百。引杜子美詩
「速宜相就飲一斗，恰有三百青銅錢」為據。觀國竊謂古今酒價，視時而
貴賤。方兵興多事及饑饉艱食，則酒價必貴，及時平則賤，此乃常理，固
不可以一概論也。《唐書》〈食貨志〉曰：乾元初，京師酒貴。蓋肅宗復兩
京之後，不得不貴也。建中三年，禁民酤酒，官置肆釀酒，斛收直三千。
貞元二年，天下置肆以酤者，斗酒錢百五十。蓋德宗時天下復富庶，故酒
價不得不賤也。然則唐之酒價貴賤，豈有常耶？詩人之言，或誇大，或鄙
小，本無定論。曹植〈名都篇〉曰：「歸來燕平樂，美酒斗十千。」此誇
大之言也。設有問魏之酒價者，則以十千一斗對之耶？……杜子美〈鹽
井〉詩曰：「自公計三百，轉致斛六千。」夫物價低昂在反手之間，豈有
定也。

（宋）王觀國《學林》卷八

　　昔人應急，謂唐之酒價，每斗三百，引杜詩「速宜相就飲一斗，恰有
三百青銅錢」為證。然白樂天為河南尹〈自勸〉絕句云：「憶昔羈貧應舉
年，脫衣典酒曲江邊。十千一斗猶賒飲，何況官供不著錢。」又古詩亦
有：「金樽美酒斗十千。」大抵詩人一時用事，未必實價也。

（宋）周必大《二老堂詩話》

　　丁晉公對真廟，唐酒價以三百，亦出於一時耳。若李白「金樽清酒斗
十千」[2]，白樂天「共把十千沽一斗」[3]，又「軟美仇家酒，十千方得斗」[4]，
又「十千一斗猶賒飲，何況官供不著錢」，崔國輔「與沽一斗酒，恰用十
千錢」[5]。曹子建（曹植字）〈樂府〉：「歸來宴平樂，美酒斗十千。」恐未必酒價，言酒

2　〈行路難三首〉其一詩句：金樽清酒斗十千，玉盤珍饈直萬錢。

3　〈與夢得沽酒閒飲，且約後期〉詩句。

4　又白居易〈東南行一百韻寄通州元九侍御……〉詩句：軟美仇家酒，幽閒葛氏妹。
　　十千方得斗，二八正當壚。

5　〈雜詩〉句。

美而價貴耳。

（宋）龔頤正《芥隱筆記》

　　歷陽郭次象多聞，嘗與僕論唐酒價。郭謂前輩引老杜詩：「速令相就飲一斗，恰有三百青銅錢。」以此知當時酒價。然白樂天〈與劉夢得沽酒閑飲〉詩曰：「共把十千沽一斗，相看七十欠三年。」當劉白之時，酒價何太不廉哉？僕謂不然，十千一斗，乃詩人寓言，此曹子建樂府中語耳。唐人引此甚多，如李白詩曰：「金樽沽酒斗十千。」王維詩曰：「新豐美酒斗十千。」[6]崔輔國詩曰：「與沽一斗酒。恰用十千錢。」許渾詩曰：「十千沽酒留君醉。」[7]權德輿詩曰：「十千斗酒不知貴。」[8]陸龜蒙詩曰：「若得奉君歡，十千詁一斗。」[9]唐人言十千一斗類然。一斗三百錢，獨見子美所云，故引以定當時之價。然詩人所言，出於一時，又未知果否一斗三百，別無可據。唐〈食貨志〉云：「德宗建中三年，禁民酤，以佐軍費。置肆釀酒，斛收直三千。」此可驗乎？又觀楊松玠《談藪》：北齊盧思道嘗云「長安酒賤，斗價三百」。杜詩引此，亦未可知。

（宋）王楙《野客叢書》卷三

　　《玉壺清話》云：「真宗問近臣：『唐酒價幾何？』丁晉公奏曰：『每升三十。杜甫詩曰：速須相就飲一斗，恰有三百青銅錢。」與時嘗因是戲考前代酒價，多無傳焉。……曹子建〈樂府〉：「歸來宴平樂，美酒斗十千。」此三國之時也。然唐詩人率用此語，如李白「金尊酒清斗十千」，王維「新豐美酒斗十千」，白樂天「共把十千沽一斗」……皆不與杜詩合。或謂詩人之言，不皆如詩史之可信。然樂天詩最號紀實者，豈酒有美

6　〈少年行四首〉其一詩句：新豐美酒斗十千，咸陽遊俠多少年。
7　〈酬河中杜侍御重寄〉詩句：十千沽酒留君醉，莫道歸心似轉蓬。
8　〈放歌行〉詩句：十千斗酒不知貴，半醉留客邀盡歡。
9　〈奉和襲美酒中十詠〉〈酒壚〉詩句：若得奉君歡，十千求一斗。

惡，價不同歟？抑何其遼絕邪！

（宋）趙與時《賓退錄》卷三

後余因看李白詩有「金樽美酒斗十千」之句，以為李杜同時，何故詩句所言酒價頓異？客有戲噱者曰：太白謂美酒耳。恐杜老不擇飲而醉村店壓茅柴耳。坐皆大笑，然亦近理也。

（宋）史繩祖《學齋占畢》卷二

白樂天〈與劉夢得閒飲〉詩曰：「共把十千沽一斗，相看七十欠三年。」……抑何酒價之不廉如此。先儒或謂：「此乃詩人寓言，不過取曹子建〈樂府〉中語。」予以諸賢詩考之，似皆據當時之實，非寓言比。然杜少陵詩：「街頭酒價常苦貴，坊外酒徒稀醉眠。速宜相就飲一斗，恰有三百青銅錢。」三百一斗，少陵猶以為貴，而諸賢皆以一斗十千為詠，又何貴賤懸絕如此？

（宋）俞德鄰《佩韋齋輯聞》卷一

北齊盧思道嘗云：「長安酒賤，斗價三百。」此詩「速宜相就飲一斗」云云，正用其語。雖上云「街頭酒價常苦貴」，而此云酒賤，詩家不拘也。注不引盧，而引丁謂對真宗語，誤矣。丁不過取辦口給，以當戲噱，豈實價乎？乃又有引李白「金陵美酒斗十千」之句，疑李、杜同時，酒價頓異。不知李亦用曹植「君王宴平樂，美酒斗十千」之語，乃相援以評酒價，所謂癡人前不得說夢也。且酒有美惡，價亦隨之；而錢亦隨時貴賤，豈有定準乎？

（明）王嗣奭《杜臆》卷二

按：清仇兆鰲《杜詩詳注》卷六引《杜臆》云：北齊盧思道嘗云：「長安酒錢，斗價三百。」此詩酒價苦貴，乃實語。三百青錢，不過襲用成語耳。舊注不引盧說而引丁說，何也？又有引李白「金陵美酒斗十千」之句，疑李杜同

時，酒價頓異，豈知李亦襲用曹子建成語也。酒有美惡，錢有貴賤，豈可為准。　此則文字與上錄略異，意思似更明白。

　　必求出處，宋人之陋也。其尤酸迂不通者，既於詩求出處，抑以詩為出處，考證事理。杜詩：「我欲相就沽斗酒，恰有三百青銅錢。」遂據以為唐時酒價。崔國輔詩：「與沽一斗酒，恰用十千錢。」就杜陵沽處販酒向崔國輔賣，豈不三十倍獲息錢耶？求出處者，其可笑類如此。

（清）王夫之《薑齋詩話》卷下

　　唐人自樂天詩：「共把十千沽斗酒。」李白詩：「金尊斗酒沽十千。」王維詩：「新豐美酒斗十千。」許渾詩：「十千沽酒留君醉。」一斗酒十千錢，價乃昂貴若是。惟少陵詩：「速令相就飲一斗，恰有三百青銅錢。」此則近理。

（清）梁紹壬《兩般秋雨庵隨筆》卷七

孫　評

　　詩是情感的，數學是理性的，審美價值不同於科學價值，所以詩詞中的數字往往並不科學。如「三萬里河東入海」，「千里鶯啼綠映紅」，「一片孤城萬仞山」，「千里黃雲白日曛」，大抵是極而言之，並不以準確取勝，反之是以不準確更有詩意。但是，又不可一概而論。有時，數字在詩詞中就有十分準確者，如「人生七十古來稀」，「四月南風大麥黃」，「三春三月憶三巴」，「七月七日長生殿，夜半無人私語時」，「皇帝二載秋，閏八月初吉」等等，其中數字是經得起考證的。

　　從這個意義上來說，考究杜甫詩句中的酒價就比較複雜。大致可以這樣說，詩中的數字若上萬、上千，則往往為誇飾之詞；若在百十乃至以下，或可能接近於現實。當然，這只能說是大致如此，很難排除例外，如李白〈俠客行〉有「十步殺一人，千里不留行」之句，不管是「十步」，還是「千里」，都是不可能的。所以對於杜甫詩中所載的酒價，只能具體分析。

　　宋真宗宴上，大臣丁謂以杜甫「速宜相就飲一斗，恰有三百青銅錢」，推斷三百一斗，則升酒三十錢。這可能是有些史料價值的。雖然，聯繫到李白的詩句「金樽清酒斗十千」，則升酒為百錢，二人生活時代相去不遠，酒價之懸殊似頗可疑，但考諸唐詩，「斗十千」之說卻是普遍存在的，如白居易、王維、崔輔國、許渾、權德輿、陸龜蒙詩句皆有此說。諸人生活時間、地點相去甚遠，為何酒價卻無變動？詩話以為此乃詩家「用事」，或者「寓言」，也就是典故、套語而已。應該說，這是有道理的。要補充的是，這與詩人的情感也有關，如誇耀則往往有「美酒斗十千」之語。典故則源於曹植「歸來宴平樂，美酒斗十千」詩句，並不是實際的酒價。

　　當然，酒價的確很難一概而論。戰亂時期，米價貴則酒價昂，不

同地點、不同品質，均可能導致酒價之懸殊。不過從《唐書》〈食貨志〉所載看，貞元二年，天下置肆以酤者，酒價已相當便宜，斗酒錢百五十，一升才十五錢，只有杜甫時值之半。由此看來，杜甫所說三百錢一斗，或許是比較實際的。也有人以為不可靠，因為北齊盧思道早有「長安酒賤，斗價三百」之說。但盧的名聲遠不如曹植，其文之影響亦非如曹植有經典性，並不像「斗酒十千」那樣作為典故而被廣泛引用。

　　王觀國《學林》云：「詩人之言，或誇大，或鄙小，本無定論。」但王嗣奭因盧之說而認定杜詩「不過襲用成語」，可能也不恰當。今人錢文忠在百家講壇講李白的財源時說：開元年間，一斗米二十錢到三十錢，一升酒，十五個銅錢。到杜甫的詩中，因為戰亂，漲了一倍，是比較實在的。在酒比較便宜時，李白斗酒詩百篇，才有喝得起的可能。錢言之鑿鑿，可供參酌。

仰蜂、行蟻及其它

　　古人吟詩決不草草，至於命題，各有深意。老杜〈獨酌〉詩云：「步履深林晚，開樽獨酌遲。仰蜂黏落絮，行蟻上枯梨。」[1]〈徐步〉詩云：「整履步青蕪，荒庭日欲晡。芹泥隨燕嘴，花蕊上蜂鬚。」[2]且獨酌則無獻酬也，徐步則非奔走也，以故蜂蟻之類微細之物皆能見之。若夫與客對談，急趨而過，則何暇視詳至於如是哉？

　　　　　　　　　　　　　　　　　　　　　（宋）馬永卿《嬾真子》卷一

　　陳無己先生語予曰：「今人愛杜甫詩，一句之內，至竊取數字以仿像之，非善學者。學詩之要，在乎立格、命意、用字而已。」余曰：「如何等是？」曰：「……〈徐步〉詩云『蕊粉上蜂鬚』，功在一上字，茲非用字之精乎？

　　　　　　　　　　　　　　　　　　　　　（宋）張表臣《珊瑚鉤詩話》卷二

　　老杜寫物之工，皆出於目見。如：「花妥鶯捎蝶，溪喧獺趁魚」[3]「芹泥隨燕嘴，花粉上蜂鬚。」「仰蜂黏落絮，行蟻上枯梨。」「柱穿蜂溜蜜，

1　杜詩：步履深林晚，開樽獨酌遲。仰蜂粘落絮‧行蟻上枯梨。薄劣慚真隱，幽偏得自怡。本無軒冕意，不是傲當時。
2　又詩：整履步青蕪，荒庭日欲晡。芹泥隨燕嘴，蕊粉上蜂鬚。把酒從衣濕，吟詩信杖扶。敢論才見忌，實有醉如愚。　　蕊粉，一作「花蕊」。
3　杜甫〈重過何氏五首〉其一詩句。

棧缺燕添巢。」[4]「風輕粉蝶喜，花暖蜜蜂喧。」[5]非目見安能造此等語？

（宋）曾季貍《艇齋詩話》

（〈獨酌〉）此以「獨酌」為題，其實皆幽棲自怡之事。仰蜂、行蟻，蓋獨酌時所見如此。凡為詩，只兩句模景精工，為一篇之眼，餘放淡淨為佳。

（元）方回《瀛奎律髓》卷十九

（〈徐步〉詩）讀之極似即事詩，而題曰「徐步」，「徐」字妙。篇中並無一「徐」字，而實句句皆「徐」也。　○燕與蜂，汲汲然如將不及，即其「泥隨嘴」，「蕊上鬚」。彼徐步者，何所得沾耶？徒目睹而心動耳。首句「整屨」二字，寫盡生平。天下鹵莽人，往往得應時及令，安見整屨者必能有及耶？荒庭日脯，何可勝慨！

（清）金聖歎《唱經堂杜詩解》卷一

（〈獨酌〉詩）三四步屧之景。後半獨酌之懷。蜂觸物墜，故見其仰而在地。枯梨穴蟻，故見其上而成行。蜂蟻微物，而能各適其適。以微物自比，故曰「薄劣」；亦如其各適，故曰「自怡」。二語人知其精於賦物，而不知其深於比興也。

（清）黃生《杜詩說》卷六

（〈徐步〉》詩）前半徐步之景，後半徐步之懷。……燕銜泥、蜂採花，最是眼前景、口頭語，只在字法句法上討好。

同上

4　又〈陪諸公上白帝城頭宴越公堂之作〉詩句。

5　又〈敝廬遺興奉寄嚴公〉詩句。

（〈獨酌〉詩）此自明退隱之意，乃因乎其時，非有意於行遯以博名高也。……仰蜂行蟻，正以喻所以退隱之故，非泛泛寫景也。解人自識之。

（清）佚名《杜詩言志》卷六

〈獨酌〉，不用怒張，風骨自勁，力大筆圓，故爾爾。學者師之。三四俱從無事人眼中看出。

〈徐步〉：「芹泥隨燕嘴，花蕊上蜂鬚。」一「隨」字、一「上」字，能使無情者化為有情。結句雖溫雅，而自命嶄然處自在言外。

（清）張謙宜《親齋詩談》卷四

（〈獨酌〉詩）步林向晚，獨酌從容，故得詳玩物情。此時逸興自娛，可以忘情榮祿矣。

（清）仇兆鰲《杜詩詳注》卷十

（〈徐步〉詩）此庭內徐步也。燕銜泥而至，蜂采蕊而回，皆在日晡以後。

同上

（〈獨酌〉詩）一種幽微之景，悉領之於恬退之時，律體正宗。

（清）浦起龍《讀杜心解》卷三

（〈徐步〉詩）蹊徑與《獨酌》詩相類。

同上

（〈徐步〉詩）燕嘴之啄芹泥，甚輕若隨者。然蜂鬚之帶花蕊，無意偶上之耳。世人遇此等字，便謂以不可解為妙。此種說話，誤人不淺。

（清）邊連寶《杜律啟蒙》五言卷三

　　《珊瑚鈎詩話》：杜甫〈徐步〉詩云「花蕊上蜂鬚」，功在一「上」字。按：《埤雅》：蜂蝶皆以鬚嗅。鬚，蓋其鼻也。解此可知「上」字之有味，人不能到。

（清）陳錫璐《黃嬭餘話》卷六

孫　評

　　杜甫〈獨酌〉、〈徐步〉二詩，不少詩評都表示贊許，一致的看法是寫得細緻。但是，對於其好處，評論的準則卻並不相同。

　　一派的說法是「寫物之工，皆出於目見」，親眼所見，觀察得細。此論以南宋曾季貍為代表。如讚歎「芹泥隨燕嘴，花粉上蜂鬚」、「仰蜂黏落絮，行蟻上枯梨」、「柱穿蜂溜蜜，棧缺燕添巢」、「風輕粉蝶喜，花暖蜜蜂喧」等佳句，「非目見安能造此等語？」黃生謂：「燕銜泥、蜂採花，最是眼前景」。仇兆鼇說得更是明細：「燕銜泥而至，蜂采蕊而回，皆在日晡以後。」總之這派的理論是，好在反映了客觀的真實。

　　但是，另一派的闡釋卻相反，認為眼前幽微之景正是由徐步之人體察、悟出的。馬永卿說：「獨酌，則無獻酬也。徐步，則非奔走也。以故蜂蟻之類，微細之物，皆能見之。」方回意識到詩「以『獨酌』為題，其實皆幽棲自怡之事。」在這點上，金聖歎說得更為精彩，他抓住關鍵字（詩眼）「徐」字分析道：「題曰『徐步』，『徐』字妙。篇中並無一『徐』字，而實句句皆『徐』也。」這個「徐」字，就是點出了詩人有閒心去觀察入微。燕與蜂那麼忙亂，「泥隨嘴」、「蕊上鬚」那麼「汲汲然」。而這個徐步者，「何所得沾耶」？沒有一點功利心，自然「目睹而心動」，看得入神有趣了。這個闡釋，容或有可以討論的餘地，但其理論核心則是：詩裡景觀不僅僅是客觀的，而是由心態決定的。有了這樣徐步的姿態，有了解脫「軒冕意」後「幽偏得自怡」的心態，才能如此從容的觀察，才有如此微妙的體悟，連蜂黏落絮、蟻上枯梨、燕嘴芹泥、蜂鬚蕊粉都看得那樣津津有味。

　　一些詩評家把這樣的詩，往「退隱」上聯繫，則顯然穿鑿。杜甫本沒有做什麼大官，仕途上一直很不得意。這是已經在野的一種自

怡，而不是在位的自詡。

在這裡，特別應該重視的是金聖歎的「目睹而心動」評說。對景之賞析，不可泥於「睹」，泥於「目見」。光有「目見」，甚至親見，還不是詩；只有「目見」而「心動」，才可能有詩意。王國維謂一切景語皆情語，並不太深刻，其實，一切景語皆是心動語也。

眾說紛紜「夜半鐘」

　　詩人貪求好句而理有不通，亦語病也。……唐人有云：「姑蘇城外寒山寺，半夜鐘聲到客船。」[1]說者亦云句則佳矣，其如三更不是打鐘時！

（宋）歐陽修《六一詩話》

　　歐公《詩話》有譏唐人「半夜鐘聲到客船」之句，云：半夜非鐘鳴時。或以謂人之始死者，則必鳴鐘，多至數百千下，不復有晝夜之拘，俗號「無常鐘」，意疑詩人偶聞此耳。余後過姑蘇，宿一院，夜半偶聞鐘聲，因問寺僧，皆曰：「固有分夜鐘，曷足怪乎？」尋聞他寺皆然，始知半夜鐘，唯姑蘇有之，詩人信不謬也。

（宋）彭乘《彭乘詩話》

　　歐公言唐人有「姑蘇城下寒山寺，半夜鐘聲到客船」之句，說者云，句則佳也，其如三更不是撞鐘時。余觀于鵠〈送宮人入道〉詩云：「定知別後宮中伴，遙聽緱山半夜鐘。」而白樂天亦云：「新秋松影下，半夜鐘聲後。」[2]豈唐人多用此語也？儻非遞相沿襲，恐必有說耳。溫庭筠詩亦云：「悠然逆旅頻回首，無復松窗半夜鐘。」[3]

（宋）王直方《王直方詩話》

1　〔唐〕張繼〈楓橋夜泊〉：月落烏啼霜滿天，江楓漁火對愁眠。姑蘇城外寒山寺，夜半鐘聲到客船。

2　白居易〈宿藍溪對月〉詩句。

3　不詳。溫有〈磐石寺留別成公〉詩句：悠然旅榜頻回首，無復松窗半偈同。「半夜鐘」係誤記，或另有佚詩斷句？

　　歐公以「夜半鐘聲到客船」為語病。《南史》載「齊武帝景陽樓有三更五更鐘」，丘仲孚讀書以中宵鐘為限。阮景仲為吳興守，禁半夜鐘。至唐詩人如于鵠、白樂天、溫庭筠尤多言之。今佛宮一夜鳴鈴，俗謂之定夜鐘。不知唐人所謂半夜鐘者，景陽三更鐘邪？今之定夜鐘邪？然於義皆無害，文忠偶不考耳。

（宋）范溫《潛溪詩眼》

　　予以謂不然，非用景陽故事也，此蓋吳郡之實耳。今平江城中從舊承天寺鳴鐘，乃半夜後也。餘寺聞承天鐘罷，乃相繼而鳴，迨今如是。以此知自唐而然。楓橋去城數里，距諸山皆不遠，書其實也。承天今更名能仁云。

（宋）張邦基《墨莊漫錄》卷九

　　「姑蘇城外寒山寺，夜半鐘聲到客船。」此唐張繼題城西楓橋寺詩也。歐陽文忠公嘗病其夜半非打鐘時。蓋公未嘗至吳中，今吳中山寺，實以夜半打鐘。

（宋）葉夢得《石林詩話》卷中

　　昔人謂鐘聲無半夜者，詩話嘗辨之云：「姑蘇寺鐘，多鳴於半夜。」予以其說為未盡。姑蘇鐘唯承天寺至夜半則鳴，其他皆五更鐘也。

（宋）龔明之《中吳紀聞》卷一

　　予覽《南史》載：齊宗室讀書，常以中宵鐘鳴為限。前代自有半夜鐘，豈永叔偶忘之也。江浙間至今有之。

（宋）朱弁《風月堂詩話》卷下

　　〈楓橋夜泊〉云：「（詩文同上，略）」此地有夜半鐘，謂之無常鐘，

繼志其異耳。歐陽以為語病，非也。

（宋）計有功《唐詩紀事》卷二十五

　　姑蘇楓橋寺，唐張繼留詩曰：「（略）」六一居士《詩話》謂：「句則佳矣，奈半夜非鳴鐘時。」然余昔官姑蘇，每三鼓盡四鼓初，即諸寺鐘皆鳴，想自唐時已然也。後觀于鵠詩云：「定知別後宮中伴，遙聽緱山半夜鐘。」白樂天云：「新秋松影下，半夜鐘聲後。」溫庭筠云：「悠然逆旅頻回首，無復松窗半夜鐘。」則前人言之，不獨張繼也。又皇甫冉〈秋夜宿嚴維宅〉云：「昔聞開元寺，門向會稽峯。君住東湖下，清風繼舊蹤。秋深臨水月，夜半隔山鐘。」陳羽〈梓州與溫商夜別〉亦曰：「隔水悠悠午夜鐘。」然則豈詩人承襲用此語耶？抑他處亦如姑蘇半夜鳴鐘耶？

（宋）陳巖肖《庚溪詩話》卷上

　　陳正敏《遯齋閒覽》，記歐陽文忠詩話，譏唐人「夜半鐘聲到客船」之句云：「半夜非鐘鳴時，疑詩人偶聞此耳。」且云：「渠嘗過姑蘇，宿一寺，夜半聞鐘。因問寺僧，皆曰：『分夜鐘，曷足怪乎？』尋聞他寺皆然，始知半夜鐘惟姑蘇有之。」以上皆《閒覽》所載。予考唐詩，知歐公所譏，乃唐張繼〈楓橋夜泊〉詩。全篇云：「（略）」此歐陽公所譏也。然唐時詩人皇甫冉有〈秋夜宿嚴維宅〉詩云：「昔聞玄度宅，門向會稽峰。君住東湖下，清風繼舊蹤。秋深臨水月，夜半隔山鐘。世故多離別，良宵詎可逢。」且維所居正在會稽，而會稽鐘聲亦鳴於半夜，乃知張繼詩不為誤，歐公不察。而半夜鐘亦不止於姑蘇，如陳正敏說也。

（宋）吳曾《能改齋漫錄》卷三

　　世疑夜半非鐘聲時。觀國按：《南史》〈文學傳〉：「丘仲孚，吳興烏程人，少好學，讀書常以中宵鐘鳴為限。」然則夜半鐘固有之矣。丘仲孚吳興人，而庭筠詩「姑蘇城外寺」，則夜半鐘乃吳中舊事也。

（宋）王觀國《學林》卷八

　　張繼〈楓橋夜泊〉詩云：「姑蘇城外寒山寺，夜半鐘聲到客船。」歐陽公嘲之云：「句則佳矣，其如夜半不是打鐘時。」後人又謂惟蘇州有半夜鐘，皆非也。按于鄴〈褒中即事〉詩云：「遠鐘來半夜，明月入千家。」皇甫冉〈秋夜宿會稽嚴維宅〉詩云：「秋深臨水月，夜半隔山鐘。」此豈亦蘇州詩耶？恐唐時僧寺，自有夜半鐘也。京都街鼓今尚廢，後生讀唐詩文及街鼓者，往往茫然不能知，況僧寺夜半鐘乎？

（宋）陸游《老學庵筆記》卷十

　　七年不到楓橋寺，客枕依然半夜鐘。風月未須輕感慨，巴山此去尚千重。

又〈宿楓橋〉

　　〈王直方詩話〉引于鵠、白樂天、溫庭筠半夜鐘句，以謂唐人多用此語。《詩眼》又引……僕觀唐詩言半夜鐘甚多，不但此也。如司空文明詩曰：「杳杳疏鐘發，中宵獨聽時。」[4]王建〈宮詞〉曰：「未臥嘗聞半夜鐘。」陳羽詩曰：「隔水悠揚半夜鐘。」許渾詩曰：「月照千山半夜鐘。」[5]按：許渾居朱方，而詩為華嚴寺作，正在吳中，益可驗吳中半夜鐘為信然。又觀《江南野錄》載李昇受禪之初，忽夜半一僧撞鐘，滿州皆驚，召將斬之，曰「偶得月詩」云云，遂釋之。或者謂如《野錄》所載，則吳中以半夜鐘為異。僕謂非也，所謂半夜鐘，蓋有處有之，有處無之，非謂吳中皆如此也。今之蘇州能仁寺鐘亦鳴半夜，不特楓橋爾。

（宋）王楙《野客叢書》卷二十六

　　霜夜客中愁寂，故怨鐘聲之太早也。夜半者，狀其太早而甚怨之之

4　〔唐〕司空曙（字文明）〈遠寺鐘〉詩：杳杳疏鐘發，因風清復引。中宵獨聽之，似與東林近。

5　〈寄題華嚴韋秀才院〉詩句：今來故國遙相憶，月照千山半夜鐘。

辭。說者不解詩人活語，乃以為實半夜，故多曲說，而不知首句「月落烏啼霜滿天」，乃欲曙之候矣，豈真半夜乎？孟子曰：「『周餘黎民，靡有孑遺。』信斯言也，是周無遺民也。」故說詩者不以文害辭，不以辭害意，斯亦然矣！

（元）釋圓至《箋注唐賢絕句三體詩法》卷一

張繼〈楓橋夜泊〉詩，世多傳誦。近讀孫仲益〈過楓橋寺〉詩云：「白首重來一夢中，青山不改舊時容。烏啼月落橋邊寺，欹枕猶聞半夜鐘。」亦可謂鼓動前人之意矣。

（明）朱承爵《存餘堂詩話》

張繼「夜半鐘聲到客船」，談者紛紛，皆為昔人愚弄。詩流借景立言，惟在聲律之調，興象之合，區區事實，彼豈暇計？無論夜半是非，即鐘聲聞否，未可知也。

（明）胡應麟《詩藪》外編卷四

唐張繼詩「夜半鐘聲到客船」，宋人以夜半無鐘聲，紛紛聚訟。胡元瑞（胡應麟字）云：「無論夜半是非，即鐘聲聞否，未可知也。」此足以破語皆實際之惑，不惟悟詩，且悟禪矣。

（明）許學夷《詩源辯體》卷一

「夜半鐘聲到客船」，鐘似太早矣。……然於佳句毫無損也！詩家三昧，正在此中見解。

（明）謝肇淛《小草齋詩話》卷一內編

愚謂繼詩特言其早，見行役勞耳。胡元端云：「（引文同上，略）」尤為得解。

（明）胡震亨《唐音癸籤》卷十九

　　月落，烏啼矣，而楓間漁火依然對我之愁眠，目未交睫也，何鐘聲之遽至乎？夜半，恨其早也。宋人謂：寒山實半夜鳴鐘，膠柱可笑。烏啼霜滿，果半夜耶？

（明）唐汝詢《唐詩解》卷二十八

　　南邨曰：此詩蒼涼欲絕，或多辨夜半鐘聲有無，亦太拘矣。且釋家名幽賓鐘者，嘗徹夜鳴之。如于鵠「遙聽縑山半夜鐘」，溫庭筠「無復松窗半夜鐘」之類，不止此也。

（清）張揔《唐詩懷》

　　……又必唱「寒山寺」三字，何也？為要用「鐘聲」二字也。夜長懵懂，若無鐘聲，安知時分，有此鐘聲，則「霜滿天」為四更盡時方益顯。必要用鐘聲，不得不先將寒山寺為根也。早已「月落烏啼霜滿天」，明明是四更後，而下卻云「夜半」，是從五更逆追到夜半也。心緒不好，既睡不著，又神情困倦，於時月落，則天反黑，烏啼過，卻又寂然。而鐘聲忽然響起，張繼在恍惚中聽著，乃沉吟曰：此時我尚未睡去，只好是夜半光景，遂聞此鐘聲。豈他寺鐘聲在五更，而寒山寺鐘聲卻獨在夜半耶？在寒山寺，實是早起鐘聲，張繼愁眠聽去，疑其是夜半也。於是客船即到矣。鐘聲，或可疑其為夜半，而客船從無夜半行者，亦可疑其為夜半耶？客船到，在鐘聲之後，則為曉起時矣。看「到客船」三字，有不然意。張繼方欲要睡去，以五更為夜半，聞客船到，則天將曉，榜人又要解維行舟，不能合眼矣。此一首詩，妙在「夜半」二字上，「夜半」二字必要用，「鐘聲」二字又必要用，止有「夜半」二字下，可裝「鐘聲」二字。夜半是夜半，與鐘聲無干，鐘聲是鐘聲，與到客船無干，此之謂「斷」，乃唐人裝句妙法。

（清）徐增《而庵說唐詩》卷十一

　　夜半本無鐘聲，而張詩云云，總屬興到不妨。雪裡芭蕉，既不受彈，亦無須曲解耳。

（清）毛先舒《詩辯坻》卷三

　　三句承上起下，渾而有力，故〈三體〉取以為式。從夜半無眠到曉，故怨鐘聲太早，攪人夢魂耳。語脈渾渾，只「對愁眠」三字略露意。「夜半鐘聲」或謂其誤，或謂此地有半夜鐘，俱非解人，要之，詩人興象所至，不可執著；必欲執著，則「晨鐘雲外濕」、「鐘聲和白雲」、「落葉滿疏鐘」，皆不可通矣。近評詩者論此詩云：「『姑蘇城外寒山寺，夜半鐘聲到客船』便可聽，若云『南京城外報恩寺』云云，豈不令人噴飯！」[6]此言亦甚有見，但其所以工拙處，尚未道破。客請語其故，予曰：無他，只「寒山」二字雅於「報恩」二字也。客欣然有省。

（清）黃生《唐詩摘抄》卷四

　　「夜半鐘」，唐詩中廣有，此亦常用字也，不必泥。此已曉追寫昨夜之況也，故首句從曉景寫起。次句即打轉昨夜，先是楓火靜中打攪，再是寺鐘鬧得打攪，一夜打攪，天將明矣，起視之，月落烏啼霜滿天矣。不識章法之倒敘，此詩終是混沌。

同上，朱之荊補評

　　陳伯璣常語余：「『姑蘇城外寒山寺，夜半鐘聲到客船』，妙矣。然亦詩與地肖故爾。若云『南城門外報恩寺』，豈不可笑耶？」余曰：「固然。即如『滿天梅雨是蘇州』、『流將春夢過杭州』、『白日澹幽州』、『風聲壯岳州』、『黃雲畫角見并州』、『淡煙喬木隔綿州』，皆詩地相肖。使云『白日澹蘇州』、『流將春夢過幽洲』，不堪絕倒耶？」

（清）王士禎《漁洋詩話》卷中

6　引自〔清〕陳伯璣〈詩慰〉。

康熙辛丑春，雨中泊舟楓橋，寄先兄西樵二絕句云：「日暮東塘正落潮，孤篷泊處雨瀟瀟。疏鐘夜火寒山寺，又過吳楓第幾橋。」「楓葉蕭條水驛空，離居千里悵難同。十年舊約江南夢，獨聽寒山半夜鐘。」

又《分甘餘話》卷二，或《帶經堂詩話》卷八

張繼宿楓橋詩：「姑蘇城外寒山寺，夜半鐘聲到客船。」歐陽公謂：鐘聲無半夜者。然皇甫冉有……是半夜鐘聲隨處有之。至孫仲益：「烏啼月落橋邊寺，欹枕猶聞夜半鐘。」陳白沙：「寒山鐘近不成眠，人在姑蘇半夜船。」則又皆楓橋實事矣。

（清）宋長白《柳亭詩話》卷二十二

《石林詩話》：「姑蘇城外寒山寺，夜半鐘聲到客船。」歐陽公嘗病其夜半非打鐘時，蓋公未嘗至吳中，今吳中山寺，實以夜半打鐘。然亦何必深辯，即不打鐘，不害詩之佳也。

（清）馬位《秋窗隨筆》

六一居士謂詩人貪求好句，理或不通，亦一病也。如「袖中諫草朝天去，頭上宮花侍宴歸」，奈進諫無直用草稿之理。「姑蘇台下寒山寺，夜半鐘聲到客船」，奈夜半非打鐘時云云。按「諫草」句不無語病，其餘何必拘？況不以文害辭，不以辭害志，孟子早有明訓，何容詞費！

（清）何文煥《歷代詩話考索》

西崖先生云：「詩話作而詩亡。」余嘗不解其說，後讀《漁隱叢話》，而歎宋人之詩可存，宋人之話可廢也。……唐人：「姑蘇城外寒山寺，夜半鐘聲到客船。」詩佳矣。歐公譏其夜半無鐘聲。作詩話者，又歷舉其夜半之鐘，以證實之。如此論詩，使人天關性靈，塞斷機括；豈非「詩話作而詩亡」哉？

（清）袁枚《隨園詩話》卷八

按：此則引錄西崖之論，不知所出，論者姓氏亦未詳，不知西崖即西涯否？明李
　　東陽，號西涯，其著《麓堂詩話》有云：唐人不言詩法，詩法多出宋，而宋
　　人於詩無所得。

　　六一謂：「詩人貪求好句而理有不通，亦病也。」論甚是而所引二詩
不合。……余聞金陵諸寺半夜打鐘，至今猶然，詩當合上句論之。

（清）馬星翼《東泉詩話》卷一

　　言一日夜無人肯到船。

（近代）王闓運《湘綺樓說詩》卷一

　　天下有其名甚大而其實平平無奇者。蘇州寒山寺以張繼一詩膾炙人
口，至日本人尤婦孺皆知。余前後曾得兩絕句，一云：「只應張繼寒山
句，占斷楓橋幾樹楓。」實則並無一楓也；一云：「算與寒山寺有緣，鐘
樓來上夕陽邊。」實則並無鐘也。桐城方貞初守彝有絕句云：「曾讀〈楓
橋夜泊〉詩，鐘聲入夢少年時。老來遠訪寒山寺，零落孤僧指斷碑。」殆
亦與余同其感想矣。

（近代）陳衍《石遺室詩話》卷三十

　　此詩所寫楓橋泊舟一夜之景，詩中除所見、所聞外，只一愁字透露心
情。半夜鐘聲，非有旅愁者未必便能聽到。後人紛紛辨半夜有無鐘聲，
殊覺可笑。

（今人）劉永濟《唐人絕句精華》

附錄

楓橋之詩，自歐公一發是論，諸家聚訟殊甚，要之歐說為誤。

〔日〕近藤元粹《螢雪軒叢書》《六一居士詩話》眉批

張繼〈楓橋夜泊〉詩：「（略）」膾炙人口久矣。日本人亦頗愛其詩，東來者必以一至其地為快意事，至竊其鐘以去。今之存於寺者，為程雪樓向日本索得之日本範鑄物矣。煙橋

（近人）彭思賢《詩話補遺》

殿中唐時之鐘，已盡人知其為日本人竊去。我人讀康南海（康有為，廣東南海人，人稱南海先生）詩，至「鐘聲已渡海雲東，冷盡寒山古寺楓」之句，以視張繼詩所謂「夜半鐘聲到客船」者，其為感慨又何如耶！病崔

同上

幼時嘗聞村塾學究語，以為「夜半鐘聲到客船」之句，自有來歷。有人曾救烏鵲被蛇害，其後泊舟楓橋，蛇龍欲覆舟，鳥啄寺鐘，聲動半夜，其人聞鐘，知寺近，因下船避難；此是報恩鳥所為也云云。幼時亦以此說為誕妄穿鑿，於今不容不辨矣。

〔韓〕佚名《東詩叢話》

孫　評

　　張繼的〈楓橋夜泊〉一詩，不但在我國膾炙人口，而且據說在日本也「婦孺皆知」。但為了結句「夜半鐘聲」四個字，竟從宋朝爭論到清朝，持續了一千多年。這不是中國人對詩特別執著，特別呆氣，而是其中涉及了詩歌意象的「虛」和「實」，「興」和「象」，還有「情」與「境」，等等根本的理論觀念。

　　論爭長期聚焦在「夜半鐘聲」是不是存在的問題上。歐陽修帶頭說沒有。堅持說有的，分別引用白居易、溫庭筠、皇甫冉諸詩所寫「半夜鐘」為證，還有人直接調查有「分夜鐘」之事的，更有引《南史》「齊武帝景陽樓有三更五更鐘」為佐證的。雙方看似相持不下，其理論的出發點卻是一樣的：夜半鐘聲存在與否，關係到此詩的真實性，如果不是確確實實的，此詩的藝術價值至少要大打折扣。所以從理論上看，這樣的論爭是比較膚淺的。

　　對於詩歌來說，其區別於散文的特點，至少是在其想像境界中虛實相生，拘於寫實則無詩。聞一多說過「絕對的寫實主義是藝術的破產。」從閱讀效果來看，「夜半鐘聲」為實為虛，並不影響其感染力。明人謝肇淛即曾指出：即使鐘敲得太早，也「於佳句毫無損也！詩家三昧，正在此中見解。」清馬位說得更乾脆：「即不打鐘，不害詩之佳也。」可惜，這都是藝術直覺。由於理論上的不自覺，從歐陽修到陸游，都有點過分咬文嚼字。唯獨明胡應麟，才說到了要害上：

　　　　詩流借景立言，惟在聲律之調，興象之合，區區事實，彼豈暇
　　　　計？無論夜半是非，即鐘聲聞否，未可知也。

他認為：是否夜半聽到鐘聲，都是弄不清楚也不需要弄清楚的，意即

究竟是實在還是虛擬，根本不用費工夫去斤斤計較。為什麼呢？因為這是「興象之合」。只要詩的主體感興與客觀物象契合，是否事實都不過是區區小事。誠如許學夷讚賞道：「此足以破語皆實際之惑」。胡氏的觀點打破了許多評家不正視想像、虛擬的機械真實論。聚訟紛紜，無不為機械真實論所困，他的確表現了難得的理論魄力。

「興象之合」，感興與景觀的和諧，這是中國古典詩學特有的境界。關鍵就在於這個「合」字。千年以來，評家論者對此卻關注得不夠。元朝的和尚圓至似乎對這有所意識，他不從客觀存在與否來研究「夜半鐘聲」，而是從詩人主觀感悟上去解讀，指出鐘聲的功能只是突出了愁怨之情：「霜夜客中愁寂，故怨鐘聲之太早也。夜半者，狀其太早而甚怨之之辭。」這個「愁怨」的說法，贊成者不乏其人。

從理論上深入分析，此詩「興象之合」的最重要特點，當然就是感興與景觀的高度統一，二者渾然一體。抒情主體之「愁」，不是一般的愁，而是「客中愁寂」。而且，詩人又是處於睡眠狀態，這「愁」是一種壓抑的心態。所以主觀的「愁怨」和客觀的「寂寞」結合在一起，就顯得無聲無息，非常和諧。

第二個特點是這種愁怨與孤寂是持續的。統一和諧並不是絕對的，而是相對的。這個處於睡眠狀態的人，真的睡著了嗎？沒有。對著「江楓漁火」，說明他的眼睛是睜著的。也就是說，這是一個失眠的人。在一片岑寂的夜半，他愁而不眠的眼睛，望著夜色反襯著的漁火，心態是靜而不寧的。孤寂是持續的，愁怨也是持續的，寧靜的表層下正掩蓋著詩人心底的不寧靜。

有關資料還告訴我們，詩人因為科舉落第，只好在此孤獨地面對異鄉的靜寂，在失眠中體驗著失落，這種失落是默默的。（臺灣散文家張曉風以此為題材，寫過一篇〈不朽的失眠〉）在持續的、無聲無息的境界中，忽然聽到寒山寺的鐘聲悠悠地傳來，這不又打破了靜寂的意境了嗎？是的，但不過是心頭微微觸動了一下，打破了持續的愁，

但並不是某種衝擊。畢竟它來自寺廟，來自佛家出世的梵音，這聲響反襯岑寂。對於因入世遭到挫折而失眠的他，對於其默默體悟著受傷的心靈，更多的是一種撫慰。在無聲的靜寂中有著鐘聲的微妙撫慰，又使得整個境界變得更加豐富，這是其「興象之合」的第三個特點。

特點之四，是佛門的鐘聲，或許還提示著香客半夜過後即將趕來，這就營造了一種出世的氛圍。並不是所有的「夜半鐘聲」都會和張繼心靈相「合」，如世俗的、入世的「夜半鐘」，彭乘所說的「無常鐘」，白居易、溫庭筠詩中的「半夜鐘」……如果是這樣的鐘聲，對這個因入世而受傷的心，可能是個刺激，主客觀的和諧也可能被打破，興象之間就可能不「合」。網上有人考證說：寺院撞鐘的傳統源自立志修行的梁武帝。有高僧告訴他：「人的苦痛不能一時消失，但是如果聽到鐘聲敲響，苦痛就會暫時停歇。」於是梁武帝便下詔寺院撞鐘，而寒山寺也是梁武帝敕命賜建的。如果張繼詩中所寫的是聽到這種鐘聲，也許就能營造出一種超越塵世的氛圍，這對於落第的他來說，應該就會隱含有某種從痛苦中超脫的韻味。

此外，在賞析此詩「興象之合」精妙時，還有一些環節是不能忽略的。如鐘聲的韻味和「寒山寺」的關係。王士禛《詩話》引友人陳伯璣謂：這詩之好，還在於逼真地表現了蘇州的地域特點，如果改成「『南城門外報恩寺』，豈不可笑耶？」王士禛用反證法答說：如果將「流將春夢過杭州」，改成「流將春夢過幽洲」，將「白日澹幽州」，改成「白日澹蘇州」，雖同樣「詩地相肖」，卻是會令人「不堪絕倒」的。他很機智地反駁了友人所謂地域風物逼真之說，但沒有正面回答為什麼「寒山寺」之名比「報恩寺」更經得起玩味。這個問題，黃生則正面作了回答：「無他，只『寒山』二字雅於『報恩』二字也。」這話說到了點子上。寒山寺建於六朝，原名「妙利普明塔院」。唐代貞觀年間，傳說名僧寒山和拾得曾來此住持，遂改名寒山寺。「寒山」作為梁武帝建寺的典故，加上歷代詩、文、畫中積澱著文人超越

世俗的高雅趣味，再加上寒山這個名僧的名字，自然有著很高的審美價值，而「報恩」二字，卻充滿了實用功利，缺乏審美的超越性。

　　一些評家如圓至、唐汝詢、徐增、朱之荊等人，把詩開頭的景象解讀為「欲曙之時」、「從曉景寫起」，結句「夜半鐘」則是「已曉追寫昨夜之況」。由此，就得硬說詩是倒敘的寫法，這未免就有點穿鑿曲解了。其實，月落不一定要等到四更以後，要看月初還是月末，月亮在夜半落下也是常見的事。況且「烏啼」和「月落」，都在「對愁眠」之前，對一個落第者來說，「烏啼」正是命運的不詳之兆，也提示了其「對愁」而失眠的一個原因。

夕陽何關花柳

（詩家）必能狀難寫之景，如在目前；含不盡之意，見於言外，然後為至矣。……若嚴維：「柳塘春水漫，花塢夕陽遲」[1]，則天容時態，融和駘蕩，豈不如在目前乎？

（宋）梅堯臣語，轉引自宋歐陽修《六一詩話》

梅聖俞愛嚴維詩曰：「柳塘春水漫，花塢夕陽遲。」固善矣，細較之，夕陽遲則繫花，春水漫何須柳也。

（宋）劉攽《中山詩話》

奇警之句，往往有之。……若曰：「柳塘春水慢，花塢夕陽遲。」則春物融冶，人心和暢，有言不能盡之意，亦未可以為小道無取也。

（宋）張耒《張耒詩話》

「春水慢」不須「柳」，此真確論；但「夕陽遲」則繫「花」，此論殊非是。蓋「夕陽遲」乃繫於「塢」，初不繫「花」，以此言之，則「春水慢」不必「柳塘」，「夕陽遲」豈獨「花塢」哉？

（宋）胡仔《苕溪漁隱叢話》前集卷二十

1　〈酬劉員外見寄〉：蘇耽佐郡時，近出白雲司。藥補清羸疾，窗吟絕妙詞。柳塘春水漫，花塢夕陽遲。欲識懷君意，明朝訪楫師。

梅聖俞愛嚴維「柳塘春水漫，花塢夕陽遲」之句，以為天容時態，融和駘蕩，如在目前。或者病之曰：「『夕陽遲』繫『花』，而『春水漫』不繫『柳』。」苕溪又曰：「不繫花而繫塢。」予謂不然。「夕陽遲」固不在「花」，然亦何關乎「塢」哉！《詩》言「春日遲遲」[2]者，舒長之貌耳。老杜云：「遲日江山麗。」此復何所繫耶！彼自詠自然之景，如「梨花院落溶溶月，柳絮池塘淡淡風」[3]，初無他意，而論者妄為云云何也？

（金）王若虛《滹南詩話》卷上

（嚴詩）五、六全於「漫」字上、「遲」字上用工。

（元）方回《瀛奎律髓》卷十

劉貢父（劉攽字）評嚴維曰：「『柳塘春水慢，花塢夕陽遲。』夕陽遲則繫花，春水慢何須柳也。」此聯妙於狀景，華而不靡，精而不刻，貢父之說鑿矣。

（明）謝榛《四溟詩話》卷二

嚴維「柳塘春水慢，花塢夕陽遲」，字與意俱合掌，宋人擊節佳句，何也？

（明）胡應麟《詩藪》內編卷四

宋人作詩極多蠢拙，至論詩則過於苛細，然正供識者一噱耳。如嚴維「柳塘春水漫，花塢夕陽遲」，此偶寫目前之景，如風人榛苓、桃棘之義，實則山不止於榛隰，不止於苓圃，亦不止於桃棘也。[4]劉貢父曰：

2　《詩》〈豳風〉〈七月〉詩句：春日遲遲，采蘩祁祁。

3　〔宋〕晏殊〈寄遠〉詩句。

4　《詩》〈邶風〉〈簡兮〉詩句：山有榛，隰有苓。云誰之思，西方美人。　又《詩》〈魏風〉〈園有桃〉詩句：園有桃，其實之殽。心之憂矣，我歌且謠。……園有棘，其實之食。心之憂矣，聊以行國。

「『夕陽遲』則繫『花』，『春水漫』不須『柳』。」漁隱又曰：「此論非是。『夕陽遲』乃繫於『塢』，初不繫『花』。以此言之，則『春水漫』不必『柳塘』，『夕陽遲』豈獨『花塢』哉！」不知此酬劉長卿之作，偶爾寄興於夕陽春水，非詠夕陽春水也。夕陽春水，雖則無限，花柳映之，豈不更為增妍！倘云野塘山塢，有何味耶？

（清）賀裳《載酒園詩話》卷一

中唐數十年問，亦自風氣不同。其初，類於平淡中時露一入情切景之語……如嚴維「柳塘春水漫，花塢夕陽遲」，誠為佳句，但上云「窗吟絕妙辭」，卻鄙。

又《載酒園詩話》又編

唐詩能融景入情，寄情於景。如……嚴維之「柳塘春水漫，花塢夕陽遲」……景中哀樂之情宛然，唐人勝場也。

（清）吳喬《圍爐詩話》卷一

余謂此煉第五字法也。以「慢」字狀春水，「遲」字狀夕陽，滿前化工矣，卻從柳花帶出，見全是三春景象。則摹神在「慢」與「遲」，設色在「柳」與「花」，字字雅貼，無可復議。（劉攽、胡仔云云）……余以論詩拘泥至此，直令千古奇致一齊抹煞，惡極惡極！

（清）吳景旭《歷代詩話》卷四十九`

（嚴詩）三、四不但寫其才調，並文房（劉長卿字）豐神都為繪出。五、六作二景語，見己之對景相懷也。……漫，水廣貌，坊本作「慢」，則與「遲」字合掌矣。「朝朝」一作「明朝」，亦非。歐陽極賞五、六二語。嚴又有「柳塘薰晝日，花水溢春渠」二句[5]，亦同前意，而句法費

5　〈酬王侍御西陵渡見寄〉詩句。

力，遜此遠矣。

（清）黃生《唐詩摘抄》卷一

或又評此聯以為「遲」、「漫」意合掌者，不知「漫」本水氾濫之貌，若與「遲」意合掌，乃是「慢」字。字義不辨，輕評古詩，孟浪可笑。

又《黃白山先生〈載酒園詩話〉評》卷一

劉貢父云：「梅堯臣愛嚴維『柳塘春水漫，花塢夕陽遲』，固善矣。細較之，『夕陽遲』則繫『花』，『春水漫』何須『柳』也？似未盡善。」余閱之，不覺失笑。「夕陽遲，春日遲遲也，何為繫花？」春水漫，水流漫也，何關於柳？宋人之著相強解事，類如此。

（清）葉矯然《龍性堂詩話續集》

（「柳塘」二句）測水痕，候日影，五、六正含落句，不徒為體日景物語，故韻味深。

（清）何焯評語，轉引自今人李慶甲《瀛奎律髓匯評》卷十

劉貢父曰：「夕陽遲，則繫花；春水漫，何須柳？」此是俗子見解，不道貢父亦有此語。

（清）薛雪《一瓢詩話》

《中山詩話》謂：「嚴維『柳塘春水漫，花塢夕陽遲』為未善。夕陽遲繫花，春水漫不須柳也。」夫柳塘之下，自春瀰漫，何可瑕疵？

（清）何文煥《歷代詩話考索》

宋人論詩多不可解……嚴維：「柳塘春水慢，花塢夕陽遲。」的是靜境，無人道破。而劉貢父以為「春水慢」不須「柳塢」。

（清）袁枚《隨園詩話》卷五

「漫」乃春融而水漲之貌。俗本訛為「慢」字，非唯合掌，亦令全句少味。然宋人詩話已作「慢」字，則其訛久矣。

（清）紀昀《瀛奎律髓刊誤》卷十

梅聖俞愛嚴維「柳塘春水漫，花塢夕陽遲」十字，謂「天容時態，融怡駘蕩，如在目前」。而劉貢父以為「夕陽遲」則繫花，「春水漫」不關柳。如此論詩，已為可哂。而苕溪漁隱並謂「夕陽遲」乃繫於塢，初不繫花。以此言，則「春水漫」不必柳塘，「夕陽遲」豈獨花塢？此全不知詩之說矣！蓋此聯之得力固在花、柳二字，從柳想到春水，從花想到夕陽，則春水、夕陽正從花柳處生情，因情生景，佳句隨之，而「漫」字、「遲」字乃詩眼也。若云兩岸無柳，春水未嘗不漫；一塢無花，夕陽未嘗不遲，則彼自漫耳、遲耳！何地無水？何日無夕陽？只須作「塘中春水漫，塢內夕陽遲」足矣，試問尚堪傳誦耶？貢父本不知詩，漁隱亦鮮傳作，刻舟膠柱，不值唐人一笑。

（清）舒位《瓶水齋詩話》

景中有情，如「柳塘春水漫，花塢夕陽遲」。

（清）施補華《峴傭說詩》

孫　評

　　梅聖俞極愛嚴維「柳塘春水漫，花塢夕陽遲」一聯，認為好在「天容時態，融怡駘蕩」，「如在目前」。意思是寫景含不盡之意如在目前。問題在於，這個不盡之意是什麼，評者並未集中討論，而是糾纏在兩個字眼上。

　　劉攽以為「夕陽遲」繫花，還有點意味，什麼意味，他沒有說；而「春水漫」和「柳」聯繫在一起，就沒有多少意味。胡仔說：「夕陽遲」並沒有直接和「花」聯繫在一起，而是和「塢」相聯繫的，仍然沒有回答為什麼「春水漫」要和「柳」聯繫在一起。

　　在我看來，這個爭論的水準很低，顯現出了我國古代詩評常見的某種弱點，就是孤立地糾纏於字眼，而不從整首詩，甚至不從整句出發。「柳塘春水漫」，春水之所以要和「柳」相連，其原因自然是在詩人眼中二者的關係很密切。首先，春天帶來的突出變化是，春雨綿綿，池水上漲；其次，柳樹也同時發生了變化，新枝日漸萌發修長。雖然，這時不單是柳樹發生變化，野草也會有變化，如「池塘生春草」，即寫春草之生機。柳樹要是在遠處地上，就與池水無涉，沒有什麼稀奇，談不上詩意。現在，它卻是在池塘邊突然冒出了許多新的枝條，參差下垂於春池之上，長勢比春水上漲還快，這就不是一般的生機，而是很特殊的了。

　　顯然，詩句所寫的佳景，是詩人一種猝然的發現，也是一種突然的自我體驗。因此稱之「柳塘」，把柳樹、池塘、春水都連在一起了。在這裡，詩人沒有寫春草，不僅僅是為了避俗，可能是因為情感狀態不同，所見春草不是突然的發現，不如垂柳輕拂滿塘春水那樣新鮮而生動。這裡一個「漫」字，特別傳神，給人一種漫溢的聯想。池水漲滿起來，不像大江大河那樣洶湧，而是緩慢的。這種緩慢，是池

塘春水的特徵，也是詩人情感的特點。慢慢的，不知不覺漲起來的是
水，悠閒的、默默的心動則是情。這種情感的溫和特點，在下句「花
塢夕陽遲」的「遲」字得到了更為充分的表現。花是美好的，夕陽也
是美好的，看著它緩慢地消失，心情是恬淡的。兩句詩表面上寫景
物，實質上是寫寧靜的體驗。這就是所謂狀難寫之景如在目前，含不
盡之意盡在言外。言外之意，就是恬淡。

　　從全詩來看，前面有「藥補清羸疾，窗吟絕妙詞」二句，後面還
有「欲識懷君意，明朝訪楫師」結聯。由此統觀，可知詩人清羸之疾
以藥補之，並不期待速效，儘管身體健康不佳，仍然有興致「吟」
詩。這裡「吟」字，和「遲」字，還有那個「漫」字，外在的速度都
是緩慢的，內在心情也是從容的。就是想念朋友，想去拜訪，也不著
急，要等待明天再找船夫。外在的速度在字面上是可感的，而內在的
從容卻在字面之外。顯在與潛在的統一，在性質上、在程度上，都是
高度和諧的。這就是古典詩學中的所謂意境。

　　相比起來，開頭兩句幾乎完全是敘述，便顯得比較直白，比較平
淡。當然，這與作者所採用的律詩體式也有關係。五律首聯，一般都
比較樸實。如杜甫之「好雨知時節，當春乃發生」；「岱宗夫如何，齊
魯青未了」。又如王維之「單車欲問邊，屬國過居延」。但是，杜甫、
王維的開頭溶入全詩意境中，就顯得水乳交融，而此詩開頭卻給人以
游離之感。

琴聲之喻，體會何異

　　歐陽文忠公嘗問余：「琴詩何者最善？」答以退之聽穎師琴詩[1]最善。公曰：「此詩最奇麗，然非聽琴，乃聽琵琶也。」余深然之。建安章質夫家善琵琶者，乞為歌詞。余久不作，特取退之詞，稍加櫽括，使就聲律，以遣之云[2]。

（宋）蘇軾〈水調歌頭〉舊序

　　「昵昵兒女語，恩怨相爾汝。劃然變軒昂，勇士赴敵場。」此退之聽穎師琴也。歐陽文忠公嘗問僕：「琴詩何者最佳？」余以此答之。公言：「此詩固奇麗，然自是聽琵琶詩。」余退而作〈聽杭僧唯賢琴〉詩云：「大弦春溫和且平，小弦廉折亮以清。平生未識宮與角，但聞牛鳴盎中雉登木。門前剝啄誰扣門，山僧未閑君勿嗔。歸家且覓千斛水，沖洗從前箏笛耳。」[3]詩成，欲寄公而公薨，至今為恨。

又《東坡題跋》卷六

1　韓愈〈聽穎師彈琴〉詩：昵昵兒女語，恩怨相爾汝。劃然變軒昂，勇士赴敵場。浮雲柳絮無根蒂，天地闊遠隨飛揚。喧啾百鳥群，忽見孤鳳凰。躋攀分寸不可上，失勢一落千丈強。嗟餘有兩耳，未省聽絲篁。自聞穎師彈，起坐在一旁。推手遽止之，濕衣淚滂滂。穎乎爾誠能，無以冰炭置我腸！

2　蘇軾〈水調歌頭〉：昵昵兒女語，燈火夜微明。恩怨爾汝來去，彈指淚和聲。忽變軒昂勇士，一鼓填然作氣，千里不留行。回首暮雲遠，飛絮攪青冥。　眾禽裡，真彩鳳，獨不鳴。躋攀寸步千險，一落百尋輕。煩子指間風雨，置我腸中冰炭，起坐不能平。推手從歸去，無淚與君傾。

3　即〈聽賢師琴〉詩。

　　三吳僧義海，朱文濟孫，以琴世其業，聲滿天下。歐陽文忠公嘗問東坡：「琴詩孰優？」東坡答以退之〈聽穎師琴〉。曰：「此只是聽琵琶耳。」或以問海，曰：「歐陽公一代英偉，何斯人而斯誤也。『昵昵兒女語，恩怨相爾汝』，言輕柔細屑，真情出見也；『劃然變軒昂，勇士赴敵場』，精神餘溢，竦觀聽也；『浮雲柳絮無根蒂，天地闊遠隨飛揚』，縱橫變態，浩乎不失自然也；『喧啾百鳥群，忽見孤鳳凰』，又見穎孤絕，不同流俗下俚聲也；『躋攀分寸不可上，失勢一落千丈強』，起伏抑揚，不主故常也。皆指下絲聲妙處，唯琴為然。琵琶格上聲，烏能爾耶？退之深得其趣，未易譏評也。」東坡後有〈聽唯賢琴〉詩：「（同上引，略）」詩成，欲寄歐公而公亡，每以為恨。客復以問海，海曰：「東坡詞氣，倒山傾海，然亦未知琴。『春溫和且平』、『廉折亮而清』，絲聲皆然，何獨琴也；又特言大小琴聲，不及指下之韻。『牛鳴盎中雉登木』，概言宮角耳，八音宮角皆然，何獨絲也。」聞者以海為知言。

（宋）蔡絛《西清詩話》卷上

　　韓退之〈聽穎師彈琴〉詩云：「浮雲柳絮無根蒂，天地闊遠隨飛揚」，此泛聲也，謂輕非絲重非木也；「喧啾百鳥群，忽見孤鳳凰」，泛聲中寄指聲也；「躋攀分寸不可上」，吟繹聲也；「失勢一落千丈強」，順下聲也。僕不曉琴，聞之善琴者云，此數聲最難工。自文忠公與東坡論此詩，作聽琵琶詩之後，後生隨例云云。柳下惠則可，我則不可，故特論之，少為退之雪冤。

（宋）許顗《彥周詩話》

　　古今聽琴阮琵琶箏瑟諸詩，皆欲寫其音聲節奏，類以景物故實狀之，大率一律，初無中的句互可移用，是豈真知音者。但其造語藻麗，為可喜耳。……永叔、子瞻謂退之聽琴詩，乃是聽琵琶詩。僧義海謂子瞻聽琴詩，絲聲八音宮角皆然，何獨琴也。互相譏評，終無確論。如玉溪生（李

商隱號）〈錦瑟〉詩云：「莊生曉夢迷蝴蝶，望帝春心托杜鵑。滄海月明珠有淚，藍田日暖玉生煙。」此亦是以景物故實狀之，若移作聽琴阮等詩，誰謂不可乎？

（宋）胡仔《苕溪漁隱叢話》前集卷十六

今《西清詩話》所載義海辨證此詩，復曲折能道其趣，為是真聽琴詩。世有深於琴者，必能辨之矣。

同上

余謂義海以數聲非琵琶所及，是矣。而謂真知琴趣，則非也。昔晁無咎（宋晁補之字）謂嘗見善琴者云：「浮雲柳絮無根蒂，天地闊遠隨飛揚，為泛聲。輕非絲、重非木也。喧啾百鳥群，忽見孤鳳凰，為泛聲中寄指聲也。躋攀分寸不可上，為吟繹聲也。失勢一落千丈強，為歷聲也。數聲琴中最難工。」洪慶善亦嘗引用，而未知出於晁。是豈義海所知，況西清邪。

（宋）吳曾《能改齋漫錄》卷五

韓文公〈聽穎師彈琴〉詩，幾為古今絕唱。前十句形容曲盡，是必為〈廣陵散〉而作，他曲不足以當。歐公以為琵琶詩，而蘇公遂檃括為琵琶詞。二公皆天人，何敢輕議，然俱非深於琴者也。

（宋）樓鑰《樓鑰詩話》

韓退之〈聽穎師彈琴〉詩，極摹寫形容之妙，疑專於譽穎者。然篇末曰：「推手遽止之，濕衣淚滂滂。穎乎爾誠能，無以冰炭置我腸！」其不足於穎，多矣。……抑其知琴者本以陶寫性情，而冰炭我腸，使淚滂而衣濕，殆非琴之正也。

（宋）俞德鄰《佩韋齋輯聞》卷二

　　昌黎聽琴詩，高視百世，無庸論矣。東坡亦嘗作聽琴詩，欲以擬之。
……按《史記》鄒忌聞齊威五鼓琴，為說曰：「大弦濁以春溫者，君也；
小弦廉折以清者，相也。」又《管子》云：「凡聽宮如牛鳴窖中，聽角如
雉登木以鳴，音疾以清。」又《晉書》云：「牛鳴盎，中宮；雉登木，中
角。」乃知東坡俱有所本。海（義海）不但不知琴，亦寡陋不知詩矣。

（明）孫緒《孫緒詩話》

　　琴聲之妙，此詩可謂形容殆盡矣。何歐陽文忠乃以為琵琶耶？

（清）黃周星輯評《唐詩快》

　　檃括體不可作也，不獨醉翁如嚼蠟，即子瞻改琴詩，琵琶字不
見，畢竟是全首說夢。

（清）劉體仁《七頌堂詞繹》

　　寫琴聲之妙入髓，又一一皆實境。繁休伯稱車子，柳子厚志箏師，皆
不能及，可謂古今絕唱。六一善琴，乃指為琵琶，竊所未解。純是佳唐
詩，亦何讓杜？

（清）朱彝尊批語，《批韓詩》引，轉引自今人錢仲聯《韓昌黎詩繫年集釋》卷九

　　一連十句，每兩句各自一意，是贊彈琴手，不是贊琴。琴之妙固不待
贊也，所以下文直接云「自聞穎師彈」。

（清）查慎行《初白庵詩評》卷上

　　按：義海之云固為膚受。洪氏所載，則此數聲者凡琴工皆能，昌黎何
至聞所不聞哉？「失勢一落千丈強」，與琴聲尤不肖，真妄論也。

（清）何焯《義門讀書記》卷三十〈昌黎集〉

　　白香山「江上琵琶」，韓退之「潁師琴」，李長吉「李憑箜篌」，皆摹
寫聲音至文。韓足以驚天，李足以泣鬼，白足以移人。

　　　　　　　　　　　　　　（清）方世舉《李長吉詩集批註》卷一

　　嵇康〈琴賦〉中已具此數聲……公非襲〈琴賦〉，而會心於琴理則有
合也。《國史補》云：「于頔司空嘗令客彈琴，其嫂知音，聽於簾下曰：三
分中一分箏聲，二分琵琶聲，絕無琴韻。」則琴聲誠或有似琵琶者，但不
可以論此詩。

　　　　　　又《昌黎詩集編年箋注》，轉引自《韓昌黎詩繫年集釋》卷九

　　〈潁師彈琴〉，是一曲泛音起者，昌黎摹寫入神；乃以「昵昵」二
語，為似琵琶聲，則「攀躋分寸不可上，失勢一落千丈強」，除卻吟猱
綽注，更無可以形容，琵琶中亦有此耶？

　　　　　　　　　　　　　　　　　　（清）薛雪《一瓢詩話》

　　永叔詆為琵琶，許彥周所辨，概屬浮響，義海尤為悠謬，此琴工之
言，不足折永叔也。韓詩「昵昵兒女」四句，皆琴之變聲，猶荊（軻）、
高（漸離）變徵為羽，既而極羽之致則怒，使韓聽〈關雎〉、〈伐檀〉之
詩，即無此等語矣。……琵琶倚於懷抱，用左執以按字，逐字各因界以成
聲，既非徽之可過，而欲攀躋分寸，失勢一落，皆非其所能為。……永叔
不知樂有正變，亦不察琵琶所以為用，忽於游心金石之時，過為訾韓之
論，學勤而不縣統，豈俗習之移人哉？

　　　（清）王文誥《蘇文忠詩編注集成》，轉引自《韓昌黎詩繫年集釋》卷九

　　永叔所謂似琵琶者，亦只起四句近之耳，餘自迥絕也。坡嘗追憶歐公
語，更作〈聽賢師琴〉詩，恨歐公不及見之，所謂「大弦春溫和且平，牛
鳴盎中雉登木」是也。予謂此誠不疑於琵琶矣，然亦了無琴味，試再讀退

之詩如何？彥周所稱，即今世之琴耳，不知唐時所用，即同此否？若是師
襄夫子所鼓，必不涉恩怨兒女也，此又不可不知。

（近人）程學恂《韓詩臆説》

孫　評

　　關於韓愈〈聽穎師彈琴〉的評價，涉及藝術形式之間的矛盾。故不能就事論事，當從詩與其他藝術形式，首先是詩與畫之矛盾說起。

　　中國古典詩歌重意象，意象以盡意，聖人的說法，很權威，而「象」乃視覺可見，故造成某種視覺意象為主流的傳統。在理論上則產生了對蘇軾「詩中有畫，畫中有詩」說的盲從。難能可貴的是五百多年後，張岱（1597-1679）提出質疑「若以有詩句之畫作畫，畫不能佳；以有畫意之詩為詩，詩必不妙。如李青蓮〈靜夜思〉：『舉頭望明月，低頭思故鄉』，有何可畫？王摩詰〈山路〉詩：『藍田白石出，玉川紅葉稀』，尚可入畫；『山路原無雨，空翠濕人衣』，則如何入畫？」[4]張岱的質疑很機智，但是，說不上雄辯，其實只要舉蘇軾自己的「春江水暖鴨先知」就足以說明，畫中之詩非畫中之畫。蓋畫與詩之不同，第一，乃在畫為視覺直接感知，而詩則為全感官，甚至超越直接情感之藝術。第二，畫為瞬間靜止之圖景，而詩之抒情之生命乃在動，所謂動情、動心、感動、觸動等。故詩中之畫，必然超越畫之靜止狀態，可定義為「動畫」，如「兩山排闥送青來」之類。

　　張岱之論接觸到了藝術形式之間的矛盾，但卻沒充分引起後人乃至今人的注意。

　　不同藝術形式間不同規範在西方也長期受到漠視，以致萊辛（1729-1781）認為有必要寫一本專門的理論著作《拉奧孔》，來闡明詩與畫的界限。萊辛發現同樣以拉奧孔父子為毒蟒纏死為題材，古希臘雕像與古羅馬維吉爾的史詩所表現的有很大不同。在維吉爾的史詩中，拉奧孔發出「可怕的哀號」「像一頭公牛受了傷」，「放聲狂叫」，

4　〔明〕張岱：〈與包嚴介〉，《琅嬛文集》（長沙市：岳麓書社，1985年），頁152。

而在雕像中身體的痛苦沖淡了,「哀號化為輕微的歎息」,這是「因為哀號會使面孔扭曲,令人噁心」,而且遠看如一個黑洞。「激烈的形體扭曲與高度的美是不相容的」,而在史詩中,「維吉爾寫拉奧孔放聲號哭,讀者誰會想到號哭會張開大口,而張開大口就會顯得醜呢?」「寫拉奧孔放聲號哭那行詩只要聽起來好聽就夠了,看起來是否好看,就不用管。」[5]應該說,生於十八世紀的萊辛比生於十六世紀的張岱更進了一步,即使肉眼可以感知的形體(而不是畫中不能表現的視覺以外的東西)在詩中和在畫中也有不同的藝術標準。

　　對於藝術形式之間矛盾的忽視,在詩與畫方面表現已經很突出,在詩與樂方面則更是觸目。把問題提出來,引起爭訟的主角居然還是蘇軾。他在《東坡題跋》中說:「昵昵兒女語,恩怨相爾汝。劃然變軒昂,勇士赴敵場。」此韓愈聽穎師琴也。歐陽修嘗問他:「琴詩何者最佳?」他以此答之。其實,蘇軾顯然回答得很草率,但是在他的筆記中出現了兩次,可能是欣賞其中的象聲成分很重的,帶著雙聲疊韻意味的「昵昵」、「爾汝」之類。但是,語音之美和音樂之美的矛盾,比之詩與畫之矛盾更加尖銳。音樂曲調是抽象的,並不具備語言符號的具體語義,語言符號不能記錄音樂曲調,才有了工尺譜、五線譜和簡譜。因為歐陽修不滿意韓愈的這首詩,認為它有點像琵琶,並不能表現琴聲的特點。這個要求是太高了,就是五線譜、工尺譜也不能表現出不同樂器的不同的美。蘇軾才高氣盛,不明語言的局限,自己後來寫〈聽杭僧唯賢琴〉,正面強攻琴音之美,是藝術上註定要失敗的悲劇:「大弦春溫和且平,小弦廉折亮以清。平生未識宮與角,但聞牛鳴盎中雉登木。門前剝啄誰扣門,山僧未閑君勿嗔。」「春溫和且平」、「廉折亮以清」用了史記上的典故:「鄒忌聞齊威王鼓琴,

5　〔德〕萊辛‧朱光潛譯:《拉奧孔》(北京市:人民文學出版社,1979年),頁16、22。

為說曰：『大弦濁以春溫者，君也；小弦廉折以清者，相也。』」「牛鳴盎中雉登木」又用了《管子》的典故：「凡聽宮如牛鳴窖中，聽角如雉登木以鳴，音疾以清。」但是可以為詩歌增色的典故，卻沒有產生多少音樂之美。宋蔡絛《西清詩話》說韓愈的「『浮雲柳絮無根蒂，天地闊遠隨飛揚』，縱橫變態，浩乎不失自然也……」，其實，一來不脫賦體之堆砌，二來這些堆砌大抵是繪畫空間並列，與音樂之時間推移，音樂之美的過程性，根本矛盾。一些詩話家，盲目稱頌韓愈的詩為「絕唱」「足以驚天」，實在也是理論上的不清醒，導致評價上盲目。只要對唐詩有更細緻的巡視，就不難發現，不管是韓愈的還是蘇軾的，比之唐詩中那些表現音樂之美的傑作實在是相去不可以道里計。起碼和李白的《聽蜀僧濬彈琴》相比，肯定是相形見絀：

> 蜀僧抱綠綺，西下峨眉峰。為我一揮手，如聽萬壑松。
> 客心洗流水，餘響入霜鐘。不覺碧山暮，秋雲暗幾重。

李白沒有像蘇軾那樣悲壯地正面寫音樂，也沒有像許多詩話家所推崇的韓愈的詩那樣以繪畫的視覺之美代替音樂的聽覺之美。他不是正面寫音樂之美，而是寫音樂之美的效果，不是寫外部可視的動作效果，而是內心不可視的效果，聽了樂曲，就昇華到許由那樣的高貴的情懷，好像一聽堯帝要召他為官，就害怕弄髒了耳朵，去洗耳朵，其著迷的程度，連時間的流逝都忘記了。

歷代詩評家們被歐陽修和蘇軾的權威話語牽著鼻子走，弄得對唐詩中寫音樂最高成就的〈琵琶行〉都沒有感覺，卻一味在樂器和演奏技術上做文章，實在是緣木求魚。殊不知，在解決聲音藝術與語言藝術的矛盾方面，白居易〈琵琶行〉在世界詩歌史上，如果不能說是絕後，至少可以說是空前的。韓愈和蘇軾的詩都力圖以圖畫可視的形象間接表現音樂的聽覺之美，但白居易的傑出在於，他不是用圖畫，而

是直接用聲音來表現樂曲：

> 大弦嘈嘈如急雨，小弦切切如私語。
> 嘈嘈切切錯雜彈，大珠小珠落玉盤。
> 間關鶯語花底滑，幽咽流泉冰下難。
> 冰泉冷澀弦凝絕，凝決不通聲暫歇。
> 別有幽愁暗恨生，此時無聲勝有聲。

可能是由於人的感官百分之八十來自視覺，因而視覺意象在詩歌佔有極大的優勢，而聽覺意象則處於弱勢。這裡，集中了這麼繁複的聽覺意象，表現的是，聽覺的應接不暇之感。從意象上說，前四句，大珠小珠玉盤以物質的貴重，引發聲音美妙的聯想。當然，這只是詩的想像的美好，實際上珠落玉盤，並不一定產生樂音。嘈嘈、切切，聲母的閉塞磨擦音性質，本身並不能產生美好的感覺，但是和「急雨」和「私語」聯繫在一起，就有情感的含量。「私語」，有人的心情在內，「急雨」和「私語」富於對比的性質不難勾起對應的情致聯想。

接下去的「間關鶯語花底滑，幽咽流泉冰下難。冰泉冷澀弦凝絕，凝決不通聲暫歇。」錯綜不僅僅是在句法形式上而且是在聲畫交替上。這就是，前四句是聽覺的美為主，後四句是視覺圖畫（花底流鶯，冰下流泉）和聽覺聲音（鶯語、幽咽）交織的美。唐弢先生曾經在八十年代初期，撰文稱這四句美在雙聲和疊韻（間關、幽咽）。但是，此說似乎太拘泥。詩歌藝術的美，和音樂的美不同，只是一種想像聯想的美的情致，不能坐實為實際上聲音之美。如果真的把珍珠倒入玉盤，把流鶯之聲和水流之聲用錄音機錄下來，可能並不能成為樂音的。這裡意象的綜合效果是，珠玉之聲、鶯鳥之語、花底冰泉，種種意象疊加起來，引起美好的聯想，這裡蘊含著的並不是自然的聲音，而是中國傳統文化潛在意識的積澱。

白居易的驚人筆力，不但在於用意象疊加寫出了樂曲的之美的印象，而且還從實踐上解決了繪畫的靜止性與音樂的過程性之間的矛盾。過程性，是音樂性與繪畫性的重大區別，以畫之美表現音樂之美，在時間的連貫性上，畢竟是有局限的。〈琵琶行〉的偉大就在於，把過程性作了正面的強調。更精彩的是，不但表現了樂曲的連貫性之美，而且表現了樂曲的停頓之美，一種既無聲音，又無圖畫，恰恰又超越了旋律的抑揚頓挫的連貫性的美。令人驚歎的是這樣的句子：

> 冰泉冷澀弦凝絕，凝決不通聲暫歇。
> 別有幽愁暗恨生，此時無聲勝有聲。

白居易的突破在於，第一，從「冷澀」這樣看來不美的聲音中發現了詩意，當然又是為主人公和詩人的感情特點找到了共同載體；第二，從「凝決不通」的旋律中斷中發現了音樂美，這是聲音漸漸停息的境界。從音樂來說是停頓，符的空白，但，並不是情緒的空檔，相反卻是感情的高度凝聚。是外部世界的聲音的漸細漸微，同時又是主體心理的凝神專注。外部的凝神成為內在情緒精微的導引，外部聲音的細微，化為內部自我體驗的精緻。白居易發現：內心深處的情致是以「幽」（愁）和「暗」（恨）為特點的。「幽」就是聽不見，「暗」就是看不見·二者結合，就是捉摸不定的、難以言傳的，在通常情況下，是被忽略的，沉入潛意識的。而在這種漸漸停息的微妙的聆聽中，卻被白居易發現了，構成了一種從外部聆聽，轉入內心凝神的體悟：聲音的停息，不是情感的靜止，而是相反，是「幽暗」愁恨的發現和享受，正是因為這樣，「此時無聲勝有聲」才成千古佳句。

在中國古典詩史，蘇軾理所當然是放射著多彩光華的巨星，但是，此巨星即像月亮一樣，也難免有陰影。可以確定的是，第一，

「詩中有畫，畫中有詩」說的片面性；第二，更為嚴重的是把詩與音樂混為一談。在對韓愈詩的評價上已相當偏頗，在對李商隱的〈錦瑟〉的見解上，就更加離譜到直接把李詩當成了音樂。據宋人記載，黃庭堅曾問他李詩意旨，他答道：「此出《古今樂志》，云：錦瑟之為器也，其弦五十，其柱如之，其聲也，適、怨、清、和。」黃朝英對此又附會闡釋說：「案李詩『莊生曉夢迷蝴蝶』，適也；『望帝春心托杜鵑』，怨也；『滄海月明珠有淚』，清也；『藍田日暖玉生煙』，和也：一篇之中，曲盡其意，史稱其瑰邁奇古，信然。」[6]正是理論上這樣的混淆，才使他們把韓愈那首平庸的詩當作最佳的傑作。其詩畫合一論幸而有張岱的反駁，而後來則無人質疑，不但當時誤導了蘇軾自己，而且誤導了後世追隨他的的詩評家，音樂之美與詩歌的矛盾，始終沒有提上詩話的議程。諸多詩話家在千年黑暗中，耗費才智，上演了瞎子摸象的連續悲劇。

　　縱觀中國古典詩論，成就輝煌，詩酒文飯之文體說，無理而妙之審美邏輯說，甚至詩畫矛盾說，均為獨創，領先西人數百年，特於詩與音樂之矛盾，長期缺乏感覺，不可否認，此乃中國古典詩論之最薄弱環節。

6　〔宋〕黃朝英：〈緗素雜記〉，轉引自〔宋〕胡仔：《苕溪漁隱叢話》前集（北京市：人民文學出版社，1962年），卷22，頁147。

白傅夜會琵琶女惹是非

　　元和十年，予左遷九江郡司馬。明年秋，送客湓浦口，聞舟中夜彈琵琶者，聽其音，錚錚然有京都聲。問其人，本長安倡女，嘗學琵琶於穆、曹二善才；年長色衰，委身為賈人婦。遂命酒使快彈數曲，曲罷憫默。自敘少小時歡樂事，今漂淪憔悴，轉徙於江湖間。予出官二年，恬然自安，感斯人言，是夕始覺有遷謫意。因為長句，歌以贈之，凡六百一十二言，命曰〈琵琶行〉。

（唐）白居易〈琵琶引序〉

　　東坡《志林》云：「白樂天嘗為王涯所讒，貶江州司馬。甘露之禍，樂天有詩云：『當君白首同歸日，是我青山獨往時。』不知者以樂天為幸之。樂天豈幸人之禍者哉！蓋悲之也。」

（宋）洪邁《容齋隨筆》卷一

按：蘇軾此說，中華書局王松齡點校本《東坡志林》不載。

　　白樂天〈琵琶行〉，蓋在潯陽江上為商人婦所作。而商乃買茶於浮梁，婦對客奏曲，樂天移船，夜登其舟與飲，了無所忌，豈非以其長安故倡女不以為嫌邪？集中又有一篇題云〈夜聞歌者〉，時自京城謫潯陽，宿於鄂州，又在〈琵琶〉之前。其詞曰：「夜泊鸚鵡洲，秋江月澄澈。鄰船有歌者，發調堪愁絕。歌罷繼以泣，泣聲通復咽。尋聲見其人，有婦顏如雪。獨倚帆檣立，娉婷十七八。夜淚似真珠，雙雙墮明

月。借問誰家婦？歌泣何淒切。一問一沾襟，低眉終不說。」陳鴻
〈長恨傳序〉云：「樂天深於詩多於情也，故所遇必寄之吟詠，非有意
於漁色。」然鄂州所見，亦一女子獨處，夫不在焉，瓜田李下之疑，
唐人不議也。

又《容齋三筆》卷六

　　白樂天〈琵琶行〉一篇，讀者但羨其風致，敬其詞章，至形於樂府，
詠歌之不足，遂以謂真為長安故倡所作。予竊疑之。唐世法網雖於此為
寬，然樂天嘗居禁密，且謫官未久，必不肯乘夜入獨處婦人船中，相從飲
酒，至於極彈絲之樂，中夕方去，豈不虞商人者他日議其後乎！樂天之
意，直欲攄寫天涯淪落之恨爾。

又《容齋五筆》卷七

　　此宦遊不遂，因琵琶以托興也。言當清秋明月之夜，聞琵琶哀怨之
音，聽商婦自敘之苦，以動我逐臣久客之懷，宜其泣下沾襟也。

（明）唐汝詢《唐詩解》卷二十

　　出「船」字，船是聽琵琶之所，最要緊之字。……「移船相近」，此
船移去。「邀相見」，請他相見，不敢造次。「添酒回燈重開宴」，適己開宴
將別，酒雖未撤，燈已移開，今遇此奏琵琶者，重為開宴，非為婦人也。
不寫抱琵琶過船，須知此婦人原在自己船中。司馬有體，婦人亦有體。作
文作詩，當此等處，切不可輕下一字也。「千呼萬喚始出來」，婦人出來，
與客見面，猶如是不肯輕易，真是不曾過船者。商人婦自別於娼女如此。
「猶抱琵琶半遮面」，尚不肯露全面，寫婦人有體，總見江州司馬之存大
體也。

（清）徐增《而庵說唐詩》卷六

寫同病相憐之意，惻惻動人。

（清）沈德潛《唐詩別裁集》卷八

滿腔遷謫之感，借商婦以發之，有同病相憐之意焉。比興相緯，寄託遙深，其意微以顯，其音哀以思，其辭麗以則。

（清）愛新覺羅·弘曆《唐宋詩醇》卷二十二

〈琵琶行〉亦是絕作。然身為本郡上佐，送客到船，聞鄰船有琵琶女，不問良賤，即呼使奏技，此豈居官者所為？豈唐時法令疏闊若此耶？蓋特香山藉以為題，發抒其才思耳。

（清）趙翼《甌北詩話》卷四

白香山謫居江州，禮宜避嫌勤職，以圖開復，乃敢賣夜送客，要茶商之妻彈琵琶，侑觴談情，相對流涕。庸人曰：挾妓飲酒，律有明條，知法玩法，白某之杖罪，的決不貸。乃香山悍然不顧，復敢作為〈琵琶辭〉，越禮驚眾，有玷官箴。今時士大夫決不為也，即使偶一為之，亦必深諱，蓋曾未宣之於口，又何敢筆之於書。人之庸者，則且義形於色，詬詈香山，犯教而敗俗。其琵琶之辭，必當毀板，琵琶之亭，及廬山草堂胥拆毀而滅其跡，庶幾乎風流種絕，比戶可庸矣。……彼其中庸之貌，木訥之形，雖孔子割雞之戲言，孟子齊人之諷諭，皆猶似有傷盛德，不形諸口，若第以粗跡觀之，即古聖先賢猶恐不逮。……不誅心而泛論其跡，雖振古豪傑命世之才，不足以刮庸人如豆之目，而動其六竅之心，由來久矣，故子曰：「予欲無言。」

（清）舒夢蘭《遊山日記》〈天香隨筆〉

歸舟過琵琶亭時，戲語敬修：「有一州司馬，江頭送客，聞茶商之妾，夜彈琵琶，乃竟登其舟，再三求見，求其彈，並對之作詩流涕，久坐

談情。其夫還舟，見之，怒否？」敬修曰：「何處有此繆官耶？」余笑指曰：「即此是！」

又《古南餘話》卷四

　　樂天賦〈琵琶行〉事，昔人或謂當為秀鐵面所訶。似不盡然。樂天貶官經年，殊未介意，此因地之超也。及聞商婦琵琶，始知遷謫之感。此根本無明於茲引動也。淚濕青衫，公然發露，豈世諦中覆藏種性所可同日語哉。……至於呼使開筵，乃唐人風氣，樂天既非戒僧，何必如此責之。抑樂天方遭貶斥，此詩出，竟無有媒孽其短者，則唐時風氣猶然近古也。

（清）王文治〈江州懷白樂天先生序〉

　　洪氏謂「樂天夜登其舟與飲，了無顧忌。」及「乘夜入獨處婦人船中，相從飲酒，至於極絲彈之樂，中夕方去。」然詩云：「移船相近邀相見，添酒回燈重開宴。千呼萬喚始出來，猶抱琵琶半遮面。」則「移船相近邀相見」之「船」，乃「主人下馬客在船」之「船」，非「去來江口守空船」之「船」，蓋江州司馬移其客之船以就浮梁茶商外婦之船，而邀此長安故倡從所乘之船出來，進入江州司馬所送客之船中，故能添酒重宴。否則江口茶商外婦之空船中，恐無如此預設之盛筵也。且樂天詩中亦未言及何時從商婦船中出去，洪氏何故臆加「中夕方去」之語？蓋其意以為樂天賢者，既夜入商婦船中，若不中夕出去，豈非此夕逕留止於其中耶？讀此詩而作此解，未免可驚可笑。

（近人）陳寅恪《元白詩箋證稿》第二章

　　考吾國社會風習，如關於男女禮法等問題，唐宋兩代實有不同……關於樂天此詩者有二事可以注意：一即此茶商之娶此長安故倡，特不過一尋常之外婦，其關係本在可離可合之間，以今日通行語言之，直「同居」而

已。……此即唐代當時士大夫風習，極輕賤社會階級低下之女子，視其去留離合，所關至小之證。是知樂天之於此故倡，茶商之於此外婦，皆當日社會輿論所視為無足重輕，不必顧忌者也。……二即唐代自高宗武則天以後，由文詞科舉進身之新興階級，大抵放蕩而不拘守禮法，與山東舊日士族甚異……樂天亦此新興階級之一人。其所為如此，固不足怪也。

　　　　　　　　　　　　　　　　　　　　　　　　　　　　　　同上

　　江州司馬，青衫淚濕，同在天涯。作者與琵琶演奏者有平等心情。白詩高處在此，不在他處。其然豈其然乎？

　　　　　　　（今人）毛澤東批語，《毛澤東評點唐詩三百首》卷二

　　白居易的〈琵琶行〉不但文采好，描寫得逼真細膩，難得的是作家對琵琶演奏者的態度是平等的，白詩的高明處在於此而不在他。

　　　　　　　又毛澤東語錄，轉引自毛岸青、邵華《回憶爸爸勤奮讀書和練書法》

孫　評

　　白居易自謂被貶九江期間偶遇琵琶女邀其奏曲一事，引起了宋人洪邁的反覆質疑，指摘他「以其長安故倡女不以為嫌」等等。近人著名歷史學家陳寅恪在《元白詩箋證稿》中詳加考證予以批駁，並稱白詩和序所載清楚，洪氏如此粗心大意，「未免可驚可笑」。其實像洪氏此類的質疑，在古代詩評中比比皆是，後人往往又不能擺脫鑽牛角尖的作風而反覆辯駁。這對理解詩歌藝術，實在是一種干擾。

　　我國詩詞評論，本有注重文本的傳統，此類現象應該只是某種消極性很大的支流。即洪邁自己，也時有前後牴牾之處，如在同一評說中又解釋「樂天之意，直欲攄寫天涯淪落之恨爾」。洪邁質疑的前提是：第一，男女有別，特別是夜間；第二官員與娼優身分不相當；第三，白居易獲罪受貶的境況，恐遭物議。

　　陳寅恪的辯護，很有力：第一，白居易沒有上人家的船，而是請人家過來，這是公開的。第二，當時文詞科舉出身的「新興階級大抵放蕩而不拘禮法」，和一個歌女交往是無所謂的事。第三，特別是「樂天之於此故倡，茶商之於此外婦，皆當日社會輿論所視為無足重輕，不必顧忌者也。」這種女人，不過是茶商尋常的「二奶」，地位輕賤低下，其去留離合都所關至小。陳氏以史為證，這些都是的論。但是，從詩歌的審美特點看來，仍然沒有說到關鍵上。

　　白居易在〈琵琶行〉中所所表露的思想，最大的亮點是明知琵琶女原本是歌妓，如今又是茶商的二奶，社會地位低下，可他不但不歧視，反而把她當作是和自己同樣的「天涯淪落人」。這種覺悟不是從來就有的，而是被這個女人喚醒的。自序云：聽其「自敘少小時歡樂事，今漂淪憔悴，轉徙於江湖間。予出官二年，恬然自安，感斯人言，是夕始覺有遷謫意。」這裡說得很明白，白居易被貶的「遷謫

意」，淪落之感，本來是壓抑在潛意識裡的，因為聽了她的身世，才被觸發起來。這種觸發，來自琵琶女「少小時歡樂」而「今漂淪憔悴」之間的反差。正是這種反差，讓白居易縮短了和她的距離，主要是身分上的懸殊。

　　但是，不管她少小歡樂、老大飄零的反差多麼強烈，和白居易從中央貶放到偏遠小地方，仍是不可同日而語。然而，白居易還是產生了「同是天涯淪落人，相逢何必曾相識」的高度認同感。其可貴就在：第一，在天涯淪落這一點上，自己和歌妓是沒有區別的。第二，不但沒有區別，而且是同病相憐，情感息息相通，一見如故。第三，不但一見如故，而且如清人所說還敢為之「淚濕青衫，公然發露」。

　　白居易如此感動，從封建時代的官員身分來看，無異於失態。按理說，光是身世遭際之認同，作為一位郡官，也不至於到「淚濕青衫，公然發露」程度。這裡還有一點是白居易特別強調，恰恰又為後世評家所忽略的，那就是這個歌妓不是一般的歌妓，而是一個有著特殊才藝的歌妓。正是她在音樂上的才華，演技達到了不同凡響的藝術境界，能夠把自己內心情感淋漓盡致地表達出來，從而引起了白居易內心深深的共鳴和震撼，詩人才會用最大的熱情，大筆濃墨來讚美她。這種讚美，不僅是把歌妓當作一個普通的人來讚美，而且是當作一個奇才，一個藝術家來讚美的。試看：

　　　　轉軸撥弦三兩聲，未成曲調先有情。

還只是調試樂器，就不同凡響，讓白居易感到她是一位演技高超、弦動情溢的藝術家。

　　　　弦弦掩抑聲聲思，似訴平生不得意。
　　　　低眉信手續續彈，說盡心中無限事。

這又是什麼情？這是演奏者一種無限悲抑的情感。詩人能夠很快從曲調中領悟到這種情感，並謂之「似訴」，說明這種情感也是被詩人自己的「不得志」所同化了的。所以，這不僅是演奏者的，也是詩人自己的。可惜的是，有聲的音樂，如何喚醒白居易的原本壓抑在潛意識中的「生平不得志」，卻被千年來的讀者忽略了。而忽略了這一點，就忽略了藝術的偉大，偉大到這個官員不但為歌妓流下眼淚，而且坦然宣言，自己和歌妓同是淪落天涯之人，即使不相識，心靈也是息息相通的。

　　如果說〈長恨歌〉的不朽，是由於白居易超越了陳鴻把美女當作「尤物」、當作禍水，加以「懲」戒的老套，而把它寫成了美女因為美造成的悲劇。在〈琵琶行〉中，白居易則是同樣把歌妓當作一個人，一個有高度藝術才華的人，和自己在某種意義上有相同命運的人來歌頌的。從這個意義說，僅評之曰「作者與琵琶演奏者有平等心情。白詩高處在此，不在他處。」就似乎還不夠充分到位。

〈長恨歌〉考辨一二

　　金沙洞口長生殿，玉蕊峰頭王母祠。……有長生殿，乃齋殿也，有事於朝元閣，即御長生殿以沐浴也。……飛霜殿前月悄悄，迎春亭下風颼颼。飛霜殿即寢殿，而白傳〈長恨歌〉以長生殿為寢殿，即殊誤矣。上皇至明年，復舊臣以幸華清宮，信宿乃回。自此遂移處西內中矣。

　　　　（唐）鄭嵎〈津陽門詩並序〉，轉引自宋計有功《唐詩紀事》卷六十二，

　　　　　　　　　　　　　　　又清彭定求等《全唐詩》卷五百六十七

　　白樂天〈長恨歌〉云：「峨嵋山下少人行，旌旗無光日色薄。」峨嵋在嘉州，與幸蜀路全無交涉。……此亦文章之病也。

　　　　　　　　　　　　　　　　　　（宋）沈括《夢溪筆談》卷二十三

　　白樂天〈長恨歌〉，工矣，而用事猶誤。「峨眉山下少人行」，明皇幸蜀，不行峨眉山也。當改云劍門山。「七月七日長生殿，夜半無人私語時」，長生殿乃齋戒之所，非私語地也。華清宮自有飛霜殿，乃寢殿也。當改長生為飛霜，則盡矣。

　　　　　　　　　　　　　　　　　　　　　（宋）范溫《潛溪詩眼》

　　「夕殿螢飛思悄然，孤燈挑盡未成眠」，此尤可笑，南內雖淒涼，何至挑孤燈耶？

　　　　　　　　　　　　　　　　　　（宋）張戒《歲寒堂詩話》卷上

　　白樂天〈長恨歌〉有「夕殿螢飛思悄然，孤燈挑盡未成眠」之句，寧有興慶宮中，夜不燒蠟油，明皇帝自挑盡者乎？書生之見可笑耳。

（宋）邵博《邵氏聞見後錄》卷十九

　　樂天〈長恨歌〉曰：「七月七日長生殿，夜半無人私語時。」按華清宮有長生殿，蓋祀神祈年之所。又玄宗常以十月幸華清，是七月七日亦不嘗在華清也。前輩因此疑樂天訛誤，此不然也。長安大明宮有長生殿，武后疾病居之。張柬之等誅二張，入至長生殿見太后。則不在華清也。肅宗崩於長生殿。

（宋）程大昌《續考古編》卷六

　　詩人諷詠，自有主意，觀者不可泥其區區之詞。《聞見錄》曰：「樂天〈長恨歌〉：『夕殿螢飛思悄然，孤燈挑盡未成眠。』豈有興慶宮中夜不點燭、明皇自挑燈之理？」《步里客談》曰：「陳無己〈古墨行〉，謂『睿思殿裡春將半，燈火闌殘歌舞散。自書小字答邊臣，萬國風煙入長算。』燈火闌殘歌舞散，乃村鎮夜深景致，睿思殿不應如是。」二說甚相類。僕謂二詞正所以狀宮中向夜蕭索之意，非以形容盛麗之為，固雖天上非人間比。使言高燒畫燭，貴則貴矣，豈復有長恨等意邪？觀者味其情旨斯可矣！

（宋）王楙《野客叢書》卷五

　　范元實（范溫字）《詩話》：「（引文同上，略）」按鄭嵎〈津陽門〉詩：「金沙洞口長生殿，玉蕊峰頭王母祠。」則長生殿乃在驪山之上，夜半亦非上山時也。又云：「飛霜殿前月悄悄，迎風亭下風颭颭。」據此，元實之所評信矣。

（明）楊慎《升庵詩話》卷七

　　沈存中論白樂天〈長恨歌〉「峨眉山下少人行」，謂峨眉在嘉州，非幸

蜀路。文人之病，蓋有同者。

（清）顧炎武《日知錄》卷二十一

　　按白詩：「七月七日長生殿，夜半無人私語時。」范元實謂長生殿乃齋戒之所，非私語地，若改作飛霜殿，則吻合矣。蓋《長安志》：「天寶六載，改溫泉為華清宮，殿曰九龍，以待上浴；曰飛霜，以奉御寢；曰長生，以備齋祀。」楊升庵又引〈津陽門詩〉：「金沙洞口長生殿，玉蕊峰頭王母祠。」以實其駁正。余謂胡三省《通鑒》卷二百七長生院注云：「院即長生殿，明年五王誅，二張進至太后所寢長生殿，同此處也。」蓋唐寢殿皆謂之長生殿，此武后寢疾之長生殿，洛陽宮寢殿也。肅宗大漸，越王係授甲長生殿，長安大明宮之寢殿也。白居易〈長恨歌〉所謂長生殿，則華清宮之寢殿也。此殿本名飛霜，蓋同一長生殿也。學者讀顧況〈宿昭應〉詩：「武帝祈靈太乙壇，新豐樹色繞千官。那知今夜長生殿，獨閉空山月影寒。」當知為齋宿之殿。李義山〈驪山有感〉詩：「驪岫飛泉泛暖香，九龍呵護玉連房。平明每幸長生殿，不從金輿唯壽王。」當知為寢宿之所。

（清）閻若璩《潛邱劄記》卷三

　　《三餘編》言：「詩家使事，不可太泥。」白傅〈長恨歌〉：「峨嵋山下少人行。」明皇幸蜀，不過峨嵋。謝宣城（謝脁，曾任宣城太守）詩：「澄江淨如練。」宣城去江百餘里，縣治左右無江。

（清）袁枚《隨園詩話》卷一

　　考據家不可與論詩。或訾余〈馬嵬〉詩曰：「『石壕村裡夫妻別，淚比長生殿上多。』當日，貴妃不死於長生殿。」余笑曰：「白香山〈長恨歌〉：『峨嵋山下少人行。』明皇幸蜀，何曾路過峨嵋耶？」其人語塞。然太不知考據者，亦不可與論詩。

同上卷十三

香山〈長恨歌〉今古傳誦，然語多失體。……「孤燈挑盡未成眠」，
又似寒士光景；南內淒涼，亦不至此。

　　　　　　　　　　　　　　　　　　　（清）施補華《峴傭說詩》

歌云：「峨嵋山下少人行，旌旗無光日色薄。」《夢溪筆談》二十三
〈譏謔〉附〈謬誤類〉云：「（引文同上，略）」寅恪按：元氏《長慶集》
十七東川詩〈好時節〉絕句云：「身騎驄馬峨嵋下，面帶霜威卓氏前；虛
度東川好時節，酒樓元被蜀兒眠。」按微之以元和四年三月以監察禦史使
東川按故東川節度使嚴礪罪狀……微之固無緣騎馬經過峨嵋山下也。夫微
之親到東川，尚復如此，何況樂天之泛用典故乎？故此亦不足為樂天深病。

　　　　　　　　　　　　　（近人）陳寅恪《元白詩箋證稿》第一章

夫富貴人燒蠟燭而不點油燈，自昔已然，北宋時又有寇平仲（寇準
字）一段故事，宜乎邵氏以此笑樂天也。考樂天之作〈長恨歌〉在其任翰
林學士以前，宮禁夜間情狀，自有所未悉，固不必為之諱辨。唯白氏《長
慶集》十四〈禁中夜作書與元九〉云：「心緒萬端書兩紙，欲封重讀意遲
遲；五聲鐘漏初鳴後，一點窗燈欲滅時。」此詩實作於元和五年樂天適任
翰林學士之時，而禁中乃點油燈，殆文學侍從之臣止宿之室，亦稍從樸儉
耶？至上皇夜起，獨自挑燈，則玄宗雖幽禁極淒涼之景境，諒或不至於
是。文人描寫，每易過情，斯固無足怪也。

　　　　　　　　　　　　　　　　　　　　　　　　　同上

詩中寫唐玄宗作為一個失勢的太上皇，在西宮、南內如何靠悔恨、憂
傷、寂寞、淒涼來打發那些難以消磨的日子時，用了下列的句子：「夕殿
螢飛思悄然，孤燈挑盡未成眠。」為了給這位老皇帝的感情上塗抹一層濃
重的暗灰色，詩人挑選螢飛的夕殿這個時間和地點，而以未成眠來證實思
悄然，又以孤燈挑盡來見出他內心痛苦之深，以致終夜不能入睡。由「遲

遲鐘鼓初長夜」到「耿耿星河欲曙天」。我們知道，唐代宮中是用燭而不是用燈來照明的。即使用燈，何至於在太上皇的寢宮中只有一盞孤燈，又何至於竟無內侍、宮女侍奉，而使他終夜挑燈，終於挑盡。這裡顯然都不符事實。但是，我們設想，如果作者如實地反映了當太上皇不眠之夜，生活在一個紅燭高燒，珠圍翠繞的環境裡，還能夠像〈長恨歌〉這裡所描寫的那樣成功地展示他的精神狀態嗎？文學欣賞不能排斥考據，不能脫離事實，可也不能刻舟求劍，以表面的形似去頂替內在的神似。

（今人）程千帆《古詩考索》〈讀詩舉例〉

　　白居易在〈長恨歌〉中，有「七月七日長生殿，夜半無人私語時」之句，長生殿即在華清宮中。天氣還很熱的七夕，玄宗、貴妃也不會住在那裡。〈歌〉中還有「峨嵋山下少人行，旌旗無光日色薄」之句。玄宗一行從陝西進入四川，到了成都，就停止南進，而峨嵋在成都之南又幾百里，玄宗等根本沒有走過此山。像這些地方，或是由於詩人創作時不曾細考，隨情涉筆，以致出現錯誤，然而它們並無損於整個作品的思想性和藝術性，所以說，這是可以原諒的。

（今人）沈祖棻《唐人七絕詩淺釋》

　　批評「峨眉山下少人行」，卻不恰當。因為峨眉山是代四川，只是說在四川的山路上本是少行人罷了。「蔣介石躲在峨眉山上」，這個峨眉山，就是四川的代稱，所以完全可以的，倘說「太行山下少人行」就不行，因為太行山不代表四川。

（今人）周振甫《詩詞例話》〈忌執著〉

附錄

　　嘗過洞庭。李太白〈洞庭西望〉一絕：「日落長沙秋色遠。」長沙在洞庭東南五百餘里，甚相違背。江文通〈登香爐峰詩〉：「日落長沙渚，層

陰萬里生。」長沙在廬山南二千餘里，語亦未合。李詩本之古人，興會所
至，往往率易如此。

（清）黃與堅《論學三說》

　　香爐峰在東林寺東南，下即白樂天草堂故址。峰不甚高，而江文通
〈從冠軍建平王登香爐峰〉詩云：「日落長沙渚，層陰萬里生。」長沙去
廬山二千餘里，香爐何緣見之？孟浩然〈下贛石〉詩：「暝帆何處泊？遙
指落星灣。」落星在南康府，去贛亦千餘里。順流乘風，即非一日可達。
古人詩只取興會超妙，不似後人章句，但作記裡鼓也。

（清）王士禎《漁洋詩話》卷上

　　世謂王右丞畫雪中芭蕉，其詩亦然。如：「九江楓樹幾回青，一片揚
州五湖白。」[1]下連用蘭陵鎮、富春郭、石頭城諸地名，皆寥遠不相屬。
大抵古人詩畫，只取興會神到，若刻舟緣木求之，失其指矣。

又《池北偶談》卷十八

按：此則又編入清張宗柟纂集《帶經堂詩話》卷三，宗柟按語云：詩家唯論興
　　會，道裡遠近不必盡合，此神到之作，古人有之，後人正藉口不得。

　　（李賀〈摩多樓子〉詩[2]）玉門關與休屠右地，相去未必有二萬四千
里。而遼水遠在東北，與西域了不相干，乃長吉連類舉之若在一方者。蓋
興會所至，初不計其道路之遠近而後修詞，學者玩其大意可也。

（清）王琦《李長吉歌詩匯解》卷四

1　〈同崔傅答賢弟〉詩句。
2　李詩：玉塞去金人，二萬四千里。風吹沙作雲，一時渡遼水。天白水如練，甲絲雙
　　串斷。行行莫苦辛，城月猶殘半。曉氣朔煙上，趫趫胡馬蹄。行人臨水別，隴水長
　　東西。

孫　評

　　我國古典詩評，對於敘事詩與歷史事實之間的關係，比較尊重的
還是藝術本身的規律，糾纏於史實的矛盾的並不多見。但是，這只是
一般而言，有時學者也會把詩與史混為一談。〈長恨歌〉是我國文學
史上罕見的敘事詩篇，一些論者評家似乎就忘記了詩的抒情、虛構特
質，在某些史實上糾纏不休。

　　其實，這首詩一開頭就宣告了它的虛擬性：「漢皇重色思傾國，
御宇多年求不得。楊家有女初長成，養在閨中人未識。」明明白白是
虛擬的，明明是自己兒子壽王李瑁的妃子據為己有，卻說是處女被發
現。其創作初衷就是詩化的歷史，歷史的詩化。在白居易筆下，〈長
恨歌〉完全不同於陳鴻的〈長恨歌傳〉，它寫的不是客觀的歷史事
實，而是一齣帶有傳奇色彩的愛情悲劇。詩人讚美李楊的愛情，感歎
美女和君王的不幸。他不管與歷史人物有多大的區別，就是用詩筆把
楊貴妃寫成永恆愛情的美的象徵。吾人當從主旨和藝術特點上去分析
那些細枝末節的質疑，而不必為煩瑣的考證辯解。

　　在〈長恨歌〉所構想的情節中，詩人對初期李隆基重色、楊貴妃
受寵的描寫，正面鋪張，大筆濃墨，強調的是二人莫大的歡樂。然而
皇帝的絕對權力帶來的幸運，卻不是絕對的，與之相隨的是災難，國
家的動亂使受寵者付出了生命的代價。從「一朝選在君王側」到「宛
轉蛾眉馬前死」，寵妃身不由己捲入政局而成了政治的犧牲品。從文
本潛在的意脈來說，貴妃死後情節又開始了新的階段，讚美對象從美
女的美轉向帝王的感情。「重色」的君王，已經無色可重，「重色」變
成了重「情」。「長恨」不僅僅是在時間上的朝朝暮暮，而且是在刻骨
銘心的狀態上，這是一種無可奈何的、無限纏綿的、不可磨滅的情
感，因而也是一種不可挽回的遺恨。這種遺恨是無限、無所不在的，

它衝擊著漸行漸遠的環境景物，令一切生命感覺都發生了「變異」。陽光變得淡白，旗幟失去顏色，皎好的月光令人傷心，雨中的的鈴聲則更是令人腸斷。在逃亡途中，是一切景觀皆因貴妃未能共用而悲涼，歸來以後，則是物是人非的反差，環境愈是美好，愈是引發悲痛。

　　這種遺恨最集中的特點是孤獨：孤獨就是無伴，無伴的痛苦，不可替代感使抒情達到了高潮：

　　　　夕殿螢飛思悄然，孤燈挑盡未成眠。
　　　　遲遲鐘鼓初長夜，耿耿星河欲曙天。
　　　　鴛鴦瓦冷霜華重，翡翠衾寒誰與共？

這是以夜晚的失眠表現「長恨」的心理效果。不再單純運用變異的意象，而是以極其精緻的細節構成有機的、無聲的圖景，暗示時間的默默推移，把失眠的痛苦從視覺的「夕殿螢飛」，到聽覺的「遲遲鐘鼓」，再到觸覺的「翡翠衾寒」，統一起來作多元感知的呈現。這裡宮殿環境固然是帝王獨有的，但是，失眠的心理又超越了帝王，「孤燈挑盡未成眠」，似乎帶上了平民的色彩。很難設想，太上皇的南內宮殿的燈會是「孤燈」，更難設想太上皇要親自去挑它的燈芯。白居易在這裡有意無意地把失眠的情景融入了平民生活，對忠貞不二的的愛情來說，身分似乎並不重要，超越身分才更有絕對性。一些評者拘泥之說，即是未能理解詩人的用心所在。

　　〈長恨歌〉之所以經受了千年時間的考驗，根本原因就在於它不是一般的詩，而是傑出的敘事詩。在敘事的過程中又和諧地抒情，把敘事與抒情結合起來，或不時以抒情的脈絡，化解敘事，這正是它的特點。如李隆基倉皇逃往四川，其間曲折變動，在歷史家筆下是很複雜的，他則寫道：

　　黃埃散漫風蕭索，雲棧縈紆登劍閣。

　　峨嵋山下少人行，旌旗無光日色薄。

　　蜀江水碧蜀山青，聖主朝朝暮暮情。

　　行宮見月傷心色，夜雨聞鈴腸斷聲。

幾乎都以主人公的感官為中心，來寫一路上的所見所聞，全部意象的組合，是以情感的秩序來安排的。但妝點於意象群落中的「登劍閣」、「峨嵋山」、「行宮見月」，則隱含了由陝入川、從逃亡到安定的過程，時間的推移就這樣沉浮於意象群落之中。為了意象的任情跳躍和自由組合，在這種「意象群落」中，過程的連續性被最大限度地隱藏，過程成為若斷若續的脈絡。一些評者質疑「峨嵋」失實，就是沒有注意到詩中這種若斷若續的敘事特點，不管「劍閣」是真、「峨嵋」是假，其實都不過是提示入川幾個跳躍的虛擬性意象而已。

浪濺寺院、佛身理背

　　白傅自九江赴忠州，過江夏，有〈與盧侍御於黃鶴樓宴罷同望〉詩曰：「白花浪濺頭陀寺，紅葉林籠鸚鵡洲。」[1]句則美矣，然頭陀寺在郡城之東絕頂處，西去大江最遠，風濤雖惡，何由及之？或曰：「甚之之辭，如『峻極於天』之謂也。」予以謂世稱子美為詩史，蓋實錄也。

（宋）王得臣《麈史》卷中

　　潤州金山寺，張祜、孫魴留詩，為第一篇。山居大江中，迥然孤秀，詩意難盡。羅隱云：「老僧齋罷關門睡，不管波濤四面生。」[2]孫生句云：「結宇孤峰上，安禪巨浪間。」[3]又曰：「萬古波心寺，金山名目新。天多剩得月，地少不生塵。過檻妨僧定，驚濤濺佛身。誰言張處士，題後更無人？」[4]

（宋）計有功《唐詩紀事》卷七十一

按：此則又見宋尤袤《全唐詩話》卷六。

　　金山寺號為勝景，張祜吟詩有「僧歸夜船月，龍出曉堂雲」之句[5]，

1　白居易〈盧侍御與崔評事為予於黃鶴樓致宴，宴罷同望〉：江邊黃鶴古時樓，勞致華筵待我遊。楚思淼茫雲水冷，商聲清脆管弦秋。白花浪濺頭陀寺，紅葉林籠鸚鵡洲。總是平生未行處，醉來堪賞醒堪愁！
2　〔唐〕羅隱〈金山僧院〉佚詩斷句。
3　〔五代南唐〕孫魴〈金山寺〉佚詩斷句。
4　又孫魴〈題金山寺〉詩。詩句另有異文，見下引。
5　張祜〈題潤州金山寺〉詩：一宿金山寺，微茫水國分。僧歸夜船月，龍出曉堂雲。樹影中流見，鐘聲兩岸聞。因悲在朝市，終日醉醺醺。

自後詩人閣筆。孫魴復吟一詩云：「山載江心寺，魚龍是四鄰。天多剩得月，地少不生塵。過檜妨僧定，驚濤滅佛身。誰言張處士，詩後更無人！」時號絕唱。

（宋）陸游《南唐書》〈孫魴傳〉

祐詩全篇皆好，魴詩不及之，有疵病，如「驚濤滅佛身」之句，則金山寺何其低而且小哉？「誰言張處士，詩後更無人」，仍自矜炫如此，尤可嗤也。

（宋）胡仔《苕溪漁隱叢話》後集卷十八

《遯齋閑覽》謂金山寺佳句絕少，張祐「樹影中流見，鐘聲兩岸聞」，孫魴「天多剩得月，地少不生塵」，亦未為工。熙寧中，荊公有「北固」、「西興」之句[6]，始為中的。余謂魴詩「過檜妨僧定，歸濤滅佛身」下一句，金山何其卑也，前輩已能議之，今不以入選。張祐詩無可議矣，荊公此詩恐亦未能壓倒張處士也。

（元）方回《瀛奎律髓》卷一

孫詩似誇，則不當也。若以「濤驚滅佛身」言，山不應如此之低，此癡人前又不可說夢。第同時李翱亦有詩，而後四句全同孫句，不知當時何意向之若是。李云：「山載江心寺，魚龍是四鄰。樓臺懸倒影，鐘聲隔囂塵。過檜妨僧夢，驚湍滅佛身。誰言題韻處，流響更無人。」此則可笑，而人反不知而未議也。

（明）郎瑛《七修類稿》卷三十七

6　王安石〈次韻平甫金山會宿寄親友〉詩：天末海門橫北固，煙中沙岸似西興。已無船舫猶聞笛，遠有樓臺只見燈。山月入松金破碎，江風吹水雪崩騰。飄然欲作乘桴計，一到扶桑恨未能。

　　金山寺題者甚多，唯張祜詩云：「（同上引，略）」此詩可謂金山絕唱。後孫魴題云：「（同上陸游所引，略）」其言矜誇自大，然濺佛之句，評者謂金山豈如此其低耶？

（明）單宇《菊莊叢話》卷三

　　金山寺題詠最多，佳句絕少。唯張祜詩云：「（同上引略）」識者稱其可為金山絕唱。後孫魴題云：「（同上陸游所引，略）」說者謂天多地少，可用於落星，金山不應如此狹，而濤濺佛身，金山又不應如此其低。且其言誇大，無足取者。祜之末句，亦不甚親切。

（明）蔣冕《瓊臺詩話》卷上

　　李益云「馬汗凍成霜」[7]，孫魴云「驚濤濺佛身」，人謂冬月豈有汗馬，驚濤不入佛寺。然奇妙處正在此，以理論詩，失之遠矣。

（明）徐𤊹《徐氏筆精》卷三

　　「驚濤濺佛身」，寺似太低矣⋯⋯「馬汗凍成霜」，寒燠似相背矣。然於佳句，毫無損也。詩家三昧，正在此中見解。

（明）謝肇淛《小草齋詩話》卷一

　　（白居易「白花浪濺」二句）《塵史》云：「頭陀寺在郡城之東絕頂處，西去大江最遠，風濤雖惡，何由及之？」如孫魴〈金山寺〉詩：「驚濤濺佛身。」《漁隱叢話》云：「金山寺何其低而小哉？蓋詩人形似太過，率多此疵。」⋯⋯亦同坐此。

（清）吳景旭《歷代詩話》卷五十

7　〈從軍有苦樂行〉詩句：劍文夜如水，馬汗凍成霜。

（孫魴）「驚濤」句措詞太粗狠，未免近俗則有之。若論作詩法，則形容模寫處，往往有過其實者，執此論天下無詩境矣。

（清）查慎行《初白庵詩評》卷下

婉蕙喜談詩，席間問余曰：「金山寺詩，自以唐張佑（**按：**原文如此）一首為絕唱，此外，果無人不閣筆乎？」余曰：「記得孫魴亦有詩云：『（同上計有功引，略）』可謂誇矣，而實不及張之自然。乃李翱亦有詩云：『（同上引，略）』後四句全襲孫意，不知何故，三人皆唐人也。」

（清）梁章鉅《浪跡叢談》卷一

孫　評

　　宋人王得臣批評白居易於黃鶴樓吟詩有「白花浪濺頭陀寺，紅葉林籠鸚鵡洲」之句，以為「頭陀寺在郡城之東絕頂處，西去大江最遠，風濤雖惡，何由及之？」雖然他覺得也可能是詩人「甚之之辭，如『峻極於天』之謂」，但還是認為，應該如杜甫那樣達到「詩史」的「實錄」的境界。且不說這混淆了詩與史的根本區別，就算杜甫是個樣板，也不應千人一面，應該允許風格的不同。更何況杜甫也並非以「實錄」為準則來寫詩，如：「五更鼓角聲悲壯，三峽星河影動搖。」以三峽江流之急，何可映星河之影？「感時花濺淚，恨別鳥驚心。」則明明不是實錄，而是詩人的虛擬和想像。

　　胡仔又挑剔孫魴寫鎮江江心的金山寺詩句「過櫓妨僧定，驚濤濺佛身」「有疵病」，謂如此「則金山寺何低而且小」。這種片面的指責，直至清代沒有停止，元方回、明郎瑛、單宇、清吳景旭都有類似的譏評。當然，也不能說幾百年間對此就沒有點真知灼見。明徐燉就曾直率說：「然奇妙處正在此。」難能可貴的是，他還從理論上指出這類評論的錯誤在於「以理論詩，失之遠矣。」謝肇淛也說，即便「寺似太低」，「然於佳句，毫無損也。詩家三昧，正在此中見解。」但他們的議論沒有深入下去，並未論證為什麼以理論詩就會大大失誤。

　　總的來說，在這個問題上，古典詩評往往徘徊不前。議論原本起於孫魴與張祜二詩的比較，低水準的寫實吹求卻轉移了目標。直至七百年後，梁章鉅才超越了對孫魴詩句的吹毛求疵，承認詩人當有誇張的權利，其缺陷只是在於「實不及張之自然」。這才又回到詩話本該研究的課題上。

　　應該說，就章句而言，孫詩誇張的想像符合佛寺的超凡境界。但從整首詩看，也僅僅這兩句有水準。首聯「萬古波心寺，金山名目

新」，即完全是浪費筆墨，既沒有環境的特點，也缺乏心境的特徵。次聯「天多剩得月，地少不生塵」，寫出了佛門清淨的氛圍。結聯「誰言張處士，題後更無人？」卻頗有打油的情調，與中間二聯的境界顯得格格不入。而張祜一詩，除了「龍出曉堂雲」句與全詩樸素的語境不甚和諧外，整體上是相當自然的。特別是結聯「因悲在朝市，終日醉醺醺」，全係大白話，不但和前三聯的典雅語言形成反差，而且以「醉醺醺」的姿態使佛門清淨境界發生對轉，自我精神風貌突然一變，前面的境界也「因悲在朝市」得到了深化。相比起來，孫詩意境不夠統一的缺陷就很突出了。

　　虛實相生，才有詩的意脈起伏，片面寫實的絕對追求，實在是無視為詩之起碼規律。清黃生《一木堂詩塵》曾精闢說道：「狂欲上天，怨思填海，極世間癡絕之事，不妨形之於言，此之謂詩思。以無為有，以虛為實，以假為真，靈心妙舌，每出人常理之外，此之謂詩趣。……唐人唯具此三者（按：另一指詩腸）之妙，故風神灑落，興象玲瓏。」何況，詩歌的主觀抒情性質，決定其不超越客觀寫實，就不能進入想像性的虛擬境界，從而也就不能獲得情感的自由。在這種基本出發點上的混亂，歷數百年而不得澄清，實在是咄咄怪事。

「割愁腸」及「割愁」

僕自東武適文登，並海行數日，道旁諸峰，真若劍鋩。誦柳子厚詩，知海山多爾耶。子厚云：「海畔尖山似劍鋩，秋來處處割愁腸。若為化得身千億，散上峰頭望故鄉。」[1]

(宋) 蘇軾《東坡題跋》卷二

韓退之詩云：「水作青羅帶，山為碧玉簪。」[2]柳子厚詩云：「海上群山若劍鋩，秋來處處割愁腸。」陸道士云：二公當時不相計，會好做成一屬對。東坡為之對云：「縈閊豈無羅帶水，割愁還有劍鋩山。」此可編入詩話也。

同上

柳子厚〈與浩初上人看山詩〉云：「(同上引，略)」議者謂子厚南遷，不得為無罪，蓋未死而身已在刀山矣。

(宋) 周紫芝《竹坡詩話》

柳子厚詩云：「海上尖山似劍鋩，秋來處處割愁腸。」東坡用之云：「割愁還有劍鋩山。」[3]或謂可言「割愁腸」，不可但言「割愁」。亡兄仲

1　柳宗元〈與浩初上人同看山寄京華親故〉詩。
2　韓愈〈送桂州嚴大夫〉詩句。水、為，一作「江」、「如」。
3　蘇軾〈白鶴峰新居欲成，夜過西鄰翟秀才，二首〉詩其一：林行婆家初閉戶，翟夫子舍尚留關。連娟缺月黃昏後，縹緲新居紫翠間。縈閊豈無羅帶水，割愁還有劍鋩山。中原北望無歸日，鄰火村舂自往還。

高云：「晉張望詩曰：『愁來不可割。』⁴此『割愁』二字出處也。」

（宋）陸游《老學庵筆記》卷二

柳子厚詩：「（同上，略）」或謂子厚南遷，不得為無罪，蓋雖未死而已上刀山矣。此語雖過，然造作險譚，讀之令人慘然不樂。

（明）瞿佑《歸田詩話》卷上

留滯他山，愁腸如割，到處無可慰之也。因同上人欲假釋家化身神通，少舒鄉國之想。固遷客無聊之思，發為無聊之語耳。

（明）周珽《刪補唐詩選脈箋釋會通評林》卷五十六

詞非詩比，詩忌尖刻，詞則不然。魏承班〈訴衷情〉云：「皓月瀉寒光，割人腸。」⁵尖刻而不傷巧。詞至唐末初盛，已有此體。如東坡「割愁還有劍鋩山」，巧矣，以之入詩，終嫌尖削。

（清）李調元《雨村詞話》卷一

附錄

「割愁腸」、「割愁」詞語入詩、入詞、入曲示例：

五代韋莊〈冬夜〉：「無人為我磨心劍，割斷愁腸一寸苗」；沈彬〈都門送別〉：「一條灞水清如劍，不為離人割斷愁」。

宋范成大〈春日覽鏡有感〉：「但淬割愁劍，何須揮日戈」；陸游〈贈邢芻甫〉：「割愁何處有并刀，傾座誰能奪錦袍」；王炎〈和游堯臣出郊二首〉其一：「玉佩泉鳴清醉耳，劍鋩山峭割愁腸」；洪皓〈漁家傲〉詞：

4　〈貧士詩〉：荒墟人跡稀，隱僻閭鄰闊。葦篙自朽損，毀屋正寥豁。炎夏無完綌，玄冬無暖褐。四體困寒暑，六時疲饑渴。營生生愈瘁，愁來不可割。

5　〔五代前蜀〕魏承班〈訴衷情〉詞：銀漢雲晴玉漏長，蛩聲悄畫堂。筠簟冷，碧窗涼，紅蠟淚飄香。　皓月瀉寒光，割人腸。那堪獨自步池塘，對鴛鴦。

「但對割愁山似劍，聊自勸，東坡海島猶三見」；辛棄疾〈一剪梅〉詞：「雲遮望眼，山割愁腸」。

　　元湯舜民〈贈王善才〉散曲：「金剛刀怎割愁腸，甘露水難消心火」。

　　明方大猷〈南歌子〉〈秋思〉詞：「天外群峰處處，割愁腸」；孟稱舜〈卜算子〉詞：「江外峰青似劍，難割愁腸去」。

摘引自《全唐詩》、《全宋詩》、《全宋詞》等

　　陸放翁《老學庵筆記》云：「（引文同上，略）」余謂「愁來不可割」，言愁之難制也。「割愁腸」，言愁極而斷腸也。二意正相反。今東坡詩實本於子厚，則不當用張詩為證，豈坡公實取張意而用子厚語為翻案耶？不然，則「割愁」之為未妥，誠如或者之疑也。

〔韓〕金昌協《農岩雜識》

　　柳子厚詩：「（同上引，略）」此一字一淚也，來雖有身在刀山之譏，讀之哀怨，殆與〈答蕭翰林〉、〈許京兆書〉相表裡矣。尖山，奇峰也；愁者見之，便成割腸之鋩。而亂峰攢秀，望之不知何處，果可以得見故鄉也？勿論罪惡之輕重，令人顰蹙矣。

〔韓〕李瀷《星湖僿説》

孫　評

　　詩評有時耽於技巧，爭論又從技巧到技巧，提出的問題並不深刻，此亦一例。柳宗元流放海畔，愁思鬱積，見山峰尖利，乃有「割愁腸」之感。如十七、十八世紀韓人李瀷所云：「尖山，奇峰也；愁者見之，便成割腸之鋩。」這種想像的生命，全在其間聯想之管道自然順暢。山峰之尖利轉化為刀刃之尖利，這在意象構成上屬於功能變異。陸游之兄引晉張望詩句「愁來不可割」，旨在指出「割愁」二字之出處。詩話中鑽牛角尖者，便有愁腸可割而愁不可割之議。

　　其實，憑直覺可知，割愁之妙，是使抽象的愁緒、愁情，因其可割，而轉化成為可以觸摸，具體可感。正如李清照所寫「只恐雙溪舴艋舟，載不動，許多愁」詞句，愁緒因為可以運載，就變得有形有體，讀者可以具體感受到其沉重。愁腸則本可觸摸，處處被割只是極言內心鄉愁之多，慣常的想像並沒有新的突破。所以後世「割愁腸」、「割愁」入詩詞、散曲者雖非個別，但割愁勝於割愁腸卻是顯而易見的。

　　可惜，詩話家們議論可割不可割，而對此中之微妙處卻未細察。試比較如下二例：

> 無人為我磨心劍，割斷愁腸一寸苗。（韋莊）
> 一條瀟水清如劍，不為離人割斷愁。（沈彬）

韋莊本來以心劍割愁腸，很有想像力，但美中不足的是，從「愁腸」中突然又生發出「一寸苗」，從割腸到割苗的聯想就格格不入。沈彬埋怨「瀟水清如劍」，卻「不為離人割愁」，這愁因割而有了觸感，聯想便自然順暢得多，而且由於新異，富有想像的衝擊力。再看：

但淬割愁劍，何須揮日戈。（范成大）

割愁何處有并刀，傾座誰能奪錦袍。（陸游）

以上二則，均為割愁之例。以下五則，均為割愁腸之例：

玉佩泉鳴清醉耳，劍鋩山峭割愁腸。（王炎）

雲遮望眼，山割愁腸。（辛棄疾）

金剛刀怎割愁腸，甘露水難消心火。（湯舜民）

天外群峰處處，割愁腸。（方大猷）

江外峰青似劍，難割愁腸去。（孟稱舜）

不無巧合的是，兩則割愁之例，均以巧思取勝，從山之尖利化出淬劍、并刀，而且用疑問語氣，也有利於意脈起伏。而「割愁腸」者五例，重複山峰之喻竟達四例，唯一不重複的「金剛刀怎割愁腸，甘露水難消心火」亦未見巧思。

夢中安能見「樹煙」

　　柳子厚〈別舍弟宗一詩〉云:「零落殘紅倍黯然,雙垂別淚越江邊。一身去國六千里,萬死投荒十二年。桂嶺瘴來雲似墨,洞庭春盡水如天。欲知此後相思夢,長在荊門郢樹煙。」此詩可謂妙絕一世,但夢中安能見郢樹煙?「煙」字只當用「邊」字,蓋前有「江邊」故耳。不然,當改云「欲知此後相思處,望斷荊門郢樹煙」,如此卻似穩當。

(宋)周紫芝《竹坡詩話》

　　此乃到柳州後,其弟歸漢、郢間,作此為別。「投荒十二年」,其句哀矣,然自取之也。為太守尚怨如此,非大富貴不滿願,亦躁矣哉!

(元)方回《瀛奎律髓》卷四十三

　　宋人詩話有極可笑者,引柳子厚〈別弟宗一〉詩:「欲知此後相思夢,長在荊門郢樹煙。」謂夢中安得見郢樹煙?此真癡人說夢耳。夢非實事,煙正其夢境糢糊,欲見不可,以寓其相思之恨,豈問是耶?固哉,高叟之為詩也。

(明)何孟春《餘冬詩話》卷上

　　(柳詩)此言既遭遷謫,殘魂黯然,又遇兄弟睽離,故臨流而揮淚也。去國極遠,投荒極久,幸一聚會,未幾又別,而瘴氣之來,雲黑如墨,春光之盡,水溢如天,氣候若此,能不益增其離恨乎?自此別後,懷弟之夢,長在於荊門、郢樹之間而已。若後會期,豈可得而定哉!

(明)廖文炳《唐詩鼓吹注》卷一

　　《墅談》稱：此詩無一字不佳。竹坡老人（周紫芝，自號竹坡居士）乃謂：夢中焉能見郢樹煙？欲易「煙」以「邊」，又以犯第二句「江邊」。而改云：「欲知此後相思處，望斷荊門郢樹煙。」此真癡人前說不得夢也。不知天下夢境極靈極幻，疑假疑真，著一「煙」字綴之，使模糊離迷於其間，以夢為體，以煙為用，說出一種相思況味，詩人神行處也。如太白詩：「相思若煙草，歷亂無冬春。」[1]蓋善說相思，無如煙樹、煙草矣。

　　　　　　　　　　　　　　　（清）吳景旭《歷代詩話》卷四十九

　　「欲知此後相思夢」二句。《韓非子》：張敏與高惠二人為友，每相思，不得相見。敏便於夢中往尋，但行至半路即迷。落句正用其意，承五六來，言柳州夢亦不能到也。注指荊郢為宗一將遊之處，非。

　　　　　　　　　　　（清）何焯《義門讀書記》卷三十七〈河東集〉

　　（周紫芝之說）予謂非是。既云夢中，則夢境迷離，何所不可到，甚言相思之情耳。一改「邊」字，膚淺無味；若易以「處」字、「望斷」字，又太直，不成詩矣。詩以言情，豈得沾沾以字句求之？宋人論詩，吾所不取。唯嚴儀卿《詩話》是正派。

　　　　　　　　　　　　　　　　　　　（清）馬位《秋窗隨筆》

　　講解切不可穿鑿傅會，議論切不可欹刻好奇。未能灼見，不妨闕疑。如竹坡老人駁柳子厚〈別弟宗一〉詩末句云「欲知此後相思夢，長在荊門郢樹煙」，謂：「夢中安能見郢樹煙？只當用『邊』字。蓋前有『江邊』故耳。」此語已屬夢中說夢。後又改云：「欲知此後相思處，望斷荊門郢樹煙。」是魘不醒矣。殊不知別手足詩，辭直而意哀，最為可法。觀此一首，無出其右。

　　　　　　　　　　　　　　　　　　　（清）薛雪《一瓢詩話》

1　〈送鄭准、裴政、孔巢父還山〉詩句。

（柳詩）語意渾成而真切，至今傳頌口熟，仍不覺其濫。「煙」字趁韻。

（清）紀昀《瀛奎律髓刊誤》卷四十三

結句自應用「邊」字，避上面用「煙」字，不免湊韻。

（清）姚鼐《五七言今體詩鈔》卷四

柳子厚〈別弟宗一〉詩結句云：「欲知此後想思夢，長在荊門郢樹煙。」妙處全在「煙」字，宋人俞紫芝《竹坡詩話》乃謂當作「邊」字，又為之改曰：「欲知此後想思處，望斷荊門郢樹邊。」所謂癡人前不得說夢。

（近代）沈濤《匏廬詩話》卷中

予謂：夢中心存目想，又何物不可見？柳詩用「煙」字寫出夢中所見者，郢樹含煙猶尚模糊，況兄弟哉！此正其化工也。若竹坡所云，則落言詮入理路，更有何味。

（近人）丁儀《詩學淵源》卷七

「郢樹邊」太平凡，即不與上複，恐非子厚所用，轉不如「煙」字神遠。

（近人）高步瀛《唐宋詩舉要》卷五

孫　評

　　周紫芝批評柳詩不當用「煙」字，謂「夢中安能見郢樹煙」？並為之修改。這個評論家，顯然不是詩的絕對外行，但他的修改意見證明，他只懂得一點詩的技術，其心靈，其想像，實在去詩太遠。

　　柳詩本寫夢，日有所思，夜有所夢，何嘗受制於空間時間？何況為詩比散文更有想像的自由。挑剔議論迂闊之至，怪不得淪為笑柄。何孟春批駁得很到位：「宋人詩話有極可笑者。」「此真癡人說夢耳。夢非實事，煙正其夢境模糊，欲見不可，以寓其相思之恨，豈問是耶？固哉！」

柳詩〈漁翁〉可否刪削

柳子厚詩曰：「漁翁夜傍西巖宿，曉汲清湘燃楚竹。煙消日出不見人，欸乃一聲山水綠。回看天際下中流，巖上無心雲相逐。」[1]東坡云：「……熟味此詩，有奇趣。然其尾兩句雖不必亦可。」

（宋）惠洪《冷齋夜話》卷五

柳子厚詩云：「（同上引，略）」此賦中之興也。

（宋）吳沆《環溪詩話》卷下

柳子厚「漁翁夜傍西巖宿」之詩，東坡刪去後二句，使子厚復生，亦必心服。

（宋）嚴羽《滄浪詩話》〈考證〉

或謂蘇評為當，非知言者。此詩氣渾，不類晚唐，正在後兩句，非蛇安足者。

（宋）劉辰翁評語，轉引自明高棅《唐詩品彙》卷三十六

柳子厚「回看天際下中流，巖上無心雲相逐」，坡翁欲削此二句，論詩者類不免矮人看場之病。予謂若止用前四句，則與晚唐何異？

（明）李東陽《麓堂詩話》

1　即〈漁翁〉詩。

獨蘇氏欲去柳宗元「遙看天際」……吾所未解耳。

（明）王世貞《全唐詩説》

柳柳州（柳宗元，曾遷柳州刺史，亦卒此地）〈漁翁詩〉曰：「（略）」氣清而飄逸，殆商調歟！

（明）王文祿《詩的》

子厚「漁翁夜傍西岩宿」，除去末二句自佳。劉以為不類晚唐，正賴有此。然加此二句為七言古，亦何詎勝晚唐，故不如作絕也。

（明）胡應麟《詩藪》內編卷六

高正在結。欲刪二語者，難與言詩矣。

（明）邢昉《唐風定》

……熟味此詩，有奇趣，然尾二句不必亦可。蓋以前四語已盡幽奇，結反著相也。

（明）周珽《刪補唐詩選脈箋釋會通評林》卷二十四

「欸乃一聲山水綠」，此是淺句。「岩上無心雲相逐」，此是淺意。

（明）陸時雍《唐詩鏡》卷三十七

余嘗謂柳子厚「漁翁夜傍西岩宿」一首，末二句蛇足，刪作絕句乃佳。東坡論此詩亦云：「末二句可不必。」

（清）王士禎《分甘餘話》卷一

柳子厚「漁翁夜傍西岩宿」，只以「欸乃一聲山水綠」作結，當為絕唱，添二句反蛇足。而聾者顧深贊之，可一笑也。《居易錄》

又《帶經堂詩話》卷一

　　又嘗言：柳子厚「漁翁夜傍西岩宿」一首，如作絕句，以「欸乃一聲山水綠」結之，便成高作。下二句真蛇足耳；而盲者顧稱之，何耶？

又《漁洋詩話》卷上

　　唐六如（明唐寅，自號六如居士）〈題釣翁詩〉：「直插魚竿斜繫艇，夜深月上當竿頂。老漁爛醉喚不醒，滿船霜印蓑衣影。」此首天趣悠然，覺柳州〈西岩詩〉後二句，真可刪卻。

（清）宋長白《柳亭詩話》卷三

　　東坡謂刪去末二語，餘情不盡。信然。

（清）沈德潛《唐詩別裁集》卷八

　　杜荀鶴「承恩不在貌，教妾若為容」[2]一律，王元美以為去後四句作絕句乃妙，其言當矣。至謂柳宗元〈漁翁〉一首，東坡不合欲去末二句，愚竊惑之。此首至「欸乃一聲山水綠」一句，恰好調歌，刪去末二句，言盡意不盡，何等悠妙？何等含蓄？豈元美於斯未嘗三復耶！

（清）田同之《西圃詩説》

　　詩有長言之味短，短言之味長。作者任意所至，不復自止，一經明眼人刪削，遂大開生面者。然明眼人往往不能補短，但能截長。如柳子厚「（詩文同上，略）」坡刪其後二句，嚴羽卿云：「使子厚復生，亦必心服。」

（清）吳大受《詩筏》

2　即〈春宮怨〉詩：早被嬋娟誤，欲妝臨鏡慵。承恩不在貌，教妾若為容？風暖鳥聲碎，日高花影重。年年越溪女，相憶采芙蓉。

「岩上無心雲相逐」，本是啞句，本是湊韻。東坡謂當刪去，有識。啞句湊韻，子厚甚多。

（近代）錢振鍠《謫星説詩》卷二

　　在這首詩裡寫的漁翁，是寫實呢，還是借漁翁來自喻？看來是自喻。因為「回看天際下中流，岩上無心雲相逐」，這個回看不是漁翁的回看，是作者的回看。作者回頭看看，看到「岩上無心雲相逐」，即陶淵明〈歸去來兮辭〉裡的「雲無心兮出岫，鳥倦飛而知還」。他因為被貶到永州，回不了故鄉，不能像鳥倦飛知還，只有想到雲無心出岫。他的出來參加永貞革新運動，並不是為了要追求功名富貴，所以是無心相逐的。

（今人）周振甫《周振甫講古代詩詞》〈柳宗元〉

孫　評

　　柳宗元〈漁翁〉一詩，蘇軾認為「其尾兩句雖不必亦可」，即傾向於刪削。由於蘇東坡的權威，一言既出，就引發了近千年的爭論。嚴羽、胡應麟、王士禎、沈德潛均從蘇說，以刪節為佳。而劉辰翁、李東陽、王世貞則認為不刪節更好。

　　其實，這最後兩句「回看天際下中流，岩上無心雲相逐」是不可缺少的。很明顯，這是從漁翁的角度，寫漁舟之輕捷。「天際」，寫的是江流之遠而快，也顯示了舟行之飄逸。「下中流」的「下」字，更點出了江流來處之高，自天而降，舟行輕捷而不險，越發顯得漁翁的悠然自在。如果這一句還不夠明顯，下面的就點得很明確了：「岩上無心雲相逐。」回頭看從天而降的江流，有沒有感到驚心動魄呢？沒有。感到的只是，高高的山崖上，雲在飄飛。這種「相逐」的動態，是不是有某種亂雲飛渡的感覺呢？也沒有。雖然「相逐」，可能運動速度很快，卻是「無心」，也就是無目的、無功利的，因而也就是不緊張的。

　　可以說，這兩句是全詩思想的焦點所在。但是，蘇軾傾向刪削。李東陽則認為：「若止用前四句，與晚唐何異？」劉辰翁也認為，如果刪節了，就有點像晚唐的詩了。晚唐詩有什麼不好？有種解釋是晚唐詩一味追求趣味之「奇」，而忽略了心靈的深度內涵。蘇東坡則認為刪削了最後兩句，會更有奇趣，添加這兩句，反而少了些奇趣。這種把晚唐詩僅僅歸結為追求奇趣的說法，顯然偏頗。今人周嘯天說：「『唐詩』固有獵奇太過不如初盛者，亦有出奇制勝而發初盛所未發者，豈能一概抹煞？如此詩之奇趣，有助於表現詩情，正是優點，雖『落晚唐』何傷？『詩必盛唐』，不正是明詩衰弱的病根之一麼？」所以他以為蘇軾「不著成見，就詩立論，其說較通達」；「就談藝而

論，可有可無之句，究以割愛為佳。」[3]這論及對晚唐詩看法，顯然是很有見地的，但並未充分說明他也傾向於刪削的道理。

　　在我看來，最後一聯的關鍵字，也就是詩眼，就是「無心」二字。這個「無心」，是全詩意境的精神所在。「煙銷日出不見人，欸乃一聲山水綠」，心情之美，意境之美，就美在「無心」。自然，自由，自在，自如，在「無心」之中有一種悠然、飄然。這個「無心」，典出於陶淵明的〈歸去來辭〉「雲無心以出岫，鳥倦飛而知返」。這種「無心」的，也就是無目的、不緊張的心態，最明顯的表現在「悠然見南山」中的「悠然」上。「悠然」，就是「無心」，也就是超越「心為形役」的世俗功利目的。「無心」的雲，就是由「無心」之人眼睛中看出來的。如果有心，看出來的雲就不是「無心」的，而可能是「相看兩不厭，只有敬亭山」那種互相「不厭」的情致了。這種「無心」的雲，表現了陶淵明的輕鬆、自若和飄逸，以後就成了一種風格的意象。李白在〈送韓准、裴政、孔巢父還山〉中說「時時或乘興，往往雲無心」。李商隱〈華師〉：「孤鶴不睡雲無心，衲衣筇杖來西林。」辛棄疾〈賀新郎·題傅岩叟悠然閣〉寫到陶淵明的時候，也是「鳥倦飛還平林去，雲肯無心出岫」。柳詩之「無心」，正是詩的意脈的點睛，如果把它刪削了，當然也有一種餘味不窮的感覺，奇趣也會顯著些，然而卻失去了全詩的靈境。

　　讓我們再來體會一下吧：

　　　　漁翁夜傍西岩宿，曉汲清湘燃楚竹。
　　　　煙銷日出不見人，欸乃一聲山水綠。

在感覺的多層次轉換運動之後，突然變成一片開闊而寧靜的山水。動

3　《唐詩鑑賞詞典》（上海市：上海辭書出版社，2003年），頁934。

靜之間，「山水綠」作為結果，觸發對前面所有意象交疊的回想，於結句留下似結未結的持續的回味。而這種回味的感覺，只是聲音與光景的轉換的趣味，趣味的背後還有什麼人生的境界呢？就只能通過「無心」去體悟了。可見這個「無心」，是意境的靈魂，它把意境大大深化了，對於理解這首詩的靈境，是至關緊要的。

「石破天驚」何意

詩有驚人句。……李賀云：「女媧煉石補天處，石破天驚逗秋雨。」[1]

（宋）楊萬里《誠齋詩話》

　　狀景如畫，自其所長。箜篌聲碎，有之「昆山玉」，頗無謂。下七字妙語，非玉簫不足以當。「石破天驚」，過於繞梁、遏雲之上。至「教神嫗」，忽入鬼語。吳質懶態，月露無情。

（宋）劉辰翁評語，轉引自明高棅《唐詩品彙》卷三十五

　　下言李憑之彈箜篌何如：其聲如玉碎而清，如鳳叫而和。不特有情者為之動，即芙蓉之含露也若泣，而香蘭之開也若笑。冷光，秋光；融，和也；十二門，則無地不和矣。又言箜篌止二十三絲耳，而直足以動天聽。秋雨至驟，石破天驚，音將絕而急奏也。彈箜篌之技已盡，故後申言其所從來。

（明）曾益注《昌谷集》卷一

　　說得古古怪怪。分明說李憑是月宮霓裳之樂，卻說得奇怪。

（明）董懋策評注《唐李長吉詩集》卷一

1　〈李憑箜篌引〉：吳絲蜀桐張高秋，空山凝雲頹不流。江娥啼竹素女愁，李憑中國彈箜篌。昆山玉碎鳳凰叫，芙蓉泣露香蘭笑。十二門前融冷光，二十三絲動紫皇。女媧煉石補天處，石破天驚逗秋雨。夢入神山教神嫗，老魚跳波瘦蛟舞。吳質不眠倚桂樹，露腳斜飛濕寒兔。

本詠箜篌耳，忽然說到女媧、神嫗，驚天入月，變眩百怪，不可方物，真是鬼神于文。

（清）黃周星《唐詩快》卷一

須溪稱：樊川（杜牧，別墅在樊川）反覆稱道，形容非不極至，獨惜理不及〈騷〉。[2]不知賀之所長，正在理外。予謂此欲為長吉開生面，而反滋惑者也。天下豈有長於理之外者？如此詩，如此解，又何嘗異人意。

（清）姚佺等《昌谷集句解定本》卷一蕭管評語

長吉（李賀字）耽奇鑿空，真有「石破天驚」之妙，阿母所謂是兒不嘔出心不已也。然其極作意費解處，人不能學，亦不必學。

（清）葉矯然《龍性堂詩話初集》

天寶末，上好新聲，外國進奉諸樂大盛。今李憑猶彈中國之聲，豈非絕調？……天地神人，山川靈物，無不感動鼓舞。……賀蓋借此自傷不遇。

（清）姚文爕《昌谷集注》卷一

女媧煉石補天處，石破天驚逗秋雨。此二句歎異其非人間有。

（清）方世舉《李長吉詩集批註》卷一

吳正子注：言箜篌之聲，忽如石破而秋雨逗下，猶白樂天〈琵琶行〉「銀瓶乍破水漿迸」之意。琦玩詩意：當是初彈之時，凝雲滿空；繼之而秋雨驟作；洎乎曲終聲歇，則露氣已下，朗月在天：皆一時實景也。而自詩人言之，則以為凝雲滿空者，乃箜篌之聲過之而不流；秋雨驟至者，乃

2　《樊川文集》〈李賀集序〉卷十：蓋〈騷〉之苗裔，理雖不及，辭或過之。杜牧……世皆曰：「使賀且未死，少加以理，奴僕命騷可也。」

箜篌之聲感之而旋應。似景似情，似虛似實。讀者徒賞其琢句之奇，解著又昧其用意之巧。顯然明白之辭，而反以為在可解不可解之間，誤矣！

（清）王琦《李長吉歌詩匯解》卷一

詩家好作奇句警語，必千錘百煉而後能成。如李長吉「石破天驚逗秋雨」，雖險而無意義，只覺無理取鬧。

（清）趙翼《甌北詩話》卷一

從詩句的傳誦來說，趙翼貶低的、認為「無理取鬧」的「石破天驚逗秋雨」最為傳誦，「石破天驚」已經成為成語，說明它的形象能動人心魄。……李賀描寫音樂，「二十三弦動紫皇」，寫一種高音震動天上的紫皇。「女媧煉石補天處，石破天驚逗秋雨」，這種高音使天震動，女媧補天的地方給震動得裂開了，秋雨從裂縫中漏下來。李賀的想像力確實奇幻，這個想像是他的創造。

（今人）周振甫《詩詞例話》〈雄奇〉

孫　評

　　李賀這首詩，所歌頌的李憑屬梨園子弟，箜篌彈得很出名，「天子一日一回見，王侯將相立馬迎」，在那時是個當紅的明星。所以，詩人以極其驚人的奇幻的想像力，描寫了他的精湛彈技，以至「石破天驚逗秋雨」之句，引起了評注者的諸多歧解。那麼「石破天驚」究竟何意呢？我以為，如若放在整篇的意境中去體會，或許反而並不複雜、費解。

　　詩一開頭，詩人就把箜篌和天空，而且是秋高氣爽的天空聯繫起來，構成一種異常空曠的背景。在這天宇之下，似乎什麼也沒有，只有箜篌之樂音。山都是「空山」，高空中惟一存在的雲，也被箜篌之聲影響到不敢飄動的程度。這樣，箜篌的形象和意蘊一下子就變得宏大了。看來，在李賀的構思中，就是要盡可能讓空間宏偉到天宇上去，要讓箜篌之聲佔領全部的空間，不受任何的影響。

　　但是如果光是這樣，在空間宏大上做文章，還只是一般的豪邁而已。而李賀之所以為李賀，就是他有不同於他人的想像。他緊接著又把箜篌的音響效果，向神話歷史的境界延伸：「江娥啼竹素女愁」。詩人借一個悲劇性的神話典故，進一步把李憑彈奏箜篌時激起的情感，首先定性在超越時間、空間的憂「愁」上。

　　然而，李賀筆下創造的箜篌的樂感，充滿著詭譎、多采的想像。就是這種憂愁的音樂，也不僅僅是憂愁，其中還滲透著其他的成分：「昆山玉碎鳳凰叫，芙蓉泣露香蘭笑。」這五、六兩句，加倍寫出了箜篌音響強烈而複雜的效果：昆山之玉可以碎，鳳凰可以叫，芙蓉可以泣，香蘭可以笑。四者貴重之物，都是優雅的，而引發之聲，卻不以典雅為務。碎、叫、哭、笑，和昆玉、芙蓉、鳳凰、香蘭形成反差，就超越了傳統的套路，寫出了高超奏技所製造的悲歡、邪正、雅

俗種種變化莫測的樂感。

詩人為了追求奇幻的效果，在接下四句中，又將現實和神話大膽地交織起來，構成一組錯綜的、複合的意象群體：

> 十二門前融冷光，二十三絲動紫皇。
> 女媧煉石補天處，石破天驚逗秋雨。

十二門，是皇家宮闕的景觀；而紫皇，則是道家的神仙之宗；女媧又是神話人物。三者雜處，形成一幅光怪陸離、恍惚迷濛的景觀，生動襯托出了箜篌樂音微妙絕倫、動人心魄的感染力。有人闡釋後二句說：「樂聲傳到天上，正在補天的女媧聽得入了迷，竟然忘記了自己的職守，結果石破天驚，秋雨傾瀉。」[3]這可能猶如前人一樣，想得太具體、說得太落實了。這裡，跳躍的想像，多元的意象，「似景似情，似虛似實」，實難過於拘執。或許，就讓讀者自己從意境中去領悟其大旨，還更有意味些。

詩的最後四句，就在以上所描繪的景觀中，現實退隱了，甚至連李憑、連箜篌都消失了，留下的只有為音樂所激動的神話人物和動物。末了兩句本當為結束語，也無明顯的結束感可言，而是一個與以上景觀比較相對靜止的畫面。但在這種相對靜止的畫面中，動盪的意象還是組合構成了一種張力，留給讀者以意味深長的沉吟。

清人方世舉說：「白香山『江上琵琶』，韓退之『穎師琴』，李長吉『李憑箜篌』，皆摹寫聲音至文。韓足以驚天，李足以泣鬼，白足以移人。」[4]除了對韓愈的詩顯然溢美以外，皆為至論。

3　《唐詩鑑賞詞典》（上海市：上海辭書出版社，2003年），頁992。

4　〔清〕方世舉〈李長吉詩集批註〉，見《李賀詩歌集注》卷一（上海市：上海古籍出版社，1978年），頁496。

「黑雲」、「甲光」陰陽相悖

　　李賀以歌詩謁韓吏部（韓愈，官至吏部侍郎），吏部時為國子博士分司，送客歸極困，門人呈卷，解帶旋讀之。首篇〈雁門太守行〉曰：「黑雲壓城城欲摧，甲光向日金鱗開。」[1]即援帶命邀之。

（唐）張固《幽閒鼓吹》

　　慶曆間，宋景文（宋祁，諡景文）諸公在館嘗評唐人之詩云：「太白仙才，長吉鬼才。」其餘不盡記也。然長吉才力奔放，不驚眾絕俗不下筆。有〈雁門太守〉詩曰：「黑雲壓城城欲摧，甲光射日金鱗開。」王安石曰：「是兒言不相副也。方黑雲如此，安得向日之甲光乎？」

（宋）王得臣《麈史》卷中

　　（〈雁門太守行〉）起語奇。

（宋）劉辰翁評語，轉引自明高棅《唐詩品彙》卷三十五

　　王荊公不滿李長吉〈雁門太守〉詩是已。夫云斯須變化之物，固有咫尺不能無異者。當黑雲壓城之時，安知城內外甲光無日可向耶？荊公才高千古，未必有此議論。

（明）葉盛《詩林廣記參評》

1　〈雁門太守行〉詩：黑雲壓城城欲摧，甲光向日金鱗開。角聲滿天秋色裡，塞上燕脂凝夜紫。半卷紅旗臨易水，霜重鼓寒聲不起。報君黃金臺上意，提攜玉龍為君死。

　　或問：「此詩韓、王二公去取不同，誰為是？」予曰：「宋老頭巾不知詩，凡兵圍城，必有怪雲變氣，昔人賦鴻門有『東龍白日西龍雨』之句，解此意矣。予在滇，值安鳳之變，居圍城中，見日暈兩重，黑雲如蛟在其側，始信賀之詩善狀物也。」

（明）楊慎《升庵詩話》卷十

　　長吉「黑雲壓城城欲摧，甲光耀日金鱗開」，蓋言甲光之金鱗輝映，如曜日而鮮明也。王安石不解此意，言：「方黑雲，安得曜日？」近有俗本，妄改「耀日」，尤可笑也。《占書》：「猛將氣紫，黑如城樓。」或狀閃黑旗。又曰：「軍勝之氣，如火光夜照人。」又「岱山氣正黑」，故云「雁門」也。

（明）田藝蘅《詩談初編》

　　「黑雲壓城城欲摧，甲光向日金鱗開」，陰晴似太速矣。……然於佳句，毫無損也。詩家三昧，正在此中見解。

（明）謝肇淛《小草齋詩話》卷一內編

　　（李詩）此言城將陷敵，士懷敢死之志。以望氣則雲黑，而城將摧矣，然甲光向日，猶守而未下也。

（明）曾益注《昌谷集》卷一

　　元和九年冬，振武軍亂。詔以張煦為節度使，將夏州兵二千趣鎮討之。振武即雁門郡。賀當擬此以送之，言宜兼程而進，故詩皆言師旅曉征也。宿雲崩頹，旭日初上。甲光赫耀，角聲肅殺。遙望塞外，猶然夜氣未開。紅旗半卷，疾馳奪水上軍。勿謂鼓聲不揚，乃晨起霜重耳。所以激屬將士之意。當感金臺隆遇，此宜以駿骨報君恩矣。……諸說皆自有所見。然以曉征揆之，覺與詩情尤相近耳。諸本皆無據，故注俱多訛舛。

（清）姚文燮《昌谷集注》卷一

（「黑雲」二句）陰雲蔽天，忽露赤日，實有此景。

（清）沈德潛《唐詩別裁集》卷八

　　李奉禮（李賀，曾官奉禮郎）：「黑雲壓城城欲摧，甲光向日金鱗開。」是陣前實事，千古妙語。王荊公訾之，豈疑其「黑雲」、「甲光」不相屬耶？儒者不知兵，乃一大患。

（清）薛雪《一瓢詩話》

　　此篇蓋詠中夜出兵，乘間搗敵之事。「黑雲壓城城欲摧」，甚言寒雲濃密，至雲開處逗露月光與甲光相射，有似金鱗。[2]此言初出兵之時，語氣甚雄壯。……舊解以「黑雲壓城」為孤城將破之兆；「鼓聲不起」為士氣衰敗之徵。吳正子謂其頗似敗後之作，皆非也。至王安石譏其言不相副，方黑雲之盛如此，安得有向日之甲光？尤非是。秋天風景俟陰俟晴，瞬息而變。方見愁雲凝密有似霖雨欲來，俄而裂開數尺，日光透漏矣。此象何歲無之？何處無之？

（清）王琦《李長吉歌詩匯解》卷一

　　他（指王琦）這樣痛斥王安石，以為既有黑雲，又有日光照耀金甲，是隨時隨處可有的自然現象。然而他又不用「向日」，而採用「向月」，並肯定這是詩人描寫中夜出兵的詩。一個人的體會，如此矛盾，實不可解。其實，甲光如果向月，決不會見到點點金鱗。詩人既用金鱗來比喻甲光，可知必是在黑雲中透出來的日光中。

（今人）施蟄存《唐詩百話》〈李賀：詩三首〉

2　王《匯解》本次句作「甲光向月金鱗開」。

孫　評

　　「黑雲壓城城欲摧，甲光向日金鱗開。」李賀這兩句詩，過了二百多年，王安石居然提出質疑：「是兒言不相副也。方黑雲如此，安得向日之甲光乎？」他的理論預設是真實決定論。反對王安石的評論甚為紛紜，明葉盛、楊慎、清沈德潛、王琦則力證李賀所寫真實無虛，故為好詩。爭論的焦點表面上是：黑雲與白日，可不可以在瞬息之變間同在？或咫尺異地所見？然而批評者與反駁者的立論前提，卻是一致的，都只是以客觀的事實為出發點、以機械的真實論為判斷的準則。

　　爭論的關鍵，如同前幾題所討論的一樣：詩家的想像、虛擬，與詩的真實是不是決不相容？如果李賀不是寫異時、異地，而是同時、同地，而且楊慎的所述並非李賀所寫之現場，那麼此詩是否即有較大缺陷呢？

　　答案都是否定的。經典之作的超妙想像普遍如此，不過大多比較含蓄而已。杜甫的名句：「無邊落木蕭蕭下，不盡長江滾滾來。」如果光按客觀事實來推敲，便很有質疑的餘地。既然是「無邊」落木，那就是鋪天蓋地，滿眼都是落葉，怎麼可能又看到遠方沒有盡頭的長江滾滾而來呢？同樣是杜甫的詩：「吳楚東南坼，乾坤日夜浮。」登岳陽樓望遠，吳楚東南分野無邊無際，顯然是白天，可是乾坤「日夜」浮，則明明又有黑夜。如果一味拘於這種真實觀，不許任何的藝術想像虛擬，那詩的雄渾之氣不就盡失了嗎？

　　從讀者正常的欣賞直覺來說，這本來都是不成問題的。為什麼這麼多的學者陷入了千年的爭訟呢？這裡的焦點，從理論上看，其實還是「真實」論，認為詩歌所寫必須是真而實的，不真不實，就不是好詩。在中國古代詩評中，這種真實論往往佔有優勢，而且常常淪為機

械的模仿論。在不少著名的詩評家心裡，對詩的想像虛擬規律並無真正認識，與機械的真實論相對時，理不直，氣不壯，結果又撿起同樣的真實論與之爭論不休。

其實，詩人所寫的都是自己情感衝擊下的變異的感受，具有很大的藝術假定性，並非完全是生理上的實感。詩人的情感可以不遵守自然的秩序，違反景觀的客觀性，按自己情感使得景觀如吳喬所說「形質俱變」。正因假定、想像，詩家筆下之情景才能相融，才能景中寓情。如果為了某種教條的真實性，廢除了詩的假定性，把真和假絕對地對立起來，以僵化的真實，壓抑靈活的假定，真和實完全脫離了假和虛，那就是藝術想像的死亡，也就扼殺了詩人的抒情。

在李賀這首詩中，好就好在它的虛實相生，真假互補。你可以說，現場就是黑雲和白日同在；也可以說一邊黑雲一邊白日；可以說二者相繼出現，也可以說在自然界根本不可能見到。在詩歌中，詩人的想像可以超越自然景觀創造詩境，這是中外詩歌的共同規律。而中國古典詩歌，由於對仗的句式的功能，結構因對稱性而更加緊密，同時不同性質景觀之間的差異矛盾轉化為和諧統一，顯得比之西方詩歌更為有機。

從內容上看，詩裡黑雲為自然景觀，隱含著敵陣的來勢洶洶，而甲光向日又提示著我軍的意氣昂揚，這就不但提高了時間空間的概括力，而且強化了精神的對抗性。從這個意義上說，作為詩評者的王安石提出質疑是有點幼稚的，楊慎罵他為「宋老頭巾」，雖然粗野了一點，但不是沒有道理的。

楊妃驪山食荔時令失實

　　楊貴妃生於蜀，好食荔枝。南海所生，尤勝蜀者，故每歲飛馳以進。然方暑而熟，經宿則敗，後人皆不知之。

（唐）李肇《唐國史補》卷上

　　帝與貴妃每至七月七日夜，在華清宮遊宴。時宮女輩陳瓜花酒饌列於庭中，求恩於牽牛、織女星也。

（五代蜀）王仁裕《開元天寶遺事》卷下

　　杜牧〈華清宮〉詩云：「長安回望繡成堆，山頂千門次第開。一騎紅塵妃子笑，無人知道荔枝來。」[1]尤膾炙人口。據《唐紀》，明皇以十月幸驪山，至春即還宮，是未嘗六月在驪山也。然荔枝盛暑方熟，詞意雖美，而失事實矣！

（宋）彭乘《墨客揮犀》卷四

按：此則又見宋陳正敏《遯齋閑覽》，載《說郛》卷三十二，宋阮閱《詩話總龜》前集卷五十、胡仔《苕溪漁隱叢話》前集卷二十三、魏慶之《詩人玉屑》卷七、蔡正孫《詩林廣記》卷六諸書亦予引錄。

　　杜牧之〈華清宮〉詩曰：「一騎紅塵妃子笑，無人知道荔枝來。」按唐明皇每歲十月幸華清宮，至明年三月，始還京師。荔枝以夏秋之間熟，

1　即〈過華清宮絕句三首〉其一。道，清馮集梧《樊川詩集注》本作「是」。

及其驛至，則妃子不在華清宮矣。牧之此詩，頗為當時所稱賞，而題為
〈華清宮〉詩，則意不合也。

（宋）王觀國《學林》卷八

（杜牧詩）說者非之，謂明皇帝以十月幸華清宮，涉春輒回，是荔枝
熟時，未嘗在驪山。然咸通中有袁郊者，作〈甘澤謠〉，載許雲封所得
〈荔枝香〉笛曲曰：「天寶十四年六月一日，貴妃誕辰，駕幸驪山，命小
部音聲奏樂，長生殿進新曲，未有名，會南海獻荔枝，因名〈荔枝香〉。」
《開元遺事》：「帝與妃每至七月七日夜，在華清宮遊宴。」而白樂天〈長
恨歌〉亦言：「七月七日長生殿，夜半無人私語時。」則知杜牧之詩乃當
時傳信語也。世人但見《唐史》所載，遽以傳聞而疑傳信，最不可也。

（宋）程大昌《考古編》卷八

按：宋樂史《楊太真外傳》亦載：十四載六月一日，上幸華清宮，乃是貴妃生
　　日。上命小部音聲，於長生殿奏新曲，未為名，會南海進荔枝，因以曲名
　　〈荔枝香〉。

　　明皇天寶間，涪州貢荔枝到長安，色香不變，貴妃乃喜。州縣以郵傳
疾走稱上意，人馬僵斃，相望於道。「一騎紅塵妃子笑，無人知是荔枝
來」，形容走傳之神速如飛，人不見其為何物也。又見明皇致遠物以悅婦
人，窮人之力，絕人之命，有所不顧，如之何不亡！

（宋）謝枋得《注解章泉澗泉二先生選唐詩》卷三

按：宋蔡正孫《詩林廣記》卷六引《疊山詩話》云：明皇致遠物以悅婦人，窮人
　　力，絕人命，有所不顧，如之何不亡！

　　鮑防〈雜感〉詩曰：「五月荔枝初破顏，朝離象郡夕函關。」此作托
諷不露。杜牧之〈華清宮〉詩曰：「一騎紅塵妃子笑，無人知是荔枝
來。」二絕皆指一事，淺深自見。

（明）謝榛《四溟詩話》卷二

　　長生殿在驪山頂，則暑月未嘗不至華清，牧語未為無據也。然細推詩意，亦止形容楊氏之專寵，固不沾沾求核。

（清）賀裳《載酒園詩話》卷一

　　詩乃一念所得，於一念中，唐、宋體有相參處，何況初、盛、中、晚而能必無相似耶？如杜牧之〈華清宮〉詩：「〈霓裳〉一曲千峰上，舞破中原始下來。」語無含蓄，即同宋詩。又「一騎紅塵妃子笑，無人知是荔枝來。」語有含蓄，卻是唐詩。宋人乃曰：「明皇常以十月幸驪山，至春還宮，未曾過夏。」此與譏薛王、壽王同席者[2]，一等村夫子。

（清）吳喬《圍爐詩話》卷三

　　《東城老父傳》云：玄宗元會與清明節，率皆在驪山。每至是日，萬樂具舉，六宮畢從。則其幸驪山不止十月也。〈長恨傳〉云：天寶十年，避暑驪山宮。《楊太真外傳》云：妃子生於蜀，嗜荔枝。南海荔枝勝於蜀者，每歲馳驛以進。然方暑熱而熟，經宿則無味，後人不能知也。又云：天寶十四載六月一日，上幸華清宮，乃貴妃生日，於長生殿奏新曲，未有名，會南海進荔枝，因以曲名〈荔枝香〉。則其幸驪山正在荔枝熟時也。牧之詩正合此事實，遁齋（指《遁齋閑覽》）未及考耳。

（清）吳景旭《歷代詩話》卷五十二

　　余謂長至元旦，諸大朝會俱在正衙，必無行宮度歲之理。況有春寒賜浴華清池之事，安知六月不復遊驪山乎？程大昌《雍錄》云：「十月往歲盡還宮。」此亦一證。

（清）宋長白《柳亭詩話》卷二十六

2　李商隱〈龍池〉詩句：夜半宴歸宮漏永，薛王沈醉壽王醒。　清朱鶴齡箋注：《容齋續筆》：「唐岐、薛諸王俱薨於開元中，而太真以天寶三載方入宮，此篇與元稹〈連昌宮詞〉『百官隊仗避岐薛』，俱失之。」愚按……此詩與微之詞豈俱指嗣王歟？要之作者微文刺譏，不必一一核實。

　　楊瑀《山居新話》嘗辨其（指元薩都剌）〈宮詞〉中「紫衣小隊」諸語及〈京城春日〉詩中「飲馬御溝」之句為不諳國制，其說良允。然〈驪山〉詩內誤詠荔枝，亦何傷杜牧之詩格乎！

（清）紀昀、陸錫熊、孫士毅總纂《四庫全書總目》

卷一六七別集類評薩《雁門集》

　　元人薩天錫（薩都剌字）〈宮詞〉云：「清夜宮車出上央，紫衣小隊兩三行。石闌干外銀燈過，照見芙蓉葉上霜。」……薩詩源於唐人之「玉顏不及寒鴉色，猶帶昭陽日影來」，而特為幽折。……至元人楊瑀《山居新話》，譏薩詩未暗當時體制，謂宮車無夜出之例；擎執宮人紫衣，大朝賀則於侍儀司法物庫關用，平日則無有；宮中無石闌，北地無芙蓉。論雖少苛，詩人之言不得字字繩以典制，《四庫提要》亦援杜牧〈驪山詩〉用荔枝事為之解，然作詩者亦不可不知此等典要。

（清）李慈銘《越縵堂日記說詩全編》內編〈評論門〉

　　後二句言，回想當年，滾塵一騎西來，但見貴妃歡笑相迎，初不料為馳送荔枝，歷數千里險道蠶叢，供美人之一粲也。唐人之過華清宮者，輒生感喟，不過寫盛衰之意。此詩以華清為題，而有褒姬烽火一笑傾周之慨，可謂君房妙語矣。

（近人）俞陛雲《詩境淺說續編》

　　這篇名作中也存在一個雖然在藝術創作中可以原諒，甚至可以容許的錯誤，應當指出。原來，華清宮是位於今陝西省臨潼縣南驪山上的一座離宮，山有溫泉，氣候和暖，因而每年十月，以玄宗為首的大貴族們才遷到那裡避寒，春暖之時，再回長安。但荔枝成熟是在夏天。所以在華清宮看到進貢荔枝，是不可能的。……像這些地方，或是由於詩人創作時不曾細考，隨情涉筆，以致出現錯誤，然而它們並無損於整個作品的思想性和藝

術性，所以說，這是可以原諒的。另外，這也有可能是作者想將作品的人
物和環境典型化，使作品中呈現的藝術真實更高於生活真實，因而把某些
最有代表性事物集中起來，寫在一起，以加強藝術的感染力，而不管其在
實際上是否可能出現。如玄宗、貴妃冬天要洗溫泉，夏天要吃荔枝，詩人
將場面寫為在華清宮收到荔枝，便將他們無論冬夏都要享受，集中體現出
來了，這就更加突出了其生活的腐朽性，從而加強了作品的思想性與藝術
性。所以說，這是可以容許的。

（今人）沈祖棻《唐人七絕詩淺釋》

孫　評

　　杜牧〈過華清宮絕句〉第一首，甚得後世讀者稱道。然有史家據《唐紀》指出，唐玄宗六月根本不在驪山，且荔枝盛暑方熟，於史不實。但也有人引證史料鑿鑿云，這只是一般情況，特殊情況則不然，唐史所載不盡可信。

　　雙方或批或駁觀點迥異，而出發點卻一樣是求史料之真，以至細枝末節之真。對史學而言，如此求真的確是它的生命線，不可不辨；然而此等拘泥，於詩則無足輕重。

　　詩學與史學價值準則不盡相同。詩學的核心價值是審美，即情感之自由表達，詩詞創作無不借助想像、假定與虛擬。若全部泥於史料，則不可能有詠史的詩詞，更不可能有〈長恨歌〉那樣的傑作。蓋詩詞詠史，超越史實，進入假定想像，可謂是第一法門。沾沾求核於史實細節者，就如吳喬所譏不過是個「村夫子」。他在評論這首詩時指出：「詩乃一念所得」。此說更為精闢。為史學者自當深思鉤玄，「一念」對於史學無疑是輕浮的學風。而對於詩詞詠史，「一念」雖與史料的真實有錯位之虞，可能正透露出了審美思維的奧祕。杜牧所作為絕句形式，特別有利於表現心靈瞬間「一念」的轉換，這種轉換，既無實用價值，又無科學價值，然而於詩卻具有生命價值。妃子一笑，誰人得知？唯有詩人在「一念」轉換之中悟出。詩人頓悟之知，雖無史料依據，卻動人心弦，讀者也自可心領神會其大旨。這種審美價值的實現，與史料的細節真實又有多少干涉呢？

　　然而，詠史雖與史料不盡符合，並不是說與歷史就完全無關。借題影射另有指向，借史戲說別有寓意，那是另一類的作品。一般詠史之作，大旨還是符合歷史整體面貌和基本特徵的。如從表層而言，是否此時避暑驪山、恰好進貢荔枝、博得妃子一笑等等細節，自可為虛

擬假設；而於深層言，妃子之寵、明皇之昏、朝政之腐，則於史有據，則為歷史真實。所以藝術之美與史學之真，其間允許有層次的錯位，卻不可在基本史實上任意背反。詩若絕對真實，便成了無情感之概念，如果絕對地虛假，則是一篇胡言亂語而已。詠史詩詞之妙境，應是如萊辛所說的「逼真的幻覺」，亦如歌德所言「以假定達到更高的真實」。

千里間豈可聞鶯見花

杜牧詩云：「南朝四百八十寺，多少樓臺煙雨中。」[1]帝王所都，而四百八十寺，當時已為多，而詩人侈其樓閣臺殿焉。近世二浙、福建諸州，寺院至千區，福州千八百區。秔稻桑麻，連亙阡陌，而遊惰之民，竄籍其間者十九。非為落髮修行也，避差役為私計耳。以故居積貨財，貪毒酒色，鬥毆爭訟，公然為之，而其弊未有過而問者。有識之士，每歎息於此。

　　　　　　　　　　　　　　　　　　　（宋）張表臣《珊瑚鉤詩話》卷二

建州山水奇秀，創寺落落相望。偽唐建安寺三百五十一，建陽二百五十二，浦城一百七十八，崇安八十五，松溪四十一，關隸五十二，僅千區。杜牧〈江南〉絕句云「南朝四百八十寺」，謂是也。

　　　　　　　　　　　　　　　　　　（宋）阮閱《詩話總龜》前集卷十七

（〈江南春〉）余觀本集，此詩蓋牧之赴宣州時，紀道中所見耳。

　　　　　　　　　　　　　　　（元）圓至《箋注唐賢絕句三體詩法》卷一

唐詩絕句，今本多誤字，試舉一二。如杜牧之〈江南春〉云「十里鶯啼綠映紅」，今本誤作「千里」。若依俗本，「千里鶯啼」，誰人聽得？「千里綠映紅」，誰人見得？若作十里，則鶯啼綠紅之景，村郭樓臺，僧寺酒

1　〈江南春絕句〉詩：千里鶯啼綠映紅，水村山郭酒旗風。南朝四百八十寺，多少樓臺煙雨中。

旗，皆在其中矣。

（明）楊慎《升庵詩話》卷八

此詩乃牧之赴宣州時，總紀道中隨所耳目之景以成詠也。楊用修欲改「千」字為「十」字，謂千里之遠鶯啼誰聽得？綠映紅誰見得？斑玩下聯，十里之內，又焉能容得四百八十寺？不過廣言江南之春，地有千里，寺有多少樓臺，則「十」字之改，用修未咀玩下文耳。且從牧之途入江南，豈止得十里之景乎？驟讀之可發一笑，即用修亦云戲謂也。依原本「千里」為是。

（明）周珽《刪補唐詩選脈箋釋會通評林》卷五十八

楊用修欲改「千里」為「十里」。詩在意象耳，「千里」畢竟勝「十里」也。

（明）胡震亨《唐音統籤》卷五百六十一〈戊籤〉

曰「煙雨中」，則非真有樓臺矣。感六朝遺跡之湮滅，而語特不直說。……不曰樓臺已毀，而曰「多少樓臺煙雨中」，皆見立言之妙。

（清）黃生《唐詩摘抄》卷四

升庵謂：「『千』應作『十』。蓋千里已聽不著看不見矣，何所云『鶯啼綠映紅』邪？」余謂即作十里，亦未必盡聽得著，看得見。題云「江南春」，江南方廣千里，千里之中，鶯啼而綠映焉。水村山郭，無處無酒旗，四百八十寺，樓臺多在煙雨中也。此詩之意既廣，不得專指一處，故總而命曰「江南春」。詩家善立題者也。

（清）何文煥《歷代詩話考索》

按楊慎之說，拘泥可笑。何文煥駁之是也。但謂為詩家善立題，則亦

淺之夫視詩人矣。蓋古詩人非如後世作者先立一題，然後就題成詩，多是
詩成而後立題。此詩乃杜牧游江南時，感於景物之繁麗，追想南朝盛日，
遂有此作。千里之詞，亦概括言之耳，必欲以聽得著、看得見求之，豈不
可笑。

　　　　　　　　　　　　　　　　　　（今人）劉永濟《唐人絕句精華》

孫　評

　　杜牧〈江南春〉詩有句「千里鶯啼綠映紅」，引起了楊慎的非議，他質問道：「『千里鶯啼』，誰人聽得？『千里綠映紅』，誰人見得？」他認為若改成「十里」，就比較真實了。楊慎本人是詩人，但對詩歌通過想像構成形象的普遍規律，理性認識還是比較朦朧。何文煥反駁說：「余謂即作十里，亦未必盡聽得著，看得見。題云『江南春』，江南方廣千里，千里之中，鶯啼而綠映焉。水村山郭，無處無酒旗，四百八十寺，樓臺多在煙雨中也。此詩之意既廣，不得專指一處，故總而命曰『江南春』。詩家善立題者也。」

　　何氏反駁得很機智，但也不徹底，最後還是認為詩中所寫都是「千里之中」客觀存在的真景實物。其實，詩人主旨並非記實，而在抒情，因情難以直抒，便移情於客觀的景物，在想像中使景物發生符合主觀情感的變異，借此間接管道抒發了自己的感情。

　　詩歌意象的變異，使它內外關係發生了深刻的變化。例如在空間和時間關係上，就不再是牛頓古典力學的那種關係了，也不是愛因斯坦相對論所描述的那種關係了，而是一種帶著很大主觀色彩的感情心理關係。時間變成了心理時間，空間變成了心理空間。通常在時空關係中那種不可逾越的界限，變得富有奇異的彈性了。雖然，詩人的五官和常人的五官是相同的，但其想像卻能超越常人五官的最大有效範圍。人們常引用《文心雕龍》「寂然凝慮，思接千載；悄焉動容，視通萬里」幾句來說明詩的想像。其實，劉勰講的不光是詩的想像，而是說在一切詩文的構思過程中，都要通過想像，調動直接和間接經驗的庫存。我們所說的詩的想像，則不僅在構思過程中存在，而且是詩歌意象本身的特點。

　　在詩的變異想像中，不但空間是可以壓縮的，而且時間也是可以

壓縮的。杜甫詩寫道:「昆明池水漢時功,武帝旌旗在眼中。」他一下子就把唐朝、漢朝間幾百年的時間距離,壓縮到目力所及的範圍裡。這就是艾青所說的「把互不相關的事物通過想像,像一根線串連起來,形成一個統一體」[2]。想像的視力,並不完全等同於肉眼的視力,無怪乎德國的布來丁格在《批判的詩學》中把想像稱為「靈魂的眼睛」。

正是因為這樣,千載以來沒有讀者對李白「西嶽崢嶸何壯哉,黃河如絲天際來」詩句提出楊慎式的質疑。至於李白「黃河落天走東海,萬里寫入胸懷間」,更不是生理目力的問題,而是詩人與讀者的默契。蘇東坡的「大江東去,浪淘盡、千古風流人物」之所以動人,同樣是因為它超越了生理目力,達到了審美的、詩的想像的境界。在詩詞中,詩人的想像是起點,讀者的想像是終點,把所有意象都看作客觀實在的景物,留給讀者想像的空間就被填滿了,也就把讀者排斥在想像的創造之外了。而在想像中讀者的參與,恰恰是藝術感染力的構成的媒介。

---

2 艾青:《詩論》(北京市:人民文學出版社,1980年),頁31。

杜牧「只恐捉了二喬」乎

　　杜牧之作〈赤壁〉詩云：「折戟沉沙鐵未消，自將磨洗認前朝。東風不與周郎便，銅雀春深鎖二喬。」意謂赤壁不能縱火，為曹公奪二喬置之銅雀臺上也。孫氏霸業，繫此一戰，社稷存亡，生靈塗炭都不問，只恐捉了二喬，可見措大不識好惡。

（宋）許顗《彥周詩話》

　　此詩佳甚，但頗費解。

（宋）舊題王暐《道山清話》

按：此則明高棅《唐詩品彙》卷五十三、清徐增《而庵説唐詩》卷十二所引皆作：此詩正佳，但頗費解説。清紀昀等總纂《四庫全書總目》卷一百四十一稱此書：「不著撰人名氏。《説郛》摘其數條刻之，題曰宋王暐。」並據書末建炎四年暐跋語，認為此書撰者是暐之祖父。

　　杜牧之〈赤壁〉詩云：「（同上引，略）」今人多不曉卒章，其意謂若是東風不與便，即周郎不能破曹公，二喬歸魏銅雀台也。

（宋）韓駒《陵陽先生室中語》

　　牧之於題詠，好異於人，如〈赤壁〉云：「東風不與周郎便，銅雀春深鎖二喬。」〈題商山四皓廟〉云：「南軍不袒左邊袖，四皓安劉是滅劉。」皆反說其事。至〈題烏江亭〉，則好異而叛於理。詩云：「勝負兵家不可期，包羞忍恥是男兒。江東子弟多才俊，捲土重來未可知。」項氏以

八千人渡江，敗亡之餘，無一還者，其失人心為甚，誰肯復附之，其不能捲土重來決矣。

（宋）胡仔《苕溪漁隱叢話》後集卷十五

周瑜赤壁、謝安淝水、寇萊公澶淵、陳魯公采石，四勝大略相似。杜牧云：「東風不與周郎便，銅雀春深鎖二喬。」意亦著矣。……要之吳、晉乃天幸，宋朝真天助也。

（宋）羅大經《鶴林玉露》甲編卷一

牧之〈赤壁〉詩：「（同上，略）」許彥周不諭此老以滑稽弄翰，每每反用其鋒，輒雌黃之，謂孫氏霸業繫此一戰，宗廟丘墟皆置不問，乃獨含情妓女，豈非與癡人言，不應及於夢也。……本朝諸公喜為論議，往往不深諭唐人主於性情，使雋永有味，然後為勝。牧之處唐人中，本是好為論議，大概出奇立異。如〈四皓廟〉：「南軍不袒左邊袖，四老安劉是滅劉。」如〈烏江亭〉：「（同上，略）」要之，「東風」、借「便」與「春深」數個字，含蓄深窈，則與後二詩遼絕矣。

（宋）方嶽《深雪偶談》

此詩磨洗折戟，非妄言也。後二句絕妙，眾人詠赤壁只善當時之勝，杜牧之詩〈赤壁〉獨憂當時之敗。其意曰：東風若不助周郎，黃蓋必不以火攻勝曹操，使曹操順流東下，吳必亡，孫仲謀必虜，大、小喬必為俘獲，曹操得二喬必以為妾，置之銅雀臺矣。此是無中生有，死中求活，非淺識所到。

（宋）謝枋得《注解章泉澗泉二先生選唐詩》卷三

徐柏山云：「二喬事，自見於戰皖城之日，非赤壁時事也。牧之用事，多不審，觀者考之。」

（宋）蔡正孫《詩林廣記》前集卷六

（〈赤壁〉詩）詩意謂非東風助順，則瑜不能勝，家必為虜矣。

（元）圓至《箋注唐賢絕句三體詩法》卷三

　　杜牧之〈赤壁〉詩云：「東風不與周郎便，銅雀春深鎖二喬。」詩意正謂瑜盡力一戰，止以得二喬為功，而忘遠大之業，蓋譏之也。許彥周謂措大不識好惡，正癡人前不可說夢耳。

（明）劉績《霏雪集》卷上

　　杜牧之〈赤壁〉詩云：「（同上引，略）」意謂孫氏霸業繫此一舉。使非因風縱火，當時孫公兵氣已餒，即周郎必不能破操，而二喬為操有矣。吳之子女為操所有，吳之社稷可復保乎？此正詩中深意。

（明）周敘《詩學梯航》〈述作上〉〈總論諸體〉

　　杜牧之〈赤壁〉詩：「東風不與周郎便，銅雀春深鎖二喬。」說天幸不可恃。〈烏江〉詩：「江東子弟多豪俊，捲土重來未可知。」說人事猶可為。同意思，都是要於昔人成敗已定事上翻說為奇耳。〈赤壁〉詩，或笑之曰：孫氏霸業繫此一戰，今社稷生靈都不問，只恐捉了二喬，可見措大不識好惡。春謂：為此說者癡人也。到捉了二喬時，江東社稷尚可問哉？

（明）何孟春《餘冬詩話》卷上

　　杜牧之〈詠赤壁〉詩云：「（同上，略）」蓋言孫氏于赤壁之戰，若非乘風力縱火取捷，則國破家亡，將為曹公奪二喬而置之於銅雀臺矣，謂其君臣雖妻子不能保也。《許彥周詩話》謂作詩者於其社稷存亡、生靈塗炭乃都不問，只恐捉了二喬，以為措大不知好惡者。非也。劉孟熙（劉績字）《霏雪錄》又謂：詩意乃言瑜盡力一戰，止以得二喬為功，而忘遠大之業者。亦非也。僻哉！二公之言詩也。

（明）游潛《夢蕉詩話》卷上

〈赤壁〉詩有鎖二喬之說，注者取其意新耳。赤壁一戰，關係不輕，唯以二女子為念，結裹甚小，議論卑矣。

　　　　　　　　　　　　　　　　　　（明）李詡《戒庵老人漫筆》卷五

此詩評者紛紛。如許彥周曰：「（同上，略）」似是道學正論。然作詩有翻案法，在擘空架出新意，不涉頭巾氣為妙。所謂「鎖二喬」，非專惜二喬也。意此戰不勝，吳之君臣受虜，即室家妻孥俱不能保，不必論到社稷生靈。末句甚言所關非小可也，正通人所不道，乃妙思入微處。

　　　　　　　　（明）周珽《刪補唐詩選脈箋釋會通評林》卷五十八

胡雲軒云：赤壁火攻之策雖善，倘非借勢於風，勝負未可必人謀，亦天意也。古今詠赤壁之捷，罕有及此是矣。至落句，或謂其有微疵，或評其不典重，盡屬拘腐學究識論。……益不知詩家播弄圓融之妙矣。蓋「東風不與」、「春深」數字，含蓄深窈，人不識牧之以滑稽弄辭，每每雌黃之。

　　　　　　　　　　　　　　　　　　　　　　　　　　同上

彥周此語，足供揮塵一噱，但於作詩之旨，尚未夢見。牧之此詩，蓋嘲赤壁之功，出於僥倖，若非天與東風之便，則周郎不能縱火，城亡家破，二喬且將為俘，安能據有江東哉？牧之詩意，即彥周伯業不成意，卻隱然不露，令彥周輩一班淺人讀之，只從怕捉二喬上猜去，所以為妙。詩家最忌直敘，若竟將彥周所謂社稷存亡，生靈塗炭，孫氏霸業不成等意，在詩中道破，抑何淺而無味也！唯借「銅雀春深鎖二喬」說來，便覺風華蘊藉，增人百感，此正是風人巧於立言處。彥周蓋知其一，不知其二者也。

　　　　　　　　　　　　　　　　　　　　（清）賀貽孫《詩筏》

小杜〈赤壁〉詩，古今膾炙，漁隱獨稱其好異。至許彥周則痛詆之……余意詩人之言，何可拘泥至此……詳味詩旨，牧之實有不滿公瑾之

意。牧嘗自負知兵，好作大言，每借題自寫胸懷。尺量寸度，豈所以閱神
駿於牝牡驪黃之外！　○「公道世間唯白髮，貴人頭上不曾饒」[1]，「年年
檢點人間事，唯有春風不世情」[2]，此最粗直之句，而宋人稱之。〈華清
宮〉二篇及〈赤壁〉詩，最有意味，則又敲撲不已，可謂薰蕕不辨。

（清）賀裳《載酒園詩話》卷一

　　古人詠史，但敘事而不出己意，則史也，非詩也；出己意，發議論，
而斧鑿錚錚，又落宋人之病。……〈赤壁〉云：「（引略）」用意隱然，最
為得體。……〈赤壁〉，天意三分也。許彥周乃曰：「此戰係社稷存亡，只
恐捉了二喬，措大不識好惡。」宋人之不足與言詩如此。

（清）吳喬《圍爐詩話》卷三

　　《道山清話》云：「此詩正佳，但頗費解說。」此詩有何難解？既解
不出，又在何處見其佳？正是說夢。「折戟沉沙」，言魏、吳昔日相戰於
此。「鐵未消」，是去唐不遠。何必要認，乃自將折戟磨洗乎？牧之春秋，
在此七個字內。意中謂：「魏武精於用兵，何至大敗？周郎才算，未是魏
武敵手，又何獲此大勝？」一似不肯信者，所以要認。仔細看來，果是周
郎得勝。雖然是勝魏武，不過一時僥倖耳。下二句，言周郎當時，虧煞了
東風，所以得施其火攻之策，若無東風，則是不與便，見不唯不能勝魏，
江東必為魏所破，連妻子俱是魏家的，大喬、小喬貯在銅雀臺上矣。牧之
蓋精於兵法者。

（清）徐增《而庵說唐詩》卷十二

1　杜牧〈送隱者一絕〉詩：無媒徑路草蕭蕭，自古云林遠市朝。公道世間唯白髮，貴
　人頭上不曾饒。
2　〔唐〕羅鄴〈賞春〉詩：芳草和煙暖更青，閒門要路一時生。年年點檢人間事，唯
　有春風不世情。

　　余以牧之數詩，俱用翻案法，跌入一層，正意益醒，謝疊山（謝枋得號）所謂死中求活也。《漁隱叢話》云：牧之題詠好異於人，如〈赤壁〉、〈四皓〉，皆反說其事。至〈題烏江〉，則好異而叛於理……嗚呼，此豈深於詩者哉？

（清）吳景旭《歷代詩話》卷五十二

　　杜牧之詠〈赤壁〉詩云：「東風不與周郎便，銅雀春深鎖二喬」，今古傳誦。容少時，大人嘗指示曰：「此牧之設詞也，死案活翻。」及容稍知作詩，復指示曰：「如此詩必不可學，恐入輕薄耳。何苦以先賢閨閣，簸弄筆墨！」

（清）周容《春酒堂詩話》

　　唐人妙處，正在隨拈一事而諸事俱包括其中。若如許意，必要將「社稷存亡」等字面真真寫出，然後贊其議論之純正。具此詩解，無怪宋詩遠隔唐人一塵耳！

（清）黃生《黃白山先生〈載酒園詩話〉評》卷上

　　詩中有翻案法。如……杜紫薇（杜牧，官終中書舍人，唐宋別稱）〈赤壁〉詩：「東風不與周郎便，銅雀春深鎖二喬。」……禪宗所謂「殺活自由」，兵法所謂「致人而不致於人」也。

（清）宋長白《柳亭詩話》卷十七

　　古人詠史，敘事無意，史也，非詩矣。唐人實勝古人，如……「東風不與周郎便，銅雀春深鎖二喬」，……諸有意而不落議論，故佳。若落議論，史評也，非詩矣！

（清）納蘭性德《淥水亭雜識》四

認前朝，以刺今日不如當年，能盡時人之用也。第三句只言獨賴此一
戰耳，看作東風之助，即說夢矣。上二句極鄭重，第四徹頭痛說，關係妙
在第三句，轉身卻用輕筆點化。

（清）何焯評《唐三體詩》卷二

牧之絕句，遠韻遠神。然如〈赤壁〉詩：「東風不與周郎便，銅雀
春深鎖二喬」，近輕薄少年語，而詩家盛稱之，何也？

（清）沈德潛《唐詩別裁集》卷二十

樊川「東風不與周郎便，銅雀春深鎖二喬」，妙絕千古。言公瑾軍功
止藉東風之力，苟非乘風力之便以破曹兵，則二喬亦將被虜，貯之銅雀臺
上。「春深」二字，下得無賴，正是詩人調笑妙語。許彥周……此老專一
說夢，不禁齒冷。

（清）薛雪《一瓢詩話》

夫詩人之詞微以婉，不同論言直遂也。牧之之意，正謂幸而成功，幾
乎家國不保。彥周未免錯會。

（清）何文煥《歷代詩話考索》

（許顗《詩話》）唯譏杜牧〈赤壁〉詩為不說社稷存亡，唯說二喬；
不知大喬孫策婦，小喬周瑜婦，二人入魏，即吳亡可知；此詩人不欲質
言，變其詞耳，顗遽詆為秀才不識好惡，殊失牧意。

（清）紀昀、陸錫熊、孫士毅總纂《四庫全書總目》
卷一九五詩文評類評許《彥周詩話》

（游潛《夢蕉詩話》）唯駁《許彥周詩話》論杜牧詩一條，特有深
解，非他家之所及耳。

同上

溫柔敦厚，詩教也。……杜牧之「東風不假周郎便，銅雀春深鎖二喬」，亦如吳門市上惡少年語，此等詩不作可也。

（清）秦朝釪《消寒詩話》

杜牧之作詩，恐流於平弱，故措詞必拗峭，立意必奇闢，多作翻案語，無一平正者。方嶽《深雪偶談》所謂「好為議論，大概出奇立異，以自見其長」也。如〈赤壁〉云：「東風不與周郎便，銅雀春深鎖二喬。」……此皆不度時勢，徒作異論，以炫人耳，其實非確論也。

（清）趙翼《甌北詩話》卷十一

（《許彥周詩話》云云）按：詩不當如此論，此直村學究讀史見識，豈足與語詩人言近指遠之故乎？

（清）馮集梧《樊川詩集注》卷四

（《許彥周詩話》）其謂周郎赤壁之戰，所關甚大，此詩意不應切切於二喬，故譏之如此。然牧之此句，蓋有見於曹瞞當唯是為不能忘情，觀其屠鄴疾召甄，有今年破賊正為奴之歎，則如二喬皆國色，豈不欲置之銅雀臺上乎？如此立意下語，是抉出老奸心事來。璐所窺牧之詩意如此。……牧之詩況為顧曲周郎設想，那不用是為切切！若持此意讀此詩，覺愈有味。

（清）陳錫璐《黃嬭餘語》卷四

按諸家皆不以許說為然，是也。《深雪偶談》謂為滑稽弄辭，《苕溪叢話》謂為好異，景旭吳氏又以為翻案，則亦不盡然。大抵詩人每喜以一瑣細事來指點大事。即如此詩二喬不曾被捉去，固是一小事，然而孫氏霸權，決於此戰，正與此小事有關。家國不保，二喬又何能安然無恙。二喬未被捉去，則家國鞏固可知。寫二喬正是寫家國大事。且以二喬立意，可以增加詩之情趣，其非翻案、好異，以及滑稽弄辭，斷然可知。至疊山所

謂死中求活，蓋論〈烏江〉詩則合，〈烏江〉詩謂項羽尚可回江東以圖再起，乃於萬無可為之中猶謂有可為，故曰「死中求活」，但不可以論此詩。

（今人）劉永濟《唐人絕句精華》

　　詩的創作必須用形象思維，而形象性的語言則是形象思維的直接現實。如果按照許顗那種意見，我們也可以將「銅雀春深鎖二喬」改寫成「國破人亡在此朝」，平仄、韻腳雖然無一不合，但一點詩味也沒有了。……杜牧在此詩裡，通過「銅雀春深」這一富於形象性的詩句，即小見大，這正是他在藝術處理上獨特的成功之處。

　　另外，有的詩論家也注意到了此詩過分強調東風的作用，又不從正面歌頌周瑜的勝利，卻從反面假想其失敗……杜牧有經邦濟世之才，通曉政治軍事，對當時中央與藩鎮、漢族與吐蕃的鬥爭形勢，有相當清楚的理解，並曾經向朝廷提出過一些有益的建議。如果說，孟軻在戰國時代就已經知道「天時不如地利，地利不如人和」的原則，而杜牧卻還把周瑜在赤壁戰役中的巨大勝利，完全歸之於偶然的東風，這是很難想像的。他之所以這樣地寫，恐怕用意還在於自負知兵，借史事以吐其胸中抑鬱不平之氣。其中也暗含有阮籍登廣武戰場時所發出的「時無英雄，使豎子成名」那種慨歎在內，不過出語非常隱約，不容易看出來罷了。

（今人）沈祖棻《唐人七絕詩淺釋》

附錄

　　古人多有詠史之作，若易曉而易厭，則直述其事而無新意者也。常愛杜牧〈赤壁〉云：「（同上，略）」……禪家所謂活弄語也。

〔韓〕李齊賢《櫟翁稗説》

孫　評

　　對於杜牧詩「東風不與周郎便，銅雀春深鎖二喬」的爭論，從理論上說顯得比較膚淺。這種現象，在中國古代詩評中不勝枚舉，也許是因為詩話、筆記或批語的形式，雖以微觀見長，又常為微觀所局限。評者往往不講究宏觀理論的基礎，只從一個孤立現象出發，鑽牛角尖，為一個小小細節不惜糾纏上百年。即使不無智慧閃光，每每也只限於表態式的論斷，既沒有充足論證自圓其說，又說不上對論敵的雄辯反駁。西方修辭學強調不同觀念的論爭，要從共同的前提出發，甚至以對方的話語來證明自己的正確（justfy my position in your terms）。[3] 其實這就是我國韓非子的以子之矛、攻子之盾的論辯術。但古代詩評卻很少尊重對方的前提，結果就造成了看來熱鬧的論爭，事實上類似聾子的對話。

　　從上面選輯的材料中，可以看出這種爭論大多是潛在的前提的混亂。而最為基本也最為重要的，就是詩與史的關係這個前提的混亂，把詩的抒情完全當成了歷史論述。許顗云云，即完全以對史的要求來評價詩。對於史家來說，全面考慮「社稷存亡，生靈塗炭」自是長處，而這樣的長處，到詩家手中就肯定成為短處。試想四句七言，把那麼複雜的內容硬塞進去，不是注定要導致詩的崩潰嗎？許多爭論不斷重複，都是由於詩與史的關係沒有明確的辨析。在詩與史的矛盾這一關鍵上不清醒，還使得一些本來不乏藝術感覺力的學者，也未能把

3　參閱 "Justify My Position in Your Terms: Cross Cultural Argumentation in a Globalized World", Argumentation 13.3 (1999): 297~315。〈以你的道理來論證我的立場：全球化時代的跨文化論辯〉，從東西方論辯實踐出發，破除「論辯雙方必須屬於同一話語共同體」這一定論，在修辭理論界首先提出發生於不同系統成員之間的論辯必須遵循的基本原則。

杜牧詩看作詩人的一時感興，而是當作軍事政治歷史的判斷。趙翼以歷史學見長，又著有詩話十二卷，可說起這首詩來，就囿於史家的眼光，顯出還是個外行。

在詩與史的區別方面，我國詩論和西方不同。西方早自亞里斯多德開始，就強調詩與史的區別：詩是概括的，而史則是具體的、個別的。我國長期有文史不分家的傳統，因而具有區別二者的意識者特別難能可貴。吳喬以此詩為例說：「古人詠史，但敘事而不出己意，則史也，非詩也；出己意，發議論，而斧鑿錚錚，又落宋人之病。」盛讚此詩作者己意雖在議論「天意三分也」，但「用意隱然，最為得體」。這是很有中國特色的說法。中國史家以實錄為上，講究用春秋筆法寄寓褒貶，傾向性要隱藏在敘述文字之中，不能直接發議論。但詠史詩是要有議論的，完全沒有議論，「則史也，非詩也」。可是議論不得體，又會落下「宋人之病」。所以，吳喬強調議論光「出己意」還不夠，還要「用意隱然」才能「得體」。

在史與詩區別的探討上，說得清醒的還有納蘭性德。他說：「古人詠史，敘事無意，史也，非詩矣。」如「東風不與周郎便，銅雀春深鎖二喬」之句，就因為「有意而不落議論，故佳。若落議論，史評也，非詩矣」！他提出的標準，又把吳喬「隱然」換了一種說法。就是「有意而不落議論」。這裡已經接觸到議論和抒情的區別，但到了這個邊緣上，還是未能進一步理論化，形成詩史二者對立的範疇。這可能又是中國古典詩論思維的一種局限性。

不過，上述這種長期、普遍存在的局限，也曾迫使中國詩論向另一個方面突進，那就是創作論的方向。一些論者不但為不同於理性議論的抒情辯護，而且提出了中國式的創作論範疇「翻案法」，或者用禪宗的話說叫「活殺機」。在這方面，說得比較精到的是早在宋代的胡仔，他例舉杜牧〈赤壁〉等詩之後，提出了有種「反說其事」的詠史詩理論。怎麼個反法呢？他說是「叛於理」，也就是要反於理。其

實，這也就是後來賀裳所概括的「無理而妙」說，不過胡氏只具體化為詠史而叛理。反理自然也即無理，正因為杜牧詩無理，有人從道德倫理角度觀之，以為「近輕薄少年語」；有人從抒情的角度看它，則「正是詩人調笑妙語」。

　　對於如上種種爭論，今人沈祖棻說得很雄辯：「如果按照許顗那種意見，我們也可以將『銅雀春深鎖二喬』改寫成『國破人亡在此朝』，平仄、韻腳雖然無一不合，但一點詩味也沒有了。」從正統的思路上說，是很合理的，但於抒情卻是很滑稽的。為什麼這樣的一改就一點詩味都沒有了？並不僅僅因為這樣的詞句太粗俗，還在於對絕句結構內在轉折的破壞。絕句之妙在於第三句轉折之後，情緒的「婉轉變化工夫」，如果點明了「國破人亡在此朝」，就沒有這種婉轉變化的無窮意味，倒變成狗尾續貂了。

　　本題所評，與之前〈史家論贊與詩家詠史之別〉、〈「詩史」辯〉、〈楊妃驪山食荔時令失實〉諸題之評，在詩學理論上基本是一個問題，但評說各有側重，讀者可以參閱。

陸詩「白蓮」可否移用

詩人有寫物之功。「桑之未落，其葉沃若。」[1]，他木殆不可以當此。……皮日休〈白蓮花〉詩云：「無情有恨何人見，月曉風清欲墜時。」[2]決非紅蓮詩，此乃寫物之功。若石曼卿〈紅梅〉詩云：「認桃無綠葉，辨杏有青枝。」[3]此至陋語，蓋村學中體也。

（宋）蘇軾《東坡題跋》卷三

東坡云：「（引文同上，略）」……如皮日休〈詠白蓮〉詩云：「無情有恨何人見，月冷風清欲墮時。」若移作詠白牡丹詩，有何不可，彌更親切耳。

（宋）胡仔《苕溪漁隱叢話》前集卷三十二

東坡嘗喜皮日休〈白蓮〉詩：「無情有恨何人見，月曉風清欲墜時。」謂決非紅蓮詩。然李賀〈新筍〉云：「無情有恨何人見，露壓煙啼

1　《詩》〈衛風〉〈氓〉詩句。

2　誤記，當為陸龜蒙（字魯望）〈白蓮〉詩：素花多蒙別豔欺，此花真（一作端）合在瑤池。還應（一作無情）有恨無（一作何）人覺，月曉風清欲墮時。見〈全唐詩〉卷六百二十八。　卷六百十五另載有皮日休〈白蓮〉詩：但恐醍醐難並潔，只應薝卜可齊香。半垂金粉知何似？靜婉臨溪照額黃。　皮陸齊名，交往甚深，之間贈酬亦多，二詩或是唱和之作？

3　石延年（字曼卿）〈紅梅〉：梅好唯傷白，今紅是絕奇。認桃無綠葉，辨杏有青枝。哄笑從人贈，酡顏任笛吹。未應嬌意急，發赤怨春遲。　梅堯臣亦有紅梅詩斷句：認桃無綠葉，辨杏有青枝。

千萬枝。」⁴乃知皮取此。

（宋）吳曾《能改齋漫錄》卷八

僕觀《陳輔之詩話》謂和靖詩近野薔薇；《漁隱叢話》謂皮日休詩移作白牡丹，尤更親切。二說似不深究詩人寫物之意。……牡丹開時，正風和日暖，又安得有月冷風清之氣象邪？

（宋）王楙《野客叢書》卷二十二

唐人詠物詩於景意事情外，別有一種思致，不可言傳，必心領神會始得。此後人所以不及唐也。如陸魯望〈白蓮〉詩云：「（同上引，略）」妙處不在言句上，宋人都曉不得。如東坡〈詠荔枝〉、梅聖俞〈詠河豚〉，此等類非詩，特俗所謂偈子耳。

（明）劉績《霏雪集》卷上

陸魯望〈白蓮〉詩：「（同上，略）」觀東坡與子帖，則此詩之妙可見。然陸此詩祖李長吉，長吉〈詠竹〉詩云：「斫取青光寫楚辭，膩香春粉黑離離。無情有恨何人見，露壓煙籠千萬枝。」或疑無情有恨不可詠竹，非也。竹亦自嫵媚，孟東野詩云：「竹嬋娟，籠曉煙。」⁵左太沖〈吳都賦〉詠竹云：「嬋娟檀欒，玉潤碧鮮。」合而觀之，始知長吉之詩之工也。

（明）楊慎《升庵詩話》卷三

（陸〈白蓮〉）此詩為白蓮傳神。

又《絕句衍義》卷一

詩有四格：曰興，曰趣，曰意，曰理。……陸龜蒙〈詠白蓮〉曰：

4　即〈昌谷北園新筍四首〉其二詩句。

5　孟郊〈嬋娟篇〉詩句。

「無情有恨何人見，月曉風清欲墮時。」此趣也。

（明）謝榛《四溟詩話》卷二

杜牧「多少綠荷相倚恨，一時回首背西風」[6]，與此（指陸詩）末二句皆極體物之妙；若長吉「無情有恨何人見，露壓煙迷千萬枝」，乃詠竹也，天趣較減矣。

（清）黃生《唐詩摘抄》卷四

陸魯望〈白蓮詩〉：「無情有恨何人見，月白風清欲墮時。」語自傳神，不可移易。《苕溪漁隱》乃云：「移作白牡丹亦可」，謬矣。

（清）王士禎《池北偶談》卷十四

余謂陸魯望「無情有恨何人見？月白風清欲墮時」二語恰是詠白蓮詩，移用不得；而俗人議之，以為詠白牡丹、白芍藥亦可，此真盲人道黑白。

又《漁洋詩話》卷上

（陸詩）取神之作。

（清）沈德潛《唐詩別裁集》卷二十

（陸詩）末語的是白蓮，移不動。

（清）朱之荊《增訂唐詩摘抄》卷四

小詩以空筆取神者，如「無情有恨何人見，月曉風清欲墮時」。

（清）紀昀《玉溪生詩說》下

6　〈齊安郡中偶題二首〉其一詩句。

「無情有恨何人見，月曉風清欲墮時。」魯望〈白蓮〉詩，不過一時直書所見，不自知其貼切，後人只當論其好不好，不當論其切不切也。阮亭、隨園（袁枚，號隨園老人）俱以為移用不得，此便是笨伯口吻。至如俗人以為詠白牡丹、白芍藥亦可，硬將此二句移用，是尤笨伯之尤者。莊子曰：「辨生於末學。」總之此詩在作者不自知其切不切，而後人乃一一妄為解事，可笑也。

（近代）錢振鍠《謫星說詩》卷一

「月曉風清」七字，得白蓮之神韻。與昔人詠梅花「清極不知寒」[7]，詠牡丹詩「香疑日炙消」[8]，皆未嘗切定此花，而他處移易不得，可意會不可言傳也。

（近人）俞陛雲《詩境淺說續編》

陸龜蒙的這首詩，就是遺貌取神的一個成功的例子。他詠的是白蓮花，但幾乎完全沒有花費筆墨去刻畫其外形，卻集中力量去描寫它的神態與性格。

在一般人看來，有色的花當然比白色的更鮮豔一些，因此也更引人注目一些，更被珍視一些，詩就從這兒著筆。但他不從人與花的關係來寫，直說萬紫千紅更為人們所喜愛，而從花與花的關係來寫，說素淨的白花往往蒙受其他美豔有色的花的欺負。這是以一般情況襯托特殊情況，為下文同中有異留下地步，而又以曲折出之。……次句出白蓮。雖然白花一般說來不及有色的花那麼動人，但白蓮卻不是一般的白花。怎樣不一般呢？詩人指出，它只應當生長在仙境中的瑤池裡。那就是說，不是人間凡豔，而是天上仙花。此句仍是虛摹，第三、四句才轉到正面描寫。詩中無一字涉及白蓮在顏色上、形體上、生活習性與環境上的特徵，如許多詠花詩中所

7　崔道融〈梅花〉詩句：香中別有韻，清極不知寒。

8　未詳。

常寫的，而是只描繪它在特定時間裡的特定神情。長夜已過，尚餘曉月，猶有清風，在這個時候，蓮花的顏色是最明潤的，香氣是最清冽的。而也正是在這個時候，盛開的花卻快敗了，要落了。由於它是「素花」白花，不為人所珍視，所以即使無情，而從詩人看來，總不免有恨。可是，無情也罷，有恨也罷，它悄悄地自己開了，又默默地自己落了，又有誰人看見，誰人關心呢？這裡，詩人寫出了它與「別豔」不同的品格、風姿和遭遇，事實上，也就是為自己寫照。從《笠澤叢書》及其他詩文中，我們可以看到，陸龜蒙不缺乏憂國憂民的心思，但卻缺乏為國為民的機會，結果只好退隱故鄉蘇州，自號江湖散人。這首詩有所寄託，是很顯然的。

（今人）沈祖棻《唐人七絕詩淺釋》

孫　評

　　陸龜蒙〈白蓮〉詩有「無情有恨無人覺，月曉風清欲墮時」之句。蘇軾因評贊之曰：「決非紅蓮詩，此乃寫物之功。」同時批評石延年〈紅梅〉詩句「認桃無綠葉，辨杏有青枝」為「至陋語，蓋村學中體也」。蘇軾強調的是，詩人「寫物之功」，也就是客體對象的準確把握。月曉風清、無情有恨，完全是白蓮的特徵。同樣是蓮花，如果是紅蓮，用這兩句就不合適了，因為「月曉風清」與紅蓮的色調不相融洽。可是蘇軾的這個評說，卻引起了爭議。

　　胡仔不同意蘇軾的看法，認為二句「若移作詠白牡丹詩，有何不可，彌更親切耳」。王楙指摘胡仔是「不深究詩人寫物之意」，並質問道：「牡丹開時，正風和日暖，又安得有月冷風清之氣象邪？」黃生也認為「二句皆極體物之妙」。王士禎則強調二句「語自傳神，不可移易」，胡仔之說是「盲人道黑白」、「謬矣」。如此這般，對胡氏的批駁曠日持久，長達數百年。

　　然而，諸家對胡氏之說的反覆批駁，並不全面，也不深刻。王楙等人的理論基點是「寫物」、「體物」，說法雖有差異，標準卻只有一個，那就是必須符合客觀對象的特點。但是他們忽略了蘇軾緊接著還批評石延年〈紅梅〉詩句是「至陋語」，是「村學中體」。顯然，這是蘇軾在比較之中進一步指出：如果（請注意「若」字）一味追求寫物，即使抓住對象枝葉上獨一無二的特點，也只能是「陋語」，格調低下。就是說，詩的成功並不完全在「寫物之功」。王士禎、沈德潛、紀昀等人也沒有參透蘇軾的辯證觀點，只是反覆強調詩句的好處不在形而在神，而並未正面觸及事物的形與神的矛盾。

　　就陸龜蒙這兩句詩而論，直至今人沈祖棻才面對了這樣的矛盾。她說：「這首詩，就是遺貌取神的一個成功的例子。他詠的是白蓮花，

但幾乎完全沒有花費筆墨去刻畫其外形，卻集中力量去描寫它的神態與性格。」應該說，「遺貌取神」，把神放在形之上，這在畫論中早已是常識。但是，用來闡釋這首詩作，畢竟還是有一點突破。然而這種突破又是有限的，因為她所說的神還是客觀對象的「神態與性格」。

沈氏這個說法，仍有不足之處：首先，「月曉風清欲墮時」，即使在月曉風清之時，其「神態」也不一定是搖搖「欲墮」，生機勃勃者並非鮮見。至於「無情有恨何人見」中的「情」和「恨」，自然更是屬於人的情感，不是白蓮這種植物本身的。所以賞析說這是「集中力量去描寫它的神態和性格」，「描繪它在特定時間裡的特定神情」，就未免拘執於客體，過於簡單化了。

其實，這「神」和「情」，都不是客觀的植物原有的，而是詩人賦予的，是從詩人審美情感投射出去的。正是詩人的主觀審美情感特徵，選擇、同化了客體白蓮的特徵，才能把它定格在「月曉風清」之時，而不是豔陽高照之日；才能想像虛擬出它無「情」有「恨」，而不是一棵純自然界的植物。也正是由於詩人感興是私有的，瞬時的，非此人，非此時，才「移用不得」；而不是兩句詩真的就體物工切到了「移用不得」的程度。

樹枝折何至鶯花同墜

　　元之（宋王禹偁字）本學白樂天詩，在商州嘗賦〈春日雜興〉云：
「兩株桃杏映籬斜，妝點商州副使家。何事春風容不得？和鶯吹折數枝
花。」其子嘉佑云：「老杜嘗有『恰似春風相欺得，夜來吹折數枝花』之
句，語頗相近。」因請易之。王元之忻然曰：「吾詩精詣，遂能暗合子美
邪？」更為詩曰：「本與樂天為後進，敢期杜甫是前身」，卒不復易。

（宋）蔡居厚《蔡寬夫詩話》

　　王元之詩云：「兩株紅杏映籬斜，妝點香（按：原文如此）山副使
家。何事春風容不得，和鶯吹折數枝花！」語雖極工，然大風折樹而鶯
猶不去，於理未通，當更求之。

（宋）陸游《老學庵續筆記》

　　論詩雖不可以理拘執，然太背理則亦不堪。……王元之〈雜興〉
云：「（同上蔡引，略）」其子嘉佑曰：「老杜嘗有『恰似春風相欺得，
夜來吹折數枝花。』」余以且莫問雷同古人，但安有花枝吹折，鶯不飛
去，和花同墜之理？此真傷巧。

（清）賀裳《載酒園詩話》卷一

　　（評王詩及賀說）此正「詩有別趣」之謂。若必譏其無理，雖三尺童
子亦知鶯必不與花同墜矣！

（清）黃生《黃白山先生〈載酒園詩話〉評》卷上

（王詩「何事」二句）言從鶯聲中吹落也。　　○借花寓意，不勝遷謫之感。

（近人）王文濡《宋元明詩評注讀本》卷四

孫　評

　　這個問題雖小，卻觸及於漢語詩歌之特殊性。

　　「何事春風容不得？和鶯吹折數枝花。」陸游譏評道：「大風折樹而鶯猶不去，於理未通」。這種指責似乎不盡符合詩意，春風按常理恐非大風，數枝斷折亦不等於樹被吹折。賀裳批評得更為明確些：「安有花枝吹折，鶯不飛去，和花同墜之理？」然於理通不通的關鍵，還是「和鶯」如何解讀？賀氏把「和鶯」解作樹枝被吹折，鶯兒一起被吹墜。黃生則以「詩有別趣」為之辯護，認為道理不言而喻，即使小孩子也會想像「鶯必不與花同墜」。但是，為什麼呢？黃生沒有說明。

　　把這個問題說得清清楚楚的是近人。王文濡解釋說：「言從鶯聲中吹落也。」這就很到位了。「和鶯」的「鶯」，可以理解為鶯，也可理解為「鶯聲」。於常理，當為鶯；從文本脈絡語境尋繹，因文求義，當為「鶯聲」。聯繫上下文，二句言下之意應該是說：時值春天，宅邊桃杏盛開，樹上黃鶯和鳴，不料一陣春風吹過，花枝折斷了數枝，鶯兒也驚叫著飛走了。

　　在口語中，在白話散文中，鶯與鶯聲不可混同。古代詩詞則不然，常將句中關鍵字含而不吐，讓讀者從特定語境中自去領會，對此評家稱之為「句中藏字」。即舉藏「聲」字數例為證：王維：「古木無人徑，深山何處鐘？」鐘，當指鐘聲，若非鐘聲，五字成何境界？岑參：「中軍置酒飲歸客，胡琴琵琶與羌笛。」歡送貴客，場面盛大，胡琴、琵琶、羌笛，自然是說樂器演奏的聲音。朱慶餘：「院深終日靜，落葉覆秋蟲。」蟲下必藏一「吟」字。又如蔣捷「中年聽雨客舟中」，雨之可聽，無疑亦雨聲也。

說長道短處士梅花詩

　　處士林逋居於杭州西湖之孤山。逋工筆劃，善為詩。……〈梅花〉詩云：「疏影橫斜水清淺，暗香浮動月黃昏。」[1]評詩者謂：「前世詠梅者多矣，未有此句也。」

（宋）歐陽修《歸田錄》卷二

　　林逋處士，錢塘人，家於西湖之上，有詩名。人稱其〈梅花詩〉云：「疏影橫斜水清淺，暗香浮動月黃昏」，曲盡梅之體態。

（宋）司馬光《溫公續詩話》

　　林和靖〈梅花詩〉云：「疏影橫斜水清淺，暗香浮動月黃昏」，近似野薔薇也。

（宋）陳輔《陳輔之詩話》

　　詩人有寫物之功……林逋〈梅花〉詩云：「疏影橫斜水清淺，暗香浮動月黃昏。」決非桃李詩。

（宋）蘇軾《東坡題跋》卷三

　　歐陽文忠公極賞林和靖「疏影橫斜水清淺，暗香浮動月黃昏」之句，

1　即〈山園小梅二首〉詩其一：眾芳搖落獨暄妍，占斷風情向小園。疏影橫斜水清淺，暗香浮動月黃昏。霜禽欲下先偷眼，粉蝶如知合斷魂。幸有微吟可相狎，不須檀板共金尊。

而不知和靖別有〈詠梅〉一聯云:「雪後園林才半樹,水邊籬落忽橫枝。」[2]似勝前句。不知文忠公何緣棄此而賞彼?文章大概亦如女色,好惡止繫於人。

(宋)黃庭堅《山谷題跋》卷二

林和靖〈梅花詩〉:「疏影橫斜水清淺,暗香浮動月黃昏」,誠為警絕;然其下聯乃云:「霜禽欲下先偷眼,粉蝶如知合斷魂」,則與上聯氣格全不相類,若出兩人。乃知詩全篇佳者誠難得。唐人多摘句為圖,蓋以此。

(宋)蔡居厚《蔡寬夫詩話》

田承君云王君卿在揚州同孫巨源、蘇子瞻適相會。君卿置酒曰:「『疏影橫斜水清淺,暗香浮動月黃昏』,此林和靖〈梅花詩〉,然而為詠杏與桃李皆可用也。」東坡曰:「可則可,只是杏李花不敢承當。」一座大笑。

(宋)王直方《王直方詩話》

歐陽文忠最愛林和靖云:「疏影橫斜水清淺,暗香浮動月黃昏。」山谷以為不若「雪後園林才半樹,水邊籬落忽橫枝」。余以為其所愛者便是優劣耶。此句於前所稱真可處伯仲耳。而和靖又有詩云:「池水倒窺疏影動,屋檐斜入一枝低。」[3]

同上

林和靖〈梅詩〉云:「疏影橫斜水清淺,暗香浮動月黃昏。」大為歐陽文公稱賞。大凡《和靖集》中,〈梅詩〉最好,梅花詩中此兩句尤奇麗。

(宋)許顗《彥周詩話》

2　即〈梅花〉詩:吟懷長恨負芳時,為見梅花輒入詩。雪後園林才半樹,水邊籬落忽橫枝。人憐紅豔多應俗,天與清香似有私。堪笑胡雛亦風味,解將聲調角中吹。

3　〈梅花二首〉其二:小園煙景正淒迷,陣陣寒香壓麝臍。池水倒窺疏影動,屋簷斜入一枝低。畫工空向開時看,詩客休征故事題。慚愧黃鸝與蝴蝶,只知春色在桃蹊。

　　林和靖賦〈梅花詩〉，有「疏影橫斜水清淺，暗香浮動月黃昏」之
語，膾炙天下殆二百年。東坡晚年在惠州，作〈梅花詩〉云：「紛紛初疑
月掛樹，耿耿獨與參橫昏。」[4]此語一出，和靖之氣遂索然矣。……使醉
翁（歐陽修號）見之，未必專賞和靖也。

（宋）周紫芝《竹坡詩話》

　　西湖（林逋，隱居西湖）「橫斜」、「浮動」之句，屢為前輩擊節，嘗
恨未見其全篇。及得其集觀之，云：「（同上引，略）」其卓絕不可及，專
在十四字耳！又有七言數篇，皆無如「池水倒窺疏影動，屋簷斜入一枝
低」，「雪後園林才半樹，水邊籬落忽橫枝」之句。

（宋）黃徹《䂬溪詩話》卷六

　　王直方又愛和靖「池水倒窺疏影動，屋簷斜入一枝低」，以謂此句於
前（指前詩「疏影」、「暗香」一聯）所稱，真可處伯仲之間。余觀此句，
略無佳處，直方何為喜之，真所謂一解不如一解也。

（宋）胡仔《苕溪漁隱叢話》前集卷二十七

　　陳輔之云：「林和靖『疏影橫斜水清淺，暗香浮動月黃昏』，殆似野薔
薇。」是未為知詩者。予嘗踏月水邊，見梅影在地，疏瘦清絕，熟味此詩，
真能與梅傳神也。野薔薇叢生，初無疏影，花陰散漫，烏得橫斜也哉？

（宋）費袞《梁谿漫志》卷七

　　僕觀《陳輔之詩話》謂和靖詩近野薔薇。……似不深究詩人寫物之

4　即〈再用前韻〉（十一月二十六日，松風亭下，梅花盛開）詩：羅浮山下梅花村，
　　玉雪為骨冰為魂。紛紛初疑月掛樹，耿耿獨與參橫昏。先生索居江海上，悄如病鶴
　　棲荒園。天香國豔肯相顧，知我酒熟詩清溫。蓬萊宮中花鳥使，綠衣倒掛扶桑暾。
　　抱叢窺我方醉臥，故遣啄木先敲門。麻姑過君急掃灑，鳥能歌舞花能言。酒醒人散
　　山寂寂，唯有落蕊黏空樽。

意。「疏影橫斜水清淺」，野薔薇安得有此蕭灑標緻？

（宋）王楙《野客叢書》卷二十二

　　昔人賦梅云：「疏影橫斜水清淺，暗香浮動月黃昏。」這十四字誰人不曉得！然而前輩直恁地稱歎，說他形容得好。是如何？這個便是難說，須要自得他言外之意，須是看得他物事有精神方好。若看得有精神，自是活動有意思，跳擲叫喚，自然不知手之舞之，足之蹈之。這個有兩重：曉得文義是一重，識得意思好處是一重。

（宋）朱熹論詩，轉引自宋魏慶之《詩人玉屑》卷六〈命意〉

　　詩之賦梅，唯和靖一聯而已；世非無詩，不能與之齊驅耳。詞之賦梅，唯姜白石〈暗香〉、〈疏影〉二曲，前無古人，後無來者，自立新意，真為絕唱。太白云：「眼前有景道不得，崔顥題詩在上頭。」誠哉是言也！

（宋）張炎《詞源》〈雜論〉

　　「疏影橫斜水清淺，暗香浮動月黃昏」。東山楊公謂此特詠梅之形體，性情則未也。……請與論梅之性情：窮冬祈寒，萬木剝落，梅歸然獨存。梅主靜，性也。未春而花，性而情矣。桃醉而夭，柳柔而嬌，皆東君造化。唯梅雪霜自雪霜，特立而獨行，發乎情止乎禮義也，形體云乎哉！……上一句是形體，疏影橫斜是也。下一句是性情：夫性，生之謂也，梅之香與生俱生；動處是情，浮動情也。東山何辭以對？

（元）王義山《王義山詩話》

　　「疏影」、「暗香」之聯，初以歐陽文忠公極賞之，天下無異辭。王晉卿（《王直方詩話》作「君卿」）嘗謂：「此兩句杏與桃、李皆可用也。」蘇東坡云：「可則可，但恐杏、桃、李不敢承當耳。」予謂彼杏、桃、李者，影能疏乎？香能暗乎？繁濃之花，又與「月黃昏」、「水清淺」有何交

涉？且「橫斜」、「浮動」四字牢不可移。

（元）方回《瀛奎律髓》卷二十

天文唯雪詩最多，花木唯梅詩最多。雪詩自唐人佳者已傳不可僂數，梅詩尤多於雪。唯林君復（林逋字）「暗香」、「疏影」之句為絕唱，亦未見過之者，恨不使唐人專詠之耳。

（明）李東陽《麓堂詩話》

（周紫芝）老人殆未知詩者，梅詩須讓和靖。東坡別有一段風味；張（耒）、胡（份）之詩，未見佳處。

（明）安磐《頤山詩話》

《葦航紀談》云：「『黃昏』以對『清淺』，乃兩字非一字也。月黃昏，謂夜深香動，月為之黃而昏，非謂人定時也。蓋晝午後，陰氣用事，花房斂藏，夜半後，陽氣用事，而花敷蕊散香。凡花皆然，不獨梅也。」

（明）楊慎《升庵詩話》卷一

梅花格高韻勝，見稱於詩人吟詠多矣，自和靖香影一聯為古今絕唱。

（明）俞弁《逸老堂詩話》卷上

議者以黃昏難對清淺。楊升庵《丹鉛續錄》云：「黃昏，謂夜深香動月之黃而昏，非謂人定時也。」余意二說皆非，豈詩人之固哉？梅花詩往往多用月落參橫字，但冬半黃昏時參橫已見，至丁夜則西沒矣。和靖得此意乎？

同上

宋詩如林和靖〈梅花〉詩，一時傳誦。「暗香」、「疏影」，景態雖佳，已落異境，是許渾至語，非開元大曆人語。至「霜禽」、「粉蝶」，直

五尺童耳。

（明）王世貞《藝苑卮言》卷四

「疏影橫斜」於水波清淺之處，「暗香浮動」於月色黃昏之時。二語於梅之真趣，頗自曲盡，故宋人一代尚之。然其格卑，其調澀，其語苦，未足大方也。

（明）胡應麟《少室山房筆叢》卷十九續乙部〈藝林學山〉一

江為詩：「竹影橫斜水清淺，桂香浮動月黃昏。」[5]林君復（林逋字）改二字為「疏影」、「暗香」以詠梅，遂成千古絕調。詩字點化之妙，譬如仙者丹頭在手，瓦礫俱金矣。

（明）李日華《恬致堂詩話》卷四

按：此則亦見清顧嗣立《寒廳詩話》轉引，後三句以「所謂點鐵成金」一語概括。

如〈梅花〉詩，「暗香」、「疏影」兩語自是擅場，所微乏者氣格耳。

（明）謝肇淛《小草齋詩話》卷二外編上

和靖「疏影橫斜水清淺」一聯善矣，而起聯云「眾芳搖落獨鮮妍，占斷風情向小園」，太殺凡近，後四句亦無高致。人得好句，不可不極力淘煅改易，以求相稱。

（清）吳喬《圍爐詩話》卷五

詠物詩最難工，而梅尤不易，林君復「雪後園林才半樹，水邊籬落忽橫枝」，此為絕唱矣。他如：「疏影橫斜水清淺，暗香浮動月黃昏」，僅易江為二字，以「竹」、「桂」為「疏」、「暗」，是妙於點染者。余則蘇子瞻

5　當係五代南唐江為佚詩斷句，《全唐詩》江為卷未載。

「竹外一枝斜更好」[6]，高季迪「薄暝山家松樹下」[7]，亦見映帶之工。

（清）朱彝尊《靜志居詩話》卷十八

《居易錄》東坡云：「西湖處士骨應槁，只有此詩君壓倒。」按林詩「疏影、暗香」一聯，乃南唐江為詩，止易竹字為疏，桂字為暗耳，雖勝原句，畢竟不免偷江東之誚；如坡言，逋生平竟無一詩矣。

（清）王士禎《帶經堂詩話》卷十二

詠物之作，須如禪家所謂不粘不脫、不即不離，乃為上乘。古今詠梅花者多矣，林和靖「暗香、疏影」之句，獨有千古，山谷謂不如「雪後園林才半樹，水邊籬落忽橫枝」；而坡公「竹外一枝斜更好」，識者以為文外獨絕，此其故可為解人道耳。《鶯尾文》並錄二

同上

梅詩無過坡公「竹外一枝斜更好」七字，及「雪後園林才半樹，水邊籬落忽橫枝」。高季迪「雪滿山中高士臥，月明林下美人來」[8]亦是俗格。若晚唐「認桃無綠葉，辨杏有青枝」[9]，直足噴飯。

又《漁洋詩話》卷上

---

6 〈和秦太虛梅花〉詩：西湖處士骨應槁，只有此詩君壓倒。東坡先生心已灰，為愛君詩被花惱。多情立馬待黃昏，殘雪消遲月出早。江頭千樹春欲闇，竹外一枝斜更好。孤山山下醉眠處，點綴裙腰紛不掃。萬里春隨逐客來，十年花送佳人老。去年花開我已病，今年對花還草草。不知風雨卷春歸，收拾餘香還畀昊。

7 高啟〈梅花九首〉其二詩句：薄暝山家松樹下，嫩寒江店杏花前。

8 〈梅花九首〉其一：瓊枝只合在瑤臺，誰向江南處處栽？雪滿山中高士臥，月明林下美人來。寒依疏影蕭蕭竹，春掩殘香漠漠苔。自去何郎無好詠，東風愁寂幾回開！

9 石延年〈紅梅〉詩句。

（林逋「雪後園林」二句）二句不但格高，正以意味勝耳！

（清）查慎行《初白庵詩評》卷下

（又「疏影」「暗香」二句）再三玩味，此聯終遜「雪後」一聯。

同上

梅花詩，東坡「竹外」七字及和靖「雪後」一聯，自是象外孤寄。

…………

《竹坡詩話》……等語，大是不解。東坡「紛紛」、「耿耿」句，未是絕作，至張、胡句，更復了不異人，安見在「暗香」、「疏影」之上？且置卻東坡「竹外」七字而於此是取，不唯難服和靖之心，亦且大拂東坡之意。妍媸駿昧，烏足言詩！

（清）田同之《西圃詩說》

王元美論梅花詩云：「『疏影』、『暗香』二句，景態雖佳，已落異境，是許渾至語，非盛唐語。」良是。蓋二句原本南唐江為作，僅易「竹」、「桂」二字為「疏」、「暗」耳。……

同上

（《葦航紀談》）其解固是，然和靖以此詠梅，愚意以為不甚允協。蓋南唐江為已先有句云：「竹影橫斜水清淺，桂香浮動月黃昏。」細玩其情形理致，殊覺一字難移，恰是竹桂。即就「月為之黃而昏」一解論之，亦自是桂花，不是梅花。而古今誦之，不辨未詳耶？抑附和盛名耶？吾不能無間然矣。

同上

梅詩殊少全璧，逋翁兩聯猶有此憾，後來如放翁「孤城小驛初飛雪，

斷角殘鐘半掩門」[10]，絕妙之聯，前後亦復不稱。……至方虛谷所選梅花一類，及郭梅岩《梅花字字香》、僧中峰《梅花百詠》，所謂詩愈多可神愈遠爾。今之調鉛吮粉者，奈何令梅花笑人也。

（清）張宗柟附識，王士禎《帶經堂詩話》卷十二

（〈山園小梅〉其一）馮（馮班）云：「首句非梅。」不知次句「占盡風情」四字亦不似梅。三四及前一聯皆名句，然全篇俱不稱，前人已言之。五六淺近，結亦滑調。

（清）紀昀《瀛奎律髓刊誤》卷二十

（蘇軾「江頭千樹」二句）實是名句，謂在和靖「暗香」、「疏影」一聯上，固無愧色。

又《紀文達公評蘇文忠公詩集》卷二十二

至若和靖先生〈梅花〉詩云：「疏影橫斜水清淺，暗香浮動月黃昏。」陳輔之以為有類於野薔薇詩。夫薔薇叢生，初無疏影，花影散漫，烏得橫斜？是真無理取鬧，不待辨而自明。又有人謂坡公曰：「此二句詠桃花、詠杏，亦何不可？」坡公曰：「有何不可，只恐桃杏不敢當耳！」斯言最為冷雋。

（清）梁紹壬《兩般秋雨庵隨筆》卷一

林和靖詠梅，只易「竹」、「桂」二字為「疏影」、「暗香」，世皆知林句佳，而不知其藍本江為。然謂和靖有意蹈襲，亦殊未然，蓋興之所至，偶爾相同，不知我重古人，古人重我也。

（清）馬星翼《東泉詩話》卷四

---

10 陸游〈十二月初一日得梅一枝絕奇戲作長句今年於是四賦此花矣〉詩：高標已壓萬花群，尚恐嬌春習氣存。月兔搗霜供換骨，湘娥鼓瑟為招魂。孤城小驛初飛雪，斷角殘鐘半掩門。盡意端相終有恨，夜寒皺玉倩誰溫？

　　宋人林處士之「疏影橫斜水清淺，暗香浮動月黃昏」，「雪後園林才半樹，水邊籬落忽橫枝」，千古名句，惜全篇俚率不稱。「雪後」、「水邊」一聯更高，山谷之賞識誠允。此後寂然絕響。

（清）朱庭珍《筱園詩話》卷四

　　《竹坡詩話》云：「（引略）」云云。此直是全不知詩之言。黃魯直評和靖詩，謂「雪後」、「園林」二語勝於「疏影」、「暗香」，猶說得去，若「月掛樹」、「參橫昏」，則用典而已，有何工夫？

（近代）陳衍《石遺室詩話》卷二十七

　　山谷謂「疏影」二句不如「雪後」一聯，亦不儘然。「雪後」聯寫未盛開之梅，從「前村風雪裡，昨夜一枝開」[11]來；「疏影」聯稍盛開矣，其勝於「竹影」、「桂香」句，自不待言。

又《宋詩精華錄》卷一

　　古來梅花詩極多，苦無佳構，君復八詩最名而支句實多。「暗香」、「雪後」二聯，歐黃賞之，語自清韻，余猶病其「忽橫枝」三字太生，「浮動」兩字不當。

（近代）錢振鍠《謫星說詩》卷一

　　「暗香」、「疏影」兩句，本是六朝人句。君復僅為易句首二字，尤為無取。

同上

　　朱熹說，講詩如只知文義，看不出詩的好處來。如林和靖〈梅花

11　〔唐〕釋齊己〈早梅〉：萬木凍欲折，孤根暖獨回。前村深雪裡，昨夜一枝開。風遞幽香去，禽窺素艷來。明年如應律，先發映春臺。

詩〉：「疏影橫斜水清淺，暗香浮動月黃昏」，字卻平常從見與嗅，可知梅花，
而卻有言外之意。只知字面上意義是不夠的。要看出精神來這兩句暗示梅花
之幽獨，清而且豔乃梅花之個性，才是活動的，始覺詩句有意思，好：「活動有
意思，跳撕叫喚。」就是說，這樣才能使人感情移入。他說：「曉得文義
是一重，識得意思好處是一重。」文義與它所表現的意思、情感，分明是
表裡二層，言在此而意在彼。

（今人）朱自清《中國文學批評研究講義》第一章〈多義〉

中國詠梅名句是「疏影橫斜水清淺，暗香浮動月黃昏」。林逋〈山園小
梅〉此二句甚有名而實不甚高。此二句似鬼非人，太清太高了便不是人，
不是仙便是鬼，人是有血有肉有力有氣的。

（今人）顧隨《駝庵詩話》

竊謂梅詩全首俱佳，當推老杜〈東閣官梅〉[12]一首，為古今第一。若
林和靖「疏影橫斜水清淺，暗香浮動月黃昏」；「雪後園林才半樹，水邊籬
落忽橫枝」；蘇東坡「江頭千樹春欲暗，竹外一枝斜更好」，雖極妙絕，但
均只一聯，餘則不稱。

（今人）馮振《詩詞雜話》

林逋的名篇〈山園小梅〉：「眾芳搖落獨暄妍，占盡風情向小園。」
《瀛奎律髓》卷二十紀昀批：「馮（班）云『首句非梅』，不知次句『占盡
風情』四字亦不似梅。」這樣的批評也是不知通感所產生的。梅花開放時
天還很冷，怎麼說「暄妍」呢？「暄妍」是和暖而美豔，似不合用。用
「風情」來指梅，好像也不合適。其實，這是詩人寫出對梅花的感情來，

---

12 杜甫〈和裴迪登蜀州東亭送客逢早梅相憶見寄〉詩：東閣官梅動詩興，還如何遜在
　揚州。此時對雪遙相憶，送客逢春可自由。幸不折來傷歲暮，若為看去亂鄉愁。江
　邊一樹垂垂發，朝夕催人自白頭。

既然李白可以把雪花看成春風中的香花，那末林逋為什麼不可以把梅花看成春風中的香花呢？作者忘記了寒冷，產生了「暄妍」之感，覺得它很有「風情」，這正是從視覺聯繫到溫暖的觸覺，正寫出梅花的「感動人意」來。寫詩不是寫科學報導，馮、紀兩位未免太拘泥於氣候了。再像林逋的〈梅花〉詩：「小園煙景正淒迷，陣陣寒香壓麝臍。」「香」是嗅覺，「壓」是觸覺，是嗅覺通於觸覺，用的也是通感手法。像「暗香浮動月黃昏」，「香」是嗅覺，「暗」是視覺，是嗅覺通於視覺，突出香的清淡。

（今人）周振甫《周振甫講修辭》〈通感〉

附錄

　　予謂二聯美則美矣，不能無疵。客云：「何也。」曰：橫斜之疏影，實清水之所寫也。浮動之暗香，寧昏月之所關乎？又雪後半樹者，形似也；水邊橫枝者，實事也。二聯上下二句，皆不純矣。

〔日〕虎關禪師《濟北詩話》

孫　評

　　我們剛剛評說過諸家對於陸龜蒙〈白蓮〉詩的爭論，現在再來評說林逋梅花詩的得失及聚訟，就詩學理論而言，要說的道理基本上是一樣的。但林處士其人其詩都比陸的名氣大，賞析評批者也多不勝舉，所以這裡想重點對這首詩次聯，作些較為細緻、深入的剖析，然後也說說對全詩的看法。

　　這兩句詩，本非林逋的原創，而是五代南唐詩人江為的句子。據明人李日華所載，江詩原句是：「竹影橫斜水清淺，桂香浮動月黃昏。」因此李氏讚歎道：「林君復改二字為『疏影』、『暗香』以詠梅，遂成千古絕調。」其實，決不是僅僅改動兩個字那麼簡單。江為原作寫竹、寫桂都有瑕疵，林逋則點化出新用來詠梅，意轉境深，兩句詩才有了不朽的生命。大體說，千年來絕大多數評者對此聯都讚賞不已。但是究竟妙在何處，以至視為詠梅詩的極致和範本，道理卻往往說不到位。原因何在呢？看來，主要還是出在對詩人賦予新意的關鍵字「疏影」和「暗香」的理解上。

　　先說上句「疏影」。為什麼是「疏」影，而不是繁枝？繁花滿枝不是也很美嗎？但，那是生命旺盛，生氣蓬勃的美。而「疏」，則是稀疏，但在「眾芳搖落」之時，「疏影」被表現為一種「喧妍」，一種鮮明，這卻是生命在嚴酷環境中的另一種美。如果把梅花寫得很繁茂，不但失去了環境寒冷的特點，而且失去了它與嚴寒抗衡的風骨，更重要的是，還忽略了以外在的孤瘦顯示內在剛強的藝術意蘊。那麼，又為什麼是「影」？為什麼要影影綽綽呢？這是因為淡一點才雅，淡和雅是聯繫在一起的。而且雅往往又與高聯繫在一起，故有高雅之說。讓它鮮明一點不好嗎？林逋另有〈梅花〉詩曰：「人憐紅豔多應俗，天與清香似有私。」太鮮豔、太強烈，就可能不雅，變得俗

了，只有清香才是俗的反面，這是老天爺特別的恩惠。這種淡雅，不但在「影」，而且在「疏」，滲透著中國古典的美學密碼。

在分析「疏影」時，不能離開句中其他字眼的有機聯繫。「橫斜」二字，在江為詩裡，其實與竹的直立特徵是矛盾的。到了林逋名句中，卻適與梅的曲折虯枝相符。從這個意義上說，林逋抓住客體的特徵是很重要的。但是，這還不是最重要的，因為橫斜的姿態並非梅花所獨有。有人說兩句詩也可以用來形容桃花、李花和杏花，蘇軾認為「決非桃李詩」，還幽默回答說「杏李花不敢承擔」。從植物學的觀念來說，這僅僅是玩笑而已，從審美來說，此中則含有嚴肅的道理。就是說，最為重要的是「疏影橫斜」和「暗香浮動」，寫的已經不純粹是植物的梅花，詩人把自己個體的淡雅高貴氣質賦予了它，這裡梅花已經成為詩人高雅氣質的載體。在陳輔與王楙之間，還有「近似野薔薇」和「野薔薇安得有此標緻」之爭辯。從植物的形態來說，野薔薇的虯枝也是曲折的，和梅花沒有太大的區別，二句用來形容野薔薇，也很難說有什麼不合適。然而從詩人個體的審美感知特徵來說，它卻沒有這樣高雅的氣質。原因是梅花作為一種意象，在歷史過程中長期積澱，特別是經過林逋的加工之後，其高雅性質已經變得穩定了。如果有人以為野薔薇形態上類似梅花，就將之作為自我形象的象徵，可能就會變得不倫不類，乃至滑稽。

特別不可忽略的是，詩人把「疏影橫斜」安放在「水清淺」之上，這更是桃、李、杏乃至野薔薇都不具備的。這並不是簡單的提供一個空間「背景」而已。為什麼水一定要清而淺？「清」已經是透明了，「淺」就更加透明。已很淡雅的「疏影」，再讓它橫斜到清淺透明的水面上來，這淡雅就無疑是非常統一和諧了。同時，這個「影」字的內涵也變得豐富起來，它可能是橫斜的梅枝本身，更可能是落在水面上的影子。有了這個黑影，雖然淡淡的，水的透明卻更加顯著了。正是意象組合達到如此地和諧的程度，才凸現了梅花「高潔」的鮮明

風格。

　　下句「暗香」的意涵也頗深邃。所謂二句「詠杏與桃李皆可用」云云，提出的問題似乎機智，然而說得並不準確，因為桃李杏花都不可能有梅花特有的香氣。林逋把「桂香」改為「暗香」，這正表現出了他的才氣。但是對於這點，至今一些學者的文章都未做深入的分析。如有位教授籠統地說：「下句寫梅花之風韻」。這樣評說就不到位。因為「暗香」寫的主要不是梅花這一客體的「風韻」。[13]

　　顯然，江為所寫的桂香是強烈的，詩人筆下梅花的香氣則是微妙的。梅花的「疏影」、「橫斜」視覺可感，「暗香」卻是視覺不可感的。「暗香」的神韻就在「暗」，它是微妙的，看不見，又不是絕對不可感的。其特點是「浮動」，也就是不太強烈的，隱隱約約的，若有若無的。但妙就妙在另一種感官——嗅覺已經被調動起來了。雖然「月黃昏」，視覺朦朧，倒反襯出了嗅覺的精緻。這就是提示了，梅花的淡雅高貴不是一望而知的，而是在視覺之外，有待嗅覺被調動出來才能感知的。「香」本是客體的屬性，是嗅覺對於客體的感知。詩人把「暗香」和視覺分離開來，「暗香」就有了更多主體的脫俗的品格。也就是說，正是作者把意象群落有機結構的功能發揮到了極致，表現了從視覺到嗅覺感知遞進過程的微妙，賦予不可見的香氣以高雅品格的屬性，從而「暗香」就成了梅花整體的定性。清田同之持異說：「細玩其情形理致，殊覺一字難移，恰是竹桂。即就『月為之黃而昏』一解論之，亦自是桂花，不是梅花。而古今誦之，不辨未詳耶？抑附和盛名耶？吾不能無間然矣。」但是，只有感想式結論，光憑「細玩其情形理致，殊覺一字難移」，似乎有點不講理，同樣的「細玩其情形理致」，也可能得出相反的結論，故此論不足為訓。

　　值得格外重視的是，「暗香」作為一種歷史的發現，作為一種

13　參閱南京大學莫礪鋒教授文，《名作欣賞》2010年第5期。

「遺世獨立」的人格象徵，無疑對後世詠梅詩詞創作也有著深遠的影響。如宋代王淇〈梅〉詩所云：「不受塵埃半點侵，竹籬茅舍自甘心。只因誤識林和靖，惹得詩人說到今。」到了王安石筆下，有「遙知不是雪，為有暗香來」、「風亭對竹酬孤峭，雪徑尋梅認暗香」之吟；在蘇軾作品中，也有「長與東風約今日，暗香先返玉梅魂」之句。後來陸游的〈卜算子〉，更把這點發揮到了極致：「驛外斷橋邊，寂寞開無主。已是黃昏獨自愁，更著風和雨。　　無意苦爭春，一任群芳妒。零落成泥輾作塵，只有香如故。」哪怕是可見的花「零落成泥」，作為品格象徵的香氣也是不可磨滅的。

　　林逋這兩句詩，把江為本不相隸屬的只是由於外部的形式對仗而並列的竹和桂，變成了統一的梅花的意境，遂成為千古名句，也成為審美詩語歷史的積累的雄辯證明。這一聯由於他的點化出新而名垂詩史，自是他的才氣，也是他的幸運；而江為則為兩字之失，為歷史所遺忘。在那不講究版權的時代，這樣的不公，是歷史的不公，還是個人的不幸？後世讀者不管對藝術多麼虔誠，卻不能改變藝術祭壇上的這個歷史記錄了。然而又不能不遺憾地說，這首詩最精緻的實在也只有這一聯，其他三聯在藝術品質上簡直是不可相提並論。

　　那位教授接下去分析「霜禽欲下先偷眼，粉蝶如知欲斷魂」，給予了同樣的讚美。其實這一聯在全詩中，是最大的敗筆。「霜禽」句強調梅花的美是一望而知的，禽鳥和粉蝶的感知都顯示了一種強烈的效果，這就把上聯隱約的美的意脈被截斷了。從手法上說，在律詩中用這樣的對句，完全是一種程式化的俗套，一種匠氣。這一聯的情調不但與前面的意境不合，而且與尾聯也有衝突：「幸有微吟可相狎，不須檀板共金樽。」尾聯雖比次聯要遜色得多，但在意蘊的微妙上，大體上還是一脈相承的，而此聯橫插其間，顯得異常突兀、不和諧。宋人蔡居厚早就指出其「與上聯氣格全不相類，若出兩人」。明王世貞甚至嘲譏「直五尺童耳」。

　　認真挑剔起來，這首詩的瑕疵，還不止上述一聯。至少首聯上句的「暄妍」二字，色彩即太強烈，與「疏影」、「暗香」淡雅高貴的意境不甚相合。下句中的「占盡」二字，又把美強調到這樣無以復加的程度，就很難高雅了。所以如胡應麟等評者在贊許次聯的同時，對全詩往往都有直率的保留。吳喬批評首聯「太殺凡近，後四句亦無高致」。紀昀指摘「五六淺近，結亦滑調」。

　　從這裡，是不是可以總結出一點閱讀經典的規律：歷史的成就積澱於經典中，經得起時間無情的淘汰，從某種意義上來說，它的確是不朽的。正因為這樣，經典崇拜是理所當然的。但是，要防止崇拜變成迷信。世界上並不存在什麼十全十美的經典，不論什麼樣的經典都有歷史的和個人的局限。對經典不加分析，只能造成舒舒服服的自我蒙蔽。藝術經典閱讀應該把讚歎和推敲結合起來，重新審視一切，才能讀懂經典的深邃奧祕。

「紅杏鬧春」何解

　　張子野郎中，以樂章擅名一時。宋子京尚書奇其才，先往見之，遣將命者，謂曰：「尚書欲見『雲破月來花弄影』[1]郎中乎？」子野屏後呼曰：「得非『紅杏枝頭春意鬧』[2]尚書邪？」遂出，置酒盡歡。蓋二人所舉，皆其警策也。

　　（宋）陳正敏《遁齋閑覽》，轉引自宋胡仔《苕溪漁隱叢話》前集卷三十七

按：此則又見清王弈清等《歷代詞話》所引《古今詞話》，文字較簡略：宋景文過之野家，將命者曰：「尚書欲見『雲破月來花開影』郎中。」子野內應曰：「得非『紅杏枝頭春意鬧』尚書耶？」

　　琢句煉字，雖貴新奇，亦須新而妥，奇而確。妥與確，總不越一理字，欲望句之驚人，先求理之服眾。時賢勿論，吾論古人。古人多工於此技，有最服予心者，「雲破月來花弄影」郎中是也。有蜚聲千載上下，而不能服強項之笠翁（李漁晚號）者，「紅杏枝頭春意鬧」尚書是也。「雲破月來」句，詞極尖新，而實為理之所有。若紅杏之在枝頭，忽然加一「鬧」字，此語殊難著解。爭鬥有聲之謂「鬧」，桃李「爭春」則有之，紅杏「鬧春」，予實未之見也。「鬧」字可用，則「吵」字、「鬥」字、「打」字，皆可用矣。宋子京當日以此噪名，人不呼其姓氏，竟以此作尚書美號，豈由

1　張先〈天仙子〉（水調數聲）詞句。

2　宋祁（字子京，官工部尚書，諡景文）〈玉樓春〉〈春景〉詞：東城漸覺風光好，縠皺波紋迎客棹。綠楊煙外曉寒輕，紅杏枝頭春意鬧。　浮生長恨歡娛少。肯愛千金輕一笑。為君持酒勸斜陽，且向花間留晚照。

尚書二字起見耶？予謂「鬧」字極粗極俗，且聽不入耳，非但不可加於此句，並不當見之詩詞。近日詞中，爭尚此字者，子京一人之流毒也。

（清）李漁《窺詞管見》第七則

詞雖以險麗為工，實不及本色語之妙。如李易安「眼波才動被人猜」[3]……觀此種句，覺「紅杏枝頭春意鬧」尚書，安排一個字，費許大氣力。

（清）賀裳《皺水軒詞筌》

試舉「寺多紅葉燒人眼，地足青苔染馬蹄」[4]之句，謂「燒」字粗俗，紅葉非火，不能燒人，可也。然而句中有眼，非一「燒」字，不能形容其紅之多，猶之非一「鬧」字，不能形容其杏之紅耳。詩詞中有理外之理，豈同時文之理、講書之理乎？

（清）方中通〈與張維四〉，轉引自今人錢鍾書《七綴集》〈通感〉

「紅杏枝頭春意鬧」、「雲破月來花弄影」，俱不及「數點雨聲風約住，朦朧淡月雲來去。」[5]予嘗謂李後主拙於治國，在詞中猶不失為南面王，覺張郎中、宋尚書，直衙官耳。

（清）沈謙《填詞雜說》

「紅杏枝頭春意鬧」，一「鬧」字卓絕千古。

（清）劉體仁《七頌堂詞繹》

按：清王又華《古今詞論》〈劉公勇詞論〉引作：一『鬧』字卓絕千古。字極俗，用之得當，則極雅，未可與俗人道也。　公勇，劉體仁字。

3　李清照〈浣溪沙〉（繡面芙蓉）詞句。
4　王建〈江陵即事〉詩句。
5　李煜〈蝶戀花〉（遙夜亭臯）詞句。

宋子京詞云：「（同上注引，略）」人謂「鬧」字甚重，我覺全篇俱輕，所以成為「紅杏尚書」。

　　　　　　　　　　　　　　　　　（清）沈雄《古今詞話》〈詞辨〉上卷

「紅杏枝頭春意鬧」尚書，當時傳為美談。吾友公勇極歎之，以為卓絕千古。然實本花間「暖覺杏梢紅」[6]，特有青藍冰水之妙耳。

　　　　　　　　　　　　　　　　　　　　　（清）王士禛《花草蒙拾》

偶值春暖花開，思及宋子京得名詞句「紅杏枝頭春意鬧」，「鬧」字亦佳。但詞則可用，字太尖。

　　　　　　　　　　　　　　　　　　　　　（清）方世舉《蘭叢詩話》

通首濃麗，然總「春意鬧」三字，尤為奇辟也。

　　　　　　　　　　　　　　　　　　　　　（清）黃蓼園《蓼園詞評》

詞中句與字，有似觸著者，所謂極煉如不煉也。晏元獻「無可奈何花落去」二句[7]，觸著之句也；宋景文「紅杏枝頭春意鬧」「鬧」字，觸著之字也。

　　　　　　　　　　　　　　　　　（清）劉熙載《藝概》卷四〈詞曲概〉

宋子京詞，「紅杏枝頭春意鬧」，「鬧」字固煉，然太吃力，不可學。

　　　　　　　　　　　　　　　　　　　　　（清）李佳《左庵詞話》卷上

6　〔五代後晉〕和凝〈菩薩蠻〉〈越梅半拆〉詞句：暖覺杏梢紅，游絲狂惹風。　詞
　　為〔五代後蜀〕趙崇祚編《花間集》選錄，得以保存。

7　〔宋〕晏殊（諡元獻）〈浣溪沙〉詞句：無可奈何花落去，似曾相識燕歸來。

葉韻字尤宜留意，古人名句，末字必新雋響亮，如「人比黃花瘦」⁸之「瘦」字；「紅杏枝頭春意鬧」之「鬧」字皆是。然有同此字，而用之善不善，則存乎其人之意與筆。

（清）沈祥龍《論詞隨筆》

「紅杏枝頭春意鬧」，著一「鬧」字，而境界全出。「雲破月來花弄影」，著一「弄」字，而境界全出矣。

（近代）王國維《人間詞話》

紅杏尚書，以一「鬧」字卓絕千古，而李笠翁痛詆之，謂春意胡可鬧乎。不知春到杏林，葉長花苞，次第爭發，若紅若綠，若大若小，若先若後，實有爭恐之意，胡不可謂之「意鬧」。笠翁此說，亦西河（清毛奇齡，郡望西河）之詆「春江水暖鴨先知」⁹，宋人之語「杜鵑聲裏斜陽暮」¹⁰之類耳。

（近人）碧痕《竹雨綠窗詞話》

宋子京詞云：「紅杏枝頭春意鬧。」張子野詞云：「雲破月來花弄影。」雖膾炙一時，互標警策，然「鬧」字、「弄」字，究太傷雕刻，未免有斧鑿痕。

（今人）馮振《詩詞雜話》

李笠翁謂「（同上引錄，略）」余以為詩詞用字，往往妙在無理難解，只可以意會之。此「鬧」字，余每於春暖杏花怒發時，身歷其境，始會其妙。如謂為無理，則下句「為君持酒勸斜陽」，斜陽豈聽人勸，又何嘗有

8　李清照〈醉花陰〉詞句：莫道不消魂，簾卷西風，人比黃花瘦。

9　蘇軾《惠崇〈春江曉景〉》其一詩句。

10　秦觀〈踏莎行〉〈郴洲旅舍〉詞句。

理。如以「吵」字「鬥」字「打」字皆可用，東坡詩云：「春江水暖鴨先知」，毛西河謂「鵝獨不知耶」？執是以論詩詞，口角將無已時。

（今人）張伯駒《叢碧詞話》

綠楊紅杏，相映成趣。而「鬧」字尤能撮出花繁之神，宜其擅名千古也。

（今人）唐圭璋《唐宋詞簡釋》

靜安曰：「『紅杏枝頭春意鬧』，著一『鬧』字，而境界全出。『雲破月來花弄影』，著一『弄』字，而境界全出矣。」「鬧」字「弄」字，無非修辭格中以動詞擬人之例，古今詩歌中此類用法，不可勝數。

（今人）吳世昌《詞林新話》卷一

按「鬧」字乃宋人俗語，謂鮮豔惹眼，故有「鬧妝」、「鬧娥兒」，非吵鬧之意。笠翁強作解人。唐人有「鬧掃妝」，髻名，見《三夢記》《辭源》作《三唐記》。「鬧娥兒」見柳永詞，《薑齋文集》有記，為插於巾帽之一種草蟲妝飾。

同上卷三

宋祁〈玉樓春〉有句名句：「紅杏枝頭春意鬧。」李漁《笠翁餘集》卷八〈窺詞管見〉第七則別抒己見，加以嘲笑……同時人方中通《續陪》卷四〈與張維四〉那封信全是駁斥李漁的……也沒有把那個「理外之理」講明白。……

晏幾道〈臨江仙〉：「風吹梅蕊鬧，雨細杏花香。」毛滂〈浣溪紗〉：「水北煙寒雪似海，水南梅鬧雪千堆。」馬子嚴〈阮郎歸〉：「翻騰妝束鬧蘇堤，留春春怎知！」黃庭堅〈次韻公秉、子由十六夜憶清虛〉：「車馳馬驟燈方鬧，地靜人閒月門妍」……從這些例子來看，方中通說「鬧」字

「形容其杏之紅」，還不夠確切；應當說：「形容其花之盛繁。」「鬧」字是把事物無聲的姿態說成好像有聲音的波動，彷彿在視覺裡獲得了聽覺的感受。……用心理學或語言學的術語來說，這是「通感」（synaesthesia）或「感覺挪移」的例子。

（今人）錢鍾書〈通感〉

孫　評

　　宋祁〈玉樓春〉詞表現春天城市的遊樂生活，有明顯的商業市井色彩。作者也很注意表現春光的美好，「綠楊」一句尤其生動地寫出了氣候的特點：一方面曉寒還在，一方面綠楊已經籠煙。作者精心地把這種乍暖還寒的風物，組織成一幅圖畫，把曉寒放在綠楊之外，加上一點霧氣，讓畫面有層次感。想來，這一句費了作者不少心力，但是並沒有在後世讀者心目中留下多麼驚喜的印象。倒是下面一句「紅杏枝頭春意鬧」，轟動一時，作者也因此被譽為「紅杏尚書」。

　　其實，「紅杏」這句最精彩的也就是一個「鬧」字。因為是紅杏，所以用「鬧」字，顯得生動而貼切；如果是白杏呢？就「鬧」不起來了。但李漁不以為然：「若紅杏之在枝頭，忽然加一『鬧』字，此語殊難著解。爭鬥之聲謂之鬧。桃李爭春則有之，紅杏鬧春，予實未之見也。『鬧』字可用，則『吵』字、『鬥』字、『打』字皆可用矣。……予謂『鬧』字極粗極俗，且聽不入耳。非但不可加於此句，並不當見之詩詞。」然而這抬槓是沒有什麼道理的。因為在漢語詞語裡，存在著一種千百年來積累下來的潛在、自動化而又非常穩定的聯想機制。枝頭紅杏花朵，作為色彩本來是無聲的，但漢語裡「紅」和「火」可以自然地聯繫在一起，如「紅火」；「火」又可以和「熱」聯繫在一起，如「火熱」；這樣，從「熱」就自然聯想到了「熱鬧」。所以「紅杏枝頭春意鬧」之「鬧」字，取「熱鬧」之意，既是一種自由的、陌生的（新穎的）突破，又是對漢語潛在規範的發現。今人吳世昌就王國維之說評論道：「『鬧』字『弄』字，無非修辭格中以動詞擬人之例，古今詩歌中此類用法，不可勝數。」這個說法似乎很自信，但是，很不到位，修辭學中的動詞擬人格，並不能說明問題，因為紅杏枝頭春意打，春意鬥，也是動詞修辭格。從理論上來說，動詞擬人

格是普遍的規律，卻有精緻和粗糙之別，而文學解讀學要解決的是單一文本精緻的唯一性。

正是因為這樣的語言藝術創造，王國維盛讚其「著一『鬧』字，而境界全出」。為什麼不可以用「打」或「鬥」呢？打和鬥雖然也是一種陌生的突破，但卻不在漢語潛在的聯想機制之內，「紅」和「鬥」、和「打」都沒有現成的聯繫，沒有「熱打」、「熱鬥」的說法。正如詩句「不知細葉誰裁出？二月春風似剪刀」，春寒料峭，有鋒利之感，但，春風可以用剪刀來比喻，卻不可以用菜刀來形容，因為前面有「細葉裁出」的「裁」字埋伏在那裡，「剪裁」是漢語固定聯想，故而陌生中與熟悉統一，不像在英語裡剪與裁是兩個不相干的字（cut 和 design）。

值得注意的是詩詞語言提煉之艱難。如果個人天才離開了歷史的積累，那發揮的餘地也是比較有限的。宋祁這句詞，可能就不是憑空而來的，而是對歷史的積澱的師承和突破。清人王士禎認為，此句實是從花間派詞句「暖覺杏梢紅」轉化來的，不過是青出於藍而勝於藍而已。的確如此，原句表現杏花之紅，只給人一種暖的感覺，而紅杏在枝頭「鬧」，不但是暖，而且給人一種喧鬧的聯想。多了一個層次的翻越，在藝術上就不可同日而語了。

對於這個問題，說得比較深邃的是錢鍾書先生。他列舉許多例證，認為：「說『鬧』字『形容其杏之紅』，還不夠確切；應當說：『形容其花之盛（繁）。』『鬧』字是把事物無聲的姿態說成好像有聲音的波動，彷彿在視覺裡獲得了聽覺的感受。……用心理學或語言學的術語來說，這是『通感』（synaesthesia）或『感覺挪移』的例子。」錢鍾書的說法，可能與法國象徵派的詩學主張有關係。象徵派所追求的感覺的「契合」（correspondence）或譯「應和」，是多維的感覺結構，這種「契合」、「應和」不僅表現為幾種穩定的感覺之間的交響，而且表現一種感覺向另外一種感覺的挪移。戴望舒在他著名的

〈雨巷〉詩裡就用了這種「通感」的技法，寫他想像中的女郎的情感有「丁香一樣的顏色，丁香一樣的芬芳」，就是以視覺的「顏色」和嗅覺的「芬芳」，又加上聽覺「太息一般的眼光」，構成了非常豐富而又新穎的感覺「契合」和「應和」。

　　一個「鬧」字，竟有那麼多的權威為之讚歎不已。但有所保留的也並非個別，今人馮振就說「雖膾炙一時，互標警策」，「究太傷雕刻，未免有斧鑿痕」，意即不夠自如，煉字煉到有痕跡，還是欠佳。這顯然過於苛刻，但可姑備一說。

柳絮、河豚豈同時

　　梅聖俞嘗於范希文（范仲淹字）席上賦〈河豚魚詩〉云：「春洲生荻芽，春岸飛楊花。河豚當是時，貴不數魚蝦。」[1] 河豚常出於春暮，群游水上，食絮而肥。南人多與荻芽為羹，云最美。故知詩者，謂只破題兩句，已道盡河豚好處。聖俞平生苦於吟詠，以閑遠古淡為意，故其構思極艱。此詩作於罇俎之間，筆力雄贍，頃刻而成，遂為絕唱。

（宋）歐陽修《六一詩話》

　　梅聖俞〈河豚詩〉曰：「春洲生荻芽，春岸飛楊花。河豚於此時，貴不數魚蝦。」劉原甫戲曰：「鄭都官有〈鷓鴣詩〉，謂之鄭鷓鴣。聖俞有〈河豚詩〉，當呼有梅河豚也。」

（宋）李頎《古今詩話》

　　梅聖俞〈河豚詩〉云：「春岸飛楊花。」永叔謂河豚食楊花則肥。韓渥詩：「柳絮覆溪魚正肥」[2]，大抵魚食楊花則肥，不必河豚。

（宋）蔡居厚《詩史》

1　即〈范饒州坐中客語食河豚魚〉詩：春洲生荻芽，春岸飛楊花。河豚當是時，貴不數魚蝦。其狀已可怪，其毒亦莫加。忿腹若封豕，怒目猶吳蛙。庖煎苟失所，入喉為鏌鋣。若此喪軀體，何須資齒牙。持問南方人，黨護復矜誇。皆言美無度，誰謂死如麻。我語不能屈，自思空咄嗟。退之來潮陽，始憚餐籠蛇。子厚居柳州，而甘食蝦蟆。二物雖可憎，性命無舛差。斯味曾不比，中藏禍無涯。甚美惡亦稱，此言誠可嘉。

2　〔唐末〕韓偓〈卜隱〉詩句：桑梢出舍鸞初老，柳絮蓋溪魚正肥。

　　歐陽文忠公記梅聖俞〈河豚詩〉：「春洲生荻芽，春岸飛楊花。」破題兩句，已道盡河豚好處。謂河豚出於暮春，食柳絮而肥，殆不然。今浙人食河豚始於上元前，常州江陰最先得。方出時，一尾至直千錢，然不多得，非富人大家預以金噉漁人未易致。二月後，日益多，一尾才百錢耳。柳絮時，人已不食，謂之斑子，或言其腹中生蟲，故惡之，而江西人始得食。蓋河豚出於海，初與潮俱上，至春深，其類稍流入於江。公，吉州人，故所知者江西事也。

（宋）葉夢得《石林詩話》卷上

　　晁季一檢詩，嘗為予言：「《歸田錄》所記聖俞賦河豚云：『春洲生荻芽，春岸飛楊花。河豚於此時，貴不數魚蝦。』則是食河豚時正在二月。而吾妻家毘陵，人爭新相問遺，會賓客，唯恐後時，價雖高無吝色，多在臘月。過上元則不復貴重。所食時節，與歐公稱賞聖俞決不相同。豈聖俞賦詩之地與毘陵異邪？」風氣所產，隨地有早晚，亦未可一概論也，故為記之。

（宋）朱弁《風月堂詩話》卷下

　　歐陽永叔稱聖俞〈河豚詩〉云：「春洲生荻芽，春岸飛楊花。河豚當是時，貴不數魚蝦。」以為河豚食柳絮而肥，聖俞破題便說盡河豚好處，乃永叔褒譽之詞，其實不爾也。此魚盛於二月，柳絮時魚已過矣。

（宋）孔仲毅《珩璜新論》

　　東坡詩云：「竹外桃花三兩枝，春江水暖鴨先知，蔞蒿滿地蘆芽短，正是河豚欲上時。」[3]此正是二月景致，是時河豚已盛矣，但欲上之語，似乎未穩。

（宋）胡仔《苕溪漁隱叢話》前集卷三十一

3　蘇軾〈惠崇春江晚景〉詩。

　　余嘗寓居江陰及毘陵，見江陰每臘盡春初已食之，毘陵則二月初方食。其後官於秣陵，則三月間方有之，蓋此魚由海而上，近海處先得之，魚至江左，則春已暮矣。江陰、毘陵無荻芽，秣陵等處則以荻芽芼之。然則聖俞所詠，乃江左河豚魚也。聖俞詩多古淡，而此詩特雄贍，故尤為人稱美。

（宋）陳岩肖《庚溪詩話》卷下

　　予按〈倦遊雜錄〉云：「河豚魚有大毒，肝與卵，人食之必死。暮春柳花飛，此魚大肥。江、淮人以為時珍，更相贈遺。爛其肉雜蔞蒿荻芽，瀹而為羹，或不甚熟，亦能害人，歲有被毒而死者。」然南人嗜之不已，故聖俞詩「春洲生荻芽，春岸飛楊花。河豚當此時，貴不數魚蝦」。而其後又云：「炮煎苟失所，轉喉為莫邪。」

（宋）嚴有翼《藝苑雌黃》

　　聖俞詩不好底多。〈河豚〉詩，當時諸公說道恁地好。據某看來，只似個上門罵人底詩。只似脫了衣裳，上人門罵人父一般，初無深遠底意思。

（宋）朱熹《朱子語類》卷一百四十

　　東坡〈詠荔枝〉、梅聖俞〈詠河豚〉，此等類非詩，特俗所謂偈子耳。

（明）劉績《霏雪集》卷上

　　以神理相取，在遠近之間，才著手便煞，一放手又飄忽去，如同「物在人亡無見期」[4]，捉煞了也。如宋人〈詠河魨〉云：「春洲生荻芽，春岸飛楊花。」饒他有理，終是於河魨沒交涉。

（清）王夫之《薑齋詩話》卷下

4　〔唐〕李頎〈題盧五舊居〉詩句：物在人亡無見期，閒庭繫馬不勝悲。　前引《古今詩話》作者李頎，則係宋人，生平不詳。

　　坡詩「蔞蒿滿地蘆芽短，正是河豚欲上時」，非但風韻之妙，蓋河豚食篙蘆則肥，亦如梅聖俞之「春洲生荻芽，春岸飛楊花」無一字泛設也。

　　　　　　　　　　　　　　　　　　　　（清）王士禛《漁洋詩話》卷中

　　（梅堯臣詩）六一謂首二句「已盡河豚之美」，客或駁之曰：南昌食河豚皆係早春，迨楊柳飛花則失其美矣。余謂梅詩作於洛下，非在南昌，句亦無害，但此二句「已盡河豚之美」，則未必然耳。

　　　　　　　　　　　　　　　　　　　　（清）馬星翼《東泉詩話》卷一

孫　評

　　諸家論河豚生長宜食之時，有江陰、毘陵（常州）及秣陵（南京）之別，即便梅堯臣所寫有誤，亦不足怪。考其究竟，意義不在詩學，而在水產學，讀詩、學詩者都無須糾纏。宋人陳岩肖記其寓居之直接經驗，「見江陰每臘盡春初已食之，毘陵則二月初方食。其後官於秣陵，則三月間方有之」，所言當是。且對不同記述亦有所解釋：「蓋此魚由海而上，近海處先得之，魚至江左，則春已暮矣。」從江陰到常州再到南京，河豚之溯遊，從臘盡、春至二三月，良有以也。

秋菊落英之爭

　　歐陽文忠公嘉佑中見王文公（王安石，卒諡文）詩：「黃昏風雨暝園林，殘菊飄零滿地金。」[1]笑曰：「百花盡落，獨菊枝上枯耳。」因戲曰：「秋英不比春花落，為報詩人仔細吟。」公聞之，怒曰：「是定不知《楚辭》云『夕餐秋菊之落英』。歐陽公不學之過也。」

（宋）蔡條《西清詩話》卷下

　　荊公詩：「黃昏風雨暝園林，殘菊飄零滿地金。」子瞻跋云：「秋英不比春花落，說與詩人仔細看。」蓋為菊無落英故也。荊公云：「蘇子瞻讀《楚辭》不熟耳。」予以謂屈平（屈原名）「夕餐秋菊之落英」，大概言花衰謝之意，若「飄零滿地金」則過矣。東坡既以落英為非，則屈原豈亦謬誤乎？坡在海南〈謝人寄酒詩〉有云：「漫繞東籬嗅落英」，又何也？

（宋）曾慥《高齋詩話》

　　「秋英不比春花落，為報詩人仔細看。」此是兩句詩，余於《六一居士全集》及《東坡前後集》，遍尋並無之。不知《西清》、《高齋》何從得此二句詩，互有譏議，亦疑其不審也。

（宋）胡仔《苕溪漁隱叢話》前集卷三十四

1　王安石〈殘菊〉：黃昏風雨打園林，殘菊飄零滿地金。攬得一枝猶好在，可憐公子惜花心。

蔡絛《西清詩話》，記荊公有「黃菊飄零滿地金」之句，而文忠公非之，荊公以文忠不讀《楚辭》之過也。以予觀之，「夕餐秋菊之落英」，非零落之落。落者，始也。故築室始成謂之落成。《爾雅》曰：「俶、落、權、輿，始也。」

（宋）吳曾《能改齋漫錄》卷三

《楚辭》曰：「飡秋菊之落英。」觀國按：秋花不落枝上自枯者，菊也。楚辭之言，與義未安。

（宋）王觀國《學林》卷八

歐陽文忠公評王介甫詩云：「秋花不似春花落，憑仗詩人仔細吟。」是固然也。然秋花獨菊不落，其他如木犀、芙蓉之類，蓋無不落者，則秋花豈盡不落耶？

（宋）袁文《甕牖閑評》卷七

菊之開也，既黃白深淺之不同，而花有落者，有不落者。蓋花瓣結密者不落，盛開之後，淺黃者轉白，而白色者漸轉紅，枯於枝上；花瓣扶疏者多落，盛開之後，漸覺離披，遇風雨撼之，則飄散滿地矣。王介甫武夷詩云：「黃昏風雨打園林，殘菊飄零滿地金。」歐陽永叔見之，戲介甫曰：「秋花不落春花落，為報詩人仔細看。」介甫聞之，笑曰：「歐陽九不學之過也。豈不見《楚辭》云『夕餐秋菊之落英』！」……王彥實言：「古人之言有不必盡循者，如《楚辭》言秋菊落英之語。」予謂詩人所以多識草木之名，蓋為是也。歐、王二公，文章擅一世，而左右佩紉，彼此相笑，豈非於草木之名猶有未盡識之，而不知有落有不落者耶？王彥實之徒又從而為之贅疣，蓋益遠矣。……予學為老圃，而頗識草木者，因書於《菊譜》之後。

（宋）史正志《史老圃菊譜》〈後序〉

荊公詩云：「（引稱見上注，『猶』作『還』）」東坡云：「秋花不似春花落，寄語詩人仔細看。」荊公云：「東坡不曾讀〈離騷〉，〈離騷〉有云：『朝飲木蘭之墜露，夕餐秋菊之落英。』」

（宋）吳可《藏海詩話》

（王安石）引《楚詞》「夕餐秋菊之落英」為據。予按：〈訪落〉詩「訪予落止」[2]，毛氏曰「落，始也」，《爾雅》「俶、落、權、輿，始也」，郭景純亦引「訪予落止」為注。然則《楚詞》之意，乃謂擷菊之始英者爾。東坡〈戲章質夫寄酒不至〉詩云：「漫繞東籬嗅落英」，其義亦然。

（宋）費袞《梁谿漫志》卷六

士有不遇，則托文見志，往往反物理以為言，以見造化之不可測也。屈原〈離騷〉曰：「朝飲木蘭之墜露兮，夕餐秋菊之落英。」原蓋借此以自諭，謂木蘭仰上而生，本無墜露，而有墜露；秋菊就枝而殞，本無落英，而有落英，物理之變則然。吾憔悴放浪於楚澤之間，固其宜也。……古人托物之意，大率如此。本朝王荊公用殘菊飄零事，蓋祖此意。歐公以詩譏之，荊公聞之，以為歐九（歐陽修，排行九）不學之過，後人遂謂歐公之誤，而不知歐公意蓋有在。歐公學博一世，《楚詞》之事，顯然耳目之所接者，豈不知之？其所以為是言者，蓋深譏荊公用落英事耳，以謂荊公得時行道，自三代以下未見其比，落英反理之諭，似不應用。故曰：「秋英不比春花落，為報詩人仔細看。」蓋欲荊公自觀物理，而反之於正耳。

（宋）王楙《野客叢書》卷一

《楚辭》云：「餐菊之落英。」釋者云：落，始也。如《詩》〈訪落〉之落，謂初英也。古人言語多如此，故以亂為治，以臭為香，以擾為馴，

2　《詩》〈周頌〉〈訪落〉詩句：訪予落止，率時昭考。

以慊為足，以特為匹，以原為再，以落為萌。

（宋）羅大經《鶴林玉露》丙編卷一

荊公亦有強辯處。嘗有詩云：「黃昏風雨滿園林，殘菊飄落滿地金。」歐公見而戲之曰：「秋英不比春花落，傳與詩人仔細吟。」荊公聞之曰：「永叔獨不見《楚辭》『夕餐秋菊之落英』邪？」殊不知《楚辭》雖有落英之語，特寓意朝夕二字，言吞陰陽之精蕊，動以香淨，自潤澤爾，所謂「落英」者，非飄零落地之謂也。夫百卉皆凋落，獨菊花枝上枯，雖童孺莫不知之。

（宋）陳鵠《耆舊續聞》

昔人譏王介甫「殘菊飄零滿地金」之句，以秋英不比春花落，公引《楚詞》為證。或謂「落」，初也，始也，如落成之落。愚謂《楚詞》「落英」與「墜露」對言，屈子似非指「落」為「始」者，讀者不以辭害意可也。

（元）吳師道《吳禮部詩話》

〈離騷〉云「落英」，或謂菊花不落而何為落英？一云：「落，大也。」一云：「落，始也，謂始開之英。」姚寬《西溪叢語》引晉許詢詩云：「青松凝素體，秋菊落芳英。」沈約云：「英，葉也，言食秋菊之葉。」

（明）俞弁《逸老堂詩話》卷下

吾料荊公一時之誤，強以《楚詞》落英之落，以釋其句也。夫飄落之落與落英之落不同，餐菊之落者，乃抹落其英而飧之菊，固不自飄落，夫荊公亦有誤。凡吟者全無詩中之病難矣。

（明）汪彪《全相萬家詩話》卷二

「餐秋菊之落英」，談者穿鑿附會，聚訟紛紛，不知三閭（屈原，曾官三閭大夫）但托物寓言。如「集芙蓉以為裳」，「紉秋蘭以為佩」，芙蓉可裳，秋蘭可佩乎？然則菊雖無落英，謂有落英亦可。屈雖若誤用，謂未嘗誤亦可。以《爾雅》、《釋名》讀〈北山〉、〈雲漢〉，則謬以千里矣。余為此論，只足供曲士一笑。質之曠代，當有知言。王介甫「黃菊飄零滿地金」，此卻有病。屈乃寓言，王則詠物也。

（明）胡應麟《詩藪》內編卷一

此劉貢父譏廬陵語。然歐公即不讀書，斷無不讀《楚辭》之理。蓋菊不宜落而落，屈子正自狀其放廢，半山（王安石號）君臣魚水，而以落英自況，故歐公以不比凡花諷之也。

（清）宋長白《柳亭詩話》卷十六

王介甫〈殘菊〉詩：「黃昏風雨打園林，殘菊飄零滿地金。」小說載：「嘉佑中歐陽文忠見此詩，笑曰：『百花盡落，獨菊枝上枯耳！』因戲曰：『秋英不比春花落，為報詩人仔細看。』或又誤作王君玉詩。今世俗又傳作東坡笑之。」介甫聞之曰：「是不知《楚詞》云：『夕餐秋菊之落英』，歐陽九不學之過也。」李雁湖〈王荊公詩〉注云：「落英乃是『桑之未落』華落色衰之落，非必言花委於地也。」歐、王二巨公，豈不曉此，小說謬不可信也。又蔡絛《西清詩話》云：「落，始也。今按始之義，乃落成之『落』，自與此『落』字不同。而詩既以飄零滿地為言，則似亦不僅色衰之義矣。」

（清）翁方綱《石洲詩話》卷三

世傳王介甫〈詠菊〉，有「黃昏風雨過園林，殘菊飄零滿地金」之句，蘇子瞻續云：「秋花不比春花落，為報詩人仔細吟。」因得罪介甫，謫子瞻黃州。菊惟黃州落瓣，子瞻見之，始愧服。後二句，又傳為歐公作。

（清）褚人獲《堅瓠集》

　　近時宋牧中《筠廊偶筆》辨之，謂考《黃州志》及諸書，決不載此事。又云寓數載，種菊最多，亦不見黃花落地，後唯盆中紫菊才落數瓣。心竊疑之，因考史正志〈菊譜後序〉，云菊有落者、有不落者……按此則菊原有落、不落二種，更無黃州菊落之事，賦詩相笑，乃歐王二公事，與子瞻無涉。蓋牧中之言如此。然謂歐王二公事，特《西清詩話》云爾，若據此為信，則《高齋》之說又是謂何？至《楚辭》落英之解，或主飄落之落，或不主飄落之落，說者亦各不同。大都此一段話，所見異詞，所聞異詞，用資談柄則可，彼此有無固均不足深辨也。

（清）陳錫路《黃嬭餘話》卷三

附錄

　　詩者，興所見也。余昔於大風疾雨中。見黃花亦有飄零者。文公詩既云「黃昏風雨暝園林」，則以興所見拒歐公之言可也；強引《楚辭》，則其曰「歐陽其何不見」，此亦足矣；乃反以不學目之，一何褊歟？修若未至博學洽聞者，《楚辭》豈幽徑僻說而修不得見之耶？

〔韓〕李奎報《白雲小説》

孫 評

　　蔡絛《西清詩話》所載歐陽修評論王安石〈殘菊〉詩一事，引起了長期爭訟。後來曾慥《高齋詩話》又把這事弄到蘇軾頭上去。胡仔認為，這條材料不太可靠，他查閱歐陽修、蘇軾著作並無這樣的詩句。蔡絛、胡仔可謂同時人，也許蔡所據是傳說，也就是所謂「小說家言」。但是，其真實與否並不重要，要害在爭論背後的理論預設卻是一樣的。

　　支持歐陽修的一派前提是，王安石詩中寫到菊花敗而落地，不符合客觀物理事實，故可笑。支持王安石的一派則認為，王安石的詩句是真實的：或以所見所聞證明菊殘並非完全枯於枝上，其中也有敗落於地的；或從文字上引證考據，為王安石辯護。兩派觀點相反，但理論前提卻是一樣的，那就是詩的價值在於真而實，詩中描述的事物必須是實實在在的。這種爭論的性質，與竹柳雪雲香不香、白髮千丈實不實、夜半鐘聲有或無、黑雲白日可否同在、千里之間能否聞鶯見花等等聚訟，如出一轍，大抵都是為機械真實論的預設所拘。

　　對於這種似乎糾纏不清的爭論，明人胡應麟提出了一個相當深邃的理論範疇，那就是「詠物」和「托物寓言」的關係，才把爭論推向了具有詩學理論意義的新層次。他認為：有落英無落英，都無所謂。意象的客觀真實要不要緊，要看情況。當其「托物寓言」時，賦於事物以主體的想像的屬性，客體的真實就無所謂了。當其「詠物」時，也就是作現場的描繪時，則還是不能過度超越實物的。屈原食秋菊之落英，飲木蘭之墜露，已經不再是客觀的植物，而是被詩人賦予了非世俗煙火的、高度潔淨的精神意味。「紉秋蘭以為佩」，「集芙蓉以為裳」，是以花之幽美和華貴來象徵品性的高貴，客觀的事物已經被主體的品性同化了。正是二者有別，胡氏論斷王安石的「黃菊飄零滿地

金」,「卻有病」,因為「屈乃寓言,王則詠物也。」

　　在這裡,胡氏所謂「菊雖無落英,謂有落英亦可。屈雖若誤用,謂未嘗誤亦可」的結論,無疑即是強調客觀的菊花屬性,不可能由菊花自身來決定,而只能由詩主體的情感來決定。這個見解,不僅為「聚訟紛紛」的秋菊落英之爭提供了個案闡釋,實質上也揭出了詩歌意象虛擬性與客觀景物真實性的矛盾,批駁了片面強調客觀屬性而無視主體感情決定作用的陳陳相因的言論。他頗自負地說:「余為此論,只足供曲士一笑。質之曠代,當有知言。」這個見解產生在十六世紀,略早於西方莎士比亞時代,西方浪漫主義的激情(passion)和想像(imagination)、變形(transformation)論亦尚未產生,在中國詩學理論史上應該說是彌足珍惜的。

為何鴨獨「先知」

　　竹外桃花三兩枝，春江水暖鴨先知。蔞蒿滿地蘆芽短，正是河豚欲
上時。

（宋）蘇軾〈惠崇〈春江曉景〉二首〉其一

　　嘗在金觀察許與汪蛟門（汪懋麟號，字季角）舍人論宋詩。舍人舉東
坡詩「春江水暖鴨先知」、「正是河豚欲上時」，不遠勝唐人乎？予曰：此
正效唐人而未能者。「花間覓路鳥先知」[1]，唐人句也。覓路在人，先知在
鳥，以鳥習花間故也；此「先」，先人也。若鴨則先誰乎？水中之物皆知
冷暖，必先以鴨，妄矣。且細繹二語，誰勝誰負？若第以「鴨」字、「河
豚」字為不數見，不經人道過，遂矜為過人事，則江鰍、土鱉皆物色矣！

（清）毛奇齡《西河詩話》卷五

　　蕭山毛簡討大可（毛奇齡字，曾官翰林院檢討）生平不喜東坡詩，在
京師日，汪季角舉坡絕句云：「（全詩同上，略）」語毛曰：如此詩，亦可
道不佳耶？毛憤然曰：鵝也先知，怎只說鴨！眾為捧腹。《居易錄》

（清）王士禎《帶經堂詩話》卷二十七

按：此則又見王士禎《漁洋詩話》卷下，文字略異。

　　宋稗中載淮南諺曰：「雞寒上樹，鴨寒下水。」東坡對於街談巷語，

1　〔唐〕張謂〈春園家宴〉詩句：竹裡行廚人不見，花間覓路鳥先知。

經常注意，經其變化，皆有理趣，未可輒疑其率也。

（清）高士奇《天祿識餘》

按：陸游《老學庵筆記》卷二亦載：淮南諺曰「雞寒上樹，鴨寒下水」。驗之皆不然。有一嫗曰：「雞寒上距，鴨寒下嘴耳。」上距謂縮一足，下嘴謂藏其喙於翼間。

　　毛西河詆之太過。或引「春江水暖鴨先知」，以為是坡詩近體之佳者。西河云：「春江水暖，定該鴨知，鵝不知耶？」此言則太鶻突矣。若持此論詩，則《三百篇》句句不是：在河之洲者，斑鳩、鳲鳩皆可在也；何必「雎鳩」耶？[2]止邱隅者，黑鳥、白鳥皆可止也，何必「黃鳥」耶？[3]

（清）袁枚《隨園詩話》卷三

　　此是名篇，興象實為深妙。

（清）紀昀《紀文達公評蘇文忠公詩集》卷二十六

　　誥按：此乃本集上上絕句，人盡知之，而固陵毛氏獨不謂然。凡長於言理者，言詩則往往別具肺腸，卑鄙可笑，何也？

（清）王文誥輯注《蘇軾詩集》卷二十六

　　毛西河論東坡詩「春江水暖鴨先知」云：「鵝詎便後知耶？」不知此乃題惠崇畫詩，畫有鴨則言鴨耳。西河所言，亦目論也。

（清）張道《蘇亭詩話》卷三

　　毛西河並此亦要批駁，豈真儈父至是哉？想亦口強耳。

（近代）陳衍《宋詩精華錄》卷二

2　《詩》〈周南〉〈關雎〉詩句：關關雎鳩，在河之洲。

3　《詩》〈小雅〉〈綿蠻〉詩句：綿蠻黃鳥，止於丘隅。

　　蕭山毛西河生平絕不喜東坡詩，謂其詞繁意盡，去風騷之義遠。一日汪主事蛟門舉「竹外桃花三兩枝，春江水暖鴨先知」之句相難，謂此等詩，亦得云不佳耶？邃怫然曰：「鵝詎便後知耶？何獨尊鴨也！」眾為捧腹。

（近代）李伯元《南亭四話》卷四《莊諧詩話》

　　大可曰：「鵝也先知，怎只論鴨」，童語也，宜為笑柄。

（近代）錢振鍠《謫星說詩》卷一

　　「花間失路鳥先知」是唐人句，它表示一個人很閒散，跟著鳥在花叢中走。東坡〈題畫〉句「春江水暖鴨先知」，是模仿，但卻是寫鴨之活潑情狀了。這裡就有了創造。

（今人）朱自清《中國文學批評研究講義》第二章〈脫化〉

　　宋詩無幻想，想像力亦不夠，故七古好者少，反之倒是七絕真有好詩。如東坡「一年好景君須記，正是橙黃橘綠時」〈贈劉景文〉，有想像。秋景皆謂為衰颯、淒涼，而蘇所寫是清新的，亦如「秋草遍山長」，字句外有想像。至其〈惠崇春江曉景〉，「竹外桃花三兩枝」，直然；而「春江水暖鴨先知」句，有想像；惠崇春江絕不能畫河豚，而曰「正是河豚欲上時」，好，有想像。

（今人）顧隨《顧隨全集（3）》〈講錄卷〉〈宋詩略說〉

　　東坡此句見題〈惠崇春江晚景〉第一首：「（上已引，略）」是必惠崇畫中有桃、竹、蘆、鴨等物，故詩中遂遍及之。……西河未顧坡詩題目，遂有此滅裂之談。

（今人）錢鍾書《談藝錄》〈春江水暖鴨先知〉

　　蓋東坡此首前後半分言所畫風物，錯落有致，關合生情。然鴨在畫中，而河豚乃在東坡意中：「水暖先知」是設身處地之體會（mimpathy），即實推虛，畫中禽欲活而羽衣拍拍；「河豚欲上」則見景生情之聯想（association），憑空生有，畫外人如饞而口角津津。詩與畫亦即亦離，機趣靈妙。使西河得知全篇，必更曰：「定該河豚上，河魚不上耶。」

　　　　　　　　　　　　　　　　　　　　　　又《談藝錄》〈補訂〉

孫　評

　　蘇軾〈惠崇〈春江曉景〉〉「春江水暖鴨先知」之句，獲得後世普遍稱道。毛奇齡對此獨持貶議，認為是仿效唐人「花間覓路鳥先知」而「不及唐人」。他詰問道：「覓路在人，先知在鳥，以鳥習花間故也；此『先』，先人也。若鴨則先誰乎？」此言似乎甚合詩理：唐詩之好，在於詩人先對本自飛翔之鳥予以主觀同化，定性為與自己同樣在尋路，因為人不如鳥熟悉花間之路，可以推想鳥比人「先知」。而「春江水暖鴨先知」，則無先後之比。比較當在二者之間，既無對象，比較就不能成立。今人朱自清曾指出：「『花間失路鳥先知』是唐人句，它表示一個人很閒散，跟著鳥在花叢中走。東坡〈題畫〉句『春江水暖鴨先知』，是模仿，但卻是寫鴨之活潑情狀了。這裡就有了創造。」但可惜的是，朱先生沒有細緻分析創造在哪裡。

　　然而，從閱讀實踐來看，千年之傳誦仍足以說明「鴨先知」優於「鳥先知」。何也？「鳥先知」，是詩人的想像，暗示他對鳥的喜愛和欽佩。可是鳥飛，目可及之，聯想的軌跡井然可循，其喜油然卻非望外，這就缺乏想像之奇。抒情之要在於以奇動心，如果想像的起點、終點與習慣的距離太近，心情激動則有限，詩情也就顯得薄弱。而「鴨先知」之所以優於前者，就在想像與習慣的距離較遠，而且隱蔽曲折。

　　從蘇詩題目可知，這本是一首為惠崇〈春江曉景〉圖而作的題畫詩。所以，畫面上，鴨浮水上，一望而知，一如鳥之可見，但「水暖」二字只是著題「春江」，其實是畫不出、看不見的。最清晰可見的，僅僅是三兩枝不太濃密的竹外桃花，透出點兒早春的訊息。但花發花開的原因在春暖，可「暖」屬觸覺，不可憑視覺而見，桃花不能感知，畫家同樣無法給予直觀的表現。即使畫面上有鴨浮於春江，亦

無暖之提示。詩人靈氣全在於以詩藝超越畫藝，從視覺引申出觸覺，憑著那靜止的鴨子，率領讀者想像出既不存在於畫上的江水之溫暖，相當雄辯地把畫的視覺美，轉化為詩之全方位感官（包含觸覺）之美。這裡並不是蘇軾為人津津樂道的畫中有詩，畫中本來是沒有這樣的詩意的，畫中的詩意，是詩人想像出來的。詩對於畫來說，好就好在無中生有，而畫對於詩來說，有中隱無，並非空穴來風。這就應驗了張岱所言，如就惠崇之畫為詩，則無如此好詩，如就東坡此詩令惠崇為畫，則不能畫。

　　蘇詩藝術魅力全在想像之隱、曲而奇。

　　毛奇齡謂鴨之先知無對象可比，非也。早春到來之際，桃花雖因氣候轉暖而發，但對春溫不可能有觸覺感知；鴨兒卻因弋游時接觸江水，所以對水暖能夠先覺先知，這就是二者之間的對比。而且，其對比還具有多重的意味：桃花理當有感，卻為無知，鴨兒似乎無知，卻為先知；桃之豔多少眩之於外，而鴨卻無聲而默於心，此中都隱含有某種哲理。更妙的是「先知」的道理，聚焦在不可見的水中鴨腳上。鴨可見的雖為軀體，但並非披著羽毛的體膚可以感知水暖，可以用觸覺感知的倒是畫上不可見的雙腳。將春溫集中於鴨腳，從而召喚讀者參與想像，使不可見不能見的春溫轉化為可以想見，此為詩人想像的奇中之奇。毛奇齡硬以江鰍、土鼈也可先知為辯，就未免粗俗可笑。毛氏還憤然詰問：「春江水暖，定該鴨知，鵝不知耶？」這似有理卻是無知。要是惠崇畫中有鴨無鵝，詩曰「春江水暖鵝先知」題之於畫，豈非唐突？

　　歷代評者解讀此詩，大多限於前兩句，而忽略了後兩句。其實後兩句正是對前兩句的闡發，從構思上看也屬於不可缺一的並列結構。前兩句之妙，在突出早春的矛盾趨勢：可見之豔色只是稍眩於外，不可見之溫卻已隱然上升於內，暗示早春之來勢。後兩句仍然是寫這種矛盾：蔞蒿滿地，蘆芽短小，已頗為可觀，然而更可期待的卻是河

豚，它雖然還看不見，但可見之日也快到了。一般詩人寫早春之美，往往局限於「目擊」耳聞，如花木、山水、鶯啼、燕語之類。蘇詩後兩句之可贊，當為「神遇」，它強調了早春不可見的美比之可見的美更美。其內心無聲的期待和欣喜，也遠較耳目的享受意味深長。

鴻雁何嘗棲木

　　（蘇軾〈卜算子〉詞[1]）「揀盡寒枝不肯棲」之句，或云：「鴻雁未嘗棲宿樹枝，唯在田野葦叢間，此亦語病也。」此詞本詠夜景，至換頭但只說鴻，正如〈賀新郎〉詞「乳燕飛華屋」，本詠夏景，至換頭但只說榴花。蓋其文章之妙，語意到處即為之，不可限以繩墨也。

　　　　　　　　　　　　　　　　（宋）胡仔《苕溪漁隱叢話》前集卷三十九

　　〈漁隱〉謂鴻雁未嘗棲宿樹枝，唯在田葦間，「揀盡寒枝不肯棲」，此語亦病。僕謂人讀書不多，不可妄議前輩詩句，觀隋李元操〈鳴雁行〉曰：「夕宿寒枝上，朝飛空井旁。」坡語豈無自邪？

　　　　　　　　　　　　　　　　　　　　（宋）王楙《野客叢書》卷二十四

　　魯直跋東坡道人黃州所作〈卜算子〉詞云：「語意高妙，似非吃煙火食人語。」此真知東坡者也。蓋「揀盡寒枝不肯棲」，取興鳥擇木之意，所以謂之高妙。而《苕溪漁隱叢話》乃云「鴻雁未嘗棲宿樹枝，唯在田野葦叢間，此亦語病」，當為東坡稱屈可也。

　　　　　　　　　　　　　　　　　　　　　（宋）陳鵠《耆舊續聞》卷二

　　東坡〈雁詞〉云：「揀盡寒枝不肯棲。」以其不棲木，故云爾；蓋激詭之致，詞人正貴其如此。而或者以為語病，是尚可與言哉！近日張吉甫

1　全詞參見〈如何索解興到之作托意〉一題注引。　吳江，一作「沙汀」，一作「沙洲」。

復以「鴻漸於木」為辨，而怪昔人之寡聞，此益可笑。《易象》之言，不當援引為證也。其實雁何嘗棲木哉！

（金）王若虛《濾南詩話》卷中

予謂句則極精，托意深遠，似不可以易解也。後見《詞學筌蹄》解云：「（即引鯛陽居士之解釋，略）」以為得旨。但意鴻不木棲，今曰「揀盡寒枝」，未免背理，不若易枝、蘆耳。每每語人，人以予為是。

（明）郎瑛《七修類稿》卷三十二

隋李元操有鴻詩曰：「夕宿寒枝上，朝飛空井中。」似亦有木棲矣，自悔讀書不多也。然又思東坡之事已矣，朱子解《易》亦曰：「鴻不木棲，或得平柯，則可以安。」今詩只用一「枝」字，終礙理耶？叢書無刻板，錄之。

同上

「揀盡寒枝不肯棲」，苕溪謂鴻雁未嘗棲樹枝，欲改「寒枝」為「寒蘆」。大方家寓意之作，正不必如此論。且蘆獨不可言枝耶。李太白〈鳴雁行〉「一一啣蘆枝」是也。苕溪無益之辯，類如此。

（明）張綖《草堂詩餘別錄》卷二

或以鴻雁未嘗棲宿樹枝，欲改作「寒蘆」。夫揀盡則不棲枝矣，子瞻不誤也。

（明）沈際飛評《草堂詩餘正集》卷一

有謂雁不樹宿，「寒枝」二字欠妥者，不知不肯枝棲，故有「寂寞沙汀」之慨，若作「寒蘆」，似失意旨。

（清）丁紹儀《聽秋聲館詞話》卷十一

孫　評

　　胡仔批評蘇詞「揀盡寒枝不肯棲」句有語病，因而有人建議將「寒枝」改為「寒蘆」。王楙引隋詩反駁，卻有點呆氣，人家說這在生活中是沒有的事，你說書本上有，要是前人的詩本身就錯了，難道可以成為將錯就錯的理由嗎？這樣的辯護，顯然是無力的，因為沒有把詩當作詩來解讀。

　　比較高明的辯護者，則從詩本身來評判。陳鵠為蘇軾抱屈，說這句是以「鳥擇木」的「取興」，正是其「高妙」處。高妙在何處呢？王若虛在《詩話》中有個說法：「以其不棲木，故云爾；蓋激詭之致，詞人正貴其如此。」這就完全從文本出發，在字面上推敲：人家本來說「不肯棲」，就是「不棲木」的意思。這樣的辯護，表面上有點雄辯，但多少給人以詭辯的感覺。因為如果絕對不棲，就不用「揀盡寒枝」了。

　　其實，不管是批評的，還是為之辯護的，在理論上的出發點是一致的，那就是生活真實是唯一的標準。如果生活裡沒有，就是不真實，就是沒有價值。但是，詩的境界並不等於生活的現實，詩中的意象可以悠游於有無、虛實之間。比之散文，它有更為自由的虛擬和假定。如若拘於真而且實，許多經典的詩詞都可作類似的質疑。如「舊時王謝堂前燕，飛入尋常百姓家」，晉朝的燕子怎麼可能到唐朝還沒有死？「春風不度玉門關」，流動的空氣怎麼可能到玉門關就停住了？「兩山排闥入青來」，兩座山怎麼可能排門而入呢？這樣的質疑之所以傻，就是因為昧於對詩歌想像的假定性的忽略。

　　諸如此類的聚訟論爭，在前面許多題中，都有或詳或略的評說，這裡就不必重複了。

蘇軾詞賦之赤壁

　　大江東去，浪淘盡、千古風流人物。故壘西邊，人道是，三國周郎赤
壁。亂石穿空，驚濤拍岸，卷起千堆雪。江山如畫，一時多少豪傑。
遙想公瑾當年，小喬初嫁了，雄姿英發。羽扇綸巾，談笑間、強虜灰飛煙
滅。故國神游，多情應笑我，早生華髮。人間如夢，一尊還酹江月。

（宋）蘇軾〈念奴嬌〉〈赤壁懷古〉

按：王文誥《蘇詩總案》卷二十一謂此詞作於元豐四年十月，傅藻《東坡紀年
　　錄》則謂作於元豐五年七月。

　　壬戌（即元豐五年）之秋，七月既望（即七月十六日），蘇子與客泛
舟游於赤壁之下。清風徐來，水波不興。舉酒屬客，誦〈明月〉之詩，歌
〈窈窕〉之章。少焉，月出於東山之上，徘徊於斗、牛之間。白露橫江，
水光接天。縱一葦之所如，凌萬頃之茫然。浩浩乎如馮虛御風，而不知其
所止；飄飄乎如遺世獨立，羽化而登仙。

　　……………

　　客曰：「『月明星稀，烏鵲南飛』，此非曹孟德之詩乎？西望夏口，東
望武昌，山川相繆，鬱乎蒼蒼，此非孟德之困於周郎者乎？方其破荊州，
下江陵，順流而東也，舳艫千里，旌旗蔽空，釃酒臨江，橫槊賦詩，固一
世之雄也，而今安在哉？……」

又〈赤壁賦〉

　　是歲（指壬戌年）十月之望，步自雪堂，將歸於臨皋。二客從予過黃

泥之坂。霜露既降，木葉盡脫，人影在地，仰見明月，顧而樂之，行歌
相答。

…………

　　于是攜酒與魚，復游於赤壁之下。江流有聲，斷岸千尺，山高月小，
水落石出。曾日月之幾何，而江山不可復識矣！……

又〈後赤壁賦〉

　　明年，予謫居黃州，辯才參寥遣人致問，且以題名相示。時去中秋不
十日，秋潦方漲，水面千里，月出房、心間，風露浩然。所居去江無十
步，獨與兒子邁棹小舟至赤壁，西望武昌山谷，喬木蒼然，雲濤際天。

又〈秦太虛題名記〉

按： 元豐三年，即西元一〇八〇年，蘇軾貶謫黃州。二月抵貶所，初居縣東南定
　　惠院；五月，遷至臨皋亭，俯臨長江。七月中秋前，第一次遊赤壁。

　　黃州少西，山麓斗入江中，石室如丹。傳云：「曹公敗所，所謂赤壁
者」。或曰「非也」。今日李委秀才來相別，因以小舟載酒飲赤壁下。李善
吹笛，酒酣作數弄，風起水湧，大魚皆出，上有棲鶻，坐念孟德、公瑾如
昨日耳。

又〈與范子豐書〉

　　黃州守居之數百步為赤壁，或言即周瑜破曹公處，不知果是否？斷崖
壁立，江水深碧，二鵲巢其上，有二蛇，或見之。遇風浪靜，輒乘小舟至
其下，舍舟登岸，入徐公洞。非有洞穴也，但山崦深邃耳。

又《東坡志林》卷四

按： 此則又見《東坡題跋》卷六。

　　孫權破曹操於赤壁，今沔、鄂間皆有之。黃州徙治黃岡，俯大江，與

武昌縣相對。州治之西，距江名赤鼻磯，俗呼「鼻」為「弼」，後人往往以此為赤壁。武昌寒溪，正孫氏故宮，東坡詞有「人道是周郎赤壁」之句，指赤鼻磯也。坡非不知自有赤壁，故言「人道是」者，以明俗記爾。

（宋）朱彧《萍州可談》卷二

黃之赤壁，土人云，本赤鼻磯也。故東坡長短句云：「故壘西邊，人道是、三國周郎赤壁」，則亦是傳疑而已。今岳陽之下，嘉魚之上，有烏林赤壁。蓋公瑾自武昌列艦，風帆便順，泝流而上，逆戰於赤壁之間也。杜牧有〈寄岳州李使君〉詩云：「烏林芳草遠，赤壁健帆開。」則此真敗魏軍之地也。

（宋）張邦基《墨莊漫錄》卷九

曹操入荊州，孫權遣周瑜與劉備並力逆曹公，遇於赤壁，曹公軍馬燒溺死者甚眾，軍遂大敗。蓋謂鄂州蒲圻縣赤壁也。黃州亦有赤壁，但非周瑜所戰之地，東坡嘗作賦云：「西望夏口，東望武昌，非孟德之困於周郎者乎？」蓋亦疑之矣。故作長短句云：「人道是三國周郎赤壁。」謂之「人道」，是則心知其非矣。

（宋）葛立方《韻語陽秋》卷十三

東坡黃州詞云：「人道是三國周郎赤壁。」蓋疑其非也。今江漢間言赤壁者五：漢陽、江川、黃州、嘉魚、江夏，惟江夏合於史。

（宋）趙彥衛《雲麓漫鈔》卷六

（黃州赤壁磯）此磯，《圖經》及傳者皆以為周公瑾敗曹操之地，然江上多此名，不可考實。李太白〈赤壁歌〉云：「烈火張天照雲海，周瑜於此敗曹公。」不指言在黃州。蘇公尤疑之，賦云：「此非曹孟德之困於周郎者乎？」樂府云：「故壘西邊，人道是當日周郎赤壁。」蓋一字不輕

下如此。至韓子蒼云：「此地能令阿瞞走。」則真指為公瑾之赤壁矣。又黃人實謂赤壁曰赤鼻，尤可疑也。

（宋）陸游《入蜀記》卷四

庚寅，發三江口。辰時，過赤壁，泊黃州臨皋亭下，赤土山也。未見所謂「亂石穿空」及「蒙茸巉岩」之境，東坡詞賦微誇焉。

（宋）范成大《吳船錄》卷下

按：寶顏堂祕笈本《吳船錄》所載多數字：……泊黃州臨皋亭下。赤壁，小赤土山也。

蘇文忠〈赤壁賦〉不盡語，裁成「大江東去」詞，過處云：「人道是、三國周郎赤壁。」赤壁有五處，嘉魚、漢川、漢陽、江夏、黃州，周瑜以火敗操在烏林，《後漢書》、《水經》載已詳悉。陸三山（陸游，山陰家居地為三山）《入蜀記》載韓子蒼（韓駒字）云：「此地能令阿瞞走。」則直為公瑾之赤壁。

（宋）張侃《拙軒詞話》

夏口之戰，古今喜稱道之。東坡〈赤壁詞〉殆戲以周郎自況也。詞才百餘宇，而江山人物無復餘蘊，宜其為樂府絕唱。

（金）元好問〈題閑閑書赤壁賦後〉

考東坡遊赤壁者三，今人知其二者，由其有二賦也。余嘗讀其〈跋龍井題名記〉云：「（即〈秦太虛題名記〉，略）」……據二賦在六年，此則第一游也。且二賦情景，不過衍此數語，略少增其事耳。若前賦佳固佳矣，入曹操事，恐亦未穩。晁補之因其「而今安在」之言，遂誤指赤壁為破曹之地，後人因之紛紛並辯赤壁之有五，尤可笑也。東坡之游，自在黃州，《一統志》下已明白注之矣。且其文曰：「去江無十步，望武昌山谷」；又

曰：「西望夏口」，可知矣，況武昌正當黃州東南。

（明）郎瑛《七修續稿》卷四

按：《東坡紀年錄》謂〈赤壁賦〉作於元豐五年七月，與〈念奴嬌〉詞同時。今人王水照選注《蘇軾選集》謂〈後赤壁賦〉亦作於元豐五年。

鄂州蒲圻縣赤壁，正周瑜所戰之地。黃州亦有赤壁，東坡夜遊之地，詩人托物比興，故有「西望夏口，東望武昌」，「非孟德之困於周郎者乎」，蓋坡翁亦有疑之辭矣。韓子蒼亦承東坡之誤，有「齊安城畔山危立，赤壁磯頭水倒流。此地能令阿瞞走，小偷何敢下蘆洲」。[1]

（明）俞弁《逸老堂詩話》卷上

黃州赤壁，以坡公二賦傳耳。其實周郎用火攻處在今嘉魚也。人皆議坡公之誤。朱蘭坡題聯云：「勝跡別嘉魚，何須訂異箋訛，但借江山攄感慨；豪情傳夢鶴，偶爾吟風嘯月，毋將賦詠概生平。」

（清）梁章鉅《楹聯續話》卷二

題是懷古，意謂自己消磨壯心殆盡也。開口「大江東去」二句，歎浪淘人物，是自己與周郎俱在內也。「故壘」句至次闋「灰飛煙滅」句，俱就赤壁寫周郎之事。「故國」三句，是就周郎拍到自己。「人生如夢」二句，總結以應起二句。總而言之，題是赤壁，心實為己而發。周郎是賓，自己是主。借賓定主，寓主於賓。是主是賓，離奇變幻，細思方得其主意處。不可但誦其詞，而不知其命意所在也。

（清）黃蓼園《蓼園詞評》

1　〔宋〕韓駒〈某已被旨移蔡賊起旁郡未果進發今日上城部分民兵閱視戰艦口號五首〉其一詩。

蘇軾在神宗朝以作詩譏諷新法，貶黃州團練副使本州安置。此詞即在
黃州所作。詞中主題雖係懷古，而於懷念古代英豪之中，寫感歎自身失意
之情。……蓋黃州有赤鼻磯，世人訛傳為破曹軍之赤壁山，東坡亦即以赤
壁當之，故曰「人道是、三國周郎赤壁」。

（今人）劉永濟《唐五代兩宋詞簡析》

（〈赤壁懷古〉詞）此首，上片即景寫實，下片因景生情，極豪放之
致。起筆，點江流浩蕩，高唱入雲，無窮興亡之感，已先揭出。「故壘」
兩句，點赤壁。「亂石」三句，寫赤壁景色，令人驚心駭目。

（今人）唐圭璋《唐宋詞簡釋》

（〈赤壁懷古〉詞）蘇軾所遊的赤壁在黃岡城外，不是三國當年大戰
的赤壁。　　○全詞的內容分三個部分：開頭寫赤壁的景色，次寫周瑜的戰
功並藉以書志，最後是作者的感歎。……最突出之點是成功地描寫了赤壁
戰場雄奇的景色，塑造出一個「雄姿英發」的英雄形象。

（今人）胡雲翼《宋詞選》

（〈赤壁懷古〉詞）發生在漢獻帝建安十三年（西元二〇八年）那一
場對鼎足三分的政治形勢具有決定性作用的大戰，事實上發生在今湖北省
蒲圻縣境內，而不在黃州。博學如蘇軾，當然不會不知道。但既然已經產
生了那次戰爭是在黃州赤壁進行的傳說，而他又是遊賞這一古蹟而不是來
考證其真偽的，那麼，也就沒有必要十分認真地對待這個在遊賞中並非十
分重要的問題了。其地雖非那一次大戰的戰場，但也發生過戰爭，尚有舊
時營壘，所以用「人道是」三字，以表示認為這裡是「三國周郎赤壁」
者，不過是傳聞而已。

（今人）沈祖棻《宋詞賞析》

附錄

　　三國時赤壁之戰所在地，迄今諸說歧異。黃州（古稱齊安郡）之赤壁磯，雖然學者大都予以否定，詩人詞家作為當時古戰場吟詠者卻不少見。例如：

　　唐杜牧〈齊安郡晚秋〉詩：可憐赤壁爭雄渡，唯有蓑翁坐釣魚。

　　宋蘇轍〈赤壁懷古〉詩：千艘已共長江險，百姓安知赤壁焚。陸游〈黃
　　　　州〉詩：君看赤壁終陳跡，生子何須似仲謀。辛棄疾〈霜天曉角〉
　　　　〈赤壁〉詞：雪堂遷客，不得文章力。賦寫曹劉興廢，千古事，泯
　　　　陳跡。戴復古〈滿江紅〉〈赤壁懷古〉詞：赤壁磯頭，一番過一番
　　　　懷古。想當年周郎年少，氣吞區宇。

　　元趙孟俯〈畫赤壁〉詩：周郎赤壁走曹公，萬里江流鬥兩雄。丁鶴年
　　　　〈黃州赤壁〉詩：橫槊英聲遠，聞笛逸興長。

　　明解縉〈赤壁〉詩：蘆荻燒殘孟德舟，洞簫吹徹子瞻愁。昨從赤壁磯頭
　　　　過，水冷魚驚月一鉤。王世貞〈遊赤壁〉詩：將壇文苑代稱雄，指
　　　　點千年感慨同。袁宏道〈過赤壁〉詩：周郎事業坡公賦，遞與黃州
　　　　作主人。

　　清李調元〈黃州〉詩：赤壁已無橫槊氣，黃州尚有弄簫聲。袁枚〈赤
　　　　壁〉詩：一面東風百萬兵，當年此處定三分。

摘引自今人丁永淮、吳聞章《東坡赤壁詩詞選》

　　（〈赤壁懷古〉詞）黃州的赤壁，一名赤鼻磯，本不是三國赤壁之長的赤壁。　　○詞的上片描繪赤壁景色。……「亂石穿空，驚濤拍岸，卷起千堆雪」，具體描寫赤壁景色。赤壁是周郎活動的典型環境，即他的用武之地，所以詩人大筆濃抹，從江、山兩個方面，具體描寫赤壁景色，創造出一個雄奇險峻、驚心動魄的境界。

（今人）張燕謹、楊鍾賢《唐宋詞選析》

孫　評

　　〈赤壁懷古〉這首詞，歷來被詞評家們稱譽為「千古絕唱」、「樂府絕唱」，被奉為詞藝的最高峰，千百年來幾乎沒有任何爭議。但是，其藝術上究竟如何「絕」，則很少得到深切的闡明。歷代詞評家們論述的水準，與蘇軾達到的水準極不相稱，甚至在解讀中時有前後矛盾、混亂的表述。如至今還有評家把詞的上半闋，解釋為實寫赤壁景物，即是一例。

　　詞中赤壁，並非三國赤壁之戰的古戰場，已為古今學者諸多考證所確認，作者詩賦、筆記也曾反覆說明只是傳說。那麼，作者不過是托物抒懷，即所謂「題是赤壁，心實為己而發」，應該是無可置疑的。但不知為何，至今有的評家既確定作者所遊是黃岡之赤壁，又把詞中虛寫的所有景觀都視為眼前實景。就連二十世紀的詞學權威唐圭璋也說：「上片即景寫實，下片因景生情。」甚至著名詞學家胡雲翼還認為：此詞「最突出之點是成功地描寫了赤壁戰場雄奇的景色，塑造出一個『雄姿英發』的英雄形象。」由於他們的權威，這種說法遮蔽性甚大。在一般讀者中，此說幾乎成為定論，好像上半闋只是即景寫實，寫的全是眼前赤壁實景，以至是赤壁古戰場的實景。[2]但這顯然是講不通的。「即景寫實」，與抒情完全游離，不要說是在詩詞中，

2　這種說法影響很大，至今一線教師仍然奉為圭臬。網上一篇賞析文章，一開頭就是這樣的論調：「〈念奴嬌〉〈赤壁懷古〉上闋集中寫景。開頭一句「大江東去」寫出了長江水浩浩蕩蕩，滔滔不絕，東奔大海。場面宏大，氣勢奔放。接著集中寫赤壁古戰場之景。先寫亂石，突兀參差，陡峭奇拔，氣勢飛動，高聳入雲——仰視所見；次寫驚濤，水勢激蕩，撞擊江岸，聲若驚雷，勢若奔馬——俯視所睹；再寫浪花，由遠而近，層層疊疊，如玉似雪，奔湧而來——極目遠眺。作者大筆似椽，濃墨似潑，關景摹物，氣勢宏大，境界壯闊，飛動豪邁，雄奇壯麗，盡顯豪放派的風格。為下文英雄人物周瑜的出場作了鋪墊，起了極好的渲染襯托作用。」

就是在文學散文中也很難成立。什麼叫「即景寫實」呢？只有像上面選輯的作者題跋、筆記記述遊黃州赤壁那樣，才算是「即景寫實」。

〈赤壁懷古〉詞一開頭「大江東去，浪淘盡、千古風流人物」，就不是實寫而是虛寫。在古典詩歌話語中，大江不等於眼前可見的長江。把「大江東去」，當作即景寫實，從字面上理解成「長江滾滾向東流去」，就不但遮蔽了視覺高度，而且抹煞了話語的深長意味。這種東望大江，隱含著登高望遠，長江一覽無餘的雄姿。李白詩曰：「登高壯觀天地間，大江茫茫去不還。」只有身處天地之間的高大，才有大江茫茫不還的視野。何況據比作者晚出不到一百年的范成大紀實，赤壁不過是座「小赤土山也」。甚至據作者自記遊蹤，除了泛舟，在岸上活動，一路或從平視轉仰視，或從平視到探身尋視，可能詞人此次連這座「小赤土山」都沒有上到頂。可想而知，這「大江東去」，一望無餘的眼界，顯然是心界，是主觀精神性的、抒情性的，是虛擬性的想像。這種藝術想像，才把自我提升到精神制高點上去。

而且，如若光從生理性的視覺去看，不管如何也不可能看到「千古風流人物」。臺灣詩人喜歡把這種審美想像視角叫做「靈視」。其藝術奧祕，就在於超越了即景寫實，以空間之高向時間之遠自然拓展，把空間的遙遠轉化為時間的無限。正是這種登高望遠的虛擬性想像，作者才可能把無數的英雄盡收眼底，使之紛紛消逝於腳下，從而又反襯出了抒情主人公的精神高度。也正是因為「大江東去」一語蘊含有如此高的眼界和心界，成為精神宏大的載體，才會為後世詩人詞家所反覆借用，先後出現在張孝祥、文天祥、劉辰翁、黃昇、張可久、甚至青年周恩來諸多的詩詞中。

接下「故壘西邊，人道是、三國周郎赤壁」二句，詞人已說得明白，更不是寫實。那麼緊接「亂石崩雲，驚濤裂岸，卷起千堆雪」三句，自然也是想像之詞。此景，乃此情之表現。此情就是俯視大江的豪情，豪情即激情，激情即澎湃起伏，因而，其石必亂而崩雲，其濤

必衝擊江岸，其浪必千堆翻雪，景觀皆為情感衝擊感知的變異。換一種情感，就是另外一種景觀了。前後〈赤壁賦〉具記遊性質，對赤壁景觀有接近於寫實的描述：「蘇子與客泛舟，游於赤壁之下。清風徐來，水波不興……白露橫江，水光接天。」「攜酒與魚，復游於赤壁之下。江流有聲，斷岸千尺，山高月小，水落石出。」根本就沒有一點「亂石穿空，驚濤岸，卷起千堆雪」的影子。後來不足百年，范成大也說，當時他即「未見所謂『亂石穿空』」的景觀，認為是「東坡詞賦微誇焉」。難道真如蘇軾所說「曾日月之幾何，而江山不可復識矣」？

　　由此可見，在蘇軾的詩賦中，實有兩個赤壁，表現出了兩種「風流」：一個是〈赤壁懷古〉詞中虛寫的、壯麗的、豪傑的赤壁；一個是〈赤壁賦〉中接近寫實的、婉約優雅的、智者的赤壁。兩種境界都在蘇軾的心中，也可以用「風流」二字來概括。但是此時彼時心態不同，表現手段有異，二者所寫的虛實景觀又是不可混淆的。要對蘇詞作出真正深切的闡明，就得首先突破諸如以上所述的寫實說的拘守。

下編

作詩機杼法式

　　大概作詩，從首至尾，語輒聯屬，如有理詞狀。古詩云：「喚婢打鴉兒，莫教枝上啼。啼時驚妾夢，不得到遼西。」[1]可為標準。

　　　　　　　　　　　　　　　　　　　　（宋）韓駒《陵陽先生室中語》

按：此則宋魏慶之《詩人玉屑》卷五〈初學蹊徑〉「詩要聯屬」條引載，「從首」
　　前增一「要」字，「語輒」作「語脈」。

　　人問韓子蒼（韓駒字）詩法，蒼舉唐人詩：「打起黃鶯兒，莫教枝上啼。幾回驚妾夢，不得到遼西。」予嘗用子蒼之言，遍觀古人作詩規模，全在此矣。如唐人詩：「妾有羅衣裳，秦王在時作。為舞春風多，秋來不堪著。」[2]又如：「曲江院裡題名處，十九人中最少年。今日風光君不見，杏花零落寺門前。」[3]又如荊公詩：「淮口西風急，君行定幾時。故應今夜月，未便照相思。」[4]皆此機杼也，學詩者不可不知。

　　　　　　　　　　　　　　　　　　　　　　　（宋）曾季貍《艇齋詩話》

　　詩人之工，特在一時情味，固不可預設法式也。

　　　　　　　　　　　　　　　　　　　　（宋）張戒《歲寒堂詩話》卷上

1　《全唐詩》及現今流行本均標為金昌緒之作，題曰〈春怨〉，首句作「打起黃鶯
　　兒」。舊時一作無名氏〈伊州歌〉，《千家詩》諸舊本則稱蓋嘉運之作。
2　崔國輔〈怨詩二首〉其二。
3　張籍〈哭孟寂〉詩。
4　王安石〈送王補之行風忽作因題四句於舟中〉詩。

「夜涼吹笛千山月，路暗迷人百種花。棋罷不知人換世，酒闌無奈客思家。」此歐陽公絕妙之語。然以四句各一事，似不相貫穿，故名之曰〈夢中作〉。永嘉士人薛韶喜論詩，嘗立一說云：老杜近體律詩，精深妥帖，雖多至百韻，亦首尾相應。如常山之蛇，無間斷齟齬處。而絕句乃或不然，五言如「遲日江山麗，春風花草香。泥融飛燕子，沙暖睡鴛鴦」，「急雨捎溪足，斜暉轉樹腰。隔巢黃鳥並，翻藻白魚跳」，「江動月移石，溪虛雲傍花。鳥棲知故道，帆過宿誰家」[5]……七言如「糝徑楊花鋪白氈，點溪荷葉疊青錢。筍根雉子無人見，沙上鳧雛傍母眠」，「兩箇黃鸝鳴翠柳，一行白鷺上青天。窗含西嶺千秋雪，門泊東吳萬里船」[6]之類是也。予因其說，以《唐人萬絕句》考之，但有司空圖〈雜題〉云「驛步堤縈閣，軍城鼓振橋。鷗和湖雁下，雪隔嶺梅飄」，「舴艋猿偷上，蜻蜓燕競飛。樵香燒桂子，苔濕掛莎衣」。

　　　　　　　　　　　　　　　　　（宋）洪邁《容齋五筆》卷十

按：此則又見明徐𤊹《識小錄》。

「打起黃鶯兒（同上曾季貍引，略）」此唐人詩也，人問詩法於韓公子蒼，子蒼令參此詩以為法。「汴水口馳三百里，扁舟東下更開帆。旦辭杞國風微北，夜泊寧陵月正南。老樹挾霜鳴窣窣，寒花承露落毿毿。茫然不悟身何處，水色天光共蔚藍。」[7]此韓子蒼詩也。人問詩法於呂公居仁（宋呂本中字），居仁命參此詩以為法。後之學詩者，熟讀此二篇，思過半矣。小園解後錄

　　　　　　　　　（宋）魏慶之《詩人玉屑》卷六〈命意〉

5　分別為杜甫〈絕句二首〉其一、〈絕句六首〉其四、其六詩。

6　杜甫〈絕句漫興九首〉其七、〈絕句四首〉其三詩。

7　韓駒〈夜泊寧陵〉詩。

「春水滿泗澤。夏雲多奇峰。秋月揚明輝。冬嶺秀孤松。」淵明詩，絕句之祖，一句一絕也。作詩有句法，意連句圓。有云「打起黃鶯（同流行本，略）」一句一接，未嘗間斷。作詩當參此意，便有神聖工巧。

（宋）張端義《貴耳集》卷上

昔人以「打起黃鶯兒」、「三日入廚下」[8]為作詩之法，後乃有「溪回松風長」[9]為法者，猶論學文以《孟子》及〈伯夷傳〉為法。要之，未必盡然，亦各因其所得而入而已。所入雖異，而所至則同。若執一而求之，甚者乃至於廢百，則刻舟膠柱之類，惡可與言詩哉？

（明）李東陽《麓堂詩話》

絕句者，一句一絕，起於〈四時詠〉「春水滿四澤，夏雲多奇峰。秋月揚明輝，冬嶺秀孤松」是也。或以為陶淵明詩，非。杜詩「兩箇黃鸝鳴翠柳」實祖之。王維詩：「柳條拂地不忍折，松柏梢雲從更長。藤花欲暗藏猱子，柏葉初齊養麝香。」[10]宋六一翁亦有一首云：「夜涼吹笛（同上引，略）」皆此體也。樂府有「打起黃鶯兒」一首，意連句圓，未嘗間斷，當參此意，便有神聖工巧。

（明）楊慎《升庵詩話》卷十一

絕句四句皆對，杜工部「兩個黃鸝」一首是也。然不相連屬，即是律中四句也。唐絕萬首，唯韋蘇州「踏閣攀林恨不同」[11]及劉長卿「寂寂孤

8　王建〈新嫁娘詞三首〉詩其三：三日入廚下，洗手作羹湯。未諳姑食性，先遣小姑嘗。

9　杜甫〈玉華宮〉詩：溪回松風長，蒼鼠竄古瓦。不知何王殿，遺構絕壁下。陰房鬼火青，壞道哀湍瀉。萬籟真笙竽，秋色正蕭灑。美人為黃土，況乃粉黛假。當時侍金輿，故物獨石馬。憂來藉草坐，浩歌淚盈把。冉冉征途間，誰是長年者？

10　〈戲題輞川別業〉詩。忍、梢，《全唐詩》作「須」、「披」。

11　韋應物〈登樓寄王卿〉：踏閣攀林恨不同，楚雲滄海思無窮。數家砧杵秋山下，一郡荊榛寒雨中。

鶯啼杏園」[12]二首絕妙，蓋字句雖對，而意則一貫也。

同上

　　杜子美詩：「日出籬東水，雲生舍北泥。竹高鳴翡翠，沙僻舞鶹雞。」[13]此一句一意，摘一句亦成詩也。蓋嘉運詩：「打起黃鶯（同流行本，略）」此一篇一意，摘一句不成詩矣。

（明）謝榛《四溟詩話》卷一

　　謝茂秦論詩，五言絕以少陵「日出籬東水」作詩法。又宋人以「遲日江山麗」為法。此皆學究教小兒號嘅者。若「打起黃鶯兒（同流行本，略）」，與「山中何所有？嶺上多白雲。只可自怡悅，不堪持贈君」[14]一法，不唯語意之高妙而已，其篇法圓緊，中間增一字不得，著一意不得，起結極斬絕，然中自紓緩，無餘法而有餘味。

（明）王世貞《藝苑卮言》卷四

　　（金昌緒〈春怨〉）一意到底，此但為絕句中之一格。宋人偶主此為式，蓋不欲使意思散緩耳，莫便耳食。

（清）黃生《唐詩摘抄》卷二

　　友人曰：「絕句以一句一意為正格。」余曰：「如而言，則『春遊芳草地』，何如『打起黃鶯兒』耶？」

（清）周容《春酒堂詩話》

12　〈過鄭山人所居〉：寂寂孤鶯啼杏園，寥寥一犬吠桃源。落花芳草無尋處，萬壑千峰獨閉門。

13　〈絕句六首〉詩其一。

14　〔南朝齊梁〕陶弘景〈詔問山中何所有賦詩以答〉詩。

（金昌緒〈春怨〉）一氣蟬聯而下者，以此為法。

（清）沈德潛《唐詩別裁集》卷十九

孫　評

　　南宋初韓駒謂金昌緒的〈春怨〉可為作詩「標準」。後來曾季貍亦盛讚此說道:「古人作詩規模,全在此矣。」「皆此機杼也」。這是有點令人驚訝的。金氏這首詩,在唐詩中雖有特色,然而很難列入最高水準的一類。不管是以鍾嶸還是司空圖的辦法來品類,只能算是中上品。唐詩天宇,星漢燦爛,大家輩出,要論作詩「法式」,哪會輪到身世都不可考的金昌緒!

　　洪邁曾按這種「法式」去解讀杜甫的詩,發現其大量絕句的法式不是這樣的。其五言如「遲日江山麗,春風花草香。泥融飛燕子,沙暖睡鴛鴦」。七言如「兩個黃鸝鳴翠柳,一行白鷺上青天。窗含西嶺千秋雪,門泊東吳萬里船」。這顯然和金詩〈春怨〉在結構上並不是一個模式。杜詩的格局,是前兩句和後兩句可分別為獨立的畫面;而金詩格局則是不可分割的統一體,前兩句是結果(打黃鶯,不讓啼),後兩句是原因(啼醒了,不能到遼西),說明正在做著到遼西會見夫婿的美夢。

　　宋人究竟看中了金詩的什麼呢?韓駒說得很明白:「從首至尾,語輒聯屬,如有理詞狀。」張端義也認為:「作詩有句法,意連句圓。」此詩即「一句一接,未嘗間斷。」兩人說法包含著兩個方面的意思:第一,首尾連貫為一個整體;第二,其間有理性邏輯。宋人把這首詩推崇為「標準」、「機杼」,就是因為這種結構便於說理。這話看似說過了頭,混淆了詩與理的界限,其實一些崇尚理學的人就是這樣實踐的。如朱熹的〈觀書有感〉云:「半畝方塘一鑒開,天光雲影共徘徊。問渠那得清如許,為有源頭活水來。」這裡的句法,是連續的,不間斷的,更重要的是其中因果邏輯是雙重的。第一重,為什麼田中水總是那麼清呢?因為有源頭活水。第二重帶著隱喻性質,為什

麼人的心靈總是那麼清新呢？因為總是在讀書。這好像有點創造性的
發揮，但這個發揮，與其說屬於詩情還不如說屬於理性。

　　事實上，他們推崇的這樣的邏輯結構，和金昌緒詩中的內在邏輯
根本不同。在金詩那裡，雖然前後承接連貫，邏輯的性質則是抒情
的，並不是理性的。從理性來分析前後因果關係，也是不能成立的。
少婦因為夢不到遼西這個結果，就把黃鶯啼叫當做原因，這本是不合
邏輯的，也是無效的、不實用的。但是，對於詩來說，正是因為無理
無效，才是抒情而幽默，具有某種諧趣、喜劇性，才生動地表現了少
婦春怨天真無瑕的瞬間激發。

　　從唐詩的全面成就來看，宋人這樣推崇〈春怨〉也是很片面的。
如黃生所說，這種「一意到底」的詩，「但為絕句中之一格」。宋人以
偏蓋全「主此為式」的原因：「蓋不欲使意思散緩耳。」也就是為了
理性的邏輯更為緊密而已。其實僅就唐詩絕句而言，這種「一意到
底」的模式，也不是成就最高的一類。

　　唐詩絕句中最佳的傑作，恰恰不是一氣到底，而是中間有轉折的
作品。按元人楊載《詩法家數》的說法，一篇大致分為前面兩句和後
面兩句，前兩句是起承，第三句則是轉，最為關鍵的「轉」能變得
好，第四句則是順流而下了。他說：

> 絕句之法，要婉曲回環，刪蕪就簡，句絕而意不絕，多以第三
> 句為主，而第四句發之。有實接，有虛接，承接之間，開與合
> 相關，反與正相依，順與逆相應，一呼一應，宮商自諧。大抵
> 起承二句固難，然不過平直敘起為佳，從容承之為是。至如婉
> 轉變化工夫，全在第三句，若於此轉變得好，則第四句如順流
> 之舟矣。[15]

---

15 〔清〕何文煥輯：《歷代詩話》（北京市：中華書局，2006年），下冊，頁732。

例如孟浩然〈春曉〉：「春眠不覺曉，處處聞啼鳥。」閉著眼睛感受春日的到來，本來是一種很愜意的享受。可是：「夜來風雨聲，花落知多少？」突然想到春日之到來，竟是春光消逝、鮮花凋零的結果。這種一剎那的從迎春到惜春的轉折，便成就了這首詩的不朽。又如杜牧的〈清明〉詩寫道：「清明時節雨紛紛，路上行人欲斷魂。借問酒家何處有，牧童遙指杏花村。」從雨紛紛的陰鬱，到欲斷魂的焦慮，一變為鮮明的杏花村遠景，二變為豁然開朗的心情，這種意脈的徒然轉折，最能發揮絕句這樣短小形式的優越。

　　對於這一點，同時代的張戒也曾說：「詩人之工，特在一時情味，固不可預設法式也。」這說法是很到位的。特別是「一時情味」四字，用來說明絕句可謂一語中的。宋詩之不如唐詩，原因之一在過於理性，原因之二在缺乏唐人絕句那樣的「一時情味」，或者叫瞬間激發。像朱熹上述詩作，完全是長期思索所得；而且把理性的原因和結果，用明確的話語正面地表述出來，這就犯了嚴羽所說的「以議論為詩」的大忌。

蹈襲、祖述、暗合及偷法

　　凡屬文之人，常須作意。凝心天海之外，用思元氣之前，巧運言詞，精煉意魄，所作詞句，莫用古語及今爛字舊意。改他舊語，移頭換尾，如此之人，終不長進。為無自性，不能專心苦思，致見不成。

　　　　（唐）王昌齡語，轉引自日僧遍照金剛《文鏡秘府論》南卷〈論文意〉

按：王利器《文鏡秘府論校注》按：本卷〈論文意〉，除〈論體〉及〈定位〉等
　　篇外，皆王昌齡〈詩格〉與釋皎然〈詩議〉之文；然今本王昌齡〈詩格〉及
　　〈詩中密旨〉與此篇所載，大有出入，則今本〈詩格〉及〈詩中密旨〉，非
　　復唐代之舊也。

　　三同之中，偷語最為鈍賊。如何漢定律令，廝罪不書？應為鄧侯務在匡佐，不暇及詩，致使弱手蕪才，公行劫掠。若許貧道片言可折，此輩無處逃刑。其次偷意，事雖可罔，情不可原，若欲一例平反，詩教何設？其次偷勢，才巧意精，若無朕跡，蓋詩人闔域之中偷狐白裘之手，吾示賞儁，從其漏網。

　　　　　　　　　　　　　　　　　　（唐）釋皎然《詩式》卷一

　　舊以王維好取人章句，如「行到水窮處，坐看雲起時」，乃《英華集》詩也。「漠漠水田飛白鷺，陰陰夏木囀黃鸝」[1]，乃李嘉祐詩[2]也。余

1　王維〈積雨輞川莊作〉詩句：漠漠水田飛白鷺，陰陰夏木囀黃鸝。
2　佚詩斷句：水田飛白鷺，夏木囀黃鸝。失題。

以為有摩詰之才則可；不然，是剽竊之雄耳。

（宋）王直方《王直方詩話》

按：明梁橋、胡應麟、清王士禎、宋長白、近代陳衍等等均認為李年輩後於王，
王不可能襲用其句。胡氏《詩藪》內編卷五云：摩詰盛唐，嘉祐中唐，安得
前人預偷後來者？此正嘉祐用摩詰詩。

余記太白有詩云：「野禽啼杜宇，山蝶舞莊周。」[3]後又見潘佑有〈感
懷詩〉：「幽禽喚杜宇，宿蝶夢莊周。席地一樽酒，思與元化浮。但莫孤明
月，何必秉燭遊。」余謂才思暗合，古今無殊，不可怪也。

（宋）晁迥《法藏碎金》，轉引自宋胡仔《苕溪漁隱叢話》後集卷四

僧惠崇詩云：「河分岡勢斷，春入燒痕青。」[4]然唐人舊句。而崇之弟
子吟贈其師詩曰：「河分岡勢司空曙，春入燒痕劉長卿。不是師偷古人
句，古人詩句似師兄。」[5]杜工部有「峽束蒼江起，岩排石樹圓」[6]，頃蘇
子美遂用「峽束蒼江，岩排石樹」作七言句。子美豈竊詩者，大抵諷古人
詩多，則往往為己得也。

（宋）劉攽《中山詩話》

詩惡蹈襲古人之意，亦有襲而愈工若出於己者。蓋思之愈精，則造語
愈深也。……李華〈弔古戰場文〉曰：「其存其沒，家莫聞知。人或有
言，將信將疑。《漁隱叢話》作蓋將信疑。悁悁心目，夢寐見之。」陳陶則
云：「可憐無定河邊骨，猶是春閨夢裡人。」蓋愈工於前也。

（宋）魏泰《臨漢隱居詩話》

3　李白佚詩斷句，失題。

4　〔宋〕釋惠崇〈訪楊雲卿淮上別墅〉詩句。

5　司空曙、劉長卿之句，出自何詩未詳。

6　杜甫〈秋日夔府詠懷奉寄鄭監李賓客一百韻〉詩句。蒼，一作「滄」。

目前景物，自古及今不知凡經幾人道。今人下筆要不蹈襲，故有終篇無一字可解者，蓋欲新而反不可曉耳。

（宋）韓駒《陵陽先生室中語》

自古詩人文士，大抵皆祖述前人作語。梅聖俞詩云：「南隴鳥過北隴叫，高田水入低田流。」[7]歐陽文忠公誦之不去口。魯直詩有「野水自添田水滿，晴鳩卻喚雨鳩來」[8]之句，恐其用此格律，而其語意高妙如此，可謂善學前人者矣。

（宋）周紫芝《竹坡詩話》

詩中用雙疊字易得句。如「水田飛白鷺，夏木囀黃鸝」，此李嘉祐詩也。王摩詰乃云「漠漠水田飛白鷺，陰陰夏木囀黃鸝」。摩詰四字下得最為穩切。

同上

唐人記「水田飛白鷺，夏木囀黃鸝」為李嘉祐詩，王摩詰竊取之，非也。此兩句好處，正在添漠漠陰陰四字，此乃摩詰為嘉祐點化，以自見其妙，如李光弼將郭子儀軍，一號令之，精彩數倍。不然，如嘉祐本句，但是詠景耳，人皆可到。

（宋）葉夢得《石林詩話》卷上

前輩讀詩與作詩既多，則遣詞措意，皆相緣以起，有不自知其然者。荊公晚年〈閒居〉[9]詩云：「細數落花因坐久，緩尋芳草得歸遲。」蓋本於

7　梅堯臣〈春日拜壟經田家〉詩句。前句，《全宋詩》作「南嶺禽過北嶺叫」。
8　黃庭堅〈自巴陵略平江臨湘入通城無日不雨至黃龍奉謁清禪師繼而晚晴……〉詩句。來，《全宋詩》作「歸」。
9　即〈北山〉詩。

王摩詰「興闌啼鳥換，坐久落花多」[10]。而其辭意益工也。徐師川自謂：荊公暮年，金陵絕句之妙傳天下，其前兩句與渠所作云「細落李花那可數，偶行芳草步因遲」，偶似之邪？竊取之邪？喜作詩者，不可不辨。余嘗以為王因於唐人，而徐又因於荊公，無可疑者。但荊公之詩，熟味之，可以見其閒適優遊之意。至於師川，則反是矣。

（宋）吳玏《優古堂詩話》

按：此則又見宋吳曾《能改齋漫錄》卷八。

學詩亦然，若循習陳言，規摹舊作，不能變化，自出詩意，亦何以名家。魯直詩云：「隨人作計終後人。」[11]又云：「文章最忌隨人後。」誠至論也。

（宋）胡仔《苕溪漁隱詩話》前集卷四十九

王摩詰〈漢江臨泛〉詩曰：「江流天地外，山色有無中。」六一居士平山堂長短句云：「平山欄檻倚晴空，山色有無中。」[12]豈用摩詰語耶？然詩人意所到，而語偶相同者，亦多矣。其後東坡作長短句曰：「記取醉翁語，山色有無中。」[13]則專以為六一語也。

（宋）陳岩肖《庚溪詩話》卷下

韋蘇州詩曰：「西施且一笑，眾女安得妍？」[14]而白樂天詩曰：「回眸一笑百媚生，六宮粉黛無顏色。」[15]杜子美詩曰：「須臾九重真龍出，一

---

10 王維〈從岐王過楊氏別業應教〉詩句。
11 黃庭堅〈以右軍書數種贈邱十四〉詩句：隨人作計終後人，自成一家始逼真。
12 歐陽修〈朝中措〉〈送劉仲原甫出守維揚〉詞句。
13 蘇軾〈水調歌頭〉〈黃州快哉亭贈張偓佺〉詞句。
14 韋應物〈廣陵遇孟九雲卿〉詩句。
15 白居易〈長恨歌〉詩句。

洗萬古凡馬空。」[16]而東坡頌曰：「奮鬣長鳴，萬馬皆瘖。」等一意耳，其後用之益精明。……吳曾《漫錄》謂樂天「回眸一笑百媚生」，蓋祖李白〈清平詞〉「一笑皆生百媚」[17]之語。僕謂李白之語，又有所自，觀江總「回身轉佩百媚生，插花照鏡千嬌出」[18]，意又出此。

（宋）王楙《野客叢書》卷十七

唐人詩句不一，固有採取前人之意，亦有偶然暗合者。如李白詩：「河陽花作縣，秋浦玉為人。」[19]武元衡詩：「河陽縣裡玉人閑。」[20]……柳子厚詩：「欸乃一聲山水綠。」張文昌詩：「離琴一聲罷，山水有餘輝。」[21]

同上卷十九

類而推之，如晏叔原「今宵剩把銀釭照，猶恐相逢是夢中」[22]，蓋出於老杜「夜闌更秉燭，相對如夢寐」[23]，戴叔倫「還作江南會，翻疑夢裡逢」，[24]司空曙「乍見翻疑夢，相悲各問年」[25]之意。

同上卷二十

---

16 杜甫〈丹青引〉詩句。

17 即所傳李白應制〈清平樂〉詞句：「一笑皆生百媚，宸衷教在誰邊？」此詞明胡應麟《少室山房筆叢》〈藝林學山〉、王世貞《藝苑卮言》等以為後人偽託。

18 不詳。

19 〈贈崔秋浦三首〉其三詩句。

20 〔唐〕武元衡〈酬陸三與鄔十八侍禦〉詩句：今尹關中仙史會，河陽縣裡玉人閑。

21 張籍（字文昌）〈送鄭秀才歸寧〉詩句。聲、水、有，《全唐詩》作「奏」、「雨」、「靄」。

22 〔宋〕晏幾道（字叔原）〈鷓鴣天〉詞下闋：從別後，憶相逢，幾回魂夢與君同。今宵剩把銀釭照，猶恐相逢是夢中。

23 杜甫〈羌村三首〉其一後半首：世亂遭飄蕩，生還偶然遂。鄰人滿牆頭，感歎亦歔欷。夜闌更秉燭，相對如夢寐。

24 〈客夜與故人偶集〉詩句。

25 〈雲陽館與韓紳宿別〉前二聯：故人江海別，幾度隔山川。乍見翻疑夢，相悲各問年。

「柳色黃金嫩，梨花白雪香」，陰鏗詩也，李太白取用之。[26]杜子美〈太白詩〉云：「李白有佳句，往往似陰鏗。」[27]後人以謂以此譏之。然子美詩有「蛟龍得雲雨，雕鶚在秋天」[28]一聯，已見《晉書》載記矣。如「冰肌玉骨清無汗，水殿風來暗香滿」，孟蜀王詩[29]，東坡先生度以為詞[30]。昔人不以蹈襲為非。

（宋）王明清《揮麈錄》卷一

孟浩然詩云「江清月近人」[31]，杜陵云「江月去人只數尺」[32]，子美視浩然為前輩，豈祖述而敷衍之耶？浩然之句渾涵，子美之句精工。

（宋）羅大經《鶴林玉露》甲編卷三

唐人絕句，有意相襲者，有句相襲者。王昌齡〈長信宮〉云：「玉顏不及寒鴉色，猶帶昭陽日影來。」孟遲〈長信宮〉亦云：「自恨輕身不如燕，春來還繞御簾飛。」……此皆意相襲者。又杜牧〈送隱者〉云：「公道世間唯白髮，貴人頭上不曾饒。」高蟾〈春〉詩云：「人生莫遣頭如雪，縱得春風亦不消。」……此皆襲其句而意別者。若定優劣，品高下，則亦昭然矣。

（宋）范晞文《對床夜語》卷四

詩人發興造語，往往不約而合。如「雨中山果落，燈下草蟲鳴」[33]，

26　李白〈宮中行樂詞八首〉其二詩句。

27　即杜甫〈與李十二白同尋範十隱居〉詩句。

28　〈奉贈嚴八閣老〉詩句。

29　〔五代後蜀〕國主孟昶〈避暑摩訶池上作〉詩句，又〈木蘭花〉詞句。

30　蘇軾〈洞仙歌〉詞句：冰肌玉骨，自清涼無汗。水殿風來暗香滿。

31　〈宿建德江〉詩句：野曠天低樹，江清月近人。

32　〈漫成一絕〉詩句：江月去人只數尺，風燈照夜欲三更。

33　〈秋夜獨坐〉詩句。

王維也。「樹初黃葉日，人欲白頭時」[34]，樂天也。司空曙有云：「雨中黃葉樹，燈下白頭人。」[35]句法王而意參白，然詩家不以為襲也。

同上

　　羅隱〈隴頭水〉云：「借問隴頭水，年年恨何事？全疑嗚咽聲，中有征人淚。」[36]于濆云：「借問隴頭水，終年恨何事？深疑嗚咽聲，中有征人淚。」[37]所賦同，造語同，未有議其非者，今人則豈無剽竊之疑。

同上卷五

　　因襲者，用前人之語也。以陳為新，以拙為巧，非有過人之才，則未免以踏襲為愧。魏道輔（魏泰字）云：「詩惡踏襲。古人亦有踏襲而愈工，若出於己者，蓋思之精則造語愈深也。」轉意者，因襲之變也。前者既有是語矣，吾因而易之，雖語相反，皆不失為佳。

（宋）佚名《詩憲》

　　子美詩有「夜足沾沙雨，春多逆水風」[38]，樂天詩云：「巫山暮足沾花雨，隴水春多逆浪風。」[39]陶淵明詩云：「采菊東籬下，悠然見南山。」[40]韋應物亦有「采菊露未晞，舉頭見南山」[41]。又東坡〈續麗人行〉首四句：「深宮無人春晝長，沉香亭北百花香。美人睡起薄梳洗，燕舞鶯

34　〈途中感秋〉詩句。

35　〈喜外弟盧綸見宿〉詩句。

36　後四句為：自古蘊長策，況我非才智。無計謝潺湲，一宵空不寐。　一說即于濆之詩，題作〈隴頭吟〉，「年年」作「終年」，「全疑」作「深疑」。

37　題作〈隴頭水〉，後四句為：昨日上山下，達曙不能寐。何處接長波，東流入清渭。又有〈隴頭吟〉，見上注。

38　杜甫〈老病〉詩句。

39　白居易〈入峽次巴東〉詩句。

40　〈飲酒詩二十首〉其六詩句。

41　〈答長安丞裴說〉詩句：臨流意已淒，采菊露未稀。舉頭見秋山，萬事都若遺。

啼空斷腸。」薩天錫（元薩都剌字）〈題楊妃病齒〉詩則云：「沉香亭北春
畫長，海棠睡起扶殘妝。清歌妙舞一時靜，燕語鶯啼空斷腸。」但略少變
其文。如此等詩，不可盡述，每見錄於詩話，美則以為點鐵化金，刺則以
蹈襲古詩，附會譏誚，殊為可厭。予略錄數首於右，以見陶、杜豈特待
白、韋點化，而應物、天錫固竊詩者哉！故老杜嘗戲為詩曰：「詠及前賢
更勿疑，遞相祖述復先誰？」[42]大抵誦人詩多，往往為己得也。

（明）郎瑛《七修類稿》卷二十

　　（李清照〈如夢令〉詞[43]）韓偓詩云：「昨夜三更雨，今朝一陣寒。
海棠花在否，側臥捲簾看。」[44]此詞盡用其語點綴。結句尤為委曲精工，
含蓄無窮之意焉。可謂女流之藻思者矣。

（明）張綖《草堂詩餘別錄》卷一

　　歐陽公詞：「平蕪盡處是春山，行人更在春山外。」[45]石曼卿詩：「水
盡天不盡，人在天盡頭。」[46]歐與石同時，且為文字友。其偶同乎？抑相
取乎？

（明）楊慎《詞品》卷一

　　方幹：「未明先見海底日，良久遠雞方報晨。」[47]方晦叔「山雞未鳴
海日出」[48]，此簡妙勝幹矣。

---

42 杜甫〈戲為六絕句〉其六詩句：未及前賢更勿疑，遞相祖述復先誰？
43 李詞：昨夜雨疏風驟，濃睡不消殘酒。試問捲簾人，卻道海棠依舊。知否？知否？
　　應是綠肥紅瘦。
44 韓偓〈懶起〉詩句。
45 歐陽修〈踏莎行〉詞句。
46 石延年佚詩斷句，失題。
47 唐方幹〈題龍泉寺絕頂〉詩句。
48 明方元煥（字晦叔）佚詩斷句，失題。

作詩最忌蹈襲，若語工字簡，勝於古人，所謂「化陳腐為新奇」是也。

（明）謝榛《四溟詩話》卷二

剽竊模擬，詩之大病。亦有神與境觸，師心獨造，偶合古語者。如「客從遠方來」，「白楊多悲風」，「春水船如天上坐」，不妨俱美，定非竊也。其次袤覽既富，機鋒亦圓，古語口吻間，若不自覺。如鮑明遠「客行有苦樂，但問客何行」[49]之於王仲宣「從軍有苦樂，但問所從誰」[50]，陶淵明「雞鳴桑樹顛，狗吠深巷中」之於古樂府「雞鳴高樹顛，狗吠深宮中」……模擬之妙者，分歧逞力，窮勢盡態，不唯敵手，兼之無跡，方為得耳。

（明）王世貞《藝苑卮言》卷四

右丞之「漠漠水田飛白鷺，陰陰夏木囀黃鸝」，或謂他人五言而右丞增而用之者。然其妙處在「漠漠」「陰陰」四字，寫出夏木水田光景，遂覺會心，否則「水田飛白鷺，夏木囀黃鸝」，有何生色？只一村師偶句而已。

（明）冒愈昌《詩學染言》卷下

李嘉祐詩「水田飛白鷺，夏木囀黃鸝」，王摩詰但加「漠漠」、「陰陰」四字而氣象如生。

（明）李日華《恬致堂詩話》卷四

自有三偷之語，以生吞活剝為能。自有獨創之言，以杜撰妄作為是。總皆按牛頭吃草。

（明）費經虞《雅倫》卷二十二

---

49 鮑照〈從臨海王上荊初發新渚〉詩句。
50 王粲〈從軍詩五首〉其一詩句。

自皎然有三偷之說，因指子美「湛湛長江去」[51]同於「湛湛長江水」[52]，
「江平不肯流」[53]同於「潮平似不流」[54]，而後人遂謂少陵詩未免蹈襲。
如「船如天上坐，人似鏡中行」[55]，「人如天上坐，魚似鏡中游」[56]，沈佺
期詩也，子美「春水船如天上坐，老年花似霧中看」[57]，特襲沈句耳。不
知少陵深服沈詩，時取沈句流連把詠，爛熟在手口之間，不覺寫出。觀唐
諸家，語句相似頗多，大抵坐此，非蹈襲也。且「人如天上坐」不及「船
如天上坐」，加「春水」二字作七言，卻更活動。而「老年花似霧中看」，
描寫老態，龍鍾可笑，又豈「魚似鏡中游」可及哉！……非如今人本無佳
句，偶盜他語，便覺態出，如窮兒盜乘輿服物，一見便捉敗也。

（清）賀貽孫《詩筏》

　如金昌緒「打起黃鶯兒，莫教枝上啼。啼時驚妾夢，不得到遼西。」
令狐楚則曰：「綺席春眠覺，紗窗曉望迷。朦朧殘夢裡，猶自在遼西。」[58]
張仲素更曰：「嫋嫋城邊柳，青青陌上桑。提籠忘采葉，昨夜夢漁陽。」[59]
或反語以見奇，或循躧而別悟，若盡如此，何病於偷。

　偷法一事，名家不免。如劉夢得「山圍故國周遭在，潮打空城寂寞
回。淮水東邊舊時月，夜深還過女牆來。」[60]杜牧之「煙籠寒水月籠沙，

---

51 杜甫〈梅雨〉詩句：湛湛長江去，溟溟細雨來。
52 阮籍〈詠懷〉詩句：湛湛長江水，上有楓樹林。
53 杜甫〈陪王使君晦日泛江就黃家亭子二首〉其一詩句：山豁何時斷，江平不肯流。
54 唐庾抱（一作韋承慶）〈凌朝泛江旅思〉詩句：山遠疑無樹，潮平似不流。
55 《全唐詩》沈佺期集未載，何詩不詳。唐徐堅等《初學記》卷五載南朝陳釋惠標則
　　有〈詠山詩三首〉，其一詩句：舟如空裡泛，人似鏡中行。
56 沈佺期〈釣竿篇〉詩句：人疑天上坐，魚似鏡中懸。
57 杜甫〈小寒食舟中作〉詩句。
58 〈長相思〉詩。
59 〈春閨思〉詩。
60 劉禹錫〈石頭城〉詩。

夜泊秦淮近酒家。商女不知亡國恨，隔江猶唱〈後庭花〉。」[61]韋端己「江雨霏霏江草齊，六朝如夢鳥空啼。無情最是臺城柳，依舊煙籠十里堤。」[62]三詩雖各詠一事，意調實則相同。愚意偷法一事，誠不能不犯，但當為韓信之背水，不則為虞詡之增灶，慎毋為邵青之火牛可耳。……
…………

　　《隱居語錄》曰：「（引文即上魏泰《臨漢隱居詩話》一則，略）」余以文為詩，此謂之出處，何得為蹈襲。若如此苛責，則作詩者必字字杜撰耶。

（清）賀裳《載酒園詩話》卷一

　　各自有意，各自言之。宋人每言奪胎換骨，去瞎盛唐字仿句摹有幾？宋人翻案詩，即是蹈襲陳言，看不破耳。又多摘前人相似之句，以為蹈襲。詩貴見自心耳，偶同前人何害？作意蹈襲，偷勢亦是賊。

（清）吳喬《圍爐詩話》卷五

　　曹植「願為西南風，長逝入君懷」[63]。徐幹「浮雲何洋洋，願因通我辭」[64]。齊澣「將心寄明月，流影入君懷」[65]，又變「風」、「雲」為「月」。而太白「我寄愁心與明月，隨風直到夜郎西」[66]，則「風」、「月」並役，是用變為偷者也。石崇金谷澗賦詩，不能者罰酒三斗。太白云：「如詩不成，罰依金谷酒數。」[67]而于鱗「詩成罰我我豈辭，便過三斗無論數」[68]，是用翻為偷者也。

（清）毛先舒《詩辯坻》卷三

---

61 杜牧〈泊秦淮〉詩。
62 唐韋莊（字端己）〈臺城〉詩。
63 〈七哀詩〉詩句。
64 〈室思詩〉詩句。
65 當為劉臬〈長門怨〉詩句。
66 〈聞王昌齡左遷龍標，遙有此寄〉詩句。
67 〈春夜宴諸從弟桃李園序〉之句。
68 未詳。

　　詞中佳語，多從詩出。如顧太尉「蟬吟人靜，斜日傍小窗明」[69]，毛司徒「夕陽低映小窗明」[70]，皆本黃奴「夕陽如有意，偏旁小窗明」[71]。若蘇東坡之「與客攜壺上翠微」定風波[72]，賀東山之「秋盡江南草未凋」太平時[73]，皆文人偶然遊戲，非向樊川集中[74]作賊。

（清）王士禎《花草蒙拾》

　　「平蕪盡處是春山，行人更在春山外。」升庵以擬石曼卿「水盡天不盡，人在天盡頭」，未免河漢。蓋意近而工拙懸殊，不啻天壤。且此等入詞為本色，入詩即失古雅，可與知者道耳。

同上

　　（陶淵明〈歸田園居〉詩）「狗吠深巷中，雞鳴桑樹顛」，直用漢樂府句意，退之推鮑、謝而遺陶者，此等處耳。然意之所至，豈必詞自己出乎？不本於性情之教，但以不沿襲剿盜為工，非至論之極也。

（清）李光地《榕村詩選》卷二

　　用前人字句，不可並意用之。語陳而意新，語同而意異，則前人之字句，即吾之字句也。若蹈前人之意，雖字句稍異，仍是前人之作，嚼飯餵人，有何趣味？

（清）薛雪《一瓢詩話》

---

69 五代後蜀顧敻（累官至太尉）〈臨江仙〉詞句。

70 五代前蜀毛文錫（曾官司徒）〈虞美人〉詞句：夕陽低映小窗明，南園綠樹語鶯鶯，夢難成。

71 失題。一說唐備之作。

72 蘇軾〈定風波〉〈重陽〉詞句：與客攜壺上翠微，江涵秋影雁初飛。

73 宋賀鑄（有詞集《東山詞》）〈太平時〉〈晚雲高〉詞句：秋盡江南葉未凋。晚雲高。青山隱隱水迢迢。接亭皋。

74 杜牧〈九日齊安登高〉詩句：江涵秋影雁初飛，與客攜壺上翠微。　又〈寄揚州韓綽判官〉詩句：青山隱隱水迢迢，秋盡江南草未凋。

　　（王維〈雜詩〉[75]）成按：陶淵明詩云：「爾從山中來，早晚發天目。我居南窗下，今生幾叢菊。」[76]王介甫詩云：「道人北山來，問松我東岡。舉手指屋脊，云今如許長。」[77]與右丞此章同一杼軸，皆情到之辭，不假修飾而自工者也。然淵明、介甫二作，下文綴語稍多，趣意便覺不遠。右丞只為短句，一吟一詠，更有悠揚不盡之致，欲於此下復贅一語不得。

　　　　　　　　　　　　　　　　（清）趙殿成《王右丞集箋注》卷十三

　　詩中用字妙處，能將死景寫活，舊事翻新。如「水田飛白鷺，夏木囀黃鸝」，本係成語，加「漠漠」、「陰陰」四字，寫雨中村居景象，何等幽寂。

　　　　　　　　　　　　　　　　　　　（清）郭兆麒《梅崖詩話》

　　後人詩句多有似襲前人者，大抵神與境合，遂爾觸筆，不覺偶同。亦有於增損之間，用意尤精，如李嘉佑詩「水田飛白鷺，夏木囀黃鸝」，而右丞加以「漠漠」、「陰陰」字，更覺精神飛越，豈盡得以襲取歸咎耶！

　　　　　　　　　　　　　　　　　　　（清）田同之《西圃詩說》

　　（歐陽修〈蝶戀花〉詞[78]）《南部新書》記嚴惲詩：「盡日問花花不語，為誰零落為誰開？」[79]此闋結二語，似本此。

　　　　　　　　　　　　　　　　　　　（清）張宗橚《詞林紀事》卷四

75　〈雜詩〉：君自故鄉來，應知故鄉事。來日倚窗前，寒梅著花未？

76　宋洪邁《容齋五筆》卷一載，題作〈問來使〉，後四句為「薔薇葉已抽，秋蘭氣當馥。歸去來山中，山中酒應熟。」並稱：此詩諸集皆不載，唯晁文元（晁迥，卒謐文元）家本有之。　嚴羽《滄浪詩話》則云：予謂此篇誠佳，然其體制氣象，與淵明不類；得非太白逸詩，後人謾取以入陶集爾。　今學者或以為晚唐人偽作。

77　王安石〈道人北山來〉詩。

78　〈蝶戀花〉詞結句：淚眼問花花不語，亂紅飛過秋千去。　一說此詞為五代南唐馮延巳作。

79　〈落花〉：春光冉冉歸何處，更向花前把一杯。盡日問花花不語，為誰零落為誰開？

詩須善學，暗偷其意，而顯易其詞。如《毛詩》：「嗟我懷人，寘彼周行。」[80]唐人學之云「提籠忘采葉，昨夜夢漁陽」是也。

（清）袁枚《隨園詩話》卷五

詞有襲前人語而得名者，雖大家不免。如方回「梅子黃時雨」[81]，耆卿「楊柳岸曉風殘月」[82]，少游「寒鴉數點，流水繞孤村」[83]，幼安「是他春帶愁來，春歸何處，卻不解帶將愁去」[84]等句，唯善於調度，正不以有藍本為嫌。

（清）吳衡照《蓮子居詞話》卷一

襲而善者，意轉而境深，否則意浮而調舊。毫釐之分，天地懸隔，作詩者仍以不相襲為審慎耳。漢人樂府「白露變為霜」[85]，杜詩「馬鳴風蕭

---

80 《詩》〈周南〉〈卷耳〉首章：采采卷耳，不盈頃筐。嗟我懷人，寘彼周行。

81 賀鑄（字方回）〈青玉案〉詞句：試問閒愁都幾許？一川煙草，滿城風絮，梅子黃時雨。　　宋潘淳《潘子真詩話》：世推方回所作「梅子黃時雨」為絕唱，蓋用寇萊公（寇準，封萊國公）語也。寇詩云：「杜鵑啼處血成花，梅子黃時雨如霧。」

82 柳永〈雨霖鈴〉詞句：今宵酒醒何處？楊柳岸、曉風殘月。　　明俞彥《爰園詞話》：柳詞亦只此佳句，余皆未稱。而亦有本，祖魏承班〈漁歌子〉「窗外曉鶯殘月」，第改二字增一字耳。

83 秦觀〈滿庭芳〉詞句：斜陽外，寒鴉萬點，流水繞孤村。　　宋嚴有翼《藝苑雌黃》：中間有「寒鴉萬點，流水繞孤村」之句，人皆以為少游自造此語，殊不知亦有所本。予在臨安，見平江梅知錄云：隋煬帝詩云，「寒鴉千萬點，流水繞孤村」。少游用此語也。

84 辛棄疾〈祝英台令〉〈晚春〉詞句。　　宋劉克莊《後村詩話》前集卷一：雍陶〈送春〉詩云：「今日已從愁裡去，明年莫更共愁來。」稼軒詞云：「是他春帶愁來，春歸何處，卻不解和愁將去。」雖用前語，而反勝之。　　又陳鵠《耆舊續聞》卷二：辛幼安詞云：「（同上吳引，略）」人皆以為佳，不知趙德莊〈鵲橋仙〉詞云：「春愁元自逐春來，卻不肯隨春歸去。」蓋德莊又本李漢老楊花詞：「蓊地便和春帶將歸去。」大抵後輩作詞，無非道人已道底句，特善能轉換耳。

85 宋子侯〈董嬌饒〉詩句：高秋八九月，白露變為霜。

蕭」[86]，只添〈風〉、〈雅〉[87]一字，而別成氣格。此唯漢人、杜公可也，他人免效此捧心矣。

（清）潘德輿《養一齋詩話》卷五

　　用前人成句入詩詞者極多，然必另有意象以點化之，不能用入排偶或直寫偶句也。如歐公長短句云：「平山欄檻倚晴空，山色有無中。」此實別有意象。故坡公復作長短句云：「認得醉翁語，山色有無中。」以王摩詰語專歸之歐，轉見別致。……劉貢父云：「諷古人詩多，則往往為己得。」吾謂後人作詩，無論立志太卑，有意襲古，與讀詩太多無意合古者，要當精心洗滌，斯免詬笑。

同上卷七

　　詞要清新，切忌拾古人牙慧。蓋在古人為清新者，襲之即腐爛也。拾得珠玉，化為灰塵，豈不重可鄙笑！

（清）劉熙載《藝概》卷四〈詞曲概〉

　　（王維「漠漠」二句詩）二句去此四字，便成呆語，精神景狀，全在疊字中也。

（近代）李慈銘《越縵堂詩話》卷下之上

　　「卻從巴峽穿巫峽，便下襄陽向洛陽」[88]，杜甫詩也，而東坡效之云：「恰從神武來弘景，便向羅浮覓稚川。」「雞聲茅店月，人跡板橋霜」，溫庭筠〈早行〉[89]詩也，而歐公效之云：「鳥聲梅店雨，野色板橋

---

86 杜甫〈後出塞五首〉其二詩句：落日照大旗，馬鳴風蕭蕭。

87 《詩》〈秦風〉〈蒹葭〉詩句：蒹葭蒼蒼，白露為霜。　又〈小雅〉〈車攻〉詩句：蕭蕭馬鳴，悠悠旆旌。

88 〈聞官軍收河南河北〉詩句。

89 蘇軾〈舟行至清遠縣，見顧秀才，極談惠州風物之美〉詩句。

春。」[90]「偶題岩石雲生筆，閒繞庭松露濕衣」，楊徽之〈僧舍〉[91]詩也，而放翁效之云：「尋碑野寺雲生履，送客溪橋雪滿衣。」[92]知古人偷摹句格，雖大家不能免，然終覺遜前人一籌。

（近人）沈其光《瓶粟齋詩話初編》卷二

　　唐人詩：「漠漠水田飛白鷺，陰陰夏木囀黃鸝。」王維〈積雨輞川莊作〉或曰此原用六朝詩：「水田飛白鷺，夏木囀黃鸝。」而試問，此十字多死，「水田飛白鷺」必加「漠漠」，「夏木囀黃鸝」必加「陰陰」。「漠漠水田飛白鷺」是一片，「陰陰夏木囀黃鸝」是一團，上句是大，下句是深，上句明明看見白鷺，下句可決沒看見黃鸝。景語如此，已不多得。

（今人）顧隨《駝庵詩話》

　　偷用古人現成句子，在文藝創作上並不是禁律，向來是允許偷的。一字不改的偷，也可以，只要運用得好。改換幾個字，更不算罪行了。

（今人）施蟄存《唐詩百話》〈戴叔倫：除夜宿石頭驛〉

90　即〈商山早行〉詩。

91　宋楊徽之佚詩斷句。

92　陸游〈留題雲門草堂〉詩句。

孫　評

藝術總是以創新為貴，以突破權威話語為生命。但突破之難難在權威世所公認，佔有現成優勢，追隨則難以避免，追隨成風又導致了照搬。劉熙載曰：「詞要清新，切忌拾古人牙慧。蓋在古人為清新者，襲之即腐爛也。拾得珠玉，化為灰塵，豈不重可鄙笑！」

當然，公然照搬是很少的，襲用卻頗常見。即使是大家，作品中也時有直接襲用前人的句子。陶淵明「雞鳴桑樹顛，狗吠深巷中」，即取自古樂府「雞鳴高樹顛，狗吠深宮中」。明明是襲用，王世貞為之辯護說：「模擬之妙者，分歧逞力，窮勢盡態，不唯敵手，兼之無跡。」其實，這樣的情況比比皆是。杜甫「春水船如天上坐，老年花似霧中看」，亦從沈佺期「船如天上坐，人似鏡中行」、「人如天上坐，魚似鏡中游」之句化來。或指其蹈襲，賀貽孫也為之辯護：「不知少陵深服沈詩，時取沈句流連把詠，爛熟在手口之間，不覺寫出。」這完全可能是當時甚至後來的實際情況，後人似乎並不以為是抄襲。大家的才氣遠遠超過了襲用的對象，有姑且用之的性質。那時沒有標點符號，如果有，應該會加上引號的。

照搬引人詬病。但是，如果變相重複，僅僅改頭換面，那也很少能比原作高明的。王安石「細數落花因坐久」，顯然從王維的「坐久落花多」轉化而來。但王安石把「落花」、「坐久」的因果關係，說得太明白、太理念化了。而王維則把因果關係隱藏起來，只用一個「多」字提示：因為發現落花之「多」，才覺悟坐得久了。這是一種心靈的漸悟，保持著平靜，顯得從容淡定，含蓄雋永。梅聖俞詩：「南嶺禽過北嶺叫，高田水入低田流。」幾近重複的有黃庭堅的「野水自添田水滿，晴鳩卻喚雨鳩來」之句。本來，梅的詩句就不太高明，黃氏重複則更是平庸。

　　當然，像這樣明顯的重複還比較少，多數是重複其詩意，不重複其詩句。王楙說晏幾道的詞句「今宵剩把銀釭照，猶恐相逢是夢中」，大概是出自杜甫「夜闌更秉燭，相對如夢寐」詩句。類似的還有司空曙「乍見翻疑夢，相悲各問年」，戴叔倫「還作江南會，翻疑夢裡逢」，相思之苦都以一旦相見如夢形容。反復用之，便成為套路，這就是「蹈襲」，而且是低級的，愈來愈差。

　　比「蹈襲」高明的則「偷意」、「偷勢」，而不偷其語，有時還很有突破的價值。如陳陶〈隴西行〉世稱經典，也有謂其「蹈襲」李華〈弔古戰場文〉的。其實，說二者相似不如說詩文迥異。相似不過是戰死者家人將信將疑，「夢寐見之」。但李是散文的敘述，而且六個四言句，有蕪雜之嫌。而「可憐無定河邊骨，猶是春閨夢裡人」，則是詩的想像的強烈對比：意象核心定位於春閨思婦之夢，夢是歡會之喜；戰死者卻為河邊「白骨」，白骨曝野何等悲慘，這種對比的衝擊力絕非李華散文可比。詩人的才華還表現在文體的轉化上，從散文的概括性直陳，到詩借意象性對比以抒情，應該屬於創造。正如魏泰所言：「蓋思之愈精，造語愈深也」，「蓋愈工於前也。」

　　這種「襲而愈工」，也不限於不同文體之間。在同一文體之間，更容易分出高下。張綖盛讚李清照〈如夢令〉詞襲自晚唐韓偓〈懶起〉詩句，而「委曲精工，含蓄無窮」。李詞是否真的襲用，有待考證，但的確二者看似類同而工拙昭然。韓詩只因夜寒而擔心「海棠花在否」，僅僅是懶洋洋地憐花；而李清照則相反，憐己超越了憐花。捲簾人已眼見證實「海棠依舊」，她儘管沒有直接觀察，卻仍然堅持、肯定是「綠肥紅瘦」。她這種固執，愈是不顧事實，愈是隱含著女性年華消逝的隱憂，不是一觸即發，而是不觸也發。二者同類文體，卻不在同一藝術水平線上。

　　不管怎麼說，從根本意義上說，依附前人容易落人窠臼，詩家當以個性的原創為先。但是，絕對的原創，完全脫離傳統，又是不可能

的。正是因為這樣,艾略特甚至認為詩人不可能脫離文化傳統,因而乾脆主張逃避個性,天才只有在傳統的基礎上才能發揮。這個觀念當然相當極端,但強調個人天才不脫離傳統,卻有一定的道理,後來發展為一種互文性的學說。Intertexuality,也可以譯成文本間性。認為一切文本都是互相關聯的,都處於文學發展的譜系的有機經緯結構之中,相互有所關聯是正常的,不能像一些詩評家那樣,看到一點關聯就捕風捉影,動不動就扣「蹈襲」的帽子。

　　劉禹錫、杜牧和韋莊都有以六朝舊都懷古的詩。三首寫的都是當年南京,主題都是悼古傷今,構思的意脈都是物是人非,從平常、自然的狀態中,突出現實與歷史的巨大的反差,風格近似,但各有不可低估的成就。劉禹錫〈石頭城〉,緬懷當年繁華的都城,寫城牆、江水雖在,但已變成「空城」,浪花變得寂寞。這城市的寂寞和空,也是詩人心靈的,在他眼裡一切都變了,偏偏那月亮,卻是一仍其舊,不管寂寞不寂寞,不管空不空,還和舊時一樣出現在女牆上面。於是,現時和舊時,寂寞和浪聲,構成了強烈對比。杜牧寫的也是南京,只是他強調的是,秦淮仍舊繁華,夜色仍舊美好,連那〈後庭花〉的歌聲,也都一樣歡樂。但是,歌女卻不知道,這樂曲和陳後主亡國的因果關係。這也是一種對比,是依舊繁華、歡樂和亡國之恨的對比。而韋莊則以繁華的六朝如夢的回憶,襯出詩人傷感到連鳥鳴聽來都是「空啼」,可是大自然「無情」,不管梁武帝曾經餓死臺城的悲劇,如今楊柳依然生機勃勃。以大自然的「無情」的生機來反襯人的有情的感傷。三家所用的手法,顯然屬於同一聯想的機制,其特點是聚焦在一個單純意象的內在反差上,構成現場聯想的反襯結構,這似乎也可以說是一種固定化的套路。抒情為什麼一定要這樣含蓄,總是這樣欲說還休,直接抒情不是更痛快嗎?這不是一種束縛嗎?

　　我們這種風格,和西方詩歌比較一下,特點就更加明顯。拜倫的《哀希臘》是這樣寫的:

The isles of Greece, The isles of Greece!

Where burning Sapho loved and sung,

Where grew the arts of war and peace,

Where Delos rose, and Phoebus sprung!

Eternal summer gilds them yet,

But all, except the sun, is set.

希臘的群島啊，希臘的群島！

在這裡，熱情的莎孚曾經戀愛和歌唱，

在這裡，戰爭和平的藝術曾經生長，

在這裡，浮起了月神故鄉，太陽的神象

所有的一切都還鍍著永恆的、夏日的華光

但是，除了這一切，一切都已淪喪。

西方詩學的藝術傳統是直接抒發激情（passion），強調「強烈的感情的自然流露」，懷念往昔的繁華是直接呼喊出來的，而且是羅列式的、一瀉無餘的，並不刻意聚焦在一個意象上。往時的文治武功，昔日的神話和愛情，雖然看不見了，但仍然鍍著夏日的華光，除了這太陽的光芒，一切都無影無蹤。詩人並不把感喟的意脈滲透在意象群背後，他們這種激情的呼喊，與中國詩人那種意在言外的想像境界完全不同。

那麼，中國古典詩人為什麼不從意象聚焦的套路中突圍呢？這樣提出問題是幼稚的。反過來也可以問，西方詩人為什麼總是這樣直接抒情，不能把感悟隱藏在意象之內嗎？這個問題要到二十世紀初號稱師承中國古典詩歌的美國意象派才能回答。從這種意義上說，意象聚焦正是中國古典詩詞的歷史的平臺，其中凝聚、積澱著的藝術傳統是不可小覷的。所以賀裳說：這不應該叫做「蹈襲」，應該叫做「出處」，如果叫蹈襲，則是「苛責」，要求「作詩者必字字杜撰」，那是

不可能的。

　　有時，前後人詩句似乎只在一二字差異，其水準之高下卻不可相提並論。如李嘉佑有詩句「水田飛白鷺，夏木囀黃鸝」，王維多「漠漠」、「陰陰」四字，構成「漠漠水田飛白鷺，陰陰夏木囀黃鸝」詩句。田同之認為：王詩「更覺精神飛越」，這是很有藝術見解的。「水田飛白鷺」，好處是以水田為背景顯出白鷺之影，但二者均為亮色，是反差不明顯的正襯。多了「漠漠」疊字，則一有模糊之感，與白鷺的反襯效果明顯增強；二具開闊之感，引起白鷺群飛舒緩之感。至於「夏木囀黃鸝」，好處是聽覺之美，然而夏木還只是個概念。加上了「陰陰」，則不但顯示了夏木之茂盛，而且濃陰與黃鸝的音色明亮構成對比，但是黃鸝之聲，可聞而不可見，也不欲尋，情感多了一些淡定。這雙重對比，在性質上、在程度上相當，不但表現了夏日佳景，而且表現了詩人精神的從容自如。田同之說它表現了詩人的「精神飛越」，似乎過了點，整個情調是某種持續性，而不是飛越性的。

　　吳衡照說：「詞有襲前人語而得名者，雖大家不免。」並舉賀鑄〈青玉案〉、柳永〈雨霖鈴〉詞句為例，說明「唯善於調度，正不以有藍本為嫌」的道理。類似的現象在中國古典詩詞中並不罕見，情況相當複雜，須要具體分析。甚之，有時直接照搬成為名句，而原作卻湮沒無聞。如秦觀詞句：「斜陽外，寒鴉萬點，流水繞孤村。」辛棄疾詞句：「是他春帶愁來，春歸何處，卻不解將愁去。」這或許是不公平的，沒有道理的。但是，歷史的偶然性卻不是偶然的。

附錄
詩家翻新抒愁恨

　　王莇，平甫之子，嘗云：「今語例襲陳言，但能轉移爾。」世稱秦詞「愁如海」[1]為新奇，不知李國主已云：「問君能有幾多愁？恰似一江春水向東流。」[2]但以「江」為「海」爾。

（宋）陳師道《後山詩話》

　　《後山詩話》載：王平甫子莇謂秦少游「愁如海」之句，出於江南李後主「問君還有幾多愁，恰似一江春水向東流」之意。僕謂李後主之意，又有所自。樂天詩曰：「欲識愁多少，高於瀲澦堆。」[3]劉禹錫詩曰：「蜀江春水拍山流，水流無限似儂愁。」[4]得非祖此乎？則知好處前人皆已道過，後人但翻而用之耳！

（宋）王楙《野客叢書》卷二十

　　詩家有以山喻愁者，杜少陵云「憂端如山來，澒洞不可掇」[5]，趙嘏云「夕陽樓上山重疊，未抵春愁一倍多」[6]是也。有以水喻愁者，李頎云

1　秦觀〈千秋歲〉詞句：日邊清夢斷，鏡裡朱顏改。春去也，飛紅萬點愁如海。
2　李煜〈虞美人〉詞句：雕闌玉砌應猶在，只是朱顏改。問君能有幾多愁，恰似一江春水向東流。
3　白居易〈夜入瞿唐峽〉詩句。
4　劉禹錫〈竹枝詞九首〉其二：山桃紅花滿上頭，蜀江春水拍山流。花紅易衰似郎意，水流無限似儂愁。
5　杜甫〈自京赴奉先縣詠懷五百字〉詩句：憂端齊終南，澒洞不可掇。
6　何詩不詳。《全宋詩》載寇準〈長安春日〉詩有此一聯。

「請量東海水，看取淺深愁」[7]，李後主云「問君都有幾多愁？恰似一江春水向東流」，秦少游云「落紅萬點愁如海」是也。賀方回云：「試問閒愁知幾許？一川煙草，滿城風絮，梅子黃時雨。」蓋以三者比之愁多也，尤為新奇，兼興中有比，意味更長。

（宋）羅大經《鶴林玉露》乙編卷一

李頎詩「請量東海水，看取淺深愁」，李後主詞「問君還有兒多愁？恰似一江春水向東流」，秦少游則以三字盡之，曰：「落紅萬點愁如海」，而語益工。

（宋）俞文豹《吹劍錄》

太白云：「請君試問東流水，別意與之誰短長？」[8]江南李後主曰：「問君還有幾多愁？恰似一江春水向東流。」略加融點，已覺精彩。至寇萊公則謂「愁情不斷如春水」[9]，少游云「落紅萬點愁如海」，青出於藍而勝於藍矣。

（宋）陳郁《藏一話腴》內編卷一

李白有詩云：「請君試問東流水，別意與之誰短長？」又曰：「桃花潭水深千尺，不及汪倫送我情。」[10]趙嘏曰：「此時愁望情多少？萬里春流繞釣磯。」[11]李後主曰：「問君都有兒多愁？一江春水向東流。」李、趙皆祖于白者也。

（明）孫緒《孫緒詩話》卷十三

7　應為李群玉〈雨夜呈長官〉詩句。

8　李白〈金陵酒肆留別〉詩句，全詩參見〈竹香、雪香……夢魂香〉一題注引。

9　寇準〈追思柳惲汀洲之詠尚有遺妍因書〉詩句：日落汀洲一望時，愁情不斷如春水。

10　〈贈汪倫〉詩句。

11　〈曲江春望懷江南故人〉詩句。

　　（秦觀《江城子》詞後闋[12]）詞人佳句，多是翻案古人語。如淮海（秦觀，號淮海居士）此詞，「便做春江都是淚，流不盡，許多愁」，可謂警句。雖用李密數隋檄語，亦自李後主「問君都有幾多愁，卻似一江春水向東流」變化。名家如此類者不可枚舉，亦一法也。

　　　　　　　　　（明）張綖《草堂詩餘別錄》卷二，叢篇續編一 85

　　《後山詩話》謂秦少游詞「飛紅萬點愁如海」出於後主「一江春水」句，《野客叢書》又謂白樂天「欲識愁多少，高於灩澦堆」、劉禹錫之「水流無限似儂愁」，為後主詞所祖，但以水喻愁，詞家意所易到，屢見載籍，未必互相沿用。就詞而論，李、劉、秦諸家之以水喻愁，不若後主之「春江」九字，真傷心人語也。

　　　　　　　　　　　　　（近人）俞陛雲《唐五代兩宋詞選釋》

　　（李煜「問君」二句）千古傳名，實亦羌無故實，劉繼增《箋注》所引《野客叢書》以為本於白居易、劉禹錫，直夢囈耳。胡不曰本於《論語》「子在川上」一章，豈不更現成麼？此所謂「直抒胸臆，非傍書史」者也。後人見一故實，便以為「因在是矣」，何其陋耶。

　　　　　　　　　　　　　（今人）俞平伯《論詩詞曲雜著》〈讀詞偶得〉

　　予謂詞家有以細密喻愁者，如秦少游「無邊絲雨細如愁」[13]是也。有以沉重喻愁者，如李易安云「只恐雙溪舴艋舟，載不動許多愁」[14]是也。有以多量喻愁者，如呂渭老云「若寫幽懷一段愁，應用天為紙」[15]是也。

---

12 秦詞後闋：韶華不為少年留。恨悠悠。幾時休。飛絮落花時候、一登樓。便做春江都是淚，流不盡，許多愁。
13 秦觀〈浣溪沙〉詞五首其一下闋：自在飛花輕似夢，無邊絲雨細如愁。寶簾閑掛小銀鉤。
14 見下則。
15 〈卜算子〉詞下闋：續續說相思，不盡無窮意。若寫幽懷一段愁，應用天為紙。

設想新奇，各極其妙。

　　　　　　　　　　　　（今人）唐圭璋《詞學論叢》〈讀詞札記〉

　　（宋鄭文寶〈柳枝詞〉[16]）這首詩，很像唐朝韋莊的〈古離別〉：「晴煙漠漠柳毿毿，不那離情酒半酣。要把玉鞭雲外指，斷腸春色是江南。」但是第三、第四句那種寫法，比韋莊的後半首新鮮深細得多了，後來許多作家都仿效它。例如：蘇軾〈虞美人〉：「無情汴水自東流，只載一船離恨向西州」；陳與義〈虞美人〉：「明朝有酒大江流，滿載一船離恨向衡州」；李清照〈武陵春〉：「只恐雙溪舴艋舟，載不動許多愁」；辛棄疾〈水調歌頭〉：「明月扁舟去，和月載離愁」；張可久〈蟾宮曲〉：「畫船兒載不起離愁，人到西陵，恨滿東州」；貫雲石〈清江引〉：「江聲卷暮濤，樹影留殘照，蘭舟把愁都載了」。王實甫的《西廂記》裡把船變成車，例如第四本第一折：「試著那司天臺打算半年愁，端的太平車兒約有十餘載」；第三折：「遍人間煩惱填胸臆，量這些大小車兒如何載得起！」陸娟〈送人還新安〉又把愁和恨變成「春色」：「萬點落花舟一葉，載將春色到江南。」

　　　　　　　　　　　　　　　　（今人）錢鍾書《宋詩選注》

---

16 〈柳枝詞〉：亭亭畫舸系春潭，直到行人酒半酣；不管煙波與風雨，載將離恨過江南。

孫　評

　　古典詩話詞話，常常有一種咬文嚼字的傾向，顯示出創作論和鑑賞論的交融。這顯然是一種優長，其精微處往往能咬出具有很高水準的見解。這裡所輯評論都是關於表現憂愁的命題，總結以水喻愁及以山喻愁的方法，其實理論的潛在量很大，只是過分著重於操作性，以致把目的單純定位在師承上。其局限性不必諱言，但對於作者和讀者藝術感受的薰陶，仍有著不可低估的意義。光是以水喻愁所積累的歷史線索，就很有啟發性。

　　最初，北宋王趠從秦觀〈千秋歲〉詞句「春去也，飛紅萬點愁如海」，上溯至五代李煜「問君能有幾多愁？恰似一江春水向東流」，得出結論曰：「例襲陳言，但能轉移」，不過是「以『江』為『海』爾。」這種研究方法有很深厚的傳統，其過程往往長達上百年，甚至上千年。南宋王楙，又從李煜詞句上溯到中唐劉禹錫的詩句「蜀江春水拍山流，水流無限似儂愁。」得出的結論則是把前人好處「翻而用之」。

　　對於這樣的追根溯源，詩詞評家是頗有耐心的。後來羅大經就把這種接力賽繼續下去，又梳理出以水喻愁來自盛唐李頎的「請量東海水，看取淺深愁」。對此陳郁略有異議，認為李煜詞句應該源於盛唐李白的詩句：「請君試問東流水，別意與之誰短長？」而李煜之後，先襲用的是寇準的「愁情不斷如春水」，以後才是秦觀。到了明代，孫緒提出晚唐趙嘏也有「此時愁望情多少？萬里春流繞釣磯」詩句，趙與後來的李煜「皆祖於白者也」。

　　當然，批評家們也看出其中有不少「青出於藍而勝於藍」、「意味更長」的佳句。但是，他們把最大的注意力放在溯源承繼上，而對於為什麼以水喻愁，有這樣長的生命力，則沒有去深究。也許，這正表

現了他們重具體賞析而輕普遍性理論探討的局限。

　　誰都知道，「愁」是不可直接感知的，如以物象喻之，就可想像感知了。然而比較而言，以水喻愁雖可感，卻單薄；以江喻之，則有流動感，有滔滔不盡的聯想。但同樣以江水喻愁，李煜「問君能有幾多愁？恰似一江春水向東流」，比之李白的「請君試問東流水，別意之情誰短長」，可以說又是更勝一籌。這原因就在於，李白以東流之水之長喻離別之意深，明顯是誇張，只要還原到前面寫的「金陵子弟來相送」之中，就不難感到其中多少有些萍水相逢的應酬成分。而李煜〈虞美人〉所寫「雕欄玉砌應猶在，只是朱顏改。問君能有幾多愁？恰似一江春水向東流」。其中，亡國之痛，年華之逝，無疑比李白要深沉得多。

　　秦觀與李煜相比，又有新鮮之處。秦詞寫道：「日邊清夢斷，鏡裡朱顏改。春去也，飛紅萬點愁如海。」這裡，有對李詞某種師承的痕跡，但不僅僅是沿襲，也有創新。飛紅萬點，色彩鮮豔，本無愁意，然而落花萬片融入如海愁緒，就有了紛亂不堪的反襯效果。如海之飛紅，異於一江春水，又在其方向不定的飄飛，而非流動。

　　二十世紀，錢鍾書先生在《宋詩選注》裡例舉諸多「載一船離恨」之類的詩詞曲句，又把喻體江水變成與之相聯繫的「船」。而這種轉喻，也不取船之形態，而是取其功能：「載」。這類前後相襲的句子，形象構成、修辭技巧更趨新異精緻。

　　在古典詩詞中，也有以山喻愁的，但比較少。總的來說，和以水喻愁的相比，不但在數量上少，就是品質上也較低。原因可能是，愁與山固然在重壓上有一點相通之處，但是愁無定形，難以捉摸，而山有定狀，一望而知，不如比之無形而有流動感的水更貼切，也更生動。

　　但是，不管以水喻愁有多精彩，多有生命力，詩人的最佳選擇，還是應當跳出老窠臼，超越舊套路，想落天外，不斷創新。如賀鑄詞云：「試問閒愁都幾許？一川煙草，滿城風絮，梅子黃時雨。」其出

奇制勝之妙，就在於不但不直接抒情，也不作常見的山水之喻，而是以煙草、風絮、梅雨三種高度統一的意象，自然疊加，構成一幅和諧的暮春景觀，從多個角度來比喻不可直接感知的「閒愁」。

更勝一籌的，還可例舉李白之「抽刀斷水水更流，舉杯消愁愁更愁」詩句。詩人將直接抒情和即景結合起來，在虛虛實實的動作中表現了內心的愁悶和無奈，就不是拘泥於比喻所能達到的。至於李清照〈聲聲慢〉詞的主題，就是「怎一個愁字了得」。她沒有用水、用山的喻象，而是在時空轉換之中用抒情的跳躍性意象組合來表現。雁過相識，覺時間太快，令人愁怨；梧桐細雨，又感時間太慢，難耐愁緒煎熬。這二李都是另外一種的思路，是作者感知的突破，也是藝術想像的創新。像這樣的詩詞，比之在陳舊的山水喻象中轉來轉去，無疑要得到更高的評價。

奪胎換骨法

　　自作語最難，老杜作詩、退之作文，無一字無來處。蓋後人讀書少，故謂韓杜自作此語耳。古之能為文章者，真能陶冶萬物，雖取古人之陳言入於翰墨，如靈丹一粒，點鐵成金也。

（宋）黃庭堅《黃庭堅詩話》

　　山谷云：「詩意無窮，而人之才有限；以有限之才，追無窮之意，雖淵明、少陵，不得工也。然不易其意而造其語，謂之換骨法；窺入其意而形容之，謂之奪胎法。」如鄭谷〈十日菊〉曰：「自緣今日人心別，未必秋香一夜衰。」[1]此意甚佳，而病在氣不長。……所以荊公菊詩曰：「千花萬卉凋零後，始見閒人把一枝。」[2]東坡則曰：「萬事到頭終是夢，休，休，休，明日黃花蝶也愁。」[3]……凡此之類，皆換骨法也。顧況詩曰：「一別二十年，人堪幾回別。」[4]其詩簡拔而立意精確。舒王作與故人詩云：「一日君家把酒杯，六年波浪與塵埃。不知烏石江邊路，到老相逢得幾回。」[5]樂天詩曰：「臨風杪秋樹，對酒長年身。醉貌如霜葉，雖紅不是

1　〈十日菊〉：節去蜂愁蝶不知，曉庭還繞折殘枝。自緣今日人心別，未必秋香一夜衰。
2　王安石〈和晚菊〉詩句。《全宋詩》錄載文字略異：可憐蜂蝶飄零後，始有閒人把一枝。
3　蘇軾〈南鄉子〉〈重九涵暉樓呈徐君猷〉詞句。休休休，一作「休休」。
4　〈上湖至破山贈文周蕭元植〉詩句。
5　王安石〈過外弟飲〉詩。

春。」[6]東坡〈南中作〉詩云:「兒童誤喜朱顏在,一笑那知是醉紅。」[7]凡此之類,皆奪胎法也。學者不可不知。

(宋)惠洪《冷齋夜話》卷一

按: 此則引稱黃庭堅「奪胎換骨法」,影響相當廣泛,宋阮閱《詩話總龜》前集卷九、胡仔《苕溪漁隱叢話》前集卷三十五、李頎《古今詩話》、魏慶之《詩人玉屑》卷八、蔡正孫《詩林廣記》後集卷二、卷三及《捫虱新話》、《懶真子》、《雲麓漫鈔》、《五總志》、《螢雪叢談》諸書均加引述。

「河分岡勢斷,春入燒痕青。」僧惠崇詩也。然「河分岡勢」不可對「春入燒痕」,東坡用之,為奪胎法曰:「似聞決決流水缺,盡放青青入燒痕。」[8]以水缺對燒痕,可謂盡妙矣。「一別二十年,人堪幾回別」者,顧況詩也。而舒王亦用此法,曰:「(即〈過外弟飲〉詩,略)。」

又《石門洪覺範天廚禁臠》〈奪胎句法〉

〈春日〉:「有情芍藥含春淚,無力薔薇臥曉枝。」又:「白蟻撥醅官酒熟,紫綿揉色海棠開。」[9]前少游詩,後山谷詩。夫言花與酒者,自古至今不可勝數,然皆一律,若兩傑則以妙意取其骨而換之。

同上書〈換骨句法〉

文章雖要不蹈襲古人一言一句,然古人自有「奪胎換骨」等法,所謂「靈丹一粒,點鐵成金」也。……前輩作者用此法,吾謂此實不傳之妙,學者即此便可反隅矣。

(宋)陳善《捫虱新話》上集

6　白居易〈醉中對紅葉〉詩。

7　即蘇軾〈縱筆三首〉其一:寂寂東坡一病翁,白髮蕭散滿霜風。兒童誤喜朱顏在,一笑那知是酒紅。

8　蘇軾〈正月二十日,往岐亭,郡人潘、古、郭三人送余於女王城東禪莊院〉詩句。清王文誥〈蘇文忠公詩編注集成〉作「稍聞決決流冰谷,盡放青青沒燒痕。」

9　黃庭堅〈戲答諸君追和予去年醉碧桃〉詩句。熟,《全宋詩》作「滿」。

　　詩家有換骨法，謂用古人意而點化之，使加工也。李白詩云：「白髮三千丈，緣愁似箇長。」荊公點化之，則云：「繰成白髮三千丈。」劉禹錫云：「遙望洞庭湖水面，白銀盤裡一青螺。」[10]山谷點化之，則云：「可惜不當湖水面，銀山堆裡看青山。」[11]……盧仝詩云：「草石是親情。」[12]山谷點化之，則云：「小山作朋友，香草當姬妾。」[13]學詩者不可不知此。

　　　　　　　　　　　　　　　　　　　　　　　（宋）葛立方《韻語陽秋》卷二

　　前輩云：「詩有奪胎換骨之說」，信有之也。杜陵〈謁元元廟〉，其一聯云：「五聖聯龍袞，千官列雁行。」蓋紀吳道子廟中所畫者。徽宗嘗制〈哲廟輓詩〉，用此意作一聯云：「北極聯龍袞，秋風折雁行」，亦以雁行對龍袞。然語中的，其親切過於本詩，茲不謂之奪胎可乎？不然，則徒用前人之語，殊不足貴。

　　　　　　　　　　　　　　　　　　　　　　　（宋）嚴有翼《藝苑雌黃》

　　魯直論詩，有「奪胎換骨、點鐵成金」之喻，世以為名言。以予觀之，特剽竊之點者耳。魯直好勝而恥其出於前人，故為此強辭，而私立名字。夫既已出於前人，縱復加工，要不足貴。雖然，物有同然之理，人有同然之見，語意之間，豈容全不見犯哉！蓋昔之作者，初不校此。同者不以為嫌，異者不以為誇，隨其所自得，而盡其所當然而已。至於妙處，不專在於是也。故皆不害為名家而各傳後世。何必如魯直之措意邪！

　　　　　　　　　　　　　　　　　　　　　　　（金）王若虛《滹南詩話》卷下

　　奪胎換骨之法，詩家有之，須善融化，則不見蹈襲之跡。陸魯望詩

10　〈望洞庭〉詩句。湖水面，一作「山水翠」，又作「山水色」。
11　〈雨中登岳陽樓望君山二首〉其二詩句。
12　〈自詠三首〉其二詩句：蚊虻當家口，草石是親情。
13　〈顏徒貧樂齋二首〉其一詩句：小山作友朋，義重子興桑。香草當姬妾，不須珠翠妝。

云：「溪山自是清涼國，松竹合封蕭灑侯。」[14]戴式之〈贈葉竹山〉詩云：「山中便是清涼國，門下合封蕭灑俠。」[15]王性之詩云：「雲氣與山為態度，月華借水作精神。」[16]式之〈舟中〉詩云：「雲為山態度，水借月精神。」如此下語，則成蹈襲。李淑〈詩苑〉云：「詩有三偷語，最是鈍賊，學詩者不可不戒。」

（元）韋居安《梅磵詩話》卷上

予以山谷之言自是，而覺範引證則非矣！蓋東坡變樂天之辭，正是換骨。如陳無己〈輓南豐〉云「丘原無起日，江漢有東流」[17]，乃變老杜「爾曹身與名俱滅，不廢江河萬古流」[18]，皆此類也。若安石〈即事〉云「靜憩鳩鳴午」，乃取唐詩「一鳩鳴午寂」；〈紅梅〉云「北人初未識，渾作杏花看」，即晏元獻「若更遲開三二月，北人應作杏花看」[19]，此乃奪胎也。山谷之言，但加數字，尤見明白，則覺範亦不錯認。如「造」字上加「別」字，「形」字上加「復」字，可矣。

（明）郎瑛《七修類稿》卷二十八

陳僧慧標〈詠水〉詩：「舟如空裡泛，人似鏡中行。」沈佺期〈釣竿〉篇：「人如天上坐，魚似鏡中懸。」杜詩：「春水船如天上坐，老年花似霧中看。」雖用二子之句，而壯麗倍之，可謂得奪胎之妙矣。

（明）楊慎《升庵詩話》卷五

獨李太白有「人煙寒橘柚，秋色老梧桐」[20]句，而黃魯直更之曰：

---

14 陸龜蒙佚詩斷句，失題。
15 即宋戴復古（字式之）〈葉宗裔為令叔求竹山詩〉句。
16 宋王銍（字性之）佚詩斷句，失題。
17 即陳師道〈南豐先生輓詞二首〉其一詩句。
18 杜甫〈戲為六絕句〉其二詩句。
19 晏殊佚詩斷句，失題。
20 李白〈秋登宣城謝脁北樓〉詩句。

「人家圍橘柚，秋色老梧桐。」[21]晁無咎極稱之，何也？余謂中只改兩字，而醜態畢具，真點金作鐵手耳。

又有點金成鐵者，少陵有句云：「昨夜月同行。」[22]陳無己則云：「勤勤有月與同歸。」[23]……少陵云：「乾坤一腐儒。」[24]陳則云：「乾坤著腐儒。」[25]

（明）王世貞《藝苑卮言》卷四

奪胎換骨，宋人謬說，只是向古人集中作賊耳！《冷齋》稱王荊公菊花詩「千花萬卉凋零後，始見閒人把一枝」，以為勝鄭都官〈十日菊〉，謬也。荊公詩多滲漏，上句「凋零」二字不妥；下句云「一枝」似梅花，「閒人」二字牽湊。何如微之云：「不是花中偏愛菊，此花開後更無花。」[26]語意俱足。鄭亦混成，非荊公所及。

（清）馮班《鈍吟雜錄》卷四

李太白云：「白髮三千丈，緣愁似箇長。」王介甫襲之云：「繰成白髮三千丈」，大謬。髮豈可繰？盧全云：「草石自親情」。黃山谷沿之云：「小山作朋友，香草當姬妾。」讀之令人絕倒。《韻語陽秋》以為得換骨法，我不信也。

按沿襲古人句，縱使語妙，杍山偷句，已有明條，云何換骨？

（清）何文煥《歷代詩話考索》

21　出處不詳。

22　杜甫〈奉濟驛重送嚴公四韻〉詩句：幾時杯重把，昨夜月同行。

23　陳師道〈東禪〉詩句：邂逅無人成獨往，殷勤有月與同歸。

24　杜甫〈江漢〉詩句：江漢思歸客，乾坤一腐儒。

25　出處不詳。《全宋詩》載何夢桂〈和山房夾谷僉事韻二首〉其一詩，有句云：邇來風雨無完屋，何處乾坤著腐儒。

26　元稹〈菊花〉詩句。

　　夫奪胎換骨，翻案出奇，作者非必盡無所本，實則無心暗合，亦多有之。必一句一字求其源出某某，未免於求劍刻舟。即如李賀詩「桃花亂落如紅雨」[27]句，劉禹錫詩「搖落繁英墮紅雨」[28]句，玕既知二人同時，必不相襲。岑參與孟浩然亦同時，乃以參詩「黃昏」、「爭渡」字，為用浩然〈夜歸鹿門〉詩，不免強為科配。[29]

（清）紀昀、陸錫熊、孫士毅總纂《四庫全書總目》
卷一九五詩文評類評宋吳玕《優古堂詩話》

　　（王若虛）此論尤為名通。如《能改齋漫錄》等書，條舉前人之詩，以為某出於某，某本於某。則在我前者，其詩豈能盡讀，讀又豈能盡記耶？宋人若荊公、山谷，於前人詩語中所用新異之語及不經見之字，往往喜襲取之，或翻空見奇，或反用其語，是又不可一概論矣。

（清）李慈銘《越縵堂日記說詩全編》內編〈評論門〉

　　歐陽公〈別滁〉詩云：「花光濃爛柳輕明，酌酒花前送我行。我亦只如常日醉，莫教弦管作離聲。」黃山谷〈夜發分寧寄杜澗叟〉云：「陽關一曲水東流，燈火旌陽一釣舟。我自只如常日醉，滿川風月替人愁。」山谷嘗言：「不易其意而造其語，謂之換骨法；窺入其意而形容之，謂之奪胎法。」山谷此詩，不特第三句與歐陽公只易一字，即第四句亦有意規模之。蓋人本有情，臨別傷懷，應不能醉。弦管無情，無論會離，總應如一。風月亦然。乃人卻偏能酣醉如常。弦管風月，卻偏作離聲，偏替人愁。此有情說得無情，無情說得有情。以見哀樂過人，似淡而深。故黃詩即奪胎于歐也。

（今人）馮振《詩詞雜話》

27　李賀〈將進酒〉詩句：況是青春日將暮，桃花亂落如紅雨。

28　劉禹錫〈百舌吟〉詩句：花樹滿空迷處所，搖動繁英墮紅雨。

29　吳玕《優古堂詩話》謂：岑參〈巴南舟中夜事〉詩云：「渡口欲黃昏，歸人爭渡喧。」蓋用孟浩然詩耳。浩然有〈夜歸鹿門山歌〉云：「山寺鐘鳴晝已昏，漁梁渡口爭渡喧。」

孫　評

　　《詩》〈大序〉稱「在心為志，發言為詩」，天真地以為有意則有言，有言則有詩，沒有意識到情感往往可以意會，不可言傳。陸機《文賦》發現了寫作中言不逮意、意不稱物的矛盾。如何使言稱物逮意呢？這正是為詩之難：光是稱物，狀難寫之景如在目前，已屬不易，還要含不盡之意在言外，更是難上加難。要不著一字，才能盡得風流；要從意到言，又不能全靠言，這就是詩詞創作論的尷尬。究竟是從意出發，還是從景（物）出發，或是從言出發呢？三者都有難處。

　　中國詩評家在這三維抽象思辨方面，似乎沒有投入更多的精力，倒是在具體操作方面頗有發明。黃庭堅的所謂「奪胎換骨」法，就是乾脆從言出發。言最好是要新的，可是他的這個秘法，又是主張從陳言舊語出發：「取古人之陳言入於翰墨，如靈丹一粒，點鐵成金」。這個主張，這個觀念，無論在當時或後世，都產生了相當廣泛的影響。

　　這個主張、觀念值得研究，因為它頗具中國藝術理論的特徵。

　　中國畫家不像西洋畫家那樣，從實物的模仿寫生出發，而是講究氣韻生動，骨法用筆。如《芥子園畫譜》，就是從筆法、墨法的模寫開始。中國書法，也不是像許慎《說文解字》〈序目〉所說的那樣：「仰則觀象於天，俯則觀法於地，觀鳥獸之文與地之宜，近取諸身，遠取諸物」，進行直接創造，而是從臨大家之帖之入手。這種方法，表面上並不是溯其源，而是取其流，但源流之間，自有互相轉化的規律。這就在理論上似乎確有提出「奪胎換骨」的必要。為什麼呢？黃庭堅一語道破：「自作語最難」。因為直接的原創太難了，就試圖走間接的道路：依託陳言舊語求新，以期點鐵成金。

　　什麼叫做「奪胎」、「換骨」？宋釋惠洪《冷齋夜話》記載黃庭堅的解釋是：「窺入其意而形容之，謂之奪胎法。」「不易其意而造其

語，謂之換骨法。」這個夫子自道表面上不無道理，實際上經不起推敲。二者的核心是「窺入其意」、「不易其意」，都是不脫前人之「意」，將別人之意取為己意，從字面上說這個「意」並沒有變，在實踐中這幾乎又是不可能的。如惠洪舉鄭谷的〈十日菊〉詩為例：「節去蜂愁蝶不知，曉庭還繞折殘枝。自緣今日人心別，未必秋香一夜衰。」王安石在〈和晚菊詩〉中改成：「千花萬卉凋零後，始見閒人把一枝。」蘇東坡又在詞裡改成：「萬事到頭終是夢，休，休，明日黃花蝶也愁。」他認為：「凡此之類，皆換骨法也。」

　　但是，黃庭堅定下的「奪胎換骨」要領都是不脫前人之意。鄭詩說，節氣雖過，菊花並未完全失去香氣；王詩也說，時至晚秋，菊花還在開放，尚可把玩；蘇詞則是說，此時重陽佳節黃菊正盛，以後總會凋謝。就菊花來說，三者在「意」上的確沒有什麼太大變易。如從主旨看作者之「意」，那麼鄭詩不過抒發對歲月流逝的傷感，王詩則是寄寓一種英年受到冷落而餘年又被玩賞的慨歎，蘇詞又是直擄人生無常而泰然自處的豁達情懷，這顯然就不完全是「不易其意」了。可見「奪胎換骨」所謂的「意」，無論是「窺入其意」或「不易其意」，主要不是指主體的思想情感，而是詩的形象的表層含意，也就是作者想像的觸發點罷了。

　　僅從此例就可以看出，這種號稱「奪胎換骨」的方法，其實是在原創的想像圈子裡打轉，即使語言上有些變化，想像輻射角度也有些變化，但輻射的焦點是不變的，形象、意象不可能有什麼創新。這種理論，為想像的因循推波助瀾，越是追求點鐵成金，越是點金成鐵。李白詩云：「白髮三千丈，緣愁似箇長。」王安石來個「繰成白髮三千丈」。陸龜蒙詩云：「溪山自是清涼國，松竹合封蕭灑侯。」戴復古詩曰：「山中便是清涼國，門下合封蕭灑俠。」盧仝詩云：「蚊虻當家口，草石是親情。」山谷點化之，則為：「小山作朋友」，「香草當姬妾。」很明顯是愈弄愈糟，有何詩情？怪不得王若虛要罵黃庭堅這個

始作俑者:「魯直論詩,有『奪胎換骨、點鐵成金』之喻,世以為名言。以予觀之,特剽竊之點者耳。」馮班對此等沒出息的現象罵得更是直率:「奪胎換骨,宋人謬說,只是向古人集中作賊耳!」

　　從總體上說,黃庭堅試圖走的捷徑是走不通的,這個理論在詩詞創作史上的負面作用也比積極影響大得多。當然,任何規律都有例外,就是這種帶著某種腐朽氣味的「奪胎換骨」也一樣。楊慎即指出:南朝僧詩「舟如空裡泛,人似鏡中行」,被沈佺期偷到篇中成「人如天上坐,魚似鏡中懸」。而杜甫居然也不能免俗,襲用之為「春水船如天上坐,老年花似霧中看」。但杜「雖用二子之句,而壯麗倍之,可謂得奪胎之妙矣」。這倒不是強辯,為尊者諱,而的的確確杜甫把本來是寫景的,突出山水之美,變成了春水透明與老眼模糊的對比。從這個意義上說,這已經超越了奪胎換骨說「不易其意」的原則了。

「崔顥題詩在前頭」云云

　　李白詩飄逸絕塵，而傷於易。……又有崔顥者，曾未及谿達李老，作〈黃鶴樓〉詩，頗類上士游山水，而世俗云李白，蓋當與徐凝一場決殺也。醉中聊為一笑。

（宋）蘇軾《蘇軾詩話》

　　唐崔顥〈題武昌黃鶴樓〉詩云：「昔人已乘白雲去，此地空餘黃鶴樓；黃鶴一去不復返，白雲千載空悠悠。晴川歷歷漢陽樹，芳草萋萋鸚鵡洲。日暮家山何處在？煙波江上使人愁。」[1]李太白負大名，尚曰：「眼前有景道不得，崔顥題詩在上頭。」欲擬之較勝負，乃作〈金陵登鳳凰臺〉詩[2]。

（宋）李畋《該聞錄》，轉引自宋胡仔《苕溪漁隱叢話》前集卷五

　　〈黃鶴樓〉詩：「（引詩與李畋所引大同小異，略。萋萋作『淒淒』，『家山』同通行本作『鄉關』）」世傳太白云：眼前有景道不得，崔顥題詩在上頭。遂作〈鳳凰臺〉詩以較勝負。恐不然。

計有功《唐詩紀事》卷二十一

1　現通行本「已乘白雲」作「已乘黃鶴」，「家山何處在」作「鄉關何處是」。
2　李白〈登金陵鳳凰臺〉詩：鳳凰臺上鳳凰遊，鳳去臺空江自流。吳宮花草埋幽徑，晉代衣冠成古丘。三山半落青天外，二水中分白鷺洲。總為浮雲能蔽日，長安不見使人愁。

金陵鳳凰臺，在城之東南，四顧江山，下窺井邑，古題詠唯謫仙（李白，賀知章歎稱「謫仙人」）為絕唱。

（宋）張表臣《珊瑚鉤詩話》卷一

古人服善，李白過黃鶴樓有「眼前有景道不得，崔顥題詩在上頭」之句，至金陵，遂為〈鳳凰臺〉詩以擬之。今觀二詩，真敵手棋也。若他人必次顥韻，或於詩版之旁別著語矣。

（宋）劉克莊《後村詩話》前集卷一

唐人七言律詩，當以崔顥〈黃鶴樓〉為第一。

（宋）嚴羽《滄浪詩話》〈詩評〉

〈鶴樓〉祖〈龍池〉[3]而脫卸，〈鳳臺〉復倚〈黃鶴〉而翩䖤。〈龍池〉渾然不鑿，〈鶴樓〉寬然有餘，〈鳳臺〉構造亦新豐。凌雲妙手，但胸中尚有古人。欲學之，欲似之，終落圈圍。蓋翻異者易美，宗同者難超。太白尚爾，況餘才乎？

又《評點李太白詩集》卷十八

（李詩）其開口雄偉，脫落雕飾，俱不論。若無後兩句，亦不必作。出於崔顥而時勝之，以此云。

（宋）劉辰翁評語，轉引自明高棅《唐詩品彙》卷八十三

（崔）後遊武昌，登黃鶴樓，感慨賦詩。及李白來，曰：「眼前有景道不得，崔顥題詩在上頭。」無作而去，為哲匠斂手云。

（元）辛文房《唐才子傳》卷一

3　沈佺期〈龍池篇〉。

　　（〈登黃鶴樓〉）此詩前四句不拘對偶，氣勢雄大。李白讀之，不敢再題此樓，乃去而賦〈金陵鳳凰臺〉也。　○太白此詩，與崔顥〈黃鶴樓〉相似，格律氣勢未易甲乙。此詩以鳳凰臺為名，而詠鳳凰臺不過起語兩句已盡之矣，下六句乃登臺而觀望之景也。三、四懷古人之不見也。五、六、七、八詠今日之景，而慨帝都之不可見也。登臺而望，所感深矣。

（元）方回《瀛奎律髓》卷一

　　崔顥題黃鶴樓，太白過之不更作。時人有「眼前有景道不得，崔顥題詩在上頭」之譏。及登鳳凰臺作詩，可謂十倍曹丕矣。蓋顥結句云：「日暮鄉關何處是，煙波江上使人愁。」而太白結句云：「總為浮雲能蔽日，長安不見使人愁。」愛君憂國之意，遠過鄉關之念。善佔地步矣！然太白別有「搥碎黃鶴樓」之句，其於顥未嘗不耿耿也。

（明）瞿佑《歸田詩話》卷上

　　人謂格律氣勢，未易甲乙，誠哉斯言。……予又嘗論諸詩，古人不以為工，如「鸚鵡洲」對「漢陽樹」，「白鷺洲」對「青天外」，超然不為律縛，此氣昌而有餘意也。

（明）郎瑛《七修類稿》卷三十一

　　太白〈鸚鵡洲〉一篇，效顰〈黃鶴〉，可厭。「吳宮」、「晉代」二句，亦非作手。律無全盛者，唯得兩結耳：「總為浮雲能蔽日，長安不見使人愁」、「借問欲棲珠樹鶴，何年卻向帝城飛」[4]。

（明）王世貞《藝苑卮言》卷四

按：明李攀龍輯、凌宏憲集評《唐詩廣選》引王評則云：〈鳳凰臺〉效顰崔顥，可厭。次聯亦非作手。律無全盛者，唯得此篇及「借問欲棲珠樹鶴，何年卻向帝城飛」兩結耳。

4　〈送賀監歸四明應制〉詩結句。

　　崔郎中（崔顥，官終司勳員外郎）作〈黃鶴樓〉詩，青蓮短氣。後題〈鳳凰臺〉，古今且為勍敵，識者謂前六句不能當，結語深悲慷慨，差足勝耳。然余意更有不然，無論中二聯不能及，即結語亦大有辨。言詩須道興、比、賦，如「日暮鄉關」，興而賦也，「浮雲」、「蔽日」，比而賦也，以此思之，「使人愁」三字雖同，孰為當乎？「日暮鄉關」，「煙波江上」，本無指著，登臨者自愁耳。故曰：「使人愁」，煙波使之愁也。「浮雲」、「蔽日」，「長安不見」，逐客自應愁，寧須使之？青蓮才情，標映萬載，寧以予言重輕？尺有所短，寸有所長，竊以為此詩不逮，非一端也。如有罪我者，則不敢辭。

（明）王世懋《藝圃擷餘》

　　崔顥七言律有〈黃鶴樓〉，於唐人最為超越。太白嘗作〈鸚鵡洲〉、〈鳳凰臺〉以擬之，終不能及，故滄浪謂：「唐人七言律，當以崔顥〈黃鶴樓〉為第一。」

（明）許學夷《詩源辯體》卷十七

　　〈黃鶴樓〉，太白欽服於前，滄浪推尊於後，至國朝諸先輩，亦靡不稱服，即元美不無異同，而亦有「百尺無枝，亭亭獨上」之語。

同上

　　今觀崔詩自是歌行短章，律體之未成者，安得乙太白嘗效之遂取壓卷？

（明）胡震亨《唐音癸籤》卷十

　　崔顥〈黃鶴樓〉詩，古今絕唱。首起四句，渾然短歌句法也。李白〈鳳凰臺〉效之，聲調亦似歌行。今人概收入律，恐未必當。唐人律格甚嚴，「漢陽樹」對「鸚鵡洲」，「青天外」對「白鷺洲」，謂之歌體則自然，謂之律體則遷就矣。

（明）徐𤊹《徐氏筆精》卷三

（崔詩）此非初唐高手不能。讀太白〈鳳凰臺〉作，自不當作黃鶴樓詩矣。

（明）鍾惺、譚元春《唐詩歸》卷十二鍾批語

（崔）此詩妙在寬然有餘，無所不寫。使他人以歌行為之，尤覺不舒。太白廢筆，虛心可敬。

同上譚批語

（崔詩）太白公評此詩，亦只說是「眼前有景道不得，崔顥題詩在上頭」。夫以黃鶴樓前，江磯峻險，夏口高危，瞰臨沔漢，應接要衝，其為景狀，何止盡於崔詩所云晴川、芳草、日暮、煙波而已！然而太白公乃更不肯又道，竟遂俯首相讓而去。此非為景已道盡，更無可道，原來景正不可得盡，卻是已更道不得也。蓋太白公實為崔所題者，乃是律詩一篇，今日如欲更題，我務必要亦作律詩。……今我如欲命意，則崔命意，既已卓矣；如欲審格，則崔審格，既已定矣；再如欲爭發筆，則崔發筆，既已空前空後，不顧他人矣。我縱滿眼好景，可撰數十百聯，徒自嘔盡心血，端向何處入手？所以不覺倒身著地，從實吐露曰：「有景道不得」。有景道不得者，猶言眼前可惜無數好景，已是一字更入不得律詩來也。嗟乎！太白公如此虛心服善善，只為自己深曉律詩甘苦。

（清）金聖歎《貫華堂選批唐才子詩甲集七言律》卷四

（李詩）窮敵矣，不如崔自然。　　○極擬矣，然氣力相敵，非床上安床也。次聯定過崔語。

（清）馮班評語，轉引自今人李慶甲《瀛奎律髓匯評》卷一

（崔詩）鵬飛象行，驚人以遠大。竟從懷古起，是題樓詩，非登樓。一結自不如〈鳳凰臺〉，以意多礙氣也。

（清）王夫之《唐詩評選》卷四

（李詩）浮雲蔽日，長安不見，借晉明帝語影出浮雲，以悲江左無人，中原淪陷。「使人愁」三字總結幽徑古丘之感，與崔顥〈黃鶴樓〉落句語同意別。宋人不解此，乃以疵其不及顥作。覿面不識而強加長短，何有哉？太白詩是通首混收，顥詩是扣尾掉收；太白詩自〈十九首〉來，顥詩則純為唐音矣。

同上

崔顥〈黃鶴樓〉便肆意為之，白于〈金陵鳳凰臺〉效之，最劣。

（清）毛奇齡、王錫等《唐七律選》卷二

（李詩）起句失利，豈能比肩〈黃鶴〉？後村以為崔顥敵手，愚哉！一結自佳，後人毀譽皆多事也。

（清）吳昌祺《刪訂唐詩解》卷十九

（李詩）愚謂此詩雖效崔體，實為青出於藍。

（清）愛新覺羅‧恒仁《月山詩話》

（李詩）從心所造，偶然相似，必謂摹仿司勳，恐屬未然。

（清）沈德潛《唐詩別裁集》卷十三

〈黃鶴〉、〈鳳凰〉相敵在何處？〈黃鶴〉第四句方成調，〈鳳凰〉第二句即成調。不有後句，二詩首唱皆淺稚語耳。調當讓崔，格則遜李。顥雖高出，不免四句已盡，後半首別是一律，前半則古絕也。

（清）王琦注《李太白全集》卷二十一

太白〈鳳凰臺〉不及〈鸚鵡洲〉，然「煙開蘭葉香風遠，岸夾桃花錦浪生」亦近豔矣，故崔顥〈黃鶴樓〉遂為絕唱。

（清）郭兆麒《梅崖詩話》

　　李太白過武昌，見崔司勳〈黃鶴樓〉詩，嘆服之，遂不復作。王漁洋見先王父〈歷下亭〉古詩與〈桃花扇〉絕句，亦不復作。蓋絕唱難繼，寧擱筆不落人後也。大詩人往往如此。

（清）田同之《西圃詩說》

　　（李詩）崔顥題詩黃鶴樓，李白見之，去不復作，至金陵登鳳凰臺乃題此詩。傳者以為擬崔而作，理或有之。崔詩直舉胸情，氣體高渾，白詩寓目山河，別有懷抱，其言皆從心而發，即景而成，意象偶同，勝境各擅。論者不舉其高情遠意，而沾沾吹索於字句之間，固已蔽矣；至謂白實擬之以較勝負，並謬為「捶碎黃鶴樓」等詩，鄙陋之談，不值一噱也。

（清）愛新覺羅・弘曆《唐宋詩醇》卷七

　　〈黃鶴樓〉一章，遂令青蓮擱筆。然其詩全在前四語，如行雲流水，飄然不群，明人稱其五、六，難與言詩矣。

（清）彭端淑《雪夜詩談》卷上

　　太白心折崔顥〈黃鶴樓〉詩，每每效之，如「鳳凰臺」、「鸚鵡洲」，終不逮也。

同上

　　太白不以七律見長，如此種俱非佳處。　○原是登鳳凰臺，不是詠鳳凰臺，首二句只算引起。虛谷此評，以鳳凰臺為正文，謬矣。　○氣魄遠遜崔詩，云「未易甲乙」誤也。

（清）紀昀《瀛奎律髓刊誤》卷一

　　「日暮鄉關何處是，煙波江上使人愁」，「總為浮雲能蔽日，長安不見使人愁」，運意不同，各有境地，何可軒輊！瞿宗吉（瞿佑字）曰：「太白憂君之念，遠過鄉關之思，善佔地步，可謂『十倍曹丕』。」此頭巾氣，

又隔壁聽也。

（清）潘德輿《養一齋詩話》卷三

　　崔郎中〈黃鶴樓〉詩，李太白〈鳳凰臺〉詩，高著眼者自不應強分優劣。瞿宗吉謂「太白結語，懷君戀闕，意較閒遠」，予前已駁之。王敬美乃謂「崔之『使人愁』，『煙波』使之愁也。『長安不見』，逐客自應愁，寧須使之？是太白為不當」。不知兩詩皆以十四字成句，崔之愁生於「日暮煙波」，李之愁生於「浮雲蔽日」，或興或比，皆愁所縣結耳。箇中旨趣，豈有軒輊？敬美只就末七字索意，遂覺不敵，是敬美自誤，非太白誤也。予笑太白此詩，人人習誦，而評者都不甚允。

同上卷九

　　崔顥〈黃鶴樓〉一詩，神遊象外，遂令千古才人擱筆。太白〈鳳凰臺〉詩才力相埒，意境偶似，謂有意摹仿者非也。謂「長安不見使人愁」為憂讒畏譏，忠君愛國高出司勳者，亦鑿也。

（清）劉存仁《屺雲樓詩話》卷一

　　〈黃鶴樓〉詩亦殊尋常。滄浪以為唐人七律第一。譚友夏（譚元春字）亦云：「太白廢筆，虛心可敬。後人猶云作〈黃鶴樓〉詩，恥心蕩然。」語真乖謬！太白廢筆，亦偶然敗興時所為也。〈鳳凰臺〉詩俗以為擬〈黃鶴樓〉，此語不知太白曾親口告人否，附會可笑。

（近代）錢振鍠《謫星說詩》卷一

　　（王世懋云云）未免穿鑿，故為立異之談。夫崔詩之所以勝者，以其時去古詩未遠，前六句一氣呵成，以古體運於律詩，情韻獨絕，非青蓮所能及。青蓮結語二句，則本之於陸賈《新語》「邪臣蔽賢，猶浮雲之障白日」，及《史記》〈龜策傳〉亦云「日月之明，而時蔽於浮雲」。青蓮用為

比興，詞婉而切，意境實較崔作為深。王乃強解「使人愁」三字，必欲抑之，非確評也。瞿存齋佑〈歸田詩話〉云：「『〈鳳凰臺〉可謂十倍……鄉關之念』一段引文見上，略」云云。可謂獨具隻眼。

　　　　　　　　　　　　　　　　　（近人）由雲龍《定庵詩話》卷下

太白此詩全摹崔顥〈黃鶴樓〉而終不及崔詩之超妙，惟結句用意似勝。

　　　　　　　　　　　　　　　　（近人）高步瀛《唐宋詩舉要》卷五

　　李白此詩，從思想內容、章法、句法來看，是勝過崔顥的。然而李白有摹仿崔詩的痕跡，也無可諱言。這決不是像沈德潛所說的「偶然相似」，我們只能評之為「青出於藍」。方虛谷以為這兩首詩「未易甲乙」，劉後村以李詩為崔詩的「敵手」，都不失為持平之論。金聖歎、吳昌祺不從全詩看，只拈取起句以定高下，從而過分貶低了李白，這就未免有些偏見。

　　　　　　　　　　（今人）施蟄存《唐詩百話》〈黃鶴樓與鳳凰臺〉

附錄

　　按：崔、李二詩，諸家聚訟，《唐宋詩醇》最得其當，田說亦同，金聖歎亦詳辯之。近世紀曉嵐（紀昀字）輩推崔貶李，與滄浪同，所謂不值一噱者，非耶？

　　　　　　　〔日〕近藤元粹《螢雪軒叢書》本《李太白詩醇》眉批

孫　評

　　崔顥〈黃鶴樓〉先作於武昌黃鶴樓，傳說李白見詩有「眼前有景道不得，崔顥題詩在上頭」之語，後來遂擬作〈登金陵鳳凰臺〉一詩。這兩首詩孰優孰差？從北宋一直到清末，爭訟近千年，這也許是世界文學史上絕無僅有的佳話。

　　不少論者以為崔顥詩更好。理由是，崔顥詩是原創，模仿就低了一格。嚴羽甚至認為，唐人七言律詩，當以崔顥〈黃鶴樓〉為第一。最極端的是王世貞、毛奇齡，貶李「效顰〈黃鶴〉，可厭」，「效之，最劣」。但也有論者以為，正因為崔顥有詩在前，李白不但用人家的韻腳，而且寫類似的題材，難能可貴，水準旗鼓相當。劉克莊說：「今觀二詩，真敵手棋也。若他人必次顥韻，或於詩版之旁別著語矣。」劉辰翁還認為：李白詩「出於崔顥而時勝之。」以為二者各有所長的意見，顯然沒有反對李白的那樣意氣，一般都心平氣和。方回說：「太白此詩，與崔顥〈黃鶴樓〉相似，格律氣勢未易甲乙。」潘德輿也說：「崔郎中〈黃鶴樓〉詩，李太白〈鳳凰臺〉詩，高著眼者自不應強分優劣。」但是，簡單的論斷，沒有很強的說服力。二詩各自的高低長短，須要更精細的分析。

　　把生命奉獻給注釋李白詩文的王琦，對這兩首詩這樣評價：「調當讓崔，格則遜李。」這個立論出發點比較公允，崔顥在情感、主題、想像方面畢竟是原創，李白是追隨者，在這一點上，崔顥是「高出」於李白的。然而在「格」上，也就是在具體的藝術品格檔次上，李白比之崔顥要高。理由是：「〈黃鶴〉第四句方成調，〈鳳凰〉第二句即成調。」在近千年的爭訟中，王琦的這種分析，充分顯示了我國古代詩評以微觀見功夫的優長。崔顥的確四句才成調：光有「昔人已乘黃鶴去，此地空餘黃鶴樓」二句，情緒不能相對獨立；只有和「黃

鶴一去不復返，白雲千載空悠悠」二句聯繫起來，意脈才相對完整。
而李白則兩句就構成了相對完整的意脈：「鳳凰臺上鳳凰遊，鳳去臺
空江自流。」

　　崔顥的意象焦點在白雲不變、黃鶴已逝，李白的意象核心在當年
之臺已空、江流不變。二者均係對比結構，物是人非，時光已逝不可
見，景觀如舊在目前。從這個意義上說，二者可以說是不相上下。但
是，李白詩兩句頂四句，比崔詩精煉，而且空臺的靜止與江流（時
光）不斷流逝，更有時間和空間的張力。其實崔顥的後面兩句，在意
味上、情緒上，也沒有增添多少新的內涵，等於是浪費了兩行。而李
白卻利用這兩行，把時光不可見之流逝與景觀可視之不變之間的矛盾
加以深化：「吳宮花草埋幽徑，晉代衣冠成古丘。」從表面不變的空
臺和江流，來想像繁華盛世的變化消隱，這種深沉的歷史滄桑感，是
崔顥所不及的。

　　接著下面的兩句，崔顥寫道：「晴川歷歷漢陽樹，芳草萋萋鸚鵡
洲。」李白是：「三山半落青天外，二水中分白鷺洲。」從意脈上
說，二人都是從生命暫短的感喟，轉向眼前的美景。但是，漢陽樹之
歷歷，鸚鵡洲之萋萋，雖比李的屬對更工整，還只是純為現實美景的
直接感知。而李白二句中半落的「半」字，青天外的「外」字，就暗
含雲氣氤氳，不但畫面留白，虛實相生，而且為最後一聯的「浮雲」
埋下伏筆。其想像的魄力和構思的有機，不但崔顥，就是比崔顥更有
才氣的詩人也難能有此超妙。

　　至於最後一聯，崔顥的是：「日暮鄉關何處是？煙波江上使人
愁。」李白的則是：「總為浮雲能蔽日，長安不見使人愁。」瞿佑評
曰：太白「愛君憂國之意，遠過鄉關之念，善占地步矣！」以封建皇
權觀念代替藝術標準，實在冬烘。連乾隆皇帝都不這樣僵化，倒是比
較心平氣和地說：「崔詩直舉胸情，氣體高渾，白詩寓目山河，別有
懷抱，其言皆從心而發，即景而成，意象偶同，勝境各擅。」

　　但是，崔顥和李白雖同為直接抒情，崔顥即景感興，直抒胸臆；而李白卻多了一層，承上「半落青天外」，引出「浮雲」、「蔽日」的暗喻，語帶雙關，由景生情，情深為志，情、景、志層次井然，水乳交融，渾然一體。從語言品質上看，李白已佔了優勢。其次，崔顥以日暮引發鄉關之思，和前面兩聯的黃鶴不返、白雲千載，意脈幾乎完全脫節。王琦說它「不免四句已盡，後半首別是一律，前半則古絕也」。就是說，前面兩聯和後面兩聯，在意脈上斷裂，在結構上分裂，前四句是帶著古風格調的絕句，後四句則是另外一首律體，但又不是完整的律詩。這個評論可能有點偏頗，但王琦的藝術感覺精緻，確實也點出了崔詩的不足。

　　而李白的結尾則相反。首先是視點比崔顥的「晴川歷歷」更有高度。其次，浮雲蔽日，是先提示三山半落青天雲外，半落半露，顯示為雲霧所蒙；再從雲霧蔽山，聯想到蔽日，從景觀到政治，自然而然。再次，與第二聯所述吳宮芳草、晉代衣冠的無情消逝，斷中有續，與開頭兩句的生命苦短，遙相呼應。在意脈上，這是筆斷意聯，隱性相關；在結構上，又是虛虛實實，虛實相生，均堪稱有機的統一。

　　總的來說，從每一聯單獨看，除第一聯，崔顥有發明之功外，其餘三聯，均遜於李白。從整體觀之，可以看出李白之優，就優在意象的密度和意脈的有機統一。

老嫗解詩質疑

　　白樂天每作詩，令一老嫗解之，問曰：「解否？」嫗曰解，則錄之；不解，則易之。故唐末之詩近於鄙俚。

（宋）惠洪《冷齋夜話》卷一

按：此則又見宋彭乘《墨客揮犀》卷三。宋魏慶之《詩人玉屑》卷八引錄《冷齋》，卷十六又轉載《墨客》，二則文字相同。彭與黃庭堅同時人，似較惠洪更早，但後世多引後者之說。

　　張文潛云：「世以樂天詩為得於容易而來，嘗於洛中一士人家見白公詩草數紙，點竄塗之，及其成篇，殆與初作不侔。」苕溪漁隱曰：「樂天詩雖涉淺近，不至盡如《冷齋》所云。余舊嘗於一小說中曾見此說，心不然之，惠洪乃取而載之《詩話》，是豈不思詩至於嫗解，烏得成詩也哉？余故以文潛所言正其謬耳。」

（宋）胡仔《苕溪漁隱叢話》前集卷八

　　……試舉公晚年長律，其根柢之博，立格煉句之妙，固皆老嫗所能解否邪？其說之邪謬，真可付一噱也。

（宋）周必大語，轉引自汪立名編《白香山詩集》後集卷五〈詩解〉

　　公詩以六義為主，不尚艱難。每成篇，必令其家老嫗讀之，問解則錄。後人評白詩如山東父老課農桑，言言皆實者也。

（元）辛文房《唐才子傳》卷六

　　質而不俚，是詩家難事。樂府歌辭所載〈木蘭辭〉，前首最近古。唐詩，張文昌善用俚語，劉夢得〈竹枝〉亦入妙。至白樂天令老嫗解之，遂失之淺俗。其意豈不以李義山輩為澀僻而反之？而弊一至是，豈古人之作端使然哉？

　　　　　　　　　　　　　　　　　　　　　　　（明）李東陽《麓堂詩話》

　　作詩必使老嫗聽解，固不可。然必使士大夫讀而不能解，亦何故耶？

　　　　　　　　　　　　　　　　　　　　　　　　　　　　　　同上

按：此則又見清田同之《西圃詩說》。

　　（白居易〈酬嚴給事玉蕊花〉）「瀛女偷乘風去時，洞中潛歌弄瓊枝。不緣啼鳥春饒舌，青瑣仙郎可得知。」[1]此豈老姥能解者。

　　　　　　　　　　　　　　　　　　　　　　（明）楊慎《升庵詩話》卷三

　　白樂天詩，善用俚語，近乎人情物理。元微之雖同稱，差不及也。李西涯詩話云：「樂天賦詩，用老嫗解，故失之粗俗。」此語蓋出於宋僧洪覺範之妄談，殆無是理也。近世學者往往因此而蔑裂弗視。

　　　　　　　　　　　　　　　　　　　　　　（明）俞弁《逸老堂詩話》卷下

　　質而不俚，是詩家難事。張文昌（張籍字）善用之，劉夢得〈竹枝〉亦入妙。至白樂天，索解於老嫗，蓋欲反李義山之澀僻，而弊也淺俗。

　　　　　　　　　　　　　　　　　　　　　　　（明）支允堅《藝苑閒評》

　　白樂天作詩，必令老嫗聽之，問曰：「解否？」曰「解」，則錄之；「不解」，則易。作劇戲，亦須令老嫗解得，方入眾耳，此即本色之說也。

　　　　　　　　　　　　　　　　　　（明）王驥德《曲律》卷三十九〈雜論〉

1　《全唐詩》題作〈酬嚴給事聞玉蕊花下有游仙絕句〉。

　　詩詞未論美惡，先要使人可解，白香山一言，破盡千古詞人魔障，爨嫗尚使能解，況稍稍知書識字者乎。嘗有意極精深，詞涉隱晦，翻繹數過，而不得其意之所在。此等詩詞，詢之作者，自有妙論，不能日叩玄亭，問此累帙盈篇之奇字也。有束諸高閣，俟再讀數年，然後窺其涯涘而已。

（清）李漁《窺詞管見》第十則

　　蓋詩之為教，相求於性情，固不當容淺人以耳目薦取。……人固自有分際，求知音於老嫗，必白居易而後可爾。

（清）王夫之《古詩評選》卷四

　　（白居易〈杭州春望〉詩[2]）韻度自非老嫗所省，世人莫浪云「元輕白俗」。

又《唐詩評選》卷四

　　白居易詩，傳為「老嫗可曉」。余謂此言亦未盡然。今觀其集，矢口而出者固多；蘇軾謂其「局於淺切，又不能變風操，故讀之易厭。」[3]夫白之易厭，更甚於李；然有作意處，寄託深遠。如〈重賦〉、〈不致仕〉、〈傷友〉、〈傷宅〉等篇，言淺而深，意微而顯，此風人之能事也。至五言排律，屬對精緊，使事嚴切，章法變化中條理井然，讀之使人惟恐其竟，杜甫後不多得者。人每易視白，則失之矣。元稹作意勝於白，不及白春容暇豫。白俚俗處而雅亦在其中，終非庸近可擬。二人同時得盛名，必有其實，俱未可輕議也。

（清）葉燮《原詩》外篇下

2　〈杭州春望〉：望海樓明照曙霞，護江堤白踏晴沙。濤聲夜入伍員廟，柳色春藏蘇小家。紅袖織綾誇柿蒂，青旗沽酒趁梨花。誰開湖寺西南路？草綠裙腰一道斜。

3　見明胡震亨《唐音癸籤》卷七引：樂天善長篇，但格制不高，局於淺切，又不能變風操，故讀而易厭。東坡

《冷齋夜話》所載樂天每作詩，令一老嫗解之，解則錄之，不解則又復易之，亦屬附會之說，不足深辯。

（清）愛新覺羅·弘曆《唐宋詩醇》卷十九

白香山使老嫗解詩，為千古佳話。余亦謂詩非惟薄之言，何人不可與談哉？然不可與談者卻有幾等：工於時藝者，不可與談詩；鄉黨自好者，不可與談詩；市井小人營營於勢利者，亦不可與談詩。若與此等人談詩，毋寧與老嫗談詩也。

（清）錢泳《履園譚詩》〈總論〉

光緒二年八月二十二日上道，輿中閱樂天詩，老嫗解，我不解。

（清）譚獻《復堂日記》

作詩作詞，別無異樣新奇之法，只要能解，令人一往情深，即是絕妙好詞。千古騷人韻士魔障，被香山一人道破。可見作詩作文作詞，無一不要明白如話。明白如話，則無人而不知，亦無人而不解，豈獨白家爨火老嫗而能解詩乎？吾以為無論詩古文詞，若能以此為法者，不第易解，抑且無隱晦之病矣。

（清）裘廷楨《海棠秋館詞話》，詞話叢篇續編二 1336

孫　評

　　宋釋惠洪記載白居易每作一詩，令老嫗先解故事，後世稱引者良多，遂成千古佳話。其實，第一個云云者不是惠洪，而是早他一百年的彭乘。這其中包含著兩個問題可以討論：第一，此說的可靠性；第二，如果屬實，白居易是否因此「詩近於鄙俚」。

　　其實，對於這個佳話，大力稱道者之中，除出於戲曲唱詞之考慮，如王驥德、李漁外，深思詩之雅俗取捨者寡，而隨聲附和者眾。持懷疑態度的，則大抵是嚴肅的評者，從學者楊慎、王夫之到乾隆皇帝，都不以為然。彭乘去白居易兩百年，惠洪距白居易三百年，並無文獻稱引，顯係傳說。對之稍作考核，楊慎就發現其說有不實之處：以白詩〈酬嚴給事玉蕊花〉為例，其中除了雅言和典故，還省略了邏輯關係，很難想像一個普通老嫗所能解讀。王夫之則以白的〈杭州春望〉為例斷言：「韻度自非老嫗所省」。的確，這首詩光憑伍員、蘇小這些歷史典故，恐怕就不難斷定傳說中的佳話的不實。

　　要是再深究下去，這個傳說本身便有不可解脫的矛盾。說是老嫗，又沒有說明是什麼樣的老嫗，望文生義，當為一般的無甚文化的老婦人，所以白居易才向她求解。但若能憑聽覺即可解讀上引詩作，則又肯定其有相當的文化學養和詩歌修養。果真如此，則白居易求證老嫗以求通俗化的初衷又落了空，這個佳話也失去了其美好的啟示意義。

　　至於第二個問題，對白居易詩歌的評價就比較複雜一點。雖然傳說不實，但白居易的許多詩歌比之同代詩人，確有不避俚俗的傾向。然而，並不能因此一概謂之「近於鄙俚」，對他的藝術成就全盤否定顯然是武斷的。

　　在這方面，葉燮的分析比較全面具體。他認為：就總體而言，白居易詩集中「矢口而出者固多」，蘇軾就因其「淺切」而感到「讀之

易厭」，這不無道理。但是，白居易詩也不乏「有作意處，寄託深遠，如〈重賦〉、〈不致仕〉、〈傷友〉、〈傷宅〉等篇，言淺而深，意微而顯，此風人之能事也。」他的結論是：「白俚俗處而雅亦在其中，終非庸近可擬」。

　　當然，葉燮的分析也有不足，他居然忽略了最為膾炙人口的傑作〈長恨歌〉和〈琵琶行〉，用這樣經受歷史考驗的經典為例不是更雄辯嗎？

俗字及杜詩「個」、「吃」

詩忌俗字

「摩挲」、「抖擻」之類是也。

（唐）李洪宣《緣情手鑒詩格》

　　詩人多用方言，南人謂象牙為「白暗」，犀為「黑暗」。故老杜詩曰：「黑暗通蠻貨。」[1]又謂「睡美」為「黑甜」，「飲酒」為「軟飽」。故東坡詩曰：「三杯軟飽後，一枕黑甜餘。」[2]

（宋）彭乘《墨客揮犀》卷一

　　《西清詩話》言王君玉謂人曰：「詩家不妨間用俗語，尤見工夫。雪止未消者，俗謂之待伴，嘗有〈雪詩〉：『待伴不禁鴛瓦冷，羞明常怯玉鈎斜。』[3]『待伴』、『羞明』，皆俗語，而采拾入句，了無痕纇，此點瓦礫為黃金手也。」余謂非特此為然，東坡亦有之。〈避謗〉詩：「尋醫畏病酒入務。」[4]又云：「風來震澤帆初飽，雨入松江水漸肥。」[5]「尋醫」、「入務」，「風飽」、「水肥」，皆俗語也。又南人以飲酒為軟飽，北人以晝寢為

1　不詳何詩，檢索《杜詩引得》亦未得。蘇軾〈送喬施州〉詩有句云：雞號黑暗通蠻貨，蜂鬧黃連采蜜花。作者自注：胡人謂犀為黑暗。

2　蘇軾〈發廣州〉詩句。

3　宋王琪佚詩斷句。

4　即蘇軾〈七月五日三首〉其二詩句：避謗詩尋醫，畏病酒入務。

5　又〈次韻沈長官三首〉其三詩句。

黑甜，故東坡云：「三杯軟飽後，一枕黑甜餘。」此亦用俗語也。

（宋）黃朝英《緗素雜記》

按：此則引稱王君玉語，又見宋任舟《古今總類詩話》、張鎡《詩學規範》。

　　數物以「個」，謂食為「吃」，甚近鄙俗，獨杜屢用。「峽口驚猿聞一個」[6]，「兩個黃鸝鳴翠柳」[7]，「卻繞井欄添個個」[8]。〈送李校書〉云：「臨岐意頗切，對酒不能吃。」[9]「樓頭吃酒樓下臥」[10]，「但使殘年飽吃飯」[11]，「梅熟許同朱老吃」[12]。蓋篇中大概奇特，可以映帶者也。東坡云：筆工效諸葛散卓，反不如常筆。正如人學作老杜詩，但見其粗俗耳。[13]

（宋）黃徹《碧溪詩話》卷七

按：此則至「映帶」句，又見宋魏慶之《詩人玉屑》卷六。

　　每下一俗間言語，無一字無來處，此陳無己、黃魯直作詩法也。

（宋）章憲語，轉引自宋陳長方《步里客談》卷下

　　詩固有以俗為雅，然亦須經前輩熔化，乃可因承。如李之「耐可」、杜之「遮莫」、唐人「里許」、「若個」之類是也。唐人寒食詩，不敢用「餳」字，重九詩，不敢用「餻」字，半山老人不敢作梅花詩，彼固未敢輕引里母田父，而坐之於平王之子、衛侯之妻之側也。

（宋）楊萬里〈答盧誼伯書〉

6　〈夜歸〉詩句。

7　〈絕句四首〉其三詩句。

8　〈見螢火〉詩：巫山秋夜螢火飛，疏簾巧入坐人衣。忽驚屋裡琴書冷，復亂簷前星宿稀。卻繞井欄添個個，偶經花蕊弄輝輝。滄江白髮愁看汝，來歲如今歸未歸？

9　即〈送李校書二十六韻〉詩句。

10　〈狂歌行贈四兄〉詩句。

11　〈病後過王倚飲贈歌〉詩句。

12　〈絕句四首〉其一詩句。

13　〈東坡題跋〉卷五：散卓筆唯諸葛能之，他人學者，皆得其形似而無其法，反不如常筆，如人學杜甫詩，得其粗俗而已。

　　子美善以方言里諺點化入詩句中，詞人墨客，口不絕談。其曰：「吾家老孫子，質樸古人風。」〈吾宗〉「客睡何曾著，秋天不肯明。」〈夜客〉「汝去迎妻子，高秋念卻回。」〈舍弟觀歸藍田〉「父母養我時，日夜令我藏。」〈新婚別〉「棗熟從人打，葵荒欲自鋤。」〈秋野〉「掉頭紗帽側，曝背竹書光。」同上……

（宋）孫奕《履齋示兒編》卷十〈詩說〉

　　余觀杜陵詩，亦有全篇用常俗語者，然不害其為超妙。如云：「一夜水高二尺強，數日不可更禁當。南市津頭有船賣，無錢即買系籬傍。」[14]又云：「江上被花惱不徹，無處告訴只顛狂。走覓南鄰愛酒伴，經旬出飲獨空床。」[15]又云：「夜來醉歸沖虎過，昏黑家中已眠臥。傍見北斗向江低，仰看明星當空大。庭前把燭嗔兩炬，峽口驚猿聞一個。白頭老罷舞復歌，杖藜不寐誰能那？」[16]是也。楊誠齋多效此體，亦自痛快可喜。

（宋）羅大經《鶴林玉露》丙編卷三

　　學詩先除五俗：一曰俗體，二曰俗意，三曰俗句，四曰俗字，五曰俗韻。

（宋）嚴羽《滄浪詩話》〈詩法〉

按：此則明解縉《春雨雜述》曾引稱以論作詩法，並謂「此幼學入門事」。

　　數物以個，俗語也。老杜有「峽口驚猿聞一個」，「兩個黃鸝鳴翠柳」。雙字有「樵聲個個同」[17]，「個個五花文」[18]，「漁舟個個輕」[19]，「卻

14　杜甫〈春水生二絕〉其二詩。
15　又〈江畔獨步尋花七絕句〉其一詩。
16　又〈夜歸〉詩。醉歸、昏黑、不寐，《全唐詩》作「歸來」、「山黑」、「不睡」。
17　杜甫〈秋野五首〉其四詩句。
18　又〈題百大兄弟山居屋壁二首〉其二詩句。
19　又〈屏跡三首〉其一詩句。

繞井欄添個個」。司空圖：「鶴群長繞三株樹，不借閒人一只騎。」[20]「只」亦「個」字之類。

（宋）范晞文《對床夜語》卷二

肯令一字俗，已拚百年窮。

（元）方回〈詩思〉

予嘗譬今之為詩者，一等俗句俗字，類有「燕京琥珀」之味，而不能自脫，安得盛唐內法手為之點化哉？

（明）李東陽《麓堂詩話》

古詩有用近俗字而不俗者，如孫光憲〈採蓮〉詩曰：「菡萏香連十頃陂，小姑貪戲採蓮遲。晚來弄水船頭濕，更脫紅裙裹鴨兒。」李群玉〈釣魚〉詩曰：「七尺青竿一丈絲，菰蒲葉裡逐風吹。幾回舉手拋芳餌，驚起沙灘水鴨兒。」

（明）楊慎《升庵詩話》卷十一

詩忌粗俗字，然用之在人，飾以顏色，不失為佳句。譬諸富家廚中，或得野蔬，以五味調和，而味自別，大異貧家矣。紹易君曰：「凡詩有鼠字而無貓字，用則俗矣，子可成一句否？」予應聲曰：「貓蹲花砌午。」紹易君曰：「此便脫俗。」

（明）謝榛《四溟詩話》卷三

解元唐子畏（唐寅字），晚年作詩，專用俚語，而意愈深。嘗有詩云：「不煉金丹不坐禪，不為商賈不耕田。起來就寫青山賣，不使人間造

---

20 〈自河西歸山二首〉其二詩句。長繞、閒人，《全唐詩》作「長擾」、「人間」。

蘗錢。」君子可以知其養矣。

（明）顧元慶《夷白齋詩話》

　　詩戒用僻字，方不落宋人穢吻。……蘇東坡詩云：「三杯軟飽後，一
枕黑甜餘。」軟飽，醉也；黑甜，晝寢也。林和靖詩云：「草泥行郭索，
雲木叫鉤輈。」[21]郭索，蟹行躁也；鉤輈，鷓鴣聲也。此皆宋代名流，而
穢吻可厭如此。詩家劫運，至此極矣，宜其併吞於胡元，以其人語，全帶
死氣也。

（明）鄧雲霄《冷邸小言》

　　文章窮于用古，矯而用俗，如史、漢後六朝史之人方言俗語是也。
籍、建詩之用俗亦然。王荊公題籍集云：「看是尋常最奇崛，成如容易卻
艱辛。」[22]凡俗言俗事入詩，較用古更難。知兩家詩體，大費鑄合在。遁叟

（明）胡震亨《唐音癸籤》卷七

　　（杜甫〈客夜〉詩[23]）起句用俗語而不俗，筆健故耳。接句「不肯」
字，索性以俗語作對，聲口隱出紙上。後半四語，說的是老人無眠心事，
並其情性亦出紙上矣。

（清）黃生《杜詩說》卷四

　　（杜甫〈見螢火〉）「個個」字趣，庸手必作「數個」矣。……初時衣

21　佚詩斷句，失題。林逋另有〈誓蟹羹〉詩：年年作誓蟹為羹，倦不能支略放行。但
　　是草泥行郭索，莫愁豕腹脹膨脝，酒今到此都空了，詩亦隨渠太瘦生。吏部一生豪
　　到底，此時得意孰為爭。

22　〈題張司業詩〉：蘇州司業詩名老，樂府皆言妙入神。看似尋常最奇崛，成如容
　　易卻艱辛。

23　〈客夜〉：客睡何曾著？秋天不肯明。入簾殘月影，高枕遠江聲。計拙無衣食，途
　　窮仗友生。老妻書數紙，應悉未歸情。

上只見一個，後來屋裡、檐前、繞井、經花，旋旋見添數個，去來聚散，高下遠近，一一寫出，其體物之精細又如此。

同上卷九

（杜甫〈江畔獨步尋花七絕句〉詩其七[24]）「即索」猶「只索」、「須索」，與「索共梅花笑」同義。即索死，猶俗云連性命俱不顧也。此句亦用俗語，後人反改而文之，全乖本色矣。

同上卷十

杜詩有用俗字而反趣者。如鵝兒，雁兒，本諺語也，一經韻手點染，便成佳句。如「鵝兒黃似酒，對酒愛新鵝」[25]，「雁兒爭水馬，燕子逐檣烏」[26]是也。

（清）仇兆鼇《杜詩詳注》卷十二

人知作詩避俗句，去俗字，不知去俗意尤為要緊。

（清）薛雪《一瓢詩話》

元人白描，純是口頭言語，化俗為雅。亦不宜過於高遠，恐失詞旨；又不可過於鄙陋，恐類乎俚下之談也。其所貴乎清真，有元人白描本色之妙也。

（清）黃圖珌《看山閣集閒筆》〈詞宜化俗〉

善古詩必屬雅材。俗意俗字俗調，苟犯其一，皆古之棄也。

（清）劉熙載《藝概》卷二〈詩概〉

---

24 其七：不是看花即索死，只恐花盡老相催。繁枝容易紛紛落，嫩蕊商量細細開。
25 〈舟前小鵝兒〉詩句。
26 〈大曆三年春日白帝城放船出瞿塘峽久居夔府將適江陵漂泊有詩凡四十韻〉詩句。

孫　評

　　關於詩用俗字問題，引起了長期的爭議，因為這不僅僅是用字的考慮，而且是整體趣味和文化品味的問題。直至清代，頗有名聲的劉熙載還說得相當絕對：「俗意俗字俗調，苟犯其一，皆古之棄也。」

　　「俗」這種觀念，是與「雅」對立的。俗與低相聯繫，雅則與高相聯繫。正統詩家除個別外，大多是以高雅自居的。從理論上說，一來，他們往往把雅與俗的對立絕對化了，以為二者的對立是永恆不變的。二來，把俗的外延擴大化了，本來在李洪宣《詩格》裡俗字是指方言之類的生僻字，後來的詩評家又擴展到了口語。口語與書面語當然有所區別，但具體的界限則很難劃清。

　　首先從歷史上看，俗和雅的對立是隨著時間向相反方向轉化的。《論語》可謂「雅」矣，但其中如「小子可鳴鼓而攻之」、「小子識之，苛政猛於虎也」中的「小子」，似乎就不太雅。先秦諸子對話體、語錄體文章，其中之乎者也矣嗟哉，林庚先生說都是甲骨文中所沒有的，這些都是春秋時期的口語白話，是非常俗的。但是歷史一久，成為經典，後世就感到雅得肅然起敬了。五四前夕，胡適和文友梅光迪爭論，就用打油詩的形式分析了白話、文言的雅俗問題：

　　　文字沒有古今，卻有死活可道：
　　　古人叫做「欲」，今人叫做「要」；
　　　古人叫做「至」，今人叫做「到」；
　　　古人叫做「溺」，今人叫做「尿」；
　　　本來同是一字，聲音少許變了。
　　　並無雅俗可言，何必紛紛胡鬧？
　　　至於古人叫「字」，今人叫做「號」；

　　　古人懸樑，今人上吊；

　　　古名雖未必不佳，今名又何嘗不妙？

　　　古人乘輿，今人坐轎；

　　　古人加冠束幘，今人但知戴帽；

　　　這都是古所沒有，而後人所創造。

　　　若必叫帽作巾，叫轎作輿；

　　　豈非張冠李戴，認虎作豹？

胡適說得很通俗，雅言和俗語並不是水火不相容的。雅言來自俗語，俗語進入了書面，時間久了，歷史化了，經典化了，低俗的就變成了高雅的，而雅的也可能變成死板僵化的言語。一味歧視詩歌中的俗字，不但沒有道理，而且在實踐中造成許多可笑的僵化。楊萬里就嘲笑過唐人寒食詩，不敢用「餳」字，重九詩，不敢用「餻」字。

　　正如詩評家們所指出，許多經典詩人就大量使用口語俗字。如李白之「耐可」，杜甫之「不肯」。杜甫不止一次把「個」、「個個」用到詩裡去，甚至還有「鵝兒」、「雁兒」這樣的口語。用了這樣的俗字，一是未必就俗；二是即使有些俗了，也只是通俗，並非低俗。事實上，雅有雅的趣味，俗也有俗的趣味，通俗並不是庸俗。例如〈新婚別〉「父母養我時，日夜令我藏」。其中天真和樸素是雅言所難以表達的。又如：「挽弓當挽強，用箭當用長。射人先射馬，擒賊先擒王。」民歌口語趣味和強悍的氣概，不但不低於雅言，而且高於一味沉溺於雅言的艱澀。

　　一些詩話、詩評家對「俗」缺乏具體分析，因而全盤否定。其根本錯誤在於：一是把通俗和庸俗混為一談，二是把俗與低、雅與高僵化地聯繫在一起。嚴羽《詩話》就把這種傾向推向極端，不但反對俗字，而且擴而大之，只要與俗有某種聯繫，就一概否定。他只看到「俗字」與「俗體」、「俗意」、「俗句」、「俗韻」之間的可能聯繫，完

全忽略了其間普遍存在的不平衡。用了俗字，就註定產生俗句嗎？一句之俗，就註定全詩、全韻皆俗嗎？正如楊慎指出「古詩有用近俗字而不俗者」。薛雪說得更為中肯：「人知作詩避俗句，去俗字，不知去俗意尤為要緊。」

羅大經說，杜甫詩「亦有全篇用常俗語者，然不害其為超妙。」如〈春水生二絕〉其二、〈夜歸〉詩「亦自痛快可喜」。胡震亨引王安石詩「看是尋常最奇崛，成如容易卻艱辛」二句，證明「凡俗言俗事入詩，較用古更難」。可見問題不在字俗，而在字俗而意韻不俗。羅氏所引杜詩，與作者一貫表現憂國憂民的沉鬱頓挫崇高精神不同，只是日常生活的瑣事，充滿個人的淡定的樂趣。這種趣味，當然不屬於雅趣，而是一種俗趣。但在兵荒馬亂之際，國破家亡之時，這類詩趣表現出對和平生活的熱愛，則自有一種俗而不俗的境界。

可見，關鍵不在用字，而在立意。清代戲曲作家黃圖珌從元曲觀之，突破了詩話的思維套路指出：「元人白描，純是口頭言語，化俗為雅。亦不宜過於高遠，恐失詞旨；又不可過於鄙陋，恐類乎俚下之談也。」此說在理論上實有兩大亮點：第一「化俗為雅」，用俗語，而趣味不庸俗，避免「過於鄙陋」；第二，求雅，然不宜太高雅，「過於高遠」，「恐失詞旨」，讓讀者莫名其妙。如此全面的思維是難能可貴的，但並未從根本上破解「詩忌俗字」此一命題的局限。

應該說，把關鍵放在「字」上論詩，本身就是片面的。詩之高下，並不取決於單字。單字作為一個要素，進入句子結構，其性質即為詩句所同化。雅字可為俗句，俗字也可為雅韻。如大、直、長、圓，都是俗字，但用在王維「大漠孤煙直，長河落日圓」詩句，不就變得雅了嗎？又如破、在、城、深，同樣是俗字，然則一寫入杜甫「國破山河在，城春草木深」詩句，就變得雅致了。所以從嚴格意義上講，「詩忌俗字」比之「詩眼」的命題，不但淺陋，而且在邏輯上也是跛足的。

附錄
劉郎無膽押「糕」字

　　為詩用僻字，須有來處。宋考功（唐宋之問，官至考功員外郎）云：「馬上逢寒食，春來不見餳。」嘗疑此字，因讀《毛詩》鄭箋說簫處注云：即今賣餳人家物。六經唯此注中有「餳」字。吾緣明日是重陽，欲押一糕字，續尋思六經竟未見有糕字，不敢為之。……後輩業詩，即須有據，不可率道也。

（唐）劉禹錫《劉賓客嘉話錄》

按：此則又見宋王讜《唐語林》卷二、李頎《古今詩話》引用，《唐語林》卷二
　　「鄭箋」句作「鄭箋説吹簫處，注云：『即今賣餳者所吹。』」

　　劉夢得作〈九日詩〉，欲用糕字，以《五經》中無之，輒不復為。宋子京以為不然。故子京〈九日食糕〉有詠云：「飆館輕霜拂曙袍，糗餈花飲鬥分曹。劉郎不敢題糕字，虛負詩中一世豪。」遂為古本絕唱。「糗餌粉餈」，糕類也，出《周禮》。「詩豪」，白樂天目夢得云。

（宋）邵博《邵氏聞見後錄》卷十九

　　予見考功全篇，蓋考功未嘗使餳字，而禹錫誤呼雲卿（沈佺期字）詩為考功所作耳。之問詩題是〈途中寒食〉，云：「馬上逢寒食，途中屬暮春。可憐江浦望，不見洛陽人。」佺期詩題乃是〈嶺表逢寒食〉，云：「嶺外逢寒食，春來不見餳；洛陽新甲子，何日是清明？」則知使餳字者，佺期所作。

（宋）吳曾《能改齋漫錄》卷四

　　僕讀《周禮疏》:「羞籩之實，糗餌粉餈。」鄭箋:「今之餈糕。」安謂《六經》中無此字邪？又觀揚雄《方言》，亦有此字。《苕溪漁隱》謂古人九日詩，未有用糕字，唯崔德符和呂居仁一詩，有「買糕沽酒」之語。僕謂景文詩:「劉郎不肯題糕字，虛負人生一世豪。」茲豈古人詩未用糕邪？

（宋）王楙《野客叢書》卷六

　　禹錫舉考功「馬上逢寒食」之言，而綴以佺期「春來不見餳」之句，是又誤以二詩為一詩言耳。

同上卷七

　　……然白樂天詩云:「移坐就菊叢，糕酒前羅列」[1]，則固已用之矣。劉、白唱和之時，不知曾談及此否？

（宋）羅大經《鶴林玉露》乙編卷三

　　夫詩人者，有詩才，亦有詩膽。膽有大有小，每於詩中見之。劉禹錫題〈九日〉詩，欲用糕字，乃謂《六經》無糕字，遂不敢用。後人作詩嘲之曰:「劉郎不敢題糕字，空負詩中一世豪。」此其詩膽小也。《六經》原無椀字，而盧玉川〈茶歌〉連用七個「椀」字，遂為名言，是其詩膽大也。膽之大小，不可強為。

（明）江盈科《雪濤小書》〈詩評〉

　　或云劉夢得作詩，欲押一「餳」字，因《六經》無此字，唯《毛詩》〈管簫箋〉有此一字，終不敢押。然按禹錫〈曆陽書事〉詩:「湖魚香勝肉，宮酒重於餳。」又何嘗押《六經》所出耶？

（明）彭大翼《彭大翼詩話》

1　〈九日登西原宴望〉（同諸兄弟作）詩句。坐，即「座」。

　　今人以「糕」字為俗，並附會云：唐劉夢得作〈九日〉詩，不敢用「糕」字。此說未確。《方言》：「餌謂之糕。」《廣雅》：「糕，餌也。」唯《說文》不收此字，徐鉉《新附》始有之。然詩人所用字，豈能盡出《說文》耶？《北史》〈綦連猛傳〉：「謠云『七月刈禾太早，九月噉糕未好。』」是六朝時歌謠已用糕字矣。

　　　　　　　　　　　　　　　　　　　　　　（清）洪亮吉《北江詩話》卷三

孫　評

　　中國古代詩人詞家，主流是追求創新的，但偶爾也有相當保守的。因為古人沒有用過，就不敢用某個字，這實在是中國詩詞創作中最為保守、最為腐朽的觀念。為劉禹錫這個字的說法而爭執不休，又顯出中國詩評對所謂「無一字無來歷」的迷信，有時達到了迂腐可笑的地步。

直尋耶用事耶

　　若乃經國文符，應資博古，撰德駁奏，宜窮往烈。至乎吟詠情性，亦
何貴於用事？「思君如流水」[1]，既是即目；「高臺多悲風」[2]，亦唯所
見；「清晨登隴首」[3]，羌無故實；「明月照積雪」[4]，詎出經史。觀古今勝
語，多非補假，皆由直尋。

（南朝梁）鍾嶸《詩品》〈序〉

　　詩有五格

　　不用事第一；已見評中。**作用事第二**；亦見評中。其有不用事而措意不高
者，黜入第二格。**直用事第三**；其中亦有不用事而格稍下，貶居第三。**有事無事第
四**；比於第三格中稍下，故入第四。**有事無事，情格俱下第五**。情格俱下，有事
無事可知也。

（唐）皎然《詩式》卷一

　　詩家病使事太多，蓋皆取其與題合者類之，如此乃是編事，雖工何
益？若能自出己意，借事以相發明，情態畢出，則用事雖多，亦何所妨。

（宋）王安石語，轉引自宋蔡居厚《蔡寬夫詩話》

1　漢末徐幹〈室思〉其三詩句：思君如流水，何有窮已時。
2　曹植〈雜詩〉其一詩句：高臺多悲風，朝日照北林。
3　西晉張華佚詩斷句：清晨登隴首，坎壈行何難。失題。
4　謝靈運〈歲暮〉詩句：明月照積雪，朔風勁且哀。

使事要事自我使，不可反為事使。僕曰：如公〈太一圖詩〉：「不是峰頭十丈花，世間那得蓮如許！」當如是耶？公徐曰：事可使即使，不須強使耳。

（宋）韓駒《陵陽先生室中語》

詩之用事，不可牽強，必至於不得不用而後用之，則事詞為一，莫見其安排鬥湊之跡。蘇子瞻嘗為人作輓詩云：「豈意日斜庚子後，忽驚歲在巳辰年。」[5]此乃天生作對，不假人力。

（宋）葉夢得《石林詩話》卷上

凡詩人作語，要令事在語中而人不知。余讀太史公（司馬遷，曾任太史令）〈天官書〉：「天一、槍、棓、矛、盾動搖，角大，兵起。」杜少陵詩云：「五更鼓角聲悲壯，三峽星河影動搖。」[6]蓋暗用遷語，而語中乃有用兵之意。詩至於此，可以為工也。

（宋）周紫芝《竹坡詩話》

客或謂予曰：「篇章以故實相誇，起於何時？」予曰：「江左自顏、謝（顏延之、謝靈運）以來，乃始有之，可以表學問而非詩之至也。觀古今勝語，皆自肺腑中流出，初無綴緝工夫。故鍾嶸云：『（同上引，略）』其所論為有淵源矣。」

（宋）朱弁《風月堂詩話》卷下

韋應物〈贈王侍御〉云：「心同野鶴與塵遠，詩似冰壺徹底清。」又〈雜言送人〉云：「冰壺見底未為清，少年如玉有詩名。」[7]此可為用事之

5　蘇軾〈孔長源輓詞二首〉其二詩句。

6　杜甫〈閣夜〉詩句。

7　即〈雜言送黎六郎〉詩句。

法，蓋不拘故常也。

（宋）黃徹《䂬溪詩話》卷三

　　詞用事最難，要體認著題，融化不澀。如東坡〈永遇樂〉云：「燕子樓空，佳人何在，空鎖樓中燕！」用張建封事。白石〈疏影〉云：「猶記深宮舊事，那人正睡裡，飛近蛾綠。」用壽陽事。又云：「昭君不慣胡沙遠，但暗憶江南江北。想珮環月夜歸來，化作此花幽獨。」用少陵詩[8]。此皆用事不為事所使。

（宋）張炎《詞源》〈用事〉

按：此則又見清李佳《左庵詞話》卷下，當引自張語。

　　近世習唐詩者，以不用事為第一格。少陵無一字無來處，眾人固不識也。若不用事云者，正以文不讀書之過耳。

（元）仇遠《仇遠詩話》

　　今人作詩，必入故事。有持清虛之說者，謂盛唐詩即景造意，何嘗有此？是則然矣。然以一家言，未盡古今之變也。……子美之後，而欲令人毀靚妝，張空拳，以當市肆萬人之觀，必不能也。其援引不得不日加而繁。然病不在故事，顧所以用之何如耳？善使故事者，勿為故事所使。如禪家云：「轉《法華》勿為《法華》轉。」使事之妙，在有而若無，實而若虛，可意悟不可言傳，可力學得不可倉卒得也。

（明）王世懋《藝圃擷餘》

按：此則又見清田同之《西圃詩說》，當為轉引。

　　詩自模景述情外，則有用事而已。用事非詩正體，然景物有限，格調

8　杜甫〈詠懷古跡五首〉其三詠王昭君詩句：畫圖省識春風面，環佩空歸月夜魂。

易窮，一律千篇，只供厭飫。欲觀人筆力材詣，全在阿堵中。且古體小言，姑置可也，大篇長律，非此何以成章！

（明）胡應麟《詩藪》內編卷四

或謂宋人詩使事，唐人不使事。唐人非不使事，使事而人不覺。故杜甫自云：「讀書破萬卷，下筆如有神。」讀書多，見聞富，筆底自寬綽。唐詩莫如杜甫，使事莫如杜甫，而使事人不覺莫如杜甫。韓愈詩好使事，人卒然難解。人不解，何由觀興？何貴為詩？

（明）郝敬《藝圃傖談》卷二

唐人詩佳者，多不使事。自然清越，一味情興風致，溢於音律辭采之外，誦之心爽神怡。斯為性情之理，聲音之道，風人之致也。後人作詩，專喜用故實，由其才思短，興盡辭窮，不得不牽率填補。雖妝綴富麗，終非天趣。

同上卷三

問：「鍾嶸《詩品》云：『吟詠性情，何貴用事？』白樂天則謂文字須雕藻兩三字文采，不得全直致，恐傷鄙樸。二說孰是？」

答：「仲韋（鍾嶸字）所舉古詩，如『高臺多悲風』、『明月照積雪』、『清晨登隴首』，皆書即目，羌無故實，而妙絕千古。若樂天云云亦是，而其自為詩卻多鄙樸。特其風味佳，故雖云『元輕白俗』，而終傳於後耳。」

（清）王士禎《師友詩傳續錄》

援引典故，詩家所尚，然亦有羌無故實而自高，臚陳卷軸而轉卑者。假如作田家詩，只宜稱情而言，乞靈古人，便乖本色。

（清）沈德潛《說詩晬語》卷下

故作詩未辨美惡，當先辨是非。有出入經史，上下古今，不可謂之詩者；有尋常數語，了無深意，不可不謂之詩者。會乎此，可與入詩人之域矣。

（清）方貞觀《方南堂先生輟鍛錄》

《詩品》曰：「吟詠情性，亦何貴於用事。」愚謂情性有難以直抒者，非假事陳詞則不可，顧所用何如耳！

（清）喬億《劍溪說詩》卷下

近人主王、孟、韋、柳一派，以神韻為宗者，謂詩不貴用典，又以不著議論為高，此皆一偏之曲見也。名手制勝，正在使事與議論耳。……大抵用典之法，在融化剪裁，運古語若己出，毫無費力之痕，斯不受古人束縛矣。

（清）朱庭珍《筱園詩話》卷一

余每作詠古、詠物詩，必將此題之書籍，無所不搜；及詩之成也，仍不用一典。常言：人有典而不用，猶之有權勢而不逞也。

（清）袁枚《隨園詩話》卷一

人有滿腔書卷，無處張惶，當為考據之學，自成一家。其次，則駢體文，盡可鋪排，何必借詩為賣弄？自《三百篇》至今日，凡詩之傳者，都是性靈，不關堆垛。唯李義山詩，稍多典故，然皆用才情驅使，不專砌填也。

同上卷五

詩寫性情，原不專恃數典；然古事已成典故，則一典已自有一意，作

詩者借彼之意，寫我之情，自然倍覺深厚，此後代詩人不得不用書卷也。

（清）趙翼《甌北詩話》卷十

用成語若太腐，不如造語為佳。須知成語，即古人造語也。

（清）江順詒《詞學集成》卷六

用典該是重生，不是再現。重生就是要活起來。此如同唱戲，當時古人行動未必如此，但我要他活重生，就得如此。平常人用典多是再現。

（今人）顧隨《駝庵詩話》

孫　評

　　南朝鍾嶸提出詩歌中的「直尋」和「用事」的矛盾，很有中國特色。當然，用事即用典並不是中國詩歌所特有的手法，西方玄學派和浪漫主義風格的詩歌用古希臘神話或《聖經》典故者比比皆是。在英國浪漫主義詩歌中，描寫對象藝術化的基本手法之一，就是用神話典故。如拜倫《唐璜》中的著名片段：

> The isles of Greece, The isles of Greece!
>
> Where burning Sapho loved and sung,
>
> Where grew the arts of war and peace,
>
> Where Delos rose, and Phoebus sprung!
>
> Eternal summer gilds them yet,
>
> But all, except the sun, is set.

短短六行就用了三個典故：在這裡，熱情的莎孚（Sapho）曾經戀愛和歌唱；在這裡，浮起了月神（Delos）的故鄉，太陽的神像（Phoebus）。這說明詩中用典是一種世界性的普遍現象。但是，在西方詩歌中似乎並沒有出現用典氾濫的潮流。而在我國，鍾嶸指斥的以堆砌典故為務的詩風，直至清代依然陰魂不散。

　　鍾嶸來不及看到這麼漫長的歷史景觀，他所痛切感到的是西晉以來的二百年間，詩歌中堆砌用事的流弊積重難返。憑著藝術直覺，他總結出詩歌寫作方法的要領是：「至乎吟詠情性，亦何貴於用事？」「觀古今勝語，多非補假，皆由直尋。」這就是：第一，「用事」（典故、經典語言）並不能提高「吟詠情性」的品質；第二，經得起歷史考驗的詩語，並不借助歷史文獻，全憑「直尋」和「即目」。他所舉

的例子有徐幹、曹植、張華、謝靈運等人的佳句，這些詩句，不但在他那個時代十分動人，就是今日的讀者也會被那樸素的情懷所感染。

他所提出的「直尋」和「用事」的矛盾，後世雖不乏討論，但是千年之間深化的程度卻非常有限。這是因為他總結的那些成功經驗，都是古詩「吟詠性情」達到「自然英旨」的寫作經驗，對於詩歌，尤其是後起的近體詩這樣一種精緻的文學形式，就未免太簡陋了。從思想方法上說，他把「吟詠性情」和「用事」的矛盾，以及和「直尋」、「即目」的統一，也看得太絕對了。在這一點上，宋人韓駒說得很到位：「使事要事自我使，不可反為事使。」明代王世懋說得更為徹底：「然病不在故事，顧所以用之何如耳？善使故事者，勿為故事所使。如禪家云：『轉《法華》勿為《法華》轉。』使事之妙，在有而若無，實而若虛，可意悟不可言傳，可力學得不可倉卒得也。」可見問題不在於用事，而在不能被動用事。

都不用事，完全按鍾嶸的「即目」、「直尋」方法來寫作，有這樣省事的藝術嗎？這個問題似乎一直沒有人提出，也就沒有人回答。直至一千二、三百年以後，清人喬億才正面提出來：「《詩品》曰：『吟詠情性，亦何貴於用事。』愚謂情性有難以直抒者，非假事陳詞則不可。」這個問題提得很精彩：為什麼會在用事上折騰這麼多年月而不衰，就是因為「情性」不是隨便可以直接抒發的。因為難以直接抒發，才離不開「用事」這樣一種手段。情是今人的，而事是古人的、經典的，積澱著深厚的文化記憶，用事有利於今人抒情的深化和詩化。喬億此說的不足之處，是沒有進一步提出另外一個問題，那就是即使不用事，全憑「直尋」、「即目」，難道就可以成為好詩？

鍾嶸思維的不嚴密在這裡暴露無遺，他為了反對用事，走向了另外一個極端，以為直接抒發就可以直接成詩。《詩經》中的賦比興，他雖也提到，但沒有把它與吟詠性情，與「直尋」、「即目」聯繫起來，正視其間的矛盾。《詩經》不但有賦，而且有比興，其中藝術上

的道理是很深邃的。「賦」，就是陳述，特點是直接、正面「即目」。但在寫作實踐中，這種「即目」與詩的審美特徵的距離往往很大。下面，我就以《詩》〈關雎〉為例做些具體的剖析。

〈關雎〉的核心是表現君子為淑女所激動，如果一上來就直截了當陳述「窈窕淑女，君子好逑」，這不但沒有了性情，而且缺乏感性，接受者心理會有某種抗阻之感。這時需要另外一種手法，那就是「比」，也就是比喻。比喻能把抽象的感情變得具體感性。如說女孩子很多，這是抽象的，一用比喻就具體感性了：「出其東門，有女如雲。」又如女孩子很美是抽象的，加上系統的比喻就具象了：「手如柔荑，膚如凝脂，領如蝤蠐，齒如瓠犀，螓首蛾眉，巧笑倩兮，美目盼兮。」但比喻太多，又會令人感到單調，產生「審美疲勞」。這時就要有一個起頭的過渡，就是《詩經》中所謂的「興」。

「興」的功能是起頭，一般的起頭，就是現場即景，從環境開始，逐漸轉向人物的心靈。但是，好的「興」，不但是現場即興，而且是興中有比。「關關雎鳩，在河之洲」，這二句作為起興的好處，一是水鳥美，二是聲音（疊詞）美，三是河中之洲美。這表面上是描述風物，實際上是為了淑女的出場。有了聽覺和視覺的美，就有了美的氛圍，淑女和君子的感情的美，就可能如電影鏡頭淡入那樣從容顯現。這個「興」又有比喻的意味，所以也被稱為「興而比」、「興兼比」。正是因為興而比，這四句顯得很精煉。如果不用這種手法，要讓「窈窕淑女」出場，就得用陳述（直尋、即目），也就是用賦的手法。比如：「有美一人，清揚婉兮。邂逅相遇，適我願兮。」（《詩》〈野有蔓草〉）但是，即使這樣的直尋，也不是直接抒發情懷，還是情感隱藏在描述之中，是間接抒情。

有了興，就不用正面交代「有美一人」，更不用交代是在洲上，還是河邊。興即現場即興，現場的環境已經有了，美女出場，就不用承續前面，而是直接變成了後面「君子好逑」的對象。這就使得句子

的連續更緊密，更有機，精煉到沒有一個意象、一個字是多餘的。這個「興」的好處，還在於感知的程式很自然，先是聽覺啟動，鳥在叫，接著是視覺認知，看清是雎鳩，跟著就動心，對淑女一見動心。從感情來看，是比較迅速的，比較直率的，也是比較天真的，民歌的村野之氣比較充分。當然，君子也可能有一見就「好逑」的，那就不是一般的，而是帶著野氣的君子了。

所以從根本上來說，把吟詠性情和用事的矛盾，當作詩歌寫作的基本命題，本身就是未能抓住意象構成的根本。就以鍾嶸所舉的謝靈運「明月照積雪，朔風勁且哀」詩句而言，其中的「明月」哪裡是什麼「即目」（直覺）所致？明月的性質，已不是自然物象，而是詩歌的意象。意象是物象與心性的統一，其性質是由心性決定的。在謝詩中明月具有悲涼的性質，然而同樣的明月，在不同的心性作用下，性質又是不同的。在「床前明月光」中，有思鄉的屬性；在「明月出天山，蒼茫雲海間」裡，雖然也有思鄉的性質，但它是蒼涼的；在「繚亂邊愁聽不盡，高高秋月照長城」絕句，則是從聽歌聽得心煩變成看月看得發呆的對象；而在「春江花月夜」七古，又是思婦皎潔明淨的情感的象徵，等等。天上的明月只是一個自然現象，而在詩歌中的明月意象，則如吳喬等所說是「形質俱變」了。

鍾嶸的天真還表現在對於詩歌語言節奏，也就是格律的忽視。「直尋」和「即目」，不可能提供性情和語言的節奏，節奏和格律是不可能靠自發的吟詠就完成的。歷史證明，和他差不多同時的沈約研究平仄交替和對仗，到唐代絕句和律詩的成熟，差不多經過了四百年的積累，才有了中國詩歌史上最為輝煌的一頁。把思維局限在「直尋」和「用事」的線性矛盾中，而不涉及直抒與意象構成、與情緒起伏、與語言節奏的交替譜系，是難以洞察詩的奧祕的。

附錄一
水中著鹽之喻

　　杜少陵云：「作詩用事要如禪家語，水中著鹽，飲水乃知鹽味。」此說詩家秘密藏也。如「五更鼓角聲悲壯，三峽星河影動搖」，人徒見凌轢造化之工，不知乃用事也。〈禰衡傳〉：「撾〈漁陽操〉聲悲壯。」〈漢武故事〉：「星辰動搖，東方朔謂民勞之應。」則善用事者，如繫風捕影，豈有跡耶？

（宋）蔡絛《西清詩話》

按：此則又見宋李頎《古今詩話》、舊題蔡絛《金玉詩話》、張鎡《詩學規範》。但《古今詩話》無「杜少陵云」四字，引詩前則標明「杜少陵詩」。杜甫云云，今人學者多疑其誤引。郭紹虞《宋詩話輯佚》哈佛燕京學社本按云：此似非杜語。

　　前人論子美用故事，有著鹽水中之喻，固善矣；但未知九方皋之相馬，得天機於滅沒存亡之間，物色牝牡，人所共知者為可略耳。

（金）元好問《杜詩學引》

　　又有一等事，用在句中，令人不覺，如禪家所謂撮鹽水中，飲水乃知鹹味，方是妙手。

（明）王驥德《曲律》卷三〈論用事〉

　　用典一也，有宜近體者，有宜古體者，有近古體俱宜者，有近古體俱不宜者。用典如水中著鹽，但知鹽味，不見鹽質。用僻典如請生客入座，

必須問名探姓，令人生厭。

（清）袁枚《隨園詩話》卷七

　　嚴滄浪謂用典使事之妙，如鏡中之花，水中之月，可以神會，不可言傳。又謂如著鹽水中，但辨其味，不見其形。所喻入妙，深得詩家三昧。

（清）朱庭珍《筱園詩話》卷一

按：今通行本《滄浪詩話》未見此則引言。

　　《西清詩話》載疑是論或言字之訛杜少陵詩云：「作詩用事，要如釋語：水中著鹽，飲水乃知鹽味。此說、詩家秘密藏也。」……相傳梁武帝時，傅大士翁作〈心王銘〉，文見《五燈會元》卷二，收入《善慧大士傳錄》卷三，有曰：「水中鹽味，色裡膠青；決定是有，不見其形。心王亦爾，身內居停。」《西清詩話》所謂「釋語」昉此。鹽著水中，本喻心之在身，茲則借喻故實之在詩。……瑞士小說家凱勒嘗言：「詩可以教誨，然教誨必融化於詩中，有若糖或鹽之消失於水內。」拈喻酷肖，而放眼高遠，非徒斤斤於修詞之薄物細故。然一暗用典實，一隱寓教訓，均取譬於水中著鹽，則雖立言之大小殊科，而用意之靳向莫二。

（今人）錢鍾書《談藝錄》〈補訂〉

孫　評

　　這個道理並不複雜，甚至可以說是詩之常識。司空圖《詩品》「不著一字，盡得風流」二句，已經把意思說透了。而蔡絛把詩歌語言的經營，限定在「用事」上，也就是用前人之言，「要如禪家語，水中著鹽，飲水乃知鹽味」，則顯然有狹隘之嫌。其實，不管用事，不用事，不管用前人之經典語言，還是自己別出心裁首創，均以含蓄雋永，意會多於言傳者為上。

　　所謂「水中著鹽」之說，不過是視之則無，味之則有，強調意味不在一望而知，須要默默體悟而已。把杜甫的「五更鼓角聲悲壯」，和〈禰衡傳〉中之「撾〈漁陽操〉聲悲壯」聯繫起來，斷定必然師承，好像除此之外，聲音就未曾有以悲壯形容者，實在經不起推敲。至於硬說「三峽星河影動搖」是「用事」《漢武故事》中的二句話，則更是牽強。《漢武故事》寫「星辰動搖」明明是「民勞之應」，而杜甫詩中根本就不存在這樣的意味。蔡絛力主「繫風捕影」，不意恰成反諷。

　　當然，這個「水中著鹽」的比喻，多多少少還是有道理的。用事，運典之妙，在借助經典權威，提高詩句的品質。但用事過多，則被譏為「掉書袋」；用事過顯，則可能被淹沒自我；用事過僻，則意脈受阻，徒增閱讀障礙。其真正微妙處，應在若隱若現之間。如「羚羊掛角，無跡可求」，不露痕跡，則更妙。如李白「朝辭白帝彩雲間，千里江陵一日還」詩句，本用酈道元《水經注》〈三峽〉中之「兩岸連山，略無闕處。……有時朝發白帝，暮到江陵，其間千二百里，雖乘奔御風不以疾也」一段文字。對於讀者，知典者如魚飲水，冷暖自知，對於不知典者，亦可望文而不害其意。

附錄二
點鬼簿之號

　　時楊（炯）之為文，好以古人姓名連用，如張平子之略談，陸士衡（陸機字）之所記，潘安仁宜其陋矣，仲長統何足知之。號為「點鬼簿」。駱賓王文好以數對，如「秦地重關一百二，漢家離宮三十六」。[1]時人號為「算博士」。

（唐）張鷟《朝野僉載》卷六

按：此則又見宋計有功《唐詩紀事》卷七。

　　凡作詩若正爾填實，謂之「點鬼簿」，亦謂之「堆垛死屍」。能如〈猩猩毛筆詩〉曰：「平生幾兩屐？身後五車書。」[2]又如：「管城子無食肉相，孔方兄有絕交書。」[3]精妙明密，不可加矣，當以此語反三隅也。

（宋）許顗《彥周詩話》

按：此則又見《苕溪漁隱叢話》前集卷四十八所引《類苑》，文字大同小異。

　　唐李商隱為文，多檢閱書史，鱗次堆積左右，時謂為「獺祭魚」。

（宋）吳坰《五總志》

　　前輩譏作詩多用古人姓名，謂之點鬼簿。其語雖然如此，亦在用之如何耳，不可執以為定論也。如山谷〈種竹〉云：「程嬰杵臼立孤難，伯夷

1　〈帝京篇〉詩句。秦地，《全唐詩》作「秦塞」。
2　即黃庭堅〈和答錢穆父詠猩猩毛筆〉詩句。
3　又〈戲呈孔毅父〉詩句。食肉，《全宋詩》作「肉食」。

叔齊食薇瘦。」〈接花〉云：「雍也本犁子，仲由元鄙人。」善於比喻，何
害其為好句也。

（宋）胡仔《苕溪漁隱叢話》後集卷三十一

楊炯為文，好以古人姓名聯用，號為點鬼簿。

（宋）劉克莊《後村詩話續集》卷三

詩用古人名，前輩謂之點鬼簿，蓋惡其為事所使也。如老杜「但見文
翁能化俗，焉知李廣不封侯」[4]，「今日朝廷須汲黯，中原將帥憶廉頗」[5]
等作，皆借古以明今，何患乎多？李商隱集中半是古人名，不過因事造
對，何益於詩？

（宋）范晞文《對床夜語》卷三

問：「詩中用古人及數目，病其過多。若偶一用之，亦謂之點鬼簿、
算博士耶？」

答：「唐詩如『故鄉七十五長亭』[6]、『紅闌四百九十橋』[7]皆妙，雖算
博士何妨！但勿呆相耳。所云點鬼簿，亦忌堆垛。高手驅使，自不覺
耳。」

（清）王士禎《師友詩傳續錄》

4　杜甫〈將赴荊南，寄別李劍州〉詩句。
5　又〈奉寄高常侍〉詩句。
6　杜牧〈題齊安城樓〉詩句：不用憑闌苦回首，故鄉七十五長亭。
7　白居易〈正月三日閒行〉詩句：綠浪東西南北水，紅欄三百九十橋。

孫　評

　　在詩文中連用古人名字和數字，這樣的現象不會出現在西方任何詩文中。原因是：西方語文，人物的名字並不像漢語人名，每個字（音節）都有獨立的意義，數字又不像漢語這樣，有相同的音節。

　　名字和數字，本無特殊意義和節奏，但由於漢語詩文某些體裁講究對仗，就有了特別的節奏感和對稱美，也成為一種獨特的初級技法。這種手法在散文中發展到極端，就是駢文，在詩歌中則為排律。二者對仗皆病在過多、過密而僵化。所以律詩中按規定就僅限於中間兩聯，與前後兩聯散句取得平衡，避免結構上的板滯。而這裡所說的「點鬼簿」及「算博士」現象，正是由於過多過濫運用這種初級技法，造成了典故和數字的堆砌。

　　當然，事情也並非如此簡單。誠如胡仔談到「點鬼簿」時所說：「其語雖然如此，亦在用之如何耳，不可執以為定論也。」善於運用，並不妨礙產生佳句。不過他所舉出的例句，實在是平庸得很。

苦吟與神助

詩有三思：一曰生思，二曰感思，三曰取思。

生思一：久用精思，未契意象，力疲智竭，放安神思，心偶照境，率然而生。

感思二：尋味前言，吟諷古制，感而生思。

取思三：搜求於象，心入於境，神會於物，因心而得。

（唐）王昌齡《詩格》

陶冶性靈存底物，新詩改罷自長吟。孰知二謝將能事，頗學陰何苦用心。

（唐）杜甫〈解悶十二首〉其七

又云，不要苦思，苦思則喪自然之質。此亦不然。夫不入虎穴，焉得虎子？取境之時，須至難至險，始見奇句。成篇之後，觀其氣貌，有似等閒，不思而得，此高手也。有時意靜神王，佳句縱橫，若不可遏，宛若神助。不然。蓋由先積精思，因神王而得乎？

（唐）釋皎然《詩式》卷一

詩有三般句：一曰自然句，二曰容易句，三曰苦求句。

命題屬意，如有神助，歸於自然也。

命題率意，遂成一章，歸於容易也。

命題用意，求之不得，歸於苦求也。

（唐）舊題白居易《金針詩格》

　　或有述李頻詩於錢尚父曰：「只將五字句，用破一生心。」[1]尚父曰；「可惜此心，何所不用，而破於詩句，苦哉！」

（宋）孫光憲《北夢瑣言》卷七

　　孟郊詩寒澀窮僻，琢削不假，真苦吟而成。觀其句法、格力可見矣。其自謂「夜吟曉不休，苦吟神鬼愁。如何不自閒，心與身為仇。」[2]

（宋）魏泰《臨漢隱居詩話》

　　賈島云：「獨行潭底影，數息樹邊身。」[3]其自注云：「二句三年得，一吟雙淚流。知音如不賞，歸臥故山秋。」[4]不知此二句有何難道，至於「三年始成」，而一吟淚下也？

同上

　　天下事有意為之，輒不能盡妙，而文章尤然。文章之間，詩尤然。世乃有日鍛月鍊之說，此所以用功者雖多，而名家者終少也。晚唐諸人議論雖淺俚，然亦有暗合者，但不能守之耳。所謂「盡日覓不得，有時還自來」[5]者，使所見果到此，則「采菊東籬下，悠然見南山」之句，有何不可為？唯徒能言之，此禪家所謂語到而實無見處也。往往有好句當面蹉

1　唐李頻佚詩斷句，失題。李又有〈寄友人〉詩句：詩近吟何句，鬚新白幾莖。〈哭賈島〉詩句：秦樓吟苦夜，南望只悲君。
2　即〈夜感自遣〉詩前二聯。首句「吟」字，《全唐詩》作「學」。詩題一作〈失志夜坐思歸楚江〉，又作〈苦學吟〉。
3　〈送無可上人〉詩：圭峰霽色新，送此草堂人。麈尾同離寺，蛩鳴暫別親。獨行潭底影，數息樹邊身。終有煙霞約，天臺作近鄰。
4　賈詩「獨行」二句下注此一絕，《全唐詩》題作〈題詩後〉。秋，《長江集新校》本作「丘」。
5　釋貫休〈詩〉：經天緯地物，動必計仙才。幾處覓不得，有時還自來。真風含素髮，秋色入靈臺。吟向霜蟾下，終需神鬼哀。

過，若「吟成一個字，撚斷幾莖鬚」[6]，不知何處合費許多辛苦？正恐雖撚盡須，不過能作「藥杵聲中搗殘夢，茶鐺影裡煮孤燈」[7]句耳。

（宋）蔡居厚《蔡寬夫詩話》

　　陳去非（陳與義字）嘗謂余言：「唐人皆苦思作詩，所謂『吟安一個字，撚斷數莖鬚』，『句向夜深得，心從天外歸』[8]，『吟成五字句，用破一生心』[9]，『蟾蜍影裡清吟苦，舴艋舟中白髮生』[10]之類是也。故造語皆工，得句皆奇，但韻格不高，故不能參少陵逸步。後之學詩者，倘或能取唐人語而掇入少陵繩墨步驟中，此連胸之術也。」

（宋）葛立方《韻語陽秋》卷二

　　魏崔浩多才思，愛吟詠。一日病起，友人戲曰：「非子病如此，乃子苦吟詩瘦也。」故杜公寄裴十詩云「知君苦思緣詩瘦」[11]，而李白寄杜公有「借問新來何瘦生，總為從前作詩苦」[12]，皆用此事也。

（宋）呂祖謙《詩律武庫》卷十二〈詠詩門〉

按：元辛文房《唐才子傳》卷一則載：崔顥苦吟詠，當病起清虛，友人戲之曰：
　　「非子病如此，乃苦吟詩瘦耳！」。

6　唐盧延讓〈苦吟〉詩：莫話詩中事，詩中難更無。吟安一個字，撚斷幾莖鬚。險覓
　　天應悶，狂搜海亦枯。不同文賦易，為著者之乎。
7　李洞〈贈曹郎中崇賢所居〉詩句。
8　唐劉昭禹佚詩斷句，失題。
9　方幹〈貽錢塘縣路明府〉詩：志業不得力，到今猶苦吟。吟成五字句，用破一生
　　心。世路屈聲遠，寒溪怨氣深。前賢多晚達，莫怕鬢霜侵。題一作〈感懷〉。
10　又方幹〈贈錢塘湖上唐處士〉詩句。
11　即杜甫〈暮登四安寺鐘樓寄裴十迪〉詩句：知君苦思緣詩瘦，太向交遊萬事慵。
12　即李白〈戲贈杜甫〉詩句。前句，清王琦輯注《李太白全集》卷三十作「借問別來
　　太瘦生」。

　　李太白一鬥百篇，援筆立成。杜子美改罷長吟，一字不苟。二公蓋亦
互相譏嘲，太白贈子美云：「借問因何太瘦生，只為從前作詩苦。」苦之
一辭，譏其困琱鐫也。子美寄太白云：「何時一樽酒，重與細論文。」[13]
細之一字，譏其欠縝密也。……余謂文章要在理意深長，辭語明粹，足以
傳世覺後，豈但誇多鬥速於一時哉！

（宋）羅大經《鶴林玉露》甲編卷六

　　詩要苦思，詩之不工，只是不精思耳。不思而作，雖多亦奚以為？古
人苦心終身，日煉月煆，不曰「語不驚人死不休」[14]，則曰「一生精力盡
於詩」。今人未嘗學詩，往往便你能詩，詩豈不學而能哉？

（元）楊載《詩法家數》〈總論〉

　　三百餘篇豈苦思，箇中妙處少人知。籟鳴機動何容力，才涉推敲不
是詩。

（元）黃庚〈論詩〉

　　世人作詩以敏捷為奇，以連篇累冊為富，非知詩也。老杜云：「語不
驚人死不休。」蓋詩須苦吟，則語方妙，不特杜為然也。賈閬仙（賈島
字）云：「兩句三年得，一吟雙淚流。」孟東野云：「夜吟曉不休，苦吟鬼
神愁。」盧延遜[15]云：「險覓天應悶，狂搜海亦枯。」杜荀鶴云：「生應無
輟日，死是不吟時。」[16]予由是知詩之不工，以不用心之故，蓋未有苦吟
而無好詩者。

（明）都穆《南濠詩話》

13　即杜甫〈春日憶李白〉詩句。
14　杜甫〈江上值水如海勢聊短述〉詩：為人性僻耽佳句，語不驚人死不休。老去詩篇
　　渾漫興，春來花鳥莫深愁。新添水檻供垂釣，故著浮槎替入舟。焉得思如陶謝手，
　　令渠述作與同遊？
15　當為盧延讓，見《全唐詩》卷七一五。
16　〈苦吟〉詩句。

　　黃鄮山評翁靈舒（宋翁卷字）、戴式之詩云：「近世有江湖詩者，曲心苦思，既與造化迥隔，朝推暮敲，又未有以溉其本根，而詩於是乎始卑。」然予以為其卑非自江湖始，宋初九僧已為許洞所困，又上泝於唐，則大曆而下，如許渾輩，皆空吟不學，平生鏤心嘔血，不過五七言短律而已。其自狀云：「吟安一個字，撚斷幾莖鬚。」不知李杜長篇數千首，安得許多鬍鬚撏扯也。苦哉！

（明）楊慎《升庵詩話》卷九

　　晚唐之詩分為二派：一派學張籍，則朱慶餘、陳標、任蕃、章孝標、司空圖、項斯其人也；一派學賈島，則李洞、姚合、方幹、喻鳧、周賀、「九僧」其人也。其間雖多，不越此二派，學乎其中，日趨於下。……唯搜眼前景而深刻思之，所謂「吟成五個字，撚斷幾莖鬚」也。余嘗笑之，彼之視詩道也狹矣。《三百篇》皆民間士女所作，何嘗撚鬚？今不讀書而徒事苦吟，撚斷肋骨亦何益哉！

同上卷十一

　　或曰：「詩，適情之具。染翰成章，自然高妙，何必苦思以鑿其真？」余曰：「『新詩改罷自長吟』，此少陵苦思處。使不深入溟渤，焉得驪頷之珠哉？」

　　…………

　　詩有天機，待時而發，觸物而成，雖幽尋苦索，不易得也。如戴石屏「春水渡旁渡，夕陽山外山」[17]，屬對精確，工非一朝，所謂「盡日覓不得，有時還自來」。

（明）謝榛《四溟詩話》卷二

---

17 戴復古（號石屏）〈世事〉詩句。

子美曰：「細雨荷鋤立，江猿吟翠屏。」[18]此語宛然入畫，情景適會，與造物同其妙，非沉思苦索而得之也。

同上卷二

元輕白俗，郊寒島瘦，此是定論。島詩：「獨行潭底影，數息樹邊身。」有何佳境，而三年始得，一吟淚流。

（明）王世貞《藝苑卮言》卷四

島才力既薄而識見尤卑，其詩有「秋風吹渭水，落葉滿長安」，[19]古今勝語，而不自知愛；如「獨行潭底影，數息樹邊身」，島先得上句，積思二年，乃得下句。有何佳境？乃云「二句三年得，一吟雙淚流」，其識見卑下可知。

（明）許學夷《詩源辯體》卷二十五

古今詩人摹寫覓句景象，有極工者。如「吟安五個字，捻斷幾莖鬚」；如「險覓天應悶，狂搜海亦枯」；如「竟日覓不得，有時還自來」；如「句向夜深得，心從天外歸」……如「兩句三年得，一吟雙淚流」；如「夜吟曉不休，苦吟神鬼愁」；如「生應無輟日，死是不吟時」……此非深於詩者不能道也！

（明）徐𤊹《徐氏筆精》卷三

詩思太苦則為方幹，太易則為子瞻，消息其間甚難。

（清）吳喬《圍爐詩話》卷三

---

18 杜甫〈暮春題瀼西新賃草屋五首〉其三詩句。
19 〈憶江上吳處士〉詩句：秋風生渭水，落葉滿長安。

作詩機神偶有敏鈍，忽然機到，則曰「詩應有神助」[20]；忽然機澀，則曰「老去詩篇渾漫與」。

（清）仇兆鰲《杜詩詳注》卷十

問：「有謂詩不假修飾苦思者，陳去非不以為然，引『蟾蜍影裡清吟苦，舴艋舟中白髮生』等句為證，二說宜何從？」

答：「苦思自不可少。然人各有能有不能，要各隨其性之所近，不可強同。」

（清）王士禎《師友詩傳續錄》

（賈）島矜而（魏）泰刻，吾欲以少陵「為人性僻耽佳句」二語，並渭南「作詩未必能傳後」[21]二語為二君解紛，有識者定不以為錯下名言也。

（清）宋長白《柳亭詩話》卷二十三

予嘗論詩有二道：曰工，曰佳。工者多出苦吟，佳者多由快詠。古人謂詩窮而後工，特為工者言耳；而佳詩，則必風流文采翩翩豪邁，能發廟朝太平之音，較之窮而後工者，有風雅正變之殊焉。

（清）孔尚任〈山濤詩集序〉

作詩者有神來之句，往往成於沖口信筆，所謂好詩必是拾得也。若有意作詩，則初得者為第一層，語必淺近；即第二層猶未甚佳，棄之而冥冥構思；直至第三層，方有妙緒。然第三層意必出之自然，仍如第一層語乃佳。不然，雕琢之過，露斧鑿痕，其不入於苦澀一派者幾希。

（清）王應奎《柳南隨筆》卷六

---

20 杜甫〈游修覺寺〉詩句：詩應有神助，吾得及春遊。

21 陸游（死前晉爵渭南伯）〈幽居遣懷三首〉其三詩句：作詩未必能傳後，要是幽懷得小攄。

　　桐城錢幼光（清錢澄之字）《田間集》有云：「虞山（清錢謙益，常熟人，縣境有虞山）不信詩有悟入一路，由其生長華貴，沉溺綺靡，兼以腹笥富而才情瞻。因題布詞，隨手敏捷，生平不知有苦吟之事，故不信有苦吟後之所得耳！苦吟之後，思維路盡，忽爾有觸，自然而成。若禪家所謂絕後重蘇，庸非悟乎？」少陵云：「語不驚人死不休。」驚人者，悟後句也。虞山不事苦吟，宜其無驚人句矣。

又《柳南續筆》卷四

孫　評

　　精思竭智苦吟和靈感率意而生，在詩歌創作中本該是共生現象，但在古代詩詞評論中，往往絕對對立，而且對苦吟多所貶抑。

　　誠然，詩有自然而得者，所謂文章本天成，妙手自得之。甚至還有率爾操觚，倚馬千言，所謂斗酒詩百篇的種種傳說。相反，也確有苦吟而陷於枯窘，如賈島「獨行潭底影，數息樹邊身」二句，雖耗時三年，還是入不了經典之列。但這不能成為全盤否定積累和苦吟的理由。

　　這裡涉及創作感悟與積累、苦吟的關係問題。有人認為寫詩與讀書是矛盾的，便說：非關書也；有人主張二者應該統一，則謂無學養終不成大器。在詩史上，有早年讀書甚少，開一代詩風者；也有晚年讀書愈多，而詩情萎靡不振者。然而這並非規律性的普遍現象，不可以偏概全。無數的創作實踐證明，靈感突發，往往神秘，看似偶然，實有必然。就是說，平時積學儲寶，在潛意識中，雖然胸中詩料飽和也不自知，偶遇機緣，情感衝擊，便電光火石，一觸即發。應當承認，如杜甫所云「讀書破萬卷，下筆如有神」，積累正是頓悟的必要條件，而讀書就是積累的一個重要方面。

　　但是，即使詩人積累博大精深，也有難見天日之虞，創作時靈感未必招即能來。這時，往往詩情紛亂，腦際意象模糊，於是苦吟則有「盤活」之功。王應奎說：「作詩者有神來之句，往往成於沖口信筆，所謂好詩必是拾得也。若有意作詩，則初得者為第一層，語必淺近；即第二層猶未甚佳，棄之而冥冥構思；直至第三層，方有妙緒。然第三層意必出之自然，仍如第一層語乃佳。不然，雕琢之過，露斧鑿痕，其不入於苦澀一派者幾希。」此論堪稱全面深邃，既不廢苦吟，又警惕苦吟流於「斧鑿」，敗於苦澀。

　　貶抑苦吟之論，從理論上看似乎就是一個偽問題。比較應當在同類之間進行，一點相同，異義乃見，非同類而比，其實等於無類比附。詩之成敗，因人而異，才情不同，多由天賦；學養異途，術業有專，成敗之機豈能同日而語？即使同一作者，也會因時、因地而前後懸殊，有江郎才盡的，也有大器晚成的，不可一概而論。不顧才情懸殊，硬把速度與品質加以比較，認為快詠之作就一定比苦吟之作好，這是邏輯上的混亂。合乎邏輯的比較，應當是才華同等，然後以苦吟與否，學養深淺，細較高下。王士禎曰：「苦思自不可少。然人各有能有不能，要各隨其性之所近，不可強同。」這說得就比較通達。

　　但事實上，才情與苦吟的關係也很複雜，是否同等才華就很難衡量判定。與其作簡單化的比較，不如從實踐上來驗證苦吟的得失。乾隆是位以「書生」自詡的皇帝，文化素養很高，尤愛作詩，在〈御制詩初集跋〉中自謂「若三日不吟，輒怳怳如有所失」。但他出手圖快，不願精思苦吟，認為寫詩「豈必待研警句，興之所至因筆拈」。據統計，他在位六十年間，詩作多達四萬餘首，然皆說教、匠氣之作。[22] 杜甫不但有超人才情，而且以精於律法善於鍾鍊著稱，「新詩改罷自長吟」，不能不說是他取得偉大成就的一個重要原因。賈島雖耽於苦吟而成就不大，但他如不苦吟，則推敲之典不成佳話，連「獨行潭底影」之句恐亦難得。反觀不乏才情、很有成就的大詩人，白居易「櫻桃樊素口，楊柳小蠻腰」、陸游「洗腳上床真一快」，明顯是敗筆，若能苦吟亦當不致貽笑後世。

---

22 唐文基、羅慶泗：《乾隆傳》（北京市：人民出版社，1994年），頁443、449。

陶令是「見」或「望」南山

　　陶淵明〈雜詩〉:「采菊東籬下，悠然見南山。」[1]往時校定《文選》，改作「悠然望南山」，似未允當。若作者「望南山」，則上下句意全不相屬，遂非佳作。

（宋）沈括《夢溪續筆談》

　　近世人輕以意改書。鄙淺之人，好惡多同，故從而和之者眾，遂使古書日就訛舛，深可忿疾。……陶潛詩:「采菊東籬下，悠然見南山。」采菊之次，偶然見之，初不用意，而境與意會，故可喜也。今皆作「望南山」。（下文接評改杜詩一字，略）……二詩改此二字，便覺一篇神氣索然也。

（宋）蘇軾《東坡志林》卷五，此則據《稗海》本

按：此則又見同書卷七、宋胡仔《苕溪漁隱叢話》前集卷三引載。

　　「采菊東籬下，悠然見南山。」因采菊而見山，境與意會，此句最有妙處。近歲俗本皆作「望南山」，則此一篇神氣都索然矣。古人用意深微，而俗士率然妄以意改，此最可疾。

又《東坡題跋》卷二

　　詩以一字論工拙。……記在廣陵日，見東坡云:「陶淵明意不在詩，

1　即〈飲酒二十首〉詩其五:結廬在人境，而無車馬喧。問君何能爾？心遠地自偏。采菊東籬下，悠然見南山。山氣日夕佳，飛鳥相與還。此還有真意，欲辨已忘言。見，梁蕭統編《昭明文選》卷三十作「望」。

詩以寄其意耳。『采菊東籬下，悠然望南山』，則既采菊又望山，意盡於此，無餘蘊矣，非淵明意也。『采菊東籬下，悠然見南山』，則本自采菊，無意望山，適舉首而見之，故悠然忘情，趣閑而景遠。」此未可於文字精粗間求之，以比碔砆美玉不類。

（宋）晁補之《無咎題跋》卷一

友人稱一士人詩云「西出潼關客路迷，一胡蘆酒一篇詩。胡蘆酒盡興未盡，坐看春山春盡時。」……陶淵明云：「采菊東籬下，悠然見南山」矣。於是模寫景物，則曰「山氣日夕佳，飛鳥相與還」。吟詠情性，則曰「此中有真意，欲辨已忘言」，於是成篇古詩。猶下（今人郭紹虞注：疑有脫字）看春山春盡，有何意味，而遽成詩乎？

（宋）范溫《潛溪詩眼》

「采菊東籬下，悠然見南山」，此其閑遠自得之意，直若超然邈出宇宙之外。俗本多以「見」字為「望」字，若爾，便有褰裳濡足之態矣。乃知一字之誤，害理有如是者。《淵明集》世既多本，校之不勝其異。……若此等類，縱誤不過一字之失，如「見」與「望」，則並其全篇佳意敗之。

（宋）蔡居厚《蔡寬夫詩話》

如淵明曰：「采菊東籬下，悠然見南山。」其渾成風味，句法如生成。而俗人易曰「望南山」，一字之差，遂失古人情狀，學者不可不知也。

（宋）惠洪《冷齋夜話》卷四

味有不可及者，淵明是也。……淵明「狗吠深巷中，雞鳴桑樹顛」、「采菊東籬下，悠然見南山」，此景物雖在目前，而非至閑至靜之中，則不能到，此味不可及也。

（宋）張戒《歲寒堂詩話》卷上

　　陶淵明詩：「采菊東籬下，悠然見南山。」采菊之際，無意於山，而景與意會，此淵明得意處也。

（宋）陳善《捫虱新語》下集

　　東坡拈出陶淵明談理之詩，前後有三：一曰「采菊東籬下，悠然見南山。」……皆以為知道之言。蓋摛章繪句，嘲弄風月，雖工亦何補。若覰道者，出語自然超詣，非常人能蹈其軌轍也。

（宋）葛立方《韻語陽秋》卷三

　　東坡以淵明「采菊東籬下，悠然見南山」，無識者以「見」為「望」，不啻碔砆之與美玉。然余觀樂天〈效淵明詩〉有云：「時傾一尊酒，坐望東南山。」[2]然則流俗之失久矣。唯韋蘇州〈答長安丞裴說〉詩有云：「采菊露未晞，舉頭見秋山。」[3]乃知真得淵明詩意，而東坡之說為可信。

（宋）吳曾《能改齋漫錄》卷三

　　人之於物，可寓意而不可留意，昔有是言矣！蓋留意於物，則意為物役，不能為我樂而適為我累耳。山本無情，而好山者每每用意過當。……「采菊東籬下，悠然見南山。」始無意適與意會，千載之內，唯淵明得之。所謂悠然者，蓋在有意無意之間，非言所可盡也。

（宋）牟巘《牟巘詩話》

　　陶淵明「采菊東籬下，悠然見南山」，識者稱之不容口。今之云然者，不過野人議壁隨和稱好耳，求其真識亦幾人哉！或以為「望南山」，

2　即白居易〈效陶潛體詩十六首〉其九詩句。

3　韋應物詩句原為：臨流意已淒，采菊露未晞。舉頭見秋山，萬事都若遺。

此又所以謂曲士不可以語道者也。雖樂天猶不免此矣，獨韋應物有「采菊
露未晞，舉頭見秋山」為近之，然粘皮骨矣。嗚呼！淵明妙處，豈可以意
識求哉！

（明）劉績《霏雪集》卷上

「見」字，無心得妙。

（明）鍾惺、譚元春《古詩歸》卷九夾批

「采菊」二句，俱偶爾之興味。東籬有菊，偶爾采之，非必供下文佐
飲之需；而南山之見，亦是偶爾湊趣。下四句，卻單承南山說來，廬之結
此，原因南山之佳。……結廬之妙，正在不遠不近，可望而見之間，所謂
「在人境」也。若不從南山說起，何異闤闠？然直從南山說起，又少含
蘊，故不曰「望」而曰「見」。「望」有意，「見」無意。山且無意而見，
菊豈有意而采？不過借東籬下以為見南山之地，而取采菊為見山之由也。
「悠」字具遠、久二義，加一「然」字，則不取義而取意，乃自得之謂
也。此意宜在見南山之後，乃置於「見」字之上者，蓋此自得之趣，在於
吾心，不關南山之見與不見也。……「此中」句，緊承四句，而「意」字
從上文「心」字生出，又加一「真」字，更跨進一層。則「心遠」為一篇
之骨，而「真意」又為一篇之髓。「欲辨忘言」，謂此真意非言所能辨。

（清）吳淇《六朝選詩定論》卷十一

心不滯物，在人境不虞其寂，逢車馬不覺其喧。籬有菊則采之，采過
則已，吾心無菊。忽悠然而見南山，日夕而見山氣之佳，以悅鳥性，與之
往還，山花人鳥，偶然相對，一片化機，天真自具，既無名象，不落言
筌，其誰辨之？

（清）王士禎《古學千金譜》，轉引自北京大學中文系《陶淵明詩文匯評》

「悠然望南山。」望，一作「見」。就一句而言，「望」字誠不若「見」字為近自然，然山氣、飛鳥皆望中所有，非復偶然見此也。「悠然」二字從上「心遠」來。東坡之論不必附會。

　　　　　　　　　　　　　（清）何焯《義門讀書記》卷四十七〈文選〉

　　若淵明「采菊東籬下，悠然見南山。」「平疇交遠風，良苗亦懷新。」中有元化，自在流出，烏可以道理計？

　　　　　　　　　　　　　　　　（清）沈德潛《說詩晬語》卷上

　　（「采菊」二句）今按陶詩妙處，在「悠然」字，神味無窮。

　　　　　　　　　　　　　　　　（清）施鴻保《讀杜詩說》卷九

　　有有我之境，有無我之境。……「采菊東籬下，悠然見南山。」……無我之境也。有我之境，以我觀物，故物皆著我之色彩。無我之境，以物觀物，故不知何者為我，何者為物。

　　　　　　　　　　　　　　　　（近代）王國維《人間詞話》

　　（陶淵明）他非常之窮，而心裡很平靜。家常無米，就去向人家門口求乞。他窮到有客來見，連鞋也沒有，那客人給他從家丁取鞋給他，他便伸了足穿上了。雖然如此，他卻毫不以為意，還是「采菊東籬下，悠然見南山」。這樣的自然狀態，實在不易模仿。他窮到衣服也破爛不堪，卻還在東籬下采菊，偶然抬起頭來，悠然的見了南山，這是何等自然。

　　　　　　　　　　　（近人）魯迅〈魏晉風度及文章與藥及酒之關係〉

　　陶詩：「采菊東籬下，悠然見南山。」〈飲酒〉其一人或以為此句乃抬頭而見南山就寫出來，其實絕不然。決非偶然興到機緣湊拍之作，人與南山在平日已物我兩渾，精神融洽，有平時醞釀的功夫，適於此時一發之耳。

素日已得其神理，偶然一發，此蓋其醞釀之功也。

（今人）顧隨《駝庵詩話》

　　世之論陶淵明者多誤於其「采菊東籬下，悠然見南山」二句。認淵明不可從此認，以斷句評人，最不可如此。

同上

　　「采菊東籬下，悠然見南山。」千古名句。也是千古的謎，究為何意，無人懂。悠然的是什麼？若作見雞說雞、見狗說狗，豈非小兒，更非淵明。可以說是把小我沒入大自然之內了。

同上

　　「采菊東籬下，悠然見南山」，其中的「見」字，一本又做「望」，那麼究竟哪個好呢？當然是「見」字好。因為「望」是連續地做了兩件事，采菊與望山，而「見」是從東籬采菊直接飛躍到南山，從隱居的局部生活中飛躍到歸隱的終身行止，其所以「悠然」，不正是無愧於平生嗎？南山是陶淵明生活中朝夕與共的，看一眼不過是家常便飯，但今天的南山是不待看而來了，倏然映入眼簾，不期然地面對面，彷彿如同初次的相會，因而別有天地。這便是語言的飛躍所帶給人的新鮮印象與無盡的言說。

（今人）林庚《唐詩綜論》〈漫談中國古典詩歌的藝術借鑒〉

孫 評

　　中國古代詩評有「以一字論工拙」的傳統，這在世界詩歌史上可能是獨一無二的。為了陶淵明「悠然見南山」中的「見」字，從沈括爭論到今人，除了其他原因以外，還有一個原因，那就是有一個參照。宋人發現一個版本，並不是悠然「見」南山，而是悠然「望」南山。言「見」字妙者，以蘇軾為代表，認為精彩在「偶然」：「采菊之次，偶然見之，初不用意，而境與意會，故可喜也。」如果是「望南山」，「便覺一篇神氣索然也。」為什麼「望」就神氣索然呢？他對晁補之解釋說：如果是「望南山」，「則既采菊又望山，意盡於此，無餘蘊矣」；而「見南山」，「則本自采菊，無意望山，適舉首而見之，故悠然忘情，趣閑而景遠。」這裡有所發揮，但意思無非是「無意」、「忘情」，還是沒有講透，所以後來就成追索不已的懸案。

　　南宋主張「詩味」的張戒曾說，其詩味在「至閑至靜」。這只限於感覺，也未深入。大概再往後一百多年，牟巘在跋一幅圖畫時涉筆這個問題，才有了較大的進展。他說：「所謂悠然者，蓋在有意無意之間，非言所可盡也。」他的「有意無意之間」說，主要是從人生哲理著筆，突破了前人的「無意」說，把無意和有意結合起來，這比前人多少又有所深入。更為重要的，他還觸及了「無意」以下的盲點：「人之於物，可寓意而不可留意，昔有是言矣！蓋留意於物，則意為物役，不能為我樂而適為我累耳。」這亮點在於，提出了「寓意」和「留意」的矛盾，強調「留意於物」最大的危險是「意為物役」。

　　這個「物役」的「役」，很值得重視。役與勞相連，所以有勞役，服役。役，是被動的，強制的，不是自由的，所以有兵役、奴役甚至苦役之語。所有這些被動之役，都來自客觀的、外在的壓力。而在陶淵明心目中，「役」有兩種，一種是來自外在的物質條件，就是

〈歸去來辭序〉中說的「心憚遠役」、「口腹自役」。但是物質的「役」在一定條件下，可能轉化為精神的，這就是第二種「役」，就是辭文一開頭就說的「心為形役」，心（精神）被生理的、物質的需求壓抑了，就不自由了。心之所以被形所役，就是因為心屈服於物的欲望，為了使「心」不為自己的「形」奴役，所以他才自我罷官。只有心中消除了欲望，才能消除外形的壓力，才能獲得最大的自由，進入自在、自如、自得的心境。

而「見南山」，恰恰就是這種境界的藝術化、審美化。用語言表述出來就是「無心」，也即他在〈歸去來辭〉中所寫的「雲無心以出岫」，像雲一樣「無心」，沒有目的。見南山，就是詩人對於美好的景觀，也是一種悠然、怡然、隨意、無目的的姿態。這種境界，似乎很合乎康德的無目的合目的的美感境界。對此最好的詮釋，就是陶氏的〈桃花源記〉。那麼美好的一個地方，無意中發現了，留下了驚人的美感，但是有意去尋找，卻沒有結果。與之相比，「望南山」就不同。與無心相對的是有心，就是有目的，有心、有目的去望，就不瀟灑了。因為「望」字隱含著主體尋覓的動機，也就不自由了，不自然了，不自在了，不自如了，不美了。

如果要說「詩眼」，這個「見」字，的確就是全詩最為重要的「詩眼」。

從詩學上說，這是樸素之美。是無意的感觸，不是有心的追尋，是一種順帶的，瞬時即逝的飄然的感覺，是美好的。然而，這種瞬時即逝的感覺，對於一般人來說，是沒有感覺的感覺，恰恰被詩人發現了，提醒了，無意中體悟，不是頓悟，而是漸悟，詩情就脫俗了。但是脫俗如何變得高雅呢？

要注意的是，上句還有兩個意象：一個是「籬」（東籬），一個是「菊」（采菊）。「籬」和詩起句「廬」相呼應，簡陋的居所和樸素的環境，是統一的，和諧的。但是，樸素中有美，這就是菊花。

「菊」這個意象，有著超越字面的內涵，那就是清高。這種清高，都從「無心」而來，沒有自我炫耀的意味，既是悠然、淡然、怡然的心態，又是自然的樸實無華的語態。在陶淵明的時代，詩壇上盛行的是華貴之美。謝靈運與他生活年代相差無幾，謝有了「池塘生春草」這樣的佳句，還要在後面加上「園柳變鳴禽」才放心，華彩的詞章配上強烈的感情是當時風氣。但是，陶詩開拓的是簡樸之美。越是簡樸，越是沒有形容、沒有誇飾、沒有感歎，越是高雅；相反愈是華彩，愈是熱烈，卻愈是低俗。在這裡，愈是無意，愈是自由，也就愈是淡泊，而愈是有意，感情就可能越強烈、華彩，就可能陷入俗套。

　　一千年間科學、經濟、文化不知進步了多少，可是對於這一個字的解釋，卻仍然眾說紛紜。就是王國維用「無我」之境來解讀，也還是不盡人意。其實，這裡並不完全純粹是「以物觀物」的「無我」，而是一種超越了外在壓力和內心壓力的，在審美的境界裡留連忘我的享受。忘我的初級層次，是對物質欲望的「無心」，因而結廬人境，而對「車馬」（在當時有車馬是很豪華的，普通人只能騎牛、驢）、「聲喧」毫無感覺；第二個層次就是對於內心欲望的「無心」，正是因為這樣，才能從「犬吠深巷」、「雞鳴桑樹」中得到心靈的慰藉；第三個層次，則是更高的審美自由，在「采菊東籬下，悠然見南山」之際，享受那漫不經心的一瞥。這不但是「無心」的，朦朦朧朧的，而且和「曖曖遠人村，依依墟里煙」的境界一樣，感情是不強烈的，卻是自然的、樸素的美感境界。

評「池塘生春草」

　　《謝氏家錄》云：「康樂每對惠連，輒得佳語。後在永嘉西堂思詩，竟日不就，寤寐間忽見惠連，即成『池塘生春草』[1]。故嘗云：『此語有神助，非我語也。』」

（南朝梁）鍾嶸《詩品》卷中

　　凡高手，言物及意，皆不相倚傍。……又「池塘生春草，園柳變鳴禽」……是其例也。

　　詩有天然物色，以五彩比之而不及。由是言之，假物不如真相，假色不如天然。……中手倚傍者，如「餘霞散成綺，澄江淨如練」[2]，此皆假物色比象，力弱不堪也。

（唐）王昌齡《詩格》，此則轉引自日僧遍照金剛《文鏡秘府論》南卷〈論文意〉

　　夢得池塘生春草，使我長價登樓詩。

（唐）李白〈贈從弟南平太守之遙二首〉

　　夢得春草句，將非惠連誰？

又〈感時留別從兄徐王延年從弟延陵〉

1　謝靈運〈登池上樓〉詩：潛虯媚幽姿，飛鴻響遠音。薄霄愧雲浮，棲川怍淵沉。進德智所拙，退耕力不任。徇祿反窮海，臥痾對空林。衾枕昧節候，褰開暫窺臨。傾耳聆波瀾，舉目眺嶇嶔。初景革緒風，新陽改故陰。池塘生春草，園柳變鳴禽。祁祁傷豳歌，萋萋感楚吟。索居易永久，離群難處心。持操豈獨古，無悶征在今。

2　南朝齊謝朓〈晚登三山還望京邑〉詩句。

吾家白額駒，遠別臨東道。他日相思一夢君，應得池塘生春草。

又〈送舍弟〉

　　且如「池塘生春草」，情在言外；「明月照積雪」，旨冥句中。風力雖齊，取興各別。……其有二義：一情，一事。……情者如康樂公「池塘生春草」是也。抑由情在言外，故其辭似淡而無味，常手覽之，何異文侯聽古樂哉。〈謝氏傳〉曰：「吾嘗在永嘉西堂作詩，夢見惠連，因得『池塘生春草。』豈非神助乎？」

（唐）皎然《詩式》卷二

　　詩有三格：一曰情，二曰意，三曰事。

　　情格一：耿介曰情。外感於中而形於言，動天地感鬼神，無出於情，三格中情最切也。如謝靈運詩：「池塘生春草，園柳變鳴禽。」……此皆情也。如此之用，與日月爭衡也。

（唐）舊題賈島《二南密旨》

　　田承君云：「『池塘生春草』，蓋是病起忽然見此為可喜，而能道之，所以為貴。」

（宋）王直方《王直方詩話》

　　靈運在永嘉因夢惠連，遂有「池塘生春草」之句；玄暉（謝朓字）在宣城，因登三山，遂有「澄江靜如練」之句。二公妙處，蓋在於鼻無堊，目無膜爾。鼻無堊，斤將曷運？目無膜，斤將曷施？所謂混然天成，天球不琢者歟！

（宋）唐庚《唐子西文錄》

按：此則又見宋葛立方《韻語陽秋》卷一

　　舒公（王安石）云：「『池塘生春草，園柳變鳴禽』之句，謂有神助，其妙意不可以言傳。」而古今文士多從而稱之，謂之確論。獨李元膺曰：「余反覆觀此句，未有過人處，不知舒公何從見其妙？」蓋古今佳句在此一聯之上者尚多。古之人意有所至，則見於情，詩句蓋其寓也。謝公平生喜見惠連，夢中得之，蓋當論其情意，不當泥其句也。

（宋）惠洪《冷齋夜話》卷三

　　「池塘生春草，園柳變鳴禽。」世多不解此語為工，蓋欲以奇求之耳。此語之工，正在無所用意，猝然與景相遇，藉以成章，不假繩削，故非常情所能到。詩家妙處，當須以此為根本，而思苦言難者，往往不悟。

（宋）葉夢得《石林詩話》卷中

　　潘（岳）陸（機）以後，專意詠物，雕鐫刻鏤之工日以增，而詩人之本旨掃地盡矣。謝康樂「池塘生春草」，顏延之「明月照積雪」，按：「明月照積雪」乃謝靈運詩，謝玄暉「澄江靜如練」……就其一篇之中，稍免雕鐫，粗足意味，便稱佳句。

（宋）張戒《歲寒堂詩話》卷上

　　靈運有「池塘生春草」之句，自謂神授。此固佳句，然亦人所能道者。第以靈運平日好雕琢，此句得之自然，故以為奇爾。

（宋）張九成《張九成詩話》

　　劉昭禹云：五言如四十個賢人，著一個屠沽不得。覓句者若掘得玉匣子，有底有蓋，但精心必獲其寶。然昔人「園柳變鳴禽」，竟不及「池塘生春草」……此數公未始不精心。似此，知全其寶者，未易多得。

（宋）黃徹《䂬溪詩話》卷五

學詩渾似學參禪，自古圓成有幾聯？春草池塘一句子，驚天動地至今傳。

（宋）吳可〈學詩〉，轉引自宋魏慶之《詩人玉屑》卷一

二公（指謝「池塘」、謝朓「澄江」詩句）妙處，蓋在於鼻無堊、目無膜爾。鼻無堊，斤將曷運？目無膜，篦將曷施？所謂混然天成，天球不琢者與？

（宋）葛立方《韻語陽秋》卷一

《石林詩話》云：謝靈運詩：「池塘生春草，園柳變鳴禽。」此語之工，正在於無心猝然與景相遇，備以成章，不假繩削，故非常情之所能到。僕謂靈運製登池樓詩，而於西堂致思，竟日不就，忽夢惠連得此句，遂足其詩，是非登樓時倉卒對景而就者。謂猝然與景相遇，備以成章，殆恐未然。蓋古人之詩，非如今人牽強輳合，要得之自然，如思不到，則不肯成章。故此語因夢得之自然，所以為貴。

（宋）王楙《野客叢書》卷十九

「池塘生春草，園柳變鳴禽。」

靈運坐此詩得罪，遂托以阿連夢中授此語。有客以請舒王曰：「不知此詩何以得名於後世？何以得罪於當時？」舒王曰：「權德輿已嘗評之，公若未尋繹爾！」客退而求德輿集，了無所得，復以為請。舒王誦其略曰：「池塘者，泉水瀦既之地，今日『生春草』，是王澤竭也。〈豳〉詩所紀一蟲鳴，則一候變，今日『變鳴禽』者，候將變也。」

（宋）陳應行《吟窗雜錄》卷三十八

謝靈運「池塘生春草」之句，說詩者多不見其妙，此殆未嘗作詩之苦耳。蓋是時春律將盡夏景已來，草猶舊態，禽已新聲。所以先得變夏禽一

句，語意未見，則向上一句，尤更難著。及乎惠連入夢，詩意感懷，因植物之未變，知動物之先時，意到語到，安得不謂之妙？諸家詩話所載，未參此理，數百年間，唯杜子美得之。故云：「蟻浮猶臘味，鷗泛已春聲。」[3]句中著「猶」字、「已」字，便見本意。然比靈運句法，句法已覺道盡，況下於子美者乎？

（宋）曹彥約《曹彥約詩話》

作詩必以巧進，以拙成。故作字唯拙筆最難，作詩唯拙句最難。至於拙，則渾然天全，工巧不足言矣。古人拙句，曾經拈出，如「池塘生春草」、「楓落吳江冷」、「澄江靜如練」……

（宋）羅大經《鶴林玉露》丙編卷三

漢魏古詩，氣象混沌，難以句摘。晉以還方有佳句，如淵明「采菊東籬下，悠然見南山」，謝靈運「池塘生春草」之類。謝所以不及陶者，康樂之詩精工，淵明之詩質而自然耳。

（宋）嚴羽《滄浪詩話》〈詩評〉

好詩不在多，自足傳不朽。池塘生春草，餘句世無取。

（宋）趙蕃〈重陽近矣，風雨驟至，誦邠老「滿城風雨近重陽」之句，
輒為一章，書呈教授沅陵〉

「池塘生春草」此五字，何奇而謂之神哉？嗚呼，是乃所以為詩也，不鉤章，不棘句，不嘔己心，不鯁人喉，其斯之謂詩矣！

（宋）姚勉《姚勉詩話》

3　杜甫〈正月三日歸溪上有作，簡院內諸公〉詩句。

「池塘生春草，園柳變鳴禽」，本非傑句，而靈運得意焉者。有請康節（邵雍）云：禽鳥飛類，得氣之先者，故堯定四時，必以鳥獸。……靈運意亦然，謂池塘方生春草，園柳已變鳴禽。曰變者，言其感化之速，往往人未及知。靈運意到而語未到，夢中忽得之，故謂有神助。

（宋）俞文豹《吹劍三錄》

謝靈運夢見惠連而得「池塘生春草」之句，以為神助。《石林詩話》云：「（同上引，略）」《冷齋》云：「（節錄上引，略）」張九成云：「謝靈運平日好雕鐫，此句得之自然，故以為奇。」田承君云：「（同上引，略）」予謂天生好語，不待主張；苟為不然，雖百說何益。李元膺以為「反復求之，終不見此句之佳」，正與鄙意暗同。蓋謝氏之誇誕，猶存兩晉之遺風，後世惑於其言而不敢非，則宜其委曲之至是也。

（金）王若虛《滹南詩話》卷上

池塘春草謝家真，萬古千秋五字新，傳語閉門陳正字，可憐無補費精神。

（金）元好問〈論詩三十首〉其二十九

坎井鳴蛙自一天，江山放眼更超然。情知春草池塘句，不到柴煙糞火邊。

又〈論詩三首〉其一

池上樓，永嘉郡樓。此詩句句佳，鏗鏘瀏亮，合是靈運第一等詩。……（「池塘」句）此句之工，不以字眼，不以句律，亦無甚深意奧旨，如〈古詩〉及建安諸子，「明月照高樓」、「高臺多悲風」及靈運之「曉霜楓葉丹」[4]，皆天然渾成，學者當以是求之。

（元）方回《方回詩話》

---

4 謝靈運〈晚出西射堂〉詩句：曉霜楓葉丹，夕曛嵐氣陰。

　　古今詩人自得語，非其自道，未必人能得之。如謝靈運「池塘生春草」，自謂夢惠連，至如有神助。非其鄭重自愛，兼家庭昆弟之樂，托之里許，此五字本無工致，或者人亦皆能及也。其二語為「園樹雙鳴禽」，此句乃似作意。又或以「雙」為「變」，「變」不如「雙」，「雙」乃有一時自然之趣。靈運倘不自發其趣，後人當更愛下句耳。

（元）劉將孫《劉將孫詩話》

　　古詩與律不同體，必各用其體乃為合格。然律猶可間出古意，古不可涉律。古涉律調，如謝靈運「池塘生春草，紅藥當階翻」，雖一時傳誦，固已移於流俗而不自覺。

（明）李東陽《麓堂詩話》

　　少日讀此不解，中歲以來，始覺其妙。意在言外，神交物表，偶然得之，有天然之趣，所以可貴。謝客自謂「殆有神助」，非虛語也。今觀謝客諸作，皆精煉似此者絕少，信乎有神助也。

（明）安磐《頤山詩話》

　　《捫虱新話》曰：「詩有格有韻，淵明『悠然見南山』之句，格高也；康樂『池塘生春草』之句，韻勝也。」格高似梅花，韻勝似海棠。欲韻勝者易，欲格高者難。兼此二者，唯李杜得之矣。

（明）謝榛《四溟詩話》卷二

　　謝靈運「池塘生春草」，造語天然，清景可畫，有聲有色，乃是六朝家數，與夫「青青河畔草」⁵不同。葉少蘊但論天然，非也。又曰：「若作

5　樂府古辭〈飲馬長城窟行〉詩句：青青河畔草，緜緜思遠道。　又《古詩十九首》其二詩句：青青河畔草，鬱鬱園中柳。

『池邊』、『庭前』，俱不佳。」非關聲色而何？

同上

「明月照積雪」，是佳境，非佳語。「池塘生春草」，是佳語，非佳境。此語不必過求，亦不必深賞。

（明）王世貞《藝苑卮言》卷三

「池塘生春草」，不必苦謂佳，亦不必謂不佳。靈運諸佳句，多出深思苦索，如「清暉能娛人」[6]之類，雖非鍛鍊而成，要皆真積所致。此卻率然信口，故自謂奇。

（明）胡應麟《詩藪》外編卷二

（「池塘」句）俱千古奇語，不宜有所附麗。文章妙境，即此了然，齊隋以還，神氣都盡矣。

（明）陳繼儒《佘山詩話》卷下

詩句之妙，正在無意中得之。「池塘春草」，語亦平淡；「曲終不見」[7]，詞雖警拔，而亦詩人所能到語也。

（明）謝肇淛《文海披沙》卷六

「池塘生春草」，在謝未為絕到之語，而殊自矜負。有識者論之云：「謝諸作多出苦思，此獨天機偶會故也。」如權文公（唐權德輿，死後諡文）托諷之說，腐儒強作解事，令人厭憎。

（明）馮復京《說詩補遺》卷三

6　謝靈運〈石壁精舍還湖中作〉詩句：清暉能娛人，遊子憺忘歸。
7　指唐錢起〈省試湘靈鼓瑟〉詩句：曲終人不見，江上數峰青。

「池塘生春草」，情在言外，「明月照積雪」，旨冥句中，風力雖齊，取興各別。詩有二義，一曰情，二曰事。……情者，如康樂公「池塘生春草」是也。抑由情在言外，故其詞似淡而無味，常手覽之，何異文侯聽古樂哉！

（明）鍾惺《詞府靈蛇二集》精集四

謝康樂「池塘生春草」得之夢中，評詩者或以為尋常，或以為淡妙，皆就句中求之耳。單拈此句，亦何淡妙之有？此句之根在四句之前，其云「臥痾對空林，衾枕昧節候」，乃其根也。「褰開暫窺臨」下歷言所見之景，而至於池塘草生，則臥痾前所未見者，其時流節換可知矣。此等處皆淺淺易曉，然其妙在章而不在句，不識讀詩者何必就句中求之也。

（明）黃諄耀《黃諄耀詩話》

總之本領人下語下字，自與凡人不同。雖未嘗不煉，然指他煉處，卻無爐火之跡。若不求其本領，專學他一二字為煉法，是藥汞銀，非真丹也。吾嘗謂眼前尋常景，家人瑣俗事，說得明白，便是驚人之句。蓋人所易道，即人所不能道也。如飛星過水，人人曾見，多是錯過，不能形容，虧他收拾點綴，遂成奇語。駭其奇者，以為百煉方就，而不知彼實得之無意耳。即如「池塘生春草」，「生」字極現成，卻極靈幻。雖平平無奇，然較之「園柳變鳴禽」更為自然。

（清）賀貽孫《詩筏》

權文公謂其托諷深重，為廣州禍張本。此等附會惡劣，勝致頓削，余所恨恨；而荊公天資巉刻，取為美談，乃東坡詩案禍所由階。……《苕溪詩話》以「園柳變鳴禽」不若前句，以此知全寶不易得。余竊以上句「生」字，嫌其未亮；下句「變」字，筆底有造化遷移，最為神活。《石林詩話》作「變夏禽」，失其旨矣。

（清）吳景旭《歷代詩話》卷三十二

　　全詩妙處全在「衾枕昧節候」一句，為一章關鎖。……細玩「池塘生春草」二句，的是仲春景，「初景」二句，卻是初春景。妙在不昧，時猶帶昧意。蓋康樂於去年七月十六日自京起身，比其到郡，當在秋冬之際，種種憤懣無從告訴，只是悠悠忽忽輾轉衾枕之中，其與節候只知有緒風故陰耳。及當窺臨之時，忽見春草云云，始知緒風為初景所革，故陰為新陽所改矣。不然，池塘之草胡為而生，柳邊之禽胡為而鳴哉！以久昧節候之人，當此那得不傷祁祁之幽歌，而驚時序之屢遷，感淒淒之楚吟，而痛羈旅之無極耶？

（清）吳淇《六朝選詩定論》卷十四

　　「池塘生春草」、「蝴蝶飛南園」[8]、「明月照積雪」，皆心中目中與相融浹，一出語時，即得珠圓玉潤；要亦各視其所懷來，而與景相迎者也。

（清）王夫之《薑齋詩話》卷下

　　（《登池上樓》詩）始終五轉折，融成一片，天與造之，神與運之。嗚呼，不可知已！「池塘生春草」，且從上下前後左右看取，風日雲物，氣序懷抱，無不顯者，較「蝴蝶飛南園」之僅為透脫語，尤廣遠而微至。

又《古詩評選》卷五

　　康樂「池塘生春草，園柳變鳴禽」，亦一時意興妙語耳，乃自謂有神助。

（清）葉矯然《龍性堂詩話初集》

　　詩不在多，有以一句流傳千古者，如崔信明「楓落吳江冷」是也。康樂之「池塘生春草」，道衡之「空梁落燕泥」，則全篇又賴以生色矣。

（清）宋長白《柳亭詩話》卷九

8　張協〈雜詩〉詩句：借問此何時？蝴蝶飛南園。

　　《謝氏家錄》云：「（見上引，略）」《吟窗雜錄》云：「（參上引，略）」半山讀書辨而且博，所引故當不忘，然信如德興所解，則文人動口皆成詩賬矣！

同上卷三十

　　（謝靈運〈登池上樓〉詩）只似自寫懷抱。然刊置別處不得，循諷再四，乃覺巧不可階。「池塘」一聯兼寓比托，合首尾咀之，文外重旨隱躍。……「池塘」一聯驚心節物，乃爾清綺，唯病起即目，故千載常新。

（清）何焯《義門讀書記》卷四十六〈文選〉

　　「池塘生春草」，偶然佳句，何必深求？權德興解為「王澤竭，候將變」，何句不可穿鑿耶！

（清）沈德潛《古詩源》卷十

　　古今流傳名句，如「思君如流水」，如「池塘生春草」，如「澄江淨如練」……情景俱佳，足資吟詠。然不如「南登霸陵岸，回首望長安。」[9] 忠厚悱惻，得「遲遲我行」[10]之意。

又《說詩晬語》卷上

　　謝康樂「池塘生春草，園柳變鳴禽」之句，自謂語有神助。李元膺則曰：「余反復觀此句，未見有過人處，而譽之盛者，則又以為妙處不可言傳，其實皆門外語也。」按《陶弇集》云：「（即引以上黃淳耀語，略）」此評自是確論。若《吟窗雜錄》謂靈運因此詩得罪，遂托以阿連夢中授之。權文公評之云……夫鍛鍊周納以入人罪，亦復何所不可，若以之論

9　王粲〈七哀〉詩句。

10　《孟子》〈盡心〉：孔子之去魯，曰：「遲遲吾行也。」去父母國之道也。

詩，則入魔道矣。

（清）梁紹壬《兩般秋雨庵隨筆》卷三

按：清梁章鉅《浪跡叢談》卷十所載一則，與此大同小異。

　　謝客詩蕪累寡情處甚多，「池塘生春草」句，自謂有神助，非吾語，良然。蓋其一生，作得此等自在之句，殊甚稀耳。……然則謝公此句，論之者凡六家，只王、李（王若虛、李元膺）之見相似。愚舊論適與張尚書（張九成，曾權尚書省禮部侍郎）暗合，王、李終不免以奇求之耳。若權文公……穿鑿太甚，亦不足辯矣。

（清）潘德輿《養一齋詩話》卷二

　　李西涯謂古詩不可涉律調，是也。然謂靈運「池塘生春草」，「紅藥當階翻」，已移於流俗，則不可解。「池塘」句天然流出，與「明月照積雪」，「天高秋月明」，同一妙境，皆靈運所僅。……「紅藥」句乃玄暉作，謂靈運亦誤。

同上卷四

　　「明月照高樓」，「池塘生春草」等句，皆平平耳，何以遂傳誦今古也？此中急切索解人不得。

（清）嚴廷中《藥欄詩話》乙集

　　（《濟南詩話》）惟於大謝「池塘生春草」句，獨取李元膺「反覆求之終不見佳」之論，以為謝氏誇誕，猶存兩晉遺風，後世惑於其言而不敢非，則通人之言也。

（近代）李慈銘《越縵堂詩話》卷上

　　謝康樂〈登池上樓〉詩：「池塘生春草，園柳變鳴禽。」只是臥病初

起，耳目一新。昔人求其說不得，至謂「王澤竭而草生，候將變而蟲鳴。」

（清）牟願相《小澥草堂雜論詩》

「池塘生春草」、「空梁落燕泥」等二句，妙處唯在不隔。

（近代）王國維《人間詞話》

謝靈運「池塘生春草」一句，自謂夢中所得，如有神助。就謝詩而論，確實深造妙境，較之其他千錘百煉，雕肝鏤腎之作，何止高出十倍。但也只此一句，其對句云：「園柳變鳴禽」，便覺搭配不上。

（今人）馮振《詩詞雜話》

附錄

古人以謝靈運詩「池塘生春草」為警策，余未識佳處。

〔韓〕李奎報《白雲小説》

「池塘生春草」非難道之語，「空梁落燕泥」即眼中之境，而遂為正覺上乘。此乃得之自然，無假於意造也。

〔韓〕申欽《晴窗軟談》

孫　評

　　謝靈運的「池塘生春草，園柳變鳴禽」，這麼樸素的兩句詩，長期得到極高的評價，評者還是像王昌齡、李白、皎然、賈島、胡應麟、王夫之、沈德潛乃至王國維那樣的高人。推崇的理由，集中在「情」上，特別強調其「情在言外」，樸素無華。王昌齡云云，意思即：一，語言自然樸素，比文采華麗的要強；二是，寫實比之虛擬要好。這從理論上說，可能並不十分周密，但是有道理。持反對意見者也不止一人，如李元膺、惠洪、王若虛、嚴廷中等，認為「反復求之，終不見此句之佳」。

　　稱讚「池塘生春草」的，大抵強調「情」。但是，以情取勝，這是古典詩歌的一般規律。具體到這首詩，好在什麼地方，就要弄清其情的特點是什麼。對此，古典詩話有些評點是聰明的。王直方引田承君之說：「蓋是病起忽然見此為可喜，而能道之，所以為貴。」俞文豹說：「曰變者，言其感化之速，往往人未及知。」明人黃諄耀則在方法上指出，不能「單拈此句」，這句的妙處，其根是在四句之前的「臥痾對空林，衾枕昧節候」二句，「褰開暫窺臨」以下歷寫所見之景，「至於池塘草生，則臥痾前所未見者，其時流節換可知矣。」清牟願相則以為「是臥病初起，耳目一新」。對於「王澤竭而草生，候將變而蟲鳴」穿鑿之說，則大多不屑一顧。

　　以上諸論，至少兩點很有價值：第一，要從全篇出發；第二，要分析詩人心態的前後變化。

　　全詩二十二句，全是對仗，從情緒節奏上看，是比較單調的，語言風格似乎並不統一。開頭「潛虬媚幽姿，飛鴻響遠音」，顯然有些枯澀，追求文采，耽於虛擬。題目是「登池上樓」，「飛鴻」尚可耳聞其聲，而「潛虬」何可見之？既是「幽姿」，又何以見其「媚」？這

都是為詞藻對仗所拘，造成扭捏，失心態之自然。接下去「薄霄愧雲浮，棲川怍淵沉」，仍舊以虛擬的景觀和物象間接抒發情感。如果一直這樣吞吞吐吐下去，再加上外部對仗不變，單調感將不可收拾。所幸，到了第五句，詩人改變了寫法，從寓情於景轉向了直接抒發，這多少帶來了情緒和話語節奏上的變化，可惜語言太理性了，完全放棄了感性。

　　這就是此詩在藝術上的矛盾：開頭四句有情感，但經營意象時虛擬過分，失去自然之致。接下來四句，直接表達，又太直白了，失去了感性。這樣的直白，在後面六句有所改變，「衾枕」、「窺臨」、「聆波瀾」、「眺嶇嶔」，都有詩人的動作和心緒的展示，可是大體上都是敘述，帶著很強的概括性，雖有感性，卻缺乏鮮明的登樓現場感。到了「初景革緒風，新陽改故陰」，詩人的心情進入了現場，感到了物候的變化，而「革緒風」、「改故陰」這樣的語言又太抽象，連起碼的意象都沒有，可見詩人的心靈還是缺乏波瀾。

　　抒情的目的是要感動讀者，感情不同於一般的感覺，就在於「動」，所以漢語中才有「感動」、「心動」、「觸動」、「情動於衷」詞語，決不可「無動於衷」。接著「池塘生春草，園柳變鳴禽」二句，恰恰解決了感而不動的問題，有了感性意象，而且有心靈的變動。二句妙處就在於：第一，「池塘生春草」，自然是俯視景觀，這就點到了題目「登池上樓」，突出了現場感。第二，把「革緒風」、「改故陰」這樣的概括性感受，變成了「生春草」這種瞬時的發現。這個發現，不但是景觀的，而且是心靈的自我發現。久病的詩人，突然發現春天早已到來，自己卻一直沒有感覺。春草，本來不該生在池塘裡，而是應該生在別的地方，如田野路邊，可是偏偏從池塘裡冒出來，說明草之茂、春之深，一直都被自己忽略了。第三，正是因為發現是猝然的，是一種觸動，甚至是一種微妙的顫動，往往被一般人甚至詩人所忽略，然而謝靈運卻抓住了這一剎那的顫動，把顫動變成觸動，把觸

動又變成了感動。但是，有了詩人的感動，並不一定就有動人的詩，還須有相應的語言表達。而這句的好處，不在意與言的統一，而是二者的矛盾，如皎然說的「意在言外」，功夫全在寫出來的語言之外。

情本有一種可意會不可言傳的性質，一般說情和言的距離不啻於萬里長城。要把難以直接感知的情，轉化為形象，對於詩來說，這就要以最為精煉的語言，抓住最有特點的細節。有特點的細節，是少量的，抓住它，就意味著排除大量的其他細節。在這裡，詩人就是把長在田野、路邊的青草統統省略掉，只突出生長在池塘裡青草。這就不是一般的細節，一般的語言，而是雄辯的細節，精煉的語言。正是在這個意義上理解「意在言外」，那就是說詩意不僅僅在寫出來的東西裡，而且在被省略的東西裡。詩人雖然把讀者習以為常的、到處可見的春草遮蔽掉，把極為罕見的池塘中冒出來的春草作為唯一的存在，但詩人用這樣精煉的語言描寫它，就能觸動、喚醒讀者習以為常的記憶，感到那些在田野、路邊、牆頭、屋角的春草，好像都被喚醒了似的。這樣，詩人的感情和讀者的感情就溝通了。這心靈的電波，從西元五世紀一接通，至今一千多年，毫無例外地打動了一代又一代的讀者。這就叫做藝術的感染力，藝術的不朽就表現在這裡。

也許這真是謝靈運潛意識的積累飽和，電光火石，靈感神秘觸發。也許他已意識到這句詩的魅力，便編造了夢中得此佳句的故事。這句詩至今仍然保持鮮活的藝術感染力，但要對之作出確切的闡釋卻並不容易。

下面一句「園柳變鳴禽」，相比起來，就顯得比較薄弱。雖然也是詩人心靈的發現，但「鳴禽」在柳，本為通常景觀，觸發的能量不足，即使聽來漸覺不是往日的禽鳥，也須一些時間才能領悟，缺乏春草在池塘那樣的異常性、陌生感，也就沒有瞬間的視覺衝擊力。賀貽孫在字眼上推敲道：「『池塘生春草』，『生』字極現成，卻極靈幻。雖平平無奇，然較之『園柳變鳴禽』更為自然。」這恐怕僅僅是鑽牛角

尖。也有以為應該是「變夏禽」的，這就更糊塗了，明明前面池塘裡生的是「春草」，鳥怎麼會變成夏天的呢？

評「澄江靜如練」

　　詩有六貴例：一曰貴傑起，二曰貴直意，三曰貴穿穴，四曰貴挽打，五曰貴出意，六曰貴心意。

　　……直意二：……謝玄暉詩：「餘霞散成綺，澄江靜如練。」[1]此綺手也。

　　　　　　　　　　　　　　　　　　　　　　　　　　（唐）王昌齡《詩格》

按：《詩格》又一則，見〈評「池塘生春草」〉引錄。

　　詩有九格：

　　……句中比物成語意格七，詩曰「餘霞散成綺，澄江靜如練」是也。

　　　　　　　　　　　　　　　　　　　　　　　　　　　　　又《詩中密旨》

　　金陵夜寂涼風發，獨上高樓望吳越。白雲映水搖空城，白露垂珠滴秋月。月下沉吟久不歸，古來相接眼中稀。解道澄江淨如練，令人長憶謝玄暉。

　　　　　　　　　　　　　　　　　　　　　　　（唐）李白〈金陵城西樓月下吟〉

　　噫！風雪花草之物，《三百篇》中豈舍之乎？顧所用何如耳。設如「北風其涼」[2]，假風以刺威虐也；「雨雪霏霏」[3]，因雪以愍征役也；「棠

1　謝脁〈晚登三山還望京邑〉詩：灞涘望長安，河陽視京縣。白日麗飛甍，參差皆可見。餘霞散成綺，澄江靜如練。喧鳥覆春洲，雜英滿芳甸。去矣方滯淫，懷哉罷歡宴。佳期悵何許，淚下如流霰。有情知望鄉，誰能鬒不變？　靜，《文選》作「淨」。
2　《詩》〈邶風〉〈北風〉詩句。

棣之華」[4]，感華以諷兄弟也；「采采芣苢」[5]，美草以樂有子也。皆興發於此，而義歸於彼。反是者可乎哉？然則「餘霞散成綺，澄江淨如練」；「離花先委露，別葉乍辭風」[6]，麗則麗矣，吾不知其所諷焉！故僕所謂諷風雪、弄花草而已。於時六義盡去矣！

（唐）白居易《與元九書》

古人作詩，賦事不必皆實。如謝宣城詩：「澄江淨如練」。宣城去江近百里，州治左右無江，但有兩溪耳。或當時謂溪為江，亦未可知也。此猶班固謂「八川分流」。

（宋）張耒《明道雜誌》

張文潛《明道雜誌》云：「（參見上引，略）」予按謝玄暉《晚登三山還望京邑作詩》有「澄江靜如練」之語，三山在江寧縣北十二里，濱江地名，則此詩非在宣城州治所作也，安得以「八川分流」為比。按「八川分流」出司馬相如《上林賦》，亦非固之言。

（宋）嚴有翼《藝苑雌黃》

按：宋羅大經一則，見〈評「池塘生春草」〉引錄。

起句以長安、洛陽擬金陵，用王粲、潘岳二詩極佳。李白云：「解道澄江靜如練，令人卻憶謝玄暉。」此一聯尤佳也。三山今猶如故，回望建康甚近，想六朝時甚盛也。味末句，其惓惓於京邑如此。去國望鄉，其情一也。有情無不知望鄉之悲，而況去國乎！

（元）方回《方回詩話》

3　《詩》〈小雅〉〈采薇〉詩句。

4　《詩》〈小雅〉〈常棣〉詩句。常棣，白氏據〈魯詩〉作「棠棣」。

5　《詩》〈周南〉〈芣苢〉詩句。

6　鮑照〈翫月西城廨中〉詩句。《鮑氏集》作：歸華先委露，別葉早辭風。

　　謝山人（謝榛，號四溟山人）謂玄暉「澄江淨如練」，「澄」、「淨」二字意重，欲改為「秋江淨如練」。余不敢以為然，蓋江澄乃淨耳。

（明）王世貞《藝苑卮言》卷三

　　（「澄江淨如練」）俱千古奇語，不宜有所附麗。文章妙境，即此了然，齊隋以還，神氣都盡矣。

（明）陳繼儒《佘山詩話》卷下

　　六朝以謝靈運、謝玄暉為國手。客問：「玄暉『餘霞散成綺，澄江靜如練』，比靈運『雲日相輝映，空水共澄鮮』，誰為較勝？」余曰：「成綺如練，還只當一幅好畫；靈運乃江天真景，非人力也。」客甚謂知言。

（明）鄧雲霄《冷邸小言》

　　張文潛《明道雜誌》引謝宣城詩「澄江淨如練」，謂宣城去江百里，為謝詩誤。然玄暉此詩，乃登三山望京邑作，非宣城郡中詩也。

（明）謝肇淛《文海披沙》卷八

　　「餘霞散成綺，澄江淨如練」，意象偶會，擬議不生。　　○「餘霞散成綺，澄江淨如練」，景色最佳，此得象最深處。

（明）陸時雍《古詩鏡》卷十六

　　回首長安，飛甍參差，皆從「澄」字中看來。一篇著力此一字，即題中「還望京邑」，具有包蘊在。改作「秋江」，奚啻萬里！

（清）吳景旭《歷代詩話》卷三十二

　　「餘霞」四句，從來止賞其煉句之工，不知其用心之細。言登山之始，不假他望一眼，只覷定京邑所向。既望之不見，然後漸漸收眼，則亦

不離京邑道上，俱見江上之餘霞散成綺而已，江中之水靜如練而已；漸漸
又近至三山之下，則見喧鳥覆洲、雜英滿甸而已。

（清）吳淇《六朝選詩定論》卷十五

茂秦謂「澄江淨如練」，「澄」、「淨」二字意重，欲改為「秋江淨如
練」。元美駁之，以為江澄乃淨。余謂二君論俱不然。「澄」、「淨」實復，
然古詩名手多不忌此處。徐幹「蘭華凋復零」[7]，阮籍「思見客與賓」[8]……
此類殊多，不妨渾樸。要之「澄江淨如練」，眺矚之間，景候適觀，語俊
調圓，自屬佳句耳。茂秦欲易「澄」為「秋」，亡論與通章春景牴牾，已
頓成流薄。此茂秦欲以唐法繩古詩，固去之遠甚。而元美曲解，亦落言
筌，失作者之妙矣。

（清）毛先舒《詩辯坻》卷三

寫景有以比物而愈顯者，則用比語更雋。若「澄江如練」是也。

（清）陳祚明《采菽堂古詩選》卷二十

楓落吳江妙入神，思君流水是天真。何因點竄澄江練，笑殺談詩謝
茂秦。

（清）王士禎〈戲仿元遺山論詩絕句〉

江行看晚霞，最是妙境。余嘗阻風小孤三日，看晚霞，極妍盡態，頓
忘留滯之苦。……賦三絕句云：「彭澤縣前風倒吹，三朝休怨阻帆遲。餘
霞散綺澂江練，滿眼青山小謝詩。」……

又《漁洋詩話》卷上

按：清沈德潛一則，見〈評「池塘生春草」〉引錄。

7　徐幹〈雜詩〉句：慘慘時節盡，蘭葉凋復零。題一作〈室思〉。

8　阮籍〈詠懷〉詩句：平晝整衣冠，思見客與賓。

孫　評

　　謝朓寫於西元五世紀末的〈晚登三山還望京邑〉一詩，有「餘霞散成綺，澄江靜如練」之句，引起了後世詩家評者的激賞，但也有挑剔的，爭論持續到十七世紀還沒有結束。

　　讚賞者不但有傑出詩人、詩論家王昌齡，還有偉大詩人李白。王昌齡把「餘霞散成綺，澄江靜如練」單獨列出來讚賞，並將之列入詩歌可貴的一格，稱其為「綺手」。李白的稱讚則比較感性，說一看到江，就想到這句詩，一想到這句詩，就想起謝朓。究竟好在什麼地方呢？一千多年，居然沒有說清楚。

　　王昌齡提示的「綺手」是個線索，大致相當於今天所說的文采吧？這詩句的確有文采，關鍵字是餘霞成綺的「綺」，首先就有鮮明的色彩，其次在質地上又貴重，是絲織品。這可以歸入文采範疇。但是，光有文字上的華采，不會有這樣長的藝術生命。應該還有一些東西值得深入研究。看來這兩句的精彩，並不在上一句，主要還是在下面一句，李白也只表揚了下句。可以說，正是下句把上句的品質提高了。「澄江」，就是透明的江；「靜如練」則是平滑光亮的絲織品。把「餘霞」的多彩轉化為「澄江」明淨統一起來，詩就進入了一種超越現實的、明淨的境界。因為詩句「靜」有「淨」的異文，習慣在字句上吹求的詩評家，提出「澄」已經有了淨的意味，二者相重，擬改為「秋江淨如練」。可謝朓寫的是春景，怎麼成了「秋江」？毛先舒認為「古詩名手多不忌此處」。這樣硬改是「以唐法繩古詩」，反而失去了古詩「渾樸」的原味。

　　這樣的筆墨官司還不止一樁。張耒挑剔說，謝朓寫的是宣城城樓上的景觀，但宣城去江近百里，其左右無江，只有兩條小溪。這個問題要是在一般詩話家那裡，可能算個大問題了，但是，這位張耒卻也

開通，說是「古人作詩，賦事不必皆實」。其實，這首詩只是強調在宣城，登臨之高，遙望之遠，可能看到長安。這在現實中是不可能的。但在詩的想像中則是詩人的一種心胸境界。李白的〈望廬山瀑布〉形容其壯觀曰：「海風吹不斷，江月照還空」，其實廬山去長江尚有幾百里空間距離，去大海則更遠，眉睫之間，哪裡可能有「海風」、「江月」？這不過是詩人想像的自由而已。

至於說，白居易將之列入嘲風雪弄花草，以政治的諷喻價值為唯一準則，在古典詩話中屢見不鮮，其片面，其偏執，自不待言。

杜詩補字、改字二例

　　陳公（陳從易）時偶得《杜集》舊本，文多脫誤，至〈送蔡都尉詩〉云：「身輕一鳥」[1]，其下脫一字。陳公因與數客各用一字補之，或云「疾」，或云「落」，或云「起」，或云「下」，莫能定。其後得一善本，乃是「身輕一鳥過」。陳公嘆服，以為：「雖一字，諸君亦不能到也。」

（宋）歐陽修《六一詩話》

按：此則又見宋范溫《潛溪詩眼》。

　　近世人輕以意改書。鄙淺之人，好惡多同，故從而和之者眾，遂使古書日就訛舛，深為忿疾。……（評陶詩一段，略）杜子美云：「白鷗沒浩蕩，萬里誰能馴？」[2]蓋滅沒於煙波間耳。而宋敏求謂余云：「鷗不解沒，改作『波』字。」二詩改此兩字，便覺一篇神氣索然也。

（宋）蘇軾《東坡志林》卷五，此則據《稗海》本

按：此則又見同書卷七、《東坡題跋》卷二。

1　即杜甫〈送蔡希曾都尉還隴右因寄高三十五書記〉詩：蔡子勇成癖，彎弓西射胡。健兒寧鬥死，壯士恥為儒。官是先鋒得，材緣挑戰須。身輕一鳥過，槍急萬人呼。雲幕隨開府，春城赴上都。馬頭金匼匝，駝背錦模糊。咫尺雲山路，歸飛青海隅。上公猶寵錫，突將且前驅。漢使黃河遠，涼州白麥枯。因君問消息，好在阮元瑜。

2　杜甫〈奉贈韋左丞丈二十二韻〉詩：紈袴不餓死，儒冠多誤身。丈人試靜聽，賤子請具陳。甫昔少年日，早充觀國賓。讀書破萬卷，下筆如有神。賦料揚雄敵，詩看子建親。李邕求識面，王翰願卜鄰。自謂頗挺出，立登要路津。致君堯舜上，再使風俗淳。此意竟蕭條，行歌非隱淪。騎驢三十載，旅食京華春。朝扣富兒門，暮隨肥馬塵。殘杯與冷炙，到處潛悲辛。主上頃見征，欻然欲求伸。青冥卻垂翅，蹭蹬無縱鱗。甚愧丈人厚，甚知丈人真。每於百僚上，猥誦佳句新。竊效貢公喜，難甘原憲貧。焉能心怏怏，只是走踆踆。今欲東入海，即將西去秦。尚憐終南山，回首清渭濱。常擬報一飯，況懷辭大臣。白鷗沒浩蕩，萬里誰能馴？

詩以一字論工拙。如「身輕一鳥過」,「身輕一鳥下」,「過」與「下」,與「疾」、與「落」,每變而每不及,易較也。如魯直之言,猶砒砆之於美玉是也。

(宋)晁補之《無咎題跋》卷一

按:此則又見作者《雞肋集》。

老杜詩曰:「白鷗沒浩蕩,萬里誰能馴。」今誤作「波浩蕩」,非唯無氣味,亦分外閒置「波」字。

(宋)惠洪《冷齋夜話》卷四

歐陽文忠公《詩話》:陳公時得杜集,至〈蔡都尉〉「身輕一鳥」,下脫一字。數客補之,各云「疾」、「落」、「起」、「下」,終莫能定。後得善本,乃是「過」字。其後東坡詩:「如觀李杜飛鳥句,脫字欲補知無緣。」[3]山谷詩:「百年青天過鳥翼。」[4]東坡詩:「百年同過鳥。」[5]皆從而效之也。予見張景陽詩云:「人生瀛海內,忽如鳥過目。」[6]則知老杜蓋取諸此。況杜又有〈貺柳少府〉詩:「餘生如過鳥。」[7]又云:「愁窺高鳥過。」[8]景陽之詩,梁氏取以入《選》。杜〈贈驥子〉詩:「熟精《文選》理。」則其所取,亦自有本矣。

(宋)吳幵《優古堂詩話》

《冷齋夜話》云「老杜『白鷗波沒蕩』,今誤作『浩蕩』,非唯無氣,

3　蘇軾〈僕囊於長安陳漢卿家,見吳道子畫佛……子駿以見遺,作詩謝之〉詩句。李杜,當誤,清王文誥輯注《蘇軾詩集》作「老杜」。

4　黃庭堅佚詩斷句,失題。

5　蘇軾〈和寄天選長官〉詩句:流光安足恃,百歲同過鳥。

6　張協〈雜詩十首〉其二詩句。

7　即〈貽華陽柳少府〉詩句:餘生如過鳥,故里空今村。

8　〈悲秋〉詩句:愁窺高鳥過,老逐眾人行。

亦分外閒置『波』字。」苕溪漁隱曰：「《禽經》云：『鳧善浮，鷗善沒。』以『沒』字易『波』字，則東坡之言益有理。冷齋以『沒』字易『浩』字，其理全不通。浩蕩謂煙波也，今云『波沒蕩』，亦不成語，此言無足取。」

（宋）胡仔《苕溪漁隱叢話》前集卷三

東坡以杜詩「白鷗波浩蕩」，「波」乃「沒」字，謂出沒於浩蕩間耳。然余觀鮑照詩有「翻浪揚白鷗」[9]，唐李頎詩有「滄浪雙白鷗」[10]。二公言白鷗而繼以波浪，此又何耶？

（宋）吳曾《能改齋漫錄》卷十

「白鷗沒浩蕩，萬里誰能馴？」「沒」若作「波」字，則失一篇之意。如鷗之出沒萬里，浩蕩而去，其氣可知。又「沒」字當是一篇暗關鎖也，蓋此詩只論浮沉耳。

（宋）吳可《藏海詩話》

僕謂善為詩者，但形容渾涵氣象，初不露圭角。玩味「白鷗波浩蕩」之語，有以見滄浪不盡之意，且滄浪之中見一白鷗，其浩蕩之意可想，又何待言其出沒邪？改此一字，反覺意局，更與識者參之。或者又引鷗好沒為證，僕按《禽經》：「鳧好沒，鷗好浮。」

（宋）王楙《野客叢書》卷二十九

「沒」字本不如「波」字之趣，但以上下語勢當是「沒」字相應。

（宋）劉辰翁《劉辰翁詩話》

9　〈上潯陽還都道中作〉詩句：騰沙郁黃霧，翻浪揚白鷗。
10　〈贈別張兵曹〉詩句：別後如相問，滄波雙白鷗。

「白鷗沒浩蕩」，宋敏求因鷗不解沒而改為「波」，真稚子之見。蓋煙波浩蕩，著一白鷗，誰能見之？故知「沒」字之妙。東坡雖定為「沒」，而作滅沒煙波解，似猶未徹也。

（明）王嗣奭《杜臆》卷一

結二句，本在「西去秦」之下，錯敘於末，其味乃長。蘇長公謂「波」字本作「沒」。予謂白鷗不須用「沒」字，「浩蕩」必不可無「波」字，不敢為東坡吠聲也。

（清）黃生《杜詩說》卷一

余謂白鷗不須用「沒」字，浩蕩必不可無「波」字，其放縱自如之意，言外自可想見。若以滅沒為沒，復成何語？坡據者蜀本耳，安知蜀本之必無誤？著此一字，正爾神氣索然，而其見解乃如此！朱晦翁有言：字被蘇、黃寫壞；予亦云：詩被蘇、黃說壞。解者自當得之。方采山云：必非「沒」字。不敢以東坡為然。鷗不解「沒」亦無論。

同上卷十一

《志林》：宋敏求謂：「鷗不能沒，改作『波』字。」按：小謝集有〈往敬亭路中〉聯句云：「鷺鷗沒而游。」此「沒」字所本，不必泥鷗不能沒之說。

（清）何焯《義門讀書記》卷五十一〈杜工部集〉

孫　評

　　古典詩評以創作論為核心，具體落實到用字者甚多，這種傾向在西方甚為罕見。雖然在古希臘亞里斯多德的《修辭學》露過端倪，講比喻也非常具體，但西方文學理論大抵以文學本體和本源論的形而上演繹為主。中國詩話、筆記即便關注經典詩作的不同版本，也以品評優劣為務。如王安石「春風又綠江南岸」之「綠」，有見其草稿的說是對「到」、「過」、「入」、「滿」等十許字反復修改的結果。孟浩然「還來就菊花」之「就」，有刻本脫文，試補「醉」、「賞」、「對」、「泛」均不稱意，後得善本，嘆服不已。杜甫〈送蔡都尉詩〉「身輕一鳥」下脫誤一字，〈奉贈韋左丞丈〉「白鷗沒浩蕩」之「沒」改字，引起如此之多的議論，透露出中國古典詩評著重語言「推敲」的傳統。

　　本來，杜甫的「過」這個字眼並不複雜。詩是寫給武將的，前六句誇其勇悍，接著形容「身輕一鳥過」，下面還有對句「槍急萬人呼」。從上下文來看，身輕一鳥「落」或「起」，當然都與「槍急萬人呼」難以匹配，沒有那種勇武而能「身輕」的神韻。但是，要說所補字字都不如，也還有商榷的餘地，至少「疾」字尚可相配，不但有「輕」的聯想，而且有快的意味。或許，只是痕跡太露了些？其實，事情也沒有那麼絕對，這個「過」字並沒有多麼了不起。據吳圻考證，早在西晉張協就有「人生瀛海內，忽如鳥過目」詩句；杜甫詩中亦非僅見，如「餘生如過鳥」、「愁窺高鳥過」。可能是杜甫太權威，造成了迷信，這樣平淡的詩句被推崇得神乎其神，連蘇軾都有「如觀老杜飛鳥句，脫字欲補知無緣」之歎。

　　古代詩評過於拘泥對詞語的品評，難免又忽略了對整體的把握，有脫離全篇孤立「以一字論工拙」的傾向。蘇軾認為杜詩「白鷗沒浩蕩，萬里誰能馴」，是形容鷗鳥「滅沒於煙波間」，有時隱時顯的意

味，如按宋敏求意見改作「波」字，則缺少這樣的意味，「便覺一篇神氣索也」。惠洪支持蘇的看法，並說如果改成「波」字，這個「波」字其實就被「閒置」了，沒有作用了。這也是有一點道理的，浩蕩本來就隱含著波浪的意味。

吳曾則說，不用這個「沒」字，也有經典可尋，如鮑照有「翻浪揚白鷗」、李頎有「滄浪雙白鷗」之句，說白鷗而接著波浪，不一定要點明出沒。這個說法比較牽強。舉出鮑照和李頎詩句，只能說明有成就的詩人有此用法，並未證明不用「沒」字比用「沒」字更好。說得比較有理性的是王楙，他說「形容渾涵氣象」要含蓄，以「不露圭角」為上。「白鷗波浩蕩」中就蘊含著「滄浪不盡之意，且滄浪之中見一白鷗，其浩蕩之意可想，又何待言其出沒邪？」根本用不著再點明「出沒」。劉辰翁和黃生都支持改「波」字更好的見解。

但王楙又引《禽經》說明即使有出沒，也不是鷗，而是鳧，這在理論上卻把詩人的想像抒情和科學的理性真實混同了。就算是詩人搞錯了鳧和鷗的區別，也不會從根本上影響詩歌藝術的評價。王嗣奭試圖對蘇軾的見解加以補充：「蓋煙波浩蕩，著一白鷗，誰能見之？故知『沒』字之妙。」這就有點像楊慎質疑杜牧「千里鶯啼綠映紅」詩句，千里之遙「誰人見得」、「誰人聽得」那樣拘執。其偏頗，都在於以生理的視野代替詩人想像的心靈視覺。

以上云云，雖是微觀字眼之爭，但涉及到了詩學的基本觀念。對於古人在觀念上的局限，不能脫離歷史，過分苛責。但是，對於字眼的品評，如不能統觀全篇，就無法使這種直覺的鑑賞深化。宋人吳可《詩話》則頗精闢地提出了統觀「一篇之意」、視字眼為「一篇暗關鎖」的原則。他認為：「沒」若作「波」字，「則失一篇之意。如鷗之出沒萬里，浩蕩而去，其氣可知。又『沒』字當是一篇暗關鎖也，蓋此詩只論浮沉耳。」出於通觀全篇又留意關鎖的高度，他概括出「此詩只論浮沉」，也就是全篇的主題就是「論沉浮」。

　　誠然，詩句出於〈奉贈韋左丞丈二十二韻〉一篇，表現的不僅是鷗的沉浮，更重要的是人即杜甫自身的沉浮。詩自陳少年壯志，詩才橫溢，但命運不濟，機遇無緣，結果是「青冥卻垂翅，蹭蹬無縱鱗」。長期的失落，並未完全消磨自己的壯志，因此在歸隱與出仕之間，他仍把希望寄託於後者。正是在這種景況下，把自己比喻為萬里碧浪中的一隻白鷗，雖時時「沒」於浩蕩之中，卻以「萬里誰能馴」的雄心來鼓舞自己。這是詩的最後結語。所謂「暗關鎖」，即意脈的含蓄關合，也就是借「沒」字對全篇潛在的、隱性的「論浮沉」意旨作暗示性的歸結。這個白鷗時時「沒」於波浪之中，正「關鎖」著前面反覆描繪的失落、挫折，甚至是屈辱、厄運。詩人自己總結的「潛悲辛」，正是這「暗關鎖」的最好說明。黃生說「波」字比「沒」字好，因為有「放縱自如之意」，「若以滅沒為沒，復成何語？」其實，全詩一再強調的是很不得志，哪裡談得上什麼「放縱自如」？只是在屢屢挫傷的時候，仍然嚮往白鷗式的出沒于洪波之間，有朝一日能夠「放縱自如」而已。

「推敲」公案

　　島初赴舉京師，一日於驢上得句云：「鳥宿池邊樹，僧敲月下門。」[1]始欲著「推」字，又欲著「敲」字，煉之未定，遂於驢上吟哦，時時引手作推敲之勢。時韓愈吏部權京兆，島不覺衝至第三節，左右擁之尹前，島具對所得詩句云云。韓立馬良久，謂島曰：「作『敲』字佳矣！」遂與並轡而歸，留連論詩，與為布衣之交。自此名著。

（唐）劉禹錫《劉賓客嘉話錄》

按：此則記載，又見宋阮閱《詩話總龜》〈前集〉卷十一引錄《唐宋遺史》，黃朝
　　英《緗素雜記》、計有功《唐詩紀事》卷四十、黃徹《䂮溪詩話》卷四，元辛
　　文房《唐才子傳》卷五，文字有所增減，本事則類似。

　　島初赴名場日，常輕於先輩。以八百舉子所業，悉不如己，自是往往獨語，傍若無人，或鬧市高吟，或長衢嘯傲。忽一日於驢上作「推」字手勢，又作「敲」字手勢，不覺行半坊，觀者訝之，島似不見。時韓吏部愈權京兆尹，意氣清嚴，威振紫陌，經第三對呵唱，島但手勢未已。俄為宦者推下驢，擁至尹前，島方覺悟。顧問，欲責之，島具對：「偶得一聯，吟安一字未定，神遊詩句，致衝大官，非敢取尤，希垂至鑑。」韓立馬上久思之，謂島曰：「作『敲』字佳矣！」遂與島語笑同入府署，共論詩道，數日不厭，因與島為布衣之交。

（五代）何光遠《鑑戒錄》卷八

1　賈島〈題李凝幽居〉詩：閒居少鄰並，草徑入荒園。鳥宿池邊樹，僧敲月下門。過
　　橋分野色，移石動雲根。暫去還來此，幽期不負言。

　　唐朝人士，以詩名者甚眾，往往因一篇之善，一句之工，名公先達為之遊談延譽，遂至聲聞四馳。……「鳥宿池邊樹，僧敲月下門」，賈島以是得名……然觀各人詩集，平平處甚多，豈皆如此句哉？古人所謂嘗鼎一臠，可以盡知其味，恐未必然爾。

（宋）葛立方《韻語陽秋》卷四

　　賈島鍊「敲」、「推」字，至衝京尹節而不知，此正得詩興之深者。

（宋）費袞《梁谿漫志》卷七

　　「敲」意妙絕，「下」意更好，結又老成。

（宋）劉辰翁評語，轉引自明高棅《唐詩品彙》卷六十八

　　此詩不待贅說。「推」、「敲」二字，待昌黎而後定，開萬古詩人之迷。學者必如此用力，何止「吟安一個字，捻斷幾莖鬚」耶？

（元）方回《瀛奎律髓》卷二十三

　　韓退之稱賈島「鳥宿池邊樹，僧敲月下門」為佳句，未若「秋風吹渭水，落葉滿長安」[2]氣象雄渾，大類盛唐。

（明）謝榛《四溟詩話》卷二

　　晚唐有一首之中，世共傳其一聯，而其所不傳反過之者。……如賈島「鳥宿池邊樹，僧敲月下門」，雖幽奇，氣格故不如「過橋分野色，移石動雲根」也。

（明）胡應麟《詩藪》內編卷四

2　賈島〈憶江上吳處士〉詩：閩國揚帆去，蟾蜍虧復圓。秋風吹渭水，落葉滿長安。此地聚會夕，當時雷雨寒。蘭橈殊未返，消息海雲端。

劉公《嘉話》云：「（與上引大同小異，略）」余謂：「敲」字亦平常語，「推」字則不成語矣，島識見雖卑，不應至此。

（明）許學夷《詩源辯體》卷二十五

三、四苦而呆，絕少生韻，酷似老衲興味。

（明）陸時雍《唐詩鏡》卷四十八

「鳥宿」一聯，獨以事傳，不以謂警句。

（明）邢昉《唐風定》卷十五

詩家固不能廢煉，但以煉骨煉氣為上，煉句次之，煉字斯下矣。唯中晚始以煉字為工，所謂「推敲」是也。然如「僧敲月下門」，「敲」字所以勝「推」字者，亦只是眼前現成景，寫得如見耳。若喉吻間吞吐不出，雖經百煉，何足貴哉！

（清）賀貽孫《詩筏》

「秋風吹渭水，落葉滿長安」，非敘景，乃引情也。「鳥宿池邊樹，僧敲月下門」，寫得幽居出。

（清）吳喬《圍爐詩話》卷二

「僧敲月下門」，只是妄想揣摩，如說他人夢，縱令形容酷似，何嘗毫髮關心？知然者，以其沉吟「推敲」二字，就他作想也。若即景會心，則或「推」或「敲」，必居其一，因景因情，自然靈妙，何勞擬議哉？

（清）王夫之《薑齋詩話》卷下

「鳥宿」一聯，意境幽寂，妙矣。「過橋」二句，尤其曠遠。

（清）黃叔燦《唐詩箋注》卷三

二句本佳，亦不在「推敲」一重公案。

（清）李懷民《重訂中晚唐詩主客圖》卷下

寄禪僧問：「僧敲月下門」勝「推」字易知，何必推敲？余云：實是推門，以聲調不美，改用「敲」耳。「敲」則內有人。又寺門高大不可敲，月下而敲門，是入民家矣。「敲」字必不可用，韓未思也。因請張正暘改一字，張改「關」字，余改「留」字。

（清）王闓運《湘綺樓說詩》卷四

詩當求真。閬仙（賈島字）「推敲」一事，須問其當時光景，是推便推，是敲便敲。奈何舍其真景而空摹一字，墮入做試帖行徑。一句如此，其他詩不真可知，此賈詩所以不入上乘也。退之不能以此理告之，而謂「敲」字佳，誤矣！

（近代）錢振鍠《謫星說詩》卷二

元和後，並講求於一字兩字。如「僧推月下門」，「僧敲月下門」……開宋人許多詩說。

（近代）陳衍《石遺室詩話》卷十四

古今人也都讚賞「敲」字比「推」字下得好。其實這不僅是文字上的分別，同時也是意境上的分別。「推」固然顯得魯莽一點，但是它表示孤僧步月歸寺，門原來是他自己掩的，於今他「推」。他須自掩自推，足見寺裡只有他孤零零的一個和尚。在這冷寂的場合，他有興致出來步月，興盡而返，獨往獨來，自在無礙，他也自有一副胸襟氣度。「敲」就顯得他拘禮些，也就顯得寺裡有人應門。他彷彿是乘月夜訪友，他自己不甘寂寞，那寺裡如果不是熱鬧場合，至少也有一些溫暖的人情。比較起來，「敲」的空氣沒有「推」的那麼冷寂。就上句「鳥宿池邊樹」看來，

「推」似乎比「敲」要調和些。「推」可以無聲，「敲」就不免剝啄有聲，驚起了宿鳥，打破了岑寂，也似乎頻添了攪擾。所以我很懷疑韓愈的修改是否真如古今所稱賞的那麼妥當。究竟哪一種意境是賈島當時在心裡玩索而要表現的，只有他自己知道。如果他想到「推」而下「敲」字，或是想到「敲」而下「推」字，我認為那是不可能的事。所以問題不在「推」字和「敲」字哪一個比較恰當，而在哪一種境界是他當時所要說的而且與全詩調和的。在文字上推敲，骨子裡實在是在思想感情上「推敲」。

（今人）朱光潛《談文學》〈咬文嚼字〉

　　王夫之的意思，和尚是推門的，就用「推」，和尚是「敲」門的，就屬「敲」，用不到考慮的。究竟用哪一個字，他沒有說，他只提出一個原則來。

　　……「鳥宿池邊樹，僧敲月下門。」有人從這兩句話考慮，認為和尚一定住在廟裡，廟門白天是不關的。到夜裡，廟裡還有和尚沒有回來，門大概是虛掩的，所以和尚回去，不用「敲」門，只要「推」門就可進去。再說，廟門外有樹，樹上有鳥宿在窩裡，要是一敲門，把鳥驚起，就不好了，因此作「推」字好。這個說法，是從這一聯來考慮的。按照王夫之的說法，從當時的情景看，光從一聯來看，似還不夠，應該從全篇來看。……賈島沒有和韓愈交朋友前，他在做和尚，所以「僧敲月下門」，就是他去敲李凝幽居的門。李凝家的門，在夜裡一定是關上的，應該是「敲」字對。再從這首詩看，李凝在閒居，即不做官，他住的地方很幽靜，少鄰家。賈島去看他，要走長滿草的小路，經過一個荒園。李凝家附近有個池，池邊有樹，樹上有鳥宿在巢裡。賈島在月下怎麼知道樹上有鳥呢？大概他去敲門，驚動了樹上的鳥，他才知道。……這樣看來，賈島到李凝家去，是敲門的。所以韓愈說「敲」字好，韓愈停了好一會兒才決定，大概也在瞭解情況，知道他在題李凝幽居，才決定「敲」字的。按照王夫之的話，也要看了全詩才好決定。

（今人）周振甫《周振甫講修辭》〈推敲〉

孫　評

　　中國詩評傳統講究鍊字，為一個字的優劣，打上近千年的筆墨官司，是司空見慣的尋常之事。不過，最有名的還算賈島的「推敲」公案，不但是「推」是「敲」至今依然爭論不休，而且「推敲」早已成為漢語中的常用詞。

　　一千多年前，韓愈是京兆尹，也就是首都的行政長官，又是大詩人、大散文家，他「作『敲』字佳」的說法當然很權威，日後幾乎成了定論。但是為什麼「敲」字就一定比「推」字好呢？至今卻沒有人從理論上加以說明。倒是朱光潛在《談文學》中提出過異議：認為從寧靜的意境的和諧統一上看，應該是「推」字比較好一點，所以他「很懷疑韓愈的修改是否真如古今所稱賞的那麼妥當」。

　　朱氏用傳統的批評方法，雖然在觀點上有新見，但在方法上仍然是估測性強於分析性。其實，以感覺要素的結構功能來解釋，應該是「敲」字比較好。因為「鳥宿池邊樹，僧推月下門」，二句都屬於視覺，而改成「僧敲月下門」，後者就成為視覺和聽覺要素的結構。一般來說，在感覺的內在構成中，如果其他條件相同，異類的要素結構就會產生更大的功能。從實際鑑賞過程來看，如果是「推」字，可能是本寺和尚歸來，與鳥宿樹上的暗示大體契合；如果是「敲」則肯定是外來的行腳僧，於意境上也是契合的。「敲」字所以好過「推」字，在於它強調了聽覺資訊，由視覺資訊和聽覺資訊形成的結構功能更大。兩句詩所營造的氛圍，本來是無聲的靜寂的，如果是「推」，則靜到了極點，可能有點單調。在這個靜寂的境界裡，能敲出了一點聲音，用精緻的聽覺（輕輕地敲，而不是擂）打破了一點靜寂，既不那麼單調，又反襯出這個境界更加寧靜。[3]

3　參見孫紹振：《文學創作論》（福州市：海峽文藝出版社，2004年），頁270。

　　這種詩的境界，其實質是想像性的，而不是散文那樣寫實的。有些讀解者，忽略了這一點，提出一些可以說是「外行」的問題。例如：「這兩句詩，粗看有些費解。難道詩人連夜晚宿在池邊樹上的鳥都能看到嗎？……正由於月光皎潔，萬籟俱寂，因此老僧（或許即指作者）一陣輕微的敲門聲，就驚動了宿鳥，或是引起鳥兒一陣不安的噪動，或是鳥從窩中飛出轉了個圈，又棲宿巢中了。作者抓住了這一瞬即逝的現象，來刻畫環境之幽靜，響中寓靜，有出人意料之勝。倘用『推』字，當然沒有這樣的藝術效果了。」[4]

　　說詩人是用有聲襯托無聲的寫法，自然沒有錯，但理論上卻混淆了散文和詩歌的區別。散文是寫實的，具體到有時間、地點、條件、人稱的。詩中所寫宿鳥等景象，卻不一定為作者所見，而是想像的、概括的、沒有人稱的，是誰看到的，在詩中都沒有必要交代，交代了反而可能成為散文。僧推月下門，究竟是什麼僧，老僧還是年輕的僧，是作者自謂還是即興描述，好在把想像的空間留給讀者，這是詩的審美規範之一。所以，評者不能完全脫離詩人提供的文本。在「鳥宿」二字上漫無邊際地想像，這不但是過度闡釋，而且是多此一舉。以音響效果，反襯出幽居的寧靜，這在中國古典詩歌中本是常用的手法。如「蟬噪林愈靜，鳥鳴山更幽」。又如，「月出驚山鳥，時鳴春澗中」。憑空再生造出宿鳥驚飛而鳴的景象，實在是畫蛇添足。

　　總之，「敲」字因為構成了視聽的交融，所以比「推」字好。但是，用來說明「敲」字為佳的原則，出於整體的有機性，而這裡的「整體」卻僅僅是一首詩中的兩句，只是一個次整體，或者亞整體。從整首詩來說，這兩句只是一個局部，它的結構是不是融入了更大的整體，更大的結構呢？可惜的是，這首詩從整體來說是不完美的，是有缺陷的，只是局部的句子精彩而已。

4　《唐詩鑑賞詞典》（上海市：上海辭書出版社，2003年），頁962。

　　詩題作〈題李凝幽居〉。首聯，從視覺上，寫幽居的特點，漸漸切到「幽」字上去。有兩點值得特別注意：一是「閑」字。一般寫幽居，從視覺著眼寫其遠（幽遠），從聽覺來說是靜（幽靜），這個「閑」字，不僅和「幽」字，緊接下句，就把「幽」的特點感覺化了：「草徑入荒園」。這個「草」，大致提供了一種荒草之路的意象。然而這既是「幽」，又是「閑」的結果。因為「幽」，故少人跡，因為「閑」，幽居者並不在意鄰居之少、園徑之荒。

　　如果，把這個「幽」中之「閑」，作為全詩意境的核心，則對於「推敲」二字的優劣可以進入更深層次的分析。「僧敲月下門」，可能是外來的和尚，敲門聲的確襯托出了幽靜，但是這又可能沒有那麼「閑」了。若是「僧推月下門」，可能是本寺的和尚，「月下」回來晚了，也不著急，說明是很「閑」的心情。以「閑」的意脈而論，把前後兩聯統一起來看，而不是單單從這兩句分析，那麼僧「推」月下門，則比較符合詩人要形容幽居的「幽」的境界和心情。韓愈的「敲字佳矣」，也就不一定是定論了。

　　關鍵是，下面還有二聯。頸聯：「過橋分野色，移石動雲根。」從全詩統一的意境來看，「分野」是寫遼闊，在天空覆蓋之下，橋那邊的天空一樣遼闊。「雲根」是寫遼遠，雲霧溟漫飄移，好像石頭的根部都浮動起來似的。這聯所寫肯定不是近景，而是遠景。二者是比較和諧的，但與上聯「月下門」與「鳥宿」暗含的夜深光暗，便相矛盾牴牾。既然是月下，何來遼遠之視野？就是時間和空間轉換了，也和前面的寧靜、幽靜的意境不能交融。用古典詩藝的話語來說，則是與上聯缺乏「照應」，加上遣詞造句生硬，兩句詩意境晦澀，「幽」則「幽」矣，「活」則未必。

　　最後一聯：「暫去還來此，幽期不負言。」這是直接抒情，極言幽居之吸引力，自家只是暫時離去，改日當會重來。詩的題目是〈題李凝幽居〉，應該不是一般的詩作，當是應主人之請而作，也許還是

題寫在幽居壁上的。明說自己還要來，寫得一覽無餘。從作者經歷來看，可能只是一句不準備兌現的客套話。正是因為客套話，不是很真誠，因而也寫得軟弱無力。

如果以上分析沒有太大的錯誤，那麼「敲」佳於「推」的判斷就只能限於兩句之間，一旦拿到整首詩中去考察，可靠性就很有限。而朱光潛先生雖然主張「推」優於「敲」，但他似乎忽略了這首詩本身的缺陷，恰恰就是全篇沒有能夠構成和諧統一的寧靜意境。

詩眼、詞眼

　　造語之工，至於荊公、東坡、山谷，盡古今之變。荊公曰：「江月轉空為白晝，嶺雲分暝與黃昏。」[1]又曰：「一水護田將綠繞，兩山排闥送青來。」[2]東坡〈海棠〉詩曰：「只恐夜深花睡去，高燒銀燭照紅妝。」又曰：「我攜此石歸，袖中有東海。」[3]山谷曰：「此皆謂之句中眼，學者不知此妙語，韻終不勝。」

（宋）惠洪《冷齋夜話》卷五

　　眼用活字。五言以第三字為眼，七言以第五字為眼。「孤燈燃客夢，寒杵擣鄉愁。」岑參〈客舍〉[4]……「白沙留月色，綠竹助秋聲。」李白〈題苑溪館〉……

　　眼用響字。「青山入官舍，黃鳥出宮牆。」岑參〈送鄭少府赴滏陽〉……「沙頭宿鷺聯拳靜，船尾跳魚撥剌鳴。」杜甫[5]……

　　眼用拗字。「掬水月在手，弄花香滿衣。」于良史〈春山〉[6]「渡口月初上，人家漁未歸。」劉長卿〈餘干旅舍〉……

　　眼用實字。……「旅愁春入越，鄉夢夜歸秦。」白居易〈避地越地江樓望

1　王安石〈登寶公塔〉詩句。

2　又〈書湖陰先生壁〉詩句。

3　蘇軾〈文登蓬萊閣下……作詩遺垂慈堂老人〉詩句。

4　即〈宿關西客舍寄東山嚴、許二山人……〉詩句。

5　〈漫成一絕〉詩句。

6　即〈春山夜月〉詩句。

歸〉[7]「後峰秋有雪，遠澗夜鳴泉。」司空曙〈寄僧〉[8]

（宋）魏慶之《詩人玉屑》卷三〈唐人句法〉

　　詞之語句，太寬則容易，太工則苦澀。如起頭八字相對，中間八字相對，卻須用功著一字眼，如詩眼亦同。

（宋）張炎《詞源》〈雜論〉

　　一首中必當有一聯佳，一聯中必當有一句勝，一句中必當有一字為眼。

（元）方回〈跋俞則大詩〉

　　（杜甫〈奉酬李都督表丈早春作〉[9]）「桃花」對「柳葉」，人人能之，唯「紅」字下著一「入」字，「青」字下著一「歸」字，乃是兩句字眼是也。大凡詩兩句說景，大濃大鬧，即兩句說情為佳。「轉添」、「更覺」亦是兩句字眼，非苟然也。所以悲早春，所以轉愁，所以更老，尾句始應破，以四海風塵，兵戈未已，望鄉思土，故無聊耳。此乃詩法。

又《瀛奎律髓》卷十

按：此則批語，明楊良弼《作詩體要》全文抄錄。

　　（王安石〈宿雨〉[10]）未有名為好詩而句中無眼者。請以此觀。

同上

7　即〈江樓望歸時避難在越中〉詩句。

8　即〈寄淮上人〉詩句。

9　〈奉酬李都督表丈早春作〉：力疾坐清曉，來詩悲早春。轉添愁伴客，更覺老隨人。紅入桃花嫩，青歸柳葉新。望鄉應未已，四海尚風塵。

10　王詩：綠攪寒蕪出，紅爭暖樹歸。魚吹塘水動，雁拂塞垣飛。宿雨驚沙盡，晴雲漏晝稀。卻愁春夢短，燈火著征衣。

　　（杜甫〈曉望〉）[11]五六以「坼」字、「隱」字、「清」字、「聞」字
為眼，此詩之最緊處。

同上卷十四

　　五字詩以第三字為句眼，七字詩以第五字為句眼。古人煉字，直於句
眼上煉。《蒲氏漫齋錄》

（元）王構《修辭鑒衡》卷一

　　詩句中有字眼，兩眼者妙，三眼者非，且二聯用連綿字，不可一般。
中腰虛活字，亦須迴避。五言字眼多在第三，或第二字，或第四字，或第
五字。

（元）楊載《詩法家數》〈律詩要法〉

　　詩要煉字，字者眼也。如老杜詩：「飛星過水白，落月動檐虛。」[12]
煉中間一字。「地坼江帆隱，天清木葉聞。」煉末後一字。「紅入桃花嫩，
青歸柳葉新。」煉第二字。非煉「歸」、「入」字，則是兒童詩。又曰：「暝
色赴春愁」[13]，又曰「無因覺往來」[14]，非煉「赴」、「覺」字便是俗詩。

同上書〈總論〉

　　詞眼凡二十六則：
　　…………
　　綠肥紅瘦。李易安，〈如夢令〉。

11　〈曉望〉：白帝更聲盡，陽臺曙色分。高峰寒上日，迭嶺宿霾雲。地坼江帆隱，天
　　清木葉聞。荊扉對麋鹿，應共爾為群。
12　〈中宵〉詩句。檐，《全唐詩》作「沙」。
13　皇甫冉〈歸渡洛水〉詩句：暝色赴春愁，歸人南渡頭。
14　不詳。

············

柳昏花暝。史梅溪，〈雙雙燕〉。

（元）陸輔之《詞旨》下

　　句中要有字眼，或腰、或足、或膝，無一定之處，最要的當，所謂要
煉字，下字者是也。

（明）朱權《西江詩法》

　　詩中用虛活字，時有難易；易若剖蚌得珠，難如破石求玉。且工且易，
愈苦愈難。此通塞不同故也。縱爾冥搜，徒勞心思。當主乎可否之間，信
口道出，必有奇字，偶然渾成，而無齟齬之患。譬人急買帽子入市，出其
若干，一一試之，必有個恰好者。能用戴帽之法，則詩眼靡不工矣。

（明）謝榛《四溟詩話》卷四

　　盛唐句法渾涵，如兩漢之時，不可以一字求。至老杜而後，句中有奇
字為眼，才有此，句法便不渾涵。昔人謂石之有眼為研之一病，余亦謂句
中有眼為詩之一病。如「地坼江帆隱，天清木葉聞」，故不如「地卑荒野
大，天遠暮江遲」[15]也。如「返照入江翻石壁，歸雲擁樹失山村」[16]，故
不如「藍水遠從千澗落，玉山高並兩峰寒」[17]也。此最詩家三昧，具眼自
能辨之。齊、梁以至初唐，率用豔字為眼，盛唐一洗，至杜乃有奇字。

（明）胡應麟《詩藪》內編卷五

　　詩之有眼，意欲攝長情於短韻，鑄浩景於微言。

（明）陸時雍《唐詩鏡》卷三

---

15 杜甫〈遣興〉詩句。
16 又〈返照〉詩句。
17 又〈九日藍田崔氏莊〉詩句。

　　詩有眼，猶弈有眼也。詩思玲瓏，則詩眼活；弈手玲瓏，則弈眼活。所謂眼者，指詩弈玲瓏處言之也。學詩者但當於古人玲瓏中得眼，不必於古人眼中尋玲瓏。今人論詩，但穿鑿一二字，指為古人詩眼。此乃死眼，非活眼也。鑿中央之竅則混沌死，鑿字句之眼則詩歌死。

（清）賀貽孫《詩筏》

　　（王安石〈宿雨〉詩）方萬里（方回字）曰：「（評語同上引，略）」余意人生好眼，只須兩隻，何盡作大悲相乎？此詩曰「攪」，曰「爭」，曰「吹」，曰「拂」，曰「驚」，曰「漏」，六隻眼睛，未免太多。　○此詩雖小失檢點，本亦不惡，但尊以為法，則郭有道之墊角巾也。

（清）賀裳《載酒園詩話》卷一

　　詩固不可率爾下字，然當使法格融渾，雖有字法，生於自然。自宋人「詩眼」之說，摘次唐人一二字，酷欲仿效，不能益工，只見醜耳。

（清）毛先舒《詩辯坻》卷一

　　說見不得直言「見」，說聞不得直言「聞」。如岑參「見雁思鄉信，聞猿積淚痕」[18]，不若柳宗元之「愁深楚猿夜，夢斷越雞晨」[19]較為蘊藉。然亦有詩眼在「見聞」二字者。如張佑之「樹影中流見，鐘聲兩岸聞」[20]，溫庭筠「果落見猿過，葉幹聞鹿行」[21]，則非二字不足以發其意，又不可概論。宋人論句法，謂句中有眼，宜著意煉此一字，然此特句法之一耳。試問杜甫之「清新庾開府，俊逸鮑參軍」[22]，溫庭筠之「雞聲茅店月，人跡

18　〈巴南舟中夜市〉詩句。
19　〈梅雨〉詩句。
20　應為張佑〈題潤州金山寺〉詩句。影，《全唐詩》作「色」。
21　〈早秋山居〉詩句。
22　〈春日憶李白〉詩句。

板橋霜」[23]，眼在何處？不盡讀唐詩，識其錘鍊之妙，未可輕言句法也。

（清）黃生《一木堂詩塵》卷一〈詩家淺說〉

（杜甫〈秋興八首〉詩其六[24]）鵲可馴，故曰「圍」。鷗易驚，故曰「起」。極形繁華之景，濃麗而不癡笨，緊要在句眼二字。後人學盛唐，易入癡笨者，由不能鍊句眼故也。

又《杜詩說》卷八

（駁方回評杜詩〈奉酬李都督表丈早春作〉）鍊字乃詩中之一法，若以此為安身立命之所，則九僧、四靈尚有突過李、杜處矣。虛谷論詩，見其小而不知其大，故時時標此為宗旨。

（清）紀昀《瀛奎律髓刊誤》卷十

（駁方回評王詩〈宿雨〉）好詩無句眼者不知其幾！此論偏甚，亦陋甚。

同上

（駁方回評杜詩〈曉望〉）馮（馮班）云：尋常覓佳句，五字中自然有一字用力處。虛谷每言詩眼，殊憒憒，假如「池塘生春草」一句，眼在何字耶？

同上卷十四

問：《詩人玉屑》謂「古人鍊字，只於眼上鍊，五字詩以第三字為眼，七字詩以第五字為眼」。然否？

---

23 〈商山早行〉詩句。

24 〈秋興〉其六：瞿唐峽口曲江頭，萬里風煙接素秋。花萼夾城通禦氣，芙蓉小苑入邊愁。珠簾繡柱圍黃鵠，錦纜牙檣起白鷗。回首可憐歌舞地，秦中自古帝王州。

答：煉字無定處，眼亦無定處。古今豈有印板詩格邪？

（清）陳僅《竹林答問》

煉篇、煉章、煉句、煉字，總之所貴乎煉者，是往活處煉，非往死處煉也。夫活，亦在乎認取詩眼而已。

詩眼，有全集之眼，有一篇之眼，有數句之眼，有一句之眼；有數句為眼者，有以一句為眼者，有以一二字為眼者。

（清）劉熙載《藝概》卷二〈詩概〉

「詞眼」二字，見陸輔之〈詞旨〉。其實輔之所謂眼者，仍不過某字工，某句警耳。余謂眼乃神光所聚，故有通體之眼，有數句之眼，前前後後無不待眼光照映。若捨章法而專求字句，縱爭奇競巧，豈能開闔變化，一動萬隨耶？

同上書卷四〈詞曲概〉

詩眼之說，即詩家煉字法，未可斥為外道，但不宜任意穿鑿，強標句眼耳。

（清）許印芳《律髓輯要》卷一

五律煉字，有虛有實，最宜著重，所謂「詩眼」是也。唐人「氣蒸雲夢澤，波撼岳陽城」；如不用「蒸」、「撼」二字，而用浮、湧等字，則死句也。煉字貴新警，若但求避俗，而於神理毫不相關，亦不足重。

（近人）蔣抱玄《民權素詩話》南村〈攄懷齋詩話〉

孫　評

　　古代詩人詞家把煉字當成作詩填詞的基本工，楊載甚至認為不會煉字「便是俗詩」。古人講究語言「推敲」，表面上看似乎是每一個字都費琢磨，實際上講究的還是句中最關鍵的一個字。漢語本來就有「字眼」這樣的詞語，在特別講究語言的詩詞中，順理成章地就產生了「詩眼」的說法。不過，這個在中國古典詩學中相當重要的觀念，卻並沒有嚴密的界定。

　　起初，北宋釋惠洪所謂詩眼指的是「句中眼」，就是一句詩中的關鍵字。可是從他所舉的詩例看究竟眼在何字，卻不明確，只是稱讚其「造語之工」。到了南宋魏慶之，就有了明確的規定：「眼用活字。五言以第三字為眼，七言以第五字為眼。」並舉諸多詩句印證。這個說法，確有精到之處，如：「孤燈燃客夢，寒杵搗鄉愁。」「燃」的本來是燈芯，這裡的直接賓語卻是「客夢」；「搗」的本來是寒衣，直接賓語卻成了「鄉愁」：二者在客觀邏輯上，似乎都很無理。但「客夢」和「鄉愁」本是抽象的、不可感的，有了「燃」和「搗」這樣的暗喻，不可直接感知的情感，就具有了可視、可聽的效果。這兩個字眼，在詩歌中就順理成章地成為了「詩眼」。

　　在中國古典詩人看來，詩的語言是要嘔心瀝血去提煉的。元代方回的《瀛奎律髓》，則常以詩眼剖析詩人煉字的功夫。如舉杜甫「紅入桃花嫩，青歸柳葉新」詩句為例說：「桃花對柳葉，人人能之，唯『紅』字下著一『入』字，『青』字下著一『歸』字，乃是兩字眼是也。」這個「入」字，的確精彩。本來寫桃花之紅，很容易陷入俗套，但有了這個「入」字，和後面的「嫩」字，便構成因果關係。桃花嫩紅，一望而知，本是同時呈現的，而詩人卻把它分解為一種因果關係：因紅主動進入而嫩。這是一種詩的想像的、假定的境界，是詩

人憐愛桃花的情感所致。

　　詩話詞話熱衷於對關鍵字眼的欣賞和闡釋，延續了上千年而不絕，這個傳統應該分外珍惜。當然這種「詩眼」的說法，不可能十全十美，其缺點在日後的創作實踐中也逐漸暴露了出來。最突出的一點是太死板，太機械，往往不能自圓其說。如魏慶之說五言的詩眼在第三字，可是方回舉杜甫的詩眼卻在第二字，到了陸輔之就主張除了第一個字，其他字都可以成為詩眼。但即使放得這樣寬，還是沒有改變其根本性的缺點：僅僅著眼於字，忽略了章法，忽略了全詩的意境，常常弄得很生硬，不自然。賀貽孫即曾尖銳地批評說：「今人論詩，但穿鑿一二字，指為古人詩眼。此乃死眼，非活眼也。鑿中央之竅則混沌死，鑿字句之眼則詩歌死。」

　　所以，在清代傑出的詩論家那裡，詩眼詞眼的內涵便有了新的擴展。他們反對那種「印板詩格」的鍊眼法，尤其「見其小而不知其大」的偏狹詩眼觀念。如劉熙載所指出：「詩眼，有全集之眼，有一篇之眼，有數句之眼，有一句之眼；有數句為眼者，有以一句為眼者，有以一二字為眼者。」又進一步補充說：「其實（陸）輔之所謂眼者，仍不過某字工，某句警耳。余謂眼乃神光所聚，故有通體之眼，有數句之眼，前前後後無不待眼光照映。若舍章法而專求字句，縱爭奇競巧，豈能開闔變化，一動萬隨耶？」這個說法是很精闢的。無論詩詞，都不能孤立地從一句看，甚至不能從幾句看，而要從「通體看」。所謂「開闔變化，一動萬隨」，就是既要有豐富的變化，又得有內在的有機聯繫，這樣才能從整首上判斷其完整不完整，和諧不和諧。

　　對詩而言，孤立地在「競一字之奇」，早在六朝時期，就受到了批評。當然有不少詩的美，有時就集中在一字之奇上，如陶淵明之「悠然見南山」的「見」字。但許多時候則相反，佳作不在尋章摘句之美，而在整體之中的自然美。如王維〈鳥鳴澗〉：「人閑桂花落，夜靜春山空。月出驚山鳥，時鳴春澗中。」這樣的詩境，每一句都沒有

任何突出的字眼，可謂標準的「不著一字，盡得風流」。這是一種通篇和諧的整體美，是屬於中國詩學的另一個範疇：意境。而詩眼美，則是局部美，二者不盡相同。也許可以說是對立的。如果詩眼不是孤立的句子的眼，而是整首詩的眼，那就是意境美的密碼。局部美從屬於整體美，二者在對立中是可能統一的。但是，局部畢竟是局部，過分突出的局部，反而有礙於整體的和諧。

「香稻」一聯句法及意蘊

杜子美詩：「紅稻啄餘鸚鵡粒，碧梧棲老鳳凰枝。」[1]此亦語反而意全。

（宋）沈括《夢溪筆談》卷十四

詩語大忌用工太過，蓋煉句勝則意必不足。語工而意不足，則格力必弱，此自然之理也。「紅稻啄餘鸚鵡粒，碧梧棲老鳳凰枝」，可謂精切，而在其集中，本非佳處；不若「暫止飛烏將數子，頻來語燕定新巢」[2]為天然自在。

（宋）蔡居厚《蔡寬夫詩話》

前人評杜詩云：「『紅豆啄餘鸚鵡粒，碧梧棲老鳳凰枝』，若云『鸚鵡啄殘紅豆粒，鳳凰棲老碧梧枝』，便不是好句。」余謂詞曲亦然。

（宋）佚名（李公彥？）《漫叟詩話》

以事不錯綜，則不成文章。若平直敘之，則曰：「鸚鵡啄餘紅稻粒，鳳凰棲老碧梧枝。」而以「紅稻」於上，以「鳳凰」於下者，錯綜之也。

（宋）惠洪《石門洪覺範天廚禁臠》卷上

1　杜甫〈秋興八首〉詩其八：昆吾御宿自逶迤，紫閣峰陰入渼陂。香稻啄餘鸚鵡粒，碧梧棲老鳳凰枝。佳人拾翠春相問，仙侶同舟晚更移。彩筆昔曾干氣象，白頭今望苦低垂。　香稻，〈草堂〉本作「紅豆」，一作「紅稻」，一作「紅飯」。

2　杜甫〈堂成〉詩句。

　　沈（沈括）之說如此。蓋以杜公詩句，本是「鸚鵡啄餘紅稻粒，鳳凰棲老碧梧枝」，而語反焉。……特紀其舊遊之渼陂，所見尚餘紅稻在地，乃宮中所供鸚鵡之餘粒，又觀所種之梧年深，即老卻鳳凰所棲之枝。既以紅稻、碧梧為主，則句法不得不然也。

　　　　　　　　　　　　　　　（宋）郭知達《九家集注杜詩》卷三十

　　（蘇軾〈煎茶〉詩次句）此倒語也，尤為詩家妙法，即少陵「紅稻啄餘鸚鵡粒，碧梧棲老鳳凰枝」也。

　　　　　　　　　　　　　　　　　　（宋）楊萬里《誠齋詩話》

　　（杜詩）以至倒用一字，尤見工夫。如「蜀酒禁愁得，無錢何處賒」〈草堂即事〉，「客睡何曾著，秋天不肯明」〈客愁〉，「只作披衣慣，長從漉酒生」〈漫成〉，「紅稻啄餘鸚鵡粒，碧梧棲老鳳凰枝」〈秋興〉。凡倒著字句，自爽健也。

　　　　　　　　　　　　　　（宋）孫奕《履齋示兒編》卷十〈詩說〉

　　杜詩有反言之者……他如「紅豆啄殘鸚鵡粒，碧梧棲老鳳凰枝」亦然。

　　　　　　　　　　　　　　　（宋）羅大經《鶴林玉露》乙編卷六

　　所思不專渼陂。……昆吾、御宿逶迤皆在故時上林苑中。地產香稻，鸚鵡食之有餘；林茂碧梧，鳳凰棲之至老。佳人春間，遊者眾也；仙舟晚移，樂忘歸也。非帝王之都何以有此！向嘗熟游，爾時國家全盛……今時事已非，身亦白首，且吟且望，望而不得，垂首自悲而已。……「香稻」二句，所重不在「鸚鵡」、「鳳凰」，非故顛倒其語，文勢自應如此。

　　　　　　　　　　　　　　　　　（明）王嗣奭《杜臆》卷八

　　趙注以「香稻」一聯為倒裝法。今觀詩意，本謂香稻乃是鸚鵡啄餘之

粒，碧梧則有鳳凰棲老之枝，蓋舉鸚、鳳以形容二物之美，非實事也。若云：鸚鵡啄餘香稻粒，鳳凰棲老碧梧枝，則實有鳳凰、鸚鵡矣。少陵倒裝句固是不少，唯此一聯不宜牽合。

（明）唐汝詢《唐詩解》卷四十一

按： 清吳景旭《歷代詩話》卷三十八引顧修遠之說，與此則類似，並贊此說較倒　　裝句法云云「更有思致」。

　　先生年老，浪跡夔州，意在歸隱。因昔嘗同岑參兄弟游渼陂，經昆吾、御宿，喜其風土之良，故切切念之，特掛筆端耳。三四句法奇甚。畜鸚鵡者，必以紅豆飼之，先生自喻不苟食也。啄之而有餘，此真豐衣足食之所矣。黃帝即位，鳳集東園，棲梧樹，終身不去，先生自喻不苟棲也。棲之而至老，此又安居樂業之鄉矣。可見長安盛時，且不必說到天子公侯極意遊玩，乃至布衣窮居，盡足自適有如此也。

（清）金聖歎《杜詩解》卷三

　　三四舊謂之倒裝法，余易名「倒別」。蓋倒裝則韻腳俱動，倒別不動韻腳也。設云「鸚鵡啄餘紅豆粒，鳳凰棲老碧梧枝」，亦自穩順，第本賦紅豆、碧梧，換轉即似賦鳳凰、鸚鵡矣。杜之精意固不苟也。

（清）黃生《杜詩說》卷八

　　如「紅豆啄殘鸚鵡粒，碧梧棲老鳳凰枝」，蓋言紅豆也，乃鸚鵡啄殘之粒，碧梧也，乃鳳凰棲老之枝，無限感慨。若曰「鸚鵡啄殘紅豆粒，鳳凰棲老碧梧枝」，直而率矣。

（清）吳齊賢《論杜》，轉引自清仇兆鰲《杜詩詳注》〈諸家論杜〉

　　安溪云：稻餘鸚粒而梧無鳳棲。佳人拾翠，仙侶移棹，皆因當年景物起興，隱寓寵祿之多而賢士遠去，妖幸之盛而高人循跡也。末聯入己事，

宛與此意湊泊。按：師說更渾融，亦表裡俱徹也。

（清）何焯《義門讀書記》卷五十五〈杜工部集〉

「鸚鵡粒」，即是「紅豆」。「鳳凰枝」，即是「碧梧」。猶飼鶴則云鶴料，巢燕則云燕泥耳。二句鋪排精麗，要亦借影京室才賢之盛，如詩詠莘莘[3]，賦而比也。不著秋景說，舊解俱謬。

（清）浦起龍《讀杜心解》卷四之二

香稻為鸚鵡所啄，則香稻竟為鸚鵡之粒矣；碧梧為鳳凰所棲，則碧梧竟成鳳凰之枝矣。一似被他佔定者然。然不過極言物產之盛耳，不但鳳凰無有，即鸚鵡亦生隴西而不生長安。

（清）邊連寶《杜律啟蒙》七言卷三

「香稻」一聯，淺識者以為語妙，實則毫無意境，徒見其醜拙耳。

（清）李慈銘《越縵堂日記說詩全編》內編〈評論門〉

此聯寫物產之美。香稻芬芳，疑是鸚鵡啄餘之粒；碧梧挺秀，應為鳳凰棲老之枝。香稻碧梧，是指其實在；鸚鵡鳳凰，不過藉以點染生色。句法自宜如是，並非倒裝。

（近代）丁福保《詩鑰》第五章

夫鸚鵡、鳳凰，皆係主詞，豆、粒、梧、枝，皆係謂詞，而杜氏必欲倒其詞以自矜研煉，此非嗜奇之失乎？

（近人）劉師培《論文雜記》

紅豆啄餘鸚鵡粒，碧梧棲老鳳凰枝。——鸚鵡啄餘紅豆粒，鳳凰棲老

3　《詩》〈大雅〉〈卷阿〉詩句：鳳凰鳴矣，于彼高岡。梧桐生矣，于彼朝陽。莘莘萋萋，雝雝喈喈。

碧梧枝。　　○將主語和謂語中的一部交換位置。

（今人）陳望道《修辭學發凡》第八編

按：今人王力主編《古代漢語》見解與此相同。

　　老杜〈秋興八首〉之一：「香稻啄餘鸚鵡粒，碧梧棲老鳳凰枝。」此二句，亦動名詞倒裝，而並非不可解，且更有力，言此粒只鸚鵡吃，此枝僅鳳凰棲，故曰「鸚鵡粒」、「鳳凰枝」。

（今人）顧隨《顧隨全集（3）》〈講錄卷〉〈說長吉詩之怪〉

　　譯文：一路之上，只見畦畦香稻，樹樹梧桐，那時都是當作奇玩勝境觀賞著的；今日回憶起來，也平添無窮的感慨。能言的鸚鵡任意地啄著香稻，殘粒丟在地上，令我不禁聯想起「朝扣富兒門，暮隨肥馬塵；殘杯與冷炙，到處潛悲辛」〈奉贈韋左丞〉。鳳凰擇木而棲，不肯與燕雀為伍，只贏得碧梧冷落，老來時羽毛摧頹；我又不禁聯想起「西伯今寂寞，鳳聲亦悠悠」〈鳳凰臺〉，大約也沒有什麼指望了。　　○「香稻啄殘鸚鵡粒」，也在暗指自己他鄉流落，傳食諸侯的苦況；「碧梧棲老鳳凰枝」，以鳳自喻，表示自己的品格，也有老驥伏櫪的歎息。

（今人）傅庚生《杜詩散繹》

　　杜甫〈秋興〉的兩句，是「紅稻——鸚鵡啄餘粒，碧梧——鳳凰棲老枝」，倒裝成「啄餘鸚鵡」、「棲老鳳凰」，所以要倒裝，是平仄關係。因為「鸚鵡」是平仄，第二字仄，是仄音步，這裡要用個平音步，「啄餘」是仄平，第二字平，是平音步，所以調一下。「鳳凰」是仄平，是平音步，這裡要用個仄音步，「棲老」是平仄，是仄音步，所以調一下，成了倒裝。

（今人）周振甫《中國修辭學史》〈沈括〉

　　「香稻啄餘鸚鵡粒，碧梧棲老鳳凰枝」，照字面看，像不好解釋，要

是改成「鸚鵡啄餘香稻粒，鳳凰棲老碧梧枝」，就很順當。為什麼說這樣一改就不是好句呢？原來杜甫這詩是寫回憶長安景物，他要強調京裡景物的美好，說那裡的香稻不是一般的稻，是鸚鵡啄餘的稻；那裡的碧梧不是一般的梧桐，是鳳凰棲老的梧桐，所以這樣造句。就是「香稻──鸚鵡啄餘粒，碧梧──鳳凰棲老枝」，採用描寫句，把重點放在香稻和碧梧上，是側重的寫法。要是改成「鸚鵡啄餘香稻粒，鳳凰棲老碧梧枝」，便成為敘述句，敘述鸚鵡鳳凰的動作，重點完全不同了。再說，照原來的描寫句，側重在香稻碧梧，那末所謂鸚鵡啄餘，鳳凰棲老都是虛的，只是說明香稻碧梧的不同尋常而已。要是改成敘述句，好像真有鸚鵡鳳凰的啄和棲，反而顯得拘泥了。說鸚鵡啄餘還可解釋，說鳳凰棲老顯然是虛的。因此，把「香稻」「碧梧」提前並不是倒裝句法，是側重在香稻碧梧上。

又《詩詞例話》〈側重和倒裝〉

　　「香稻啄餘鸚鵡粒，碧梧棲老鳳凰枝」，本應是「鸚鵡啄餘香稻粒，鳳凰棲老碧梧枝」，原無多少詩的情味，不論如何顛倒，也改變不了它的本質。就聲說律，「香稻」和「鸚鵡」都是「平、仄」，「碧梧」和「鳳凰」都是「仄、平」，改與不改也完全一樣，於聲律無所變化。可是經過這一顛倒，主語和賓語對換了位置，不僅與語法不合，於事理也明明相背，不知老杜用意何在？更不知為什麼後世直到現在還有人盲目地讚賞這兩句詩說這是「近體詩的語法特點」，見王力主編《古代漢語》下冊第二分冊，頁1461？大約就因為作者是老杜吧？

（今人）姜書閣《詩學廣論》〈格調篇〉第三

　　「紅豆啄餘鸚鵡粒，『紅豆』或作『紅稻』『香稻』碧梧棲老鳳凰枝。」它的語義是：那裡有鸚鵡啄餘的紅豆粒，和鳳凰棲老的碧梧枝。但作者在這首詩裡主要是寫那個地方風景之美，而不是要誇耀珍禽。紅豆、碧梧是那個風景區中名貴物產，作者有意地把它們突出，所以放在首位。也就等於是

說：紅豆是餵夠了鸚鵡的粒，碧梧是爬夠了鳳凰的枝。如果改為：「鸚鵡啄餘紅豆粒，鳳凰棲老碧梧枝。」句法並無不可，只是側重寫珍禽的動作，稍與作者原來意圖不同罷了。又如改為：「紅豆鸚鵡啄餘粒，碧梧鳳凰棲老枝。」除聲律不調、藝術性差之外，不但內容未變，即在句法上也不算有何謬誤。

（今人）啟功《漢語現象論叢》〈古代詩歌、駢文的語法問題〉

附錄

措詞的不和諧是杜甫後期詩風的主要特徵……

…………

……再看第八首中的一個例子，杜甫用它繼續緬懷自己昔日的榮耀。「香稻啄餘鸚鵡粒，碧梧棲老鳳凰枝。」即使不分析該聯的語法和意義，僅從措詞上也能看出它內在的不和諧。「香稻」、「鸚鵡」、「碧梧」、「鳳凰」都帶有某些舒適的感性特徵……但「老」和「餘」則可能引起一種能隨美的消逝而必然產生的悲哀情緒。

…………

在第一聯中，四個地名的密集運用暗示了強烈的懷舊情緒——這些地名都使人想起長安附近的著名景觀。第二聯則是混雜句法的最好例證，從中可以分辨出三種潛在結構：A.香稻啄餘鸚鵡粒，碧梧棲老鳳凰枝；B.香稻鸚鵡啄餘粒，碧梧鳳凰棲老枝；C.鸚鵡啄餘香稻粒，鳳凰棲老碧梧枝。在 A 中，所有成分都保持原狀，「香稻」是名詞主語，後接一名義上謂語，這個謂語「啄餘」是和鸚鵡共同修飾「粒」的；B 不同於 A 的地方僅在於它是把「鸚鵡啄餘」作為一個整體來修飾「粒」；在 C 中，鸚鵡成為名詞主語，其他成分都是動詞性謂語。……至於該聯的意旨，有兩種差別很小的不同觀點。贊同 A、B 解釋的人認為：這一聯是想要表現過去繁榮和安寧，剩餘的香稻顯示了土地的豐饒，鳳凰——作為一種高貴的鳥，它對棲息地的選擇是十分苛求的。這裡，它是高尚之士的象徵——能夠滿

足地終生棲息在梧桐樹上。這說明當時的國家被一位明察秋毫的賢君治理得非常之好。而選擇 C 的人僅僅是變換了強調的重點：像詩人以自己的詩歌給人帶來歡樂一樣，用歌喉給人以愉快的鸚鵡得到了很好的贍養；而鳳凰作為一種譬德於君子的鳥，已經找到了自己理想的棲息場所。……

　　如果沒有破碎的句法和不連續節奏的破壞，詩人那種使自己沉溺於回憶的努力很容易成功。

〔美國〕高友工、梅祖麟《唐詩的魅力》

孫　評

　　中國古代律詩對於格律和語言的關係是很考究的。杜甫「香稻啄餘鸚鵡粒，碧梧棲老鳳凰枝」一聯，引起了持久的爭議。稱讚的說是句法靈活，「語反」、「錯綜」，這相當於當代所說「倒裝」句法。對於這種倒裝的好處，周振甫指出是格律上的要求，所論頗為細緻。

　　當然，僅僅從外部形式來看問題，是膚淺的。歷代論者，早就指出其中暗示的著重點主要在「香稻」和「碧梧」上。因為，這首詩的意旨，是杜甫流落川中時對當年與岑參兄弟舊游京城名勝的懷念，而懷舊的內容，就集中在所見盛世繁華景象方面。金聖歎說得對：「先生年老，浪跡夔州，意在歸隱。因昔嘗同岑參兄弟游渼陂，經昆吾、御宿，喜其風土之良，故切切念之，特掛筆端耳。」爭論的原因在於，論者昧於香稻、碧梧皆實的抒寫，而鳳凰、鸚鵡為虛的想像，只是為了美化「香稻」、「碧梧」而已。邊連寶即指出，詩句「不過極言物產之盛耳」，其實此地「不但鳳凰無有，即鸚鵡亦生隴西而不生長安。」所以黃生說：「三四舊謂之倒裝法，余名為『倒剔』。蓋倒裝則韻腳俱動，倒剔不動韻腳也。設云『鸚鵡啄餘紅豆粒，鳳凰棲老碧梧枝』，亦自穩順，第本賦紅豆、碧梧，換轉即似賦鳳凰、鸚鵡矣。」這就比單純從格律形式上看句法要深刻得多。

　　憑直覺感受到詩句突出香稻、碧梧的論者也不少。吳齊賢說這樣的句法，其中有「無限感慨」，如果寫成「鸚鵡啄殘紅豆粒，鳳凰棲老碧梧枝」，就太「直而率」了。其實，並不是直率，而是轉移了意象的核心，感情的脈絡。這一點，啟功先生說得很透澈：「作者在這首詩裡主要是寫那個地方風景之美，而不是要誇耀珍禽。紅豆、碧梧是那個風景區中名貴物產，作者有意地把它們突出，所以放在首位。……如果改為：『鸚鵡啄餘紅豆粒，鳳凰棲老碧梧枝。』句法並

無不可，只是側重寫珍禽的動作，稍與作者原來意圖不同罷了。」

　　本來，漢語句法與歐美句法有明顯的不同，那就是語序不同則語義也不同。歐美語言動詞有人稱、時態、語態的變化，名詞代詞有性數格的詞尾變化，詞尾變化要高度一致，因此語序往往並不改變其意義。如普希金的〈假如生活欺騙了你〉詩句，俄語的原文是：

　　　　Если　жизнь　тебя　обманет

按原文的詞序直譯則是：「假如生活你欺騙。」這在俄語中並不會導致混亂，因為動詞 обманет 是第三人稱單數形態，主語則不可能是第二人稱的「你」，肯定是第三人稱的「生活」。而漢語的詞序如果這樣變換，是不通的，意味著在邏輯上施事與受事的變化，會導致意義的顛倒，不是生活欺騙了你，而是你欺騙了生活。

　　在現代漢語中，把狗咬人說成人咬狗，是絕對要鬧笑話的。但是，這種語序結構的自由變換是漢語古典詩歌，尤其是律詩的特別的優長。像杜甫這樣的詞序倒置，並不意味著施事與受事的轉換。讀者不會理解為香稻是施事，可以發出啄的動作；也不會誤解為碧梧可以把鳳凰棲老。這種語序嚴謹而又自由的變化，與平仄講交替、對仗一起，經歷了四百年以上的建構而成為普及的技巧，並且成了有一定修養的讀者心理預期的組成部分，所以能夠廣泛地應用。只是很少像杜甫應用得如此之「險」而已。所謂險，就是把詩與散文的邏輯矛盾尖銳到直接衝突的程度。也許正是因為這樣，引起了長期的爭論。挑剔的論者大多以為詩句雖無可厚非，但畢竟技巧玩弄得太顯眼了，不算是杜詩最好的聯句，應該說這還是持平之論。

　　至於美國學者高友工、梅祖麟以此為例而論證「措詞的不和諧是杜甫後期詩風的主要特徵」，杜甫用它繼續緬懷自己昔日的榮耀。「『香稻啄餘鸚鵡粒，碧梧棲老鳳凰枝。』」即使不分析該聯的語法和

意義，僅從措詞上也能看出它內在的不和諧。『香稻』、『鸚鵡』、『碧梧』、『鳳凰』都帶有某些舒適的感性特徵……但『老』和『餘』則可能引起一種能隨美的消逝而必然產生的悲哀情緒。」這就未免顯得對詩情的感悟不夠，甚至給人一種外行的感覺。杜甫此詩就是晚年流落川中、緬懷當年盛世繁華之作，意脈的特點正是交織著讚美和失落，很難用「悲哀」情緒來概括。把握不住這種抒情意脈，即使句法結構的分析不無系統，論斷也難失之偏頗。

多意層深或曲意求深

　　東坡〈汲江煎茶〉云：「活水還須活火烹，自臨釣石汲深清，大瓢貯月歸春甕，小杓分江入夜瓶。」[1]此詩奇甚，道盡烹茶之要；且茶非活水則不能發其鮮馥，東坡深知此理矣。

（宋）胡仔《苕溪漁隱叢話》後集卷十一

　　東坡〈煎茶〉詩云：「活水還將活火烹，自臨釣石汲深清。」第二句七字而具五意：水清，一也；深處清，二也；石下之水，非有泥土，三也；石乃釣石，非尋常之石，四也；東坡自汲，非遣卒奴，五也。「大瓢貯月歸春甕，小杓分江入夜瓶。」其狀水之清美極矣。「分江」二字，此尤難下。「雪乳已翻煎處腳，松風忽作瀉時聲。」此倒語也，尤為詩家妙法，即少陵「紅稻啄餘鸚鵡粒，碧梧棲老鳳凰枝」也。「枯腸未易禁三椀，臥聽山城長短更。」又翻卻盧仝公案。仝吃到七椀，坡不禁三椀。山城更漏無定，「長短」二字，有無窮之味。

（宋）楊萬里《誠齋詩話》

　　杜陵詩云：「萬里悲秋常作客，百年多病獨登臺。」[2]蓋萬里，地之遠也。秋，時之慘淒也。作客，羈旅也。常作客，久旅也。百年，齒暮也。

1　此引係蘇軾〈汲江煎茶〉詩前半首，後半為：雪乳已翻煎處腳，松風忽作瀉時聲。枯腸未易禁三椀，坐聽荒城長短更。

2　杜甫〈登高〉詩：風急天高猿嘯哀，渚清沙白鳥飛迴。無邊落木蕭蕭下，不盡長江滾滾來。萬里悲秋常作客，百年多病獨登臺。艱難苦恨繁霜鬢，潦倒新停濁酒杯。

多病，衰疾也。臺，高迥處也。獨登臺，無親朋也。十四字之間，含八意，而對偶又精確。

（宋）羅大經《鶴林玉露》乙編卷五

（杜甫〈登高〉五六句）本好句，被後人將「萬里」、「百年」胡亂用壞，遂成惡套。

（明）胡震亨《杜詩通》卷三十五

（杜詩）「百年」、「萬里」，恨為後人作俑。

（明）邢昉《唐詩定》卷十六

「側身天地更懷古，回首風塵甘息機」[3]，十四字中有六層意。「萬里悲秋常作客，百年多病獨登臺」，有八層意。詩之難處在深厚，厚更難於深。

（清）吳喬《圍爐詩話》卷四

子瞻〈煎茶〉詩「活水還須活火烹」，可謂之茶經，非詩也。

同上卷五

詞家意欲層深，語欲渾成。作詞者大抵意層深者，語便刻畫，語渾成者，意便膚淺，兩難兼也。或欲舉其似，偶拈永叔詞云：「淚眼問花花不語，亂紅飛過鞦韆去。」[4]此可謂層深而渾成。何也？因花而有淚，此一層意也。因淚而問花，此一層意也。花竟不語，此一層意也。不但不語，且又亂落，飛過鞦韆，此一層意也。人愈傷心，花愈惱人，語愈淺，而意

3　杜甫〈將赴成都草堂途中有作先寄嚴鄭公五首〉其五詩句。
4　歐陽修〈蝶戀花〉詞，全詞參見〈如何索解興到之作托意〉一題注引。

愈入，又絕無刻畫之跡，謂非層深而渾成耶！然作者初非措意，直如化工
生物，筍未出而苞節已具，非寸寸為之也。若先措意便刻畫，愈深愈墮
惡境矣。

（清）毛先舒詞論，轉引自清王又華《古今詞論》〈毛稚黃詞論〉

　　凡詩句以虛涵兩意見妙。如「水落」兩句[5]，夜則水落魚龍，秋則山
空鳥鼠，一說也；魚龍之夜故聞水落，鳥鼠之秋故見山空，又一說也。
〈秋興〉詩：「叢菊兩開他日淚，孤舟一繫故園心。」[6]居夔而園菊兩度開
花，則羈旅之淚非一日矣，又見一孤舟繫岸而動歸心，此一說也；觀花發
而傷心，則他日之淚乃菊所開，見孤舟而思歸，則故鄉之心為舟所繫，又
一說也。蓋二意歸於一意，而著語以虛涵取巧，詩家法也。

（清）李光地《榕村詩選》卷五

按：此則又見李光地《榕村語錄》卷三十，稱「句法以兩解為更入三昧」，但解
　　釋簡略。此則所論，清王應奎《柳南隨筆》卷五、梁章鉅《浪跡叢談》卷十
　　均特引用，深表讚賞。

　　（蘇詩〈汲江煎茶〉舒促離合，若風湧雲飛。楊萬里輩曲為疏解，似
反失其趣旨。

（清）汪師韓《蘇詩選評》卷六

　　（蘇詩〈汲江煎茶〉）楊誠齋解首二句，分為七層，太瑣碎。詩不
必如此說。

（清）紀昀《瀛奎律髓刊誤》卷十八

5　杜甫〈秦州雜詩二十首〉其一詩句：水落魚龍夜，山空鳥鼠秋。
6　又〈秋興八首〉詩其一：玉露凋傷楓樹林，巫山巫峽氣蕭森。江間波浪兼天湧，塞
　　上風雲接地陰。叢菊兩開他日淚，孤舟一繫故園心。寒衣處處催刀尺，白帝城高急
　　暮砧。

〈汲江煎茶〉七律，自是清新俊逸之作。而楊誠齋賞之，則謂一篇之中，句句皆奇，一句之中，字字皆奇。此等語，誠令人不解。……且於數千篇中，獨以奇推此，實索之不得其說也。豈誠齋之於詩，竟未窺見深旨耶？

（清）翁方綱《石洲詩話》卷四

余亦謂詞之一道，易流於纖麗空滑，欲反其弊，往往變為質木，或過作謹嚴，味同嚼蠟矣。故煉意煉辭，斷不可少，煉意所謂添幾層意思也，煉辭所謂多幾分渲染也。

（清）王韜紫〈芬陀利室詞話序〉

詞貴意多。一句之中，意亦忌複。

（近代）況周頤《蕙風詞話》卷一

（杜甫〈登高〉）首句於對仗中兼用韻，分之有六層意，合之則寫其登高縱目，若秋聲萬種，排空雜遝而來。……五六句亦分六層意，而以融合出之。

（近代）俞陛雲《詩境淺說》丙編

意貴深而不可轉入翳障，意貴新而不可流於怪譎，意貴多而不可橫生枝節，或兩意並一意，或一意化兩意，各相所宜以施之。以量言，須層出不窮；以質言，須鞭辟入裡。而尤須含蓄蘊藉，使人讀之不止一層，不止一種意味，且言盡意不盡，而處處皆緊湊、顯豁、精湛，則句意交煉之功，情景交煉之境矣。

（近人）陳匪石《聲執》卷上

孫　評

　　蘇軾〈汲江煎茶〉詩，胡仔認為：「此詩奇甚，道盡烹茶之要；且茶非活水則不能發其鮮馥，東坡深知此理矣。」這樣的評論，意在褒之，實則貶之。問題出在價值混淆，古典詩歌的好處在審美抒情，而胡氏卻從其實用性質上評價，這不成了烹茶說明了嗎？用七言詩句來作這樣的說明，說得愈明細就離詩意愈遠。所以吳喬直截了當地批評說「活水還須活火烹」，「可謂之茶經，非詩也。」這才是審美價值的判斷。

　　奇怪的是大詩人楊萬里不明於此，強作解人，竟細繹出「自臨釣石汲深清」「七字而具五意」。其實，這是把本來簡單的問題說得複雜了，把邏輯上本來互相包含的統一的關係，說成了並列的關係。如，所謂水清、深處清，深處水清即包含著水清，就是包含關係，並不是並列關係。石下和釣石的關係，也有從屬性質。至於躬身汲水，或可以並列為一意，那麼充其量一句也就二意。而在唐宋詩中，七言二意的句子比比皆是，算不得創格。此說後來可能影響了羅大經，他也逐層評析杜甫〈登高〉「萬里悲秋常作客，百年多病獨登臺」一聯，認為「十四字之間，含八意，而對偶又精確。」羅氏這個說法，倒是有些道理。因為杜甫這樣的詩法，與漢語特點有深刻的聯繫。

　　漢語在動詞人稱、時態和名詞性、數、格方面，並不像歐美語言那樣講究詞尾變化的統一性。漢語詩歌五、七言律詩和絕句，每一句形式上即自完足，即使有流水對或流水句，也限於一聯完足。歐美詩歌一個語法上完整的句子，則可以用關係代詞引起從句，可以「跨行」。如莎士比亞在哈姆雷特著名的獨白「活著還是死亡」就用 that 引起了一個選擇性從句，使得這個句子長達五行：

　　　　To be, or not to be: that is the question:

　　　　Whether 'tis nobler in the mind to suffer

　　　　The slings and arrows of outrageous fortune,

　　　　Or to take arms against a sea of troubles,

　　　　And by opposing end them?

而漢語律詩和絕句，不但不能「跨行」擴展，反而有時把一個以上的句子或者句子成分壓縮在一句之中。所以，像這種詩句，每一個字都是實詞，不能有虛詞，連接詞、介詞都盡可能省略，甚至是名詞直接疊加，或者多項名詞中只有一項有相應的動詞，其餘名詞全是孤懸，並無謂語。從歐美語言來看，這種壓縮的句式，是不完整的，broken的，破碎的，在漢語詩歌卻能大大增加情感的深度、濃度和意象的密度。此法直至二十世紀，方為美國意象派所發現，大為驚訝，遂主「意象疊加」之說。此說，後來又為美國新批評發展為意象「密度」之說。

　　但是西方此說也隱含著偏頗。一味追求意象的疊加，或者意象的密度，必然造成堆砌、生硬，不自然，窒礙情意的表達。在這一點，我國詩論詞評則早有警惕，清醒地揭示了「意欲層深，語欲渾成」的矛盾。清毛先舒首先提出：「作詞者大抵意層深者，語便刻畫，語渾成者，意便膚淺，兩難兼也。」從創作論的角度說，以語欲渾成來限制意欲層深可能的晦澀，力求把刻意深化和自然平易統一起來。毛氏接著舉歐陽修的詞句「淚眼問花花不語，亂紅飛過鞦韆去」為例，生動說明了層深和渾成的統一關係。當然，類似這樣意層深而語渾成的佳句，在我國古典詩詞中可謂不勝枚舉。如杜甫的「即從巴峽穿巫峽，便下襄陽向洛陽」；李白的「一叫一回腸一斷，三春三月憶三巴」，都可以說是既無斧鑿痕跡，又提供了層出不窮的意象。

附錄
易安〈聲聲慢〉疊字釋

　　〈秋詞〉〈聲聲慢〉：「尋尋覓覓，冷冷清清，淒淒慘慘戚戚。」[1]此乃公孫大娘舞劍手。本朝非無能詞之士，未曾有一下十四疊字者，用《文選》諸賦格。後疊又云：「梧桐更兼細雨，到黃昏、點點滴滴。」又使疊字，俱無斧鑿痕。

（宋）張端義《貴耳集》卷上

　　詩有一句疊三字者，吳融〈秋樹〉詩「一聲南雁已先紅，槭槭淒淒葉葉同」是也。有一句連三字者，劉駕詩「樹樹樹梢啼曉鶯，夜夜夜深聞子規」[2]是也。有兩句連三字者，白樂天詩「新詩三十軸，軸軸金玉聲」[3]是也。有一句四疊字者，古詩「行行重行行」[4]，〈木蘭詩〉「唧唧復唧唧」是也。有兩句互疊字者，王胄詩「年年歲歲花常發，歲歲年年人不同」[5]是也。有三聯疊字者，古詩「青青河畔草」[6]六句是也。有七聯疊字者，

1　李清照〈聲聲慢〉詞：尋尋覓覓，冷冷清清，淒淒慘慘戚戚。乍暖還寒時候，最難將息。三杯兩盞淡酒，怎敵他、晚來風急！雁過也，正傷心，卻是舊時相識。
　　滿地黃花堆積，憔悴損、如今有誰堪摘？守著窗兒，獨自怎生得黑！梧桐更兼細雨，到黃昏、點點滴滴。這次第，怎一個愁字了得！
2　〈曉登迎春閣〉詩句：香風滿閣花滿樹，樹樹樹梢啼曉鶯。　　又〈春夜二首〉其一詩句：近來欲睡兼難睡，夜夜夜深聞子規。
3　〈題故元少尹集後二首〉其二詩句：遺文三十軸，軸軸金玉聲。
4　《古詩十九首》詩句：行行重行行，與君生別離。
5　劉希夷〈白頭吟〉、宋之問〈有所思〉、賈曾〈有所思〉皆有詩句：年年歲歲花相似，歲歲年年人不同。
6　《古詩十九首》詩句：青青河畔草，鬱鬱園中柳。盈盈樓上女，皎皎當窗牖。娥娥紅粉妝，纖纖出素手。

昌黎〈南山〉詩「延延離又屬」十四句是也。至李易安詞「尋尋覓覓，冷冷清清，淒淒慘慘戚戚」，連下十四疊字，則出奇勝格，真匪夷所思矣。

　　　　　　　　　　　　　　　（清）梁紹壬《兩般秋雨庵隨筆》卷二

　　李易安詞「尋尋覓覓，冷冷清清，淒淒慘慘戚戚」，喬夢符（元喬吉字）效之作〈天淨沙〉詞云：「鶯鶯燕燕春春，花花柳柳真真，事事風風韻韻。嬌嬌嫩嫩，停停當當人人。」疊字又增其半，然不若李之自然妥帖。大抵前人傑出之作，後人學之，鮮有能並美者。

　　　　　　　　　　　　　　　（清）陸以湉《冷廬雜識》卷六

　　疊字之法最古，義山尤喜用之。然如菊詩：「暗暗淡淡紫，融融冶冶黃。」轉成笑柄。宋人中易安居士，善用此法。其〈聲聲慢〉一詞，頓挫淒絕。……二闋，共十餘個疊字，而氣機流動，前無古人，後無來者，可為詞家疊字之法。

　　　　　　　　　　　　　　　（清）陸鎣《問花樓詞話》

　　易安〈聲聲慢〉詞，張正夫（張端義字）云：「（參上引，略）」此論甚陋，十四疊字，不過造語奇雋耳，詞境深淺，殊不在此。執是以論詞，不免魔障。

　　　　　　　　　　　　　　　（清）陳廷焯《白雨齋詞話》卷七

　　此詞首用十四個疊字，後又用兩個疊字，昔人稱為難能，然此十四疊字，亦有一定層次，首四字尤非有深切情感者不易道出。……簡言之，即心中如有所失。蓋獨處傷心之人，確有此情況也。「冷冷清清」者，境之淒寂也。「淒淒慘慘戚戚」者，心之悲苦也。……一個愁字不能了，故有十四個疊字，十四個疊字不能了，故有全首。

　　　　　　　　　　　　　　　（今人）劉永濟《唐五代兩宋詞簡析》

　　此十四字之妙：妙在疊字，一也；妙在有層次，二也；妙在曲盡思婦之情，三也。良人既已行矣，而心似有未信其即去者，用以「尋尋」。尋尋之未見也，而心似仍有未信其即便去者，又用「覓覓」；覓者，尋而又細察之也。覓覓之終未有得，是良人真個去矣，閨閨之內，漸以「冷冷」；冷冷，外也，非內也。繼而「清清」，清清，內也，非復外矣。又繼之以「淒淒」，冷清漸廖而凝於心，又繼之以「慘慘」，凝於心而心不堪任。故終之以「戚戚」也，則腸痛心碎，伏枕而泣矣。似此步步寫來，自疑而信，由淺入深，何等層次，幾多細膩！不然，將求疊字之巧，必貽堆砌之譏，一涉堆砌，則疊字不足云巧矣。故覓覓不可改在尋尋之上，冷冷不可移植清清之下，而戚戚又必居最末也。且也，此等心情，唯女兒能有之，此等筆墨，唯女兒能出之。

　　　　　　　　（今人）傅庚生《中國文學欣賞舉隅》—〈精研與達詁〉

　　「尋尋覓覓」四字，劈空而來，似乎難以理解，細加玩索，才知道它們是用來反映心中如有所失的精神狀態。環境孤寂，心情空虛，無可排遣，無可寄託，就像有什麼東西丟掉了一樣。這東西，可能是流亡以前的生活，可能是丈夫在世的愛情，還可能是心愛的文物或者什麼別的。它們似乎是遺失了，又似乎本來就沒有。……只這一句，就把她由於敵人的侵略、政權的崩潰、流離的經歷、索漠的生涯而不得不擔承的、感受的、經過長期消磨而仍然留在心底的悲哀，充分地顯示出來了。心中如有所失，要想抓住一點什麼，結果卻什麼也得不到，所得到的，仍然只是空虛，這才如夢初醒，感到「冷冷清清」。四字既明指環境，也暗指心情，或者說，由環境而感染到心情，由外而內。接著「淒淒慘慘戚戚」，則純屬內心感覺的描繪。「淒淒」一疊，是外之環境與內之心靈相連接的關鍵，承上啟下。……由此可見，這三句十四字，實分三層，由淺入深，文情並茂。

　　　　　　　　　　　　　　　　　（今人）沈祖棻《宋詞賞析》

起下十四字疊字，總言心情之悲傷。中心無定，如有所失，故曰「尋尋覓覓」。房櫳寂靜，空床無人，故曰「冷冷清清」。「淒淒慘慘戚戚」六字，更深一層，寫孤獨之苦況，愈難為懷。

（今人）唐圭璋《唐宋詞簡釋》

孫　評

　　從當時到當今，大多詞評家都讚賞李清照此詞的十四個疊詞。張端義說：「本朝非無能詞之士，未曾有一下十四疊字者。」羅大經曾列舉了詩中一句疊三字、連三字、兩句連三字、三聯疊字者、七聯疊字諸詩例後，讚歎只有李清照「起頭連疊七字，以一婦人，乃能創意出奇如此。」[7]清人徐釚還指出：元喬吉的〈天淨沙〉散曲「鶯鶯燕燕春春，花花柳柳真真。事事風風韻韻，嬌嬌嫩嫩，停停當當人人」之句，「亦從李易安『尋尋覓覓』得來。」[8]

　　李清照疊字的使用，千年來能引起這麼大的迴響，固然與漢語韻律特點有關，疊詞作為一種語言現象，自有它獨特的效果和韻味；主要卻是詞中如此大量的成功的運用，確係空前絕後。但是，從修辭技巧來說，這樣連續性的疊詞，並不是愈多愈妙，太多也可能給人以文字遊戲的感覺。如唐人劉駕〈曉登迎春閣〉的「樹樹樹梢啼曉鶯」、「夜夜夜深聞子規」，前面兩個疊字就完全是多餘的。又可能造成單調繁冗，像韓愈的〈南山〉詩裡的「延延離又屬，夬夬叛還邅。喁喁魚闖萍，落落月經宿。……」，一口氣連用了七個對仗的疊詞，也是十四個字，不免就給人有牙齒跟不上舌頭之感。而李清照，同樣是十四個疊字，為什麼能用得如此輕鬆自如呢？這除了她用的都是常用字外，最為根本的原因又在哪裡呢？

　　對於李詞開頭這十四個疊字的藝術奧祕，當代許多評家都試圖進行深入的探究。然而，似乎也出現了兩種偏頗：一是對七個疊詞之間的邏輯關係，做了過細過深的解讀，於是就有「妙在有層次」的說

7　〔宋〕羅大經《鶴林玉露》乙編卷六（北京市：中華書局，1983年），頁226。
8　〔清〕徐釚《詞苑叢談》卷八（上海市：上海古籍出版社，1981年），頁171。

法。或謂三句分三層，或稱七疊分七層，似乎都是由淺入深，清晰可見。其二，由於過分專注於疊字層次層深的索解和剖析，又往往反而忽略了這個出奇的開頭，與詞境整體的內在的深層關係。其實，這七個疊詞，與其說有什麼清晰的邏輯層次，不如說是一種斷續無端、朦朧不清的狀態。正是如此，這些疊詞，不僅一開頭就貼切表達了詞人自己的感情特徵，而且與全篇的聲情意境達到了高度的和諧。要說層次，這三句也只是全篇五個層次中的一個層次。

　　一開頭就是「尋尋覓覓」，這是沒有來由的。尋覓什麼？自己也不清楚。尋到了沒有呢？沒有下文。接著是「冷冷清清」，跟「尋尋覓覓」又沒有邏輯的因果。再看下去，「淒淒慘慘戚戚」，問題更為嚴重了，冷清變成了淒慘。這裡有一種特別的情緒，是孤單的，淒涼的，悲戚的，這沒有問題。但是，為什麼弄出個「尋尋覓覓」來呢？一個尋覓不夠，再來一個，又沒有什麼尋覓的目標。這說明，她自己也不知道尋覓什麼，原因是她說不清自己到底失落了什麼。這是一種不知失落的失落。在〈如夢令〉詞裡，「應是綠肥紅瘦」，她還清楚地知道自己失落了的是青春，別人不知道，她知道。那時她是不是感到有點孤獨？不太清晰，但她不淒慘，至少是不冷清。而在這裡，她不但孤獨，冷清，而且淒慘；一個淒慘不夠，再來一個；再來了一個還不夠，還要加上一個「戚戚」，悲傷之至。她知道，失去的東西，是看不見、摸不著的，也是尋覓不回來的。她是朦朧地體驗著、孤獨地忍受著失落感。這種失落感，和她疊詞的邏輯一樣，是若斷若續的。這樣的斷續，造成了一種飄飄忽忽、迷迷茫茫的感覺。就是這樣的開頭，成了全詞的第一個層次。七個疊詞，奇幻地寫出詞人內心正沉迷於失落感之中，不能自已，不能自拔。而這種聲情氣氛，也由此流貫以下的四個層次，直至終篇。

　　下面轉到氣候，「乍暖還寒時候，最難將息」。是調養身體嗎？照理應該是。但是從下文看，最難將息的可能不是軀體，而是心理。為

什麼？因為調理身體，不可能只用「三杯兩盞淡酒」。是借酒消愁，調整心態？可酒是淡酒，又不太濃。淡酒，不僅是酒之淡，而且可以聯想到詞人的情感狀態。她所營造的「尋尋覓覓」，感情狀態就是失落，不知失落了什麼，也不準備尋到什麼。因而其程度，是不強烈的，朦朧的。淡酒的淡，就是在這一點上，與之呼應，為之定性。「乍暖還寒」，氣候也如情緒一般，不穩定，冷暖不定。「最難將息」，究竟要調養什麼，自己也不明白。

詞人說，酒只是用來抵擋晚來的寒風的，然而無效，抵擋不住。由於風急，她不禁把視覺從室內轉移到了室外，從地上轉向了天空。「雁過也」，空間視野開闊了，心情卻沒有開朗，原因是，「正是舊時相識」。大雁激起的卻是時間感覺，一年又過去了。突然發現時間之快，也就是對年華消逝之快的警覺。失落感的原由似乎意識到了，不再那麼迷迷濛濛了。但依然難以將息，心理調整不但失敗，反而因為意識到年華消逝而加重了悲鬱。這是第二個層次。

下半闋，心事更加沉悶。「滿地黃花堆積，憔悴損、如今有誰堪摘？」這比「綠肥紅瘦」更慘了，庭院裡黃花不但憔悴，而且有點枯乾了。「有誰堪摘」，也無須說什麼人有心去摘了。青春年華只剩下滿地枯敗的花瓣，已悲鬱之至。對自己無可奈何，幾乎是無望了。這是第三個層次。

無計可施，只有消極忍受。無法排遣，就希望這白天不要這這麼漫長，讓天色早點黑下來。但「守著窗兒」，時間還是那樣漫長。為什麼那麼漫長？這裡有個暗示，因為是「獨自」，只有一個人，怎麼能熬到天色暗下去？這裡意脈也發生了對轉，痛苦不是來自時間過得太快，相反是時間過得太慢了。這是第四個層次，對老天放棄抵抗，無可奈何，只能忍受著排遣不了的孤單。

第五個層次，是全詞的高潮。忍受著時間慢慢過去，好不容易等到黃昏，視覺可以休息了，心情也該寧靜了罷？可是聽覺卻增加了干

擾，那梧桐葉子上的雨聲，一點一滴的，發出聲音來。秋雨梧桐，可能典出白居易〈長恨歌〉的「秋雨梧桐葉落時」吧，唐以後，成了詩詞中憂愁的意象，李清照突出了它的過程，點點滴滴，都在提醒自己的孤獨、寂寞、失落、淒慘。

　　這「點點滴滴」兩個疊詞，用得很有才華。一方面是聽覺的刺激，雖然不強烈，卻持續漫長，不可休止；另一方面是和開頭的疊詞呼應，構成完整的、有機的風格。疊詞首尾呼應的有機性，在情感上也是一個層次性的推進，由此才最後歸結到「這次第，怎一個愁字了得」。次第，就是層次變化、推進。一個「愁」字，就是把全詞眾多的層次都集中在這個焦點上。這樣，全詞從內容到形式，從情緒到話語，便都達到高度統一、水乳交融的境界。

唐人七絕何詩壓卷

「秦時明月」[1]一首，用修、于鱗（明李攀龍字）謂為唐絕第一[2]。愚謂王之渙〈涼州詞〉神骨聲調當為伯仲，青蓮「洞庭西望」[3]氣概相敵。第李詩作於淪落，其氣沉鬱；少伯（王昌齡字）代邊帥自負語，其神氣飄爽耳。

（明）敖英輯評、凌雲補輯《唐詩絕句類選》

李于鱗言唐人絕句當以「秦時明月漢時關」壓卷，余始不信，以少伯集中有極工妙者。既而思之，若落意解，當別有所取。若以有意無意可解不可解間求之，不免此詩第一耳。

（明）王世貞《藝苑卮言》卷四

于鱗選唐七言絕句，取王龍標「秦時明月漢時關」為第一，以語人，多不服。于鱗意止擊節「秦時明月」四字耳。必欲壓卷，還當於王翰「葡萄美酒」[4]、王之渙「黃河遠上」二詩求之。

（明）王世懋《藝圃擷餘》

---

1 王昌齡〈出塞二首〉其一，參見〈詩可解、不可解、不必解之說〉一題注引。
2 見舊題李攀龍編選《唐詩選》。李編《古今詩刪》卷二十一，又以王勃〈蜀中九日〉為壓卷。
3 李白〈陪族叔刑部侍郎曄及中書賈舍人至游洞庭五首〉詩其一：洞庭西望楚江分，水盡南天不見雲。日落長沙秋色遠，不知何處弔湘君？
4 〈涼州詞二首〉詩其一，參見〈逼真與含糊〉一題注引。

　　初唐絕,「葡萄美酒」為冠;盛唐絕,「渭城朝雨」[5]為冠;中唐絕,「回雁峰前」[6]為冠;晚唐絕,「清江一曲」[7]為冠。「秦時明月」,在少伯自為常調。用修以諸家不選,故《唐絕增奇》首錄之。所謂前人遺珠,茲則掇拾。于鱗不察而和之,非定論也。

(明)胡應麟《詩藪》內編卷六

　　王少伯七絕,宮詞閨怨,盡多詣極之作;若邊詞「秦時明月」一絕,發端句雖奇,而後勁尚屬中駟。於鱗遽取壓卷,尚須商榷。遁叟

(明)胡震亨《唐音癸籤》卷十

　　于鱗云:唐七言絕,當以「秦時明月漢時關」壓卷。《藝苑巵言》過之,然不知乃用修品也。昔過君房,見案上《唐絕增奇》曰:「亦首此乎?」君房無他語,但曰:「是。」余曰:「後二句不太直乎?」君房復曰:「是。」且曰:「何不曰『周時明月』?」咦,是詩特三句佳耳,後二句無論太直,且應上不響。「但使」、「不教」四字,既露且率,無高致,而著力喚應,愈覺趣短,以壓萬首可乎?釋氏稱:食蜂蜜,中邊甜。此唯「黃河遠上」足當之。總看佳,句摘佳,落意解佳,有意無意、可解不可

5　王維〈送元二使安西〉詩:渭城朝雨浥輕塵,客舍青青柳色新。勸君更盡一杯酒,西出陽關無故人。

6　未詳何詩。盧仝有詩〈送蕭二十三二首〉其一:「淮上客情殊冷落,蠻方春早客何如!相思莫道無來使,回雁峰前好寄書。」似非。胡氏同卷又謂:「七言絕,開元以下,便當以李益為第一。如〈夜上西城〉、〈從軍〉、〈北征〉、〈受降〉、〈春夜聞笛〉諸篇,皆可與太白、龍標競爽,非中唐所得有也。」疑「回雁峰前」係「回樂峰前」之誤,即指李益〈夜上受降城聞笛〉一詩:「回樂峰前沙似雪,受降城下月如霜。不知何處吹蘆管,一夜征人盡望鄉。」

7　劉禹錫〈楊柳枝〉。劉禹錫生於西元七七二年,卒於八四二年,一生歷七朝。四唐之說始於元代,但中晚唐界限並不清晰,故有晚唐之說。參見〈婉曲含蓄與直致淺露〉一題注引、按語。

解間亦佳：以第一無愧也。「洞庭西望」莊而渾，「錦城絲管」[8]工而婉，「蒲桃美酒」豪而暢，與「秦時明月」皆堪伯仲。

（明）孫鑛《唐詩品》

詩但求其佳，不必問某首第一也。昔人問《三百篇》何句最佳？及《十九首》何句最佳？蓋亦興到之言，其稱某句佳者，各就其意之所感，非執此以盡全詩也。李于鱗乃以此首為唐七言絕壓卷，固矣哉！無論其品第當否何如，茫茫一代，絕句不啻萬首，乃必欲求一首作第一，則其胸中亦夢然矣。

（明）鍾惺、譚元春《唐詩歸》卷十一王昌齡〈出塞〉鍾批語

凡詩對境當情，即堪壓卷。余於長途驢背困頓無聊中，偶吟韓琮詩云：「秦川如畫渭如絲，去國還鄉一望時。公子王孫莫來好，嶺花多是斷腸枝。」[9]對境當情，真足壓卷。癸卯再入京師，舊館翁以事謫遼左，余過其故第，偶吟王渙詩云：「陳宮興廢事難期，三閣空餘綠草基。狎客淪亡麗華死，他年江令獨來時。」[10]道盡賓主情境，泣下沾巾，真足壓卷。又於閩南道上，吟唐人詩曰：「北畔是山南畔海，只堪圖畫不堪行。」[11]又足壓卷。……余所謂壓卷者如是。

（清）吳喬《圍爐詩話》卷六

七言絕句，唯王江寧（王昌齡，曾遷江寧丞）能無疵纇；儲光羲、崔國輔其次者。至若「秦時明月漢時關」，句非不煉，格非不高，但可作律

8　杜甫〈贈花卿〉詩：錦城絲管日紛紛，半入江風半入雲。此曲只應天上有，人間能得幾回聞？

9　〔唐〕韓琮〈駱谷晚望〉詩。

10　〔唐〕王渙〈惆悵詩十二首〉其九。

11　杜荀鶴〈閩中秋思〉詩：雨勻紫菊叢叢色，風弄紅蕉葉葉聲。北畔是山南畔海，只堪圖畫不堪行。

詩起句；施之小詩，未免有頭重之病。

（清）王夫之《薑齋詩話》卷二

（司馬札〈宮怨〉詩[12]）此首猶具盛唐風韻，晚唐絕句，當推第一。

（清）黃生《唐詩摘抄》卷四

　　七言，初唐風調未諧，開元、天寶諸名家，無美不備，李白、王昌齡尤為擅場。昔李滄溟（李攀龍號）推「秦時明月漢時關」一首壓卷，余以為未允。必求壓卷，則王維之「渭城」、李白之「白帝」[13]、王昌齡之「奉帚平明」、王之渙之「黃河遠上」，其庶幾乎！而終唐之世，絕句亦無出四章之右者矣。中唐之李益、劉禹錫，晚唐之杜牧、李商隱四家，亦不減盛唐作者云。

（清）王士禛〈唐人萬首絕句選凡例〉，又《帶經堂詩話》卷四

　　杜諸體詩，皆妙絕千古，只絕句須讓太白。絕句要飄逸蘊藉，如「峨眉山月」[14]、「問余何事」[15]諸作，實是絕調。然昔人亦有推王龍標「秦時明月漢時關」為第一者。

（清）李光地《榕村語錄》卷三十

　　唐人七言絕句，李于鱗推「秦時明月」為壓卷，其見解獨出王氏二美（王世貞、世懋兄弟，字元美、敬美）之上。王阮亭猶以為未允，別取「渭城」、「白帝」、「奉帚平明」、「黃河遠上」四首。按：「黃河遠上」，王

12　司馬詩：柳色參差掩畫樓，曉鶯啼送滿宮愁。年年花落無人見，空逐春泉出御溝。

13　〈早發白帝城〉詩：朝辭白帝彩雲間，千里江陵一日還。兩岸猿聲啼不住，輕舟已過萬重山。

14　李白〈峨眉山月歌〉：峨眉山月半輪秋，影入平羌江水流。夜發清溪向三峽，思君不見下渝州。

15　又〈山中問答〉詩，參見〈詩可解、不可解、不必解之說〉一題注引。

敬美已舉之矣；其「渭城」三詩，細味之實不如「秦時明月」之用意深遠也。

（清）愛新覺羅・恒仁《月山詩話》

李滄溟推王昌齡「秦時明月」為壓卷，王鳳洲（王世貞號）推王翰「葡萄美酒」為壓卷，本朝王阮亭則云：「必求壓卷，王維之『渭城』，李白之『白帝』，王昌齡之『奉帚平明』，王之渙之『黃河遠上』，其庶幾乎！而終唐之世，亦無出四章之右者矣。」滄溟、鳳洲主氣，阮亭主神，各自有見。愚謂：李益之「回樂峰前」[16]，柳宗元之「破額山前」[17]，劉禹錫之「山圍故國」[18]，杜牧之「煙籠寒水」[19]，鄭谷之「揚子江頭」[20]，氣象稍殊，亦堪接武。

（清）沈德潛《說詩晬語》卷上

詩如天生花卉，春蘭秋菊，各有一時之秀，不容人為軒輊。音律風趣，能動人心目者，即為佳詩，無所為第一、第二也。……若必專舉一人，以覆蓋一朝，則牡丹為花王，蘭亦為王者之香：人於草木，不能評誰為第一，而況詩乎？

（清）袁枚《隨園詩話》卷三

王阮亭司寇刪定洪氏《唐人萬首絕句》，以王維之「渭城」、李白之「白帝」、王昌齡之「奉帚平明」、王之渙之「黃河遠上」為壓卷，躓於前

16　即〈夜上受降城聞笛〉詩。

17　〈酬曹侍御過象縣見寄〉詩：破額山前碧玉流，騷人遙駐木蘭舟。春風無限瀟湘意，欲采蘋花不自由。

18　參見〈蹈襲、祖述、暗合及偷法〉一題賀裳引。

19　參見〈蹈襲、祖述、暗合及偷法〉一題賀裳引。

20　〈淮上與友人別〉詩：揚子江頭楊柳春，楊花愁殺渡江人。數聲風笛離亭晚，君向瀟湘我向秦。

人之舉「葡萄美酒」、「秦時明月」者矣。近沈歸愚宗伯，亦效舉數首以續之。今按其所舉，以杜牧「煙籠寒水」一首為當。其柳宗元之「破額山前」，劉禹錫之「山圍故國」，李益之「回樂峰前」，詩雖佳而非其至。鄭谷「揚子江頭」，不過稍有風調，尤非數詩之匹也。必欲求之，其張潮之「茨菰葉爛」[21]，張繼之「月落烏啼」，錢起之「瀟湘何事」[22]，韓翃之「春城無處」[23]，李益之「邊霜昨夜」[24]，劉禹錫之「二十餘年」[25]，李商隱之「珠箔輕明」[26]，與杜牧「秦淮」之作，可稱匹美。

　　　　　　　　（清）管世銘《讀雪山房唐詩鈔》卷二十九〈七絕凡例〉

　　余謂「黃河遠上」詩氣韻尚佳，若「葡萄」一絕風斯下矣，何能壓卷？人之嗜好不同，不必苦爭，譬己嗜昌蒲葅者，又可強人縮鼻飲之邪？

　　　　　　　　　　　　　　　（清）馬星翼《東泉詩話》卷二

　　文昌「洛陽城裡見秋風」[27]一絕，七絕之絕境，盛唐諸巨手到此者亦罕，不獨樂府古澹足與盛唐爭衡也。王新城（王士禛，山東新城人）、沈長洲（沈德潛，江蘇長洲人）數唐人七絕擅長者各四章，獨遺此作。沈於鄭谷之「揚子江頭」亦盛稱之，而不及此，此以聲調論詩也。

　　　　　　　　　　　　　　　（清）林昌彝《射鷹樓詩話》卷八

21　〈江南行〉詩：茨菰葉爛別西灣，蓮子花開猶未還。妾夢不離江上水，人傳郎在鳳
　　凰山。
22　〈歸雁〉詩：瀟湘何事等閒回？水碧沙明兩岸苔。二十五弦彈夜月，不勝清怨卻飛
　　來。
23　〈寒食〉詩，參見〈婉曲含蓄與直致淺露〉一題吳喬引。
24　〈聽曉角〉詩：邊霜昨夜墮關榆，吹角當城漢月孤。無限塞鴻飛不度，秋風捲入小
　　單于。
25　〈杏園花下酬樂天見贈〉詩：二十餘年作逐臣，歸來還見曲江春。遊人莫笑白頭
　　醉，老醉花間有幾人？
26　〈宮妓〉詩：珠箔輕明拂玉墀，披香新殿鬥腰支。不須看盡魚龍戲，終遣君王怒偃
　　師。
27　張籍〈秋思〉：洛陽城裡見秋風，欲作家書意萬重。忽恐匆匆說不盡，行人臨發又
　　開封。

（王士禎「而終唐之世絕句亦無出四章之古者矣」）此論未允，不如李說為長。

　　　　　　　　　　　　　（清）李慈銘《越縵堂日記說詩全編》〈補編〉

（王之渙〈涼州詞〉）神韻悠遠，唐人萬首絕句中，尤推第一。

　　　　　　　　　（清）王維舉、王繩祖《詩觽》中編卷一王繩祖評語

附錄

　　唐詩各體中壓卷之作，古人各有所主。而以余之妄見論之……七言絕則王之渙「黃河遠上白雲間」……等作，似當為全篇之完備警絕者。

　　　　　　　　　　　　　　　　　　〔韓〕南龍翼《壺谷詩評》

孫　評

　　在唐詩絕句中評出壓卷之作前，在理論上必須清場。首先，中國古典詩論從性質上來說，是文本中心論，當代西方前衛文論的基礎則是讀者中心論，一千個讀者有一千個哈姆雷特。在中國，也不是沒有讀者中心的苗頭，如「詩無達詁」的說法就頗得廣泛認同。袁枚說得更具體：「詩如天生花卉，春蘭秋菊，各有一時之秀，不容人為軒輊。音律風趣，能動人心目者，即為佳詩，無所為第一、第二也。」吳喬更主張詩之「壓卷」不但因人而異，而且因人一時之心情而異，所謂壓卷，不過是「對境當情」而已，並以自己對數首唐詩的體驗相印證。從理論上說，以讀者即時即境的心情來評詩，這是讀者中心論的極致。在上個世紀八、九十年代，西方文論的絕對的相對主義高潮中，有識者在理論上也提出「共同視域」和「理想讀者」，乃至「專業讀者」的補正。到了二〇〇三年，《二十世紀文學理論》的作者特里·伊格爾頓原本主張消解「文學」，在《理論之後》中又改口反對絕對的相對主義，而贊成真理，甚至某種「絕對真理」的存在。[28]

　　看來壓卷之爭隱含著一種預設：絕句畢竟有著統一的藝術準則。這在中外詩歌理論界似乎還是有相通之處的。正是因為如此，唐詩絕句何者壓卷之爭，古典詩話詩評延續明清兩代，長達數百年。

　　在品評唐詩的藝術最高成就時，像來是李白、杜甫並稱，舉世公認。

　　在絕句方面，尤其是七言絕句，從總體上說，歷代評家傾向成就最高者當為李白。但究竟是哪位詩人的某一篇章，能獲得「壓卷」的榮譽，諸家看法則不免有所出入。至於杜甫的絕句不列入「壓卷」，似

28　特里·伊格爾頓，商正譯：《理論之後》（北京市：商務印書館，2009年），頁103。

乎又是不約而同的。這就說明是有一個不言而喻的共識在起作用。古
典詩話詩評的作者們並沒有把這種共識概括出來，我們除了從他們所
提的「壓卷」之作中進行直接歸納以外，別無選擇。依據諸家提的「壓
卷」之作，除個別偶然提及外，比較普遍提到的大致如下：王昌齡
〈出塞二首〉其一、王之渙〈涼州詞〉、李白〈早發白帝城〉、王翰〈涼
州詞二首〉其一、王維〈送元二使安西〉、李益〈夜上受降城聞笛〉。

　　詩話並沒有具體分析各首藝術上的優越性何在。採用直接歸納
法，最方便的是從體式的外部結構開始，並以杜甫遭到非議的絕句代
表作「兩個黃鸝鳴翠柳，一行白鷺上青天。窗含西嶺千秋雪，門泊東
吳萬里船」加以對比。稍作比較，不難發現：杜甫的四句都是肯定的
陳述句，都是視覺寫景。而被列入壓卷之作的則相反，第三、四句在
語氣上發生了變化，大都是從陳述變成了否定、感歎或者疑問。如
「但使龍城飛將在，不教胡馬度陰山。」「羌笛何須怨楊柳，春風不
度玉門關。」「醉臥沙場君莫笑，古來征戰幾人回？」「勸君更盡一杯
酒，西出陽關無故人。」「不知何處吹蘆管，一夜征人盡望鄉。」不
但是句法和語氣變了，而且從寫客體之景轉化為感興，也就是抒主觀
之情。被認為壓卷之作的幾首比之杜甫這首，顯然有句法、語氣、情
緒的變化，甚至是一種跳躍，心靈都顯得活躍而豐富。

　　絕句第三句要有變化，是這種體式的規律。早在元代楊載的《詩
法家數》中就有過論述，並強調指出「婉轉變化工夫，全在第三句，
若於此轉變得好，則第四句如順流之舟矣」。[29] 楊載強調第三句相對於
前面兩句，是一種「轉變」的關係，這種「轉變」不是斷裂，而是在
「婉轉」、「變化」中承接，其中有虛與實，虛就是不直接連續。如
〈出塞〉前兩句「秦時明月漢時關，萬里長征從未還」是實接，在邏
輯上沒有空白。到了第三句就不是實接寫邊塞，而是虛接發起議論

來，但仍然有潛在的連續性：明月引發思鄉，回不了家，有了李廣就不一樣了。景不接，但情緒接上了，這就是虛接。

然所舉壓卷之作，並非第三、四句都是這種的句法語氣變化。如李白〈早發白帝城〉，第三句「兩岸猿聲」在句法上就沒有這種變化，四句都是陳述性的肯定句，「啼不住」也是持續的意思，不是句意的否定。這是因為，句式的變化還有另一種形式：如果前兩句是相對獨立的單句，則後兩句在邏輯上是貫穿一體的，不能各自獨立的，叫做「流水」句式。例如「羌笛何須怨楊柳」，離開了「春風不度玉門關」，邏輯是不完整的。「流水」句式的變化，既是技巧的變化，也是詩人心靈的活躍。前兩句如是描繪性的畫面的話，後兩句再一味描繪，即像前面舉的杜甫那首絕句一樣，缺乏楊載所說的「婉轉變化」工夫，就顯得太合，放不開，平板。而「流水」句式，使得詩人的主體更有超越客觀景象的能量，更有利於表現詩人的感動、感慨、感歎、感喟。

李白這首詩的三、四句，也是這種「流水」句式，兩句合起來，就有了「婉轉變化」，而且流暢得多，還在為詩人心理婉轉地向縱深層次潛入提供了基礎。第三句超越了視覺形象，轉化為聽覺；聽覺中之猿聲，從悲轉變為美，由五官感覺深化為凝神觀照的美感。第三句的聽覺特點是持續性的，到第四句轉化為突然終結，美妙的聽覺變為發現已到江陵的欣喜，轉入感情深處獲得解脫的安寧，安寧中有歡欣。構成張力是多重的，這才深入到作者此時感情縱深的最底層。通篇無一喜字，喜悅之情卻盡在字裡行間，在句組的「場」之中。

正是因為這樣，李白這首絕句被列入壓卷之作，幾乎沒有爭議。而王昌齡的〈出塞〉其一，則爭議頗為持久。贊成李攀龍之說的不在少數，但也有人「不服」，批評王詩後兩句是發議論，太直露。不少評點家都以為此詩不足以列入唐詩壓卷之列。在我看來，王昌齡這一首硬要列入唐絕句第一，是很勉強的。這後兩句，前人說到「議

論」，並沒有觸及要害，議論要看是什麼樣的。「仰天大笑出門去，我
輩豈是蓬蒿人」；「安能摧眉折腰事權貴，使我不得開心顏」，這樣的議
論，在全詩中不但不是弱句，而且是思想藝術的焦點。這是因為，這
種議論，其實不是議論，而是直接抒情。抒情與議論的區別就在於，
議論是理性邏輯，而抒情則是情感邏輯。而王的議論「但使龍城飛將
在，不教胡馬度陰山」，雖然不無情感，畢竟比較單薄，理性成分似
太多。用楊載的開與合來推敲，可能是開得太厲害，合得不夠婉轉。

　　其實，王昌齡〈出塞〉有兩首，另外一首，在水準上不但大大高
出其一，就是拿到歷代詩評家推崇的「壓卷」之作中去，也有過之而
無不及。令人不解的是，千年來詩評家卻從未論及。因而，特別有必
要提出來重點研究一下。原詩是這樣的：

　　　　騮馬新跨白玉鞍，戰罷沙場月色寒。
　　　　城頭鐵鼓聲猶振，匣裡金刀血未乾。

讀這種詩，令人驚心動魄。不論從意象的密度和機理上，還是從立意
的精緻上，都不是前述「壓卷」之作可以望其項背的。在盛唐詩歌
中，以絕句表現邊塞豪情的傑作，不在少數。然而，盛唐絕句寫戰爭
往往在戰場之外，以側面著筆出奇制勝。這首詩則以四句之短幅從正
面著筆，紅馬、玉鞍，沙場、月色，金刀、鮮血，城頭、鐵鼓，不過
是八個細節（意象），卻從微妙的無聲感知中，顯示出浴血英雄的豪
情，構成統一的意境。其工力之非凡表現在：

　　第一，正面寫戰爭，把焦點放在血戰將結束而尚未完全結束之
際。戰爭是血腥的，但毫無血腥的兇殘。先是寫戰前的準備，卻一味
醉心於戰馬之美，實際上是表現壯心之雄。接下去詩人又巧妙地跳過
正面搏擊過程，把焦點放在火熱的搏鬥以後，寫戰場上的回憶。為什
麼呢？

　　第二，血腥的戰事必須拉開距離。不拉開距離，就是岳飛「壯志饑餐胡虜肉，笑談渴飲匈奴血」，亦不能不帶來生理刺激。王昌齡把血腥放在回味之中，拉開時間距離，拉開空間距離，拉開人身距離，都有利於超越實用價值如死亡、傷痛，進入審美的想像境界，讓情感獲得自由。

　　第三，從視覺來說，月色照耀沙場。不但提示從白天到夜晚戰事持續之長，而且暗示戰情之酣，酣到忘記了時間，戰罷方才猛省。這種「忘我」的境界，就是詩人用「寒」字暗示出來的。這個「寒」字的好處還在於，這是一種突然的發現。戰鬥方殷，生死存亡，無暇顧及，戰事結束方才發現，既是一種剎那的自我召回，無疑又是瞬間的享受。

　　第四，在情緒的節奏上，與兇險的緊張相對照，這是輕鬆的緩和，隱含著勝利者的欣慰和自得。構思之妙，就在「戰罷」兩個字上，戰罷沙場的緩和，又不同於通常的緩和，是一種尚未完全緩和的緩和。聽覺提示著，戰鼓之聲未絕。結句「匣裡金刀血未乾」，進一步喚醒回憶，血腥就在瞬息之前。有聲與無聲，喜悅是雙重的，但都是獨自的，甚至是秘密的。金刀在匣裡，剛剛放進去，只有自己知道。喜悅也只有獨自回味才精彩，大叫大喊地歡呼，就沒有意思了。

　　第五，詩人用詞，可謂精雕細刻。驄馬飾以白玉，紅黑色馬，配以白色，顯其壯美。立意之奇，還在於接下來是「鐵鼓」。這個「鐵」字煉得驚人，鐵鼓所以優於通常的金鼓，是在意氣風發之中，帶有一點粗曠，甚至野性，也與戰事的殘酷相照應。更出奇的是，金刀代表榮華富貴，卻讓它帶上鮮血。這些超越常規的聯想，並不是俄國形式主義者所說的單個詞語的「陌生化」效果，而是潛在於一系列的詞語之間的反差。這種層層疊加的反差，構成某種密碼性質的意氣，表現出剎那間的英雄心態。

　　第六，詩人的全部構思，就在一個轉捩點：從外部世界來說，從

不覺月寒而突感月寒，本以為戰罷而悟到尚未戰罷；從內部感受來說，從忘我到喚醒自我，從勝利的自豪到血腥的體悟。這種心態的特點，就是剎那間的，而表現剎那間的心靈震顫，恰恰是最佳絕句的特點。

　　總之，絕句壓卷之作種種婉轉變化的形式，歸根到底都是為了表現詩人微妙的感悟。大致可分為兩種：一種是，精彩的絕句，往往表現出情緒的瞬間轉變；另一種，則保持著情緒于結束時的持續性。情緒的瞬間轉折和延續感是絕句藝術的特殊生命。壓卷之作的精妙之處，也正是絕句的成功的規律。

唐人七律何詩第一

　　唐人七言律詩，當以崔顥〈黃鶴樓〉[1]為第一。

（宋）嚴羽《滄浪詩話》〈詩評〉

　　「無邊落木蕭蕭下，不盡長江滾滾來。萬里悲秋常作客，百年多病獨登臺。」[2]景是何等景，事是何等事！宋人乃以〈九日藍田崔氏莊〉[3]為律詩絕唱，何耶？

（明）李東陽《麓堂詩話》

　　宋嚴滄浪取崔顥〈黃鶴樓〉詩為唐人七言律第一。近日何仲默（何景明字）、薛君采（薛蕙字）取沈佺期「盧家少婦鬱金堂」[4]一首為第一。詩

1　參見「『崔顥題詩在前頭』云云」一題李畋一則所引。

2　杜甫〈登高〉詩句。

3　又〈九日藍田崔氏莊〉詩：老去悲秋強自寬，興來今日盡君歡。羞將短髮還吹帽，笑倩旁人為正冠。藍水遠從千澗落，玉山高並兩峰寒。明年此會知誰健？醉把茱萸仔細看。　宋楊萬里十分讚賞此詩，《誠齋詩話》云：唐律七言八句，一篇之中，句句皆奇，一句之中，字字皆奇，古今作者皆難之。余嘗與林謙之論此事。謙之慨然曰：「……如老杜〈九日〉詩云：『老去悲秋強自寬，興來今日盡君歡。』不徒入句便字字對屬。又第一句頃刻變化，才說悲秋，忽又自寬。……『羞將短髮還吹帽，笑倩旁人為正冠。』將一事翻騰作一聯，又孟嘉以落帽為風流，少陵以不落為風流，翻盡古人公案，最為妙法。『藍水遠從千澗落，玉山高並兩峰寒。』詩人至此，筆力多衰，今方且雄傑挺拔，喚起一篇精神，自非筆力拔山，不至於此。『明年此會知誰健，醉把茱萸仔細看。』則意味深長，悠然無窮矣。」

4　即〈古意呈補闕喬知之〉詩：盧家少婦鬱金堂，海燕雙棲玳瑁梁。九月寒砧催木葉，十年征戍憶遼陽。白狼河北音書斷，丹鳳城南秋夜長。誰為含愁獨不見，更教

未易優劣。或以問予，予曰：「崔詩賦體多，沈詩比興多。以畫家法論之，沈詩披麻皴，崔詩大斧劈皴也。」

（明）楊慎《升庵詩話》卷十

按：此則又見明周子文《藝藪談宗》。

何仲默取沈雲卿（沈佺期字）〈獨不見〉，嚴滄浪取崔司勳〈黃鶴樓〉，為七言律壓卷。二詩固甚勝，百尺無枝，亭亭獨上，在厥體中，要不得為第一也。沈末句是齊梁樂府語，崔起法是盛唐歌行語。如織官錦間一尺繡，錦則錦矣，如全幅何？老杜集中，吾甚愛「風急天高」一章[5]，結亦微弱；「玉露凋傷」[6]、「老去悲秋」，首尾勻稱，而斤兩不足；「昆明池水」[7]，濃麗況切，惜多平調，金石之聲微乖耳。然竟當於四章求之。

（明）王世貞《藝苑卮言》卷四

老杜七言律全篇可法者，〈紫宸殿退朝〉、〈九日〉、〈登高〉、〈送韓十四〉、〈香積寺〉、〈玉臺觀〉、〈登樓〉、〈閣夜〉、〈崔氏莊〉、〈秋興八篇〉，氣象雄蓋宇宙，法律細入毫芒，自是千秋鼻祖。

（明）胡應麟《詩藪》內編卷五

杜「風急天高」一章五十六字，如海底珊瑚，瘦勁難名，沈深莫測，而精光萬丈，力量萬鈞，通章章法、句法、字法，前無昔人，後無來學。微有說者，是杜詩，非唐詩耳。然此詩自當為古今七言律第一，不必為唐人七言律第一也。

同上

明月照流黃。　詩題原作〈獨不見〉。　明李攀龍編《古今詩刪》卷十六，亦以此詩為壓卷。

5　即〈登高〉詩。

6　即〈秋興〉詩其一。

7　即〈秋興〉詩其七：昆明池水漢時功，武帝旌旗在眼中。織女機絲虛夜月，石鯨鱗甲動秋風。波漂菰米沉雲黑，露冷蓮房墜粉紅。關塞極天惟鳥道，江湖滿地一漁翁。

　　崔顥七言律有〈黃鶴樓〉，於唐人最為超越。太白嘗作〈鸚鵡洲〉、
〈鳳凰臺〉以擬之，終不能及。故滄浪謂：「唐人七言律，當以崔顥〈黃
鶴樓〉為第一。」而何仲默、薛君采取沈佺期「盧家少婦」，亦未甚離。
王元美云：「（引『二詩固甚勝……全幅何』同上，略）」愚按：沈末句雖
樂府語，用之於律無害，但其語則終未暢耳。謂崔首四句為盛唐歌行語，
亦未為謬。

（明）許學夷《詩源辯體》卷十七

　　諸家取唐七言律壓卷者，或推崔司勳〈黃鶴樓〉，或推沈詹事（沈佺
期，官至太子少詹事）〈獨不見〉，或推杜工部「玉樹凋殘」、「昆明池
水」、「老去悲秋」、「風急天高」等篇。然音響重薄，氣格高下，難有確
論。珽謂冠冕壯麗，無如嘉州〈早朝〉[8]；淡雅幽寂，莫過右丞〈積雨〉[9]。

（明）周珽《刪補唐詩選脈箋釋會通評林》卷四十二

　　七言律獨取王（維）、李（頎）而絀老杜者，李于鱗也。夷王、李、
于岑（參）、高（適）而大家老杜者，高廷禮（高棅另名）也。尊老杜而
謂王不如李者，胡元瑞也。謂老杜即不無利鈍，終是上國武庫；又謂摩詰
堪敵老杜，他皆莫及者，王弇州（王世貞，號弇州山人）也。意見互殊，
幾成諍論。雖然，吾終以弇州公之言為衷。

（明）胡震亨《唐音癸籤》卷十

　　七言律壓卷，迄無定論。宋嚴滄浪推崔顥〈黃鶴樓〉，近代何仲默、

8　即岑參〈奉和中書舍人賈至早朝大明宮〉詩：雞鳴紫陌曙光寒，鶯囀皇州春色闌。
　　金闕曉鐘開萬戶，玉階仙仗擁千官。花迎劍佩星初落，柳拂旌旗露未乾。獨有鳳凰
　　池上客，陽春一曲和皆難。
9　即王維〈積雨輞川莊作〉詩：積雨空林煙火遲，蒸藜炊黍餉東菑。漠漠水田飛白
　　鷺，陰陰夏木囀黃鸝。山中習靜觀朝槿，松下清齋折露葵。野老與人爭席罷，海鷗
　　何事更相疑？

薛君采推沈佺期「盧家少婦」，王弇州則謂當從老杜「風急天高」、「老去悲秋」、「玉露凋傷」、「昆明池水」四章中求之。今觀崔詩自是歌行短章，律體之未成者，安得以太白嘗效之遂取壓卷？沈詩篇題原名「獨不見」，一結翻題取巧，六朝樂府變聲，非律詩正格也，不應借材取冠茲體。若杜四律，更尤可議。……吾謂好詩自多，要在明眼略定等差，不誤所趨足耳。「轉益多師是汝師」，何必取宗一篇，效癡人作此生活！

同上

七言律乎，崔〈黃鶴〉第一，此唐論也，非嚴論也。何、薛以沈、盧家拊其背，知出乎？爭哉？楊「斧劈麻皴」之喻似矣，亦鄧析說耳。弇州舉杜四章，具名求乎「渚沙」、「飛鳥」已屬釘餖，「回」押亦趁韻；「萬里」、「百年」常語，豈唯結弱難弟謂庶幾「昆明」哉。[10]然則徒工辭壓卷耶？「菊兩開晦備正冠」[11]，嚼蠟無論矣。……

（明）孫鑛《唐詩品》

按：《明詩話全編》收錄此書，可能點校差錯或排印誤植。如此則「皴」誤作「皮」，「渚」誤作「諸」，回、昆明未加引號，「菊兩」句也明顯錯亂不通。

元美謂：「崔起句是盛唐歌行語，沈結句是齊梁樂府語。」則尤為知言。然必欲於子美「玉露凋傷」、「老去悲秋」、「風急天高」、「昆明池水」四章，求可為第一者，不思杜律雄渾悲壯，在在而是，而間不免於辭費。七言壓卷，斷不當於彼中求之。

（明）冒愈昌《詩學雜言》卷下

---

10 以上云云，當指摘杜甫〈登高〉詩「渚清沙白鳥飛回」、「萬里悲秋常作客，百年多病獨登臺」諸句。「昆明」，指杜〈秋興八首〉其七「昆明池水漢時功」一首。

11 未詳所指何詩，疑引文、校點有誤。孫說針對王世貞所稱四首杜詩而發，杜〈秋興〉其一有「叢菊兩開他日淚」、〈九日藍田崔氏莊〉有「笑倩旁人為正冠」之句，當即指此二詩。

　　七言律第一篇，諸家各有所主。余謂「盧家少婦」第二聯，屬對偏枯，結句轉入別調。〈黃鶴〉半古半律，氣勝於詞。「風急天高」八句，上二字俱可截作五言，「艱難苦恨」四字累黍（贅）癡重。篤而論之，恐不如「雞鳴紫陌」之篇也。

（明）馮複京《說詩補遺》卷七

按：此則選輯時重新標點。原文為：「『風急天高』八句，上二字俱可截。作五言
　　艱難，若恨四字累黍癡重。」其實「艱難苦恨」本〈登高〉詩句也。

　　（沈佺期〈龍池篇〉詩）前四語法度恣縱，後四語興致淋漓。此與〈古意〉二首當是唐人律詩第一。

（明）陸時雍《唐詩鏡》卷四

　　（沈〈古意〉詩）六朝樂府行以唐律，瑰瑋精工，無可指摘。「起語千古驪珠，結句幾成蛇足」，此論吾不謂然。

（明）邢昉《唐風定》卷十六

　　（崔〈黃鶴樓〉詩）此詩佳處只五六一聯，猶很以「悠悠」、「歷歷」、「萋萋」三疊為病。

（清）尤侗《艮齋雜說》卷三

　　（崔〈黃鶴樓〉詩）此律法之最變者，然係意興所至，信筆抒寫而得之，如神駒出水，任其蹌踔，無行步工拙，裁摩似便惡劣矣。前人評此為唐律第一，或未必然，然安可有二也。

　　張南士云：「人不識他詩不礙，惟崔司勳〈黃鶴樓〉、沈詹事〈古意〉，若心不能記，口不能誦，便是不識字白丁矣。」其身分乃爾！

（清）毛奇齡、王錫等《唐七律選》卷二

　　（杜〈九日藍田崔氏莊〉詩）張南士云：此詩八句皆就題賦事，不溢
一字。……前人亦以此擬三唐第一，要與〈黃鶴樓〉、「盧家少婦」同妙，
神品無優劣也。

　　　　　　　　　　　　　　　　　　　　　　　　　　　　　　同上

　　唐人七言律詩，某意以張燕公（張說，封燕國公）「去歲荊南梅似
雪」[12]一首為第一，情景詞調都合。嘗欲推老杜一首為冠，不可得，或者
「玉露凋傷楓樹林」乎？

　　　　　　　　　　　　　　　　　　　（清）李光地《榕村語錄》卷三十

　　（〈黃鶴樓〉詩）此詩為後來七律之祖，取其氣局開展。

　　　　　　　　　　　　　　　　　　（清）查慎行《初白庵詩評》卷下

　　愚謂王維之〈敕賜百官櫻桃〉[13]、岑參之〈早朝大明宮〉、李白〈登
金陵鳳凰臺〉，不獨可為唐律壓卷，即在本集此體中，亦無第二首也。至
元美所取老杜「風急天高」、「玉露凋傷」、「老去悲秋」、「昆明池水」四
首，杜律可壓卷者，正不止此。

　　　　　　　　　　　　　　　　　　（清）愛新覺羅‧恒仁《月山詩話》

　　成按：諸家採選唐七言律者，必取一詩壓卷，或推崔司勳之〈黃鶴
樓〉，或推沈詹事之〈獨不見〉，或推杜工部之「玉樹凋傷」、「昆明池
水」、「老去悲秋」、「風急天高」等篇。吳江周篆之（周珽）則謂冠冕莊
麗，無如嘉州〈早朝〉；淡雅幽寂，莫過右丞〈積雨〉。……要之諸詩皆有

12　〈幽州新歲作〉：去歲荊南梅似雪，今年薊北雪如梅。共知人事何常定，且喜年華
　　去復來。邊鎮戍歌連夜動，京城燎火徹明開。遙遙西向長安日，願上南山壽一杯。
13　〈敕賜百官櫻桃〉詩：芙蓉闕下會千官，紫禁朱櫻出上蘭。纔是寢園春薦後，非關
　　御苑鳥銜殘。歸鞍競帶青絲籠，中使頻頒赤玉盤。飽食不須愁內熱，下官還有蔗漿
　　寒。

妙處，譬如秋菊春松，各擅一時之秀，未易辨其優劣，或有揚此而抑彼，多由覽者自生分別耳，質之輿論，未必僉同也！

（清）趙殿成《王右丞集箋注》卷十

（崔顥〈黃鶴樓〉）氣勢自是巨手。必以為唐人七律第一，則明人主持之過，詩不宜如此論。

（清）紀昀《刪正二馮評閱才調集》下集

初唐諸君正以能變六朝為佳，至「盧家少婦」一章，高振唐音，遠包古韻，此是神到之作，當取冠一朝矣。

（清）姚鼐〈五七言今體詩抄序目〉

嚴滄浪謂崔郎中〈黃鶴樓〉詩為唐人七律第一，何仲默、薛君采則謂沈雲卿「盧家少婦」詩為第一。人決之楊升庵，升庵兩可之。愚謂沈詩純是樂府，崔詩特參古調，皆非律詩之正。必取壓卷，唯老杜「風急天高」一篇，氣體渾雄，剪裁老到，此為弁冕無疑耳。……至沈、崔二詩，必求其最，則沈詩可以追摹，崔詩萬難嗣響。崔詩之妙，殷璠所謂「神來氣來情來」者也。……太白不長於律，故賞之，若遇子美，恐遭小兒之呵。嘻！亦太妄矣！

（清）潘德輿《養一齋詩話》卷八

七言近體，求一壓卷之作，古無定論。嚴滄浪推崔顥〈黃鶴樓〉，何仲默、薛君采推沈佺期〈盧家少婦〉，王弇州則謂當於老杜「風急天高」、「老去悲秋」、「玉露凋傷」、「昆明池水」四詩中求之。其實沈作較優。

（近人）王逸塘《今傳是樓詩話》五九二則

孫　評

　　唐人律詩何者為最優，比之絕句孰為「壓卷」，眾說更為紛紜。諸家所列絕句壓卷之作比較集中，就品質而言，相去亦不甚懸殊。而律詩則不然，居然不止一家把沈佺期那首〈古意呈補闕喬知之〉（〈獨不見〉）拿出來當成首屈一指的作品。

　　這首詩，從內涵來說，完全是傳統思婦母題的承繼，並無獨特情志的突破。除了最後一聯「含愁獨不見」、「明月照流黃」多少有些自己的語言外，寒砧木葉、征戍遼陽、白狼河北、丹鳳城南，大抵不出現成套語和典故的組裝。這樣毫無獨特風神的作品，在唐代律詩中無疑屬於中下水準，不止一代的詩評家卻當作壓卷之作，還爭論不休。究其原由，可能這首詩在唐詩中，是把古風的思婦母題第一次（批？）納入了律詩的平仄、對仗體制。所以也有人挑剔其最後一聯，仍是齊梁樂府語。至於第二聯屬對偏枯則更明顯，枯就是情趣的枯燥，不過是玩弄律詩對仗技巧，基本上還是套語。這首詩還有一個大缺點，就是第一聯的「鬱金堂」、「玳瑁梁」更加明顯承襲齊梁的宮體華麗。從律詩來說，此詩畢竟還比較幼稚，主要是情緒比較單調，不夠豐富。從首聯到尾聯，從時間上寫十年征戍、空間上寫愁思無限，直到尾聯轉入現場點明「含愁」，意脈雖然統一和諧，但缺乏起伏變化，情緒沒有節奏感。如果這樣單純到有點單調的作品，可評為律詩的「壓卷」之作，唐詩在律詩方面的成績就太可憐了。

　　另一首得到最高推崇的是崔顥的〈黃鶴樓〉，而且提名人是嚴羽，因而影響甚大。這首當然比之沈氏之作高出了不止一個檔次，從藝術成就來看，也當屬上乘。雖然，平仄對仗並不拘泥規範（如第二聯），但是首聯、頷聯古風的句式，反而使情緒起伏自由而且豐富。此詩和沈佺期那首最大的不同在於，並不用古風式的概括式的抒情主

人公的直接抒寫，而是純用個人化的即景抒發，情感駕馭著感官意象，曲折有致。

這首律詩，是屬於人生苦短的母題。第一聯，是「黃鶴」已經消失而「黃鶴樓」「空餘」的感歎。乘黃鶴而去，是傳說中生命的不滅，然不可見，可見的只是黃鶴樓，因而有生命縹緲之感，隱含著時間無窮和生命有限的感歎。第二聯，又一次重複了黃鶴，是古風的句法，在律詩是破格的，但是與律詩句法結合得比較自然。寫時間流逝（千載）的不可感，大自然（白雲）的不變的可感，生命迅速幻變的無奈，意脈低降，情緒節奏一變（量變），變得略帶悲憂。第三聯，「晴川歷歷漢陽樹，芳草萋萋鸚鵡洲」。把生命苦短，放在眼前天高地闊的華彩空間來展示。物是人非固然可歎，但景觀的開闊暗示了詩人立足之高度，空間之高遠，美景歷歷在目，已不是昔人黃鶴之愁，而是眼前景觀之美，正與黃鶴之飄渺相反襯，精神顯得開朗了許多。因而，芳草是「萋萋」，而不是「淒淒」。情緒開朗，意脈為之二變。意脈節奏的第三變在最後一聯，突然從高遠的空間，聯想到遙遠的鄉關（短暫生命的歸宿），開朗的情緒又低徊了下來。但言盡而意不盡，結尾有著持續性餘韻。這感喟的持續性，和絕句的瞬間情緒轉換不同，富有律詩的特徵。[14]

崔詩之所以被許多詩評家稱頌為律詩第一，而不像沈氏之作那樣爭議甚多，原因就在沈氏之作僅僅是外部格律形式的確立，而崔詩內在情緒有節奏，意脈三度起伏，加上結尾的持續性，發揮出了律詩體量大於絕句的優長。正是因為這樣，這首詩才得到李白的激賞，有了「眼前有景道不得，崔顥題詩在上頭」的佳話。

律詩的好處，就好在情緒的起伏節奏。情緒的多次起伏，是律詩

---

14 參閱孫紹振：〈絕句：語氣轉換下的瞬間情緒變化〉，《文藝理論研究》2010年第6期。

與絕句一次性的「婉轉變化」的最大不同點。不過，崔顥這首詩還不能說是藝術上最成熟的律詩。得到最多推崇的，應該是杜甫的〈登高〉一詩。潘德輿在肯定了崔詩以後，頗為尖刻地說：「太白不長於律，故賞之，若遇子美，恐遭小兒之呵。」這就是說，杜甫的傑作比崔詩還要精彩得多。作為律詩，它精彩在哪裡呢？

> 風急天高猿嘯哀，渚清沙白鳥飛回。
> 無邊落木蕭蕭下，不盡長江滾滾來。
> 萬里悲秋常作客，百年多病獨登臺。
> 艱難苦恨繁霜鬢，潦倒新停濁酒杯。

這首詩，約大曆二年（767）杜甫流寓四川夔州時所作。首先，從意脈節奏上說，它和崔詩有同樣的優長，那就是情緒幾度起伏變幻。雖然在詩句中點到「哀」，但不是直接訴說自己感到的悲哀，而是「風急天高猿嘯哀」——猿猴的鳴叫聲悲哀；又不明說是猿叫得悲哀，還是自己心裡感到悲哀，給讀者留下了想像的空間。點明了「哀」還不夠，第五句又點到「悲」。但是，杜甫的悲哀有他的特殊性，他的「哀」和「悲」和崔顥的「愁」不太相同，顯得深厚而且博大。這種厚重、博大，最能體現律詩的特性，是絕句所難以容納的。詩題是「登高」，充分顯示出登高望遠的境界，由於高而遠，所以有空闊之感。哀在心靈中本以細微為特點，具低沉屬性，其空間容量有限，這裡的哀卻顯得壯闊異常。猿聲之所以「哀」，當然是自己內心有哀，然而把它放在風急、天高之中，就不是民歌中「巴東三峽巫峽長，猿鳴三聲淚沾裳」之「鳴」，也不是李白「兩岸猿聲啼不住」的「啼」。「鳴」和「啼」聲音都有高度，而「嘯」則是尖厲，這雖是風之急的效果，同時也讓人產生心有鬱積、登高長嘯的聯想。這是客觀的景色特徵，又是主體的心靈境界載體，嘯之哀是山河容載的大哀，不是庭

院徘徊的小哀。渚清沙白，本已有俯視之感，再加上「鳥飛回」，強調俯視，則哀中未見悲涼，更覺其悲雖有尖厲之感，但是悲中有壯。第一聯的「哀」，內涵厚重而高亢。

到了第二聯，「落木」（先師林庚先生曾經指出「落木」比落葉要藝術得多）是「無邊」的，視點更高。到了「不盡長江」，就不但有視野的廣度，而且有了時間的深度。「子在川上曰：『逝者如斯夫！』」（《論語》〈子罕第九〉）在古典詩歌的傳統意象中，江河不盡，不僅是空間的深遠，而且是時間的無限。這就使得悲哀，不是一般低沉的，而是深沉、渾厚的。在一篇賦中，杜甫把自己作品的風格概括為「沉鬱頓挫」。「沉鬱」之悲，不僅有「沉」的屬性，而且是長時間的「鬱」積，「沉鬱」就是長時間難以宣洩的苦悶。因而，哀而不淒，這種提升在屬性上是有分寸的，「落木」之哀雖然「無邊」而且「蕭蕭」，但是「長江」之悲「不盡」卻是「滾滾」的，悲哀因鬱積而雄厚。

從意象安排上看，第一聯意象密集，兩句六個意象（風、天、嘯，渚、沙、鳥）。第二聯，每句雖然只各有一個意象，但其屬性卻有「無邊」和「蕭蕭」、「不盡」和「滾滾」，有形有色，有聲有狀，感覺豐富而統一。尤其是第二聯，有對仗構成的時空轉換，有疊詞造成的滔滔滾滾的聲勢。從空間的廣闊，到時間的深邃，心緒沉而不陰，視野開闊，情鬱而不悶，心與造化同樣宏大。和前一聯相比，第二聯把哀不僅在分量加重了，而且在境界上提升了，情緒節奏進入第二層次。

如果就這樣沉鬱下去，也未嘗不可，但一味渾厚深沉下去，就可能和沈詩一樣單調。這首詩中尤其有這樣的危險，因為八句全是對句。在律詩中，只要求中間兩聯對仗，為什麼要避免全篇都對？就是怕單純變成單調。〈登高〉八句全對，妙在讓讀者看不出一對到底。這除了語言形式上（特別是最後兩聯）不耽於寫景而直接抒情以外，恐怕就是得力於情緒上的起伏變化，即主要在「沉鬱」中還有「頓挫」。

　　第一、二聯，氣魄宏大，到了第三、四聯，就不再一味宏大下去，而是出現了些許變化：境界不像前面的詩句那樣開闊，一下子回到自己個人的命運上來，而且把個人的「潦倒」都直截了當地寫了出來。渾厚深沉的宏大境界，突然縮小了，格調也不單純是深沉渾厚，而是有一點低沉了。境界由大到小，由開到合，情緒也從高亢到悲抑，有微妙的跌宕。這就是以「頓挫」為特點的情緒節奏感。杜甫追求情感節奏的曲折變化，這種變化有時是默默的，有時卻有突然的轉折。沉鬱已不是許多詩人都做得到的，頓挫則更為難能，而這恰恰是杜甫的拿手好戲。他善於在登高的場景中，把自己的痛苦放在盡可能宏大的空間中，但又不完全停留在高亢的音調上，常常是由高而低，由歷史到個人，由洪波到微波，使個人的悲涼超越渺小，形成一種起伏跌宕的意脈。

　　宋人羅大經在《鶴林玉露》中這樣評價這聯詩：「杜陵詩云：『萬里悲秋常作客，百年多病獨登臺。』蓋萬里，地之遠也。秋，時之慘凄也。作客，羈旅也。常作客，久旅也。百年，暮齒也。多病，衰疾也。臺，高迥處也。獨登臺，無親朋也。十四字之間，含八意，而對偶又極精確。」[15]這樣的評價，得到很多學人的讚賞，是有道理的。但也有不很到位之處，那就是只看出在沉鬱情調上的同質疊加，而忽略了其中的頓挫的轉折，大開大合的起伏。

　　杜甫的個性，杜甫的內在豐富，顯然更加適合於七律這種結構。哪怕他並不是寫登高，也不由自主地以宏大的空間來展開他的感情，例如〈秋興八首〉之一。第一聯，把高聳的巫山巫峽的「蕭森」之氣，作為自己情緒的載體。第二聯，把這種情志放到「兼天」、「接地」的境界中去，蕭森之氣就轉化為宏大深沉之情。而第三聯的「孤

15　〔宋〕羅大經著，王瑞來點校：《鶴林玉露》乙編卷五（北京市：中華書局，1983年），頁215。

舟」和「他日淚」使得空間縮小到自我個人的憂患之中，意脈突然來
了一個頓挫。第四聯，則把這種個人的苦悶擴大到「寒衣處處」的空
間中，特別是最後一句，更將其誇張到在高城上可以聽到的、無處不
在的為遠方戰士禦寒的擣衣之聲。這樣，頓挫後的沉鬱空間又擴大
了，豐富了情緒節奏的曲折。

　　對於律詩壓卷之作的爭議是很複雜的，有時甚至可以說是很不講
理的。有的詩話就認為杜甫律詩最好的，並不是這一首，而是〈九日
藍田崔氏莊〉。楊萬里十分讚賞此詩，稱道：「唐律七言八句，一篇之
中，句句皆奇，一句之中，字字皆奇，古今作者皆難之。」平心而
論，這樣的作品，不但在杜甫詩中品質平平，就是拿到唐詩中去比
較，也是屬一般。原因在於缺乏七律所擅長的情緒起伏：第一聯說是
悲愁自寬，第二聯「短髮」、「吹帽」、「正冠」乃是對第一聯的形象說
明，仍然是自寬。第三聯，描寫「藍水」、「玉山」，與悲愁自寬又沒
有潛在的意脈聯繫，從結構上看最多只是為最後一聯有某種微弱的過
渡。從整體意脈上看，前兩聯過分統一，缺乏律詩特有的情緒起伏，
而第三聯則過分跳躍，缺乏與前兩聯的貫通，雖然第四聯有所回歸，
但已經是強弩之末了。

　　明人還謂冠冕壯麗無如岑參〈奉和中書舍人賈至早朝大明宮〉一
詩，淡雅幽寂則莫過王維〈積雨輞川莊作〉之作。其實，岑參這首是
奉和應制之作，通篇歌功頌德，一連三聯，都是同樣的激動，同樣的
華彩，到了最後一聯，還是同樣的情致，情緒明顯缺乏起伏節奏。這
位評家在詩歌的藝術感覺上，只能說是不及格的。至於說到王維一
詩，從情緒變化，意脈（靜觀）的相承和起伏來衡量，確有比較精緻
微妙的轉換。其第二聯「漠漠水田飛白鷺，陰陰夏木囀黃鸝」，亦甚
得後人稱道。但是，最精彩的當是最後一聯「野老與人爭席罷，海鷗
何事更相疑」，由靜而動（爭席）之後，又借海鷗之「疑」，在結束處
留下了持續的餘韻。概而言之，這首七律應該是上品，但比起杜甫傑

作的大開大合、起伏跌宕，則所遜又不止一籌。

　　唐人七律之最優，所以比評七絕壓卷更加分歧，原因可能在於律詩的格律比之絕句嚴密得多。詩人活躍的情緒與形式固定的格律發生矛盾，非才高如杜甫等者難免不屈從於格律，或為格律所窒息。而古代詩評家大多雖是詩人，卻並非皆為傑出詩人，所以評詩往往又從純技巧著眼，把技巧變成了技術套路的翻新，因而所見偏狹，良莠不分。

婉約與豪放

　　李太白詩，不專是豪放，亦有雍容和緩底。如首篇〈大雅久不作〉，多少和緩！陶淵明詩，人皆說是平淡，據某看他自豪放，但豪放來得不覺耳。其露出本相者，是〈詠荊軻〉一篇，平淡底人如何說得這樣言語出來？

（宋）朱熹《清邃閣論詩》，又見《朱子語類》卷一百四十

　　東坡在玉堂，有幕士善謳。因問我詞比柳詞何如？對曰：「柳郎中詞，只好十七八女孩子，執紅牙拍板，唱『楊柳外曉風殘月』[1]。學士詞，須關西大漢，執鐵板，唱『大江東去』[2]。」公為之絕倒。

（宋）俞文豹《吹劍續錄》

　　詞體大略有二：一婉約，一豪放，蓋詞情蘊藉，氣象恢弘之謂耳。然亦在乎其人，如少游多婉約，東坡多豪放，東坡稱少游為今之詞手，大抵以婉約為正也。所以後山評東坡，如教坊雷大使舞，雖極天下之工，要非本色。

（明）張綖詞論，轉引自清王又華《古今詞論》〈張世文詞論〉

1　柳永〈雨霖鈴〉詞：寒蟬淒切，對長亭晚，驟雨初歇。都門帳飲無緒，留戀處，蘭舟催發。執手相看淚眼，竟無語凝噎。念去去千里煙波，暮靄沉沉楚天闊。　多情自古傷離別，更那堪冷落清秋節！今宵酒醒何處？楊柳岸曉風殘月。此去經年，應是良辰好景虛設。便縱有千種風情，更與何人說。
2　即蘇軾〈念奴嬌〉〈赤壁懷古〉詞。

　　子瞻詞無一語著人間煙火，此自大羅天上一種，不必與少游、易安輩
較量體裁也。其豪放亦止「大江東去」一詞。何物袁綯（即《吹劍續錄》
所載幕士），妄加品隲，後代奉為美談，似欲以概子瞻生平。

（明）俞彥《爰園詞話》

　　「楊柳岸曉風殘月」與「大江東去」，總為詞人極致，然畢竟「楊
柳」為本色，「大江」為別調也。蓋〈花間〉、〈草堂〉，為中晚詩家鏤冰刻
玉、綿脂膩粉之餘響，與壯夫彈鋏、烈士擊壺，何曾河漢！

（明）姚希孟《姚希孟詩話》

　　蘇子瞻有銅琶鐵板之譏，然其〈浣溪紗〉〈春閨〉曰：「彩索身輕常趁
燕，紅窗睡重不聞鶯。」如此風調，令十七八女郎歌之，豈在「曉風殘
月」之下？

（清）賀裳《皺水軒詞筌》

　　千秋以陶詩為閒適，乃不知其用意處。朱子亦僅謂〈詠荊軻〉一篇露
本旨。自今觀之〈飲酒〉、〈擬古〉、〈貧士〉、〈讀山海經〉，何非此旨？但
稍隱耳！

（清）陳祚明《采菽堂古詩選》卷十三

　　張南湖（張綖，有《南湖詩集》）論詞派有二：一曰婉約，一曰豪
放。僕謂婉約以易安為宗，豪放唯幼安（辛棄疾字）稱首，皆吾濟南人，
難乎為繼矣。

（清）王士禎《花草蒙拾》

　　蘇東坡「大江東去」，有銅將軍、鐵綽板之譏，柳七（柳永，行七）
「曉風殘月」，謂可令十七八女郎按紅牙檀板歌之。此袁綯語也，後人遂

奉為美談。然僕謂東坡詞，自有「橫槊」氣概，固是英雄本色；柳纖豔
處，亦麗以淫耳。

（清）徐釚《詞苑叢談》卷三

　　詞雖小道，亦各見其性情。性情豪放者，強作婉約語，必竟豪氣未
除。性情婉約者，強作豪放語，不覺婉態自露。故婉約固是本色，豪放亦
未嘗非本色也。後山評東坡詞「如教坊雷大使舞，雖極天下之工，要非本
色」，此離乎性情以為言，豈是平論。

（清）徐喈鳳《蔭綠軒詞證》，叢編續編一 102

　　填詞亦各見其性情，性情豪放者強作婉約語，畢竟豪氣未除。性情婉
約者，強作豪放語，不覺婉態自露。故婉約自是本色，豪放亦未嘗非本
色也。

（清）田同之《西圃詞説》

　　世稱詞之豪邁者，動曰蘇辛。不知稼軒（辛棄疾號）詞，自有兩派，
當分別觀之。如〈金縷曲〉之「聽我三章約」、「甚矣吾衰矣」二首，及
〈沁園春〉、〈水調歌頭〉諸作，誠不免一意迅馳，專用驕兵。若〈祝英台
近〉之「是他春帶愁來，春歸何處。卻不解帶將愁去」，〈摸魚兒〉發端之
「更能消幾番風雨，匆匆春又歸去」，結句之「休去倚危闌，斜陽正在，
煙柳斷腸處」……皆獨繭初抽，柔毛欲腐，平欺秦、柳，下轢張、王。宗
之者固僅襲皮毛，詆之者亦未分肌理也。

（清）鄧廷楨《雙硯齋詞話》

　　詞以蘊蓄纏綿、波折俏麗為工，故以南宋為詞宗。然如東坡之「大江
東去」，忠武之「怒髮衝冠」[3]，令人增長意氣，似乎兩宗不可偏廢。是在

3　即岳飛（死後追諡武穆，後又改諡忠武）〈滿江紅〉〈寫懷〉詞：怒髮衝冠，憑欄

各人筆致相近，不必勉強定學石帚（姜夔號）、耆卿也。今人談詞家，動以蘇、辛為不足學，抑知檀板紅牙不可無銅琶鐵撥，各得其宜，始為持平之論。

（清）孫兆溎《片玉山房詞話》

詞之體，各有所宜，如弔古宜悲慨蒼涼，紀事宜條暢溫漾，言愁宜嗚咽悠揚，述樂宜淋漓和暢。賦閨房宜旖旎嫵媚，詠關河宜豪放雄壯。得其宜則聲情合矣，若琴瑟專一，便非作家。

（清）沈祥龍《論詞隨筆》

詞有婉約，有豪放，二者不可偏廢，在施之各當耳。房中之奏，出以豪放，則情致絕少纏綿。塞下之曲，行以婉約，則氣象何能恢拓？蘇、辛與秦、柳，貴集其長也。

同上

宋代詞家，源出於唐五代，皆以婉約為宗。自東坡以浩瀚之氣行之，遂開豪邁一派。南宋辛稼軒，運深沉之思於雄傑之中，遂以蘇辛並稱。他如龍洲（劉過，號龍洲道人）、放翁、後村諸公，皆嗣響稼軒，卓卓可傳者也。嗣茲以降，詞家顯分兩派，學蘇辛者所在皆是。

（近人）蔣兆蘭《詞説》

詞家正軌，自以婉約為宗。歐、晏、張、賀，時多小令，慢詞寥寥，傳作較少。逮乎秦、柳，始極慢詞之能事。其後清真崛起，功力既深，才調尤高。

同上

處，瀟瀟雨歇。抬望眼，仰天長嘯，壯懷激烈。三十功名塵與土，八千里路雲和月。莫等閒白了少年頭，空悲切。　　靖康恥，猶未雪。臣子恨，何時滅？駕長車踏破賀蘭山缺。壯志饑餐胡虜肉，笑談渴飲匈奴血。待從頭收拾舊山河，朝天闕。

　　（陶淵明）就是詩，除論客所佩服的「悠然見南山」之外，也還有「精衛銜微木，將以填滄海，形天舞干戚，猛志固常在」之類的「金剛怒目」式。在證明著他並非整天整夜的飄飄然。這「猛志固常在」和「悠然見南山」的是一個人，倘有取捨，即非全人，更加抑揚，更離真實。

（近人）魯迅《「題未定」草》（六）

　　詞有婉約、豪放兩派，各有興會，應當兼讀。讀婉約派久了，厭倦了，要改讀豪放派。豪放派讀久了，又厭倦了，應當改讀婉約派。我的興趣偏於豪放，不廢婉約。婉約派中有許多意境蒼涼而又優美的詞。范仲淹的上兩首[4]，介於婉約與豪放兩派之間，可算中間派吧；但基本上仍屬婉約，既蒼涼又優美，使人不厭讀。婉約派中的一味兒女情長，豪放派中的一味銅琶鐵板，讀久了，都令人厭倦的。人的心情是複雜的。所謂複雜，就是對立統一。人的心情，經常有對立的成分，不是單一的，是可以分析的。詞的婉約、豪放兩派，在一個人讀起來，有時喜歡前者，有時喜歡後者，就是一例。

（今人）毛澤東批語，見中央文獻出版社《毛澤東讀文史古籍批語集》

4　指〈蘇幕遮〉詞：碧雲天，黃葉地，秋色連波，波上寒煙翠。山映斜陽天接水，芳草無情，更在斜陽外。　　黯鄉魂，追旅思，夜夜除非，好夢留人睡。明月樓高休獨倚，酒入愁腸，化作相思淚。又〈漁家傲〉詞：塞下秋來風景異，衡陽雁去無留意。四面邊聲連角起。千嶂裡，長煙落日孤城閉。　　濁酒一杯家萬里，燕然未勒歸無計。羌管悠悠霜滿地，人不寐，將軍白髮征夫淚。

孫　評

　　詞本來是「詩餘」，由於起於唐五代坊間，處於市民社會、商業氣息環境之中，故不免紅巾翠袖，淺斟低唱，兒女情長者為多，遂以婉約為宗。主要詞人歐陽修、晏殊、張先、賀鑄，多為小令，很少長調慢詞。到了秦觀、柳永，長篇慢詞逐漸崛起，至李清照可謂極一時之盛，但風格上仍然以婉約取勝。改變了這種詞風的是蘇東坡，「以浩瀚之氣行之，遂開豪邁一派。南宋辛稼軒，運深沉之思於雄傑之中」，蘇辛並稱，這就有了豪放風格，遂成豪放派。自此宋詞藝術風格流溢恣肆，於中國詩歌史上，乃堪步武輝煌之唐詩。俞文豹《吹劍續錄》之說形象生動，遂為日後豪放、婉約二派命名的形象注解。豪放、婉約二派乃為史家認同，至今詞史皆據此語二分。

　　一切歷史現象均無限豐富，其間聯繫錯綜複雜，從某種意義上說，絕對的劃分是不可能的。為研究之方便，作邏輯劃分，實質上是假定的。「一刀切」雖為邏輯之必須，卻又必然粗暴且帶有破壞性。一切劃分不但要關注其間之區別，而且不能忽略其間之聯繫。對婉約與豪放作機械之劃分，同樣其弊端甚大。

　　這一點，從具體詞人來看尤其如此。作為婉約派之代表，李清照固然有「尋尋覓覓」之朦朦朧朧、斷斷續續、飄飄忽忽之柔婉，但亦有「生當作人傑，死亦為鬼雄」之豪雄。蘇軾作為豪放派的旗幟，固然有「大江東去」俯瞰千古的雄姿，然亦有「千里孤墳，無處話淒涼」之哀婉。辛棄疾的「醉裡挑燈看劍，夢回吹角連營。八百里分麾下炙，五十弦翻塞外聲，沙場秋點兵。」何等元戎氣概；「羅帳燈昏，哽咽夢中語：是他春帶愁來，春歸何處？卻不解帶將愁去。」又何等兒女情長。

　　從具體作品來看，情況之複雜，更需要精緻的藝術分析。

　　蘇軾〈赤壁懷古〉歷數千古風流人物，公認為豪放派之代表，然豪放中亦有婉約。周瑜在《三國志》〈吳書〉中為雄武勇毅的將軍：「銜命出征，身當矢石，盡節用命，視死如歸。」[5]而蘇軾用「風流」來概括，滲入文士風流之韻味，並且將十年前戰利品小喬，寫成浪漫的「小喬初嫁了」。又把本屬諸葛亮的「羽扇綸巾」轉嫁到他頭上去。應該說，豪放中亦滲透著婉約。[6]

　　毛澤東指出范仲淹的〈漁家傲〉和〈蘇幕遮〉很難歸入任何一派。范仲淹作為統帥鐵騎的將軍，〈漁家傲〉中的環境是很嚴峻的：「四面邊聲連角起。千嶂裡，長煙落日孤城閉。」困守孤城，堅定不移，在困境中冷峻面對強敵。但是，這位剛毅將軍又公然抒情自己小兒女式的夢境和眼淚：「黯鄉魂，追旅思，夜夜除非，好夢留人睡。明月樓高休獨倚，酒入愁腸，化作相思淚。」思鄉是如此地婉約。當然，他的婉約從根本上又不同於兒女情長的纏綿，而是由民族的責任感為底蘊的：「濁酒一杯家萬里，燕然未勒歸無計。」思鄉的柔性與和報國的責任剛性結合在一起，可謂柔中帶剛。因而，婉約中充滿了沉鬱：「羌管悠悠霜滿地，人不寐，將軍白髮征夫淚。」可以說，悲中有壯，婉約中有豪邁，和李清照詞中的悲淒屬於不同境界。

　　同樣是婉約的，也有不同的色階。分析古典作品之要道，不能滿足於歸入流派之同，同一流派作品之同，這只是問題的一面；而同一流派之異，正如人心不同各如其面一樣，卻是更不可忽略的。

5　〔晉〕陳壽《三國志》（北京市：中華書局，2006年），卷五十四，頁750。

6　〔唐〕歐陽詢《藝文類聚》卷六十七引晉裴啟〈裴子語林〉：「諸葛武侯與宣皇，在渭濱，將戰。宣皇戎服蒞事，使人視武侯，乘素輿，葛巾毛扇，指麾三軍，皆隨其進止。宣王聞而歎曰：『可謂名士矣。』」（上海市：上海古籍出版社，1982年）下冊，頁1187。又唐徐堅等《初學記》卷二十五引〈語林〉：「諸葛武侯持白羽扇，指麾三軍。」（北京市：中華書局，1962年）第三冊，頁604。據魯迅考證，這段佚文亦見《北堂書鈔》、《太平御覽》、《六帖》、《事類賦注》等書。見《古小說鉤沉》（北京市：人民文學出版社，1955年），頁7。

附錄
休訕「芍藥」女郎詩

　　余嘗從先生學，問作詩究竟當如何？先生舉秦少游〈春雨〉詩云：「『有情芍藥含春淚，無力薔薇臥晚枝。』[1]此詩非不工，若以退之『芭蕉葉大梔子肥』[2]之句較之，則〈春雨〉為婦人語矣。破卻工夫，何至學婦人？」

（金）元好問〈擬栩先生王中立傳〉

　　有情芍藥含春淚，無力薔薇臥曉枝。拈出退之山石句，始知渠是女郎詩。

又〈論詩三十首〉其二十四

　　按昌黎詩云：「山石犖确行徑微，黃昏到寺蝙蝠飛。升堂坐階新雨足，芭蕉葉大梔子肥。」遺山（元好問號）固為此論，然詩亦相題而作，又不可拘以一律。如老杜云：「香霧雲鬟濕，清輝玉臂寒。」[3]「俱飛蛺蝶元相逐，並蒂芙蓉本自雙。」[4]亦可謂女郎詩耶？

（明）瞿佑《歸田詩話》卷上

1　即秦觀〈春日〉詩：一夕輕雷落萬絲，霽光浮瓦碧參差。有情芍藥含春淚，無力薔薇臥曉枝。
2　韓愈〈山石〉詩句：升堂坐階新雨足，芭蕉葉大梔子肥。
3　杜甫〈月夜〉詩句。
4　又〈進艇〉詩句。

　　遺山論詩，直以詩作論也，抑揚諷歎，往往破的。讀者息心靜氣以求之，得其肯會，大是談詩一助。少游乃填詞當家，其於詩場，未免躡入軟紅塵去，故遺山所詠，切中其病。他日又書以自警，蓋知之深、言之當也。

（清）吳景旭《歷代詩話》卷六十四

　　元遺山笑秦少游〈春雨〉詩：「有情芍藥含春淚，無力薔薇臥晚枝。拈出退之〈山石〉句，始知渠是女郎詩。」瞿佑極力致辨。余戲詠云：「先生休訕女郎詩，山石拈來壓晚枝。千古杜陵佳句在，『雲鬟』『玉臂』也堪師。」

（清）薛雪《一瓢詩話》

　　（元好問譏秦觀）此論大謬。芍藥、薔薇，原近女郎，不近山石；二者不可相提而並論。詩題各有境界，各有宜稱。杜少陵詩，光焰萬丈；然而「香霧雲鬟濕，清輝玉臂寒」；「分飛蛺蝶原相逐，並蒂芙蓉本是雙。」韓退之詩，橫空盤硬語，然「銀燭未銷窗送曙，金釵半醉坐添春。」[5]又何嘗不是女郎詩耶？〈東山〉詩：「其新孔嘉，其舊如之何？」[6]周公大聖人，亦且善謔。

（清）袁枚《隨園詩話》卷五

　　「有情芍藥含春淚，無力薔薇臥晚枝。」是少游體物佳境。元遺山論詩，援昌黎〈山石〉詩以衡之，未免擬於不倫。曾見朱夢泉為人畫扇，題一絕云：「淮海風流句亦仙，遺山創論我嫌偏。銅琶鐵綽關西漢，不及紅牙唱酒邊。」實獲吾心矣。

（清）于源《燈窗瑣話》卷一

5　韓愈〈酒中留上襄陽李相公〉詩句。

6　《詩》〈豳風〉〈東山〉詩句。舊說或謂周公東征三年而歸，作此詩以勞歸士。（朱熹《詩集傳》、方玉潤《詩經原始》）今人高亨《詩經今注》則釋云：言新夫妻很美好，老夫妻又怎樣呢？

　　元遺山譏秦少游「有情芍藥」一聯為「女郎詩」，以其緣情而綺靡耳。余觀唐人七律中如白香山云：「還似往年春氣味，不宜今日病心情。」劉兼云：「處處落花春寂寂，時時中酒病厭厭。」亦皆女郎詩也。

（清）吳仰賢《小匏庵詩話》卷一

　　遺山譏「有情」二語為「女郎詩」。詩者，勞人、思婦公共之言，豈能有〈雅〉、〈頌〉而無〈國風〉，決不許女郎作詩耶？

（近代）陳衍《宋詩精華錄》卷二

　　元遺山〈論詩絕句〉云：「（見上引錄，略）」首二句則秦少游詩也。余嘗反其意為一絕云：「有情芍藥含春淚，無力薔薇臥曉枝。識得溫柔本詩教，何妨時作女郎詩。」

（今人）馮振《詩詞雜話》

　　秦觀的詩內容上比較貧薄，氣魄也顯得狹小，修詞卻非常精緻……他的詩句「敲點勻淨」，常常落於纖巧，所以同時人說他「詩如詞」、「詩似小詞」、「又待入小石調」。後來金國人批評他的詩是「婦人語」、「女郎詩」，其實只是這個意思，而且不一定出於什麼「南北之見」。南宋人不也說他的詩「如時女遊春，終傷婉弱」麼？「時女遊春」的詩境未必不好。藝術之宮是重樓複室、千門萬戶，決不僅僅是一大間敞廳；不過，這些屋子當然有正有偏，有高有下，決不可能都居正中，都在同一層樓上。

（今人）錢鍾書《宋詩選注》

　　顯然，元好問在壯美與優美、陽剛之美與陰柔之美或男性美與女性美之間有所軒輊。我們雖然尊敬元好問在詩歌創作和理論方面所取得的成就，但就這一點而論，卻不能不為了他之不知欣賞異量之美而感到惋惜。對此，前人也有所議論，清薛雪云：「先生休訕女郎詩，山石拈來壓晚當

作曉枝。千古杜陵佳句在，雲鬟玉臂也堪師。」又朱夢泉云：「淮海風流句亦仙，遺山創論我嫌偏。銅琶鐵綽關西漢，不及紅牙唱酒邊。」

　　　　　　　（今人）程千帆《程千帆全集》卷十一〈讀宋詩隨筆〉

孫　評

　　秦觀〈春雨〉絕句，元好問以之與韓愈〈山石〉詩中「芭蕉葉大梔子肥」相比，貶之曰「婦人語」。這樣的批評顯然輕率，不同詩人有不同風格，不可以一種風格為唯一標準，任意貶低其他風格。

　　秦詩固然纖巧，然自有其獨到之處，其意象明寫「芍藥」、「薔薇」的自然形態，其性質卻變為仕女的「有情」和「無力」，寄託著詩人對於女性體態和心態統一和諧的美感。其語言十分考究，如錢鍾書先生所說「非常精緻」。「有情芍藥含春淚」，把芍藥花上的雨變異為淚，把句首的「有情」定位在悲愁的性質上。「無力薔薇臥曉枝」，寫的雖然是另一種花卉，但是其表面的體態、暗示的心態和芍藥在性質上是統一的。因為有情而悲，故無力而臥。柔弱之美在外表，是結果，而多情之愁，在內心，則為原因。詩句是漂亮的，很符合秦觀的風格的。

　　而韓愈的「芭蕉葉大梔子肥」，固然心態開闊，氣魄亦大，但也不過是「升堂坐階新雨足」的生活安逸，心與時諧的表現。在語言上，韓詩常有雕鑿刻劃之弊，而此句則抓住富有特徵的細節，以類似敘述性語句見長。與秦觀比，應該是各有所長，故元好問此論一出，幾無贊同者。

　　反駁的理由，大都到位。值得一提的是，袁枚指出韓愈本身就有對婦女感性的讚美，也有過這樣纖巧的詩風；就是號稱詩聖的杜甫，也有兒女情長的詩句。人情無窮、詩風各異，雖同一亦有多面，故不可狹隘拘泥。然而，錢鍾書先生則以為，藝術與精神如同宮殿，風格盡可多樣，評價卻有高低。從這個意義上來說，秦觀的詩作，和韓愈又不在一個檔次上。

選輯文中名人異名別稱一覽

周秦漢

屈原

　　屈平，名　　　　　　　　　　左徒，曾官左徒、三閭大夫

　　屈子，尊稱

司馬遷

　　龍門，出生地，世稱　　　　　太史公，曾任太史令

班固

　　孟堅，字

張衡

　　平子，字

王粲

　　仲宣，字

蜀漢魏晉

劉備

　　昭烈，蜀漢昭烈帝

諸葛亮

　　武侯，蜀漢政權封武鄉侯

曹植

　　子建，字　　　　　　　　　　陳思，封陳王，諡思。

張協

景陽，字

潘岳

安仁，字

左思

太中，字

陸機

士衡，字

劉琨

越石，字

盧湛

子諒，字

孫綽

興公，字

陶淵明

陶潛，名　　　　　　　　　　靖節，友好私諡號

劉龔

孟公，字

南北朝

顏延之

延年，字

謝靈運

客兒，族人稱呼之小名　　　謝客，世稱

康樂，晉時襲封康樂公

鮑照

明遠，字

劉鑠

　　休玄，字

謝朓

　　玄暉，字　　　　　　　　　宣城，曾官宣城太守

劉勰

　　彥和，字

江淹

　　文通，字

丘遲

　　希範，字

鍾嶸

　　仲韋，字

唐五代

慧能

　　六祖，被尊為禪宗第六祖

宋之問

　　考功，官至考功員外郎

沈佺期

　　雲卿，字　　　　　　　　　沈詹事，官至太子少詹事

陳子昂

　　射洪，梓州射洪人，世稱

張說

　　燕公，封燕國公

李隆基

　　明皇，諡號至道大聖大明孝
　　皇帝

孟浩然

　　孟襄陽，襄陽人，世稱

李頎

　　東川，東川人，世稱

王昌齡

　　少伯，字　　　　　　　　　王江寧，曾官江寧丞

　　王龍標，晚年貶龍標尉

王維

　　摩詰，字　　　　　　　　　王右丞，官至尚書右丞

李白

　　太白，字　　　　　　　　　青蓮居士，號

　　供奉，曾官供奉翰林　　　　謫仙，綽號，賀知章歎稱其

　　　　　　　　　　　　　　　「謫仙人」

崔顥

　　崔司勳、郎中，曾官司勳員

　　外郎

高適

　　達夫，字

　　高常侍，官終散騎常侍

劉長卿

　　文房，字　　　　　　　　　劉隨州，官終隨州刺史

杜甫

　　子美，字　　　　　　　　　少陵野老，自稱，少陵曾為杜

　　　　　　　　　　　　　　　甫居住處

　　杜工部，曾官檢校工部員外郎

岑參

　　岑嘉州，官至嘉州刺史

元結

　　次山，字

錢起

　　員外郎，曾官考功郎中

李泌

　　長源，字

司空曙

　　文明，字

戴叔倫

　　容州，曾官容、管經略使

韋應物

　　韋左司，曾官左司郎中　　　　　韋蘇州，曾官蘇州刺史

李益

　　君虞，字

孟郊

　　東野，字

張籍

　　文昌，字

韓愈

　　退之，字　　　　　　　　　　　昌黎，自謂郡望之代稱

　　韓文公，卒諡文

劉禹錫

　　夢得，字　　　　　　　　　　　劉尚書，曾任太子賓客，加檢校
　　　　　　　　　　　　　　　　　禮部尚書

白居易

　　樂天，字　　　　　　　　　　　香山居士，晚年自號

李紳

公垂，字

柳宗元

子厚，字　　　　　　　　柳柳州，終貶柳州刺史

李德裕

李太尉，曾居相位

賈島

閬仙，字

元稹

微之，字

李賀

長吉，字　　　　　　　　昌谷，居住地福昌昌谷，世稱

李奉禮，曾官奉禮郎

盧仝

玉川子，號

杜牧

牧之，字　　　　　　　　樊川，長安南常游勝地，囑文集

即名《樊川集》

杜紫薇，官終中書舍人之別稱

李商隱

義山，字

溫庭筠

飛卿，字

陸龜蒙

魯望，字

司空圖

表聖，字

韓偓

致光，字

鄭谷

鄭都官，曾官都官郎中

韋莊

端己，字

馮延巳

正中，字

毛文錫

毛司徒，在後蜀官至司徒

顧敻

顧太尉，在後蜀累官至太尉

李煜

李後主，五代南唐國主

宋代

鄭文寶

仲賢，字

王禹偁

元之，字

寇準

平仲，字　　　　　　　　　寇萊公，曾封萊國公

丁謂

晉公，封晉國公

陳堯佐

文惠，諡號

林逋

　　君復，字　　　　　　　　　　西湖，隱居西湖孤山，世稱

　　和靖先生，諡號

楊億

　　大年，字

范仲淹

　　希文，字

張先

　　子野，字

　　張郎中，歷官都官郎中

柳永

　　耆卿，字　　　　　　　　　　柳七，排行第七

李冠

　　世英，字

晏殊

　　元獻，諡號

石延年

　　曼卿，字

宋祁

　　子京，字　　　　　　　　　　宋尚書，曾官工部尚書

　　景文，諡號

梅堯臣

　　聖俞，字

歐陽修

　　六一居士，別號　　　　　　　醉翁，自號

　　歐九，排行第九　　　　　　　廬陵，郡望，世稱

　　歐陽文忠，諡號

蘇舜欽
　　子美，字
邵雍
　　堯夫，字　　　　　　　　　　康節，諡號
曾鞏
　　子固，字
王安石
　　介甫，字　　　　　　　　　　舒公、荊公，初封舒國公，旋改
　　　　　　　　　　　　　　　　封荊
　　王文公，卒後追諡文　　　　　半山，號
晏幾道
　　叔原，字
晁迥
　　文元，諡號
劉攽
　　貢父，字
沈括
　　存中，字
蘇軾
　　子瞻，字　　　　　　　　　　東坡居士，自號
文同
　　與可，字
蘇轍
　　子由，字
黃庭堅
　　魯直，字　　　　　　　　　　山谷道人，號

秦觀

少游，字　　　　　　　　　　淮海居士，號

賀鑄

方回，字　　　　　　　　　　東山，未詳，或有《東山詞》
　　　　　　　　　　　　　　世稱？

陳師道

無己，字　　　　　　　　　　後山居士，號

潘大臨

邠老，字

張耒

文潛，字　　　　　　　　　　張右史，曾任秘書丞、著作郎、
　　　　　　　　　　　　　　史館檢討等職

蔡絛

約之，字

魏泰

道輔，字

范溫

元實，字

唐庚

子西，字

釋惠洪

覺範，自稱　　　　　　　　　洪覺範，世稱

韓駒

子蒼，字

周紫芝

竹坡老人，號

呂本中
　　居仁，字

計有功
　　敏夫，字

葛立方
　　常之，字

周邦彥
　　清真居士，號

李清照
　　易安居士，號

徐俯
　　師川，字

陳與義
　　去非，字　　　　　　　　　　簡齋，號

岳飛
　　忠武，寧宗時追封鄂王，有
　　《岳忠武王文集》

王銍
　　性之，字

吳沆
　　環溪，晚年隱居處，自稱

葛立方
　　常之，字

陸游
　　放翁，自號　　　　　　　　渭南，晚年晉爵渭南伯，有《渭
　　　　　　　　　　　　　　　　南文集》

　　三山，山陰（紹興）家居地，
　　世稱

范成大

　　石湖居士，號

尤　袤

　　延之，字

楊萬里

　　誠齋，號

朱熹

　　元晦，字　　　　　　　　　　晦庵，號

　　考亭先生，卜居、講學建陽

　　（福建）考亭，後人別稱

　　晦翁，晚年號　　　　　　　　朱子，尊稱

張孝祥

　　于湖居士，號

張栻

　　南軒，號

辛棄疾

　　幼安，字　　　　　　　　　　稼軒，號

陳亮

　　同甫，字

王楙

　　勉夫，字

劉過

　　龍洲道人，號

趙蕃

　　章泉，字

史達祖

　　梅溪，號

姜夔

　　堯章，字　　　　　　　　　　　白石道人，號

　　石帚，號

韓淲

　　澗泉，號

施岳

　　梅川，號

嚴羽

　　儀卿，字　　　　　　　　　　　滄浪逋客，號

翁卷

　　靈舒，字

戴復古

　　式之，字　　　　　　　　　　　石屏，號

劉克莊

　　後村居士，號

黃昇

　　玉林，字

謝枋得

　　疊山，號

吳文英

　　夢窗，號

劉辰翁，

　　會孟，字　　　　　　　　　　　須溪，號

周密

　　草窗，號

仇遠

　　仁近，字

唐珏

　　玉潛，字

文天祥

　　文山，號　　　　　　　　　　　文信公，封信國公

王沂孫

　　碧山，號

陳傑

　　自堂，未詳，著有《自堂存

　　稿》？

遼金

元好問

　　遺山，號

元代

方回

　　萬里，字　　　　　　　　　　虛谷，號

楊載

　　仲弘，字

范梈

　　德機，字

喬吉

　　夢符，字

楊維禎

　　鐵崖，號

薩都剌

　　天錫，字

趙汸

　　子常，字

明代

高啟

　　季迪，字　　　　　　　　　　　青丘子，號

高棅

　　廷禮，另一名

陳獻章

　　白沙先生，新會白沙裡人，
　　世稱

唐寅

　　子畏，字　　　　　　　　　　　六如居士，號

沈周

　　石田，字

李夢陽

　　空同子，號

何景明

　　仲默，字

楊慎

　　用修，字　　　　　　　　　　　升庵，號

薛蕙

　　君采，字

謝榛

　　茂秦，字　　　　　　　　　　　四溟山人，號

李攀龍

　　于鱗，字　　　　　　　　　　　滄溟，號

王世貞

元美，字　　　　　　　　弇州山人，號

王世懋

敬美，字

胡應麟

元瑞，字

鍾惺

伯敬，字

譚元春

友夏，字

錢澄之

幼光，字

清代及近代

錢謙益

牧齋，號

吳偉業

梅村，號

李漁

笠翁，號

顧炎武

亭林，江蘇昆山亭林人，世稱

馮班

定遠，字

賀裳

黃公，字

吳喬

　　修齡，字

王夫之

　　船山，晚年屏居石船山，世稱

鄧漢儀

　　孝威，字

周在浚

　　梨莊，著有《梨莊遺谷集》

毛奇齡

　　大可，字　　　　　　　　　西河，郡望，世稱

　　毛簡討，曾官翰林院檢討、

　　明史館纂修官等

鄒祇謨

　　程村，號

王士禛

　　阮亭，號　　　　　　　　　新城，山東新城人，世稱

　　漁洋山人，號

邵長衡

　　青門山人，別號

李光地

　　李安溪，福建安溪人，學者

　　尊稱

閻若璩

　　百詩，字

趙執信

　　秋谷，號

沈德潛

　　歸愚，號　　　　　　　　長洲，江蘇長洲人，世稱

王琦

　　琢崖，字

袁枚

　　子才，字　　　　　　　　隨園，別號

紀昀

　　曉嵐，字

張惠言

　　皋文，字

周濟

　　介存，字　　　　　　　　止庵，晚號

龔自珍

　　定庵，號

王韜

　　紫詮，字

蔣敦復

　　純甫，字

譚　獻

　　復堂，號

王鵬運

　　半塘，號

康有為

　　南海，廣東南海人，世稱

王國維

　　靜安，字

選輯主要徵引書目

一　詩話詞話及筆記資料

〔唐〕李　嶠：《評詩格》，《吟窗雜錄》本、《詩學指南》本。

〔唐〕王昌齡：《詩格》，《吟窗雜錄》本、《詩學指南》本。

〔唐〕王昌齡：《詩中密旨》，《吟窗雜錄》本、《詩學指南》本。

〔唐〕張　鷟：《朝野僉載》，中華書局本。

〔唐〕釋皎然：《詩式》，人民文學出版社校注本、《歷代詩話》本。

〔唐〕釋皎然：《中序》，《格致叢書》本。

〔唐〕劉禹錫口述、韋絢追記：《劉賓客嘉話錄》，《續百川學海》
　　　　　　　　　本、上海古籍出版社本。

〔唐〕鄭處晦：《明皇雜錄》，《墨海金壺》本、上海古籍出版社本。

〔唐〕白居易：《金針詩格》，《吟窗雜錄》本。

〔唐〕賈　島：《二南密旨》，《吟窗雜錄》本。

〔唐〕張　固：《幽閒鼓吹》，《說郛》本、中華書局本。

〔唐〕孟　棨：《本事詩》，古典文學出版社本。

〔唐〕司空圖：《詩品集解》，人民文學出版社郭紹虞集解本。

〔唐〕李洪宣：《緣情手鑒詩格》，《吟窗雜錄》本。

〔五代〕王仁裕：《開元天寶遺事》，中華書局本。

〔五代〕何光遠：《鑒戒錄》，《學海類編》本。

〔宋〕孫光憲：《北夢瑣言》，上海古籍出版社本。

〔宋〕梅堯臣：《續金針詩格》，《吟窗雜錄》本。

〔宋〕歐陽修：《六一詩話》，人民文學出版社本。

〔宋〕歐陽修：《歐陽修詩話》，《宋詩話全編》本。

〔宋〕歐陽修：《歸田錄》，《稗海》本、中華書局本。

〔宋〕司馬光：《溫公續詩話》，《歷代詩話》本。

〔宋〕司馬光：《司馬光詩話》，《宋詩話全編》本。

〔宋〕陳　輔：《陳輔之詩話》，《宋詩話輯佚》本。

〔宋〕釋文瑩：《玉壺清話》，中華書局本。

〔宋〕釋文瑩：《玉壺詩話》，《學誨類編》本。

〔宋〕劉　攽：《中山詩話》，《歷代詩話》本。

〔宋〕沈　括：《夢溪筆談》、《續筆談》，中華書局本。

〔宋〕程　頤：《程頤詩話》，《宋詩話全編》本。

〔宋〕王得臣：《塵史》，《四庫全書》本、《知不足齋叢書》本、上海
　　　　　　古籍出版社本。

〔宋〕蘇　軾：《東坡志林》，中華書局本、《稗海》本。

〔宋〕蘇　軾：《東坡題跋》，《津逮秘書》本。

〔宋〕蘇　軾：《蘇軾詩話》，《宋詩話全編》本。

〔宋〕潘　淳：潘子真詩話，《宋詩話輯佚》本。

〔宋〕黃庭堅：《山谷題跋》，《津逮秘書》本、《叢書集成初編》本。

〔宋〕黃庭堅：《黃庭堅詩話》，《宋詩話全編》本。

〔宋〕彭　乘：《墨客揮犀》，《稗海》本。

〔宋〕彭　乘：《彭乘詩話》，《宋詩話全編》本。

〔宋〕陳師道：《後山詩話》，《歷代詩話》本。

〔宋〕晁補之：《無咎題跋》，《津逮秘書》本、《紛欣閣叢書》本。

〔宋〕張　耒：《明道雜誌》，《學海類編》本。

〔宋〕張　耒：《張耒詩話》，《宋詩話全編》本。

〔宋〕蔡居厚：《蔡寬夫詩話》，《宋詩話輯佚》本。

〔宋〕蔡居厚：《詩史》，《宋詩話輯佚》本。

〔宋〕蔡　絛：《西清詩話》，《宋詩話全編》本、哈佛燕京學社版《宋
　　　　　　　詩話輯佚》本。

〔宋〕魏　泰：《臨漢隱居詩話》，《歷代詩話》本。

〔宋〕范　溫：《潛溪詩話》，《宋詩話輯佚》本。

〔宋〕陳正敏：《遯齋閑覽》，《說郛》本。

〔宋〕阮　閱：《詩話總龜》，人民文學出版社本。

〔宋〕李　頎：《古今詩話》，《宋詩話輯佚》本。

〔宋〕吳　开：《優古堂詩話》，《歷代詩話續編》本。

〔宋〕李　復：《李復詩話》，《宋詩話全編》本。

〔宋〕王直方：《王直方詩話》，《宋詩話輯佚》本。

〔宋〕朱　彧：《萍洲可談》，《守山閣叢書》本。

〔宋〕佚　名：《漫叟詩話》，《宋詩話輯佚》本。

〔宋〕唐庚口述、強行父追記整理：《唐子西文錄》，《歷代詩話》本。

〔宋〕釋惠洪：《冷齋夜話》，中華書局本。

〔宋〕釋惠洪：《石門洪覺範天廚禁臠》，中華書局上海編輯所影印本。

〔宋〕許　顗：《彥周詩話》，《歷代詩話》本。

〔宋〕王　暐：《道山清話》，《四庫全書》本、上海古籍出版社本。

〔宋〕張邦基：《墨莊漫錄》，中華書局本、《稗海》本。

〔宋〕韓駒語、范季隨錄：《陵陽先生室中語》，《說郛》本。

〔宋〕葉夢得：《石林詩話》，《歷代詩話》本。

〔宋〕周紫芝：《竹坡詩話》，《歷代詩話》本。

〔宋〕朱　弁：《風月堂詩話》，中華書局本。

〔宋〕龔明之：《中吳紀聞》，《知不足齋叢書》本、上海古籍出版社本。

〔宋〕黃朝英：《緗素雜記》，《四庫全書》本、上海古籍出版社本。

〔宋〕孔仲毅：《珩璜新論》，《學海類編》本。

〔宋〕胡　仔：《苕溪漁隱叢話》，人民文學出版社本。

〔宋〕朱　翌：《猗覺寮雜記》，《學海類編》本。

〔宋〕馬永卿：《懶真子》，《宋人說部叢書》本、上海古籍出版社本。

〔宋〕張九成：《張九成詩話》，《宋詩話全編》本。

〔宋〕吳　迥：《五總志》，《筆記小說大觀》本。

〔宋〕計有功：《唐詩紀事》，上海古籍出版社本。

〔宋〕黃　徹：《䂬溪詩話》，人民文學出版社本。

〔宋〕張　戒：《歲寒堂詩話》，《歷代詩話續編》本。

〔宋〕范公偁：《過庭錄》，中華書局本。

〔宋〕曾季貍：《艇齋詩話》，《歷代詩話續編》本。

〔宋〕陳　善：《捫虱新話》，《儒學警悟》本、《說郛》本。

〔宋〕曾　慥：《高齋詩話》，《宋詩話輯佚》本。

〔宋〕邵　博：《邵氏聞見後錄》，中華書局本。

〔宋〕姚　寬：《西溪叢話》，《嘯園叢書》本。

〔宋〕釋普聞：《詩論》，《說郛》本。

〔宋〕嚴有翼：《藝苑雌黃》，《宋詩話輯佚》本。

〔宋〕李如箎：《東園叢說》，《四庫全書》本。

〔宋〕李如箎：《李如箎詩話》，《宋詩話全編》本。

〔宋〕張表臣：《珊瑚鉤詩話》，《歷代詩話》本。

〔宋〕吳　曾：《能改齋漫錄》，上海古籍出版社本。

〔宋〕吳　可：《藏海詩話》，《歷代詩話續編》本。

〔宋〕吳　沆：《環溪詩話》，中華書局本。

〔宋〕王觀國：《學林》，中華書局本、《武英殿聚珍版全書》本。

〔宋〕葛立方：《韻語陽秋》，《歷代詩話》本。

〔宋〕程大昌：《考古編》、《續考古編》，中華書局本。

〔宋〕方逢辰：《方逢辰詩話》，《宋詩話全編》本。

〔宋〕陳岩肖：《庚溪詩話》，《歷代詩話續編》本。

〔宋〕袁　文：《甕牖閑評》，中華書局本。

〔宋〕洪　邁：《容齋隨筆、二筆、三筆、四筆、五筆》，中華書局本。

〔宋〕陸　游：《老學庵筆記》，中華書局本。

〔宋〕陸　游：《入蜀記》，《筆記小說大觀》本。

〔宋〕范成大：《吳船錄》，《四庫全書》本、《寶顏堂秘笈》本。

〔宋〕周必大：《二老堂詩話》，《歷代詩話》本。

〔宋〕費　袞：《梁溪漫志》，上海古籍出版社本。

〔宋〕龔頤正：《芥隱筆記》，《說郛》本、《四庫全書》本。

〔宋〕楊萬里：《誠齋集》，《四部叢刊》本。

〔宋〕楊萬里：《誠齋詩話》，《歷代詩話續編》本。

〔宋〕楊萬里：《楊萬里詩話》，《宋詩話全編》本。

〔宋〕朱　熹：《清邃閣論詩》，《朱子文集大全類編》本。

〔宋〕朱　熹：《朱子語類》，《四庫全書》本。

〔宋〕呂祖謙：《詩律武庫》，《金華叢書》本。

〔宋〕樓　鑰：《樓鑰詩話》，《宋詩話全編》本。

〔宋〕王　楙：《野客叢書》，中華書局本。

〔宋〕姜　夔：《白石詩說》，《歷代詩話》本。

〔宋〕曹彥約：《曹彥約詩話》，《宋詩話全編》本。

〔宋〕張　侃：《拙軒詞話》，《詞話叢編》本。

〔宋〕王明清：《揮麈錄》，《四庫全書》本、上海書店出版社本。

〔宋〕孫　奕：《履齋示兒編》，上海古籍出版社影印本、《叢書集成
　　　　　　　初編》本。

〔宋〕羅大經：《鶴林玉露》，中華書局本。

〔宋〕吳子良：《吳氏詩話》，《學海類編》本。

〔宋〕蔡夢弼：《杜工部草堂詩話》，《歷代詩話續編》本。

〔宋〕趙與時：《賓退錄》，上海古籍出版社本。

〔宋〕陳　鵠：《耆舊續聞》，《知不足齋叢書》本。

〔宋〕張端義：《貴耳集》，《津逮秘書》本、中華書局本。

〔宋〕劉克莊：《後村詩話、續集》，中華書局本。

〔宋〕嚴　羽：《滄浪詩話》，人民文學出版社本。

〔宋〕魏慶之：《詩人玉屑》，中華書局本。

〔宋〕方　嶽：《深雪偶談》，《學海類編》本。

〔宋〕蔡正孫：《詩林廣記》，中華書局本。

〔宋〕牟　巘：《牟巘詩話》，《宋詩話全編》本。

〔宋〕劉辰翁：《劉辰翁詩話》，《宋詩話全編》本。

〔宋〕俞文豹：《吹劍錄全編〔吹劍錄、續錄、三續〕》，古典文學出
　　　　　版社本。

〔宋〕姚　勉：《姚勉詩話》，《宋詩話全編》本。

〔宋〕范晞文：《對床夜語》，《歷代詩話續編》本。

〔宋〕鮦陽居士：《復雅歌詞》，《詞話叢編》本。

〔宋〕俞德鄰：《佩韋齋輯聞》，《學海類編》本。

〔宋〕俞　炎：《月下偶談》，《學海類編》本。

〔宋〕張　炎：《詞源》，人民文學出版社本。

〔宋〕沈義父：《樂府指南》，人民文學出版社本。

〔宋〕陳　郁：《藏一話腴》，《學海類編》本、《四庫全書》本。

〔宋〕佚　名：《詩憲》，《宋詩話輯佚》本。

〔金〕王若虛：《滹南詩話》，人民文學出版社本。

〔金〕元好問：《元好問詩話》，《遼金元詩話全編》本。

〔金〕元好問：《論詩三十首》，人民文學出版社郭紹虞箋本。

〔金〕劉　祁：《歸潛志》，《四庫全書》本。

〔元〕王義山：《王義山詩話》，《遼金元詩話全編》本。

〔元〕辛文房：《唐才子傳》，古典文學出版社本。

〔元〕方　回：《方回詩話》，《遼金元詩話全編》本。

〔元〕盛如梓：《庶齋老學叢談》，《知不足齋叢書》本。

〔元〕王　構：《修辭論衡》，《萬有文庫》本。

〔元〕仇　遠：《仇遠詩話》，《遼金元詩話全編》本。

〔元〕楊　載：《詩法家數》，《歷代詩話》本。

〔元〕范　梈：《詩學禁臠》，《歷代詩話》本。

〔元〕陸輔之：《詞旨》，《詞話叢編》本。

〔元〕吳師道：《吳禮部詩話》，《歷代詩話續編》本。

〔元〕楊維楨：《楊維楨詩話》，《遼金元詩話全編》本。

〔元〕李　祁：《李祁詩話》，《遼金元詩話全編》本。

〔元〕黃子肅、吳景旭：《詩法》，《歷代詩話》本。

〔元〕傅若金：《詩法正論》，《詩學指南》本。

〔元〕陳繹曾：《詩譜》，《歷代詩話續編》本。

〔元〕黃　庚：《黃庚詩話》，《遼金元詩話全編》本。

〔元〕劉將孫：《劉將孫詩話》，《遼金元詩話全編》本。

〔明〕宋　濂：《宋濂詩話》，《明詩話全編》本。

〔明〕徐一夔：《徐一夔詩話》，《明詩話全編》本

〔明〕王　褘：《王褘詩話》，《明詩話全編》本。

〔明〕林　弼：《林弼詩話》，《明詩話全編》本。

〔明〕瞿　佑：《歸田詩話》，《歷代詩話續編》本。

〔明〕瞿　佑：《瞿佑詩話》，《明詩話全編》本。

〔明〕葉　盛：《詩林廣記參評》，《明詩話全編》本。

〔明〕劉　績：《霏雪集》，《四庫全書》本、《學海類編》本。

〔明〕朱　權：《西江詩法》，明嘉靖刻本。

〔明〕陳獻章：《陳獻章詩話》，《明詩話全編》本。

〔明〕周　敘：《詩學梯航》，《全明詩話》本。

〔明〕周　敘：《周敘詩話》，《明詩話全編》本。

〔明〕單　宇：《菊坡叢話》，明成化刻本、《明詩話全編》本

〔明〕程敏政：《程敏政詩話》，《明詩話全編》本。

〔明〕王　鏊：《震澤長語》，《四庫全書》本。

〔明〕李東陽：《麓堂詩話》，《歷代詩話續編》本。

〔明〕李東陽：《李東陽詩話》，《明詩話全編》本。

〔明〕都　穆：《南壕詩話》，《歷代詩話續編》本。

〔明〕陳　沂：《陳沂詩話》，《明詩話全編》本。

〔明〕何孟春：《餘冬詩話》，《學海類編》本。

〔明〕李夢陽：《李夢陽詩話》，《明詩話全編》本。

〔明〕徐禎卿：《談藝錄》，《歷代詩話》本。

〔明〕游　潛：《夢蕉詩話》，清康熙刻本、《學海類編》本。

〔明〕安　磐：《頤山詩話》，《全明詩話》本。

〔明〕陳　霆：《渚山堂詞話》，人民文學出版社本。

〔明〕郎　瑛：《七修類稿》、《續稿》，中華書局本、《續修四庫全
　　　　　書》本。

〔明〕楊　慎：《升庵詩話》，《歷代詩話續編》本。

〔明〕楊　慎：《詞品》，人民文學出版社本。

〔明〕楊　慎：《絕句衍義》，《明詩話全編》本。

〔明〕朱承爵：《存餘堂詩話》，《歷代詩話》本。

〔明〕謝　榛：《四溟詩話》，《歷代詩話續編》本、齊魯書社《詩家
　　　　　直說箋注》本。

〔明〕蔣　冕：《瓊台詩話》，明崇禎刻本、《全明詩話》本。

〔明〕俞　弁：《逸老堂詩話》，《歷代詩話續編》本。

〔明〕孫　緒：《孫緒詩話》，《明詩話全編》本。

〔明〕顧元慶：《夷白齋詩話》，《歷代詩話》本。

〔明〕邵經邦：《藝苑玄機》，《明詩話全編》本。

〔明〕李　詡：《戒庵老人漫筆》，中華書局本。

〔明〕皇甫汸：《解頤新語》，《全明詩話》本。

〔明〕何良俊：《四友齋叢說》，中華書局本。

〔明〕汪　彪：《全相萬家詩話》，《全明詩話》本。

〔明〕譚　浚：《說詩》，《全明詩話》本。

〔明〕王世貞：《藝苑卮言》，《歷代詩話續編》本。

〔明〕王世貞：《全唐詩說》，《全明詩話》本。

〔明〕王文祿：《詩的》，《叢書集成初編》本、《全明詩話》本。

〔明〕王文祿：《文脈》，《叢書集成初編》本。

〔明〕李　贄：《焚書》、《續焚書》，中華書局本。

〔明〕王世懋：《藝圃擷餘》，《歷代詩話》本。

〔明〕屠　隆：《屠隆詩話》，《明詩話全編》本。

〔明〕田藝蘅：《詩談初編》，《明詩話全編》本。

〔明〕胡應麟：《詩藪》，中華書局本。

〔明〕胡應麟：《少室山房筆叢》，中華書局本。

〔明〕胡應麟：《少室山房隨筆》，中華書局本。

〔明〕王驥德：《曲律》，《中國戲曲論著集成》本。

〔明〕江盈科：《雪濤小書》，《全明詩話》本、《國學珍本文庫》一九
　　　　　　三五年重刊本。

〔明〕冒愈昌：《詩學雜言》，《全明詩話》本。

〔明〕郝　敬：《藝圃傖談》，《全明詩話》本、《明詩話全編》本。

〔明〕陳繼儒：《佘山詩話》，臺灣新文豐出版公司《叢書集成新
　　　　　　編》本。

〔明〕支允堅：《藝苑閑評》，《全明詩話》本。

〔明〕許學夷：《詩源辯體》，人民文學出版社本。

〔明〕周子文：《藝藪談宗》，《全明詩話》本。

〔明〕莊元臣：《莊元臣詩話》，《明詩話全編》本。

〔明〕徐光啟：《徐光啟詩話》，《明詩話全編》本。

〔明〕俞　彥：《爰園詞話》，《詞話叢編》本。

〔明〕姚希孟：《姚希孟詩話》，《明詩話全編》本。

〔明〕鄧雲霄：《冷邸小言》，清道光刻本、《全明詩話》本。

〔明〕謝肇淛：《小草齋詩話》，明刻本。

〔明〕謝肇淛：《文海披沙》，福建師大圖書館善本手抄本。

〔明〕李日華：《恬致堂詩話》，《叢書集成初編》本、《學海類編》本。

〔明〕袁宏道：《袁宏道集箋校》，上海古籍出版社箋校本。

〔明〕胡震亨：《唐音癸籤》，古典文學出版社本。

〔明〕徐　　燉：《徐氏筆精》，《四庫全書》本。

〔明〕鍾　　惺：《詞府靈蛇二集》，《全明詩話》本、《明詩話全編》本。

〔明〕陳懋仁：《藕居士詩話》，《全明詩話》本。

〔明〕鄧伯羔：《藝彀》，《四庫全書》本。

〔明〕孫　　礦：《唐詩品》，《明詩話全編》本。

〔明〕馮復京：《詩話補遺》，《明詩話全編》本。

〔明〕王昌會纂輯：《詩話類編》，明萬曆刻本、《學海類編》本。

〔明〕費經虞《雅倫》，清康熙刻本。

〔明〕張為時：《張為時詩話》，《明詩話全編》本。

〔明〕趙士喆：《石室談詩》，《明詩話全編》本。

〔明〕陸時雍：《詩鏡總論》，《歷代詩話續編》本。

〔明〕徐世溥：《榆溪詩話》，臺灣新文豐出版公司《叢書集成新
　　　　　　　編》本。

〔明〕彭大翼：《彭大翼詩話》，《明詩話全編》本。

〔明〕黃諄耀：《黃諄耀詩話》，《明詩話全編》本。

〔明〕葉秉敬：《敬君詩話》，《說郛續編》本。

〔清〕錢謙益：《牧齋初學集》，上海古籍出版社標校本。

〔清〕錢謙益：《牧齋有學集》，上海古籍出版社標校本。

〔清〕錢謙益：《列朝詩集小傳》，上海古籍出版社本。

〔清〕賀貽孫：《詩筏》，《清詩話續編》本。

〔清〕李　　漁：《窺詞管見》，《詞話叢編》本。

〔清〕賀　　裳：《載酒園詩話》、《又編》，《清詩話續編》本。

〔清〕賀　裳：《鄒水軒詞筌》，《詞話叢編》本。

〔清〕吳　喬：《答萬季野詩問》，《清詩話》本。

〔清〕吳　喬：《圍爐詩話》，《清詩話續編》本。

〔清〕計　發：《魚計軒詩話》（稿本），《適園叢書》本。

〔清〕周亮工：《尺牘新鈔》，上海雜誌公司本。

〔清〕歸　莊：《歸莊集》，中華書局本。

〔清〕顧炎武：《日知錄》，商務印書館本。

〔清〕馮　班：《滄浪詩話糾謬》，《螢雪軒叢書》本。

〔清〕吳景旭：《歷代詩話》，中華書局本。

〔清〕施閏章：《蠖齋詩話》，《清詩話》本。

〔清〕王夫之：《薑齋詩話》，《歷代詩話》本。

〔清〕王夫之：《薑齋詩話箋注》，人民文學出版社箋注本。

〔清〕周　容：《春酒堂詩話》，《清詩話續編》本。

〔清〕魏際瑞：《伯子論文》，《昭代叢書》本。

〔清〕毛先舒：《詩辯坻》，《清詩話續編》本。

〔清〕黃　生：《一木堂詩麈》，福建師大圖書館手抄本。

〔清〕黃　生：《黃白山先生《載酒園詩話》評》，神州國光社 1936
　　　　　　年本。

〔清〕葉矯然：《龍性堂詩話初集》、《續集》，《清詩話續編》本。

〔清〕毛奇齡：《詩話》，清康熙《西河合集》刻本。

〔清〕王又華：《古今詞論》，《詞話叢編》本。

〔清〕劉體仁：《七頌堂詞繹》，《詞話叢編》本。

〔清〕葉　燮：《原詩》，人民文學出版社本。

〔清〕朱彝尊：《靜志居詩話》，人民文學出版社本。

〔清〕鄒祗謨：《遠志齋詞衷》，《詞話叢編》本。

〔清〕沈　雄：《古今詞話》，《詞話叢編》本。

〔清〕沈　雄：《柳塘詞話》，《詞話叢鈔》本。

〔清〕徐喈鳳：《蔭綠軒詞證》，《詞話叢編續編》本。

〔清〕王士禛：《池北偶談》，中華書局本。

〔清〕王士禛：《漁洋詩話》，《清詩話》本。

〔清〕王士禛：《師友詩傳續錄》，《清詩話》本。

〔清〕王士禛：《帶經堂詩話》，人民文學出版社本。

〔清〕王士禛：《分甘餘話》，中華書局本。

〔清〕王士禛：《花草蒙拾》，《詞話叢編》本。

〔清〕王士禛原編、鄭方坤刪補：《五代詩話》，書目文獻出版社本。

〔清〕宋長白（俊）：《柳亭詩話》，清康熙刻本、上海雜誌公司《中
　　　　國文學珍本叢書》一九三五年本。

〔清〕徐　釚：《詞苑叢談》，人民文學出版社王百里校箋本。

〔清〕龐　塏：《詩義固說》，《清詩話》本。

〔清〕董以寧：《蓉渡詞話》，《詞話叢編續編》本。

〔清〕李光地：《榕村語錄》，清道光《榕村全書》刻本、《四庫全
　　　　書》本。

〔清〕查慎行：《初白庵詩評》，上海六藝書局《查初白十二種詩
　　　　評》本。

〔清〕納蘭性德：《淥水亭雜識》，華東師範大學出版社《通志堂
　　　　集》本。

〔清〕張謙宜：《絸齋詩談》，《清詩話續編》本。

〔清〕費錫璜：《漢詩總說》，《清詩話》本。

〔清〕何　焯：《義門讀書記》，清乾隆刻本、中華書局本。

〔清〕愛新覺羅·恒仁：《月山詩話》，《藝海珠塵》本。

〔清〕沈德潛：《說詩晬語》，人民文學出版社本。

〔清〕方貞觀：《方南堂先生輟鍛錄》，《清詩話續編》本。

〔清〕馬　位：《秋窗隨筆》，《清詩話》本。

〔清〕張廷玉：《澄懷園語》，《嘯園叢書》本。

〔清〕方世舉：《蘭叢詩話》，《清詩話續編》本。

〔清〕薛　雪：《一瓢詩話》，人民文學出版社本。

〔清〕李重華：《貞一齋詩說》，《清詩話》本。

〔清〕吳雷發：《說詩菅蒯》，《清詩話》本。

〔清〕王應奎：《柳南隨筆》、《續筆》，中華書局本。

〔清〕黃子雲：《野鴻詩的》，《清詩話》本。

〔清〕查為仁：《蓮坡詩話》，《清詩話》本。

〔清〕伊應新：《漁洋山人精華錄會心偶筆》，清刻本。

〔清〕郭兆麒：《梅崖詩話》，《山右叢書初編》本。

〔清〕黃圖珌：《看山閣集閒筆》，《中國古典戲曲論著集成》本。

〔清〕冒春榮：《葚原詩說》，《清詩話續編》本。

〔清〕田同之：《西圃詩說》，《清詩話續編》本。

〔清〕田同之：《西圃詞說》，《詞話叢編》本。

〔清〕喬　億：《劍溪說詩》、《又編》，《清詩話續編》本。

〔清〕何文煥：《歷代詩話考索》，《歷代詩話》本。

〔清〕張宗橚：《詞林紀事》，中華書局本。

〔清〕袁　枚：《隨園詩話》，人民文學出版社本。

〔清〕彭端淑：《雪夜詩談》，清乾隆刻本。

〔清〕紀昀、陸錫熊、孫士毅總纂：《四庫全書總目》，中華書局影印
　　　　　　　　本、整理本。

〔清〕秦朝釪：《消寒詩話》，《清詩話》本。

〔清〕阮葵生：《茶餘客話》，中華書局本。

〔清〕趙　翼：《甌北詩話》，人民文學出版社本。

〔清〕吳　騫：《拜經樓詩話》，上海博古齋一九二二年版《拜經堂叢
　　　　　　　書》本。

〔清〕翁方綱：《石洲詩話》，人民文學出版社本。

〔清〕翁方綱：《詠物七言律詩偶記》，清嘉慶刻本。

〔清〕李調元：《雨村詩話》，《清詩話續編》本。

〔清〕方　熏：《山靜居詩話》，《清詩話》本。

〔清〕洪亮吉：《北江詩話》，人民文學出版社本。

〔清〕錢　泳：《履園叢談》，中華書局本。

〔清〕錢　泳：《履園譚詩》，《清詩話》本。

〔清〕舒夢蘭：《古南餘話》，清嘉慶刻本。

〔清〕馮金伯：《詞苑萃編》，《詞話叢編》本。

〔清〕舒　位：《瓶水齋詩話》，清刻本、《瓶水齋詩集》附編本。

〔清〕吳衡照：《蓮子居詞話》，《詞話叢編》本。

〔清〕李　鍈：《詩法易簡錄》，清道光刻本。

〔清〕王壽昌：《小清華園詩談》，《清詩話續編》本。

〔清〕楊廷芝：《二十四詩品淺解》，齊魯書社本。

〔清〕梁紹壬：《兩般秋雨庵隨筆》，《清代筆記叢刊》本、上海古籍
　　　　　　出版社本。

〔清〕方東樹：《昭昧詹言》，人民文學出版社本。

〔清〕鄧廷楨：《雙硯齋詞話》，《詞話叢編》本。

〔清〕梁章鉅：《浪跡叢談》、《續談》、《三談》，中華書局本。

〔清〕楊際昌：《國朝詩話》，《清詩話續編》本。

〔清〕潘德輿：《養一齋詩話》，《清詩話續編》本。

〔清〕沈　濤：《匏廬詩話》，《望雲仙館本》。

〔清〕陳　僅：《竹林答問》，《清詩話續編》本。

〔清〕馬星翼：《東泉詩話》，清道光刻本、《中國詩話珍本叢書》本。

〔清〕嚴廷中：《藥欄詩話》，《雲南叢書初編》本。

〔清〕孫兆溎：《片玉山房詞話》，《詞話叢編》本。

〔清〕延君壽：《老生常談》，《清詩話續編》本。

〔清〕陳偉勳：《酌雅詩話》、《續編》，中華書局《雲南古代詩文論著
　　　　　　輯要》本。

〔清〕孫聯奎：《詩品臆說》，齊魯書社本。
〔清〕康發祥：《伯山詩話》、《後集》、《續集》、《再續集》、《三續
　　　　　　　集》、《四續集》，清道光、咸豐、同治刻本。
〔清〕陸以湉：《冷廬雜識》，上海古籍出版社本。
〔清〕林昌彝：《射鷹樓詩話》，清咸豐刻本。
〔清〕劉存仁：《屺雲樓詩話》，清《屺雲樓集》刻本。
〔清〕丁紹儀：《聽秋聲館詞話》，《詞話叢編》本。
〔清〕蔣敦復：《芬陀利室詞話》，《詞話叢編》本。
〔清〕錢裴仲：《雨華庵詞話》，《詞話叢編》本。
〔清〕黃蓼園：《蓼園詩評》，《詞話叢編》本。
〔清〕江順詒：《詞學集成》，《詞話叢編》本。
〔清〕陸　鎣：《問花樓詞話》，《詞話叢編》本。
〔清〕孫麟趾：《詞逕》，《詞話叢編》本。
〔清〕張　道：《蘇亭詩話》，中華書局《蘇軾資料彙編》本。
〔清〕劉熙載：《藝概》，上海古籍出版社本。
〔清〕劉熙載：《劉熙載論藝六種》，巴蜀書社本。
〔清〕吳仰賢：《小匏庵詩話》，清光緒刻本。
〔清〕厲　志：《白華山人詩說》，《清詩話續編》本。
〔清〕陳錫路：《黃嬭餘話》，《嘯園叢書》本。
〔清〕李慈銘：《越縵堂詩話》，商務印書館一九二五年本。
〔清〕李慈銘著，張寅彭、周容編校：《越縵堂日記說詩全編》，鳳凰
　　　　　　　出版社本。
〔清〕譚　獻：《復堂詞話》，人民文學出版社本。
〔清〕許印芳：《詩法萃編》，《雲南叢書初編》本。
〔清〕王闓運：《湘綺樓說詩》，岳麓書社《湘綺樓詩文集》本。
〔清〕施補華：《峴傭說詩》，《清詩話》本。
〔清〕李　佳：《左庵詞話》，《詞話叢編》本。

〔清〕朱庭珍：《筱園詩話》，《清詩話續編》本。

〔清〕謝章鋌：《賭棋山莊詞話》、《續編》，《詞話叢編》本、吉林文
　　　　　史出版社《謝章鋌集》本。

〔清〕陳廷焯：《白雨齋詞話》，人民文學出版社排印本、上海古籍出
　　　　　版社手稿影印本。

〔清〕沈祥龍：《論詞隨筆》，《詞話叢編》本。

〔清〕張德瀛：《詞徵》，《詞話叢編》本。

〔清〕鄭文焯：《大鶴山人詞話》，《詞話叢編》本。

〔清〕裘廷楨：《海棠秋館詞話》，《詞話叢編續編》本。

〔清〕陳　洵：《海綃說詞》，《詞話叢編》本。

〔清〕牟願相：《小澥草堂雜論詩》，《清詩話續編》本。

〔近代〕陳　衍：《石遺室詩話》，商務印書館，一九三五年《民國詩
　　　　　話叢編》本。

〔近代〕況周頤：《蕙風詞話》，人民文學出版社本。

〔近代〕李伯元：《南亭四話》，上海大東書局一九二五年石印本。

〔近代〕蔡嵩雲：《柯亭詞論》，《詞話叢編》本。

〔近代〕徐　經：《雅歌堂氄坪詩話》，清《雅歌堂全集》刻本。

〔近代〕梁啟超：《飲冰室詩話》，人民文學出版社本。

〔近代〕梁啟超：《飲冰室文集》，中華書局一九二六年版本。

〔近代〕梁啟超：《佛緣警世錄》，四川文藝出版社本。

〔近代〕錢振鍠：《謫星說詩》，清光緒《錢氏家集》刻本、《民國詩
　　　　　話叢編》本。

〔近代〕王國維：《人間詞話》，人民文學出版社本。

〔近代〕丁福保：《詩鑰》，上海醫學書局一九二八年本。

〔近人〕趙元禮：《藏齋詩話》，《民國詩話叢編》本。

〔近人〕黃　節：《詩學》，《民國詩話叢編》本。

〔近人〕丁　儀：《詩學淵源》，《民國詩話叢編》本。

〔近人〕王逸塘：《今傳是樓詩話》，《民國詩話叢編》本。

〔近人〕蔣兆蘭：《詞說》，《詞話叢編》本。

〔近人〕由雲龍：《定庵詩話》，《民國詩話叢編》本。

〔近人〕朱寶瑩：《詩式》，上海中華書局一九二一年版本。

〔近人〕彭思賢：《詩話補遺》，福建師大圖書館《壽庵叢書續編》手
　　　　　　抄本。

〔近人〕魯　迅：《魯迅語錄》，湖南師範大學出版社本。

〔近人〕魯　迅：《魯迅詩話》，天津人民出版社本。

〔近人〕吳　梅：《詞學通論》，《萬有文庫》本、中華書局本。

〔近人〕碧　痕：《竹雨綠窗詞話》，《詞話叢編續編》本。

〔近人〕蔣抱玄：《民權素詩話》，《民國詩話叢編》本。

〔近人〕陳寅恪：《元白詩箋證稿》，文學古籍刊行社本。

〔近人〕沈其先：《瓶粟齋詩話》，《民國詩話叢編》本。

〔今人〕朱自清：《朱自清古典文學論文集》，上海古籍出版社本。

〔今人〕朱自清講授、劉晶雯整理：《朱自清中國文學批評研究講
　　　　　　義》，天津古籍出版社本。

〔今人〕毛澤東：《毛澤東讀文史古籍批語集》，中央文獻出版社本。

〔今人〕毛澤東語錄、劉漢民編著：《毛澤東詩話詞話書話集觀》，長
　　　　　　江文藝出版社本。

〔今人〕劉永濟：《詞論》，上海古籍出版社本。

〔今人〕顧　隨：《顧隨全集講錄卷》，河北教育出版社本。

〔今人〕顧　隨：《駝庵詩話》，上海古籍出版社《顧隨文集》附錄本。

〔今人〕顧　隨：《駝庵詞話》，《詞話叢編續編》本。

〔今人〕朱光潛：《朱光潛美學文集》，上海文藝出版社本。

〔今人〕朱光潛：《藝文雜談》，安徽人民出版社本。

〔今人〕朱光潛：《談美書簡》，上海文藝出版社本。

〔今人〕聞一多：《唐詩雜論》，中華書局版。

〔今人〕馮　振：《自然室詩稿與詩詞雜話》，廣西師範大學出版社本。

〔今人〕張伯駒：《叢碧詞話》，遼寧教育出版社本。

〔今人〕俞平伯：《論詩詞曲雜著》，上海古籍出版社本。

〔今人〕唐圭璋：《詞學論叢》，上海古籍出版社本。

〔今人〕姜書閣：《詩學廣論》，中國社會科學出版社本。

〔今人〕吳世昌：《詞林新話》，北京出版社本。

〔今人〕傅庚生：《中國文學欣賞舉隅》，陝西人民出版社本。

〔今人〕錢鍾書：《談藝錄》〔補訂本〕，中華書局本。

〔今人〕錢鍾書：《管錐編》，中華書局本。

〔今人〕錢鍾書：《七綴集》〔修訂本〕，上海古籍出版社本。

〔今人〕林　庚：《唐詩綜論》，商務印書館本。

〔今人〕周振甫：《詩詞例話》，中國青年出版社本。

〔今人〕周振甫：《周振甫講古代詩詞》，江蘇教育出版社本。

〔今人〕程千帆：《程千帆全集》第十一卷，河北教育出版社本。

〔今人〕程千帆：《古詩考索》，上海古籍出版社本。

〔宋〕陳應行編：《吟窗雜錄》，中華書局本。

〔清〕顧龍振編輯：《詩學指南》，上海萃英書局一九二二年石印本。

〔清〕何文煥輯：《歷代詩話》，中華書局本。

〔近代〕丁福保輯：《歷代詩話續編》，中華書局本。

〔今人〕陳良運主編：《中國歷代詩學論著選》，百花洲文藝出版社本。

〔今人〕王大鵬等：《中國歷代詩話選》，岳麓書社本。

〔今人〕蔡鎮楚編輯：《中國詩話珍本叢書》，北京圖書館出版社本。

〔今人〕蔡鎮楚：《域外詩話珍本叢書》，北京圖書館出版社本。

〔今人〕吳文治主編：《宋詩話全編》，江蘇古籍出版社本。

〔今人〕郭紹虞：《宋詩話輯佚》，中華書局本。

〔今人〕吳文治主編：《遼金元詩話全編》，鳳凰出版社本。

〔今人〕吳文治主編：《明詩話全編》，江蘇古籍出版社本。

〔今人〕周維德集校:《全明詩話》,齊魯書社本。

〔今人〕丁福保輯:《清詩話》,上海古籍出版社本。

〔今人〕郭紹虞編選、富壽蓀校點:《清詩話續編》,上海古籍出版
　　　　社本。

〔今人〕張寅彭主編:《民國詩話叢編》,上海書店出版社本。

〔今人〕羊春秋:《歷代論詩絕句選》,湖南人民出版社本。

〔今人〕唐圭璋編:《詞話叢編》,中華書局本。

〔近代〕王文濡校閱:《詞論叢鈔》,上海大東書局本。

〔今人〕朱崇才編纂:《詞話叢編續編》,人民文學出版社本。

〔今人〕郭紹虞主編:《中國歷代文論選》,上海古籍出版社本。

〔今人〕董國柱:《十三經文論注》,黑龍江人民出版社本。

〔今人〕穆克宏、郭丹:《魏晉南北朝文論全編》,江蘇教育出版社本。

〔今人〕陳伯海主編:《歷代唐詩論評選》,河北大學出版社本。

〔今人〕陶秋英:《宋金元文論選》,人民文學出版社本。

〔今人〕舒蕪、陳邇冬、周紹良、王利器:《中國近代文論選》,人民
　　　　文學出版社本。

〔今人〕賈文昭主編:《中國古代文論類編》,海峽文藝出版社本。

〔今人〕賈文昭:《中國近代文論類編》,黃山書社本。

〔今人〕鄭奠、譚全基:《古漢語修辭學資料彙編》,商務印書館本。

〔今人〕周振甫:《中國修辭學史》,商務印書館本。

〔今人〕周振甫:《周振甫講修辭》,江蘇教育出版社本。

北京大學哲學系美學教研室:《中國美學史資料選編》,中華書局本。

二　詩詞總集、別集評釋

〔清〕范大士:《歷代詩發》,清康熙《虛白山房》刻本。

〔清〕李光地:《榕村詩選》,清道光重刻本。

〔清〕王維舉、王繩祖：《詩鵠》，清光緒刻本。

〔近人〕王文濡：《歷代詩評注讀本〔古詩、唐詩、宋元明詩、清詩〕》，
　　　　北京市中國書店影印本。

〔元〕方　回：《瀛奎律髓》，《四庫全書》本。

〔清〕紀　昀：《瀛奎律髓刊誤》，上海掃葉山房一九二二年石印本。

〔清〕許印芳：《律髓輯要》，《雲南叢書初編》本。

〔今人〕李慶甲：《瀛奎律髓彙評》，上海古籍出版社本。

〔清〕紀　昀：《刪正二馮評閱才調集》，臺灣新文豐出版公司《叢書
　　　　集成三編》本。

〔今人〕高亨注：《詩經今注》，上海古籍出版社本。

〔清〕朱熹集注：《楚辭集解》，上海古籍出版社本。

〔明〕鍾惺、譚元春：《詩歸》、《唐詩歸》，明萬曆刻本、湖北人民出
　　　　版社本。

〔明〕陸時雍：《古詩鏡》、《唐詩鏡》，《四庫全書》本。

〔清〕王夫之：《古詩評選》，岳麓書社《船山全書》本、文化藝術出
　　　　版社本。

〔清〕陳祚明：《采菽堂古詩選》，上海古籍出版社本。

〔清〕沈德潛編：《古詩源》，文學古籍刊行社本。

〔清〕吳　淇：《六朝選詩定論》，齊魯書社《四庫全書存目叢書補
　　　　編》影印本。

〔清〕王堯衢：《古唐詩合解》，日本和刻本、鴻寶書局一九二一年石
　　　　印本。

〔清〕張玉穀：《古詩賞析》，上海古籍出版社本。

〔明〕胡震亨：《唐音戊籤》，故宮博物院圖書館藏《唐音統籤》抄
　　　　補本。

〔清〕彭定求、楊中訥等編：《全唐詩》，中華書局本。

〔宋〕洪邁編，〔明〕趙宦光、黃習遠編定：《萬首唐人絕句》，書目

　　　　　　　文獻出版社本。

〔宋〕趙藩、韓淲選、謝枋得注解：《注解章泉澗泉二先生選唐詩》，
　　　　江蘇古籍出版社《宛委別藏》影印本

〔宋〕周弼輯，〔元〕釋圓至注：《箋注唐賢絕句三體詩法》，明刻本。

〔明〕高　棅：《唐詩品彙》，上海古籍出版社影印本。

〔明〕李攀龍：《唐詩廣選》，齊魯書社《四庫全書存目叢書補編》影
　　　　印本。

〔明〕唐如詢：《唐詩解》，河北大學出版社本。

〔明〕邢　昉：《唐風定》，清光緒東湖草堂藏板本。

〔明〕黃周星輯評：《唐詩快》，清康熙刻本。

〔清〕金聖歎：《貫華堂選批唐才子詩甲集七言律》，北京出版社本。

〔清〕徐　增：《而庵說唐詩》，中州古籍出版社本。

〔清〕王夫之：《唐詩評選》，岳麓書社《船山全書》本、文化藝術出
　　　　版社本。

〔清〕黃生、吳修塢、吳智臨：《唐詩評三種（唐詩摘抄、唐詩續
　　　　評、唐詩增評）》，黃山書社本。

〔清〕毛奇齡、王錫等：《唐七律選》，清刻本。

〔清〕吳昌祺評定：《刪訂唐詩解》，清康熙刻本。

〔明〕周珽輯：《刪補唐詩選脈箋釋會通評林》，齊魯書社《四庫全書
　　　　存目叢書補編》影印本。

〔清〕沈德潛：《唐詩別裁集》，上海古籍出版社本。

〔清〕沈德潛：《唐詩偶評》，清乾隆刻本。

〔清〕朱之荊：《增訂唐詩摘抄》，黃山書社本。

〔清〕愛新覺羅·弘曆：《唐宋詩醇》，《四庫全書》本、中國三峽出
　　　　版社本。

〔清〕李懷民：《重訂中晚唐詩主客圖》，清嘉慶刻本。

〔清〕管世銘：《讀雪山房注唐詩鈔》，清光緒刻本。

〔清〕黃培芳評點：《唐賢三昧集箋》，清光緒重刊本。

〔清〕姚　鼐：《五七言今體詩鈔》，《四部備要》本。

〔近人〕高步瀛：《唐宋詩舉要》，上海古籍出版社本。

〔今人〕劉永濟：《唐人絕句精華》，人民文學出版社本。

〔今人〕施蟄存：《唐詩百話》，上海古籍出版社本。

〔今人〕毛澤東：《毛澤東評點《唐詩三百首》》，中共中央黨校出版
　　　　　社、中國檔案出版社本。

〔今人〕沈祖棻：《唐人七絕詩淺釋》，上海古籍出版社本。

〔今人〕陳伯海主編：《唐詩彙評》，浙江教育出版社本。

〔今人〕孫琴安：《唐五律詩精評》，上海社會科學院出版社本。

〔今人〕孫琴安：《唐七律詩精評》，上海社會科學院出版社本。

〔今人〕陳增傑：《唐人律詩箋注集評》，浙江古籍出版社本。

北京大學古文獻研究所編：《全宋詩》，北京大學出版社本。

〔近代〕陳　衍：《宋詩精華錄》，商務印書館一九三八年版本、上海
　　　　　古籍出版社譯注本。

〔今人〕錢鍾書：《宋詩選注》，人民文學出版社本。

〔明〕張　綖：《草堂詩餘別證》，《詞話叢編續編》本。

〔清〕張惠言：《詞選》，中華書局本。

〔清〕陳廷焯編選：《詞則》，上海古籍出版社手稿影印本。

〔近人〕俞陛雲：《唐五代兩宋詞選釋》，上海古籍出版社本。

〔近人〕劉永濟：《唐五代兩宋詞簡析》，上海古籍出版社本。

〔今人〕張璋、黃畬：《全唐五代詞》，上海古籍出版社本。

〔今人〕王兆鵬主編：《唐宋詞彙評〔唐五代卷〕》，浙江教育出版
　　　　　社本。

〔今人〕唐圭璋：《唐宋詞簡釋》，上海古籍出版社本。

〔今人〕夏承燾：《唐宋詞欣賞》，百花文藝出版社本。

〔今人〕吳熊和主編：《唐宋詞彙評〔兩宋卷〕》，浙江教育出版社本。

〔今人〕唐圭璋編：《全宋詞》，中華書局本。

〔近人〕陳匪石：《宋詞舉》，金陵書畫社本。

〔清〕王夫之：《明詩評選》，岳麓書社《船山全書》本、文化藝術出
　　　　　　版社本。

〔清〕沈德潛等：《清詩別裁集》，上海古籍出版社本。

〔今人〕北京大學師生：《陶淵明詩文匯評》，中華書局本。

〔清〕趙殿成箋注：《王右丞集箋注》，上海古籍出版社本。

〔宋〕嚴羽評點：《評點李太白詩集》，中州古籍出版社《嚴羽集》本。

〔宋〕楊齊賢、〔元〕蕭士贇注：《分類補注李太白詩》，《四部叢
　　　　　　刊》本。

〔清〕王琦輯注：《李太白全集》，中華書局本。

〔今人〕瞿蛻園、朱金城校注：《李白集校注》，上海古籍出版社本。

〔今人〕詹鍈主編：《李白全集校彙釋集評》，百花文藝出版社本。

〔宋〕郭知達編注：《九家集注杜詩》，哈佛燕京學社《杜詩引得》本。

〔明〕王嗣奭：《杜臆》，上海古籍出版社本。

〔清〕金聖歎：《唱經堂杜詩解》，上海古籍出版社本。

〔清〕黃　生：《杜詩說》，黃山書社本。

〔清〕佚　名：《杜詩言志》，江蘇人民出版社本。

〔清〕仇兆鰲：《杜詩詳注》，中華書局本。

〔清〕浦起龍：《讀杜心解》，中華書局本。

〔清〕邊連寶：《杜律啟蒙》，齊魯書社本。

〔清〕楊倫箋注：《杜詩鏡銓》，上海古籍出版社本。

〔清〕施鴻保：《讀杜詩說》，上海古籍出版社本。

〔今人〕錢仲聯集釋：《韓昌黎詩繫年集釋》，上海古籍出版社本。

〔唐〕白居易：《白居易集》，中華書局本。

〔清〕王琦、方世舉等：《李賀詩歌集注》，上海古籍出版社本。

〔清〕馮集梧：《樊川詩集注》，上海古籍出版社本。

〔清〕紀　昀：《玉溪生詩說》，清光緒校刊本。

〔清〕紀昀評批：《紀文達公評蘇文忠公詩集》，上海掃葉山房一九一
　　　　　三年石印本。

〔清〕汪師韓：《蘇詩選評》，中華書局《蘇軾資料彙編》本。

〔清〕王文誥輯注：《蘇軾詩集》，中華書局本。

〔今人〕曾棗莊：《蘇詩彙評》，四川文藝出版社本。

〔今人〕錢仲聯：《劍南詩稿校注》，上海古籍出版社本。

〔清〕陳　沆：《詩比興箋》，上海古籍出版社本。

〔今人〕俞陛雲：《詩境淺說》、《續編》，上海書店本。

三　國外評論資料

〔日〕僧遍照金剛：《文鏡秘府論》，人民文學出版社本、中國社會科
　　　　學出版社王利器校注本。

〔日〕近藤元粹：《螢雪軒叢書》，青木嵩山堂版本。

〔日〕虎關神師：《濟北詩話》，北京圖書館出版社本。

〔今人〕鄺健行等：《韓國詩話中論中國詩資料選粹》，中華書局本。

〔美〕高友工、梅祖麟：《唐詩的魅力》，上海古籍出版社本。

〔新加坡〕鄭子瑜：《中國修辭學史稿》，上海教育出版社本。

作者簡介

孫紹振

一九三六年生，上海人，一九六〇年畢業於北京大學中文系。現為福建師範大學文學院教授、文學院教授委員會主任、博士生導師，曾任中國文藝理論學會副會長，福建省作家協會副主席。一九九〇年在德國特里爾大學進修，一九九二年在美國南俄勒岡大學英文系講學，一九九五年至一九九六年在香港嶺南學院作訪問研究。學術著作有《新的美學原則在崛起》、《文學創作論》、《美的結構》、《論變異》、《審美價值結構與情感邏輯》、《中國當代文學的藝術探險》、《文學性講演錄》、《孫紹振如是說》、《文學文本閱讀學》、《名作細讀》、《孫紹振如是解讀作品》、《月迷津渡：古典詩詞個案微觀分析》、《孫紹振文集》（八卷，韓國學術情報出版社）等。散文集有《面對陌生人》、《靈魂的喜劇》、《滿臉蒼蠅》、《愧對書齋》、《榕蔭望月》、《孫紹振幽默文集》（三卷）等。

本書簡介

本書是有關古今詩歌審美特徵的爭論選輯，論爭無論或明或隱，統稱之「聚訟詩話詞話」。全書分三編，約八十題：上編側重於理論上的爭辯，中編是諸多案例的歧解，下編為若干有關問題的討論。為提供學者研究時比較參酌，所選輯資料，除後者完全複述不再重見

外，一般從寬予以收錄。在紛紜聚訟甚至針鋒相對的爭論之中，讀者有時可以得到比正面論述更為深刻的啟迪。但部分讀者也可能因歧解迭出而感到茫然，莫衷一是。為此，本書於每題後特設「孫評」欄目，將就此題聚訟予以評說，或梳理提示，或比較剖析，或廣為引證，或發揮己見，希望能引起讀者對此爭論的興趣和思考，對批判地傳承古代詩話詞話豐碩成果有所幫助。

福建師範大學文學院百年學術論叢·第一輯 1702A06

聚訟詩話詞話（增訂本）

作　　者	陳一琴選輯　孫紹振評說	
總 策 畫	鄭家建　李建華	
發 行 人	陳滿銘	
總 經 理	梁錦興	
總 編 輯	陳滿銘	
副總編輯	張晏瑞	
編 輯 所	萬卷樓圖書股份有限公司	
排　　版	林曉敏	
印　　刷	百通科技股份有限公司	

發　　行　萬卷樓圖書股份有限公司
　　　　　臺北市羅斯福路二段 41 號 6 樓之 3
　　　　　電話 (02)23216565
　　　　　傳真 (02)23218698
　　　　　電郵 SERVICE@WANJUAN.COM.TW
香港經銷　香港聯合書刊物流有限公司
　　　　　電話 (852)21502100
　　　　　傳真 (852)23560735

ISBN 978-986-478-200-0
2018 年 9 月再版
2015 年 1 月初版
定價：新臺幣 1200 元

如何購買本書：

1. 劃撥購書，請透過以下郵政劃撥帳號：
　　帳號：15624015
　　戶名：萬卷樓圖書股份有限公司
2. 轉帳購書，請透過以下帳戶
　　合作金庫銀行 古亭分行
　　戶名：萬卷樓圖書股份有限公司
　　帳號：0877717092596
3. 網路購書，請透過萬卷樓網站
　　網址 WWW.WANJUAN.COM.TW

大量購書，請直接聯繫我們，將有專人為您服務。客服：(02)23216565 分機 10

如有缺頁、破損或裝訂錯誤，請寄回更換
版權所有·翻印必究
Copyright©2018 by WanJuanLou Books CO., Ltd.
All Right Reserved　　　　　Printed in Taiwan

國家圖書館出版品預行編目資料

聚訟詩話詞話（增訂本）/ 陳一琴選輯、孫紹振評說.
-- 再版.-- 臺北市 ：萬卷樓, 2018.09
面 ；公分.--（福建師範大學文學院百年學術論叢·第一輯·第 6 冊）
ISBN 978-986-478-200-0（平裝）
1.詩詞 2.詩評 3.詞論
820.8　　　　　　　　　　107014288